Sleeper Cell

Version complète

Fred Ray (pseudonyme) fut officier dans une unité opérationnelle de l'armée française, rattachée aux forces spéciales. Il est aujourd'hui banquier d'affaires.

FRED RAY

Sleeper Cell

Titanium Alpha

Du même auteur :

Titanium Alpha – Who Dares Wins

Opération Granite Shadow

Kill or Capture

Code Empty Quiver

Crimson Dream

Sea of Deception

Fire and Forget

Silver Arrow

Carte de la zone du Sahel

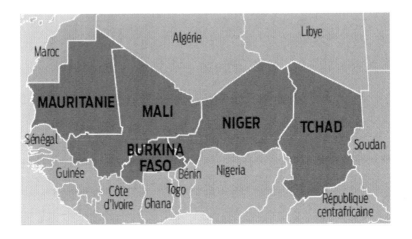

Carte du Niger

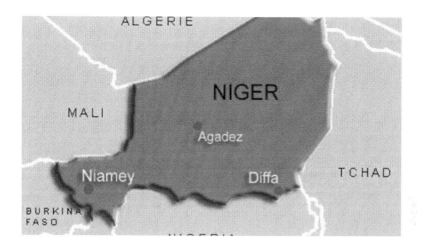

Liste des abréviations :

DEVGRU : Naval Special Warfare Development Group, autre nom du Navy Seals team 6 (unité du JSOC).

ISA : Intelligence Support Unit, encore appelée Orange ou Task Force Orange (unité du JSOC).

US AFRICOM : African Command, commandement intégré du Pentagone de la zone Afrique.

DGSE : Direction Générale de la Sécurité Extérieure.

COS : Commandement des Opérations Spéciales.

1er RPIMA : 1er Régiment Parachutiste d'Infanterie de Marine (unité de forces spéciales Terre de l'armée française).

13ème RDP : 13ème Régiment de Dragons Parachutistes (unité de forces spéciales Terre de l'armée française).

CPA 10 : Commando Parachutiste de l'Air numéro 10 (unité de forces spéciales Air de l'armée française).

CIA : Central Intelligence Agency.

FBI : Federal Bureau of Investigation.

HRT : Hostage Rescue Team. Groupe d'élite anti-terroriste du FBI.

SOG : Special Operations Group. Groupe d'action clandestine de la CIA.

NSA : National Security Agency.

NRO : National Reconnaissance Office.

JSOC : Joint Special Operations Command.

SOCOM : Special Operations Command.

NSC : National Security Council.

Prologue

Quelque part en Syrie, 26 octobre

L'homme essuya le sable qui lui avait pénétré les yeux et s'était accroché à sa barbe fournie. Un vent léger soufflait du nord mais de temps en temps les bourrasques soulevaient une fine poussière qui voletait dans les airs. Ce vent descendait des montagnes qui accrochaient les nuages. L'homme ne les voyait pas, là où il était. Même dans la lumière verte de ses dispositifs d'intensification de lumière. La base avancée se trouvait dans une plaine, loin de toute vie. Un peu à l'écart, le seul élément de décor qui pouvait accrocher le regard était les deux MC-130 *Combat Talon* qui les avaient déposés quelques heures plus tôt à peine, lui et ses hommes, avec leur matériel. Leurs puissantes hélices étaient toujours en mouvement et l'homme savait que les deux avions de transport ne tarderaient pas à décoller. Ils attendraient simplement que l'escadrille d'assaut ait pris l'air.

Plus proche, se trouvaient les cinq bananes géantes, réparties sur un immense terrain plat. Les MH-47G étaient noirs comme la nuit, et leur peau métallique était hérissée de bulbes, plots, antennes et perche de ravitaillement en vol. Aucune bosse et aucune antenne n'était inutile et chacune avait fait l'objet d'âpres débats entre les pilotes et le constructeur – Boeing. Le sifflement aigu des tuyères des hélicoptères était presque insoutenable, à cette distante. Mais l'homme, comme ses semblables qui dansaient d'un pied sur l'autre aux alentours, était habitué. Et il portait un casque antibruit. Lorsqu'il vit le signal du chef de cabine, il cliqua sur le commutateur de sa radio tactique, accroché à sa poitrine.

« Fox 2. On embarque. »

Vingt minutes plus tard, les mastodontes volants de vingt tonnes défièrent la gravité et s'élevèrent dans l'air sec et la nuit syrienne. À l'intérieur des carcasses de ces monstres, les opérateurs avaient pu se mettre à l'aise. Le *Chinook* avait été conçu pour transporter jusqu'à cinquante passagers. Là, ils n'étaient qu'une vingtaine par machine. Lourdement chargés, néanmoins. Art Mitchell ferma les yeux et, immédiatement, il se retrouva ailleurs. Depuis qu'il faisait ce métier, il avait appris à contrôler ses émotions, et à trouver des dérivatifs. C'était une gymnastique mentale indispensable. Une discipline de l'esprit. Au moins pour occuper les longues périodes de transit. Lorsqu'il rouvrit ses yeux, le paysage n'était plus du tout le même. Des vagues douces léchaient une plage de sable blanc. Une brise marine lui caressait le visage et emplissait ses narines de parfums subtils. Un peu plus loin, une petite fille jouait dans l'eau. Elle tourna son visage vers lui et un immense sourire éclairait ses traits radieux. Il connaissait bien cette petite fille. Elle s'appelait Vanessa. Comme sa propre mère. Elle avait sept ans. Art lui fit un signe de la main, esquissa une grimace et sa fille éclata de rire, avant de replonger dans les vagues. Mitchell soupira. Il savait que tout ce qui l'entourait n'était qu'un souvenir. Mais c'était un rêve dont il espérait secrètement ne jamais pouvoir s'échapper. Sa fille avait deux ans de plus, désormais. Il ne l'avait pas vue depuis plus de trois mois. Depuis son dernier déploiement. Il était divorcé de sa mère aujourd'hui. La vie de militaire était dure et tous – et toutes – ne la supportaient pas. Ces vacances à Miami étaient les dernières qu'ils avaient passées ensemble. Ces images étaient restées ancrées dans sa mémoire, toujours vivaces.

« Fox, nous entrons dans la zone rouge ».

Le message finit par arracher définitivement Art à ses rêveries, bien à contrecœur. Il ouvrit les yeux et, dans le *Chinook*, il put voir ses hommes se redresser. Chacun était relié à une ligne de vie. La plupart avaient déjà abaissé leurs lunettes de vision nocturne à quatre tubes. C'était le dernier cri, à plus de 30 000 dollars. Mais Art et ses hommes le valaient bien. Soudain, leur hélicoptère fit une embardée et les opérateurs durent se retenir à leur ligne de vie et aux éléments solides dans la soute.

« Désolé », lâcha le pilote sur l'intercom. « Il y a du grabuge à trois heures. *Ghost* 1 a été visé par des tirs d'armes automatiques. »

Art soupira. *Ghost* 1 était l'indicatif du premier *Chinook* du 160th *Special Operations Aviation Regiment,* qui volait en formation avec deux autres appareils identiques et les devançait de quelques dizaines de secondes. À son bord, se trouvaient une vingtaine d'opérateurs du 2ème bataillon du célèbre 75th *Ranger Regiment*. Les Rangers ne donneraient pas l'assaut. Mais leur rôle était essentiel. Ils devraient fermer et interdire les accès de la propriété, le temps que les deux équipes Fox – dont celle d'Art Mitchell – fassent le boulot.

La rafale de 7,62mm s'était écrasée contre la carcasse blindée du *Chinook*. Les deux pilotes des « *Night Stalker* » réagirent avec sang-froid et professionnalisme. Ils poussèrent le nez de leur monture et engagèrent un virage vers la droite, afin de s'éloigner du groupe d'X-Rays qui les avait pris pour cible, depuis le sol.

« *Ghost* 1 à *Apache*, nous avons un attroupement hostile à 3 heures, 100 mètres. Est-ce que vous pouvez vous en charger ? »

« Bien reçu », répondit le pilote de l'un des deux AH-64D qui les accompagnaient. Le militaire tourna la tête dans la direction du groupe. Sous le nez de son engin, le canon monotube suivit avec une précision d'horloger suisse les mouvements de tête du pilote. Puis les portes de l'Enfer s'ouvrirent, en calibre 30mm. Une pluie de projectiles incandescents s'abattit sur les djihadistes qui avaient cru trouver refuge derrière un mur en pierre. Les munitions du canon M230 faisaient trois centimètres de diamètre et une quinzaine de longueur. Elles fondirent à près de 800 mètres par seconde sur leurs cibles. Il n'y avait pas besoin d'être grand clerc ou expert en balistique pour imaginer les dégâts qu'elles causèrent sur les militants. Les dix hommes furent hachés menus. Littéralement. De la même façon que le mur qui se trouvait derrière eux.

« *Apache* à *Ghost*, la voie est libre. »

Dans les cockpits, les pilotes n'eurent toutefois pas le temps de soupirer. Leur cible se trouvait déjà à l'horizon. Ils l'avaient en visuel. Des mains gantées tirèrent progressivement le cyclique des hélicoptères en arrière et abaissèrent la manette du collectif, d'une façon aussi synchronisée que des nageuses aux Jeux Olympiques. Les premiers *Chinook* se posèrent. Leur rampe arrière était déjà abaissée et, alors que les roues renforcées des aéronefs n'avaient pas eu le temps de s'enfoncer dans le sol poussiéreux, les Rangers avaient sauté au sol. Les militaires se dispersèrent immédiatement en arc de cercle pour couvrir l'espace. Puis ils se mirent en mouvement vers les positions qu'ils avaient choisies lors des longues sessions de préparation de la mission. Rien n'était improvisé. Ils connaissaient tous intimement les lieux, grâce aux innombrables photos de reconnaissance qu'ils avaient pu étudier, *ad nauseam*.

Là encore avec une précision extrême, les deux derniers MH-47G se posèrent, à la seconde près. La quarantaine d'hommes – et les deux chiens malinois – qui en sortirent n'étaient pas des Rangers. Ils étaient des Delta. Et leur rôle était de donner l'assaut à la propriété qui se trouvait à deux cents mètres de là.

Dans le ciel, bien au-dessus des hélicoptères qui tournaient désormais en cercle en soutien des opérateurs au sol, deux autres engins flottaient dans un air bien plus raréfié. Un MQ-9 *Reaper* et un RQ-170 *Wraith* avaient pointé leurs optiques d'exception sur la propriété et ses environs. Les deux drones étaient arrivés sur site bien avant l'escadrille d'hélicoptères de combat. Avec un peu de chance, ils n'auraient pas besoin d'ouvrir le feu eux-mêmes. Leur rôle était différent. Il était d'assurer une surveillance aérienne de la propriété. De guider des frappes d'opportunité si des renforts djihadistes venaient à apparaître. Et accessoirement de retransmettre en temps réel le détail de l'assaut à 8 000 kilomètres de là, via liaison satellite, vers une audience prestigieuse. Depuis la *Situation Room* de la Maison Blanche, le président des États-Unis et les principaux membres de son Conseil de Sécurité Nationale étaient aux premières loges pour assister à l'élimination de l'un des plus farouches adversaires de son pays – et de l'Humanité tout entière.

Art Mitchell avait l'esprit bien ailleurs, à cet instant. Loin de Washington. Il savait qu'il n'était qu'une silhouette au sol, pour les deux drones américains. Et cette silhouette avait une mission précise. Son groupe parcourut la centaine de mètres qui le séparait encore du mur d'enceinte à pas lent. Il n'y avait aucune raison de se presser. De toute façon, entre les tirs de l'*Apache* et le vacarme des hélicoptères de transport, l'effet de surprise avait été éventé depuis longtemps. Il n'y avait aucun otage dans la maison. Juste des X-Rays. Tout du moins d'après les renseignements fournis par la CIA et les alliés.

« Fox 1 à Fox, on ouvre l'œil. »

Un par un, ses hommes accusèrent réception du message. Il connaissait chacun d'eux. Depuis plusieurs années, le plus souvent. Art avait une quarantaine d'années, comme la plupart de ses hommes. Ils étaient des vétérans, avec des centaines de missions de combat au compteur. Mais si leurs articulations souffraient un peu plus que dans leur jeunesse lors des efforts violents, ils restaient tous de solides combattants, aussi affûtés physiquement qu'ils l'étaient désormais mentalement. Dans le métier des armes comme ailleurs, l'expérience était irremplaçable. Au bout d'une poignée de minutes, Art arriva au niveau du mur d'enceinte. Il le tâta et constata avec satisfaction que leurs estimations avaient été les bonnes. Il fit signe à son équipe de poser les charges de franchissement. Puis tout le monde s'écarta.

« Fox 1 à tous les aigles, nous sommes prêts pour brèche, mur sud. Attendons feu vert. »

Dans le ciel, à bord d'un *Black Hawk* aussi noir que la nuit, le chef du détachement fit un point rapide avec tous les responsables d'équipes. Lorsqu'il fut rassuré qu'aucun de ses hommes et qu'aucun de ses aéronefs ne risquait quoi que ce soit lors de l'explosion, et que le reste du dispositif était en place, il cliqua sur sa radio tactique.

« Ici *Refuge*, vous avez le feu vert. »

Art prit une profonde inspiration, ouvrit sa bouche et ferma les yeux. « Fire in the hole ! »

La seconde suivante, une détonation assourdissante résonna et, dans une gerbe de flammes, la charge pulvérisa le mur d'enceinte. La poussière grasse ne s'était pas encore complètement dispersée que les premiers Delta avaient déjà franchi le mur, ou ce qu'il en restait. Le bâtiment principal se trouvait à une trentaine de mètres de là. Les opérateurs se dispersèrent et pointèrent immédiatement le canon de leurs armes longues – essentiellement des fusils d'assaut HK416 ou de précision HK417 – vers les murs gris de la maison. Les rayons verts des lasers montés sur les canons des armes léchèrent vite les murs, fenêtres, portes, à la recherche de proies.

Contrairement au raid sur Abbottabad, qui ne fut filmé que par les drones aériens, celui-là fut presque mis en scène. À leur grand dam, plusieurs opérateurs de la Delta Force avaient dû emporter une caméra numérique montée sur leur casque. Le signal capturé en temps réel était alors expédié vers les deux drones, qui les fusionnaient avec leurs propres images avant de les réexpédier vers le satellite de communication MILSTAR le plus proche. Contrairement aux images véhiculées par Hollywood, il était très atypique que des militaires sur le terrain s'encombrent de caméras. Ils avaient en général bien d'autre matériel plus utile à emporter. Et bien autre chose à penser, les pieds dans la poussière, et sous le feu ennemi, que de jouer au metteur en scène. Mais c'était une demande expresse du Commandant en Chef, qui avait exigé de pouvoir suivre l'assaut comme s'il s'était retrouvé sur place. Toute la chaine de commandement s'était inclinée et avait passé les ordres en ce sens. Jusqu'aux opérateurs de la Delta Force, qui n'avaient pas manqué de dire à leur hiérarchie ce que cette requête leur inspirait. Mais, à leur tour, ils s'étaient exécutés.

« Les opérateurs ont encerclé la propriété », commenta de façon totalement inutile de Secrétaire à la Défense. Mais à sa droite, le chef du Pentagone pouvait voir que le Président ne perdait rien de ce spectacle. Il avalait les images avec

15

gourmandise. C'était comme s'il mesurait enfin, en temps réel, le formidable pouvoir de la présidence. Sur un ordre de sa part, les forces armées de son pays pouvaient monter un tel raid et éliminer de la surface de la Terre des ennemis de l'Amérique. Sur les deux écrans géants de la *Situation Room*, plusieurs canaux se superposaient dans des incrustations d'images. Les yeux du président, sans surprise, étaient aspirés sur celui qui montrait les opérateurs progresser au sol. Malgré la nuit, les militaires se mouvaient avec aisance. Chaque pas était visiblement assuré. On pouvait presque sentir leur décontraction, à leurs mouvements. Cette décontraction n'était pas feinte. Et il ne fallait pas la confondre avec de la désinvolture. Pour des Delta, la scène qui se déroulait en Syrie n'était que l'aboutissement de centaines d'heures de préparations et de décennies de déploiements opérationnels. Ces hommes étaient non seulement surentraînés. Mais ils ne laissaient rien de côté lors de la préparation de leurs missions. Dans leur tête, ils connaissaient tous la géométrie des lieux, le nombre de fenêtres sur chaque façade, le nombre de pas nécessaires pour couvrir la distance entre le mur d'enceinte et la porte d'entrée de la maison principale. Ils avaient analysé les lignes de visée, les lieux de replis. Leur professionnalisme allait jusqu'à anticiper les effets de l'explosion d'une grenade à main ou d'un RPG là où ils devraient pénétrer.

La première phase de l'opération dura presque trente minutes. Puis, dans le brouhaha stylisé des messages radio échangés sur le terrain, ce fut la délivrance.
« Jackpot potentiel. Jackpot potentiel. »
Le président fronça les sourcils. « Est-ce qu'on a confirmation ? »
Un général se trouvait à ses côtés. Il haussa les épaules.
« Nous allons vite en avoir le cœur net. »

En fait, il ne le savait pas encore à cet instant, mais la cible du raid s'était réfugiée dans une galerie souterraine avec deux de ses enfants. Il avait pensé échapper ainsi aux Américains, en se terrant dans les abysses. Mais les opérateurs connaissaient l'existence de ce tunnel grâce aux renseignements d'une taupe, et ils en avaient trouvé l'entrée, vaguement dissimulée par des meubles. Le djihadiste n'avait pas accepté de se rendre. Et, lorsqu'il avait entendu les aboiements du chien que les Infidèles prévoyaient de lâcher dans la galerie, il avait préféré déclencher sa ceinture d'explosifs. Comme tous les Islamistes, l'homme avait une peur panique des chiens. L'explosion avait secoué le tunnel, mais il ne s'était pas effondré. Les Delta avaient pu retrouver les corps. Ou tout du moins ce qu'il en restait.

Le général écouta le compte-rendu détaillé de l'officier de la Delta Force présent sur place. Puis il releva la tête vers le président.
« Nous aurons besoin d'une analyse ADN pour être sûrs. Le corps est méconnaissable. Mais cela semble concorder. »
Le président des États-Unis inclina la tête. « Très bien. Tenez-moi au courant dès que vous avez le résultat formel de l'analyse ADN. Et ramenez tout le monde sain et sauf ! »
L'homme le plus puissant du monde fit signe au photographe d'immortaliser la scène, dans la salle de crise. Puis il se leva et se dirigea d'un pas lent vers le Bureau Ovale, qui se trouvait un étage plus haut. Dès qu'il aurait la confirmation, il demanderait à son chef de cabinet d'organiser une conférence de presse où il annoncerait au monde que le Calife autoproclamé de l'État Islamique venait de rencontrer la justice des Hommes, avant sans doute de rencontrer celle de son Créateur. Politiquement, ce serait un triomphe qu'il espérait aussi éclatant que celui de son prédécesseur annonçant au monde l'élimination du chef

d'Al Qaida. Plus éclatant encore, en fait. Car il était bien sûr meilleur que son prédécesseur.

À 8 000 kilomètres de là, Art Mitchell était loin de la politique. Son équipe était toujours à l'extérieur. Le groupe Fox 2 avait été chargé de pénétrer dans la maison et de capturer ou d'éliminer la cible du raid. Tous appartenaient au même Squadron Alpha du 1st *Special Forces Operational Detachment – Delta*. La moitié du Squadron était d'ailleurs déployé à cet instant à l'ouest de la Syrie. Même depuis l'extérieur, avec ses hommes, il avait ressenti l'explosion qui s'était déroulée dans le tunnel où le chef djihadiste s'était terré. Le sol avait brièvement tremblé, et s'en était suivi une intense activité sur le canal tactique de l'opération. Puis le calme était revenu, peu à peu. Le signal codé que tout était désormais clair dans la maison résonna dans les casques des opérateurs.

Débuta alors la phase de recueil d'informations. Chaque opérateur emportait plusieurs sacs en plastique. Ils ne devraient rien laisser sur place. Tout était bon à prendre : ordinateurs et téléphones, bien sûr. Mais aussi papiers. Documents. Des prélèvements ADN furent réalisés sur les djihadistes qui avaient été neutralisés lors de l'assaut. Art en avait abattu un. Ou plutôt *une*. La femme, entièrement voilée, avait refusé d'ouvrir sa veste. Après deux sommations, et alors qu'elle avançait vers lui, Art avait pressé la détente. Les deux balles l'avaient frappée en plein front. Et Art avait bien fait. La femme portait une ceinture d'explosifs et elle avait le détonateur dans la main lorsque sa vie s'acheva, emportée par deux munitions de 5,56mm. Ces deux balles furent parmi les rares à être tirées lors du raid. Et c'était aussi difficile à croire pour les amateurs de films d'action. À Hollywood, un assaut en bonne et due forme ne se déroulait pas sans que les commandos ne tirent des centaines de balles chacun. En réalité, il était bien rare que les opérateurs vident un seul chargeur. Là, Art Mitchell n'avait tiré que deux balles. Et au total, d'après les échanges radio, il n'y avait eu que six KIA[1] côté ennemi. Mais c'était sans compter le groupe qui avait trouvé amusant d'arroser les hélicoptères à la Kalachnikov lors de l'approche. L'*Apache* avait remis les rieurs du côté des Américains.

La maison était de bonne taille. Plusieurs pièces avaient été aménagées en bureaux. Art passa dans les couloirs, croisant ses hommes qui transportaient tout ce qu'ils avaient pu trouver. Dans ses deux casques – le premier vissé sur ses oreilles et le second posé sur son os temporal – Art pouvait suivre les échanges entre les équipes sur le terrain, et avec la coordination de l'assaut depuis les airs. Un officier supérieur de la Delta Force surveillait les environs depuis le MH-60M, et sur le même canal, on pouvait entendre les pilotes des deux drones donner des nouvelles. Leur voix était aussi cristalline que celle des hommes sur le terrain, et on aurait presque pu croire que ces derniers se trouvaient là, aussi. Mais ils étaient en réalité à des milliers de kilomètres de la Syrie. Confortablement installés dans des vans climatisés, garés sur des parkings ombragés de la base de Creech, dans le désert du Nevada.
« On a tout pris », lâcha l'un de ses hommes.
Art acquiesça. « Très bien. »

Il regarda sa montre. Il était près de trois heures trente du matin, heure Lima - locale. Cela faisait quatre-vingt-dix minutes qu'ils étaient arrivés sur site. Il savait que les airs leur appartenaient. Mais les environs étaient hautement hostiles. À une poignée de kilomètres de là, plusieurs groupes affiliés à Al Qaida avaient trouvé refuge, d'après la CIA et les renseignements qu'ils avaient pu recueillir. Seraient-ils attirés par le bruit, les tirs, les explosions et l'odeur du sang ? Art n'était pas impatient ni curieux de le savoir. Malgré l'appui-feu qui tournait autour d'eux, il ne sous-estimait pas les djihadistes ni ne surestimait ses propres forces. Les Delta étaient suffisamment aguerris pour se confronter à toutes les mauvaises surprises qui pouvaient arriver lors d'une mission. Mais aucun d'entre eux ne souhaitait se retrouver à dix contre un, au contact des djihadistes les plus fanatisés que la Terre ait portés.

« *Refuge* à Fox, vous êtes clairs pour embarquer », lâcha l'officier en charge de la coordination. Et, en bon ordre, les Delta et les Rangers se regroupèrent autour des MH-47. Puis les hélicoptères reprirent de l'altitude et le chemin du retour. Pour eux, la mission était terminée. Et elle était un succès. Mais pour le Pentagone, il y avait une dernière formalité à accomplir. Il fallait s'assurer que la maison ne se transforme pas en mausolée ni en lieu de pèlerinage pour djihadistes en herbe, nostalgiques du pseudo-Calife. À une centaine de nautiques de là, un trio de F-15E *Strike Eagle* avaient attendu le signal pour déclencher leurs propres opérations. Sous leurs ailes, des missiles furtifs et hautement profilés reçurent leurs ultimes instructions avant de se détacher et d'engager leur vol sans retour vers la propriété syrienne. Les AGM-158B JASSM frappèrent le site en cadence, libérant la puissance destructrice de leur charge explosive de 450 kilogrammes. Puis ce fut le tour des bombes JDAM guidées par GPS, lâchées par un B-1B *Bone*. Et enfin, le drone *Reaper* réalisa quelques « finitions » au moyen de missiles *Hellfire* à guidage laser. Les flashs se succédèrent pendant plusieurs minutes. Puis le calme revint et, lorsque le jour se leva sur l'ouest de la Syrie, il ne restait plus rien de ce qui fut, jusqu'à quelques heures en arrière, l'antre du responsable honni de l'organisation connue sous le nom d'État Islamique. L'organisation ne contrôlait plus de territoire depuis plusieurs mois, déjà. Mais sa capacité de nuisance restait intacte. De proto-État, elle était retournée se terrer dans la clandestinité. Et les attentats avaient pris la suite des exécutions sommaires et filmées dans les rues de Raqqa ou de Mossoul. La même violence abjecte, le même fanatisme animaient toujours ces djihadistes.

Les premiers badauds arrivèrent vite et trouvèrent les restes de l'opération aéroportée américaine. Les images ne tardèrent pas à apparaître sur les réseaux sociaux, accompagnées des premières rumeurs sur la cible qui avait été traitée durant la nuit. Et, lorsque, plusieurs heures plus tard le président des États-Unis apparut devant son pupitre, depuis la Maison Blanche, le monde savait déjà que le Calife autoproclamé du Levant avait été neutralisé. Le président raconterait le raid à sa façon, avec ses mots. Art ne l'écouterait pas. Pas par insolence ou insubordination. Mais parce qu'il dormirait à cet instant. Les nerfs des opérateurs avaient été mis à rude épreuve au cours des heures et des jours précédents. Deux raids similaires avaient été annulés au dernier moment, au cours du mois passé. Et jusqu'au dernier moment, les opérateurs du JSOC avaient pensé qu'il en serait de même une troisième fois. Ne disait-on pas « jamais deux sans trois ». Mais pour une fois, la troisième chance fut la bonne. L'histoire retiendrait que, si le chef d'Al Qaida fut retrouvé à quelques centaines de mètres de l'Académie Militaire pakistanaise, son ennemi juré de l'EI mourut à moins de cinq kilomètres de la frontière turque. Pakistanais et Turcs répondraient à quelques années d'intervalle, en écho, qu'ils n'étaient au courant de rien. Et qu'ils n'avaient rien su. Ni rien vu.

Mise en place

Azaz, Syrie, 27 octobre

Les bâtiments avaient été totalement rasés. Pour un peu, l'homme n'aurait pas réussi à reconnaître les lieux. Il y avait pourtant passé plusieurs jours, quelques temps plus tôt. Mais de la maison où il avait dormi, il ne restait rien. Pas même des ruines fumantes. Les bombes avaient tout désintégré. L'homme serra le poing. Il avait coupé le son de la télévision. Les commentaires ineptes des journalistes lui avaient donné la nausée. Sur toutes les chaines, il y avait les mêmes rictus de joie écœurants. Y compris sur les chaines qataries. Alternaient les rares images d'archives du Calife, prises depuis la grande Mosquée al Nuri de Mossoul, et les gros plans sur le visage du président des États-Unis qui annonçait sa mort depuis la Maison Blanche. Entre les deux, s'entrelaçaient dans une valse sordide des clichés amateurs de la maison de Barisha, ou de ce qu'il en restait. C'est-à-dire rien du tout. Les canaux américains étaient sans doute mieux achalandés et, sur CNN, on pouvait également voir des images d'hélicoptères de combat américains, prises des années avant le raid mais mises en scène pour faire plus authentique.

L'homme sentit sa tête tourner. Il s'assit sur la petite banquette de la pièce et prit son visage entre ses mains. Combien de fois avait-il lui-même bravé la mort ? Combien de fois avait-il échappé à des raids aériens ? Il avait cessé de compter. Son ami aussi. Jusqu'à la veille. Le Calife avait été blessé d'innombrables fois, lors de la débâcle de Raqqa, et au cours de son année de cavale.

« Il a été trahi. »

L'homme sursauta. Il n'avait pas entendu son garde du corps pénétrer dans la pièce, tant il avait été absorbé par ces images hypnotiques et dans ses propres souvenirs.

« C'est probable », finit-il par répondre.

Mais qu'en savait-il, finalement ? Les Américains disposaient d'une technologie de pointe. Il ne les avait jamais sous-estimés. Il n'avait jamais sous-estimé leurs drones, leurs dispositifs d'interception électromagnétique. Un simple appel téléphonique suffisait à la NSA. Leurs grandes oreilles étaient partout. Y compris en terre d'Islam. Mais pouvait-il également nier l'attrait d'une récompense de 25 millions de dollars sur des esprits simples ?

« Que devons-nous faire ? », demanda le garde du corps.

Dans sa voix, l'homme sentit un flottement, presque imperceptible. Il hésita à le rabrouer. Mais il se ravisa. En fait, il savait qu'il ne s'agissait en aucun cas de peur. Ses gardes du corps lui étaient non seulement totalement dévoués, mais ils étaient également des combattants redoutables. Ils ne craignaient pas la mort. D'une certaine façon, la mort, ils l'embrasseraient, le moment venu. Comme il était convaincu que le Calife l'avait embrassée. Loin de ce que le président des États-Unis avait affirmé, debout derrière son pupitre. Ce bouffon au visage orange avait osé ajouter l'insulte à l'injure, en prétendant que le Calife avait fui devant l'ennemi, pour mourir en lâche, terré dans un tunnel. Ce mensonge était insoutenable. Pire que l'élimination de son ami.

« Le pays est dangereux. Nos poches de résistance sont sous pression. Il nous faut quitter la région. Et sans doute la Syrie. »

L'homme acquiesça. Il savait tout cela. Il en avait parlé avec le Calife, qui lui avait ordonné de rejoindre de nouvelles terres de djihad. Le Califat avait sombré, frappé de toute part par ses ennemis. Mossoul, Raqqa, Deir Ez-Zor. Les bastions étaient tombés, les uns après les autres. Les combattants s'étaient battus comme des lions, et Mossoul avait été le charnier des forces irakiennes apostats. Ces traîtres à leur pays et à leur religion avaient lâchement mis leurs pas dans ceux des Impérialistes et des Croisés. Ils n'étaient même pas des guerriers. Sans les bombes lâchées depuis les nuages par les avions américains, jamais les soldats et lions du Califat n'auraient pu être délogés. Mais l'homme savait que ces pensées étaient stériles. Le Califat n'était plus qu'une nostalgie. Tout du moins sous la forme qu'il avait connue. Mais rien n'était terminé. Les mots du Calife résonnaient encore dans sa tête. Prescients. Son ami avait anticipé et prévu sa mort, sous les coups des chiens de Croisés. Et il lui avait ordonné de poursuivre la lutte, ailleurs. Il y avait d'autres terres de conquête. Plus complexes encore que le Levant, pour les Infidèles.

« Prépare ma voiture », finit-il par lâcher à son garde du corps. « Nous partons pour le nord. »

Le garde du corps inclina la tête. Une quinzaine de kilomètres plus au nord, se trouvait une frontière *a priori* étanche. Les Turcs s'étaient répandus dans les colloques internationaux pour se vanter d'avoir fermé leur territoire aux djihadistes. Il n'en était naturellement rien. Les combattants passaient toujours. Ankara était en guerre, à Alep. Comme elle l'était, à l'est de l'Euphrate. Et, comme depuis des temps immémoriaux, le Sultan de la Sublime Porte avait fait sien le célèbre adage : les ennemis de mes ennemis sont mes amis. Pour lui, l'ennemi était kurde. C'était au moins un point qu'ils avaient en commun. Et qui expliquait la grande complaisance d'Ankara à son égard.

La rue était animée, à cette heure. Les badauds passaient d'un étale à un autre, à la recherche de pain, de légumes et d'autres denrées de base. La ville avait accueilli des milliers de réfugiés, qui avaient fui les hostilités plus à l'est, autour d'Alep et d'Idlib, où les derniers « rebelles », essentiellement soutiens d'Al Qaida, étaient encerclés par les forces du régime de Damas. Mais la proximité avec la Turquie permettait des approvisionnements décents. On trouvait de tout, à Azaz. Mais il fallait payer le prix fort, et enrichir les contrebandiers, le plus souvent de mèche avec les autorités turques. Assis sur un petit banc en pierre, un homme suivait ce manège d'un œil distrait. Il était vêtu d'une ample chemise en lin, et d'un pantalon bouffant, plus typique de l'Indu-Kusch que du Levant. Mais depuis tant d'années, la Syrie avait accueilli des dizaines de milliers de combattants, venus des quatre coins du monde pour chercher l'aventure. Une épaisse barbe sombre dissimulait son visage et ne laissait apparaître que quelques tâches de peau burinée par le soleil. Et il y avait ces deux yeux noirs perçants. Les badauds qui passaient autour l'ignoraient. Mais ces yeux avaient vu leur lot de combats et de désolation. Ils étaient des yeux de tueur. De guerrier. De prédateur. Des tueurs, il y en avait d'autres, aux alentours. Mais ils n'appartenaient pas à la même race. Eux étaient des psychopathes. Lui, était un militaire. Robert Black n'était pas Afghan. Il n'était pas Syrien non plus. Plus simplement, il était Américain. Sous couverture. Infiltré dans l'une des villes les plus dangereuses du pays, qui était déjà loin d'être un lieu de villégiature.

Black était arrivé trois jours plus tôt à Azaz, avec une petite équipe d'opérateurs de la Delta Force, d'*Orange* et de la CIA. Ils avaient pris possession d'une *Safe House*, à quelques minutes à pied de là où il se trouvait. La *Safe House* avait appartenu à un enseignant syrien qui, aux débuts de la guerre civile, s'était rapproché des

Occidentaux. C'était l'époque où, dans les chancelleries, on espérait encore que l'Armée Syrienne Libre, comme elle s'était baptisée, parviendrait à renverser le dictateur syrien. Les vrais spécialistes du Levant avait tenté de mettre les dirigeants occidentaux en garde. Ils avaient tenté de leur démontrer que, derrière les rangs squelettiques de l'ASL, il y avait des insurgés beaucoup plus redoutables. Notamment des vétérans de l'insurrection irakienne. Mais ils n'avaient pas été écoutés. Black soupira et porta à ses lèvres le verre de thé tiède qu'il avait commandé à l'un des bistrotiers ambulants. Le liquide ambré était parfumé et fortement sucré.

« Sierra à Red unité, y a-t-il du nouveau ? »

Black laissa les mots résonner quelques secondes dans l'oreillette sans fil couleur chair. Puis il porta sa manche gauche à son visage, comme pour s'essuyer la bouche. Dissimulé à l'intérieur, se trouvait le micro de son dispositif de communication VHF crypté.

« Red unité, pas de mouvement… attendez… »

Cachée derrière les quidams, Black avait repéré une silhouette qui venait de sortir de la maison.

« Mouvement au X », murmura Robert dans son micro. « Je vois deux… rectification, trois X-Rays sortir de la maison et monter à bord du SUV Toyota blanc. Je répète, trois X-Rays. »

« Sierra à Red unité, bien reçu. Avez-vous un visuel sur les individus. Une identification ? »

La maison se trouvait de l'autre côté de la rue, à une vingtaine de mètres. Mais avec tous ces mouvements de va et vient incessants, Black n'avait pas pu reconnaître les visages, à l'exception de celui du premier homme.

« Abu Rachid al Turki, et deux autres X-Rays. »

La radio grésilla sur un bruit de statique pendant quelques secondes. « Bien reçu. »

« La voiture démarre. Elle part vers l'est », ajouta Black.

« Sierra à Red unité, bien reçu. Nous l'avons en visuel. »

Robert ne le savait pas, mais Sierra se trouvait en fait à plusieurs milliers de kilomètres de là. Dans le désert du Nevada, pour être précis. Grâce à des relais satellites, les retours de l'équipe du JSOC infiltrée à Azaz et des caméras électro-optiques du drone *Gray Eagle* qui les surplombait permettaient au responsable du dispositif de tout voir et de tout entendre. L'oiseau gris flottait à 26 000 pieds au-dessus de la ville syrienne, largement hors de portée des misérables dispositifs antiaériens dont les insurgés disposaient encore. Mais de toute façon, personne ne lui prêtait attention. Le moteur *Lycoming* de l'engin était trop silencieux et, peint dans une livrée camouflage gris / bleu, le drone se fondait dans le ciel azur du Levant comme un renard argentée sur une étendue neigeuse. Le drone était arrivé une vingtaine d'heures plus tôt en position, et il avait tourné en rond pendant tout ce temps. Derrière ses commandes, l'équipage du JSOC avait fini par perdre patience et s'apprêtait à préparer le vol de retour. Mais ils changèrent leurs plans. Le copilote cliqua sur l'écran vidéo et, comme par magie, la caméra gyrostabilisée du MQ-1C-ER (pour *Extended Range*) se focalisa sur le SUV blanc qui zigzaguait dans les rues animées de la ville, plusieurs milliers de mètres plus bas. La caméra se trouvait dans la boule optronique positionnée sous le nez de l'engin. Elle pouvait tourner sur 360 degrés et suivre une cible jusqu'à une distance de 70 kilomètres. Mais on ne lui en demanderait pas tant, ce matin-là. La cible n'était qu'à une douzaine de kilomètres à tout casser.
« Cible en visuel », lâcha-t-il sur le canal interne.

« Sommes-nous sûrs qu'il est à l'intérieur ? », demanda la directrice.

À ses côtés, le général James Kayers, responsable des opérations clandestines de la CIA, haussa les épaules.

« Son principal garde du corps a été identifié de façon formelle. Le tuyau est bon, Gina. »

La responsable de l'Agence avait fait le déplacement en personne depuis le septième étage et se trouvait, avec son équipe rapprochée, dans la *Predator Bay* de Langley. Face à elle, l'image du SUV apparaissait en énorme sur le principal écran géant de la salle de contrôle. Mais malgré ses prouesses, la caméra du *Gray Eagle* ne pouvait pas sonder la carrosserie en métal de la Toyota, ni bien sûr les cœurs de ses passagers.

Le général Kayers se rapprocha de la directrice. « Je suis confiant. Nous avons eu le Calife hier sur la base des mêmes sources. »

Il n'avait pas besoin d'en dire plus. La directrice était parfaitement au courant du contexte qui avait permis à l'Agence qu'elle dirigeait de remonter jusqu'au pseudo-Calife. Pour une fois, la CIA avait travaillé en parfaite intelligence avec les services irakiens et, pièce après pièce, arrestation après arrestation, elle avait pu reconstituer le puzzle et remonter jusqu'à la propriété de Barisha. Mais rien n'aurait été possible sans l'aide d'un traître, retourné par les services kurdes, qui avait pu confirmer la localisation du Calife et la topographie de la propriété. Jusqu'à l'existence du tunnel secret où le chef de l'EI avait cru se dissimuler, lorsqu'il avait entendu les turbines des hélicoptères américains.

Mais l'informateur ne s'était pas arrêté là. Il avait fourni des renseignements critiques qui avaient permis de remonter jusqu'à une demi-douzaine d'autres cadres dirigeants de l'organisation. Dont Abubakar. La CIA lui connaissait une demi-douzaine d'autres *kunya*, ces noms de guerre dont s'auto-affublaient les djihadistes. Mais elle n'avait jamais réussi à percer ses mystères. Son identité réelle était inconnue, comme celle de la plupart des cadres dirigeants de l'État Islamique d'ailleurs. Mais pour l'Agence, ce n'était pas le plus important. Les noms, cela servait aux stèles. Et aux chroniques funèbres.

« C'est bon. Vous pouvez y aller », lâcha la directrice de la CIA.

Le général Kayers inclina la tête et fit un signe de la main à l'un des opérateurs, téléphone vissé à l'oreille.

À l'autre bout du monde, les choses se précipitèrent. Le drone *Gray Eagle* s'inclina sur son aile et perdit un millier de pieds d'altitude. Dans son nez, la boule électro-optique avait tourné et, aux côtés de la caméra qui ne lâchait pas le SUV d'une semelle, un autre dispositif venait d'entrer en action. Le désignateur laser tira un rayon cent fois plus fin qu'un cheveu, totalement invisible à l'œil nu, qui vint s'écraser sur le toit de la Toyota. Dans le cerveau électronique du drone, des dizaines de milliers de données furent analysées en temps réel, au rythme étourdissant de plusieurs *millions* d'opérations élémentaires à la seconde. La distance, l'inclinaison, l'hygrométrie de l'air, la vitesse du vent, la présence de nuage qui pourrait diffracter le rayon... tout fut analysé et digéré dans les puces de silicium. Puis, lorsqu'il fut satisfait, le désignateur transmit l'information à ses maîtres humains, qui attendaient depuis Creech Air Force Base. L'intelligence artificielle n'avait pas encore pris le pas sur l'homme et les actions cinétiques étaient, au sein du Pentagone et de la CIA, toujours décidées *in fine* par des êtres faits de chair et de sang. Ce fut donc un pouce humain qui pressa le bouton de tir, placé sur le mini joystick qui permettait de piloter le drone.

Sous l'aile droite du *Gray Eagle*, le missile *Hellfire* se détacha et, dans un vrombissement aigu dont, à cette altitude, il n'y eut aucun témoin, il alluma son réacteur à carburant solide et accéléra rapidement jusqu'à la vitesse du son. Dans le nez du projectile, le désignateur de guidage n'avait qu'un seul objectif : le point exact de réflexion du laser émis par le drone. Au *centimètre* près. Lorsqu'il arriva à une centaine de mètres du SUV, le missile *Hellfire* expédia un signal électrique vers sa section centrale. Mais, contrairement à ce qui se passait chez la plupart de ses semblables, ce n'était pas pour déclencher la fusée de proximité de la charge explosive. Car l'AGM-114R9X n'en emportait aucune. À la place, ses concepteurs l'avaient équipé de six lames en acier trempé escamotables d'une cinquantaine de centimètres chacune. Le missile frappa le toit du SUV cxactement là où il l'avait prévu. En plein milieu de la carrosserie. Et, évoluant à la vitesse respectable de 1 500 kilomètres par heure, ses lames ne laissèrent aucune chance aux trois occupants du véhicule. Le « *Flying Ginsu* » venait de faire de nouvelles victimes.

Depuis la *Predator Bay*, la directrice put assister à l'impact en quasi-temps réel – les quelques fractions de seconde de décalage étaient naturellement dues au temps pour le signal de transiter via l'espace, depuis la Syrie jusqu'à Washington. C'était la première fois qu'elle était témoin d'une telle mise à mort, au moyen du nouveau missile que Lockheed Martin avait fabriqué spécialement pour la CIA. Il n'y eut aucune explosion. Ce fut presque décevant. De son altitude, le drone *Gray Eagle* ne put pas filmer les détails les plus gores. À peine la directrice et son équipe purent-elles voir le SUV freiner brutalement et s'immobiliser en pleine rue, son toit déchiqueté sous l'impact mais le reste de son habitacle étonnamment intact. Le « *Flying Ginsu* » avait été conçu pour frapper des ennemis évoluant en milieu contesté, sans risquer de dommages collatéraux. Les premiers témoins qui s'avancèrent immédiatement vers le SUV martyr ne le savaient sans doute pas. Mais à la distance où ils se trouvaient de la cible lors de l'impact, un missile traditionnel les aurait sans doute tués. Là, ils purent tous sortir leur téléphone portable et prendre les premiers clichés des restes sanglants des trois djihadistes qui se trouvaient à l'intérieur.

« Sierra à Red unité, cible traitée. Trois kilomètres de votre position. Est-ce que vous pouvez vous rendre sur place pour prendre des clichés et réaliser des prélèvements ADN. »
Robert soupira. Il aurait préféré loger une balle dans la tête des X-Rays. Il avait été formé pour ça et il emportait, caché dans le creux de ses reins, un Glock 26 compact équipé d'un réducteur de son. Avec une telle arme entre ses mains expertes, les djihadistes n'auraient pas eu plus de chance que contre les lames en acier supersoniques du « *Flying Ginsu* ». Mais Black était aussi discipliné. Et réaliste. Azaz n'était sans doute pas la pire ville en Syrie. Mais les djihadistes y avaient pignon sur rue. Il cliqua sur le commutateur de sa radio tactique en se levant nonchalamment du banc où il avait passé la dernière heure.
« Red unité à Sierra, affirmatif. »

Robert était déjà loin lorsqu'une silhouette, entièrement voilée, sortit de la maison qu'il surveillait. La femme était seule. Elle marcha dans la rue et retrouva une veille voiture à quelques pâtés de maison de là. Elle monta à bord, à l'arrière. Et la voiture démarra dans un nuage de poussière sèche.

Langley, Virginie, 28 octobre

Le matériel saisi à Barisha était arrivé le matin même dans un C-17. Le transporteur lourd en provenance du Levant avait atterri sur la base de Langley AFB qui, comme son nom ne l'indiquait pas, n'était pas à côté de la CIA. Un convoi de véhicules banalisés fut donc chargé du précieux fret et prit la route. Trois heures plus tard, il pénétrait dans l'enceinte de l'Agence de renseignements la plus célèbre au monde. Immédiatement, une armée de petites mains, analystes aux départements Moyen-Orient et Contre-Terrorisme se jetèrent sur les sacs de matériel. Il y avait énormément de travail à abattre. Il fallait tout répertorier, vérifier que rien ne s'était perdu en chemin, tout archiver, tout classer. Ensuite, et seulement ensuite, commencerait le long et fastidieux travail d'analyse à proprement parler. Sans surprise, la plupart des documents saisis étaient écrits en arabe. Mais ce n'était pas un souci. Ce n'était *plus* un souci. Depuis septembre 2001, la CIA avait recruté des centaines d'arabisants, familiers de la plupart des dialectes employés depuis la pointe de la péninsule arabique jusqu'aux confins de l'Atlas.

Dans son *cubicle*, Mary Loomquist reçut les premiers documents digitalisés, via le réseau Intelink[2] de l'Agence. Elle cliqua sur le lien et les pages s'affichèrent sur son écran. Il s'agissait essentiellement de documents manuscrits qui avaient été scannés. Mary en connaissait l'origine et elle mesurait l'importance qu'il y avait à en extraire la substantifique moelle, le plus rapidement possible. Certaines informations contenues dans ces pages pourraient orienter les équipes du JSOC présentes dans la région vers les caches d'autres membres éminents de la Choura. Le temps était compté et chaque heure qui passait risquait de voir les djihadistes prendre la poudre d'escampette et se perdre à nouveau dans la nature. Les terroristes étaient, au cours des dernières décennies, devenus des experts en contre-filature et avaient appris à épouser la clandestinité. Il était loin le temps des premières cellules d'Al Qaida qui, convaincues de leur invulnérabilité, pouvaient se permettre d'agir en pleine lumière, dans les rues de Kaboul ou de Khartoum. Les cadres de l'État Islamique changeaient désormais souvent de cachette. Par définition, ils étaient contraints de vivre dans la clandestinité. Et, avec la progression des forces syriennes libres et des combattants kurdes, le terrain leur était de plus en plus hostile. Et les cachettes sûres devenaient plus rares.

Mary fit un premier passage sur les feuilles digitalisées. Elles étaient recouvertes d'une écriture fine, régulière. Presque féminine. Élégante. Pourtant, d'après les premières analyses et les renseignements des opérateurs de la Delta Force qui les avaient récupérées, elles avaient certainement été écrites de la main même du pseudo-Calife. Mary réprima un frisson. Elle sentait la valeur historique d'un tel document. Mais elle ne pouvait s'ôter de la tête les images des atrocités terrifiantes que leur auteur avait ordonnées. Et commises lui-même. Mary avait été aux premières loges lors de l'opération aéroportée conduite par les mêmes opérateurs de la Delta Force, en 2014. La cible était alors une raffinerie désaffectée de la région de Raqqa où, d'après les renseignements qu'elle avait pu rassembler avec son équipe de l'Agence, une jeune Américaine était retenue prisonnière, en compagnie du journaliste James Foley. Mais l'opération n'avait pas permis de les libérer. Le calvaire de la jeune femme avait continué des mois durant. D'après des djihadistes capturés, elle avait été mariée de force au Calife, qui l'avait ensuite violée et battue pendant des mois. Avant de l'exécuter. Par une certaine ironie de l'histoire, le président des États-Unis et le Pentagone avaient choisi le nom de cette jeune humanitaire martyre pour baptiser cette opération. Pour le monde entier, et pour les djihadistes de tout poil, le pseudo-Calife avait été éliminé au cours de l'opération « Kayla Mueller ». Pour elle et pour ses proches, justice avait été rendue.

Au bout d'une heure, Mary avait pu se faire une bonne idée du fond des documents. Elle put rédiger une première note qu'elle posta sur Intelink, avec plusieurs mentions. Il y avait autant de pistes à suivre. De lieux à investiguer. De noms à vérifier – essentiellement des « noms de guerre » plus ou moins alambiqués, mais qui pourraient être croisés avec d'autres références, et avec des interceptions électromagnétiques du Pentagone ou de la NSA. En Syrie et au Levant, la jeune femme savait que des dizaines d'actifs aériens étaient prêts à décoller, pour survoler les lieux où d'autres djihadistes pouvaient se terrer. Appareils de reconnaissance, drones, chasseurs et bombardiers. Pour chacun de ces djihadistes, le choix serait entre une exécution et une tentative de capture, si les risques encourus étaient raisonnables. Les morts ne parlaient plus. Mais ils ne pouvaient plus nuire non plus.

Mary se leva et fit quelques pas. Elle n'avait que trente ans, mais elle en paraissait dix de plus. Analyste de renseignement à la CIA n'était pas un métier comme un autre. Et son hygiène de vie était surtout bien loin de James Bond. Il y avait beaucoup moins d'exercice. Et moins d'excès alcoolisés également. Mary ne dégustait jamais de Vodka Martini, secoué et non agité, confortablement affalée dans un palace. Elle ne conduisait pas une Aston Martin. Et elle ne disposait pas d'une arme de service, Walther PPK en calibre 9mm. Sa vie était plus monacale. Et banale, finalement. Du matin au soir, en général tard, elle compulsait des documents, traduisait des publications sur des sites internet, croisaient des informations, extraites des réseaux publics ou interceptées sur le terrain par des opérateurs des forces spéciales. Son quotidien se résumait à ce *cubicle* et à la minuscule cuisine d'étage où elle se faisait chauffer son thé. Elle était entrée à la CIA comme on entrait dans les ordres. Avec les mêmes vœux de silence. Et dans son cas, de chasteté – plus subie que choisie.

Une petite sonnerie résonna, lui signalant qu'elle venait de recevoir un message instantané. Elle ouvrit une fenêtre de discussion sur l'intranet de l'Agence. Le message venait d'un de ses collègues du département Contre-Terrorisme.
- *Salut Mary, tu aurais quelques minutes à m'accorder ?*
Mary attrapa son clavier et tapa la réponse.
- *Bien sûr, Phil. Que puis-je pour toi ?*
- *Nous avons reçu une liste de numéros de téléphones de Barisha. Le département technique a croisé les métadonnées. Je t'envoie les données de géolocalisation. Dis-moi si certaines t'inspirent quelque chose.*
- *Bien sûr.*
- *Merci ! Tu es la meilleure.*

Quelques secondes plus tard, elle ouvrait le courrier électronique que venait de lui envoyer Phil. En pièce jointe, elle trouva une demi-douzaine de coordonnées GPS. Il s'agissait des antennes relais qui avaient borné les communications émises ou reçues par l'un des téléphones retrouvés sur le site du raid par la Delta Force. Mary ouvrit une nouvelle page sur son deuxième écran, où elle lança une version vaguement améliorée par la maison de *Google Map* – pourquoi réinventer la roue lorsque des logiciels du commerce apportaient de telles solutions ? Elle tapa les premières coordonnées. Azaz, Syrie. Elle zooma sur le quartier de bornage et le reconnut tout de suite. Abubakar. Son travail – entre autres – avait permis de remonter jusqu'à la *Safe House* de la ville où il avait été repéré. Mais il s'agissait d'une piste froide désormais. Au sens médical du terme. Abubakar avait été transformé en hachis-parmentier vingt-quatre heures plus tôt seulement, frappé par l'un des nouveaux joujoux de l'Agence. Elle haussa les épaules, en réprimant un frisson d'effroi. Elle avait pu voir les photographies des victimes d'une précédente attaque, particulièrement gores. Elle avait pourtant l'habitude, mais elle devait avouer que le *Hellfire* R9X méritait bien son nom. Ses lames ouvraient au sens propre les portes de l'Enfer, où disparaissaient les ennemis de l'Amérique. Elle haussa les épaules. Puis passa aux secondes coordonnées GPS. Tripoli. Libye. Quartiers est de la ville. Pourquoi n'était-elle pas surprise ?

Arlington, Virginie, 28 octobre

« Tu as pris ton jus d'orange ? »
Walter secoua la tête. Il était en retard. Panne de réveil. Sa femme Lucie était dans la cuisine. Elle lui jeta un regard sévère, les bras croisés sur sa poitrine.
« J'ai un cours à neuf heures, chérie », lâcha-t-il, piteusement, dans une vaine tentative de l'amadouer. Mais il savait qu'il ne pouvait pas lutter contre elle. Il reposa sa serviette et son manteau sur une chaise, et vint la rejoindre. Elle lui tendit le verre. Il l'attrapa et le vida d'un trait. Chaque matin, Lucie veillait à ce qu'il ingurgite sa dose de vitamine C, fraichement pressée. C'était ironique. C'était lui, le médecin, après tout. Mais Lucie avait décidé quelques décennies plus tôt que son mari n'aurait pas le droit de se laisser aller. Depuis qu'ils étaient arrivés aux États-Unis, quarante-cinq ans plus tôt, ils avaient vu le nombre d'obèses exploser autour d'eux. C'était un véritable fléau. Une véritable épidémie.

Walter lui rendit le verre et la toisa quelques secondes, avant d'éclater de rire et de lui poser un baiser sur les lèvres. Plus de quarante ans qu'il la supportait. Il lui jeta un dernier regard amoureux, puis reprit son manteau et sa serviette et sortit. Une fine couche de gelée blanche s'étendait sur la pelouse de leur pavillon d'Arlington. Une masse d'air glacée en provenance du Canada s'était échouée sur la côte est, et l'hiver avait étendu un manteau précoce sur la Virginie. Il remonta le col de son manteau en cachemire et courut se blottir dans la Volvo XC60 qui l'attendait, comme chaque matin, sur la plateforme. Il ne fallut que quelques secondes pour que l'habitacle se réchauffe. Walter alluma la radio. L'hôpital se trouvait à une vingtaine de minutes en voiture. Et c'est au son d'une symphonie baroque qu'il prit la route et s'enfonça dans la circulation. On voyait bien que la route s'était densifiée. Le vélo s'était répandu en Virginie comme ailleurs. Mais les cyclistes n'étaient pas tous amateurs de températures hivernales et lorsque le thermomètre chutait, beaucoup retrouvaient le réconfort douillet de leur voiture climatisée. Walter était trop vieux pour pédaler, de toute façon. Enfin, c'était ce qu'il se disait. Il avait dépassé les soixante ans depuis quelques années déjà. Il avait arrêté de compter à partir de là et chaque année, il refêtait ses soixante ans. C'était une façon comme une autre de conjurer la malédiction du temps qui passait, inexorablement. Il n'avait jamais été un grand sportif, préférant le confort ouaté d'un bon fauteuil et d'un bon livre, parfois accompagné d'un bon Cognac. Et c'était bien ce qui enrageait sa femme, qui avait toujours eu besoin de bouger, quant à elle. Elle s'occupait de la maison, du jardin, et ne répugnait pas à une bonne balade. Il l'accompagnait parfois, le plus souvent en râlant.

Le parking était déjà bondé lorsqu'il arriva à l'hôpital. Mais sa place était réservée. Il gara sa Volvo et attrapa sa serviette. MedStar était l'un des plus vieux hôpitaux de la côte est, et par la même des États-Unis. Il partageait les locaux avec l'école de médecine de la célèbre université de Georgetown. Walter y enseignait depuis près de vingt ans, après y avoir servi pendant presque aussi longtemps. Après son doctorat en médecine, il avait trouvé un poste de recherche au département de médecine infectieuse de l'université. Et il ne l'avait jamais quittée. C'était au milieu des années 80. Le monde avait bien tourné, depuis. Walter retrouva son bureau. Il posa sa serviette sur une chaise et son manteau sur une patère. Puis il alluma son ordinateur. Contrairement à la plupart de ses – jeunes – collègues, il ne passait pas sa vie sur son téléphone portable et il n'avait donc pas lu ses emails. Il parcourut les messages. Travaux d'étudiants, articles de recherche, nouvelles de patients, questions de collègues, et naturellement une liste interminable de messages en provenance de laboratoires pharmaceutiques… ou d'avocats. Les médecins étaient de bons clients, pour eux. Notamment les chirurgiens, anesthésistes et obstétriciens, qui dépensaient des centaines de milliers de dollars en assurance juridique, chaque année. L'Amérique était malade de sa justice. Au mur, la vieille horloge continuait à tourner, indifférente aux bouleversements technologiques. Il était presque l'heure. Walter attrapa son cahier de notes dans sa serviette, puis il prit le chemin des salles de cours. Georgetown était l'une des universités de médecine les plus prestigieuses. Ses étudiants étaient la crème de la crème, sélectionnés sur des critères drastiques. Chaque heure de cours exigeait un temps de préparation considérable. Mais Walter adorait son métier. La transmission. L'exigence. Qui aurait pu le croire ? Son compte d'épargne 401k était plein. Il avait économisé toute sa vie et il avait largement de quoi prendre sa retraite. Mais il n'était pas pressé.

« Salut Walter, comment ça va ? ».
Walter leva les yeux de son ordinateur. Dans l'embrasure de la porte, il reconnut le visage poupin de l'un de ses collègues. David avait la moitié de son âge, mais il ne fallait pas se fier à son air juvénile. Il était l'un des chercheurs les plus doués de sa génération, et l'université le préparait

comme une bête de concours au prix Nobel de médecine…sans doute d'ici une vingtaine d'années au moins. Mais c'était le jeu et les universités les plus prestigieuses se devaient de voir bien au-delà de l'horizon comptable.

« Parfait Dave, merci. Tu as reçu tes derniers échantillons ? »

David acquiesça, un rictus enfantin au coin des lèvres. Quelques éprouvettes remplies de bactéries ou de virus, et il était aux anges. Mais là, il ne s'agissait pas des miasmes d'un vulgaire rhume des foins. Mais d'échantillons de sang de victimes de la dernière épidémie d'Ébola, qui avait déchiré l'Afrique Centrale. Ces éruptions de fièvre hémorragiques devenaient tragiquement communes, en République Démocratique du Congo, en Guinée ou en Sierra Léone. La maladie était déjà terrifiante en elle-même, mais en plein cœur de l'une des régions les plus pauvres et sous-équipées du monde, chaque poussée causait des ravages. La plupart des laboratoires de recherche en épidémiologie tentaient de développer des vaccins.

« Je pars ce soir pour Atlanta. Les dernières souches en provenance de Kivu[3] sont à la CDC. »

« Tu me raconteras », soupira Walter en réunissant ses affaires. Il attrapa notamment la clé USB sur laquelle se trouvaient les projections de son cours du jour. Il avait mis des années à se faire à ces nouvelles technologies, et au fond de lui-même, il regrettait les bons vieux transparents écrits à la main. C'était la marche du progrès. Les étudiants venaient tous avec un ordinateur portable, désormais. Cela remplaçait les livres et cela donnait l'illusion du savoir. Walter était d'une autre génération. Pour lui, rien ne remplaçait la mémoire, et les heures passées à hanter les rayons poussiéreux des bibliothèques universitaires, à la recherche de vieux manuels d'anatomie ou de virologie. Il haussa les épaules et balaya ses nostalgies. Puis il s'engagea dans le couloir qui menait vers les amphithéâtres. Il était prêt à entrer dans l'arène. À affronter une classe déchaînée de futurs médecins.

Ouagadougou, Burkina Faso, 28 octobre

Le dernier homme à monter à bord de l'hélicoptère était médecin lui aussi. Mais dans son cas, le terrain de jeu n'était pas une salle de classe et faisait plutôt la taille de l'Europe. Le médecin vint s'asseoir à côté du capitaine Delwasse et attrapa la ligne de vie qu'il accrocha à son gilet de combat. Puis il se brancha sur l'interphone du bord et fit signe au chef de cabine que tout était au poil.

« Embarquement terminé », lâcha l'opérateur du 5ème régiment d'hélicoptères de combat. Le *Caïman* se mit à vibrer et, dans un nuage de poussière grasse et le vrombissement sourd de ses deux réacteurs de 2 500 chevaux chacun, il prit l'air. Quelques dizaines de mètres plus loin, une machine identique défia à son tour la gravité, accompagnée d'un hélicoptère *Tigre*, beaucoup plus racé et – sans mauvais jeu de mot – félin. Les trois aéronefs prirent de l'altitude, et s'engagèrent dans un ample virage afin de prendre un cap vers le nord/est. La porte latérale était restée ouverte et un vent frais s'engouffra dans la carlingue. Les militaires purent voir le paysage familier du Burkina Faso défiler sous leurs pieds. La capitale tentaculaire, aux innombrables maisons basses faites de bric et de broc, laissa la place au vaste plateau aride. Puis ce fut le Sahel. Et imperceptiblement, l'air qui voltigeait dans la soute du *Caïman* de l'Armée de Terre se réchauffa. Novembre n'était pas le mois le plus chaud, dans la région. Mais il ouvrait la saison sèche, au Sahel. Lorsqu'on avait de la chance, le thermomètre tutoyait les trente degrés. Sinon, il fallait faire avec l'harmattan, ce vent chaud et sec qui descendait du Sahara et qui faisait voler le sable.

Dans la carlingue, les visages étaient décontractés. Faussement paisibles. Certains militaires profitaient du voyage pour prendre un peu de repos. D'autres fixaient l'horizon, absorbant un décor qui, dans un autre contexte, aurait pu paraître enchanteur. Mais tous se concentraient sur la mission qui les attendait. Ils appartenaient à la 2ème compagnie du 1er Régiment Parachutiste d'Infanterie de Marine et les environnements arides et extrêmes étaient leur univers. Le vol dura presque deux heures, et les militaires sentirent leur monture décélérer et perdre de l'altitude. Dans leur casque, la voix du pilote retentit.

« On atterrit dans cinq minutes, les gars. »

Delwasse ferma les yeux et étendit ses jambes. Il sentit ses articulations fourmiller. Il avait l'habitude des vols et il savait qu'il fallait contracter ses muscles régulièrement, afin d'éviter l'engourdissement. Sur sa poitrine, il trouva la paille en plastique et avala une gorgée de liquide. Entre ses jambes, son fusil d'assaut HK416 était posé sur la crosse, canon dirigé vers le haut. La sécurité est naturellement en place. Avec une précision d'horloger suisse, le *Caïman* posa ses roues sur la piste poussiéreuse cinq minutes plus tard. Immédiatement, les commandos sautèrent à terre, deux par deux. Avec leur propre sac à dos et le fret qu'ils avaient amené, il y avait pour une centaine de kilos par personne. Ils firent un tas sous un arbre squelettique, en prenant un soin particulier avec l'eau. Dans le désert, on pouvait résister sans nourriture. Pas sans s'hydrater. En plein été, les militaires pouvaient avaler une quinzaine de litres par jour. Delwasse avait déployé une poignée de ses hommes en étoile, afin qu'ils scrutent les environs. Le terrain était relativement dégagé et plat, et une arrivée intempestive serait rapidement repérée. Mais avec des djihadistes fanatisés aux environ, on n'était jamais trop prudent.

Il fallut une paire d'heures pour monter le campement. Et, juste avant la tombée de la nuit, une fumée à l'est trahit l'arrivée du convoi motorisé. Juste à l'heure, également. Delwasse sortit de sa tente. Le crépuscule était sur le point de s'abattre sur le Niger. Il leva les yeux vers un ciel immaculé, vide de tout nuage et de toute pollution nuageuse. Les premières étoiles apparaissaient dans le vide bleu foncé. Un mince croissant de lune était également visible à l'ouest. Les conditions étaient idéales pour une opération. Obscurité de niveau 2, comme on disait dans le jargon. Sans dispositif d'intensification de lumière, en pleine nuit, il n'était pas possible de distinguer quoi que ce soit à quelques mètres de distance. Or, les katibas locales ne disposaient pas encore de tels appareils, qui restaient l'apanage exclusif des militaires de Barkhane… et des quelques opérateurs alliés qui, dans le plus grand secret, prêtaient main forte aux Français.

Les deux premiers VLFS s'arrêtèrent à une dizaine de mètres de la tente. Quatre commandos en treillis de combat en descendirent.

« Philippe, ça me fait plaisir de te voir », lâcha le premier d'entre eux.
Delwasse saisit la main que lui tendit l'officier. « Julius. Comment était la chasse ? »
Julius esquissa un sourire las. Il était éveillé depuis une trentaine d'heures et, commando marine ou pas, dans un tel environnement, aussi exigeant psychologiquement que physiquement, il ressentait la fatigue.
« On a une touche. À une trentaine de kilomètres à l'est. On vous attendait pour la suite. »
Delwasse lui fit un clin d'œil. Il apprécia en connaisseur. Julius était à la tête d'une unité Sabre de commandos marine. Son équipe d'une quinzaine d'opérateurs s'était répartie en deux sections plus légères. Julius était de taille

moyenne. Ses cheveux étaient d'un noir profond, mais ils commençaient à s'éclaircir sur le sommet de son crâne. Comme chez la plupart de ses hommes, un collier de barbe fournie lui donnait un faux air de Cro-Magnon. Mais il ne fallait pas se laisser abuser par cet air rustre. Julius – Alain de Montjoie de son vrai nom – était un homme raffiné, dans la vie civile. Issu d'une grande famille de l'ouest, il était la troisième génération de militaires. Son grand-père avait été général. Son père amiral. Et il était lui-même lieutenant de vaisseau, et membre du prestigieux commando Hubert. Parmi ses hommes, la moitié appartenait à cette unité d'élite. Les autres se répartissaient entre les commandos Jaubert, Trepel et de Montfort.

« Nous avons pu repérer une quinzaine d'insurgés dans un camp il y a quelques jours. Mais il y a du trafic. Je pense qu'on a mis la main sur une partie de la katiba Macina. »

« Ils sont loin de leurs bases du Mali », objecta Delwasse, visiblement perplexe.

« Effectivement », admit Julius. « D'après la DEGE[4], ils attendraient de l'approvisionnement du nord. Les Américains ont fait décoller un *Reaper* d'Agadez et il reste en couverture au-dessus de Tassara. C'est là-bas que ça doit se passer. Un de nos *Reaper* est également prêt à Niamey. Le 2ème REP[5] et *Altor*[6] couvrent la zone des trois frontières. Ils ne pourront pas passer. »

Delwasse soupira. Le Niger était essentiellement un lieu de passage pour les terroristes. Au nord, la frontière libyenne restait une passoire, où armes, drogue, migrants et djihadistes passaient sans souci. Le Mali se trouvait à trois cents kilomètres à l'ouest. Cela pouvait sembler beaucoup, mais à l'échelle de la bande Sahélo-Saharienne, grande comme l'Europe, c'était un simple saut de puce. À peine quelques heures de tout-terrain. Depuis qu'ils étaient arrivés dans la région, les Français avaient appris à connaître le terrain, au prix fort. Mais ils savaient rester humbles. Les djihadistes – ou tout du moins la plupart d'entre eux – y étaient nés. Ils y avaient leurs attaches. Leur histoire. Leurs clans y avaient organisé des trafics de toute nature depuis des lustres.

Autour de Julius, les autres commandos marine avaient l'air tout aussi fourbus. Ils avaient roulé une grosse partie de la journée, sous le soleil aride du désert. Les corps étaient fatigués. Autant que les machines qu'il faudrait réviser avant de repartir, le lendemain. Le repos attendrait. Comme au temps de la conquête de l'ouest, les cow boys s'occupaient des chevaux avant de diner et de s'affaler autour d'un bon feu de camp. Pour les opérateurs du COS, les montures étaient désormais en métal et portaient des mitrailleuses de 7,62 mm et 12,7 mm, et plus des sabots et des selles en cuir. Mais ces montures nécessitaient toujours autant d'attention. Et un peu d'amour, aussi, sans doute.

Région du Yatenga, Burkina Faso, 28 octobre

Le soleil venait de se coucher. Le village était calme. Quelques rires et quelques éclats de voix résonnaient, ici ou là. On y parlait fort. On y riait. L'air y était doux, loin des excès de l'été qui s'était éteint. Le thermomètre avait baissé sous les trente degrés. Pour un Européen, c'était à peine supportable. Mais pour les locaux, c'était presque frais. Les villageois n'entendirent pas les motos arriver. Ils ne purent rien faire. Les assaillants fondirent sur les misérables huttes, sans se poser de questions. Ils étaient une vingtaine, à raison de deux par monture. Dès qu'ils posèrent le pied au sol, ils levèrent leurs armes automatiques et ouvrirent le feu. Sans distinction. Sans pitié. Les seuls mots qu'ils prononcèrent étaient pour vénérer un Dieu que l'on disait de paix et de miséricorde.

Les pickups arrivèrent au petit matin. Des hommes en uniformes dépareillés en descendirent, arme au poing. Ils n'étaient pas militaires. Ils étaient des « gardiens de la brousse », comme on les appelait en langue locale. Des Kogleweogo. Des volontaires. Endurcis par les rudes conditions de vie de cette région semi-désertique. Habitués à la mort et au sang. Mais pourtant, le spectacle de désolation et les corps suppliciés des villageois, hommes, femmes, enfants, vieillards, leur arrachèrent des haut-le-cœur. Il fallut encore une paire d'heures pour que les premiers militaires officiels n'arrivent. Un convoi d'une dizaine de Toyota s'arrêta dans un crissement de pneus. L'officier en charge était burkinabé et il fit signe à ses hommes de se disperser dans le village martyr. Derrière lui, les militaires français restèrent en retrait. La section appartenait au Groupement de Commandos Parachutistes du 2ème Régiment Étranger Parachutiste – Task Force *Altor*. La région des Trois Frontières était son terrain de chasse. Les Français étaient officiellement là en soutien de leurs collègues burkinabés et maliens. Mais ils étaient beaucoup plus, en réalité.

Le capitaine Hélias avait trente ans. Il en était à son deuxième déploiement dans la région et, avec le temps, il avait vu la situation empirer. Malgré les coups que la force Barkhane portait aux terroristes, les attaques devenaient plus nombreuses. Plus audacieuses. Plus sanglantes. Et elles ne visaient pas uniquement les forces armées. Les villages mossis – l'ethnie majoritaire dans le pays – étaient les principales cibles, désormais. Et pour Hélias, la raison en était simple. Les djihadistes avaient compris trois choses. Primo, il était plus simple et moins risqué de s'en prendre à des civils sans défenses qu'à des militaires français. Secundo, la terreur que ces attaques inspiraient servait leur but politique et poussait les populations à exiger l'ouverture de négociations avec les groupes terroristes. Et tertio, en attendant, ces attaques montaient les ethnies les unes contre les autres et entretenaient le chaos. Il n'y avait qu'à lire les traits des gardiens de la brousse aux alentours. Ils étaient livides de rage. Ivres de colère et avides de vengeance. À l'est et au nord de ce charnier, il y avait d'autres villages. Peuls, cette fois. Et pour les Kogleweogo, les Peuls n'étaient pas seulement des étrangers. Ils étaient des traîtres. Le vivier dans lequel les groupes terroristes locaux recrutaient leurs sbires. Ils étaient donc devenus des ennemis. Indistinctement.

Hélias fit glisser son fusil d'assaut, retenu par sa sangle, et attrapa sa radio tactique par satellite. Il lui fallut quelques secondes pour accrocher le réseau, et quelques secondes de plus pour recevoir une réponse.

« *Edelweiss unité*, je suis à Barga. C'est un vrai massacre. Nous avons compté quarante trois victimes. Aucun survivant. Je vous envoie les images. »

À l'autre bout du fil, se trouvait l'état-major de la force Barkhane, qui s'était installé à Ndjamena, au Tchad.

« Autorité à *Edelweiss unité*, bien reçu. Avez-vous pu trouver des traces des assaillants ? »

« Affirmatif », souffla Hélias. « Traces de pneus de deux roues. Des motos. Sans doute une dizaine, d'après nous. Ils ont utilisé des armes légères. On a retrouvé des étuis de 7,62mm… » Hélias marqua une pause, la voix cassée par l'émotion. « Ça a été une exécution. Les villageois n'étaient pas armés. Certains ont été abattus dans le dos. Il y a des enfants. Achevés au couteau, parfois. Ce n'est pas beau à voir. »

La radio grésilla pendant quelques secondes. Puis la voix de l'officier de Barkhane reprit. « Bien compris. Dans quelle direction sont partis les assaillants ? »

Hélias échangea un regard avec l'un de ses sous-officiers, qui comprit la question à demi-mot et lui indiqua une direction d'un geste de la main. « Vers le nord. Ils doivent

avoir une dizaine d'heures d'avance, d'après les Kogleweogo qui sont arrivés les premiers sur place. »
« Bien reçu. Nous faisons décoller un *Reaper* de Niamey. On va les retrouver. Vous êtes autorisés à partir en chasse. »

Hélias sentit sa main se crisper sur le combiné de sa radio. C'était sans doute la meilleure nouvelle de la matinée. Autour de lui, sa petite équipe de commandos restait concentrée. Sur terrain plat, l'horizon était dégagé et les trois hommes qu'il avait laissés en surveillance pouvaient voir à plusieurs kilomètres à la ronde. C'était l'avantage des pistes poussiéreuses. Les véhicules laissaient un sillage de fumée et de sable derrière eux, qui les rendaient visibles de loin. Le reste de son équipe avait fouillé le village, à la recherche des moindres indices, mais aussi d'éventuels « cadeaux » que les djihadistes auraient pu laisser derrière eux. Les plus imaginatifs d'entre eux avaient pris l'habitude, apprise lors de l'insurrection irakienne, de piéger les corps et le reste des huttes éventrées. Combien de soldats maliens et burkinabés y avaient laissé la vie, sautant sur un IED ou une grenade à main posée sous une victime, qui détonait lorsqu'on la retournait ? Les Français avaient appris à faire avec. À anticiper. Mais là, ils n'avaient rien trouvé. L'attaque avait été brutale, et rapide. Les terroristes ne s'étaient pas appesantis sur place. Ils savaient que la force Barkhane était proche. Ils n'avaient pas voulu prendre de risques. Où étaient-ils ? Hélias rassembla ses hommes. Il lut dans leur regard la même étincelle de colère. Froide. Professionnelle. Sur les visages, les traits étaient marqués. Par la fatigue. La chaleur. Mais aussi par le spectacle d'épouvante dont ils avaient été les témoins. Ils en avaient pourtant vu d'autres, après sept ans de guerre dans la région. Et ils étaient des durs, au sein de la Légion, qui elle-même ne recrutait pas de tendres. Mais il y avait des choses auxquelles on ne s'habituait jamais. Et des crimes qui ne pouvaient pas rester impunis.

« Les gars. On part en chasse. »

À une cinquantaine de kilomètres de là, une compagnie entière du 2ème REP se mit en route. Elle retrouverait en chemin le groupe d'Hélias et de l'armée du Burkina.

Gaziantep, Turquie, 29 octobre

Depuis 2016, la frontière entre la Turquie et la Syrie était officiellement fermée. Mais Abubakar n'avait pas eu besoin de percer un trou dans un grillage pour quitter la Syrie. Juste d'appeler un numéro qu'il avait appris par cœur, quelques semaines plus tôt. Autour d'Idlib, il n'y avait désormais que chaos. Les forces de Bachar avaient encerclé le dernier bastion djihadiste, ainsi que trois millions et demi d'habitants et de réfugiés. Les barils d'explosifs y tombaient du ciel en quantités industrielles, à mesure qu'ils étaient fabriqués dans des usines artisanales, à Alep et Hama. Les forces syriennes avaient juré de reprendre le contrôle de leur pays. Et d'effacer les derniers stigmates de l'insurrection qui avait déchiré le pays. Mais à Idlib, d'autres protagonistes s'étaient invités à la fête. Les Turcs et leurs faux-nez locaux avaient traversé la frontière au sud d'Antioche, et déployé près de 5 000 militaires. Dans le ciel toutefois, au-dessus d'Idlib, les seuls aéronefs qui volaient encore portaient l'étoile rouge russe, ou les insignes de la misérable armée de l'air syrienne. Et les bombes qui tombaient sur les quartiers ouest de la ville étaient essentiellement russes. Les Turcs ne maitrisaient pas les airs. Seulement le sol et les routes.

Abubakar était pourtant loin de ces drames. Il avait quitté Azaz et son chauffeur avait roulé toute la nuit, vers l'est et la ville frontalière d'Al Raï. Là, parfaitement à l'heure, il avait trouvé son nouveau taxi. Et poursuivi son périple vers le nord. La frontière n'était qu'une ligne dans le sable, tracée à la règle par Mark Sykes et François Georges Picot un siècle auparavant. Bien sûr, des patrouilles militaires surveillaient les routes. Mais les contrôles furent rapidement passés. Et la voie se dégagea jusqu'à la prochaine étape de son périple : Gaziantep. Il arriva dans la *Safe House* du MIT[7] à la nuit tombée. Mais son comité d'accueil avait été patient et l'attendait.

« J'espère que vous avez fait bon voyage », commença l'espion turc, en guise de formule de politesse. Son ton laissait deviner qu'il ne croyait pas un mot de ce qu'il disait. Abubakar inclina toutefois la tête. « Je ne peux pas me plaindre. Et je voulais vous remercier pour votre hospitalité. »
L'espion turc resta impavide. Il n'avait aucune sympathie particulière pour son hôte, et c'était un délicat euphémisme. Mais il était aussi discipliné. Et bien au-dessus de sa tête, la direction de son organisation avait décidé qu'il convenait, malgré les discours martiaux, malgré les attentats que l'État Islamique avait commis en Turquie, d'aider ce curieux individu. Car, même pour le MIT, Abubakar était un hôte étrange. Il n'était pas Syrien. Pas même Irakien, comme l'ancien Calife et la plupart des membres de la Choura. Il était Tchétchène. Et, malgré les trous qui apparaissaient dans son CV, il y avait au moins une autre ligne qui interpellait. Abubakar n'était pas né djihadiste. Il l'était devenu. Après une poignée d'années au sein du bataillon Vostok – littéralement « Est » en russe. Car Vostok était bien une unité de l'armée russe. Plus précisément un bataillon spécial des Spetsnaz du GRU, essentiellement constituée d'opérateurs originaires du Caucase. Et alors que l'armée turque se retrouvait face aux forces russes, à Idlib, ce passé militaire avait quand même rendu nerveux les espions d'Ankara. Les relations entre la Turquie et son puissant voisin russe étaient troubles. Complexes. Les

rencontres cordiales et les commandes d'armement succédaient ou parfois se *superposaient* à des affrontements armés ou larvés, localisés. Cela intriguait les commentateurs qui, pour une fois, étaient bien en peine de disserter sur l'état réel des relations entre Ankara et Moscou. Car lorsque leurs forces se tiraient dessus à Idlib ou en Libye, elles collaboraient ailleurs. Le monde était devenu fou, sans doute. Schizophrène, certainement.

« Quels sont vos projets ? », l'interrogea immédiatement l'espion du MIT.

Abubakar haussa les épaules. « Je ne compte pas m'appesantir dans le pays, si c'est votre question. »

L'espion ne répondit rien et laissa le djihadiste poursuivre. « J'espère pouvoir rejoindre la Libye. Et j'imaginais que vous seriez en position de m'aider à rallier Misrata. »

Le Turc inclina la tête. « Ce n'est pas chose impossible, en effet. Mais puis-je vous demander ce que vous comptez faire en Libye ? »

Abubakar transperça l'espion du regard. Au fond de lui, il méprisait les Turcs et l'homme qui se trouvait en face de lui ne lui inspirait que du dégoût. Avait-il simplement combattu, un jour dans sa vie ? C'était peu probable. Malgré les fantasmes d'Ankara, la Turquie n'était plus que l'ombre de l'Empire Ottoman. Et Abubakar n'oubliait pas non plus que c'était un Turc, Mustafa Kemal Atatürk, qui avait aboli le Califat. Pendant près de quatre-vingt-dix ans, l'Islam avait erré, d'échecs en échecs. Et c'était son ami qui avait rétabli l'institution, à Mossoul, devant les yeux médusés du monde entier. Abubakar inspira profondément et lutta pour chasser l'instinct qui lui commandait de sauter à la gorge du misérable cloporte qui s'agitait devant lui, dans un costume visiblement trop large.

« Je n'ai aucun intérêt en Libye, si c'est votre question. Je ne souhaite nullement interférer avec vos opérations dans le pays. »

L'espion considéra la réponse. Il n'avait aucune intention de le croire sur parole, bien sûr. Et il savait que plusieurs milliers de djihadistes continuaient à s'agiter dans le pays. Essentiellement autour de la ville côtière de Misrata ou de la capitale officielle, Tripoli. Mais là encore, les décisions avaient déjà été prises. Et il avait reçu instruction de faciliter le départ du Tchétchène vers la destination de son choix. Clandestinement, cela allait sans dire. Et si possible le plus loin de la Turquie. L'espion n'ignorait rien non plus du raid qui avait frappé Azaz deux jours plus tôt. Les Américains l'avaient manqué de peu. Mais là encore, la Turquie avait fait d'autres choix. Et pour le nouveau Sultan du palais blanc, les intérêts immédiats de son pays prévalaient sur ceux de l'OTAN, dont la Turquie était toujours pourtant membre. La géopolitique n'était pas affaire de sentiments, contrairement aux fantasmes de quelques dirigeants européens idéalistes et naïfs. Ni de respect de la parole donnée. Elle était affaire de *circonstances*. Et de gains immédiats et tangibles. Le voisin djihadiste avait parfois été encombrant, pour Ankara. Mais il demeurait certaines convergences d'intérêts. Le Sultan n'avait pas inventé le concept de Real Politik. Mais il l'avait appris auprès des maîtres du genre. Au premier chef Bismarck. Le vieux Chancelier du Reich avait disparu plus d'un siècle auparavant. Mais son héritage demeurait intact. Et des générations d'hommes politiques et de stratèges s'inspireraient encore longtemps, sans doute, du cynisme calculateur du maître.

« Quand souhaitez-vous partir ? », finit par demander l'espion du MIT.
Abubakar s'assit sur l'un des canapés pourtant miteux de la *Safe House*. Il n'avait aucun goût pour le confort matériel et, de toute façon, cette baraque ressemblait à un palais en comparaison des lieux décrépits et moisis où il s'était terré. Sur son visage, un rictus à peine perceptible s'était dessiné.

Si le Tchétchène avait ressenti une certaine appréhension, lorsqu'il était arrivé, celle-ci avait définitivement disparu. Il avait gagné. Et il le savait.

« Le plus tôt sera le mieux », répondit-il. « J'imagine que vous n'avez pas nécessairement envie que je m'installe en Turquie. »

Un frisson remonta le long de la colonne vertébrale de l'espion. Certes, il n'avait pas envie que le djihadiste s'installe car chaque heure qu'il passait en Turquie augmentait la probabilité qu'il soit repéré par un service occidental. Et là, le MIT et Ankara seraient bien en peine d'expliquer ce qu'un ennemi de l'Humanité faisait dans l'une de leurs maisons d'hôte. Mais au-delà, l'espion avait senti le ton calme, posé, et déterminé dans la voix du Tchétchène. L'homme ne se comportait pas en fugitif. Mais en chef de guerre. En chef de meute. Comme s'il avait un plan. Une idée derrière la tête qu'il était impatient de mettre en œuvre.

« Je vais voir ce que je peux faire », lâcha l'espion turc. Puis il tourna les talons et quitta la *Safe House*. Le djihadiste n'avait de toute façon nulle part où aller. Il y avait une demi-douzaine de membres du MIT dans et aux alentours de la maison. Et aucune liaison téléphonique ou internet.

Quelque part au Niger, 1er novembre

Depuis son altitude de 30 000 pieds, l'engin disposait d'une vision panoramique sur près de trois cents kilomètres. Le ciel était bleu et limpide. Et depuis les cieux, le Niger paraissait totalement désolé. Une vaste étendue ocre. Désertique. Mais ce spectacle saisissant était aussi trompeur, car le terrain était beaucoup plus accidenté qu'il n'y paraissait, de si haut. Et dans chaque crevasse, les djihadistes pouvaient trouver un lieu pour se cacher.

Julius s'était réveillé tôt. Il n'avait pris que quelques heures de repos. Lorsqu'il émergea, il retrouva Delwasse, assis à l'ombre de l'un des rares arbres du coin. Une bâche réfractaire avait été montée.
« Il y a du nouveau ? », demanda le commando marine en attrapant le mug de café que lui tendit un de ses hommes.
« Je reçois les retours d'un *Reaper* de l'Oncle Sam. Pour le moment aucune trace de nos gaillards. Un de nos drones devait prendre la relève, mais il a été envoyé à l'ouest. Il y a eu du grabuge au Burkina Faso. »
Julius fronça les sourcils, interrogatif. Delwasse continua. « Une nouvelle attaque. Sale. Une quarantaine de morts. *Altor* est sur place. D'après Ndjamena, les terroristes auraient pris vers la région des trois frontières. »
« C'est pas loin de chez nous. On nous demande d'aider ? »
Delwasse secoua la tête. « Non. Nous continuons sur nos propres lascars. *Altor* les a pris en chasse depuis le sud et *Centurion* ferme la frontière du Mali. Je pense qu'on va les avoir. Mais cela réduit nos moyens au Niger. »
Julius avala une gorgée de café et s'assis sur une souche. Le camp était déjà actif, malgré l'heure bien matinale. Mais le lieutenant de vaisseau savait que les sentinelles n'avaient pas fermé l'œil de la nuit. Les hommes s'étaient relayés, à scruter l'horizon à travers leurs lunettes de vision nocturne, dans le dégradé de vert auquel tous avaient fini par

s'habituer. Il y avait une quarantaine de membres des forces spéciales françaises dans le campement, équipés d'armements lourds. Des agresseurs auraient été bien reçus…

« Qu'est-ce qu'on sait sur le groupe qu'on recherche ? », demanda Delwasse, qui posa la tablette sur ses genoux et s'étira. Julius était arrivé plusieurs jours plus tôt et il avait eu tout le temps d'en apprendre plus sur ces adversaires.

« Ils sont malins. Bien plus malins que la moyenne des terroristes. Ils ne communiquent pratiquement pas par moyens électroniques. Ni en VHF, ni en UHF. Les Américains ont déployé un de leurs joujoux depuis Agadez, et pour le moyen, ils n'ont rien intercepté. »

Delwasse inclina la tête en connaisseur. Il avait déjà vu les PC-12 *Pilatus* croiser dans le ciel du Sahel. Ces avions étaient certainement parmi les plus répandus et communs en Afrique. Mais ceux que les Yankees utilisaient n'étaient pas de simples avions de transport léger. Ils étaient bourrés d'électronique dernier cri, et notamment d'antennes de toutes longueurs, chargées d'intercepter les ondes électromagnétiques qui pourraient se perdre dans la région. Les *Pilatus*, tout comme d'autres appareils du même genre, étaient opérés depuis la base 201 d'Agadez, que l'US Air Force avait réaménagée pour la bagatelle de 280 millions de dollars.

« Ils communiquent par courrier physique ? », demanda Delwasse.

Julius acquiesça. « C'est ce qu'on pense. Et ce que pense la DGSE. Le Service Action a apparemment capturé un berger peul au nord. Il est rapidement passé à table. Il servait, avec d'autres, à transmettre des messages écrits entre le groupe et des relais, bien plus au nord. La DGSE a notamment retrouvé des *Safe House* à Arlit. »

Delwasse soupira. Sur un planisphère, le Niger ressemblait à un vulgaire confetti et la distance entre Niamey et Arlit à un saut de puce. Mais lorsqu'on se rapprochait de la surface, les choses étaient bien différentes. On parlait en fait de centaines, et parfois de *milliers* de kilomètres. Le Niger était un pays immense. Entre sa frontière libyenne, au nord, et celle avec le Mali, au sud-ouest, il y avait 1 000 kilomètres, au bas mot. Ce qui correspondait tout juste à la portée maximale atteignable par les hélicoptères *Caïman*. Et encore, ils ne devraient pas voyager à plein. Le terrain de chasse de Barkhane était presque aussi vaste que l'Europe. Et dans ce désert, ils devaient rechercher quelques centaines de terroristes fanatisés. On ne parlait plus d'une aiguille dans une meule de foin. Ni d'une puce sur un terrain de football.

« C'est lui qui a permis de réduire la zone de recherche ? », demanda le capitaine.

Julius acquiesça. « Entre autres. La CIA semble disposer d'informations concordantes. Je n'en sais pas plus. »

Delwasse ne put réprimer une grimace. « Je n'aime pas ça. Risquer ma vie et celle de mes hommes sur des informations aussi parcellaires. Et sur des sources externes, qui plus est. »

Julius lui tapa sur l'épaule. « Où est le sport, sinon ? »

Delwasse considéra la question. Puis il éclata de rire. L'instinct du chasseur venait de reprendre le dessus. Et effectivement, où serait le sport s'il suffisait d'un passage de Mirage 2000 pour vitrifier une cache de djihadistes ? Leur rôle, sur le terrain, était de traquer les terroristes. De les suivre à la trace. À la manière des limiers de la police criminelle, après un meurtre. Des traces de pneus, des restes de campement. Ils étaient à l'affut de tout signe. Et, petit à petit, sur le terrain, ils parvenaient à remonter les pistes ténues. Jusqu'à l'affrontement final. Les terroristes connaissaient intimement la région. L'immense majorité des recrues y étaient nées. Les terroristes y avaient leurs attaches, leur famille, leur clan, qui étaient autant de complices, de soutiens logistiques. Mais depuis les débuts de l'opération Serval, les Français avaient appris. Et ils avaient comblé leur retard sur leurs adversaires. Les routes de contrebande et les caches utilisées par les bandits depuis des centaines d'années n'avaient plus de secrets pour Barkhane. Ou presque.

Le capitaine du 1er RPMIA allait ajouter quelque chose mais il sentit sa radio vibrer. Il attrapa le combiné et vérifia que le dispositif de cryptage était bien actif.
« Sierra Niémen, j'écoute. »
« Ici Autorité. Nous avons une touche. Le *Reaper* Yankee a repéré une trace à une quarantaine de kilomètres de votre position, autour d'une cache supposée. »
Delwasse leva les yeux vers Julius. « Vous voulez qu'on aille voir de plus près ? »
« Affirmatif. Vous aurez une paire de -2000 en alerte, au cas où, ainsi qu'un soutien héliporté. Nous vous faisons parvenir le détail. »
« Bien reçu », répondit Delwasse. Et effectivement, quelques instants plus tard, une petite sonnerie lui confirma qu'il venait de recevoir les données sur sa tablette. L'armée française était entrée dans le troisième millénaire. Un peu plus loin, deux antennes paraboliques télescopiques avaient été montées et orientées vers les oiseaux qui flottaient à des milliers de kilomètres de là, en orbite géostationnaire. Et via ces antennes, ne circulait pas que des données « voix ». Les informations captées par les drones et actifs ISR étaient transmises en temps réel vers les opérateurs. Ces données étaient critiques. Sur sa tablette – un modèle identique à celui que Julius utilisait aussi, Delwasse fit défiler les clichés aériens. Les drones MQ-9 *Reaper* utilisaient des caméras optroniques multi spectrales, ce qui leur permettait non seulement d'agir de nuit, mais aussi de repérer des traces *a priori* invisibles à l'œil nu, depuis leur altitude de

plusieurs milliers de kilomètres. Et c'était justement ces traces – stigmates de passage de véhicule et de feux de camp imparfaitement éteints – qui, tels les cailloux blancs du Petit Poucet, avaient permis de remonter jusqu'à la cachette présumée des terroristes. Mais les drones n'étaient pas magiques non plus. Leurs caméras exceptionnelles ne pouvaient notamment pas percer les roches. Pour cela, on n'avait encore pas trouvé mieux que les bottes au sol. Que les canaris qui devraient pénétrer dans la pénombre pour humer l'air, à la recherche du gaz qui signalerait la présence de la lie de l'Humanité.

Langley, Virginie, 1er novembre

« Le roi est mort, vive le roi », soupira Mary. L'EI n'avait pas tardé pour annoncer la succession. Mais comme il fallait s'y attendre, chat échaudé craignait l'eau froide et le nom du nouveau Calife ressemblait presque à celui d'un nouveau Pape : il n'était qu'un rideau de fumée, une nouvelle *kunya* destinée à tromper l'ennemi. Jamais l'Agence n'avait entendu parler d'un Abu Ibrahim al-Hashimi al-Qurashi. Les références à la tribu illustre des Quraychites, la plus prestigieuse de l'Islam, ne trompait personne. La probabilité que le nouveau Calife soit, tout comme l'ancien d'ailleurs, un descendant direct du Prophète était tellement faible qu'aucun service de renseignement sérieux n'y prêtait le moindre crédit. Non, pour Mary, ce « nom de guerre » n'avait aucune espèce d'importance. Ce qui en avait plus, c'était que, malgré les coups, l'organisation dite État Islamique conservait ses moyens de propagande. Mais fallait-il s'en étonner ? Il suffisait de nos jours d'une liaison internet pour accéder au réseau des réseaux, et notamment à la messagerie cryptée Telegram sur laquelle l'annonce avait été faite par Amaq, l'une des officines de propagande de l'EI.

Sur son écran, la jeune femme avait affiché l'organigramme supposé de l'organisation terroriste. La plupart des dirigeants y étaient représentés par de vieilles photos, le plus souvent prises à Camp Bucca – fameuse prison ouverte par l'armée américaine près du port d'Umm Qasr en 2003 et devenue un incubateur de terroristes. Pour certains, il n'y avait qu'un nom. Pas même une identité réelle. Juste un « nom de guerre ». Et pour d'autres enfin, il y avait une marque discrète qui indiquait qu'il n'était plus utile de réclamer la rançon que le Pentagone promettait pour toute information menant à leur arrestation ou neutralisation. Ils avaient déjà été transformés en chaleur et lumière et, pour quelques-uns, en hachis parmentier. C'était notamment le cas d'Abubakar. Enfin, c'était ce que les analyses ADN étaient supposées confirmer. Et justement, Mary entendit la petite cloche résonner dans ses écouteurs. Elle venait de recevoir un message instantané. Elle ouvrit une nouvelle fenêtre. Elle provenait du département technique de l'Agence. Mary parcourut le message en diagonale. Puis le reprit ligne à ligne.

« Bordel ! », jura-t-elle en attrapant le combiné de son téléphone et en écrasant un bouton d'accès rapide.

Quarante minutes plus tard, la jeune femme se trouvait cinq étages plus haut, dans le saint des saints de la CIA : le 7ème étage du *New Headquarters Building* – l'étage de la direction.

« Vous êtes sûre ? », lui demanda le général Kayers, directeur adjoint en charge des opérations clandestines.

Mary acquiesça. « Les résultats ADN ont pris du temps car les opérateurs avaient effectué plusieurs prélèvements sur chaque corps. Mais aucun des prélèvements n'a été positif. »

Kayers fronça les sourcils. « Est-on sûr également de la qualité de l'échantillon de référence ? »

Mary inclina la tête. « Pratiquement. Cela faisait plusieurs années que nous étions sur la trace d'Abubakar. Les opérateurs du JSOC ont notamment pu recueillir des échantillons concordants dans la *Safe House* d'Azaz. Donc je dirais que oui. »

Le général Kayers accepta la réponse. La guerre clandestine n'était pas une science exacte, mais il avait une totale confiance en ses équipes. Lorsqu'on parlait de membres dirigeants de l'une des organisations terroristes les plus terrifiantes du monde, les espions de la CIA ne faisaient pas preuve d'une telle désinvolture. Ils savaient combien les enjeux étaient élevés.

« Dispose-t-on d'un organigramme mis à jour de la Choura ? », demanda William Jenkins, le directeur adjoint en charge du renseignement.

Mary acquiesça et ouvrit une pochette posée devant elle. Elle en tira une série de feuillets mobiles identiques, tramés et frappés par la mention « TOP SECRET / SCI ».

« Il y a encore des points d'interrogation. Nous sommes en train de croiser les informations disponibles pour identifier le nouveau Calife. Et nous pouvons donc supposer qu'Abubakar est toujours de ce monde. »

« Je ne l'aurais pas regretté, celui-là », souffla Kayers. Contrairement à d'autres personnalités de l'organisation, Abubakar avait su rester discret. Sans doute moins par goût du secret que par déformation professionnelle. On ne savait pas tout sur lui. Mais il était acquis qu'il était Tchétchène, et on le soupçonnait très fort d'avoir fait ses classes au sein de l'armée russe au Caucase. Abubakar ne s'en était pas vanté lui-même. Mais des interceptions de communications russes en Syrie avaient permis à la CIA d'en apprendre plus sur certaines cibles prioritaires du SVR dans le pays. Contrairement aux grandes déclarations martiales, les Russes n'avaient pas spécifiquement visé les djihadistes de l'EI en Syrie, depuis qu'ils étaient arrivés pour prêter main forte à leur allié syrien. Leurs cibles avaient plutôt été les insurgés qui menaçaient le bastion alaouite et les installations russes de Lattaquié et de Tartous. Mais Moscou avait su faire quelques exceptions pour les nationaux russes qui avaient rejoint les rangs de l'EI ou d'Al Qaida. Pour eux, les bombardiers n'étaient jamais avares d'une bombe ou deux. Y compris lorsque les dommages collatéraux étaient considérables. On estimait que 5 000 Russes avaient franchi le Rubicon. Pour Moscou, ils étaient autant de bombes à retardement qu'il s'agissait de neutraliser, coûte que coûte, avant qu'elles ne se fassent sauter – au sens propre – dans le métro ou un bar de la capitale ou de Saint Pétersbourg.

« Où a-t-il pu aller ? », relança le vieux général.
Les regards se tournèrent vers Mary. Que pouvait-elle en savoir ?
« J'ai repris rapidement les images filmées par l'un des drones qui survolait la *Safe House* d'Abubakar à Azaz. Peu de temps après le départ de la voiture qui a été détruite par le raid, nous pouvons deviner une silhouette sortir du bâtiment. Taille moyenne, entièrement voilée. Les opérateurs du JSOC avaient rompu l'observation. Il n'est pas impossible qu'Abubakar se soit déguisé en femme. L'actif aérien a quitté la zone peu après, mais je vais voir si nous pouvons retrouver trace de mouvements de véhicules suspects. »
« Très bien. Tenez-nous au courant », lâcha Kayers en se levant. C'était le signe que l'entretien était terminé, et qu'il fallait retourner travailler.
Le *cubicle* de Mary Loomquist était plus modeste que la salle du 7ème étage, ou même que le bureau des directeurs adjoints de l'Agence. Mais Mary y retrouva ses habitudes et un message vocal sur son téléphone. Phil, du département Contre-Terrorisme, lui demandait de le rappeler. Mary attrapa le combiné et tapa le numéro de mémoire.

« Phil, c'est Mary. »

« Merci de me rappeler. J'ai appris qu'Abubakar avait joué les Houdini ? C'est vrai ? »

« Je le crains », confirma la jeune femme.

« Ce n'est pas nécessairement une bonne nouvelle », lâcha l'espion. « Avec les dernières opérations conduites dans la région, plusieurs membres de la Choura ont été envoyés *ad Patres*. Personne ne les pleurera. Mais cela promeut naturellement Abubakar. Il fait partie des derniers proches du Calife encore en vie. Cela lui confère une aura importante parmi les membres de base de l'organisation, qui sont très légitimistes. »

« C'est aussi ma conclusion », confirma Mary. « Et Abubakar n'est pas un tendre. »

« Absolument. Il est important qu'on le retrouve et qu'on finisse le travail. »

Mary soupira. Elle partageait l'ambition. Mais c'était plus facile à dire qu'à faire. Il avait fallu des mois de travail pour remonter jusqu'à la *Safe House* d'Azaz. Cela faisait des décennies que les djihadistes de haut niveau ne parlaient plus au téléphone. Ils avaient bien compris que les grandes oreilles de la NSA et du réseau *Echelon* ne perdraient rien de leurs échanges. Les plus prudents n'utilisaient presque plus internet non plus, car ils avaient appris à leur détriment que le Pentagone – notamment grâce aux opérateurs de la *Task Force Orange* – savait trianguler en temps réel les accès IP, et guider des raids sur les coordonnées GPS. Abubakar n'était pas un novice.

« On exploite encore les renseignements collectés à Barisha, Phil. Nous allons sans doute trouver de nouvelles pistes. »

« Oui. Sans doute », lâcha Phil. « Tiens-moi au courant si tu as du nouveau. »

Et la ligne devint muette.

Sur l'écran de la jeune femme, l'organigramme de l'État Islamique était toujours là. Mais une photo avait imperceptiblement changé. Abubakar n'était plus entouré d'un discret liseré noir. Et la récompense promise pour tout renseignement menant à sa capture ou à son élimination était revenue à 20 millions de dollars.

Arlington, Virginie, 1er novembre

« Attention, la viande va brûler », grinça Lucie.
Walter se retourna vers sa femme et vit son visage sombre, les sourcils froncés. Leurs regards restèrent ainsi quelques secondes, en suspens, l'un plongé dans l'autre, puis les deux éclatèrent de rire. Walter posa sa bouteille de bière et attrapa la pince pour retourner les steaks. Autour de lui, l'ambiance était plus digne d'un soir d'été que de Novembre. Mais l'air était incroyablement doux et le ciel totalement dégagé. L'été indien avait remplacé l'hiver en quelques heures à peine.

Il avait suffi d'une masse d'air chaud en provenance du sud pour chasser celui qui descendait de la côte canadienne. Walter avait donc invité quelques amis au pied levé pour passer une bonne soirée autour d'un barbecue et d'une bière glacée. Leurs voisins s'approchaient petit à petit de l'âge de la retraite eux-aussi, mais ils avaient tous répondu présent. Lucie avait bien fait les choses, à l'extérieur. Elle avait posé quelques lampadaires à LED dans le jardin, qui scintillaient de mille feux. Lucie était une vraie magicienne. Les spots éclairaient les bosquets et ils changeaient de couleur aléatoirement, ce qui créait une ambiance digne d'un dessin animé.

Walter était, comme toujours, préposé au barbecue. Il avait investi dans un modèle haut de gamme, à quatre brûleurs. Sur la grille en fonte, il y avait suffisamment de viande pour nourrir une garnison. C'était bien ce que les invités lui avaient tous dit. Mais aucun ne s'était plaint et ils avaient, à la place, pioché allègrement dans les glacières où des bouteilles de bière et de soda nageaient au milieu de glaçons.

« Salut papa. »

Karen posa une bise sur sa joue et lui lança un sourire.

« Tu as passé une bonne journée ? »

La jeune femme haussa les épaules. « Il y a eu un gros accident de la route vers Fort Belvoir et certains blessés ont été transportés chez nous. On n'a pas chômé. J'ai même cru que je ne pourrais pas passer. »

Walter avala une gorgée de bière. « Tu as perdu des patients ? »

Karen secoua la tête. Ses traits étaient visiblement tirés, mais en paix. « Personne », répondit-elle. Walter sentit la pointe de fierté vibrer dans sa voix.

« Bravo, ma puce », lui dit-il.

« Je vais voir maman ! Fais attention aux steaks ! Je meurs de faim. »

Walter vit sa fille partir en sautant vers le fond du jardin. Les chiens ne faisant pas des chats, elle avait décidé de suivre les pas de son père, et de devenir médecin. Elle finissait son internat en cardiologie à l'hôpital Inova d'Alexandria, l'un des plus réputés dans la profession et la région. Pour elle, les journées étaient longues. Elle avait pris un appartement à quelques rues de l'hôpital et ne repassait à la maison qu'épisodiquement. C'était un crève-cœur. Le moment où les oisillons quittaient leur nid. En tout cas, c'est ainsi que Walter et Lucie le ressentaient. Ils avaient eu Karen assez tard et elle était – et serait – leur fille unique. Le rayon de soleil de leur vie et de leur couple. Et pourtant, trente ans plus tôt, qui aurait pu parier que les choses seraient ainsi ? Qu'ils savoureraient un barbecue entre amis, tous les trois réunis dans leur maison d'Arlington, l'une des banlieues les plus chics de Washington DC. Walter retourna les steaks et versa sa fameuse sauce « Walter », mélange d'aromates dont lui seul connaissait la recette exacte – recette qu'il prévoyait d'emporter dans la tombe, bien sûr. Mais la recette de la sauce barbecue n'était finalement qu'un épiphénomène en comparaison d'autres secrets. Celui de la naissance de sa fille, par exemple. Elle n'était pas simplement née d'un mariage d'amour. Bien sûr, Walter et Lucie avait fini par s'aimer, avec le temps. Mais à l'époque, leur couple n'était qu'une façade. Et la naissance de leur fille un ordre. Pour leurs agents traitants, avoir un enfant, à cet instant de leur carrière, était le meilleur moyen de bétonner leur légende, et de développer leur réseau naissant. Un couple qui promenait un bébé en poussette inspirait immédiatement la sympathie. Et même dans un pays aussi faussement ouvert que les États-Unis, des relations se créaient entre « mamans » et entre « papas ».

Ce temps paraissait si lointain à Walter. Le monde avait tellement tourné. À l'époque, la détente entre Ronald Reagan et Michael Gorbatchev n'était pas du goût de tout le monde. Et c'était bien la raison pour laquelle on lui avait demandé – le mot était un délicat euphémisme – de refaire sa vie aux États-Unis. Car Walter ne s'était pas toujours appelé ainsi. Il était né Andrei Kowalski, dans un petit village au sud de Novgorod. Contrairement à son état-civil « officiel », il n'était pas plus Canadien. Son passeport frappé de la feuille d'érable avait été tout aussi faux que sa légende. Impeccablement falsifié, bien sûr. Après tout, le GRU n'était, déjà à l'époque, pas peuplé d'amateurs. Il avait rencontré Lucie dans un camp d'entrainement, où on lui avait tout appris sur la vie occidentale. Pendant près de deux ans, ils avaient vécu en complète autarcie dans une ville artificielle, entièrement construite sur le modèle de ce que l'on trouvait au Midwest américain. Les meubles y étaient occidentaux. Les vêtements qu'ils portaient aussi. La nourriture également. Le GRU et le Département S du KGB, qui œuvraient en tandem sur le projet, avaient poussé le perfectionnisme jusqu'à faire passer de la musique occidentale, et les informations américaines, sur les transistors qui fonctionnaient nuit et jour dans les logements. Les recrues devaient s'immerger totalement dans leur futur environnement. C'est à cette époque qu'on l'avait « marié » avec celle qui deviendrait son amante. Et qui ne s'appelait pas encore Lucie. Pourtant, à l'époque, Walter avait une autre fiancée. Et un autre enfant. Les abandonner avait été le pire déchirement de toute sa vie. Mais avait-il eu le choix ?

Il avait été remarqué pour ses talents en sciences et en langues alors qu'il était jeune étudiant à l'université de médecine de Saint-Pétersbourg. Un homme au visage gris l'avait convoqué, un jour, dans un immeuble anonyme du centre-ville. Gris lui aussi. Walter / Andrei avait tout de suite compris. L'officier du GRU lui avait offert une « opportunité ». Le mot avait pu sonner si doux, à l'époque. Mais il avait été si trompeur, rétrospectivement. Bien sûr, refaire sa vie aux États-Unis, pour un jeune homme d'origine modeste du nord de la Russie, cela pouvait sembler séduisant. Et même inespéré. Mais les choses ne s'étaient pas passées aussi simplement. Sa formation avait, au total, duré près de quatre ans. Et, pour s'assurer qu'il ne lui viendrait pas l'idée saugrenue de disparaitre sur le sol américain, ou pire encore d'aller taper à la porte du FBI, il avait dû accepter le sacrifice ultime : celui de sa fiancée et de son fils. Il ne les avait plus jamais revus. On lui avait simplement dit qu'ils vivraient très confortablement et ne manqueraient de rien, aussi longtemps qu'il accomplirait loyalement sa mission. Mais s'il venait à être compromis, les choses évolueraient tragiquement. Avait-il eu le choix, alors ?

Walter reposa le pot de sauce et le pinceau avec lequel il avait copieusement badigeonné les steaks. Puis il reprit sa bouteille de bière, qui avait à peine eu le temps de tiédir. Dans le jardin, sa fille passait d'un invité à l'autre, posant une bise sur une joue et une tape sur une épaule. Malgré son métier, elle conservait cette insouciance puérile. Cette naïveté rafraichissante. Walter ne lui avait jamais dit la vérité, bien sûr. Ni Lucie. Et pour eux, il était hors de question que leur fille apprenne que ses parents n'étaient pas du tout ceux qu'elle croyait. Ni qu'elle avait un frère, qu'elle ne rencontrerait sans doute jamais. Il s'appelait Dimitri et il était beaucoup plus âgé. Walter n'avait jamais plus reçu de nouvelles de lui. Ni de sa mère d'ailleurs. Il n'en avait pas demandé, de crainte que cela ne les compromette. Et son officier traitant ne lui en avait pas donné. Il ne pouvait qu'espérer que le GRU ait respecté sa part du contrat.

Quelque part au Niger, 1ᵉʳ novembre

Les militaires avaient laissé leurs montures à quatre roues à une dizaine de kilomètres et décidé de poursuivre la progression à pied. Ce n'était pas par manque d'exercice, mais bien pour réduire la probabilité d'être repéré. Le désert du Niger n'était pas un environnement calme, *a priori*. Le vent savait y souffler fort. La faune locale y hurler. Mais un bruit de moteur, même amorti par les plaques de mousse ou de polymères que les forces spéciales utilisaient pour réduire les émissions sonores, pouvait être entendu à des kilomètres à la ronde. Et c'était pareil pour un bruit de rotor d'hélicoptère, qui se repérait à trois kilomètres au moins. Comme effet de surprise, on faisait mieux.

Delwasse avait laissé Julius prendre le commandement des opérations. Ils avaient le même grade, et leurs équipes comptaient les mêmes effectifs. Mais il n'y avait pas de combat de coq au sein des Task Force Sabre. Julius avait passé plusieurs mois dans la région et l'expérience qu'il avait acquise était précieuse. Au total, une trentaine de commandos avaient fait le déplacement, avançant sur deux lignes vers les grottes qu'ils devraient visiter. Un vent d'est soufflait à travers la plaine désertique, soulevant des milliers de petites particules de sable, de poussière, ou de micro-végétaux. Mais les militaires avaient fini par s'habituer et ils portaient leurs protections oculaires alpha profilées, livrées quelques années plus tôt par la célèbre firme Oakley. Il leur fallait toute leur acuité pour progresser sur le sol traître. Le Niger n'était pas le Sahara. Il n'y avait là nulle dune gigantesque. Le sol y était au contraire dur, fracturé, parfois friable. De profondes gorges avaient été creusées par un improbable torrent, depuis longtemps asséché. Restaient des grottes et crevasses, parfois dissimulées par des bancs de sable grossiers ou de racines. Chaque pas devait être assuré. Et il fallait faire avec la température. L'été avait passé mais le thermomètre ne descendait que rarement en dessous des trente degrés dans la région. C'était sans doute le temps idéal, au bord d'une piscine, un verre de Mojito à la main. Mais équipé de protections balistiques en acier et céramique de vingt-cinq kilos, et au total d'une quarantaine de kilos de fret et d'armement, casque lourd en kevlar sur la tête, la « balade » prenait un tout autre air. Les deux hommes de pointe des colonnes balayaient l'horizon avec leur fusil d'assaut HK416. La plupart des militaires utilisaient le modèle à 10 pouces, sur lequel ils avaient vissé un réducteur de son. Certains étaient équipés d'armes de précision – des HK417 en l'occurrence, en calibre 7,62mm OTAN. Et en arme secondaire, tous emportaient des Glock 17. Les armureries de Bayonne, de Lorient et Saint-Mandrier étaient, et de loin, les mieux achalandées de France. Les Forces Spéciales disposaient d'une grande latitude pour tester différents armements – fusils d'assaut, armes personnelles, armes de précision, armes de poing. Tout y était passé. M16, Colt

M4, SCAR, FAMAS bien sûr. Mais aussi SIG550 ou le nouveau CZ Bren 2 retenu par la GIGN. Mais, par commodité autant que par choix, le HK416 de la firme Heckler & Koch s'était imposé. Le 1er RPIMA avait même été, à l'instar de la Delta Force américaine, l'une des rares unités à « coproduire » le fusil d'assaut, en proposant des améliorations au constructeur. Il n'y avait rien de mieux que le retour d'expérience de professionnels...

« ISR à Sierra Niémen, vous êtes à moins de cinq cents mètres de l'entrée de la grotte. »
Julius accusa réception du message dc l'équipage du *Reaper* qui volait à plusieurs milliers de mètres au-dessus de leurs têtes. Le propulseur Honeywell de 900 chevaux du drone avait été revu dans les dernières versions, permettant de réduire massivement les émissions sonores. Là, le drone était tout simplement invisible et inaudible. Il tournait dans le ciel, face au soleil et, même en prêtant l'oreille, on ne pouvait pas l'entendre, du sol.
« Sierra Niémen, bien reçu », répondit Julius en anglais – l'équipage du *Reaper* appartenait, tout comme son engin, à l'US Air Force. « Avez-vous un visuel sur la cible ? Des contacts ? »
« Rien pour le moment... Attendez... Une ombre est apparue à l'entrée de la grotte. Ce n'est peut-être rien... Non, confirmation, il y a de l'activité. »

Delwasse disposait lui aussi d'un canal sur le drone et il avait pu suivre les échanges avec son collègue. Il se tourna vers ses propres hommes et leur indiqua qu'il y avait sans doute un « jackpot » au bout de la course.

« Est-ce que vous voyez d'autres accès à la grotte ? », demanda Julius.
Depuis leur van climatisé d'Agadez, les pilotes du *Reaper* firent tourner la boule optronique de leur drone.

« Possible, à l'ouest de l'entrée principale. Deux cents mètres. Il y a une ouverture. Difficile d'en savoir plus. L'angle de visée est trop aigu. »

« Bien reçu, ISR », répondit Julius. Il en savait peu. Mais suffisamment pour planifier une action de vive force. Deux Mirage 2000D tournaient au sud de leur position, au cas où. Et le *Reaper* américain était armé de missiles à guidage laser *Hellfire*. De façon exceptionnelle, et rarissime, l'US Air Force avait accepté de déléguer les demandes de tir de leurs propres actifs aériens aux militaires français. L'ordre devrait être validé par le pilote, bien sûr, seul maître à bord après Dieu. Mais Julius savait qu'il pourrait compter sur les deux Yankees, qui étaient confortablement installés dans leurs sièges rembourrés, à plusieurs milliers de kilomètres de là.

« On approche », lâcha Julius en faisant signe à ses hommes de reprendre leur progression.

Il fallut encore une trentaine de minutes aux militaires pour rejoindre le dernier point d'observation, choisi sur les écrans des retours optiques de la caméra du *Reaper*. L'entrée principale de la grotte se trouvait à une centaine de mètres. Les commandos avaient bien pris soin de mesurer la direction et la force du vent. Un nez un peu affûté pouvait sentir les odeurs corporelles portées par une brise. Lors d'un assaut, ou d'une reconnaissance, il fallait faire avec tous ces petits détails. Les ombres laissées sur le sol. Les odeurs. Le vent. Les reflets du soleil. Delwasse inspira à pleines narines l'air du désert. Mais il n'y avait aucun effluve qu'il ne put sentir. Ce qui n'était visiblement pas le cas du chien que l'équipe avait amené. Le berger allemand avait suivi sans rechigner son maître, apparemment indifférent à la température et à la sécheresse des sols. Son maître l'avait abreuvé régulièrement. Il s'agenouilla à côté de lui et lui retira sa muselière. Le chien se laissa caresser mais immédiatement, il releva ses narines et huma l'air. Ses oreilles se dressèrent sur sa tête et sa queue se mit à battre en cadence. Le maître-chien releva la tête vers Delwasse et inclina la tête.

« Ok. Il y a bien du monde au X », lâcha-t-il. Puis, se tournant vers Julius. « Boss, on fait comment ? »
Julius esquissa un sourire. « On se sépare. Le groupe alpha reste avec moi et on prend d'assaut l'entrée. Marco et Rob restent en appui-feu. Tu prends l'arrière ? »
Delwasse acquiesça. « On bloque toute sortie. Dis-nous si on doit progresser. » Julius lui tapa sur l'épaule. « On se positionne. J'appelle Ndjamena et je te tiens au courant. »
Le commando marine regarda les hommes de Delwasse s'éloigner. Puis il attrapa sa radio par satellite.
« Sierra Niémen à Autorité, nous sommes au Y. Nous sommes prêts à donner l'assaut. Attendons les ordres. »
Julius était officier, et il commandait le détachement. Mais il était aussi discipliné et, sur le terrain, les opérations étaient commandées par des gradés bien plus hauts que lui dans la chaine alimentaire. En l'occurrence, hors mesures d'autodéfense, les assauts devaient recevoir l'assentiment d'un colonel. Et ce fut le responsable adjoint du détachement Barkhane, depuis Ndjamena, qui donna le feu vert.
Julius remit la radio par satellite dans la poche de son gilet tactique, puis il releva son HK416 et vérifia que la sécurité était en place et qu'une balle était bien dans le canon. Autour de lui, ses hommes firent de même. Puis ils se serrèrent la main ou se tapèrent sur l'épaule. Le groupe de Delwasse était déjà en place. Les deux tireurs de précision étaient en position. Ils avaient déplié le bipied métallique positionné sur le canon de leur HK417 et relevé les caches des optiques Schmidt & Bender.

« J'ai une ombre à l'entrée de la grotte », confirma le premier tireur d'élite. Imperceptiblement, son pouce fit

70

pivoter le bouton de la sécurité sur tir au coup par coup. Et son index avait glissé sur la détente.

« Bien reçu », répondit Julius. « On y va. »

Le groupe alpha comptait seize hommes, en quatre équipes de quatre opérateurs. Ils progressèrent lentement, en tentant de se dissimuler au mieux derrière le relief.

« J'ai un visuel. Deux hommes. Armés. AK-47 », souffla le premier opérateur. « Quarante mètres. Je ne peux pas m'approcher plus sans me faire repérer. »

« Des armes lourdes ? », demanda Julius sur le canal tactique.

« Je vois ce qui ressemble à un RPG posé au sol. Pas de calibre 50 visible. »

Julius se mordit la lèvre. En général, ses ordres – et les lois de la guerre – étaient clairs. On devait laisser aux insurgés une chance de se rendre. Mais la présence du RPG et la position des djihadistes, à l'abri d'une grotte *a priori* difficile à frapper depuis les airs, ne lui laissaient guère de choix. Sa responsabilité principale était envers ses hommes.

« Philippe, rien de ton côté ? »

Delwasse cliqua sur le commutateur de sa radio tactique.

« Rien. En attente. »

« Marco, Rob ? »

« On couvre le côté est de l'entrée. »

Julius prit une profonde inspiration. Il tapa sur l'épaule de l'homme qui se trouvait devant lui. Puis il appuya sur le commutateur de sa radio.

« À tous… Top action ! »

Trois secondes plus tard, deux mains gantées pressèrent quasi-simultanément la détente de leurs fusils d'assaut. Les deux premiers djihadistes ne comprirent jamais ce qui leur arriva. Leur vie s'acheva là, dans un nuage de vapeur rouge.

« Contact avant », indiqua le chef de l'une des colonnes avancées. Et le ciel éclata. Des rafales d'armes automatiques, rauques, déchirèrent le silence. Les djihadistes avaient réagi prestement. Ils n'étaient visiblement pas des amateurs et l'effet de surprise n'avait été bon qu'avec les deux sentinelles qui étaient sans doute déjà en train de négocier leur arrivée *ad Patres*. Étouffées sous le vacarme des rafales de Kalachnikov, les détonations des HK416 étaient à peine perceptibles. Les réducteurs de son n'étaient pas magiques et un tir restait audible. Mais en comparaison des échos des AK-47, encore amplifiés dans l'exiguïté de la grotte et les réverbérations sur la roche, les tirs – parcimonieux – des commandos français ressemblaient à de vagues éternuements lors d'un concert de hard rock.

« Ils sont inexpugnables », lâcha l'un des commandos marine alors qu'une nouvelle rafale de Kalachnikov venait de frapper le rocher derrière lequel il s'était dissimulé.
« Est-ce qu'on peut utiliser le chien ? », demanda Julius.
« Négatif », répondit le commando. « Il se ferait sulfater avant d'arriver. »
La question n'était pas absurde. Car, pour une raison indéterminée, l'immense majorité des djihadistes forcenés avaient développé une peur panique des chiens.
« Demande autorisation de frag l'entrée de la grotte ? », entendit alors Julius dans son casque.
« Affirmatif », répondit-il sobrement. Avait-il d'autres choix ?

Les premiers commandos s'abaissèrent et piochèrent dans leur stock de grenades. Ils firent signe à leurs collègues d'effectuer un tir de barrage pour les couvrir. Deux cylindres quadrillés volèrent bientôt vers la grotte, et n'eurent que le temps de rebondir au sol avant de détonner dans un tonnerre assourdissant. Les grenades contenaient 180 grammes d'explosif brisant, uniquement connu sous la dénomination lapidaire de « composition B ». Pour les terroristes, le nom de l'explosif n'avait plus guère d'importance. Les coques métalliques des grenades s'étaient déjà désagrégées et les fragments furent projetés à des vitesses prodigieuses dans la grotte, déchirant tout sur leur passage.

Une vingtaine de secondes plus tard, la première colonne de SAS[8] et de commandos marine avait avancé à l'entrée de la grotte, précédé par le chien d'attaque. Les commandos saisirent les armes des deux sentinelles qui gisaient là, morts. Puis ils allumèrent les lasers qui étaient accrochés au canon de leurs fusils d'assaut. Et ils pénétrèrent dans la grotte, balayant l'obscurité de rayons rouges sinistres.

Tripoli, Libye, 1ᵉʳ novembre

Le navire accosta et, immédiatement, des armées de petites mains se mirent à décharger la cargaison. Depuis plusieurs semaines, la Turquie avait entrepris un véritable pont naval afin de ravitailler les populations locales, officiellement. En réalité, les soutes des navires de transport ne contenaient que bien peu de médicaments ou de vivres, bien entendu. Et plus souvent des armes et des djihadistes, membres de groupes plus ou moins affiliés aux services turcs – et souvent *plus* que moins. Le gouvernement officiel de Tripoli avait appelé son « frère » d'Ankara à l'aide et le Sultan avait répondu présent. Ce n'était pas par grandeur d'âme, naturellement. Ni uniquement parce que le dirigeant de Tripoli, reconnu par les Nations Unies, était un « frère », d'ailleurs. Mais aussi parce que la Libye était l'un des verrous stratégiques du Proche Orient. Le pays, totalement artificiel, servait de jonction entre l'Afrique noire et le monde arabo-musulman. Il était une passerelle critique vers l'Afrique de l'ouest, et s'ouvrait largement sur la mer Méditerranée. Enfin il possédait les principales ressources pétrolières d'Afrique. 40 milliards de barils, d'après les dernières estimations les plus fiables.

Depuis que l'accord bipartite entre Tripoli et Ankara avait été signé, plusieurs milliers de miliciens avaient fait le voyage. Les premiers avaient été des proxies syriens, appartenant à la seconde division de l'Armée Nationale Syrienne – qui comme son nom ne l'indiquait pas, n'avait rien à voir avec l'armée officielle de Bachar, et n'était qu'un magma de groupes rebelles financés par la Turquie. Les trois cents premiers miliciens avaient fait le voyage en avion, libérant le front syrien près de Hawar Kilis. Puis les mouvements s'étaient intensifiés. Et il y avait désormais deux à trois navires qui accostaient chaque semaine à Tripoli, pour vomir leur cargaison d'hommes et d'armes.

Abubakar patienta encore une paire d'heures dans sa cabine, puis on lui indiqua qu'il pouvait descendre à son tour. Il attrapa son sac, et se dirigea vers la passerelle. Il n'était pas mécontent de retrouver la terre ferme. C'était sa première croisière et, même si la mer avait été calme, il avait passé l'essentiel de la traversée la tête dans la cuvette des toilettes crasseuses de sa cabine. Il était né dans le Caucase, aussi loin de la mer qu'on pouvait l'être. Et malgré sa formation de Spetsnaz, il n'avait manifestement pas été immunisé contre le mal de mer. Sur le quai, il retrouva son contact. Les deux hommes s'embrassèrent, puis le chauffeur guida le Tchétchène jusqu'à la Toyota qui attendait un peu plus loin.

Tripoli était la capitale historique du pays. Mais depuis l'éclatement de la guerre civile et la disparition du fantasque « guide », le pays avait sombré dans le chaos et les anciennes références administratives n'impressionnaient plus personne. Les différentes ethnies, que seuls les prébendes et les répressions sanglantes du colonel avaient tenues en place, se retrouvaient désormais face à face. Il n'avait pas fallu six mois, après l'exécution sommaire de Kadhafi, pour que les combats reprennent, opposant les anciens alliés de circonstance. Et là-dessus, différents groupes djihadistes avaient afflué, attirés par l'odeur du sang et de la mort. Pourtant, malgré les efforts du Califat du Levant, la Libye n'avait pas été une terre de conquête simple pour ses sbires. Traditionnellement, le pays penchait plus vers les frères rivaux d'Al Qaida – canal historique. Mais au-delà des allégeances religieuses, et des subtilités idéologiques, il y avait une autre ressource, moins spirituelle, qui mettait tout le monde d'accord, dans la région : le pétrole. Qui contrôlait le pétrole contrôlait le pays. Et à ce jeu, les djihadistes, malgré leur savoir-faire et leur cruauté, furent dépassés par certains groupes de miliciens tout aussi sanguinaires, mais exclusivement mus par le profit et l'appétit insatiable d'or noir. Les puits furent capturés et étaient désormais protégés par des milliers d'hommes surarmés, contre lesquels les djihadistes ne faisaient pas le poids. Des katibas tentaient bien des attaques, de temps en temps. Sans grand succès.

Et pour compliquer une situation déjà explosive, un ancien officier de l'armée libyenne, hébergé par la CIA après une tentative ratée d'attentat contre le « guide », était revenu dans le pays avec de grandes ambitions. Le Colonel Haftar était devenu le Maréchal Haftar, entre temps. Et, ingrat, il s'était éloigné de ses anciens hôtes américains pour se rapprocher de Moscou. Plus professionnel, et plus charismatique que l'ectoplasme qui dirigeait la Tripolitaine, il avait réussi à rallier autour de lui l'essentiel des effectifs de l'ancienne armée libyenne, et entrepris de réunifier le pays... par la force. En quelques années, il avait pris le contrôle de l'essentiel du nord du pays et de la zone côtière. Parties de Tobrouk, ses troupes tapaient désormais à la porte de son rival, à Tripoli. De violents combats se déroulaient d'ailleurs dans les quartiers est de la ville, ainsi qu'à Syrte et Misrata. Benghazi était tombée depuis longtemps et il semblait clair que le Maréchal Haftar était désormais en position de force. C'est ce qui avait poussé Ankara à réagir. Les mouvements clandestins de miliciens et de matériel ne suffisaient manifestement plus. Il était donc temps de passer à la vitesse supérieure.

Pourtant, au-delà de l'aide logistique que le MIT lui avait apportée, Abubakar n'avait aucun intérêt dans le pays. Il n'avait pas menti à ses hôtes turcs. Son objectif ne se trouvait pas dans ce pays déchiré. Pas *encore*, tout du moins. Sa priorité était bien plus au sud. Dans une autre zone martyre. Dans la bande Sahélo-Saharienne. La Toyota s'engagea sur l'unique autoroute encore en état de fonctionner. Sur les panneaux rouillés, on pouvait lire la distance qui les séparait encore de Ash Shwayrif.

Cachés derrière un ensemble de conteneurs, une paire d'hommes n'avaient rien manqué des embrassades d'Abubakar sur le quai, ni du déchargement du navire, d'ailleurs. Ces hommes n'étaient pas Libyens. Ni dockers, bien sûr. Ils étaient Français et membres du Service Action de la DGSE. Pour eux, la Tripolitaine était une des zones les plus dangereuses du monde. La France avait, pour des raisons tactiques, fait le choix de soutenir le Maréchal Haftar, suscitant l'ire – le mot était faible – des milices du gouvernement de Tripoli. Et dans la région, on ne respectait pas le code des pays civilisés. Même au cœur de la guerre froide, les agents de la CIA et du KGB ne réglaient pas leurs comptes à balles réelles – ou de façon rarissime. C'était un cliché d'Hollywood. L'espionnage avait longtemps été un métier sérieux, codifié, presque courtois. Ce n'était plus le cas. Notamment dans ces zones et pays faillis. Les deux agents s'étaient donc partagé la tâche. Le premier avait mitraillé le quai avec son appareil photo numérique. Et le second avait monté la garde, AK-47 à crosse repliable dissimulé sous sa veste. Mais ils n'avaient pas eu besoin d'en faire usage et de mitrailler à coup de 7,62x39mm. Après une bonne heure à photographier tout ce et *ceux* qui sortaient du navire, ils plièrent bagages et reprirent la route de leur *Safe House*, à l'ouest de la ville. Là, ils purent expédier par liaison satellite les centaines de photos qu'ils avaient prises. Ainsi, moins de trois heures après qu'il ait mis un pied sur le sol libyen, le portrait d'Abubakar s'affichait sur certains écrans de la Caserne Mortier, dans le 20ème arrondissement de Paris. La « boîte », comme on appelait affectueusement le siège de la DGSE, ne dormait jamais. Les terroristes ne prenaient jamais de vacances. Les autres ennemis de la France non plus. La « boîte » ne pouvait pas se le permettre non plus.

Ouagadougou, Burkina Faso, 1er novembre

Les portraits d'Abubakar ne furent pas les seuls à être analysés. Alors même que le Tchétchène s'exhibait boulevard Mortier, les clichés des djihadistes neutralisés au Niger arrivaient au centre de commandement du détachement de forces spéciales, près de l'aéroport de Ouagadougou.

« Ils ne les ont pas loupés », lâcha le colonel du 1er RPIMA, qui commandait le détachement Sabre.

Sur un écran géant, les clichés numériques avaient défilé un à un. Douze terroristes avaient été neutralisés au total. Parmi eux, quatre n'avaient presque plus de visage. Les huit autres s'étaient fait tirer le portrait – à l'horizontal. Et pour chacun, un double prélèvement papillaire et ADN avait été effectué. Le métier des armes ressemblait de plus en plus à de la médecine légale, de nos jours.

« Avez-vous remarqué qu'aucun d'entre eux n'est touareg. Ou peul », demanda l'officier de la Direction du Renseignement Militaire, assis derrière son clavier.

Le colonel hocha la tête. « Oui, c'est la première chose que j'ai noté en effet. Curieux… Que diriez-vous ? »

« Caucase. Peut-être Asie Centrale. Ils sont loin de leurs foyers. »

« Ils n'appartiennent pas à la katiba Macina. Ni au GSIM[9] », suggéra le colonel.

L'espion acquiesça. « Selon toute vraisemblance. En tout cas, nous n'avons aucune indication que Macina ait recruté en dehors du vivier sahélien. Ni Ansar Dine d'ailleurs... »

« Il s'agit donc d'une autre katiba. Est-ce que les opérateurs ont trouvé du matériel informatique ? Des documents ? Des téléphones ? »

L'espion inclina la tête. « Oui. Nous devrions les recevoir d'ici demain. Un hélicoptère doit rejoindre le campement de Sierra Niémen. »

Il fit passer les autres clichés. « Bon sang, il y avait de quoi armer un régiment dans la grotte. »

Dans un coin reculé, parfaitement alignés, plusieurs dizaines d'AK-47 étaient appuyés contre la paroi de roc. Dans des caisses, il y avait également ce qui ressemblait à des chargeurs et des boîtes de munitions. Un peu plus loin, des RPG.

« Ils ont eu de la chance. Ils ont nettoyé la grotte à coup de grenades. Tout aurait pu sauter. Cela aurait fait un joli feu d'artifice… »

« Des véhicules ? », demanda le colonel.

L'espion secoua la tête. « Curieusement aucun. Des traces de pneus ont été repérées. Elles partent vers le nord. Mais ni pick-up, ni moto sur place. »

Le colonel fronça les sourcils. « Cela n'a pas de sens. Leur cachette était au milieu du néant. Leurs complices ne les ont tout de même pas oubliés sur place ! »

« Oubliés sur place, cela m'étonnerait, en effet », admit l'espion.

« Alors quoi ? Un poste avancé ? »

L'espion haussa les épaules. « Peut-être étaient-ils simplement là pour surveiller la cache d'armes. Nous allons garder de toute façon un œil sur la grotte. Si des véhicules rappliquent, nous les repèrerons. »

« Oui, bonne idée », répliqua le colonel. « Faites mouliner vos archives. Si vous avez une touche sur l'un ou l'autre de ces lascars, vous me tenez au courant. Et voyez avec Paris si on peut partager les clichés avec les Anglais et les Américains. Une katiba originaire du Caucase active en plein Niger, cela ne me plait pas du tout. Je veux qu'on aille au fond de cette histoire. »

Prométhée

Quelque part au nord du Burkina Faso, 2 novembre

« Toujours aucun changement ? », demanda Hélias dans le combiné.

La voix de son interlocuteur était cristalline. C'était comme s'il s'était trouvé à côté. Mais l'équipage du drone MQ-9 *Reaper* se trouvait à près de 350 kilomètres de là, à Niamey, au Niger. Après des années de tergiversations, la France avait commandé en urgence opération sept engins à General Atomics, qui avaient tous été livrés à l'escadron 1/33 Belfort. Ces drones avaient changé la vie des militaires, sur le terrain. Et d'autant plus depuis qu'ils avaient été qualifiés pour tirer des munitions. L'aéronef flottait à 25 000 pieds. Il était naturellement invisible depuis le sol et même Hélias, pourtant aguerri, n'avait pu le repérer, au loin. Il espérait que les terroristes qui se trouvaient à quelques kilomètres de là, dans un bivouac, étaient aussi sourds et aveugles.

« Aucun changement », répondit le pilote. « Nous comptons seize tangos[10]. Dix motos dissimulées sous les arbres et des bâches réfractaires. Il y a deux groupes de sentinelles, au nord-est et au sud-ouest du camp, à environ une centaine de mètres de l'oasis. Trois tangos à chaque fois. »

L'obscurité s'était abattue sur le désert et un croissant de lune illuminait le ciel. Pour Hélias et ses hommes, ces conditions étaient idéales. Car ils disposaient tous de lunettes d'intensification de lumière, accrochées à leurs casques en kevlar. Et dans le ciel, les drones et Mirage 2000 étaient qualifiés « tout temps », de jour comme de nuit.

Contrairement à l'adage, la nuit, tous les chats n'étaient pas gris. Certains ressortaient plutôt dans un dégradé de vert. Et l'idée était que ceux-là ne connaissent pas une nouvelle aube. Il avait fallu presque quatre jours à la force *Altor* pour retrouver la trace des terroristes qui avaient dévasté le village. Patiemment, Hélias et ses hommes avaient remonté la piste. Les djihadistes étaient pourtant habiles. Et *mobiles*. Ils se déplaçaient à moto, qui étaient structurellement plus difficiles à tracer, et ils avaient visiblement prépositionné des réserves de carburant çà et là, enterrées dans le désert. Hélias avait retrouvé une demi-douzaine de jerricans vides. Les djihadistes progressaient vite. Ils évoluaient sur des pistes complexes et savaient exploiter au mieux le relief de la région. Le groupe d'Hélias s'était donc engagé dans une course contre la montre. Chaque heure qui passait élargissait le rayon des recherches. Mais les Français disposaient d'un atout maître dans leur manche. Les drones *Reaper* du 1/33 Belfort. Ces engins pouvaient flotter dans les airs pendant près de 14 heures, ce qui assurait une certaine permanence aérienne. Et leurs optiques étaient extrêmement performantes. Depuis leur altitude de croisière de 25 000 pieds, ils disposaient d'une ligne de visée de plusieurs dizaines de kilomètres. Évidemment, les optiques perdaient en précision ce qu'elles gagnaient en portée. Mais l'association des caméras infrarouges et des caméras électro-optiques ultra-précises permettait de passer une vaste zone au peigne fin. Du macro au micro. Et elle avait permis à *Altor* de localiser le bivouac des terroristes.

« Quel est le plan d'action ? », demanda Hélias.
« C'est en train d'être décidé à Ndjamena. Les huiles privilégient un raid aérien. »
Hélias soupira. « On aura du mal à retrouver des traces utiles dans les décombres », répondit-il. « Mon équipe est sur place. Nous pouvons donner l'assaut. »
« Bien reçu », fut la seule réponse.

Et moins de vingt minutes plus tard, le suspense prit fin. Hélias reçut ses ordres. Puis il rassembla ses hommes.

« Les gars, nous sommes bons pour action. Nous allons progresser par le sud et l'est sur deux colonnes. À 0300, deux Mirage 2000 vont effectuer un *show of force*. L'hypothèse de base est que les djihadistes se disperseront. Nous avons quatre équipes au total. Une équipe aéroportée qui les prendra par l'ouest, avec un *Tigre*, le *Reaper* qui pourra engager des cibles et nous-mêmes. La mission des Mirage est de secouer le nid de guêpes et d'orienter les flux vers nous. Ils sont équipés de pods canon et arroseront les terroristes qui ont envie de fuir, au besoin. L'idée est qu'ils en rabattent le plus grand nombre sur nos colonnes. »

« On doit les capturer vivants ? », tenta un sous-officier, d'origine bulgare.

Hélias haussa les épaules. « Autant que faire se peut. Mais je ne veux pas que vous preniez de risques excessifs. Vous avez vu ce dont ils sont capables. Vous avez vu ce qu'ils ont fait dans le village. »

Autour de lui, même dans la lueur irréelle des lunettes de vision nocturne, les visages apparaissaient graves. Les légionnaires du 2ème REP étaient des combattants redoutables, des guerriers dont l'engagement était souvent total. Mais ils comprenaient ce qu'ils avaient en face d'eux. Des fanatiques, mus par des croyances médiévales.

« Des questions ? », demanda Hélias. Il fit un tour de l'assemblée. « Très bien. En voiture, alors ! »

Sans un mot, les légionnaires se serrèrent la main et montèrent à bord de leurs Toyota. Cela pouvait sembler curieux que les militaires français aient décidé d'utiliser les mêmes engins que les djihadistes. Il y avait des raisons à cela. Les tout-terrain Toyota étaient extrêmement fiables et robustes. Ils étaient aussi très répandus dans la région, ce qui facilitait grandement l'approvisionnement en pièces détachées, disponibles dans n'importe quel village du Sahel,

ou presque. La rusticité et l'endurance, c'était important...
Enfin, il fallait reconnaître que les véhicules employés par
Altor avaient été revus. Ils n'étaient pas des modèles
standards. La firme aixoise Technamm avait repris la cellule
à sa manière. Les suspensions avaient été durcies. Des
pièces de blindage léger ajoutées autour de l'habitacle.
Naturellement, la puissance de la batterie avait également
été renforcée, afin d'alimenter la climatisation, mais aussi
les dispositifs de communication indispensables aux forces
de Barkhane. Dix minutes après la fin du briefing, une
vingtaine de véhicules s'élancèrent et se séparèrent en deux
colonnes. Il était minuit passé.

*   *   *

Les deux Mirage 2000 avaient décollé de la Base Aérienne
Projetée de Niamey et avaient rapidement atteint leur
altitude de croisière de 15 000 pieds. Dans les habitacles,
les équipages étaient concentrés et restèrent essentiellement
mutiques. Sur leurs cuisses, pilotes et navigateurs avaient
accroché des cartes plastifiées où l'emplacement du camp
de djihadistes avait été indiqué. Ils connaissaient
parfaitement la région et chacun avait déjà plusieurs
centaines d'heures de vol au-dessus du Sahel. Ils savaient
que l'opération à laquelle ils devaient participer était
complexe, et articuleraient plusieurs autres actifs, aériens et
terrestres. Pilote de chasse était un travail exigeant, un
travail de précision. Et leur rôle dans l'opération était
critique. Les deux chasseurs tournèrent quelques minutes
au-dessus du sud du Niger puis, exactement à l'heure
choisie, ils virèrent à bâbord et prirent un cap nord/nord-
ouest. Dans l'obscurité, se guidant uniquement à leurs
instruments et sur le retour de leur radar de suivi de terrain
Antilope 5 – plus nécessairement à la pointe de la

technologie ni au goût du jour – les appareils fondirent vers le sol et les pilotes poussèrent encore un peu leur manette des gaz. Les Mirage 2000 étaient des mono réacteurs mais leur moteur SNECMA était raisonnablement puissant, assurant un rapport poussée / poids proche de 1. Pour une telle opération, et face à de tels adversaires, c'était largement superflu.

Lorsque l'horloge du bord approcha de 0300, la radio crépita dans les cockpits.

« Vous êtes « *top action* » moins 2 minutes. »

Un après l'autre, les deux pilotes accusèrent réception et, dans une chorégraphie digne des meilleurs metteurs en scène de ballet classique, les deux avions glissèrent vers le sol et se stabilisèrent à 600 pieds. À cette altitude et à leur vitesse de 400 nœuds, la moindre erreur de pilotage pouvait être immédiatement fatale. Mais les pilotes étaient des professionnels.

*　　*　　*

L'homme attrapa un verre de thé et en but une gorgée. Un peu plus loin, ses camarades avaient fait un feu, dissimulé à l'ombre d'un arbre séché. Cela leur avait permis de manger chaud et de faire chauffer du thé. La vie nomade était dure. Et celle de djihadiste encore plus. Mais aucun ne se plaignait. Ces hommes appartenaient tous à la katiba Macina. Ils étaient Maliens, pour l'essentiel, et connaissaient intimement la région. Certains étaient nés bien plus au nord, mais d'autres, comme l'homme qui buvait tranquillement son thé au sud du camp, venait du Liptako malien. Leurs ancêtres avaient été des bergers nomades et avaient hanté ces bandes de désert pendant des générations. Ils avaient appris à en connaître chaque oasis, chaque grotte et chaque route. À l'époque, les convois évoluaient à pied ou à dos de chameau. Désormais, les véhicules à moteur avaient pris le relai. La katiba avait mis la main sur des armées de Toyota. Mais de plus en plus, les djihadistes affectionnaient les motos. Rustiques, fiables, rapides, maniables, elles pouvaient se faufiler partout, et sur les routes défoncées de la région, évoluer bien plus vite que les pickups. En plus, leur consommation d'essence était bien plus faible. Ce n'était pas accessoire car, comme les armes et les munitions, le carburant ne se trouvait pas sous le sabot d'un cheval au Sahel. Le seul inconvénient des motos, à tout prendre, était qu'il était impossible d'y monter un calibre 50. Mais deux djihadistes entraînés armés d'AK-47 et de RPG n'étaient pas non plus à prendre à la légère.

La lune avait tourné dans le ciel, et quelques nuages d'altitude passaient devant les milliers d'étoiles scintillantes, ici ou là. L'air était sec, mais doux – pour la région. L'homme bailla et avala une nouvelle gorgée de thé en fixant l'immensité de l'horizon. Il fut le premier à ressentir les vibrations du sol. Encore diffuses. Incertaines. Puis ce fut un sifflement à peine audible, qui s'amplifia doucement. Jusqu'à devenir strident, suraigu. Les djihadistes se jetèrent au sol lorsque les deux flèches sombres passèrent juste au-dessus de leurs têtes, en lâchant des feux d'artifices lumineux. Les pilotes avaient, par précaution, décidé d'éjecter des leurres thermiques au-dessus du camp. Il était bien peu probable que les terroristes aient pu transporter des missiles sol/air portatifs à dos de moto, mais aux commandes d'un avion de près de 40 millions d'euros, il fallait parfois faire preuve de précautions.

Les djihadistes réagirent de façon pavlovienne. Certains attrapèrent leurs armes et se mirent à tirer dans le ciel, de façon aussi absurde que dérisoire. Mais ils comprirent vite que leur bivouac était compromis. Les Français avaient dû les repérer et, avec deux avions de chasse dans la boucle, leurs chances de survie venait de baisser substantiellement. Le chef de la katiba cria des ordres et, dans un chaos stylisé, ses hommes sautèrent sur leurs montures et partirent à toute vapeur. Comme les Français l'avaient anticipé, le groupe se sépara et les motos s'éclatèrent en étoile, dans les quatre directions cardinales. Même au milieu du désert, les anciens préceptes romains « diviser pour mieux régner » avaient fait des émules.

Mais la stratégie se heurta, pour le premier groupe, au tir de barrage du canon de 30mm de l'hélicoptère *Tigre* déployé plus à l'est. La première rafale explosa à côté des motos, sans qu'elles ne changent de trajectoire. Le pilote de l'Armée de Terre vit les trainées lumineuses laissées par les tirs d'armes automatiques dans sa direction. Les passagers des motos avaient tenté de répliquer. Mais pour eux, le *Tigre* était invisible. La réciproque n'était pas vraie et le pilote de l'engin avait reçu des ordres clairs. Il tourna légèrement la tête et, automatiquement, l'arme placée sous le nez de l'hélicoptère ajusta sa visée dans la même direction. Puis la main gantée pressa le bouton rouge de tir, et une nouvelle rafale déchira la nuit. Cette fois, crachés par le tube d'acier à plus de 1 000 mètres par seconde, les obus ne frappèrent pas à côté, mais déchiquetèrent, littéralement, les corps et le métal.

Les pilotes des Mirage 2000D avaient reçu des ordres identiques. Après leur « *show of force* », ils avaient repris de l'altitude et, sans surprise, ils purent suivre un groupe de motos s'enfuir vers le nord. Ceux-là étaient les leurs. Les deux avions restèrent en formation et les pilotes décidèrent de laisser une ultime chance aux terroristes de se rendre. Ils repassèrent à basse altitude devant les motos, lâchant à nouveau une poignée de leurres thermiques chacun. Mais les motos ne se dévièrent pas.

« Bon, on les arrose », déclara le chef du détachement, un commandant de 32 ans, sur le canal de la formation.

À l'avant du cockpit en tandem de son engin, le pilote sélectionna le pods canon sur le système d'armes. Pour une raison indéterminée, le Mirage 2000D n'avait pas été équipé d'un canon interne lorsqu'il était entré en service au début des années 90. L'armée de l'air avait estimé, à l'époque, que ces avions voleraient en formation, et que les -2000D pourraient être accompagnés de Jaguar ou de Mirage F-1CT, équipés quant à eux de ces canons. Et puis, à la fin de la guerre froide, qui aurait pu imaginer que des tirs canons seraient encore d'actualité, trente ans plus tard, contre des ennemis en sandales et djellabas ? L'escadron 2/3 Champagne avait été le premier à recevoir le pods DEFA 30mm, accroché sous l'entrée d'air gauche. Le pilote aligna sa mire et vit une ligne brisée apparaître dans son viseur tête haute. L'ordinateur de bord lui indiquait là où sa rafale allait toucher. Lorsqu'il s'estima satisfait, il pressa la détente. La rafale dura exactement six secondes et, au total, 100 obus de 30mm fusèrent du pods, sur les 130 qu'il contenait. La plupart manquèrent leur cible, mais la rafale toucha les deux motos de tête et ne laissa aucune chance aux quatre terroristes. Les deux autres motos dérapèrent et se mirent à zigzaguer en plein désert. Le pilote jura et reprit de l'altitude pour laisser son ailier effectuer une passe canon à son tour. Une vingtaine de secondes et cent obus plus tard, les deux pilotes pouvaient indiquer que leur groupe de terroristes ne risquait plus de faire grand mal à qui que ce soit.

Chaque Mirage 2000 emportait également une paire de bombes à guidage laser GBU-12. Mais quel intérêt y aurait-il eu de gaspiller de telles armes lorsque de modestes obus à quelques centaines d'euros l'unité pouvaient faire l'affaire.

*   *   *

« ISR à *Edelweiss unité*, le dernier groupe roule droit vers vous. 1 500 mètres. »
Hélias accusa réception, puis il appuya sur le commutateur de sa radio tactique.
« Les gars, nous allons avoir de la visite. Est-ce que vous êtes en position ? »
Un par un, les chefs de groupe confirmèrent. Hélias avait stoppé sa colonne de Toyota en plein désert et, sur les plateformes ouvertes, ses tireurs de précision s'étaient déployés. Deux étaient équipés de fusils lourds Hécate II en calibre 12,7mm, et les deux autres de HK417. Mais pour les djihadistes, la taille de la balle ne fit guère de différence. Les quatre tireurs pressèrent la détente quasi simultanément. Tous touchèrent au but et quatre terroristes furent neutralisés. Les motos sur lesquels ils étaient juchés glissèrent au sol. Mais les djihadistes se relevèrent et se mirent à tirer au juger. Les HK417 étaient équipés de réducteurs de son faisant office de cache-flammes. Leurs tirs, même de nuit, étaient très discrets. Il n'en était pas de même des PGM Hécate II qui trahissaient leur position lors de la détonation. Une flamme de près d'un mètre de long, ça se voyait de loin, de nuit.

Mais Hélias avait déjà ordonné à ses hommes de se remettre en route et rapidement, les tirs des SCAR et HK416 des commandos français répondirent aux rafales d'AK-47. Puis ce fut le silence.

*   *   *

Depuis Ndjamena, le général – 3 étoiles – commandant la force Barkhane avait été tenu au courant en temps réel de l'opération au Burkina Faso. Il était presque quatre heures du matin, heure locale, lorsqu'il reçut confirmation que le groupe de djihadistes avait été neutralisé. Mais ce n'était pas tout.

« Nous avons un prisonnier. Gravement blessé. Demandons Medivac immédiate », entendit-il dans le centre de commandement de la force française.

Le général se tourna immédiatement vers son état-major. « Qu'a-t-on sur place ? »

Un lieutenant-colonel lui répondit. « Un *Caïman* et un *Puma* du 1er Régiment d'Hélicoptères de Combat étaient en soutien d'*Altor*. Ils sont configurés en Medivac. »

« Très bien. Évacuez-moi ce salopard vers Ouagadougou et tentez de le maintenir en vie. Je suis sûr qu'il aura plein de choses à nous dire ! »

« Certainement, mon général », fut la seule réponse.

Nord du Niger, 2 novembre

Le paysage était lunaire. Aride. Cette poussière de latérite si fine s'infiltrait partout. Abubakar toussota et ajusta le foulard qui lui cachait le visage. Il avait changé deux fois de véhicule depuis qu'il avait quitté Tripoli. La Toyota dans laquelle il se trouvait était remplie d'essence. Une allumette, ou un missile, et ce serait un joli feu d'artifice. Mais le Tchétchène n'y pensait pas. Cela faisait longtemps qu'il avait mis sa vie entre les mains de son Créateur, et accepté qu'il n'était pas entièrement maître de son destin. Comme d'autres, il n'était pas né avec la foi. Elle lui était apparue, un jour. Évidente. Un jour qu'il combattait, à Grozny, contre ses propres frères. La vie était étrange. Il était né à Moscou et il n'avait vraiment découvert la Tchétchénie que bien des années plus tard, après qu'il ait rejoint le bataillon *Vostok* du GRU – l'un des deux groupes au sein des Spetsnaz constitués exclusivement de natifs du Caucase. Son père avait été officier de renseignement, déjà. Sa jeunesse dans la capitale avait été dorée. Il n'avait manqué de rien, fréquenté les meilleures écoles, mangé à sa faim, couru les filles de son âge et abusé de la vodka, bien avant de savoir conduire. À l'âge de poursuivre ses études, il avait pourtant décidé de mettre ses pas dans ceux de son père. Personne ne l'avait forcé. Son père avait même tenté de l'en dissuader. Il était doué en sciences. Va faire médecin, lui avait-il dit ! Ou ingénieur ! Mais Abubakar avait fait ses propres choix. Quelle aurait été sa vie s'il en avait fait d'autres ? Vivrait-il cette vie tranquille, à Moscou, comme ses parents ? Se serait-il marié ? Aurait-il eu des enfants ? Abubakar évacua ces pensées stériles. Il avait une mission. Sa vie avait un sens, désormais.

La Toyota hoqueta et s'enfonça dans un creux de la route, avant de rebondir. Abubakar avait anticipé et s'était accroché à la poignée. Cela lui évita de s'écraser contre la vitre. Sur ses genoux, son AK-47 à crosse repliable lui entra néanmoins dans le côté. L'arme était à la fois réconfortante et si dérisoire. Face à un drone et à une bombe guidée par laser, que pourrait-il faire avec un modeste fusil d'assaut ? Les Américains avaient déjà tenté de l'éliminer. Ses propres gardes du corps y avaient laissé la vie. Abubakar serra le poing en imaginant le spectacle de la voiture éventrée à Azaz. Maudits Impérialistes, maugréa-t-il. Au moins pouvait-il imaginer ses amis recevoir, auprès du Très Haut, la juste récompense que méritaient leur dévouement et leur sacrifice. Les Houris existaient-elles vraiment ? Ces vierges aux grands yeux, à la beauté inouïe, reposant sur des coussins verts, dans des jardins frais, attendant les justes combattants. Existaient-elles ou n'était-ce qu'un conte ? Ce simple questionnement était sacrilège, Abubakar le savait. Et, finalement, quelle importance cela avait-il ?

Abubakar n'était pas un exégète des Saintes Écritures. Il n'avait même pas lu le Coran en entier. Il était un combattant. Et pour lui, l'Islam n'était pas un dogme. C'était avant tout un combat. Et un étendard. Cela aurait surpris nombre d'analystes, mais le Califat du Levant n'avait pas été fondé sur le dogme. L'immense majorité de ses dirigeants ne furent pas des juristes ou des imams. Mais des espions et des militaires. Essentiellement de l'ancienne armée de Saddam, lamentablement défaite en 2013 par l'armada américaine. Pour eux, l'Islam n'était qu'un paravent particulièrement utile, destiné à mobiliser les foules et à conférer prestige et hauteur à leur petite entreprise. S'en inspirer à grand cri avait été un pari particulièrement hypocrite, lorsqu'on les connaissait. Mais le pari s'était avéré gagnant. Tuer des mécréants et des Chiites au nom du nationalisme irakien ne les aurait pas menés très loin. Par contre, tuer des mécréants et des Chiites au nom de l'Islam fondamentaliste les avait placés au firmament. Les Croisés américains leur avaient même fait la courte-échelle en les désignant, très tôt, comme ennemi principal. Quelle meilleure reconnaissance et quelle meilleure publicité ! Après l'échec d'Al Qaida, les rues arabes et les masses musulmanes désœuvrées s'étaient cherché un nouveau héraut. Le Calife était arrivé à point nommé, au moment où l'aura du Cheikh et du groupe terroriste qu'il avait créé déclinait. Et Abubakar avait été l'un des premiers à le rejoindre.

Les deux hommes s'étaient connus vingt ans plus tôt. Alors au GRU, Abubakar avait été envoyé, avec d'autres espions russes, pour former certains de leurs homologues irakiens. Une mission *a priori* mortellement ennuyeuse. Le régime de Saddam était alors exsangue, quelques années après la Première Guerre du Golfe. Réduit à mendier et à trafiquer du pétrole pour survivre et perdurer. Contre des barils, il avait reçu nourriture, médicaments, et l'expertise russe pour mater les séditieux. Le futur Calife n'était alors qu'un obscur officier des services irakiens. Pas vraiment appelé à de hautes responsabilités. Abubakar n'était alors qu'un obscur officier du GRU. Les deux hommes avaient immédiatement sympathisé. Sans doute s'étaient-ils vus, l'un dans l'autre. Par un effet de miroir.

« Nous approchons du bivouac », lâcha le conducteur.
Abubakar inclina la tête. Ils avaient traversé la frontière une heure plus tôt et ils se trouvaient donc au Niger. Qu'y avait-il de différent, là ? Rien. Autour de lui, les mêmes paysages arides et désolés. Les mêmes collines ocre. Ces frontières n'étaient que des lignes artificielles, négociées entre pays européens sur le dos des populations locales. La Libye elle-même n'était qu'une pure construction, née de l'imagination fertile et du cynisme de certains diplomates britanniques. Association improbable de la Tripolitaine, de la Cyrénaïque et du Fezzan, alors contrôlé par la France, elle était aussi loin d'un véritable État que la Yougoslavie

avait pu l'être, en son temps ! Mais n'en était-il pas de même de tous ces faux pays de l'Afrique et du Maghreb, restes vermoulus des colonies impériales…et des luttes entre les anciens Empires européens. Leurs dirigeants corrompus n'avaient fait que prendre la suite des anciens colons. Sans vision. Sans autre but que de celui de s'enrichir le plus vite possible sur le dos des populations locales, en détournant les richesses minérales et l'aide au développement.

Qu'avaient en commun les myriades de tribus du Maghreb, du Sahel, de la Cyrénaïque et de la Tripolitaine ? Rien. Ou presque. Les Touaregs, les Maures, les Dogons, les Soninkés, les Songhaïs, les Peuls et tant d'autres… Ces ethnies avaient appris à coexister depuis des siècles. En vivant côte à côte. En se massacrant, de temps en temps, naturellement. Pourtant, ce chaos n'avait rien d'inéluctable. Car l'immense majorité de ces peuples partageaient en fait une chose. Une chose unique. Une religion. Certes, l'Islam du Sahel était parfois plus proche de l'animisme des sorciers de la brousse que de la pensée de Mohammed Ben Abdelwahhab. Mais ces douces hérésies qui hérissaient les doctrinaires étaient en fait insignifiantes. Le Calife avait été le premier à le comprendre, prenant parfois position contre les quelques « docteurs de la foi » de son organisation. Et à comprendre que la vague qui s'était levée à Mossoul déferlerait sur le continent entier, submergeant les anciennes terres d'Islam et les unifiant derrière la bannière noire qu'il avait brandie dans la Grande Mosquée al-Nouri.

Cette vision, il n'avait pas eu le temps de la traduire dans les faits. Car un obstacle imprévu était apparu sur sa route, pourtant toute tracée. La Russie avait déjoué ses plans. Car sans l'aide de Moscou, et notamment des dizaines d'avions de chasse que la Russie avait déployés à Lattaquié pour soutenir le régime branlant de Bachar, le Califat aurait conquis tout le pays. Cela s'était joué à rien. Quelques semaines, sans doute. La Russie avait tout fait dérailler. Et c'était bien pour ça qu'Abubakar n'avait jamais été vraiment accepté au sein de la Choura. La majorité des Irakiens n'avaient jamais pu lui faire confiance. Pour eux, il n'était qu'un traître. Un ancien officier de l'armée russe. Un ennemi défroqué. Ils n'avaient pas cherché à en savoir plus. Son passé était, pour eux, son fardeau. Pas pour le Calife. Lui seul avait compris son potentiel.

Abubakar sentit la voiture ralentir. Le soleil avait déjà commencé à décliner, à l'horizon et, autour de lui, les ombres des arbres et des rocs s'allongeaient et le ciel devenait pourpre. Enfin, la Toyota s'immobilisa. Abubakar ouvrit la portière et passa la sangle de son AK-47 autour de son cou. Ils avaient roulé pendant près de douze heures, ne s'arrêtant que pour remplir le réservoir. Il s'étira. Autour de lui, les autres s'activaient déjà. Ils tendirent une bâche sur la voiture et la recouvrirent de sable. C'était un camouflage grossier, mais suffisant pour transformer une Toyota en rocher, pour les optiques à grande focale des satellites et des drones américains et français qui pouvaient croiser au-dessus de leurs têtes. Puis le groupe se dirigea vers un petit aplomb, sous lequel ils dressèrent le camp. Un feu crépita vite et les quatre hommes purent s'asseoir, un verre de thé sucré à la main. Abubakar écouta ses amis raconter des histoires. Leurs hauts faits d'armes, à l'authenticité certainement douteuse. Il les écoutait mais son esprit était ailleurs. Il n'avait jamais vraiment été accepté par la Choura. À l'exception du Calife, ses membres ne lui avaient jamais vraiment fait confiance. Il ne leur avait donc jamais parlé de son plan réel. De l'atout maître qu'il avait dans sa manche. Combien de fois avait-il pourtant hésité à en parler à son ami ? À son Calife ? Ce secret lui avait brûlé les lèvres. Mais il l'avait conservé, envers et contre tout. Il avait ruminé ce plan. Attendant le moment opportun pour le déclencher. Espérant que les pièces étaient toujours en place, après toutes ces années. L'attente était terminée. Le moment était arrivé. Le moment de vérité qu'il avait attendu, depuis si longtemps. Trop longtemps, il le savait. Trop longtemps pour que le cours de la guerre en soit changé, au Levant. Mais cela n'avait finalement que peu d'importance. L'image de son Calife passa derrière ses yeux clos. Les Croisés paieraient pour ce crime.

Arlington, Virginie, 2 novembre

La sonnerie de la porte réveilla Walter en sursaut. Il regarda l'heure sur le réveil, posé à côté de son lit. Un peu plus de huit heures. Sa chambre était orientée plein sud et un soleil rasant et réconfortant filtrait à travers les rideaux. À ses côtés, Lucie dormait toujours. C'était le week-end. Il posa un baiser sur son front et attrapa sa robe de chambre. Quelques secondes plus tard, il avait descendu les escaliers et ouvert la porte.
« Bonjour, c'est une livraison. »
Le livreur lui tendit un bouquet de fleurs et un paquet, le salua et tourna les talons.

Walter apporta le tout dans la cuisine. Les fleurs étaient simples. Il n'y avait aucune carte. Il se gratta la tête. Ce n'était pas son anniversaire. Ni celui de Lucie ou de Karen. Il attrapa le petit paquet et l'ouvrit. À l'intérieur, il trouva une boîte de chocolats et une petite enveloppe dactylographiée, sur laquelle n'était écrite que son nom. Il l'ouvrit et déplia le petit mot. Le message était, là encore, dactylographié. Certainement transmis au fleuriste et imprimé tel quel. Deux phrases. Courtes. Deux phrases extraites d'un roman de Lermontov. Walter les connaissait bien. Il les avait toujours connues. Il les avait choisies lui-même.

« Un ange déchu, un démon plein de chagrin, volait au-dessus de notre terre pécheresse. Les souvenirs de jours meilleurs se pressaient en foule devant lui, de ces jours où, pur chérubin, il brillait au séjour de la lumière. »

Derrière ses yeux, encore embrumés par le sommeil, des centaines de souvenirs lui revinrent immédiatement. Des images. Des sons. Des mots. Des phrases. Des gestes. Des ordres. *Les* ordres. Imperceptiblement, son rythme cardiaque s'accéléra. Il ne contrôlait plus totalement son corps, ni son esprit. Il prit le mot. Le relut une nouvelle fois. Puis le froissa et ouvrit un tiroir. Il y trouva la boite d'allumettes qu'il cherchait. Il en craqua une et la rapprocha du coin du mot. Pendant quelques brefs instants, il regarda la feuille se consumer. Puis il la lâcha dans l'évier et fit disparaître les traces noircies. Par la fenêtre de la cuisine, il pouvait voir les douces couleurs d'automne dans son jardin. L'été avait joué les prolongations et les feuilles étaient encore si vertes. Mais Walter avait déjà l'esprit ailleurs.

Walter n'avait aucune façon de le savoir, mais il ne fut pas le seul à recevoir un message ce matin-là. À Chicago, à Seattle, à Los Angeles, des hommes dans la force de l'âge, parfois déjà à la retraite, reçurent un petit présent. Seul celui de Chicago le comprit, néanmoins. Les deux autres livreurs se virent expliquer, à Seattle et à Los Angeles, que le destinataire n'habitait plus à l'adresse indiquée depuis longtemps déjà. Les livreurs haussèrent les épaules et repartirent, promettant de faire suivre le message. Mais ils n'en firent rien. Livreur à domicile était un métier de flux et de rendement, à l'époque d'Amazon et d'Alibaba. Au tarif misérable qu'ils touchaient pour chaque livraison, jouer au détective n'était pas une option envisageable. Deux boîtes de chocolat furent jetées à la poubelle. Et rapidement retrouvées par des mendiants pour qui quelques vers écrits sur une carte avaient moins d'intérêt que quelques grammes de friandises.

Sur son passeport américain, l'homme de Chicago s'appelait George. Mais il était né Vassili, soixante-deux ans plus tôt, près de la ville de Tomsk, en Sibérie. Il avait perdu sa femme trois ans en arrière, des suites d'une longue maladie. Il avait continué à vivre. Et à travailler. Il était consultant en sécurité industrielle et passait ses journées à parcourir les usines chimiques de l'Illinois. Comme Walter, trente ans après la fin de la Guerre Froide, il avait presque oublié son passé. Et la mission que, dans une autre vie, le GRU lui avait confiée.

Siège de la DGSE, Paris, 3 novembre

Si le soleil brillait à Washington et plus encore à Niamey, une bruine froide s'abattait sur la Caserne Mortier, dans le 20ème arrondissement de Paris. Les lieux étaient déjà austères, en général. Murs blancs, toits gris. Derrière la façade vitrée de l'entrée principale, quelques rangées d'arbres animaient la place d'armes. Mais même eux avaient grise mine. Leurs feuilles jaunies avaient commencé à tomber, rapidement balayées par les petites mains.

La caserne se présentait essentiellement comme un U, avec trois bâtiments principaux. Le département en charge de la zone Afrique / bande sahélo-saharienne se trouvait dans le bâtiment M2. Au troisième étage, une succession de bureaux anonymes accueillaient analystes et fonctions supports. La plupart d'entre eux étaient désormais civils, et les quelques militaires ne s'y promenaient qu'exceptionnellement en uniforme, de nos jours. Devant ses trois écrans, Dorothée Beauchamp passait en revue les derniers échanges de la nuit. Sur le terrain, se trouvaient des équipes du Service Action de la maison, souvent perdus dans les dunes, en semi-autonomie. Certains opérationnels de la « boîte » s'étaient installés dans les grandes villes – plus pour espionner les gouvernements locaux ou leurs homologues étrangers, notamment russes, chinois et turcs, qui, parfois, agitaient en sous-main des groupuscules nationalistes et des sentiments « anti-Français » opportuns. Mais depuis les débuts de l'opération Serval, la DGSE avait également travaillé en étroite collaboration avec les unités des forces spéciales et conventionnelles. Des analystes de la maison étaient aux côtés des Task Force Sabre, à Ouagadougou, et de leurs homologues de la Direction du Renseignement Militaire. Dans la guerre contre le terrorisme, il n'y avait plus de querelle de chapelles. Ou presque.

La photo qui s'affichait sur l'écran central de l'analyste de la « boîte » était, selon toute vraisemblance, celle d'un terroriste. L'homme avait une quarantaine d'années. Peut-être plus. Il avait des traits caucasiens – un visage rond, des pommettes hautes, une barbe bien taillée. Sur le port de Tripoli, où à peu près toutes les couleurs de peau, toutes les ethnies et toutes les origines se croisaient, il n'y avait rien de choquant. Ni même de digne de terminer sur l'écran de la DGSE, *a priori*. Mais comme la « boîte » faisait bien les choses, et que l'homme qui l'avait accueilli sur le quai était, quant à lui, parfaitement connu et fiché dans la maison, Dorothée avait lancé une analyse de reconnaissance faciale. Contrairement aux films hollywoodiens, ces logiciels étaient encore largement imparfaits. Et notamment lorsque les photos étaient prises de façon oblique, de loin, et sous une luminosité improbable. D'autres logiciels de traitement de l'image prenaient alors le relai. Ils étaient performants. Mais ils n'étaient pas nécessairement rapides. Il fallut donc une paire d'heures pour que les premières conclusions sortent de la machine. Dorothée les lut, puis attrapa son téléphone.

Quarante minutes plus tard, elle se trouvait dans l'antichambre du bureau du directeur de la DGSE. C'était une première pour elle. Et la preuve, s'il en était, que les deux agents du Service Action n'avaient pas perdu leur temps, sur le port de Tripoli. Elle patienta encore une dizaine de minutes, puis les doubles portes du saint des saints s'ouvrirent, et l'assistante du directeur l'invita à entrer. À l'intérieur, le directeur était en grande conversation avec l'un de ses adjoints, en tenue de général. Le responsable du département Afrique lui fit signe de s'approcher et de s'asseoir autour de la table de réunion. C'était la première fois qu'elle voyait l'intérieur du bureau. Et elle fut surprise. Les séries télévisées avaient choisi de le présenter sous un jour plus moderne. En fait, tout y respirait le classicisme. Pour un peu, on aurait pu se croire dans le bureau d'un préfet. Ou d'un ministre. Des bibliothèques habillaient les murs, remplies de vieux ouvrages aux couvertures reliées de cuir, précieuses. Les fauteuils en cuir sombre n'auraient pas dépareillé dans un club de gentlemen anglais. Seule concession à la modernité, une série de téléphones cryptés – dont le fameux « interministériel » - et un unique écran d'ordinateur.

Dorothée vint s'asseoir à la table à côté du responsable du département. Elle posa le petit dossier qu'elle avait préparé sur la table et ses mains, sagement, sur le dossier. Deux minutes plus tard, le directeur les avait rejoints, en compagnie du général commandant la direction des opérations.
« Merci d'être venus si vite », commença-t-il.
L'homme était affable. Ses cheveux gris coupés courts et ses fines lunettes à monture en acier lui donnaient un air distingué. C'était le moins pour un diplomate blanchi sous

le harnais, habitué depuis des années aux postes compliqués. Chose rare également, il était un vrai littéraire. Et un homme de dossiers et d'analyse. Un intellectuel plutôt qu'un politique. Cela avait certainement ses avantages. Car l'homme aimait plonger dans le cœur des dossiers.

« Que savons-nous sur cet homme ? », commença-t-il immédiatement. Devant lui, plusieurs impressions en couleurs des clichés pris à Tripoli étaient étalées sur la table.

Le directeur du département Afrique se recula sur sa chaise et se tourna vers Dorothée. La trentenaire prit une profonde inspiration et lutta pour que son visage ne change pas abruptement de couleur. « L'homme est fiché chez nous. Pas de nom, néanmoins. Pas d'alias. Il a été vu à plusieurs reprises au Levant. Essentiellement en Syrie. »

Elle ouvrit sa pochette et en sortit d'autres jeux de clichés. Chacun était tramé et daté. Ils remontaient en général à trois ou quatre ans en arrière. Elle les fit passer au directeur et à son adjoint.

« Comme vous le voyez, l'homme évoluait à Raqqa et à Deir Ez-Zor, entouré d'un dispositif de protection rapprochée typiquement réservé aux caciques du régime. D'après nos informations de l'époque, il aurait été proche, et peut-être un membre important, de la katiba al-Mouhajirine. »

« La katiba des émigrants ? », rebondit le général commandant le service action.

« Absolument », réagit Dorothée. « Comme son nom le suggérait, le groupe était essentiellement composé d'étrangers, notamment du Caucase : Tchétchènes, Ouzbeks, Tadjiks. Il y avait quelques Français, aussi. »

« Le groupe avait été décimé, si je me souviens bien », dit le général. « Et ce qui en restait avait pris ses distances avec l'EI après l'élimination d'Abou Omar, son chef. »

Dorothée acquiesça.

« Qui a pris ces photos, à l'époque ? », demanda le directeur.

Dorothée répondit. « Des membres de l'OSL qui partageaient des informations depuis Raqqa. Ces photos-là… », dit-elle en indiquant le premier jeu, « …ont été prises à l'occasion d'une exécution sommaire à Raqqa. C'était encore à l'époque où l'EI n'interdisait pas les téléphones portables dans la rue. Sans doute fin 2015 ou début 2016. »

Le directeur inclina la tête. « Donc vous disiez que nous ne connaissons pas son nom. Avons-nous une idée de son positionnement dans l'organigramme ? »

Dorothée secoua la tête. « Pas vraiment. Au cours des dernières années, l'état-major de l'EI a évolué de façon, comment dire… fluide… Beaucoup de dirigeants ont été éliminés et ont été remplacés. Souvent par des seconds couteaux, que nous connaissons uniquement au travers de leurs différentes kunya. Quelques groupes, comme la katiba al-Mouhajirine, ont quitté le giron de l'EI pour se rapprocher du Front Al-Nosra, en sus. Celui-là semble être passé à travers les gouttes, si j'ose dire. »

Le général commandant le service action acquiesça. « Oui, il me semble bon pied bon œil sur le cliché pris à Tripoli. Il lui reste tous ses membres, et il n'a pas l'air d'avoir été blessé. »

« Bon pied, bon œil, et malheureusement son arrivée s'inscrit dans un certain contexte », lâcha le directeur. Il échangea un regard en coin avec son adjoint, puis se tourna vers Dorothée et poursuivit.

« Nous avons reçu au cours de la nuit des informations particulièrement troublantes en provenance du Niger et du Burkina Faso. Comme vous le savez, nos forces au Liptako et au Niger ont neutralisé coup sur coup deux groupes de terroristes, que nous pensions distinctes. La première, au Niger, était constituée uniquement – fait rarissime… unique en fait – de djihadistes venant du Caucase. Mais nous avons pu la relier avec une autre opération, conduite cette fois au nord du Burkina Faso. Sur les corps des terroristes neutralisés au Burkina, nous avons notamment trouvé des documents en cours d'analyse, ainsi qu'un téléphone portable, sur lequel avait été enregistrée une déclaration d'allégeance d'un chef de la katiba locale – appartenant à Macina – à un nouveau dirigeant. »

Le responsable du département Afrique fronça les sourcils. « Une guerre intestine au sein du GSIM ? On connaît ce nouveau dirigeant ? »

Le directeur secoua la tête. « Les informations nous sont à peine parvenues et nous recevrons les documents d'ici quelques heures, par avion spécial. Vous pourrez les analyser plus en détail. Mais d'après les premiers échanges que nous avons eus avec les équipes sur place, pour répondre à vos deux questions : Est-ce la marque d'une scission au sein du GSIM ou de Macina, il est trop tôt pour le dire. Connaissons-nous le nouveau dirigeant ? Pas à ce stade. Il n'est présenté qu'au travers d'une kunya. Sans surprise. Mais celle-ci, dans le contexte actuel, est intéressante, si j'ose dire… »

« Abu Malek al-Chichani », pour être précis, compléta le général.

Le responsable du département Afrique réagit immédiatement. « Et vous pensez que l'homme que nous avons pris en photo à Tripoli pourrait être cet Abu Malek al-Chichani ? »

Le directeur haussa les épaules. « Difficile à dire à ce stade. Mais c'est ce que vous devrez découvrir. Reconnaissons toutefois que tout est extrêmement troublant. La présence de groupes originaires du Caucase bien loin de leurs zones d'opérations, de façon inédite. Cette allégeance improbable. L'arrivée d'un cadre de l'EI à Tripoli, originaire du

Caucase, accueilli par l'un des courriers de Macina, rappelons-le. Cela fait beaucoup de coïncidences. »

« Trop à mon goût », confirma le général.

Le directeur de la « boîte » se cala dans son fauteuil, le visage grave. « Bon, je ne vais pas aller par quatre chemins. La situation dans la région du Sahel demeure très volatile. Les renforts de forces spéciales promises par nos partenaires européens restent, comment dire, modestes. La MINUSMA[11] est inefficace. Et la montée en charge des forces du G5 est laborieuse... »

« Laborieuse ? », le coupa le général commandant le Service Action. « C'est un délicat euphémisme, monsieur le directeur. À l'exception de l'armée tchadienne, le niveau des autres forces de la région est très faible. Il n'y a aucune discipline. Assez peu d'esprit d'initiative. C'est à croire que ces forces ne sont là que pour toucher les financements de l'ONU. Nos propres unités doivent jouer au garde chiourme lorsqu'elles se déplacent en leur compagnie. Et prendre des risques additionnels pour les protéger, en cas d'engagement. »

Le directeur de la DGSE parut agacé par l'interruption. « Je sais tout cela. Mais la vérité est que nous sommes au Sahel sur invitation des gouvernements locaux. Nous devons faire avec. Ou sans leur aide, en l'occurrence. Sans le soutien efficace des forces armées locales. Mais il nous reste d'autres cordes à notre arc. Notre occupation du terrain commence à porter ses fruits. Les dernières opérations d'*Altor* et de la Task Force Sabre le confirment. Mais il ne faut pas baisser la garde. Et surtout, s'il y a des dissensions au sein de Macina ou du GSIM, il faudrait que nous le sachions vite. »

« Nous pourrions nous rapprocher des Américains », tenta le responsable de la zone Afrique. « Si cet Abu Malek al-

Chichani était effectivement un cadre de l'État Islamique, il n'est pas exclu que la CIA en sache plus sur lui. »

Le directeur acquiesça. « Très juste. Voyez cela avec Langley. » Puis, se retournant vers son adjoint. « A-t-on des nouvelles du terroriste que nous avons capturé au Burkina Faso ? »

Le chef du Service Action haussa les épaules. « Toujours en soins intensifs à Ouaga. »

« Très bien. Tenez-moi au courant. Je veux être informé dès qu'il se réveille et à la minute où on peut l'interroger. Il faut tirer cette situation au clair et comprendre où en sont les terroristes sur place. Je dois faire un point en fin de semaine au PR[12] et j'aimerais avoir des nouvelles fraiches pour lui. »

Langley, Virginie, 3 novembre

« Très bien. Merci Dorothée. Je vous reviens dès qu'on a quelque-chose. »

Mary raccrocha son téléphone. On croyait que les agences de renseignement vivaient en vase-clos. C'était parfois vrai. Et la CIA ne partageait pas tout avec ses homologues étrangers, y compris appartenant aux fameux « *Five Eyes* », loin s'en faut. Elle continuait même à espionner ses alliés, tout comme ces derniers continuaient à espionner les États-Unis. Mais il y avait des sujets où la coopération était quasi-totale. Mary Loomquist et Dorothée Beauchamp se connaissaient bien. Elles avaient à peu près le même âge. Et le métier d'analyste de renseignement avait à peu près autant comblé leur vie professionnelle que gâché leur vie privée. Les terroristes ne travaillaient pas en horaires de bureau. Comment le pourraient-elles ? Et la vie clandestine – certes moins exaltante que celle de James Bond – n'était pas le meilleur catalyseur pour trouver l'âme sœur.

Le cliché digitalisé pris à Tripoli, ainsi que ceux pris à Raqqa quelques années plus tôt, ne tardèrent pas à arriver sur la messagerie de Mary. Le logiciel de détection de virus et de Troyans concocté par la NSA passa quelques longues secondes à vérifier que, entrelacé dans les pixels, ne se trouvait pas un tout autre type de programme. Mais les photos étaient propres. Mary ouvrit les documents et put enfin contempler le visage du djihadiste. Au cours des années, la jeune femme avait développé une véritable mémoire photographique de certains dirigeants de l'EI. Et malgré l'angle de prise de vue, elle reconnut immédiatement le client : Abubakar. L'homme dont le sort aurait dû être scellé à Azaz. Mais loin d'avoir été transformé en viande hachée en Syrie, il semblait en effet en forme, sur le quai du port de Tripoli.

Si la DGSE disposait de quelques vieux clichés d'Abubakar, son dossier à la CIA était beaucoup plus fourni. L'Agence ne connaissait pas son véritable nom. Mais elle avait pu le tracer au fil des années, et au gré des succès de l'opération *Gallant Phoenix*[13]. Dans la plus grande clandestinité, au péril de leur vie, des agents de la *Special Activity Division* de la CIA et du JSOC avaient été infiltrés en Syrie, loin derrière les lignes ennemies, pour photographier les djihadistes, cartographier leurs défenses, leurs centres de commandement… Mary n'en connaissait que la pellicule superficielle. Mais elle avait compris les dangers immenses que ces hommes avaient encourus, au plus près de l'infâme. Des dizaines d'opérateurs de la Delta Force, de la Task Force Orange, du SAS, du SBS, et du SOG avaient tout risqué pour que, ce matin-là, assise devant son écran, elle puisse tenter de reconstituer le funeste parcours d'Abubakar. Mais tant de questions restaient en suspens.

Une heure plus tard, Mary avait retrouvé le chemin de la salle de conférence du 7ème étage – celle de la direction. Le général Kayers, responsable des opérations de la CIA, et son homologue du renseignement, William Jenkins, étaient déjà là.

« Je vais poser une question bête… », commença le général Kayers après avoir écouté le briefing de Mary, « …mais sait-on quelle a été la proximité réelle d'Abubakar avec le Calife ? Et sa place dans l'organisation ? Si cet individu, comme le craignent les Français, peut avoir été désigné nouveau responsable de la wilayat[14] africaine, c'est bien parce qu'il était au-dessus de la pile, non ? Il n'a pas été choisi au hasard. Je ne suis pas familier avec la psyché des dirigeants terroristes du Sahel, mais ils ne se seraient pas enamourés d'un inconnu ou d'un sous-fifre… »

Jenkins esquissa un rictus qui ressemblait à un sourire. Son collègue des opérations clandestines l'avait devancé car il comptait poser la même question.

Mary Loomquist inclina la tête. « Je vais être honnête avec vous, général. Nous n'avons pas de réponse satisfaisante à cette question. Certains documents retrouvés à Barisha, dans la dernière maison du pseudo-Calife, ainsi que certains témoignages laissent penser que les deux hommes avaient des échanges réguliers. Plutôt sur un mode amical. Nous ne disposons pas d'autres éléments de preuve ou d'indications qu'Abubakar ait été, par exemple, membre de la Choura. Les contours de l'organisation ont toujours été très flous, et la plupart des membres étaient – et restent, pour ceux qui sont encore en vie – des inconnus… souvent des officiers de l'armée de Saddam ou de ses services secrets, pas toujours arrivés très haut dans les état-majors. Et pour ne rien arranger, les djihadistes ont fait preuve d'une imagination substantielle pour s'inventer de nouveaux « noms de guerre » … Nous connaissons parfois certains d'entre eux sous deux, trois, parfois quatre kunya… »

« Je vois », lâcha Kayers. « Abubakar... Abu Malek al-Chichani... »

« Notamment », admit Mary. « Si tant est que les deux ne soient qu'une seule et même personne, bien sûr. »

« Comment en être sûr ? », rebondit William Jenkins.

« C'est pour moi une question secondaire à ce stade », le coupa Kayers. « Le sujet plus central est celui de la diffusion des métastases syriens vers le Sahel. Si, comme le craignent les Français, des membres du Groupe de Soutien à l'Islam et aux Musulmans ont prêté allégeance à une pièce rapportée, originaire du Caucase et membre de l'Etat Islamique canal historique, si j'ose dire, cela rabat les cartes. En profondeur, je dirais... Jusqu'à présent, les allégeances des groupes africains au Calife, ou parfois à Al Qaida, étaient surtout cosmétiques. Cela permettait à de misérables chefs de tribus de s'acheter une notoriété immense dans les populations. Je vous rappelle que la plupart des djihadistes au Sahel et au Nigéria ne sont que de vulgaires bandits, médiocres combattants, pitoyables stratèges. Ils terrorisent les populations désarmées mais en cas d'altercations avec de vrais professionnels, il n'y a plus personne... »

Jenkins acquiesça en silence, laissant son collègue poursuivre.

« Si maintenant », reprit Kayers, « on retrouve sur place des katibas étrangères, formées, bien équipées, et qu'un nouveau dirigeant blanchi sous le harnais pilote tout cela de la région même, cela peut changer la donne. Je ne voudrais pas paraître catastrophiste, mais les Français font un travail exceptionnel avec quelques milliers d'hommes simplement. Quant à nos forces, au sein de l'opération *Juniper Shield*, elles se comptent en centaines ! Pour une zone aussi grande que la moitié des États-Unis, ce ne sont pas des effectifs sérieux ! Les terroristes peuvent, littéralement, se cacher où ils veulent. Ils sont quasi inexpugnables. »

« Ils se fondent dans la population », soupira Jenkins. « C'est comme en Afghanistan. Rien ne ressemble plus à un Afghan lambda qu'un Taliban qui a posé son AK-47 dans un buisson... »

« Et encore », grinça Kayers. « En Afghanistan, même les honnêtes gens sont armés d'un AK-47 ! »

« Je suis également inquiet des manipulations que les djihadistes pourraient mener au Sahel. L'EI est devenue experte en PSY-OPS au Levant. S'ils appliquaient les mêmes recettes au Sahel, le sentiment anti Français et anti Américain pourrait prospérer... et saper la légitimité et le soutien localement. »

Kayers acquiesça et répondit à son collègue, acide. « Les Russes et les Turcs les aident bien, déjà... À Bamako, des groupes de miliciens et de paramilitaires russes comme *Wagner* sont comme des poissons dans l'eau, à verser des pots de vin aux groupes d'opposition pour qu'ils raquent dans les journaux contre les occupants *impérialistes* ! »

« Oui pardi ! Ils jouent sur du velours en agitant l'épouvantail de l'ancienne colonie ! J'ai même lu dans une revue de presse qu'ils accusaient les Français d'être au Sahel uniquement pour sécuriser leurs approvisionnements en uranium ! Je me suis renseigné et vous savez quoi... le Sahel est effectivement producteur de minerai d'uranium, à hauteur de 2 900 tonnes pour une production mondiale de 63 000 tonnes ! Tout cela n'est pas sérieux. »

Jenkins haussa les épaules. « Vous savez James, la réalité n'intéresse personne. Seuls les slogans et les fausses informations sont repris. »

Kayers inclina la tête. En plus petit comité, il aurait ajouté que cette fascination pour les « *fake news* » ne touchait pas que les populations incultes du Sahel, mais pouvait diffuser au sein de certaines administrations...

Après quelques secondes de silence, Jenkins reprit la parole. « Revenons à nos moutons. Que fait-on pour Abubakar ? »

« Je crains que, quoique nous préconisions, cela se heurtera à la Maison Blanche. Le président a déjà annoncé qu'il souhaitait que nous retirions l'essentiel de nos forces déployées actuellement au sein de l'AFRICOM. Sans le muscle du Pentagone, je ne vois pas ce que nous pourrions faire de plus et de notable dans la région », grinça le général Kayers.

Jenkins acquiesça. « L'AFRICOM est déjà à l'os… Les bérets verts ne sortent quasiment plus de leurs garnisons après l'embuscade de Tongo Tongo ! Je vous rappelle que quatre membres du 3rd *Special Forces Group* y ont laissé la vie[15] ! »

« Eh oui. Ils sont sortis sans couverture aérienne, sans appui-feu, sans renseignements dignes de ce nom, en pensant naïvement qu'ils avaient en face d'eux des djihadistes lambda et médiocres. Mais le groupe était d'un autre calibre… Heureusement que les Français les ont sortis de la mouise, sans quoi le bilan aurait été beaucoup plus lourd ! »

« Voilà ce qu'un chef djihadiste moins abruti que ses semblables peut faire effectivement… Imaginez alors ce qu'Abubakar pourrait accomplir ? Je rappelle à toutes fins utiles qu'il a échappé au raid que nous avions préparé. L'homme est malin… »

« Vous prêchez un converti, William », répondit le général James Kayers. « Je pense que nous aurons besoin du Pentagone dans cette affaire. Il faut que le SecDef se mouille pour tenter de convaincre le président que nous ne pouvons pas rester inertes en attendant que la situation devienne irrattrapable au Sahel. »

Pentagone, Washington, 3 novembre

La directrice de la CIA n'avait pas passé une tête dans la salle de conférence où se trouvaient ses deux adjoints. Il y avait une bonne raison à cela. Au moment où le général Kayers et William Jenkins concluaient les débats à Langley, elle négociait son arrivée au Pentagone. Sa voiture blindée pénétra par l'entrée nord-est, qui donnait sur le Potomac, et qui était réservée aux huiles, civiles et militaires, du département de la Défense. La Lincoln se gara sur l'une des places VIP. Le garde du corps de la directrice descendit et lui ouvrit la porte. Une paire d'officiers de sécurité du Pentagone la saluèrent et l'escortèrent jusqu'à l'ascenseur privé du SecDef. La directrice connaissait désormais bien les lieux et elle arriva sans surprise dans la salle de conférence privée du secrétaire à la défense, au troisième étage. Un peu plus loin, se trouvait le *Tank*, la fameuse salle de réunion des chefs d'état-majors.

Le SecDef arriva quelques instants plus tard, accompagné du général Dempsey, dont le mandat de chef d'état-major interarmes s'achevait. Son successeur était sur le point d'être nommé mais le vieux général quatre étoiles du corps des Marines restait fidèle au poste. Au cours des quarante dernières années, il avait tout connu, combattu sur tous les terrains, monté un par un les échelons du corps des officiers, de jeune lieutenant frais émoulu de West Point jusqu'au plus haut poste militaire de l'armée américaine. Sur sa poitrine, des dizaines de médailles et de distinctions. Et aucune n'avait été volée, dans son cas.

« Gina », lança le SecDef à la directrice de la CIA en s'asseyant sur l'un des fauteuils en cuir à haut dossier.
« Merci de m'avoir reçue si vite, Mark », répondit-elle, en inclinant également la tête vers le général Dempsey. Elle

connaissait bien le chef d'état-major interarmes et elle l'appréciait.

« J'imagine que vous avez reçu la note que Jim Kayers vous a envoyée il y a quelques minutes ? », commença-t-elle.

Le SecDef acquiesça. « Oui. J'avais déjà reçu un mot de mon homologue française sur le même sujet. Ces développements dans la bande sahélo-saharienne sont extrêmement préoccupants. »

Il se tourna vers le général Dempsey qui poursuivit. « Effectivement, monsieur le secrétaire. Les forces spéciales françaises ont indiqué que le groupe qui a été neutralisé au Niger était loin des standards usuels de la région. Les terroristes étaient disciplinés, combattifs, précis dans leurs tirs. Ils avaient organisé leur grotte pour être quasiment inexpugnables et il a fallu que les Français lancent une collection de grenades pour en venir à bout. Mais, plus préoccupant, ils ont indiqué avoir trouvé sur place une grande quantité de matériel. Armes, munitions, explosifs, mais aussi, et c'est une première, des dispositifs de vision nocturne de qualité militaire. Le matériel était d'origine turque. »

« Voilà qui est particulièrement ennuyeux, effectivement », lâcha la directrice. « Des combattants étrangers venus avec leur matériel. C'est ce dont je voulais effectivement vous parler. Ces nouvelles sont alarmantes, pour moi. Les éliminations du pseudo-Calife et de certains de ses collaborateurs ont été des coups sévères portés à l'organisation. Mais je ne partage pas, pour tout dire... », ajouta la directrice, visiblement ennuyée, « ...l'optimisme de la Maison Blanche sur l'état de cette organisation. D'après mes services, l'EI aurait logiquement repris une forme clandestine, mais disposerait d'une capacité de nuisance non négligeable. Notamment en Syrie et en Irak où elle commet des attentats à un rythme soutenu. Les foyers sont plus à la peine en Afghanistan et en Libye. »

« Je suis d'accord », confirma le SecDef. « La wilayat Khorasan a considérablement souffert dans la zone AfPak. Entre nos bombardements et les règlements de compte des Talibans, je ne pense pas que l'EI pourra résister longtemps là-bas. »

« Absolument. On a déjà assez des Talibans, pour tout dire... Mais il reste deux foyers infectieux. La Somalie et surtout le Sahel. Et c'est en Afrique de l'ouest que j'ai les plus grandes craintes. »

Le SecDef semblait visiblement nerveux ou mal à l'aise à l'évocation du Sahel. Et la directrice savait exactement pourquoi.

« On ne va pas tourner autour du pot. Les propos du président sur notre présence en Afrique sont contre-productives. Si nous plions bagage, nous faciliterons l'implantation des terroristes dans la région. C'est pour moi une bombe à retardement. La natalité sur le continent africain est énorme, et les mouvements de populations considérables. Si vous ajoutez à cela, la pauvreté, la faiblesse des infrastructures et des gouvernements locaux, les djihadistes sont en terrain presque conquis. Ou disposent d'un terreau fertile. »

« Je sais tout cela », répliqua le SecDef sur un ton presque geignard. « J'en ai déjà parlé au président, mais il demeure inflexible. Heureusement que, jusqu'à présent, le Congrès a tenu bon. »

La directrice acquiesça. Tout comme le SecDef, elle avait évoqué le sujet entre quatre yeux auprès de la majorité – démocrate – à la Chambre et – républicaine – au Sénat. Les élus avaient été étrangement réceptifs aux arguments de la CIA. Les tentations isolationnistes étaient fortes aux États-Unis, et anciennes. Elles dépassaient largement le cas particulier du président en exercice, mais certains élus – notamment aux commissions permanentes aux forces armées et au renseignement – comprenaient que, parfois, la

112

sécurité nationale du pays ou d'alliés proches se jouait sur des terrains lointains et improbables. Il était parfois difficile de faire comprendre à des électeurs que les bérets verts morts au Sahel, dans des pays que peu d'Américains auraient été capables de localiser sur une carte, avaient combattu pour protéger le continent américain et leurs compatriotes. Le même aveuglement – ainsi que quelques frasques sentimentales - avait retenu la main de Bill Clinton et du Congrès, à la fin des années 90, lorsque l'ennemi s'appelait Al Qaida et préparait, depuis le Soudan, puis l'Afghanistan, une véritable guerre contre l'Amérique. La directrice de la CIA se souvenait également de la complaisance coupable des caciques de l'Agence, alors, envers les services pakistanais, les Talibans et certains dirigeants islamistes. Ben Laden aurait pu être neutralisé bien avant que le World Trade Center ne s'effondre. Pourtant, l'histoire se répétait. Et bientôt vingt ans après la chute des tours jumelles, à New York, et l'attaque contre le bâtiment où elle se trouvait à cet instant, les mêmes habitudes complaisantes étaient revenues. La même illusion que les océans protègeraient l'Amérique de tout danger. Et que les milliards de dollars de la NSA et de la CIA permettraient aux espions de déjouer tous les projets d'attentats. Il n'y avait pourtant rien de magique en contre-terrorisme. Les terroristes avaient évolué. Ils n'échangeaient plus au téléphone et n'utilisaient presque pas les outils informatiques. Cette guerre contre le terrorisme n'était pas une guerre conventionnelle, que l'on gagnait lorsque le pays adverse était subjugué. Elle ressemblait plutôt à un travail d'oncologue. Les djihadistes étaient comme des métastases qui se déplaçaient au gré des caprices du corps humain. Parfois, on pouvait ôter une tumeur grâce à une opération chirurgicale. Mais le plus souvent, il fallait associer plusieurs traitements. Dans la durée... Et des traitements d'autant plus complexes et puissants que la tumeur avait diffusé, au loin.

« De quoi avez-vous besoin ? », finit par demander le SecDef.

La directrice posa ses mains sur l'immense table de réunion en chêne sombre. « Idéalement, il faudrait des milliers d'hommes en soutien. Mais nous ne les aurons pas. De façon plus réaliste, des renforts ISR seraient les bienvenus. Le terrain est immense. Pour guider les forces sur le terrain, il nous faut des moyens d'investigation, mais aussi des dispositifs de surveillance à très grand angle. »

« Vous êtes gourmande, Gina », grinça le SecDef. « Les drones sont en flux tendu. »

« Je sais tout cela, Mark », répondit-elle. « Mais mes hommes sur le terrain ne peuvent pas non plus tirer au hasard. Et ce n'est pas tout. Il nous faudrait plus de muscle. Les Français font l'essentiel du travail sur le terrain. Les renforts européens promis au sein de la Task Force *Takuba*[16] se font attendre et, très honnêtement, je ne pense pas que Paris en attende de miracle… »

« Oui c'est ce que la ministre de la défense française m'a dit le mois dernier lorsque nous nous sommes parlé », confirma le SecDef. « Et quel genre de muscle avez-vous en tête ? »

« JSOC ? », lâcha-t-elle. « Ou *Task Force White* », reprit-elle, reprenant la terminologie du Pentagone pour désigner les unités de forces spéciales qui n'appartenaient pas à l'élite du très secret *Joint Special Operations Command*.

La directrice de la CIA vit le général Dempsey esquisser une grimace. « Madame la directrice, autant je vous suis dans vos réflexions et je partage vos préoccupations, autant je pense qu'il sera dur de négocier des renforts au Sahel en ce moment. De plus, comme vous le savez, les unités combattantes du JSOC sont au bord de la rupture. Je ne suis pas sûr que nous pourrons libérer autre chose que des effectifs symboliques. Et il convient également de rappeler que les règles d'engagements dans la région sont complexes. Les forces françaises doivent être accompagnées, quasi systématiquement, par des forces armées locales. Elles ne disposent pas d'un droit de suite clair lorsque les djihadistes franchissent des frontières. Et lorsqu'elles ont besoin du renfort d'une unité placée sous le contrôle de l'ONU, c'est encore mieux : l'opération doit être validée par la hiérarchie locale des Nations Unies ! Vous imaginez remplir un formulaire en quatre exemplaires pour demander un soutien aérien alors que vos forces sont engagées sur le terrain ? C'est encore pire que ce que nous devons subir en Irak ou en Afghanistan. »

« Je sais tout cela », lui répondit la directrice de l'Agence. « Je ne dis pas que la situation est simple. Mais quelle est l'alternative ? Ne rien faire ? Attendre que la situation se dégrade et que l'EI s'enkyste au Sahel, pour y reconstituer un nouveau bastion ? »

Le général considéra les questions de la directrice. « Vous marquez un point, Gina », admit-il.

Le SecDef reprit la parole. « Je ne vous promets rien, Gina. Mais nous allons voir ce que nous pouvons faire. »

Arlington, Virginie, 3 novembre

Qui était-il vraiment ? Walter s'était posé la question, au fil des ans. Jouait-il toujours un rôle ? Avait-il toujours joué un rôle ? Était-il Walter ou demeurait-il Andrei Kowalski ? Il avait presque fini par oublier ce nom. Son *véritable* nom. Comme si, des deux personnalités qui avaient appris à coexister en lui, Walter avait fini par l'emporter. Cela faisait presque dix ans qu'il n'avait pas eu de contact avec son agent traitant du GRU. Pourquoi avait-il été réactivé, aujourd'hui ? Une partie de son esprit fonctionnait encore rationnellement. Mais Walter savait aussi que cette partie ne lui serait d'aucune utilité. Le conditionnement avait été trop fort. Il avait été formé à obéir aux ordres. Il avait été *conditionné* à obéir aux ordres. Les souvenirs étaient désormais fugaces. Et, comme tout traumatisme, ils avaient été refoulés. Mais Walter / Andrei revivait parfois par bouffées les séances d'endoctrinement, les injections chimiques, les sons, les bruits. Il avait passé presque un an enfermé. Un an qui, pour l'essentiel, était devenu un blanc dans son esprit. Dans sa mémoire. Qu'avaient-ils fait de lui, pendant cette année ? Mais le médecin savait que l'espoir était vain. Il avait des ordres. Il *devait* obéir aux ordres.

Ces ordres, Walter les revoyait, comme écrits en lettres de feu dans le ciel. Tout paraissait si irréel. Des ordres d'un autre temps, qu'il avait là encore cru révolus. Trente ans étaient passés. Trente ans durant lesquels le monde avait tourné. Il avait quitté l'Union Soviétique pour infiltrer l'ennemi capitaliste. Mais qu'était devenue la Russie, si ce n'est un autre pays capitaliste ? Walter savait, là encore, que ces questionnements étaient vains. Mais la partie encore lucide de son cerveau ne pouvait s'empêcher de se les poser. L'alternative était, tout simplement, inconcevable. Car sa mission l'était tout autant. À l'époque, il l'avait comprise. Et acceptée. Le monde en général et les États-

Unis en particulier s'étaient mépris sur la réalité de l'Union Soviétique. De son pays d'alors. L'épouvantail communiste était vermoulu, son économie brisée. Contrairement aux craintes des états-majors occidentaux, le Kremlin ne passait pas son temps à préparer des plans d'invasion de l'Europe de l'Ouest ou de première frappe nucléaire contre l'Amérique. Plus modestement et plus prosaïquement, il tentait de secourir une économie à l'abandon, dont l'essentiel des ressources était aspiré dans l'appareil sécuritaire : armes et KGB. Gorbatchev l'avait compris. Pour alléger cette pression, il fallait réduire le niveau de tension internationale, et rechercher la détente avec l'Ouest. Il avait trouvé un interlocuteur improbable en la personne de Ronald Reagan. Mais le courant était passé. Et, au cours de la deuxième moitié des années 80, le monde avait sans doute échappé à la destruction.

Walter n'avait pas vu les choses ainsi, à l'époque. Car, au sein du GRU, la détente n'était qu'un mot. Les durs restaient à la manœuvre et bien peu, parmi eux, ne croyaient aux promesses de Gorbatchev. Mais voulaient-ils simplement y croire ? Le pouvaient-ils ? Pour eux, la mission était et restait de protéger la *Rodina* – la mère patrie. Envers et contre tout. Contre tous, s'il le fallait, y compris contre les traîtres du Politburo, qui étaient visiblement prêts à toutes les concessions envers l'ennemi capitaliste. C'est ainsi qu'était né le projet « *Prométhée* ». Pour le GRU, tout avait paradoxalement été simple à mettre en place. Il lui avait suffi de parasiter le projet du KGB d'installation de taupes en Occident. L'infrastructure était en place. Les protocoles. Les lieux de formation. Les circuits d'infiltration. La création de « légendes », ces *curriculum vitae* imaginaires écrits par des espions pour des espions, afin qu'ils se fondent dans une nouvelle vie. Mais contrairement au KGB, le projet du GRU n'était pas de disposer de taupes. Mais au contraire de placer au cœur de l'appareil politico-économique ennemi de véritables bombes à retardement. Au sens propre.

Lorsque Lucie arriva dans la cuisine, Walter avait déjà préparé le petit-déjeuner. Il lui sourit et posa un baiser sur son front. Sur la table, il avait disposé des fruits coupés, des bols de céréales et du café fraichement moulu. Là encore, une partie de lui-même l'enjoignait de parler à sa femme. De lui dire qu'il avait été activé. Mais il n'en fit rien. Il connaissait les règles. Il les avait acceptées. Et il les respecterait. Cette mission était la sienne. Et dans son esprit, il savait déjà comment il pourrait procéder. Son infiltration comme médecin aux États-Unis n'avait pas été pensé au hasard. Le GRU lui avait confié une mission bien particulière. Une mission qui nécessitait d'accéder à des matières que seules certaines personnes triées sur le volet pouvaient manipuler. Il en faisait partie. Il savait quels isotopes étaient employés à l'hôpital. Leur dangerosité. Leur demi-vie. Leurs émissions radioactives et leur toxicité. Et il savait comment il pourrait mettre la main dessus. Il n'échouerait pas.

Chicago, 3 novembre

Il regarda l'aiguille de la seringue disparaître dans le bras. Et immédiatement, ses yeux perdirent leur clarté et sa tête partit en arrière. Il ne tarda pas à être pris de spasmes. D'abord légers, presque imperceptibles. Puis plus violents. Immédiatement, l'homme en blouse blanche qui avait fait l'injection revint et se mit à hurler des ordres à son équipe. Une nouvelle seringue apparut comme par enchantement dans sa main et, cette fois, le médecin la planta sans trop de ménagement dans le cou de celui qui convulsait. Pendant quelques longues secondes, rien ne se passa. Et puis l'homme, allongé sur la chaise longue, perdit connaissance et les convulsions cessèrent. Le médecin attrapa son stéthoscope et le colla sur sa poitrine. Combien de temps cela dura-t-il ? Pendant combien de temps s'acharna-t-il à le ramener à la vie ? George n'aurait su le dire. Il était allongé aussi, sur une autre chaise longue. Il avait reçu la même injection quelques minutes auparavant. Il ne savait pas ce que contenait la seringue. Tout au plus lui avait-on dit que les médecins avaient augmenté les doses, par rapport à la semaine précédente. Mais étaient-ils seulement médecins, après tout ? George / Vassili l'ignorait. Il n'avait pas posé de questions. On ne posait pas de questions au GRU. On obéissait aux ordres, simplement. Et il ne tarda pas à perdre connaissance à son tour.

Vassili se réveilla dans sa chambre. Il était allongé sur son lit en métal. La chambre était sommairement meublée. Une armoire en métal. Et un petit bureau construit dans le même matériau. En général, les murs étaient blancs. Immaculés. Mais là, ils semblaient briller de mille feux. Vassili ne comprenait pas tout. Il pensait rêver, encore. Mais il se laissa néanmoins aller. Et son regard s'abandonna dans les décors changeants qui étaient projetés sur les murs de sa chambre. Les images étaient apaisantes, au début. Des décors bucoliques. Il reconnut notamment les forêts sibériennes de son enfance. Ou était-ce autre chose ? Mais, alors que son esprit embrumé essayait de se raccrocher à quelque chose de tangible et de connu, les images changèrent. Et leur défilement s'accéléra. Bientôt, ce ne ressembla plus qu'à un magma. Cela faisait des années que les chercheurs en sciences cognitives et en neurosciences avaient découvert l'effet des images stroboscopiques sur le cerveau. Les processus physico-chimiques restaient encore inconnus, mais les *effets* ne l'étaient plus. Épilepsie, perte de connaissance, mémoire sensorielle, effet de suggestion. Les médecins du GRU s'étaient appuyés sur ces recherches. Mais ils les avaient interprétées à leur façon. Et les avaient surtout *militarisées*. La guerre contre l'Occident capitaliste avait beau être froide, elle restait une guerre. Et dans la guerre, toutes les armes étaient bonnes pour vaincre. Quels scrupules auraient-ils dû avoir ? Autour d'eux, d'autres espions, d'autres généraux, d'autres dirigeants parlaient de guerre *nucléaire* ! Les armes nucléaires étaient-elles plus civilisées ? Les images entrelacées qu'ils projetaient à leurs recrues affectaient leur corps et leur esprit. Mais sans doute de façon moins brutale, ou définitive, que la détonation d'une ogive thermonucléaire de 1 Mt ! À quelques centaines de kilomètres du laboratoire secret du GRU, dans des silos durcis, des missiles SS-18-mod 1 attendaient l'ordre ultime avant d'entamer un vol d'une trentaine de minutes vers l'apocalypse. Dans leur nez, des ogives uniques de 25 Mt, destinées à frapper les centres de commandement américains de Mont Cheyenne ou de Raven Rock. 25 Mt, cela représentait 1 500 fois la puissance destructrice de la bombe qui avait dévasté Hiroshima. 25 Mt, c'était le triple de tous les explosifs utilisés lors de la Seconde Guerre Mondiale. En comparaison, que valaient quelques sujétions cérébrales, sur quelques espions qui s'étaient portés volontaires ? Vassili était loin de ces interrogations. Son regard était aspiré, hypnotiquement, vers les images qui s'enchainaient. Il ne les comprenait pas. En tout cas, pas consciemment. Car dans son crâne, au-delà de sa propre perception sensorielle immédiate, des connexions se faisaient. Au bout d'une vingtaine de minutes, qui lui semblèrent une éternité, les images se figèrent, puis s'effacèrent. Les murs de sa chambre redevinrent blancs. Et Vassili perdit à nouveau connaissance.

Au travers de sa fenêtre, il pouvait voir tout Chicago, au loin. Les tours de verre reflétaient le gris du ciel. La pluie avait cessé de tomber mais l'air restait humide. Presque moite. George avait tiré les rideaux pour regarder cette pluie tomber. Il avait perdu le sens du temps. Il regarda sa montre. Presque seize heures. Le week-end s'étirait. Il soupira. Sur la table du salon, se trouvait toujours la boîte de chocolats qu'il avait reçue la veille. Il avait brûlé le mot. Par réflexe conditionné plus qu'autre chose. Car quelques vers d'un obscur poète russe couchés sur une feuille de papier dactylographiée ne représentaient guère un danger ou un risque de compromission, comme on disait en langage d'espions. Mais ces vers avaient un sens pour lui. Pour son esprit profond. Pour cet esprit profond qui avait été conditionné, trente ans plus tôt. Vassili ne le savait pas, mais l'homme qu'il avait revu dans son rêve était mort. Il était une autre recrue anonyme que le GRU avait prévu d'envoyer en Amérique, tout comme lui. Le projet était compartimenté et ils avaient eu l'interdiction de se parler, au laboratoire. Les souvenirs des visages qu'il avait croisés s'étaient depuis longtemps estompés. Plus de trente ans étaient passés. Une vie entière ! Il avait eu le temps de se marier, et voir tomber le mur de Berlin. De faire sa vie, ici, en Illinois. D'y rire, d'y pleurer, d'y aimer. Et puis de voir son épouse s'éteindre. Il lui avait tenu la main jusqu'au bout, jusqu'à son dernier souffle. Mais désormais, même le visage de sa bien-aimée commençait à disparaître.

Heureusement, il restait les photos. Ses expressions resteraient inscrites sur papier brillant pour l'éternité. Ou jusqu'à ce que ces mêmes photos ne se consument.

N'était-ce pas l'objet de sa mission ? Affaiblir l'ennemi dans l'anticipation d'une première frappe ? C'était ainsi qu'on lui avait présenté les choses, à l'époque. Derrière les lignes ennemies, il devait se préparer à semer le chaos, la mort, la destruction. Créer des diversions suffisamment sérieuses à l'Amérique pour que rien d'autre ne lui importe que de panser ses plaies intérieures, quoi qu'il puisse arriver ailleurs dans le monde. L'Amérique était faible de sa complexité. Elle ne se rendait pas compte que sa sophistication était sa faiblesse. Elle se croyait forte. Elle ne l'était pas. Dans des régimes totalitaires, le peuple ne paniquait pas. Il n'en avait ni le loisir, ni le luxe. Alors que dans les pays avancés, un petit rien pouvait faire dérailler la machine que tout le monde croyait si sûre. L'Amérique était faible. En trente ans, Vassili / George avait pu constater que les mêmes failles demeuraient, béantes. Il avait sondé la sécurité des usines chimiques qui entouraient Chicago. Il avait même pu pénétrer dans des centrales nucléaires ! Lui, l'agent du GRU dormant ! Les impérialistes lui avaient offert les clés de sa mission sur un plateau. Sans le savoir. Leur arrogance était sans limite. Pourtant, après la chute de l'Union Soviétique, Vassili avait cru que sa hiérarchie l'avait oublié. Que sa mission n'avait plus d'intérêt. Plus de sens. Il avait continué à vivre, simplement.

Paradoxalement, Vassili aurait pu questionner la pertinence des ordres qu'il avait reçus. Mais George en était désormais incapable. Ce n'était pas ces trente ans aux États-Unis qui lui avaient ôté toute volonté, bien sûr. C'était le conditionnement mental qu'il avait subi dans un laboratoire expérimental, perdu au cœur de la forêt sibérienne. Pendant toutes ces années, deux êtres avaient coexisté dans le même corps. Et la face sombre de la paire venait de se réveiller, après trente ans de torpeur. Au travers de la vitre de son salon, George ne voyait pas une ville. Il voyait une liste de cibles qu'il fallait atteindre et terrasser. Ses agents traitants du GRU auraient sans doute été fiers de lui, s'ils avaient encore été en vie, après toutes ces années. Mais, le programme Prométhée avait depuis longtemps disparu des radars du service. Au siège de l'organisation, à Moscou, seules quelques archives poussiéreuses mentionnaient encore un projet de ce nom. De l'eau avait coulé sous les ponts. Et les agents dormants infiltrés par l'organisation avaient été oubliés. Par tout le monde. Ou presque.

Quelque part au Niger, 3 novembre

« ISR à Sierra Niémen, il y a de l'activité au cadran Foxtrot 21. 45 klicks[17] au nord de la grotte. »
Delwasse sortit de sa léthargie. Il s'était assoupi à l'ombre d'un acacia, sous lequel il avait garé son VLFS. Un sous-officier lui tendit le combiné de la radio satellite.
« Ici Sierra Niémen, bien reçu. Vous pouvez m'en dire plus ? »
« Véhicule unique. Toyota. La plateforme arrière est couverte par une bâche. »
« Combien de tangos à l'intérieur ? »
La radio grésilla pendant quelques secondes.
« Difficile à dire. Les vitres sont très encrassées. »
« Pas de soucis. Tenez-moi au courant. »

Delwasse sauta à terre et s'étira. Autour de lui, ses hommes passaient le temps comme ils le pouvaient. Certains jouaient aux cartes, d'autres lisaient. D'autres encore nettoyaient leurs armes, encore et encore, inlassablement. Avec cette poussière fine de latérite qui s'infiltrait partout, l'hygiène s'étendait aux pièces mécaniques des armes. Delwasse avait d'ailleurs démonté et remonté entièrement son HK416 avant sa petite sieste. L'arme était d'une fiabilité exceptionnelle. Elle tirait encore après avoir été plongée dans l'eau, dans la boue. Elle tirait toujours lorsqu'il faisait chaud, lorsqu'il faisait froid. Mais on n'était jamais trop prudent. Le capitaine du 1er RPIMA attrapa alors une bouteille d'eau et la vida presque entièrement. Puis il reprit sa radio.

« Sierra Niémen unité à Sierra Niémen zéro, Julius, tu es là ? »

« Ici Sierra Niémen zéro, je suis là mon vieux », répondit Julius.

« Tu as reçu l'info du *Reaper* ? »

« Affirmatif. 45 klicks. Une unique Toyota. S'ils viennent nous rendre visite, nous allons les recevoir comme il faut. »

Delwasse esquissa un sourire. Il y avait eu du trafic sur le réseau GSM capturé dans la grotte. Ce qui avait laissé penser aux unités Sabre que des djihadistes prévoyaient un ravitaillement, ou une relève. Julius avait alors décidé de laisser une partie de son équipe, lui y compris, en embuscade dans la grotte. Neutraliser des terroristes était finalement chose facile lorsqu'on disposait de la maîtrise totale et incontestée des airs. Le drone MQ-9 *Reaper* qui survolait la région emportait deux bombes à guidage laser GBU-12 de 250 kilos. Contre une Toyota, il n'y aurait pas de sport. Mais si personne ne pleurait les terroristes morts, ces derniers avaient un inconvénient critique : ils ne parlaient plus. Or, avec les derniers développements dans la région, rien ne remplacerait une bonne discussion avec un djihadiste proche du dossier.

Delwasse restait un peu à l'est de la grotte, dans une oasis, avec une vingtaine de ses hommes. Leurs VLFS étaient prêts, eux aussi, à partir à la poursuite de tout véhicule suspect qui pointerait le bout de sa carrosserie. Mais dans des étendues aussi gigantesques, les poursuites en voiture étaient rares.

« ISR à Sierra Niémen, le véhicule s'est arrêté. 35 klicks. Trois personnes sont descendues. Je répète, trois tangos. »

« Bien reçu, ISR. Ils sont en bivouac ? »

« Difficile à dire, Sierra Niémen. La zone où ils se sont arrêtés est très boisée. Nous voyons le véhicule mais nous avons perdu les tangos. »

Zone boisée ? Delwasse avait survolé la région des dizaines de fois en hélicoptère et il connaissait effectivement plusieurs poches de végétation aux environs. La zone était sèche et essentiellement désertique. Mais le Niger ne ressemblait pas non plus au Sahara. De loin en loin, on trouvait des oasis, et ce qu'on appelait des savanes arbustives, en langage de botaniste. Les militaires appelaient ça plus vulgairement les « kékés ». De véritables forêts d'arbustes épineux, ou d'acacias pouvaient s'étendre sur des hectares. Le plus souvent, des antilopes ou d'autres animaux y trouvaient refuge, un peu de fraîcheur et surtout de la nourriture. Mais ces zones arborées constituaient autant de cachettes pour les terroristes. Avec un peu d'expérience, ils pouvaient complètement disparaître sous la végétation et se cacher des moyens de reconnaissance aériens.

« Très bien ISR, tenez-moi au courant lorsque vous les voyez redémarrer. »

Mais deux heures plus tard, Delwasse dut se rendre à l'évidence : il y avait quelque chose de pas net.

« ISR, ici Sierra Niémen, toujours aucun mouvement au Y ? »

La voix métallique du pilote du drone retentit dans le casque. « Négatif. Aucun mouvement. Aucun visuel. »

« Voyez-vous d'autres véhicules aux environs ? »

« Négatif, Sierra Niémen. Rien. »

« Tout cela ne me dit rien qui vaille », lâcha Delwasse.

« ISR, quand serez-vous bingo fuel ? »

« 6 heures », répondit le pilote. « Le tuilage ne sera pas total. Le *Reaper* qui devait prendre la suite n'est pas encore prêt. »

Delwasse jura en silence. « Très bien. Avertissez-moi s'il y a du nouveau. »

Mais le capitaine savait qu'il lui faudrait faire preuve d'initiative. Il cliqua sur sa radio et, quelques secondes plus tard, il était en contact avec l'état-major de la Task Force Sabre à Ouagadougou. Il y avait des décisions qui devaient être visées par une autorité bien plus haute que la sienne. En l'occurrence celle du responsable des opérations des forces spéciales.

Une heure plus tard, les voilures tournantes arrivèrent. Le colonel avait autorisé l'équipe à monter un assaut aéroporté. Delwasse sélectionna une douzaine de ses hommes et, ensemble, ils montèrent à bord du *Caïman* et du *Puma* qui se posèrent à proximité. Tous auraient, en théorie, pu embarquer dans un seul hélicoptère, mais au Niger, avec la chaleur et la poussière, les performances des montures étaient dégradées et les hélicoptères ne volaient jamais à plein. Un peu plus loin, l'hélicoptère de combat *Tigre* avait effectué des rotations en l'air. Delwasse accrocha la ligne de vie à son gilet tactique et brancha le cordon de l'interphone à son casque. Puis il fit signe à l'équipage qu'ils pouvaient décoller. Les tuyères Rolls-Royce du *Caïman* se remirent à siffler et l'hélicoptère de 10 tonnes défia la gravité terrestre et s'éleva dans les airs. Puis, avec les deux autres aéronefs, il prit un cap nord/nord-ouest. Direction, les « kékés » où l'arrêt pipi des trois tangos commençait à s'éterniser.

« ISR, un tango vient de réapparaître. Il se trouve au niveau du véhicule. »

« Est-ce que le véhicule s'apprête à repartir ? », demanda Delwasse.

« Négatif, Sierra Niémen. »

Delwasse se tourna vers le chef de cabine et cliqua sur le commutateur de l'interphone du bord.

« Combien de temps, encore ? »

Le chef de cabine se tourna vers le pilote, à l'avant, qui lui fit un signe de la main.

« Cinq minutes. »

Delwasse inclina la tête. Son fusil d'assaut était posé sur ses genoux. Par réflexe, son pouce glissa sur le sélecteur de tir et vérifia, pour la vingtième fois depuis qu'il était monté à bord, que la sécurité était mise. Mais son esprit était déjà ailleurs. Il avait appris à connaître les terroristes islamistes et, après des dizaines de raids, de jour comme de nuit, il avait appris à en mesurer les faiblesses, les incohérences, le jusqu'au-boutisme, le fanatisme. Mais ces êtres restaient quand même largement prévisibles. Et là, il y a plusieurs choses qui ne tournaient pas rond.

« Combien de temps ? », redemanda-t-il au chef de bord.

Deux minutes, lui indiqua-t-il.

Delwasse fronça les sourcils. Il était assis à côté d'un hublot et il pouvait voir le sol désolé du Niger défiler à l'extérieur.

Il cliqua sur la radio. « Sierra Niémen à ISR, *sit-rep* au Y ? »

« Tango unité toujours à proximité du véhicule. Aucun autre contact. Rien en visuel. »

Delwasse essuya une goutte de sueur qui perlait sur son front, sous son casque en kevlar. Il y avait définitivement quelque-chose qui ne tournait pas rond !

« Ici Delwasse, on avorte ! Je répète, on avorte ! Ils nous attendent ! »

L'hélicoptère *Tigre*, comme souvent, ouvrait la marche. Volant à moins de deux cents mètres du sol, son pilote pouvait voir l'étendue boisée au loin. Et presque la toucher.

Il mit une paire de secondes à réagir lorsque le message retentit dans son casque. Et une seconde de plus pour reconnaître la sonnerie stridente qui venait, au même instant ou presque, de retentir dans son cockpit. Comme la plupart des hélicoptères de combat moderne, le *Tigre* n'était pas uniquement une monture volante. Il était un véritable système d'armes. Et, parmi les différents gadgets et senseurs qu'il emportait, un dispositif ne dormait jamais. On estimait que, dans le monde, il y avait près d'un demi-million de missiles sol/air portatifs. Pour lutter contre ces armes redoutables, les concepteurs du *Tigre* avaient intégré à sa structure quatre capteurs infrarouges à grand angle, couvrant chacun 95 degrés. Ces dispositifs étaient simples. Lorsqu'un flash était repéré, cohérent avec la combustion du propulseur d'un missile portatif, un signal électrique était aussitôt envoyé vers la queue de l'hélicoptère et des leurres thermiques étaient éjectés. Ainsi, lorsque la sonnerie se mit à retentir dans le cockpit, le système AN/AAR-60 *Missile Launch Detection System*, conçu par EADS / Hensoldt, avait déjà accompli sa mission. Et dans le sillage du *Tigre*, une pluie de paillettes lumineuses venait d'apparaître.

Le missile qui s'était élevé des « kékés » était un SA-7 – de son véritable nom 9K32 *Strela*-2. De conception russe, il avait envahi les arsenaux du monde entier au cours des 50 dernières années. Rustique, efficace, et surtout très bon marché, il était une arme de choix. Mais comme toutes les armes, le SA-7 n'était pas magique non plus. Il accusait son temps. Et depuis les années 60, les dispositifs d'autodéfense avaient évolué aussi. C'était l'éternel course du glaive et du bouclier. Et lorsque le glaive était un SA-7 et le bouclier un MLDS, il n'y avait pas de sport. L'autodirecteur infrarouge du missile était un modèle primitif, non refroidi, à faible bande passante. Pour lui, entre l'air chaud évacué par les tuyères du *Tigre* – dont la signature infrarouge était massivement atténuée par les suppresseurs thermiques placés à la sortie des réacteurs – et les *flares* qui avaient été éjectés par l'hélicoptère, il choisit vite. Et il choisit mal. Le missile poursuivit les leurres et, lorsque son détecteur de proximité estima qu'il était opportun de faire détonner sa charge, il explosa en une myriade d'étincelles. Mais la charge d'un kilo ne trouva que de l'air. Le *Tigre* était déjà loin.

Les autres pilotes avaient réagi avec professionnalisme, et tant le *Caïman* que le *Puma* qui transportaient les commandos virèrent aussi vite que possible. Mais c'est à ce moment que le ciel éclata. À l'intérieur des montures, qui survolaient déjà la zone boisée, ce fut comme si des cloches s'étaient mises à sonner. Chaque impact de balle tirée depuis le sol faisait vibrer la cellule des aéronefs, et résonnait comme la batterie lors d'un concert de rock. Dans le *Caïman*, le tireur latéral tribord avait armé sa mitrailleuse Mag-58 et, visant au jugé, il lâcha quelques courtes rafales de 7,62mm, à raison de 800 coups par minute. Il fut bientôt imité par le tireur du *Puma*. Puis par le *Tigre*, qui avait achevé sa manœuvre d'évitement et dont l'équipage avait décidé de remettre les pendules à l'heure.

« Bon sang, c'est un véritable festival », lâcha le pilote du *Puma*. Lorsqu'il avait vu le *Tigre* esquiver le missile sol/air, devant son nez, il avait plongé vers le sol et lâché dans son sillage quelques leurres thermiques. Puis il avait engagé une vaste manœuvre circulaire, afin de libérer le champ de tir de son unique tireur latéral. Les boîtes de munitions étaient remplies et il n'y avait aucune raison de ne pas les vider sur des cibles de choix.
Une nouvelle rafale s'écrasa contre la carlingue de l'hélicoptère. Toc…Toc…Toc…
« Nos lascars savent tirer », grinça-t-il. Il s'attendait à un commentaire de son copilote, mais celui-ci resta muet. Le

pilote se tourna vers lui et vit que, sous son casque, son visage était livide.

« Qu'est-ce qu'il y a, Ben ? », hurla-t-il.

Le pilote baissa les yeux et vit une flaque qui était en train de se former au sol.

« Je crois que je suis touché », lâcha le copilote dans un souffle.

« Bordel ! », lâcha le pilote. Immédiatement, il reprit le contrôle de l'hélicoptère et l'éloigna de la zone de combat. Puis il hurla sur l'interphone à l'opérateur de cabine de les rejoindre.

« Benoit est touché ! »

L'opérateur arriva immédiatement. Il se pencha sur le copilote. Il y avait un impact dans la carlingue, juste sous son siège. Il avait clairement été touché à la jambe. Et à juger la quantité de sang qu'il avait perdue, une artère avait certainement été touchée.

« Serre son garrot ! », hurla le pilote.

L'opérateur de cabine acquiesça et attrapa la lanière qui était accrochée à la cuisse droite du copilote. Cela pouvait sembler morbide, mais les pilotes de l'ALAT, en opération de combat, pré positionnaient des garrots sur leurs cuisses. Les cockpits des hélicoptères étant ainsi faits, s'ils étaient touchés, qu'ils ne pouvaient guère avoir le loisir de descendre et de recevoir des soins immédiats. Il fallait faire sans. Le copilote gémit lorsque la lanière en aluminium fut serrée sur sa cuisse, puis il perdit connaissance.

« *Vautour* 3 à dispositif aérien, nous avons un blessé critique. Demandons dispositif médical d'urgence à Niamey. »

Delwasse avait vu le *Puma* décrocher et repartir vers le sud. Une bouffée de colère commença à l'envahir mais il lutta pour reprendre ses esprits. Il était un professionnel et les professionnels devaient rester maîtres de leurs émotions. Il cliqua sur le commutateur de l'interphone.

« Il y a une zone à l'ouest qui me parait bien pour un poser. Est-ce que vous pouvez nous lâcher ? »

Le pilote lui répondit. « C'est trop chaud encore, en bas. Ce n'est pas sûr pour vous. »

Delwasse cliqua sur l'interphone. « Mon choix. Je l'assume. Vous nous posez. Ça créera une diversion au sol et occupera ses fumiers. »

« Bien reçu », fut la seule réponse en provenance du cockpit.

Delwasse sentit immédiatement le *Caïman* descendre en spirale et, quelques secondes plus tard, ses roues se poser au sol. Déjà, les commandos avaient détaché leur ligne de vie et la porte latérale de l'hélicoptère s'était ouverte. En moins de dix secondes, les huit militaires s'étaient déployés au sol en arc de cercle, le canon de leur arme longue levé vers le danger. Et derrière eux, dans un sifflement suraigu, le *Caïman* reprit son envol. Delwasse attendit que la poussière soulevée par l'hélicoptère se soit dissipée, puis il fit signe à ses hommes d'avancer. Les kékés se trouvaient à une centaine de mètres. Autant les djihadistes pouvaient se dissimuler des aéronefs sous les feuillages, autant il leur serait plus dur de se cacher des commandos, au sol. Et rapidement, un opérateur du 1er RPIMA aperçut une première silhouette. Il signala le contact avant sur la radio tactique, puis il ajusta son tir. Et son doigt ganté pressa la détente de son fusil d'assaut. La première balle de 5,56mm fut vomie du canon de son HK416 à près de 800 mètres par seconde, à peine ralentie par le réducteur de son vissé au bout de l'arme. Le djihadiste se trouvait à moins de cent mètres. La munition mit un dixième de seconde tout juste à l'atteindre. En pleine poitrine. Le terroriste ne comprit pas ce qui lui arriva. Il tomba en arrière, mortellement touché. Mais pour les commandos, il était trop tôt pour célébrer la mise à mort. Les détonations éclataient partout. Sèches et rauques, des AK-47 au sol. Leur répondait les sons terrifiants de fermetures éclair géantes en provenance du

Caïman et du *Tigre*, qui dansaient autour de la zone boisée. Mais à ce jeu, et avec l'équipe de Delwasse désormais au sol pour guider les tirs aériens, et faire quelques cartons à leur tour, le jeu était trop déséquilibré. En moins de cinq minutes, qui parurent pourtant des heures aux combattants, la plupart des djihadistes avaient été neutralisés.

« ISR, du mouvement autour du véhicule, demande autorisation de frapper ? »

L'autorisation ne tarda pas à arriver. Et, immédiatement, le copilote du *Reaper* prépara le tir d'une munition. Moins de trente secondes plus tard, le désignateur laser avait allumé la Toyota et la première GBU-12 se détacha de l'aile du drone. De petites ailettes se déplièrent à l'arrière de la bombe profilée et commencèrent à s'agiter pour guider la bombe vers le point de réflexion du laser. Dans le nez de la munition, le détecteur laser n'avait qu'une seule mission : minimiser l'écart entre ce point de réflexion et l'endroit précis où la bombe frapperait.

Delwasse se trouvait à trois cents mètres de la Toyota lorsque la bombe à guidage laser de 250 kilos détonna. L'explosion fut assourdissante, malgré le casque qui lui recouvrait les oreilles. La GBU-12 avait frappé à la perfection. Et, malgré la modestie relative de sa charge explosive – 100 kilos de tritonal quand même, il ne restait plus rien de la Toyota. Ni des djihadistes qui avaient tenté de s'enfuir à son bord.

Ouagadougou, Burkina Faso, 4 novembre

« Des missiles, maintenant… », répéta le général – deux étoiles. Le Commandant des Opérations Spéciales se trouvait sur la base aérienne 107, à Villacoublay, à un jet de pierre de la capitale, mais la liaison par satellite était parfaite. Il avait pris le relai du précédent COS quelques mois plus tôt à peine. Et il n'avait pas eu de période de grâce.

Depuis Ouagadougou, le colonel commandant la Task Force Sabre acquiesça. Les deux hommes se connaissaient bien. Le COS était un ancien chef de corps du 1er RPIMA.
« SA-7, général, pour être précis », reprit le colonel. « Les terroristes ne sont parvenus qu'à en tirer un seul. Le missile a fort heureusement été leurré par le dispositif d'autoprotection du *Tigre* qui était en pointe. Mais imaginez ce qui aurait pu se passer si au lieu du *Tigre*, le terroriste avait visé le *Puma*. Ou si à la place d'un *Tigre*, on avait envoyé une *Gazelle*. »
À voir le visage fermé du COS sur l'écran de la vidéoconférence, le colonel comprenait que le général avait parfaitement compris. Ses forces au Niger étaient passées à deux doigts d'un nouveau drame. Le *Puma* transportait dix personnes lors de la mission. Quatre membres d'équipage et six commandos. La *Gazelle* volait avec un équipage de deux personnes en mode de soutien. Mais face à un SA-7, cela aurait vraisemblablement fait deux morts.

« D'après mes équipes SAS sur place, le tir a été parfaitement effectué. Ce qui est moins trivial que ça en a l'air, comme vous le savez. Ce qui suggère que le tireur avait subi un entraînement poussé. Et je répète que nous avons eu de la chance. Un autre lanceur a été retrouvé dans la zone de l'embuscade. Le missile avait apparemment dysfonctionné. Sans doute un problème électrique. Cela arrive apparemment sur certaines générations de SA-7. Rarement. Mais ça arrive. »

« On l'a échappé belle », lâcha le COS. « Combien de terroristes neutralisés ? »

« Onze. Cachés dans la zone boisée depuis plusieurs jours, d'après les restes de nourriture retrouvés sur place. Ils s'étaient littéralement enterrés, avec armes, vivres, eau et munitions. Invisibles depuis les airs. Cela me fait mal de le reconnaître, mais c'était du travail sérieux. Très loin de ce à quoi nous avait habitué Macina et les quelques autres groupuscules djihadistes du coin. D'ailleurs, ils n'étaient pas du coin. »

« Oui, j'ai vu les clichés. Difficile de se tromper. Des étrangers ? »

« Sans aucun doute. Et venus de loin. Originaires du Caucase, certainement. »

« Je n'aime pas ça. Je n'aime pas ça du tout », répéta le général.

« Je suis d'accord, Éric », répondit le colonel. Lorsqu'ils étaient entre quatre yeux, il se permettait de l'appeler par son prénom. « Nous avons eu énormément de chance, cette fois-ci. Il arrivera peut-être un moment où la chance tournera. »

« Comment va le pilote blessé ? »

Le colonel esquissa un rictus que le général interpréta, correctement, comme une marque de soulagement. « Il s'en sortira. Mais c'était moins une. L'équipe chirurgicale l'a pris en charge à sa descente de l'hélicoptère à Niamey. Il avait perdu beaucoup de sang, mais l'équipage a parfaitement réagi et il a été sauvé par son garrot. »

Un silence de quelques secondes s'abattit sur la vidéoconférence.

« Dites-le », reprit le général.

« Dire quoi ? », demanda le colonel.

« Les reproches habituels. Que nos forces se battent sans matériel de protection adéquat. »

« Je n'ai rien dit, général », tenta le colonel, mais sur un ton suffisamment peu convaincu pour que le COS comprenne qu'il avait parfaitement interprété les mimiques sur le visage de son subordonné.

« Vous savez que je suis derrière vous », dit le COS. « J'ai encore demandé au chef d'état-major des équipements de protection balistique en urgence opération. »

« Nos hélicoptères sont vulnérables », finit par lancer le colonel. « Et nous sommes en flux tendu ! J'attends toujours les renforts européens. »

« Les Anglais nous envoient deux *Chinook* de plus. Ce n'est pas rien. Et les Américains semblent avoir décidé de nous soutenir avec du nouveau matériel. La ministre doit parler au Secrétaire américain. Je vous tiendrai au courant dès que j'en saurai plus. Mais vous pouvez définitivement compter sur les deux CH-47 britanniques. Ils doivent arriver d'ici 48 heures. »

« Certes », répondit le colonel. « Mais nous ne pourrons pas soutenir la campagne longtemps. Les hommes et les machines fatiguent. Les mécaniciens font des miracles à Niamey pour maintenir au moins un drone et demi en état de vol à chaque instant. Mais nous sommes à bout. Or, sans permanence aérienne, nous manquerons les mouvements des katibas. Et les terroristes pourront réinvestir les zones que nous avons nettoyées. »

« Je sais tout cela », répéta à nouveau le COS. « C'est d'autant plus impérieux que nous en apprenions le plus possible sur ces nouveaux venus. Et sur cet Abu Malek. Est-ce que le terroriste qui a été arrêté a pu parler ? »

« Il s'est réveillé il y a une heure. Une équipe de la DGSE est à son chevet au moment où je vous parle… »

*   *   *

135

Et l'équipe de la DGSE, effectivement, ne chômait pas. On se méprenait parfois sur les terroristes. Notamment au Sahel. L'immense majorité ne ressemblait pas à l'image d'Épinal du dur à cuire qu'il fallait soumettre inlassablement au « waterboarding », qui circulait à Hollywood. Et ils étaient loin des fiers Moudjahidines afghans, nés avec une Kalachnikov à la main. Les djihadistes des katibas sahéliennes étaient rarement des lumières. Incultes, souvent analphabètes, incapables d'entretenir correctement leurs armes, peu disciplinés, ils étaient en général d'ineptes combattants. Quelques chefs de bandes sortaient du lot, bien sûr, et parvenaient à réaliser des coups d'éclat. Et d'autres s'étaient spécialisés dans la production d'IED. Mais cela n'allait pas très loin.

Lorsque le terroriste arrêté au Burkina Faso sortit de sa léthargie, il trouva sa chambre remplie de nouveaux visages. Pas nécessairement amicaux. L'homme avait visiblement une vingtaine d'années. Il appartenait à l'ethnie peule, comme l'immense majorité des djihadistes, depuis le Liptako jusqu'à l'Adrar des Ifoghas. Ce n'était pas une surprise. Le mode de recrutement des katibas était, là encore, loin de ce qu'on pouvait imaginer en Europe. Au Sahel, il n'y avait pas de Mosquée où des imams fondamentalistes pouvaient enflammer leurs ouailles, lors de la prière du vendredi. L'islam du Sahel était plutôt un mélange d'animisme et de foi pastorale matinée de sorcellerie. Les chefs de guerre avaient donc dû s'adapter. Et réutiliser la vieille technique, éprouvée depuis des siècles, du recrutement forcé. Le schéma était toujours le même : les chefs de guerre débarquaient dans des villages au volant de leur pick-up, et menaçaient de massacrer des familles entières si les jeunes hommes en âge de combattre ne les suivaient pas. La recctte n'avait pas changé depuis le temps des hordes barbares. Mais elle n'était pas nécessairement la plus efficace pour former des combattants d'élite, prêts à périr pour la « cause ».

Paradoxalement, le misérable djihadiste fut soulagé d'avoir été mis hors-jeu. Il était certes prisonnier, et sans être intelligent, il n'était pas naïf. Il savait que les prochaines années se passeraient toujours loin de sa famille, entre les quatre murs d'une prison malienne. Mais il était sorti de l'enfer. Avait-il tué, lui-même ? Il prétendit que non. Mais pour les Français, cela n'avait aucune importance. Par contre, l'homme répondit honnêtement aux questions des espions. Il n'était visiblement pas un aigle, et le seul entraînement qu'il avait reçu s'était limité au maniement élémentaire de son AK-47, et à la répétition abrutissante de quelques sourates du Coran en Peul ou en Tamasheq, ce dialecte touareg parlé depuis le sud de l'Algérie jusqu'aux contreforts du Mali et du Burkina Faso. Les agents de la DGSE reposèrent les mêmes questions, à différents moments, de différentes façons. Mais ils obtinrent toujours les mêmes réponses. Factuelles. Claires. Précises. L'homme ne mentait pas. Ils en étaient quasiment sûrs.

Siège de la DGSE, Paris, 4 novembre

Signe des temps, et concession à la modernité, la réunion ne s'était pas tenue en face à face, mais par visioconférence. Le directeur de la DGSE avait fait son rapport au chef d'état-major particulier du président de la République, qui se trouvait quant à lui dans une annexe du palais de l'Élysée, à l'hôtel de Persigny. L'amiral avait écouté le diplomate devenu maître espion sans l'interrompre, prenant quelques notes. Il devrait faire un rapport au président en fin de journée.

« C'est à peine croyable », finit par lâcher l'amiral. « Vous n'avez aucun doute sur ces informations ? »

Le directeur de la DGSE secoua la tête, depuis son bureau. « Je fais confiance à mes hommes. Ils sont entraînés. Je ne pense pas qu'ils aient pu se faire berner. »

« Je vois », souffla l'amiral. L'officier était loin de sa zone de confort. Il avait passé l'essentiel de sa carrière sur et surtout *sous* la surface de l'eau, loin du désert et des terroristes. Sous-marinier par choix et par vocation à sa sortie de l'École Navale, il était un homme introverti, cérébral, à l'aspect bonhomme. Technicien reconnu, il avait dû se glisser dans une nouvelle peau, lorsqu'il avait pris ses nouvelles – et sans doute dernières fonctions – de chef d'état-major particulier du président. Le poste était, comme son nom l'indiquait, *particulier*. Sur le papier, l'amiral n'avait aucun pouvoir. Il ne décidait pas de l'emploi des forces – c'était la prérogative du président. Il n'organisait pas la défense nationale – c'était celui du ministre et des chefs d'état-majors des différentes armes. Et il ne commandait pas aux troupes – c'était le rôle du chef d'état-major des armées et des commandants locaux. Mais son rôle était toutefois essentiel. Parmi les grandes démocraties, le président de la République français était celui – avec son homologue russe – qui disposait, et de loin, des pouvoirs les plus étendus. Contrairement aux idées reçues, le président américain était bien moins doté par la Constitution américaine, et il subissait plus qu'autre chose le délicat équilibre d'un régime présidentiel où, paradoxalement, le Congrès était tout puissant. Le chef d'état-major particulier jouait essentiellement un rôle de courroie de transmission. Il conseillait le président mais, par sa proximité géographique et institutionnelle, il pouvait faire bien plus. La plupart de ses prédécesseurs avaient imprimé leur marque sur la politique diplomatique de la France. Avec subtilité. Sans jamais sortir de leur rôle. Mais dans un monde fracturé, déchiré par des guerres sans fin, le langage des armes n'était pas toujours le dernier à être entendu. Et il était celui que l'amiral maîtrisait le mieux, surtout face à un jeune président qui n'était pas, lui-même, familier de ces sujets.

« J'ai tellement de questions que je ne sais pas par où commencer », maugréa l'amiral. « Que sait-on de cet Abu Malek al-Chichani ? Est-ce que le terroriste a pu en dire plus ? »

Sur l'écran, il vit le directeur de la DGSE secouer la tête. « Toujours rien de plus. L'homme que nous avons arrêté était un sous-fifre. Il ne connaissait que le nom. La meilleure piste que nous ayons à cet instant est celle de la CIA. Nous leur avons fait passer les photos prises à Tripoli, et ils ont identifié l'individu. Enfin, *identifier* est peut-être beaucoup dire... L'homme était fiché à l'Agence. Ils avaient même tenté de l'éliminer récemment, dans l'est de la Syrie. Sans succès, manifestement. »

« Ont-ils un nom ? »

« Abubakar », répondit le directeur de la DGSE.

« Abubakar ? C'est un nom, ça ? Ça ressemble plutôt à un surnom, n'est-ce-pas ? »

« Un nom de guerre, en effet. Une kunya. La CIA n'en sait pas plus. Ou n'a pas voulu nous en dire plus... On ne sait jamais vraiment avec eux... », soupira le directeur. « Mais dans le cas présent, je ne pense pas qu'ils aient retenu des informations. »

« Soit », admit l'amiral. « Mais alors comment diable cet Abubakar... ou Abu Malek je ne sais quoi, a-t-il pu être désigné chef suprême de l'EI dans la zone Sahel ? Je me mets à la place des dirigeants de Macina ou du GSIM, c'est une couleuvre difficile à avaler ! Cela fait des années qu'ils se battent dans la région – dans *leur* région – et voilà qu'on leur envoie un gouverneur venu du Caucase ! Comment se fait-il qu'ils aient accepté de lui prêter allégeance. C'est à peine croyable ! »

« Vous avez raison », réagit le directeur de la DGSE. « Et comme je vous l'ai dit, notre ami à Ouagadougou a bien suggéré que cette arrivée impromptue a créé des dissensions au sein des katibas sahéliennes. Certains se sont rangés derrière Abu Malek. Mais d'autres ont catégoriquement refusé. »

« Je n'imagine pas que le prestige du Calife ait suffi dans l'affaire pour convaincre les chefs de katibas d'accepter un nouveau chef venu d'ailleurs. Un Calife qui a d'ailleurs été liquidé, et qui, parlant sous votre contrôle, n'a jamais été vu comme un personnage particulièrement charismatique. »

« C'est exact », répondit le directeur dc la DGSE. « Bien plus prosaïquement, il semble que cet Abu Malek ait promis armes, équipements, et formateurs étrangers. »

« Et ça a suffi ? », demanda l'amiral, visiblement perplexe. « On se croirait dans Lucky Luke lorsque les cow boys achetaient les Indiens avec de la verroterie et du tord-boyaux ! Vous ne pouvez pas me dire que quelques boîtes de munition aient été suffisantes pour renverser des alliances historiques. »

« Quelques boites, peut-être pas... », lâcha le maître espion. « Mais *beaucoup* de boîtes, c'est possible. Surtout lorsqu'elles sont accompagnées de fusils de précision, de dispositifs de communication moderne, de lunettes de vision nocturne et de missiles sol/air portatifs !... Ainsi que des formateurs pour apprendre à la piétaille à utiliser tout ce beau matériel ! Les chefs djihadistes sont moins bêtes que leurs troupes, et ils mesurent bien le décalage qui existe entre leurs armes et celles que nos propres forces utilisent. L'essentiel des engagements se fait de nuit. Nous avons des lunettes de vision nocturne, ils n'en ont pas. Ils ont vite compris qu'en disposer conférait un avantage notable... »

« Ces armes sont de nature à changer la situation sur le terrain », admit l'amiral, sur un ton glacial. « Comment peut-on être sûr que cet Abu Malek en dispose ? Où les a-t-il trouvées ? »

« En Syrie, pardi ! », répondit immédiatement le directeur de la DGSE.

« La Syrie, c'est loin du Sahel », lui rappela l'amiral, acide. Mais il avait compris à demi-mot l'allusion. « Un trafic organisé depuis la Syrie jusqu'en Libye, et de Libye vers le Niger ? Est-ce possible ? »

Le directeur de la DGSE haussa les épaules. « Vous avez oublié une étape, amiral. La Turquie. C'est non seulement possible, mais c'est visiblement une réalité. Je vous rappelle que nos forces Sabre ont retrouvé des matériels de communication et de vision nocturne dans la grotte qu'ils ont investie. Et je ne parle pas du missile qui a été tiré contre notre hélicoptère au Niger ! C'est une réalité, déjà. »

« Effectivement », admit le chef d'état-major particulier du président.

« À partir de là, le plan d'ensemble des djihadistes ne me paraît pas totalement absurde. »

« Nous frapper et marquer les esprits, grâce à des actions d'éclat ; entretenir les conflits inter-ethniques dans la région ; créer le chaos et montrer aux populations locales que les Français ne sont pas invulnérables, et sont surtout incapables d'assurer leur protection », résuma l'amiral. « Ce plan est diabolique. »

« Diabolique… et éprouvé », ajouta le directeur de la CIA. « C'est à quelque-chose près ce que les Talibans ont fait en Afghanistan ; ce que les Shebab font en Somalie et dans la corne de l'Afrique… et bien sûr ce que l'État Islamique a fait avec brio – si vous me pardonnez ce commentaire personnel – en Irak en 2015. »

« J'essaierai de présenter plus sobrement les choses au PR dans une heure », siffla l'amiral.

« La situation est très volatile, amiral », répéta le directeur de la DGSE. « Mais nous avons de la chance, si j'ose dire. »

« Ah oui, laquelle ? », demanda l'amiral.

« Nous avons mis à jour ce plan très tôt. Cela nous laisse deux options importantes. »

« Je vous écoute. »

« Primo, et en cela je vous rejoins, l'arrivée impromptue, même les bras chargés de cadeaux, d'un dirigeant externe ne sera pas vue positivement par tous les chefs de katibas. Le prisonnier a indiqué que des tensions étaient apparues au sein de Macina, et je veux bien le croire. Nous pouvons sans doute jouer là-dessus. Prendre appui sur les failles entre les différentes factions. Les exploiter et les amplifier. Ce n'est pas nouveau. Boko Haram avait déjà connu une scission entre une partie suivant l'EI et délaissant le fantasque leader de l'organisation. »

« *Divide ut regnes*[18]... Habile, en cffet », admit l'amiral. « Ensuite ? »

« Et secundo, un élément logistique simple : comme vous l'avez bien résumé, le chemin du Sahel passe par la Libye, pour moi. Si nous parvenons à bloquer, ou à défaut à massivement dégrader les approvisionnements entre la Libye et le Niger, nous mettrons à bas le plan de cet Abu Malek. Sans offrandes pour les chefs de katibas, il n'aura plus rien à négocier et sa situation peut devenir précaire. »

« Et s'il passait par l'Algérie ? C'est possible, n'est-ce-pas ? C'est même de là que Macina tire l'essentiel de ses revenus et organise ses trafics », demanda l'amiral.

Le directeur de la DGSE secoua la tête. « Peu probable pour moi. Pour deux raisons. La première est ethnique. Les Touaregs qui font l'interface entre le Mali et l'Algérie seront sans doute les plus récalcitrants à l'arrivée de l'envoyé du Calife. Cela fait des siècles qu'ils vivent en vase-clos. Je ne les vois pas s'acoquiner avec le premier venu. Et la seconde est logistique : comme vous le savez, je suis sans illusion sur le rôle néfaste de la Turquie dans les troubles de la région. Le trafic d'armes passe par Ankara, qui joue depuis des années le rôle de plaque tournante et de centrale d'approvisionnement pour les groupes djihadistes les plus divers. Les Turcs ont réduit leurs échanges avec l'EI à partir de 2016, sous notre aimable pression et celle des Américains. Mais ils n'ont jamais cessé de fournir armes et munitions à d'autres groupes djihadistes qui, pour certains, n'étaient que des faux nez de l'EI. Or, la ligne turque passe par Tripoli. »

« Imparable », admit l'amiral. « Comme vous le savez, Bernard, le PR n'est pas loin de partager votre avis. Mais avec Ankara, nous marchons sur des œufs. Washington et Berlin n'acceptent pas de voir la vérité en face. Et l'OTAN dans son ensemble s'accroche comme la moule au rocher à la place de la Turquie au sein de l'organisation, quoi qu'il en coûte et quoi que fasse Ankara... »

« *Certains* à Washington », le corrigea immédiatement le directeur de la DGSE, qui ignora volontairement l'allusion à l'OTAN. Il savait comme l'amiral que l'OTAN faisait essentiellement ce que Washington lui disait de faire. « Mon homologue à la CIA est sans illusion aucune. Mais le président des États-Unis et une partie du Département d'État sont plus mesurés… »

« Mesurés… », répéta l'amiral, « c'est une élégante façon de parler… très diplomatique… »

« On ne se refait pas », sourit le directeur de la DGSE. Il n'avait pas besoin d'ajouter qu'il connaissait bien la Turquie. Il y avait été ambassadeur quelques années plus tôt. Il avait appris à aimer ce pays, et à se désespérer de le voir prendre des chemins bien troubles.

L'amiral se cala contre le fauteuil en cuir à haut dossier de son bureau et se caressa le menton, rasé de frais, comme chaque matin – saine habitude, presque ritualisée, prise dans les sous-marins nucléaires d'attaque, quarante ans plus tôt. « Il nous faut un plan précis que je puisse présenter au PR. Je vais être honnête avec vous, Bernard. Nous aurons du mal à remonter jusqu'à Ankara. Mais s'il y a quelque chose de plus à faire pour fermer la frontière nord du Niger, il faut le tenter. Les Américains nous ont promis un soutien matériel. Nous pourrions leur demander de nous aider à rendre étanche la frontière entre la Libye et le Niger. »

« Ce serait bien utile », avoua le directeur de la DGSE. Il devait lui-même faire un point avec la directrice de la CIA un peu plus tard dans la journée. L'Agence était peu présente en Afrique. Ce n'était pas une zone d'intérêt historique pour Washington. Mais les choses étaient en train de changer. Ce n'était pas nécessairement pour le mieux, car les Américains avaient la désagréable habitude de bouleverser à leur intérêt des équilibres complexes, que Paris avait mis des décennies à établir. Mais face à la progression apparemment inexorable du cancer djihadiste, la perpétuation de l'ancienne « Françafrique » et de ses réseaux immémoriaux n'était plus nécessairement la priorité des plus hautes autorités de l'État.

Chicago, 4 novembre

George se massa les tempes. Sa migraine était revenue. Il avala un nouveau comprimé de Tylenol et le fit descendre avec une gorgée d'eau minérale. Cela faisait plus de douze heures qu'il travaillait, sans interruption. Qu'il se replongeait dans ses souvenirs. Dans son entraînement. Le sabotage, c'était un peu comme le vélo. Cela ne s'oubliait pas, même après 30 ans. C'est tout du moins ce qu'il se disait en faisant, et refaisant *ad nauseam* les mêmes gestes, dans le vide de son esprit. Cela faisait trente ans qu'il n'avait pas manipulé de vrais explosifs. Trente ans qu'il n'avait pas tiré avec une vraie arme à feu. Il lui fallait donc trouver la discipline mentale pour reprendre, technique après technique, geste après geste, et répéter le tout virtuellement. Il avait trouvé une vieille carte de la région dans un carton, qu'il avait étalée sur la table du salon. Avec méthode, il avait positionné les différents sites d'intérêt, aussi précisément que possible. Puis il avait réactualisé ses connaissances sur les vents dominants. D'où soufflaient-ils ? Où se trouvaient les réserves d'eau douce. Les centrales électriques. Les principales routes et lignes de chemin de fer. Sur la carte, il avait enfin entouré les principales concentrations de population de l'agglomération de Chicago. Les quartiers résidentiels.

Il y avait des dizaines de cibles potentielles. Il les connaissait toutes, plus ou moins intimement. Ironiquement, son métier avait été de conseiller les directions générales sur la gestion et la prévention de leurs risques, en lien avec les sociétés d'assurance. Il avait inspecté chaque site, et identifié pour chaque usine les points critiques, les vulnérabilités. La prévention des risques technologiques était un travail sérieux, qu'il avait exercé sérieusement au cours des vingt dernières années. Il avait même sympathisé avec la plupart des exploitants. Il savait qu'il pourrait évoluer comme un poisson dans l'eau dans les sites qu'il aura décidé de condamner. Mais sa mission n'était pas seulement le sabotage. Elle était plus complexe. Sa mission était de créer le *chaos*. D'ouvrir les portes de l'enfer. De plonger une agglomération de dix millions d'habitants dans la terreur. L'Illinois et la ville de Chicago n'avaient pas été choisis au hasard par les stratèges du GRU. La ville était non seulement la troisième plus peuplée du pays. Mais elle hébergeait aussi certaines infrastructures critiques pour le pays, comme les bourses du *Chicago Mercantile Exchange* et du *Chicago Board of Trade*. Au cours des trente dernières années, les transactions étaient largement devenues électroniques et ne se faisaient plus à la corbeille – à la voix – comme au temps de la guerre froide, à l'époque où les plans avaient été établis. George en avait parfaitement conscience. Mais cela n'avait que peu d'importance, finalement. Les serveurs et les ordinateurs étaient toujours là. Et ils ne fonctionnaient pas tout seuls. Au-delà des quelques quartiers centraux de Chicago, la région était encore l'une des plus industrielles du pays. Boeing et Motorola y avaient non seulement leurs sièges sociaux, mais aussi une partie de leurs usines. Et, pour ne rien gâcher, deux des principaux commandements de l'US Air Force étaient installés sur la base de Scott AFB, à la pointe sud de l'État. L'US *Transportation Command* et l'*Air Mobility Command* n'étaient pas les commandements le plus prestigieux du pays. Mais ils étaient les principaux commandements logistiques du Pentagone. Or, dans un pays aussi gigantesque, et avec des centaines de milliers de soldats positionnés à l'étranger, la logistique n'était pas un luxe. Elle était le fluide vital qui permettait de faire vivre, d'animer, de ravitailler tout ce beau monde. Lorsque George avait été formé, bloquer l'approvisionnement en hommes et en matériel de l'Europe de l'Ouest et du Moyen-Orient avait été la mission principale des équipes de Prométhée. L'ingénieur n'avait jamais été dans le secret des état-majors, mais il avait vite compris ce qu'on lui demandait de faire. Et les cibles qu'il devrait choisir. Lorsqu'il était arrivé en Illinois, l'*Air Mobility Command* n'existait pas encore – il avait été lancé en 1992, mais son prédécesseur, le *Military Airlift Command* était déjà basé à Scott AFB. Il n'avait pas eu grand effort à faire pour réactualiser ses plans. Seulement à amender le nom de l'une des cibles.

Il y avait sur cette carte de l'Illinois le résumé et le condensé de trente ans de travail. Trente ans de vie clandestine, à attendre un ordre qu'il avait pourtant espéré ne jamais recevoir. Mais un ordre auquel il devait obéir. Auquel il ne pouvait pas *ne pas* obéir. Ses formateurs et ses agents traitants y avaient veillé. Et son conditionnement d'un an n'avait eu que cet objectif. Lui ôter tout esprit critique et le transformer en machine humaine, le jour où il recevrait l'ordre ultime. Sur la carte, il avait sélectionné les cibles. Il savait où trouver les armes et l'explosif. La machine infernale était désormais lancée. Inexorablement.

Agadez, Niger, 4 novembre

Le C-130 *Hercules* posa ses roues sur l'asphalte de la base 201, soulevant des volutes de poussière lourde. Le pilote réduisit la poussée des propulseurs tout en appuyant sur les freins et, dans un vrombissement strident, l'appareil ralentit sa course. Il ne lui fallut que quelques centaines de mètres pour s'immobiliser et, immédiatement, il vira de bord et roula jusqu'à la plateforme. Deux autres transporteurs lourds étaient déjà arrivés et le personnel du 409th *Air Expeditionary Group* s'activait pour les vider. Les militaires savaient précisément ce que contenaient les *Hercules* et ils redoublèrent de précaution pour décharger leur précieuse cargaison.

La base d'Agadez appartenait aux forces aériennes du nigériennes. Mais en 2016, le Pentagone avait décidé, en accord avec Niamey, de revoir complètement les installations. L'idée avait été, depuis le début, de faire de ce coin de désert une base de drones. Mais les Américains ne faisaient jamais rien à l'économie. Et pour opérer des engins sans pilote MQ-1 *Predator* ou MQ-9 *Reaper*, les cadres du Pentagone avaient estimé utile de construire une piste d'atterrissage sur laquelle des gros porteurs C-17 – 250 tonnes à pleine charge – pourraient atterrir. Cela se comprenait, en fait. Car les drones avaient besoin de pièces détachées et les mécaniciens avaient besoin de nourriture, d'eau. Au total, plus de deux cents millions de dollars avaient été engloutis dans une piste en dur de près de deux kilomètres de long, plusieurs hangars où les drones pouvaient être réparés et protégés du sable, des lieux d'habitation climatisés, et bien sûr dans des installations de protection. La base 201 se trouvait au milieu d'une vaste plaine, et, de la tour de contrôle, on disposait d'une vision périphérique, à 360 degrés, sur plusieurs dizaines de kilomètres à la ronde. Des assaillants éventuels auraient eu bien du mal à s'approcher incognito. Et de toute façon, ils auraient été bien accueillis par les militaires américains chargés de la protection périphérique.

Dans les deux *Hercules* qui avaient atterri ce jour-là, se trouvaient trois MQ-9 *Reaper*, démontés et conditionnés dans des conteneurs *ad hoc*. Mais ce n'était pas tout. Les drones étaient essentiels pour assurer une permanence aérienne et surveiller les immenses étendues désertiques du Sahel. Mais, malgré les caméras exceptionnelles qu'ils emportaient dans leur boule optronique, les *Reaper* n'étaient pas des engins de reconnaissance à grand angle. Ils avaient été conçus pour reconnaître des zones avec précision, et éventuellement guider des munitions. Pour des reconnaissances sur des vastes étendues, il leur fallait un peu d'aide. Et cette aide vint sous la forme de nacelles très particulières, destinées à être accrochées sous les ailes des drones. Dans certains conteneurs, se trouvaient des radars à ouverture de synthèse. Ces dispositifs permettaient de réaliser de véritables « photos » électroniques du champ de bataille. Et, comme avec des appareils photos du commerce, on pouvait en modifier la focale. Ainsi, un radar SAR pouvait prendre des clichés très précis d'une zone, d'un bâtiment ou d'un navire. Ou il pouvait prendre des clichés *panoramiques*, et repérer, avec un peu de traitement du signal, tout véhicule en mouvement. Ainsi équipés, les *Reaper* ne disposaient bien sûr pas des performances étourdissantes des avions radar JSTAR. Mais on ne leur en demandait pas tant non plus.

Les pods *Gorgone Stare* furent ensuite déchargés avec un luxe de précaution considérable de leurs conteneurs renforcés, et les deux premiers immédiatement installés sous un *Reaper*. Les dispositifs *Gorgone Stare* n'avaient pas d'équivalent dans le monde. Dans leur carcasse en fibre de verre se trouvaient des caméras numériques ultra précises –

368 pour être précis. Ces caméras filmaient en temps réel une zone, à raison de 5 millions de pixels par cliché et par caméra, et de plusieurs dizaines de clichés par seconde. Ces données gigantesques – on parlait de gigabytes[19] de vidéo par minute, ou d'*exabytes*[20] par jour, traités en temps réel et expédiés via transmission à très haut débit vers des centres de traitement – servaient à passer au peigne fin de vastes zones, de plus de 100 kilomètres carrés à la fois dans la dernière version du pods. Il fallait de puissants logiciels de traitement pour voir quelque chose dans ces montagnes de données. Mais avec le matériel adéquat, et du personnel qualifié, un drone *Reaper* équipé d'un pods *Gorgone Stare Increment* 2 pouvait surveiller pendant des heures une zone immense, et repérer tout mouvement. Y compris le plus insignifiant. D'ailleurs, c'était exactement la mission que le Secrétaire à la Défense leur avait confiée.

À sept cents kilomètres au nord-est d'Agadez, un autre balai aérien venait de prendre fin, à peu près au même moment. Là encore, une première paire de drones furent débarqués de gros porteurs. Des MQ-1C *Improved Gray Eagle*, dans ce cas. Les drones étaient les dernières versions de la dérivation du *Predator* et, au sein de l'US Army, étaient utilisés notamment par l'une des unités aériennes les plus prestigieuses du pays : le 160th *Special Opérations Aviation Regiment*. Une cinquantaine d'opérateurs de la compagnie Echo des « *Night Stalkers* », comme on surnommait le 160th, venaient de rejoindre la base secrète de Dirkou, au nord du Niger, en soutien des équipes déjà présentes. La base de Dirkou avait été aménagée par la CIA, quelques années plus tôt. L'idée, alors, n'avait pas été de soutenir les combattants français au Niger ou au Sahel, mais au contraire de pouvoir viser les militants de l'État Islamique au nord, en Libye. L'EI était toujours actif en Libye, mais les nouvelles en provenance du Burkina Faso et du sud du pays avaient convaincu le Pentagone de renforcer les moyens sur place. Car à côté des drones, d'autres aéronefs avaient posé leurs roues à Dirkou. Une demi-douzaine de CV-22 *Osprey*. Et ces aéronefs ne voleraient pas nécessairement à vide, le cas échéant. Une vingtaine d'opérateurs du 24th *Special Tactics Squadron*, de la Task Force Orange, et surtout de la Delta Force apporteraient de la percussion. Du muscle.

Sur la piste balayée par les vents d'est, les mécaniciens s'activaient sans relâche pour préparer les machines. Les *Osprey* étaient déployés par le 20th *Special Operations Squadron*, installé à Cannon Air Force Base, dans le Nouveau Mexique. Là-bas, les techniciens et les aéronefs avaient eu tout loisir de s'habituer au temps chaud et sec. Mais en fait, les conditions au Niger n'avaient rien de commun. La poussière fine de latérite s'infiltrait partout, et il fallait monter en urgence de nouveaux filtres sur les entrées d'air des *Osprey*. De plus, la chaleur sèche dégradait les conditions de vol de ces appareils hybrides, qui décollaient comme des hélicoptères avant de voir leurs nacelles géantes basculer et les transformer en avions. En théorie, un CV-22 pouvait emporter une vingtaine de militaires ou près de sept tonnes de fret. Mais avec des conditions de vol dégradées, on ne pouvait compter que sur la moitié de cette promesse. L'engin avait un autre avantage, par rapport à des voilures tournantes usuelles. Son rayon d'action était plus que doublé par rapport aux hélicoptères lourds CH-47 *Chinook*. Avec des réserves internes de carburant, l'*Osprey* pouvait voler sur plus de 3 000 kilomètres. Et sa vitesse de pointe était, là encore, presque doublée par rapport à un hélicoptère de combat. Pour opérer dans un pays aussi immense que le Niger, le CV-22 était l'engin idéal. Et pour frapper des convois de terroristes, des opérateurs du squadron Bravo du 1st *Special*

Forces Operational Detachment – Delta en étaient le parfait complément.

Confusions

Quelque part au nord du Niger, 5 novembre

Abubakar fit un geste de la main pour saluer les chauffeurs du convoi. Dans le ronronnement des moteurs, les Toyota démarrèrent, deux par deux, toutes les dix minutes environ. Et pour plus de sécurité, les paires prirent des routes différentes. Chacune avait été chargée au maximum de matériel, mais aussi de carburant et de pièces détachées essentielles. Les tout-terrain japonais étaient extraordinairement rustiques et fiables. Mais sur des routes aussi médiocres, tout pouvait arriver. Le fret était sommairement dissimulé sous des bâches réfractaires. Au moins pour le protéger de la poussière.

Les lignes d'approvisionnement étaient encore erratiques. Les navires chargés de matériel arrivaient bien jusqu'à Tripoli ou Misrata. Mais les combats qui se poursuivaient à l'est de la capitale ne facilitait pas la tâche des contrebandiers. Et pour plus de sécurité, Abubakar avait dû demander à ses hommes d'espacer les envois. Devant lui, une Toyota sale avait été chargée. Il s'approcha de la plateforme arrière et, d'un coup d'abdominaux, se hissa à bord. Il y avait deux jerricans géants d'essence, qui empestaient. À côté se trouvaient plusieurs caisses en bois. Il ouvrit la première, uniquement fermée par un modeste crochet en métal. Il souleva les tissus absorbants et trouva, sans surprise, une demi-douzaine de fusils de précision Dragunov. Les lunettes PSO avaient été dévissées et voyageaient séparément. Les armes étaient impressionnantes. Longues, profilées. Certains modèles disposaient d'une crosse repliable. Dans les caisses, Abubakar trouva également des chargeurs vides. En standard, ces chargeurs contenaient dix munitions en calibre 7,62x54mm. On faisait mieux, de nos jours. Mais depuis son introduction à la fin du 19ème siècle dans l'armée russe, la munition avait inondé le monde entier. Abubakar reposa le chargeur qu'il avait pris pour inspection, et referma la boîte.

« C'est parfait », lâcha-t-il aux hommes qui s'agitaient autour de la Toyota.
L'organisation restait artisanale. Et même chaotique. Mais le Tchétchène n'était pas chorégraphe. Il était djihadiste et les convois devaient approvisionner les hommes qu'il avait envoyés comme relais au sein des katibas de la région. Chacun d'eux était un combattant chevronné, qu'Abubakar avait choisi avec soin. Sa katiba avait souffert et il avait perdu énormément d'hommes lors de la bataille de Raqqa. Mais ceux qui restaient – et qui lui étaient restés fidèles – étaient rompus aux combats urbains, à l'insurrection, au maniement des armes, y compris fusil de précision et missile sol/air portatif. Ils étaient, pour la plupart, des anciens de la katiba al-Mouhajirine. Mais ses hommes étaient restés fidèles au Califat, lorsque d'autres avaient, par opportunisme, rallié le front Al-Nosra. Abubakar jura intérieurement en se remémorant ces trahisons. Mais chacun était libre, finalement. Et le Très Haut, Créateur de toute chose, jugerait les hommes en fonction de leurs actes.

« Les acheminements de missiles sont lents », dit l'un de ses hommes.
Abubakar inclina la tête. Les SA-7 et quelques *Stinger* américains dont il disposait étaient naturellement les pièces de choix de son arsenal. La plupart de ces missiles provenaient des stocks irakiens dont l'EI s'était emparé à

Mossoul. Mais, après la chute du Califat, les approvisionnements n'avaient pas cessé. Ils avaient juste été plus subtils et complexes. La situation en Syrie demeurait particulièrement chaotique. Et c'était un délicat euphémisme. Des dizaines de groupes insurgés se battaient autour d'Idlib et d'Alep. Certains étaient financés et équipés par Ankara, d'autres restaient fidèles à Al Qaida canal historique. Et il y avait les aventuriers, les contrebandiers en tout genre, qui se battaient pour l'argent et protéger leurs différents trafics. Derrière ces hommes de pailles, ces pions, des intérêts qui les dépassaient largement tiraient les ficelles. La Syrie n'était pas seulement le champ de bataille d'une simple et vulgaire guerre civile. La situation y était beaucoup plus complexe. La Syrie était devenue l'épicentre et le proxy par excellence des crises que connaissaient le Proche et le Moyen-Orient. Lutte entre l'islam sunnite et islam chiite. Lutte intestine à l'Islam sunnite, entre les régimes « fréristes » – Turquie en tête, et les pays alignés derrière l'Arabie Saoudite. Lutte entre la Russie, qui défendait ses accès aux mers chaudes, et l'Amérique, qui tentait de la contenir. Et enfin lutte entre les différentes organisations terroristes djihadistes, et notamment les deux plus puissantes, Al Qaida et l'État Islamique. Dans ce maelström, les alliances étaient mouvantes, changeant au gré des circonstances. Les ennemis d'hier pouvaient, pendant quelques jours ou quelques semaines, se rapprocher pour lutter ensemble contre un péril commun…avant de reprendre les combats. Bien malin qui pouvait s'y reconnaître. Mais pour Abubakar, ce chaos était une chance inouïe car, avec un peu de méthode, d'audace et de duplicité, il était possible de se procurer à prix d'ami des armes sophistiquées. La Turquie et certains États du Golfe arrosaient la région, littéralement. Dollars, missiles antiaériens, radios tactiques cryptées, jumelles de vision nocturne, lunettes de précision, GPS. Il y avait de tout.

« Les missiles sont la priorité, pour moi », lâcha Abubakar. « Les maudits Occidentaux n'ont pas assez d'hélicoptères dans la région. La projection de force rapide est leur maillon faible. Si nous parvenons à abattre plusieurs de leurs machines, nous dégraderons massivement leur capacité d'action. Les zones de combat sont trop éloignées les unes des autres pour que des convois routiers puissent les atteindre simplement. Et vous connaissez les Occidentaux ! Leurs règles d'engagement sont simples : il leur faut en permanence un soutien aérien, et des moyens d'évacuation de leurs blessés ! Frappez les hélicoptères et ils ne pourront plus rien faire. » Il n'ajouta pas que, dans les Spetsnaz où il avait servi, la vie et les opérations étaient plus rustiques. L'armée russe n'avait jamais ressenti la même pression pour déployer des hélicoptères d'évacuation sanitaire au-dessus de toutes les unités combattantes.

« Ils pourraient remplacer les appareils détruits ? », suggéra l'homme.

Abubakar secoua la tête. « Peu probable. Regarde avec quelle difficulté les Français sont parvenus à mendier deux misérables machines aux Britanniques ! La réalité, c'est qu'aucun pays européen ne veut risquer la vie de ses soldats pour un coin de désert, de l'autre côté de la Méditerranée. Ils sont trop faibles. Trop lâches. Leurs budgets militaires ont été délaissés pendant des années, réduisant à néant leurs capacités de projection sur des fronts extérieurs. Et c'est sans parler de la terreur que la résurgence russe leur inspire. Après l'annexion de la Crimée par Moscou, les pays d'Europe Centrale ou d'Europe du nord sont focalisés sur leur frontière est. Tout ce qui se passe au sud les indiffère. Non… Seuls les Français nous gênent ici. Mais même eux ne sont pas invulnérables. Il suffit d'identifier leurs points faibles. Et d'appuyer dessus. »

Visiblement, les hommes réunis autour de lui buvaient ses paroles. Mais l'un d'entre eux lui posa néanmoins une question. « Ne crains-tu pas l'arrivée de renforts américains ? On a vu ce qu'ils ont fait au Levant. »

Abubakar regarda l'homme qui l'avait interpellé. Et, à la grande surprise de ce dernier, il secoua la tête et esquissa un sourire mystérieux. « Rassure-toi, mon ami. Bientôt, les Américains auront bien d'autres priorités plus impérieuses que de s'intéresser au Sahel. »

Ses hommes se regardèrent, perplexes. Ils avaient combattu l'Amérique au Levant, et ils avaient tous pu mesurer la puissance de sa technologie. Les bombes tombaient sur leurs têtes sans crier gare, lâchées par des avions qui restaient dissimulés dans les nuages, ou des drones qui flottaient dans le ciel, hors de portée de leurs armes antiaériennes. Des missiles pulvérisaient les véhicules dans lesquels ils circulaient. Des roquettes, tirées depuis des distances de plusieurs dizaines de kilomètres, frappaient leurs positions avec une précision terrifiante. Mais, au cours des dernières années, ils avaient tous pu réaliser qu'Abubakar n'était pas homme à leur mentir. Il connaissait ces ennemis. Il avait été l'un des leurs. Chacun connaissait son histoire, et son passé comme Spetsnaz au sein du redoutable bataillon *Vostok*. Certains parmi eux s'étaient même opposés aux opérateurs de *Vostok*. Et aucun n'aurait eu l'idée saugrenue de le prendre à la légère. Ou de douter ni de son courage, ni de son habilité tactique.

Arlington, banlieue de Washington, 5 novembre

« Salut Walter, cela fait longtemps qu'on ne t'avait pas vu ! »
Walter haussa les épaules. « Je venais voir si tu étais toujours en vie, vieux brigand », rigola-t-il en saisissant la main que lui tendait Donald.
« Je dois mettre ma combinaison en plomb ou est-ce que vous avez fait des progrès dans la sécurité ? », lui demanda Walter.

Donald secoua la tête, sans s'arrêter de sourire. « Arrête ton char. Ça fait vingt ans que je dirige ce département et tu vois que je suis toujours entier. »
« Rassure-toi, je te crois. Je te dérange ? », demanda Walter.
« Non, pas de souci. Nous avons quelques procédures ce matin. Nous travaillons notamment sur de nouveaux protocoles sur le traitement du cancer de la thyroïde. Des irradiations très ciblées. »
« J'ai lu l'article dans le *Lancet*[21] », admit Walter. « Tu bosses dessus avec les Anglais ? Tu comptes partager le prix Nobel avec l'ancien colon ? »
Donald éclata de rire. « Prix Nobel… On n'en est pas là. Mais j'ai bon espoir que les traitements seront efficaces. Et toi, comment vas-tu ? Cela fait une éternité que nous n'avons pas déjeuné ensemble. J'avais presque fini par croire que tu avais pris ta retraite et que tu passais tes journées à pêcher dans le Potomac. »
« Tu me vois passer mes journées à pêcher ? »
Donald haussa les épaules. « C'est ce que je ferai ! »
« Ton travail est trop important pour que tu prennes ta retraite, Don », lança Walter. « Si tu avais imaginé profiter de tes vieux jours, tu aurais dû faire comme moi. Enseigner ! »
« Sans doute », rit Donald.

Dix minutes plus tard, Walter avait retrouvé la solitude de son petit bureau. Il demanda à son assistante de filtrer les appels et de ne pas le déranger. Il avait des cours à préparer. Pourtant, à son bureau, les mains posées à plat devant le clavier de son ordinateur, il resta assis à contempler le vide. L'hôpital était en pointe en médecine nucléaire. En fait, des dizaines d'isotopes différents étaient stockés dans le département de Donald. Ils pouvaient servir de marqueur, notamment pour les scintigraphies de contraste. Ils étaient utilisés dans les pet-scans et en imagerie plus large. Et naturellement, ils servaient lors des séances de radiothérapie, au département oncologie. À chaque fois, on parlait de *microgrammes* d'isotopes radioactifs, manipulés avec le plus grand soin. À ces quantités-là, les matières étaient non seulement inoffensives, mais médicalement utiles – et souvent indispensables, notamment pour combattre certaines tumeurs solides. Walter soupira. Il n'aurait aucun mal à accéder aux réserves du département de médecine nucléaire. Les stocks étaient bien protégés, mais il était un *insider*. Il avait accès à tous les départements de l'hôpital. Et il connaissait tout le monde ici. Il ne lui manquait plus que les explosifs. Quelques centaines de grammes suffiraient largement, d'après ses calculs.

Environs de Chicago, 5 novembre

Le monde ne sut jamais vraiment à combien il était passé de l'abysse au cours de la guerre froide. Et pas qu'une fois. La dernière remontait à 1983 et l'épisode fut certainement l'un des plus structurants des relations est/ouest, mais pourtant l'un des plus secrets. Le président Ronald Reagan venait de s'installer à la Maison Blanche. Il ne s'était pas fait connaître pour être une colombe et, rapidement, il avait considérablement durci le ton vis-à-vis du Kremlin. Inspiré par les faucons de son administration, mais aussi sous la pression de ses homologues de l'OTAN, il avait menacé de frapper directement le territoire soviétique si les Rouges venaient à tirer leurs nouveaux missiles, les SS-20, contre l'Europe.

Pour l'OTAN, la menace était en effet redoutable. Déployés sur le territoire russe et non en Europe de l'Est, les SS-20 changeaient la donne. Car contrairement aux armes tactiques entreposées en Allemagne de l'Est ou en Pologne, il n'était pas possible de les neutraliser sans atteindre le sol même de l'Union Soviétique. Et risquer ainsi un embrasement généralisé, notamment des représailles soviétiques sur le territoire américain[22]. Pour les dirigeants de l'OTAN, la question de fond demeurait plus que jamais d'actualité : Reagan pourrait-il vraiment risquer New York pour sauver Paris ou Bonn ? Pouvaient-ils faire confiance au président des États-Unis pour assurer leur protection ? Certains en doutaient. Y compris à Moscou. Et c'était sans doute le plus dangereux.

Comme chaque année, ou presque, l'OTAN organisa en novembre l'un de ses exercices rituels afin de souder ses rangs. Son nom de code était *Able Archer* 83. Et il faillit être le dernier. *Able Archer* n'avait pourtant rien de particulier, cette année-là, ni dans son déroulement ni dans

160

les forces impliquées – quelques centaines d'avions, quelques dizaines de navires de combat. Rien que de très banal, en fait. Excepté que ces manœuvres arrivèrent après plusieurs mois d'escalade verbale et de « bavures ». Durant le printemps 83, à l'occasion d'un autre exercice dans le Pacifique Nord, des avions espions américains avaient survolé plusieurs bases soviétiques du nord-est du pays, s'approchant dangereusement des bases sous-marines du Pacifique et des îles Kouriles, mettant les Soviétiques en transe. Quelques mois après le décès de Brejnev, les nouvelles autorités soviétiques ne pouvaient pas laisser passer cela, au risque de paraître faibles. Elles décidèrent donc de réagir. Et elles le firent sans discernement, à leur façon. Le 1er septembre 1983, quelques semaines à peine après ces péripéties, un Sukhoi Su-15 qui avait décollé de la base de Dolinsk-Sokol intercepta un Boeing 747-230B de la compagnie Korean Air Lines au-dessus des Iles Sakhaline. L'avion de ligne avait dérivé de quelques kilomètres dans l'espace aérien soviétique. Les Russes affirmeraient qu'ils l'avaient confondu avec un avion espion américain. L'enquête démontrerait que le transpondeur civil du Boeing était parfaitement opérationnel, et que les feux anticollisions de l'avion de ligne clignotaient de façon parfaite. Cela ne changea rien car le sort du Boeing avait sans doute été scellé ailleurs, avant. Deux missiles AA-3 *Anab* l'effacèrent du ciel. Il y avait 269 personnes à bord, dont un membre du Congrès américain. Il n'y eut aucun survivant.

Mais les choses n'en restèrent pas là. Lorsque l'OTAN débuta l'exercice *Able Archer*, quelques mois plus tard, un vent de panique irrationnel s'était emparé du Kremlin. À cette époque, le niveau de paranoïa au sommet de l'Union Soviétique était considérable. Pendant des années, ses dirigeants avaient été entretenus dans la terreur d'une première frappe américaine décapitante par leurs propres analystes, qui multipliaient les rapports alarmistes – parfois sérieux, mais souvent orientés. On ne l'apprit que des années plus tard, bien après la chute du mur de Berlin, mais jusque dans les années 80, les Soviétiques ne disposaient ni de moyens de détection balistiques fiables, ni de dispositifs de communication et de *Command & Control* modernes. Dit autrement, malgré les dizaines de milliers d'ogives nucléaires qui s'entassaient dans ses arsenaux – essentiellement des armes tactiques à faible rendement – le Kremlin se sentait – et par certains aspects, se *savait* vulnérable en cas de première frappe. Potentiellement incapable de détecter une attaque d'envergure, et surtout loin d'être assuré de pouvoir réagir si ses relais de transmission et centres de commandement étaient détruits. Le spectre d'une annihilation de la Patrie des Travailleurs le hantait.

Le Pentagone ignorait tout cela. Et lorsqu'il déclencha *Able Archer*, personne n'aurait pu prévoir que les opérations des unités militaires de l'OTAN suivirent très exactement l'un des scénarios que redoutaient les planificateurs soviétiques. Pendant quelques heures, les dirigeants russes crurent, de bonne foi, que la guerre était imminente et qu'une première frappe nucléaire américaine, préparée sous couvert de l'exercice, les transformerait en lumière et particules élémentaires avant qu'ils n'aient eu le temps de faire quoi que ce soit. Ils ordonnèrent donc aux forces stratégiques du Pacte de Varsovie de se mettre en alerte maximale et restèrent pendant plusieurs heures à un cheveu de déclencher l'apocalypse, en riposte à une autre apocalypse imaginaire. Les forces de l'OTAN repérèrent les mouvements stratégiques russes et, en réaction, renforcèrent leurs propres préparations. Ce qui confirma la crainte de Moscou, et ainsi de suite. Le clou de l'exercice *Able Archer* devait être la simulation d'un raid nucléaire contre le Pacte de Varsovie. Le passage à DEFCON 1. Il s'en fut de peu de chose que la réalité rejoigne la fiction. Et que les Russes, craignant de bonne foi que leur dernière heure était arrivée, ne décident de tirer leurs missiles les premiers.

Lorsqu'il apprit de la bouche de la CIA, et de celle d'un agent double du KGB, Oleg Gordievsky, à combien le monde était passé de la guerre thermonucléaire totale à l'automne 1983, Ronald Reagan en fut bouleversé. De nombreux analystes datent de cette époque le virage à 180 degrés qu'accomplit le président américain en matière stratégique. Lorsque quelques mois après son élection, il parlait de l'Union Soviétique comme d'un « empire du mal », Reagan passa le reste de ses années à la Maison Blanche à poursuivre des discussions de paix avec les Soviétiques. Les dirigeants soviétiques furent également atteints. Alors qu'ils recevaient les informations en provenance de leurs forces aériennes, ils mesurèrent la fragilité et la vulnérabilité qui était la leur. Quelques mois plus tard, à la surprise générale, un jeune premier secrétaire prenait le pouvoir à Moscou et balayait la vieille garde : il s'appelait Mikhaïl Gorbatchev. Son arrivée ne fut pas fortuite. Son mandat était clair : en rupture avec la doctrine Brejnev, il devrait moderniser l'économie, et rechercher un accommodement avec l'ennemi impérialiste afin d'éviter qu'un nouveau malentendu ne puisse mener, cette fois, à l'irréparable.

Mais la détente ne fut pas au goût de tout le monde, à Moscou. Et certains dirigeants, tout aussi traumatisés que les membres du Politburo par les événements de l'automne 1983, réagirent bien différemment. Dans les entrailles d'un bâtiment austère de la rue Grizodubovoy, à Moscou, des cadres du GRU firent d'autres choix. Et prirent des décisions, de leur propre chef, qui allaient avoir des conséquences tragiques plusieurs décennies plus tard. Depuis le milieu des années 70, le GRU – ainsi que le KGB, à un niveau plus modeste – avait été chargé de préparer des plans contingents, à ne déclencher qu'en cas de crise critique et en préambule à une opération militaire des forces du Pacte de Varsovie contre celles de l'OTAN. Des centaines d'agents, sous couverture diplomatique, clandestins ou infiltrés planifièrent de véritables opérations de guérillas. Les opérationnels devaient se préparer à frapper des infrastructures critiques de l'ouest, à assassiner des dirigeants civils et militaires, à détruire des ouvrages d'art. En bref, à créer le chaos et à affaiblir la capacité de réaction des États européens. De façon particulièrement controversée, des armes nucléaires à très faible rendement, très légères, furent même conçues pour être détonnées en plein cœur des pays du bloc de l'ouest. Mais le GRU décida d'aller plus loin. Et de viser directement le cœur de l'Amérique. Le plan Prométhée ne fut jamais soumis à l'approbation des dirigeants soviétiques. À peine les responsables du GRU en parlèrent-ils comme d'une idée théorique, s'attirant au passage les foudres de Gorbatchev, qui craignait, non sans raison, que de tels plans puissent faire capoter ses négociations avec Reagan et la signature des accords de désarmement, s'ils venaient à être découverts. Il ordonna donc au GRU d'oublier ces projets. Mais la machine était déjà lancée. Des espions avaient été recrutés et conditionnés. Et des armes convoyées clandestinement au Canada, puis du Canada vers le nord des États-Unis.

La maison était isolée, au cœur d'une forêt au nord de la ville de Grand Rapids – à deux heures de route de Chicago. George avait laissé sa voiture un peu plus loin et avait continué à pied. Tout autour, les arbres avaient pris leurs couleurs d'automne et un parfum de sous-bois et de champignons embaumait l'atmosphère. George s'approcha de la cabane. Sous ses pieds, les planches de bois craquèrent. Il tapa contre la porte. Aucune réponse. Sa main se posa sur la poignée et la fit tourner. La porte n'était pas verrouillée. Il entra. La cabine avait servi de relai de chasse, dans le passé. Mais à juger par la quantité de poussière qui se trouvait sur les meubles, et par le désordre, cela faisait des années qu'aucune âme n'avait mis les pieds à l'intérieur. C'était mieux ainsi. George referma la porte et continua dans la forêt, comptant ses pas avec attention. Il savait où chercher. Et où creuser. Il lui fallut une bonne heure pour retrouver la caisse, et une trentaine de minutes de plus pour l'extraire de son trou. Le verrou était totalement rouillé mais un bon coup de pelle en vint facilement à bout. À l'intérieur, George trouva du papier gras, puis des couches de plastique, et encore du papier absorbant. Enfin, il trouva ce qu'il était venu chercher. Les explosifs se présentaient sous la forme de pains de deux cents grammes, entourés de plastique. Le matériau était jaunâtre, et il était dur au toucher. Rapidement, George en remplit le sac à dos qu'il avait emporté. Un peu plus bas, dans la caisse, il trouva les crayons détonateurs.

Deux heures plus tard, les mains souillées de terre, il avait retrouvé sa voiture, et repris le chemin de son appartement.

Région de Gao, Mali, 5 novembre

Le convoi s'étirait sur près de trois cents mètres, telle une improbable chenille géante qui aurait hanté le désert malien. En tête, un Véhicule Blindé de Combat d'Infanterie (VBCI) ouvrait la marche. Pour l'environnement « *off-road* », le VBCI n'était certainement pas le meilleur choix. Trop lourd, mal adapté à la chaleur. Les mécaniciens avaient fait des miracles, avec quelques bouts de ficelle, comme souvent. Sur le terrain, par cinquante degrés à l'ombre, ils avaient dû modifier le dispositif de refroidissement...avant de se rendre compte que la caméra numérique qui permettait d'opérer la tourelle télécommandée perdait l'essentiel de son efficacité au-delà des soixante degrés. Les dispositifs thermiques fonctionnaient mal dans le désert. Mais les opérateurs s'étaient débrouillés. Et fort heureusement, la plupart des systèmes étaient doublés, voir triplés dans le VBCI. C'est donc à travers la boule optronique – appelée MOP – positionnée au-dessus de la tourelle que le tireur du véhicule blindé de pointe surveillait la route. Car le convoi évoluait bien sur une route en dur. L'une des rares du pays. C'était sans doute mieux pour les roues et les suspensions des véhicules. Mais c'était un risque supplémentaire. Car une route en bitume en plein désert, c'était facile à piéger... Il suffisait de creuser le bas-côté sur quelques centimètres, et d'y positionner une charge télécommandée. Les terroristes sahéliens étaient de médiocres combattants, mais ils avaient au moins appris les bases du métier d'artificier.

Le dispositif était commandé par un lieutenant-colonel du 92ème régiment d'infanterie de Clermont-Ferrand. Il comprenait deux VBCI, un Véhicule de l'Avant Blindé, cinq camions de ravitaillement CARAPACE et deux VBL – dont celui où se trouvait le chef du détachement. Malgré la climatisation, les habitacles étaient surchauffés. Le lieutenant-colonel s'épongea le front en soupirant. Il avait

166

déjà vidé deux bouteilles d'eau et deux autres se trouvaient à ses pieds.

« Quel foutu pays, quand même », grinça-t-il.

Son chauffeur était un caporal-chef. Il esquissa un sourire entendu. Sur le parebrise incliné, les essuie-glaces dansaient de temps en temps. Pas pour évacuer la pluie, bien sûr. Mais pour éviter que la poussière ne s'installe à demeure. Entre le chauffeur et le lieutenant-colonel, l'imposante radio tactique clignotait de mille feux. Le VBL emportait l'un des dispositifs de communication UHF du convoi et, sur le toit, les antennes les reliaient en permanence avec l'un des satellites en orbite géostationnaire. Avant de partir, comme à chaque fois, les militaires avaient pris soin de « désilhouetter » les engins, afin de camoufler, aussi bien que possible, ces antennes qui désignaient, pour les djihadistes, des cibles de choix. Les terroristes avaient appris à viser en priorité les véhicules de commandement et les véhicules sanitaires, pensant immobiliser les forces si l'un ou l'autre était touché. En général, ceux qui avaient pensé triompher en tirant une roquette sur un VAB médical s'en étaient amèrement mordu les doigts. Mais parfois, des militaires français y étaient restés. Et nul ne prenait à la légère la sécurité des convois logistiques.

« Gao, 130 kilomètres », soupira l'officier.

Le convoi venait de dépasser la mare de Gossi qui était la principale réserve d'eau d'une région qui brillait par sa sécheresse extrême. Il n'était alors pas surprenant que des milliers de paysans, éleveurs, pêcheurs se soient installés tout autour. Dans le désert, les oasis et lacs étaient précieux. Et il n'était donc pas étonnant non plus que, depuis des lustres, l'accès et le contrôle du lac ait été un objectif stratégique des différents groupes nomades ou sédentaires qui vivaient côte à côte dans cet étonnant pays qu'était le Mali. L'eau de Gossi était loin des images de lagons azur des mers chaudes. Elle était ocre, presque rouge, pleine de cette poussière épaisse qui envahissait aussi l'air et pénétrait les bronches. Mais cette eau était raisonnablement pure, et des centaines d'espèces animales, oiseaux, éléphants, s'y abreuvaient avec bonheur.

« J'ai hâte de me dégourdir les jambes », lâcha le lieutenant qui s'occupait des transmissions, à l'arrière du VBL de commandement.

« Je suis bien d'accord », lui fit écho le lieutenant-colonel. « Et il faudrait un jour qu'on arrive à réparer cette climatisation. Là, en novembre, avec à peine trente-cinq degrés dehors, ça passe encore. Mais lorsque les grosses chaleurs reviendront, on va cuire à l'intérieur... »

« Ce n'est pas faute d'essayer, colonel », répondit le lieutenant. « Mais je vais voir ce qu'on... »

Il ne put finir sa phrase. Dans un fracas assourdissant, le VBL fut soulevé dans les airs et retomba mollement sur ses roues, après avoir hésité pendant quelques fractions de seconde s'il devait ou non se retourner. Deux secondes plus tard, une nouvelle explosion déchira le ciel. Suivie d'une troisième, plus forte encore. Le lieutenant mit quelques instants à vérifier que tous ses membres répondaient. Une fumée blanche avait envahi l'habitacle. Il se pencha vers l'avant.

« Colonel, tout va bien ? »

« Oui, je suis entier ! Christian ? », demanda-t-il au chauffeur.

« Je suis là, colonel. Quelques égratignures mais rien de grave. »

« Bon sang ! », jura le lieutenant-colonel. « IED ! Je veux un rapport de situation immédiat. On se déploie en position de combat. »

Rapidement, les différents véhicules firent leur rapport. La deuxième charge avait détonné à une dizaine de mètres du VBCI de queue. Bien trop loin pour percer le blindage modulaire du véhicule. Mais la troisième charge avait pulvérisé l'essieu de l'un des camions CARAPACE. Les nouveaux Camions Ravitailleurs Pétroliers de l'Avant à Capacité Étendue construits par Scania avaient fait leur arrivée au Mali quelques mois plus tôt, apportant un surcroit important de sécurité pour les équipages. La cabine était entièrement blindée et pouvait résister à la plupart des ogives de lance-roquettes RPG. De même, la citerne était faite en acier renforcé. Le véhicule était même équipé d'une tourelle télé-opérée sur le toit et pouvait l'être de dispositifs de brouilleurs anti-IED – malheureusement trop peu nombreux encore pour être déployés sur tous les CARAPACE. Mais l'essieu avant n'avait pas été conçu pour supporter une explosion de dix kilos de dynamite. Le camion était immobilisé et nécessiterait un dépannage lourd.

Le lieutenant-colonel jura. Puis il se tourna vers son chauffeur. « Vérifie que la machine roule encore. On surveille les environs. Quant à moi, je vais aller voir ce qu'on peut faire avec le camion endommagé… »
L'officier n'avait pas mis un pied au sol qu'une détonation déchira à nouveau le ciel. Un coup de feu, cette fois. Sec, qui résonna en écho pendant quelques secondes. Le tir avait été ajusté au millimètre et le lieutenant-colonel s'effondra, dans un râle. Le lieutenant comprit immédiatement, et il écrasa le commutateur de sa radio.
« Tireur embusqué ! Tireur embusqué ! Autorité au sol ! Demande évacuation sanitaire immédiate ! Tireur embusqué à l'est ! Trois heures »
De l'intérieur du VBL, il n'était pas facile d'estimer la direction exacte du tir. Mais le lieutenant avait vu le lieutenant-colonel s'effondrer en arrière. Le tireur était bien à l'est de leur position. Immédiatement, dans les véhicules blindés, les tourelles de 12,7 et de 25mm pivotèrent et, à travers les caméras électro-optiques, les tireurs se mirent à

scruter le désert, à la recherche de tout ce qui pourrait trahir la présence d'un terroriste. Une silhouette. Un reflet.

« Couvrez-moi, je vais descendre pour voir le colonel », demanda le lieutenant. Quelques secondes plus tard, des bruits de fermeture éclair géante résonnèrent. Au loin, les balles de 12,7mm labourèrent le désert, projetant dans les airs des éclats de roche et de poussière. Le lieutenant ouvrit la porte de son VBL et sauta à terre. Il se pencha sur l'officier. La balle l'avait atteint en pleine poitrine, juste sous son gilet pare-éclats en kevlar. Le lieutenant-colonel avait perdu connaissance. Il chercha un poult et en trouva un, faible.

« Bon sang ! Autorité à terre ! Assistance médicale critique ! »

L'infirmier se trouvait dans le VAB, au milieu du convoi. Il sauta à terre à son tour et courut vers le VBL. Autour de lui, les véhicules blindés s'étaient repositionnés afin de couvrir une bulle de 360 degrés et de pouvoir surveiller les environs. De courtes rafales de 12,7mm giclaient des armes télé-opérées. L'infirmier arriva au niveau du lieutenant-colonel. Il étala immédiatement son matériel.

« La blessure est propre. Il y a un orifice de sortie. Mais je pense qu'il a une hémorragie interne. Poumon collapsé. On doit l'évacuer le plus vite possible. Il faut demander une... »

Mais un autre tir le frappa en plein front et l'infirmier tomba en arrière.

« Bordel ! Homme à terre. Il y a un second tireur embusqué ! »

*   *   *

170

« *Busard* leader, il y a du grabuge au nord-est de Gossi. Un convoi pour Gao est tombé dans une embuscade. IED et snipers. Il y a des pertes. Une évacuation sanitaire est en route mais les unités craignent la présence de SAM[23]. »

Le pilote du premier Mirage 2000D cliqua sur le commutateur de sa radio. « Ici *Busard* leader, bien reçu. Nous sommes à H-6 minutes en supersonique. Mais nous aurons besoin d'une citerne sur place. »

Il hésita à indiquer sur la radio que les SAM et son avion ne feraient pas nécessairement bon ménage non plus, mais il préféra s'abstenir. L'humour décalé, lorsque des camarades étaient sous le feu, n'était pas toujours opportun. Et de toute façon, il disposait de sa collection de leurres infrarouges avec son dispositif SPIRALE conçu par MBDA. Pas à la pointe de la technologie, mais face à des versions primitives des SA-7 *Strela*, c'était mieux que rien.

« Bien reçu. Nous voyons avec le ravitailleur le plus proche. Sans doute Yankee. »

Immédiatement, le pilote tira le manche à balai et poussa la manette des gaz de son turboréacteur SNECMA. Il survolait avec son ailier le sud du Niger. Gao se trouvait à 300 kilomètres à vol d'oiseau. En vol supersonique, il ne leur faudrait que quelques minutes pour traverser ces vastes étendues désertiques. Mais la postcombustion avait un inconvénient majeur : elle multipliait par quatre la consommation de kérosène. À vitesse réduite, le moteur M53 avalait 17 kilos de carburant par minute. À sa vitesse de Mach 1,3, il fallait compter 70 kilos ! Les 6 minutes de vol engloutiraient près d'une demi-tonne de kérosène sur les six que les -2000D emportaient au décollage, entre les réservoirs internes et les deux énormes bidons additionnels qui étaient accrochés sur leurs ailes delta. Mais alors que des combats se déroulaient à Gossi, il n'y avait aucune raison de se rationner.

« *Busard* leader, nous procédons à une passe *dry*, vol bas et rapide », souffla le pilote dans le micro de son casque, la respiration accélérée par le stress du combat. Au sol, il pouvait voir distinctement le convoi à l'arrêt. L'un des VBCI avait tenté de progresser dans la direction des tireurs, mais ses roues s'étaient visiblement embourbées dans le sol meuble. Avec plus de vingt tonnes sur la balance, cela se comprenait. On faisait plus léger et plus mobile que le VBCI. Le pilote du premier Mirage ne pouvait naturellement pas entendre le son des détonations, mais il voyait les flammes sortir des canons et mitrailleuses et des volutes de poussières et des nuages de roches désintégrées s'élever dans les airs là où balles et obus touchaient le sol. Les tirs français étaient précis. Et visiblement efficaces pour repousser les assaillants.

« *Busard* leader, je vois du mouvement à l'est de votre position. Environ deux klicks. Deux tangos qui rampent au sol. Je vois également un attroupement à quelques centaines de mètres de ces deux tangos. Deux ou trois autres tangos autour d'un véhicule dissimulé dans un renfoncement. »
Le pilote lâcha quelques leurres infrarouges alors qu'il passait au-dessus des tangos. Depuis le siège arrière, le NOSA[24] s'était penché aussi bien qu'il avait pu pour voir ce qu'il en était.
« Je confirme, j'ai quatre ou cinq tangos au total. Un véhicule. Des armes. Nous pouvons tirer. »

Deux kilomètres, sur terrain plat, c'était loin. Même pour le canon Giat M811 de 25mm qui était monté sur le VBCI. L'équipage des Mirage ne tarda pas à recevoir l'autorisation de lâcher la sauce. Immédiatement, le copilote prépara un tir. Sous ses ailes, se trouvaient deux bombes GBU-12 à guidage laser et un pods de désignation d'objectif *Damoclès* qu'il partageait avec son ailier. Le choix de la munition fut donc vite fait. En un temps record, le copilote de *Busard* leader alluma la cible et, coup sur coup, deux bombes GBU-12 furent tirées. Une pour chaque Mirage 2000, pour plus de redondance. Les bombes déployèrent leurs ailettes et entamèrent leur vol – essentiellement parabolique, même si le dispositif de guidage s'employa à écraser la trajectoire vers la cible. Les deux munitions frappèrent à trois secondes d'intervalle, pulvérisant le véhicule et les djihadistes qui se trouvaient autour.

« Ici *Busard* leader, cible traitée. Nous voyons de l'activité à moto un peu plus au nord. Des tangos qui s'éloignent de la zone. Deux fois deux *pax*[25]. »

« Bien reçu, *Busard*. Avez-vous la capacité de les frapper ? »

Le pilote serra le poing sur le manche à balai de son chasseur bombardier. Sur l'écran droit de son cockpit, une mauvaise nouvelle venait de tomber. « Mon désignateur *Damoclès* a lâché. Je peux essayer de lâcher une *Paveway*[26] au jugé mais contre une moto sur terrain plat, ce serait sans doute gâcher une munition. Et je n'ai pas d'emport canon. »

« Bien reçu *Busard*. L'évacuation sanitaire est en chemin. Un KC-135 Yankee vous attend au plot 23. »

Le pilote soupira. Sa jauge de carburant était dangereusement basse et il avait hâte de désaltérer sa monture, à raison de 500 kilos de kérosène par minute à la station-service volante.

Sud du Niger, 5 novembre

« Ce n'était qu'une question de temps », soupira Julius. « Cette stratégie associant IED plus snipers est utilisée depuis plus de vingt ans par les Talibans en Afghanistan. Les djihadistes au Sahel allaient bien y venir. »

Delwasse inclina la tête, la mine grave. « Je sais, mon ami. Mais on avait fini par s'habituer à la nullité tactique des katibas dans la région. Et jusqu'à présent, elles ne disposaient pas de fusils de précision ! On a retrouvé deux Dragunov dans les décombres. Avec des optiques russes modernes. Et les tireurs savaient ce qu'ils faisaient. D'après les gars avec qui j'ai pu parler, il y avait un vent latéral au moment de l'attaque ? Près de vingt kilomètres par heure. Les tireurs ont touché du premier coup. Ce n'est pas à toi que je vais apprendre que cela nécessite quelques talents. Au moins de savoir compter ! »

Julius acquiesça. Il était, comme ses hommes, un tireur émérite. Les commandos marine et les opérateurs du 1er RPMIA tiraient, chaque année, des *millions* de cartouches de calibres divers à l'entrainement ! Mais même lui avait l'humilité de reconnaître que Tireur Haute Précision était un métier à part entière. Chaque compagnie SAS en comptait une petite dizaine. Et la proportion était la même parmi les commandos marine. La spécialité était exigeante.

« Qui étaient les tireurs ? Des étrangers ou des locaux ? », demanda Julius.

« Difficile à dire avec certitude. Les cinq lascars qui ont été neutralisés par l'armée de l'air n'étaient pas jolis à voir. Enfin, d'après ce qui restait des corps, il y avait deux étrangers et trois locaux. Après, cela va être dur de définir qui étaient les tireurs de précision… Mais ces équipes mixtes sont préoccupantes. Cela me fait penser à des unités de formateurs disséminées au sein des katibas. »

« C'est bien ce que le prisonnier a dit à la DGSE à Ouagadougou », répondit Julius. « Cela se confirme donc. Est-ce qu'on a trouvé trace de missiles sur place ? »

Delwasse secoua la tête. « Non. Aucun. Il n'y en avait pas dans la Toyota qui a été détruite. Mais Ndjamena n'a pas voulu prendre de risques. Deux sticks avaient été mis en alerte à Ouaga pour assurer le soutien aérien mais ils n'ont pas décollé. Les huiles ont préféré passer la zone à la sulfateuse avant de risquer des voilures tournantes. »

« Avec des blessés graves à évacuer, ce n'est pas une décision qu'ils ont dû prendre à la légère », lâcha Julius. « J'y serais allé moi-même si j'avais pu décider. Mais dans de telles situations, tu ne mets pas juste ta vie en danger, mais celle de tes hommes et des équipages des hélicoptères. »

« Deux morts dans le convoi quand même », grinça Delwasse, visiblement amer. « Dont un qui aurait sans doute pu être sauvé si l'évacuation sanitaire s'était pointée plus vite. »

« C'est bien ce que cherchent à accomplir les djihadistes, mon ami. Ralentir nos mouvements. Frapper à distance. En gros, réduire notre capacité d'action et de mouvement. »

« Ils ont vu que la stratégie fonctionnait. Ils l'ont vu en Afghanistan et en Irak, où je te rappelle que seules les forces spéciales sortaient encore au pic de la crise. Les unités conventionnelles restaient cloitrées dans leurs bases. Et c'est ce que font encore les Américains en Irak. »

« C'est ce que nous aurions fait à la place des terroristes. Et depuis longtemps. Associer des IED pour immobiliser des convois, des snipers pour créer la confusion, et des SAM pour neutraliser les actifs aériens et les évacuations sanitaires rapides. »

« Certes », répliqua Delwasse. « Mais je te rappelle que nous sommes les gentils ! »

Malgré la pesanteur du moment, la réplique du SAS parut si ingénue à Julius que ce dernier éclata de rire. « Oui, les gentils ! C'est bien dit. »

Mais le commando marine reprit rapidement son sérieux. « J'ai entendu dire que nos deux taxis attitrés étaient maintenus à terre. Le *Puma* a pris cher et le *Caïman* a reçu un peu de plomb aussi lors de notre dernière cascade. Mais d'après Ouaga, les Brits nous envoient deux *Chinook* pour compenser. Et d'après le colonel, les Yankees ont déployé des unités du JSOC à Dirkou. Delta et *Orange*. Avec des *Osprey* pour les convoyer. Nous avons une conférence téléphonique a 0300 pour définir les règles d'interactions avec eux. »

« Oui, s'ils pouvaient aussi nous filer un coup de main plus au sud, ce ne serait pas de refus », répliqua Delwasse. Il avait déjà travaillé avec les unités clandestines du JSOC et il avait pu mesurer leur professionnalisme, leur engagement…et la qualité de leur matériel… Mais le matériel ne faisait pas tout. La qualité d'un guerrier se prouvait sur le terrain.

« On va voir », soupira Julius. « L'idée est de rendre la frontière entre la Libye et le Niger aussi étanche que possible, afin de bloquer, ou à défaut de suivre, les trafics et la contrebande d'armes et de djihadistes. »

« Oui, très bonne idée », approuva Delwasse.

« D'après ce que je comprends, Barkhane devra soutenir l'armée tchadienne en complément de l'aide américaine. La frontière entre la Libye et le Tchad est une passoire également, et il n'est pas exclu que les terroristes tentent de passer par là, pour revenir au Niger par l'est ou via le Nigéria. »

Delwasse acquiesça. En fait, c'était toute la région qui se trouvait à feu et à sang, depuis la Méditerranée jusqu'à Lagos, sur la côte atlantique. Les terroristes se fichaient totalement des frontières et, plus inquiétant, les différents groupes djihadistes avaient entrepris de coopérer. Jusqu'à présent, entre Boko Haram et Macina, il n'y avait eu que des échanges plus ou moins courtois. Mais si un nouveau dirigeant de l'EI venait à unifier ne serait-ce qu'une partie de ces katibas, les conséquences pourraient en être désastreuses. Les armées locales manquaient de moyens et de professionnalisme. Elles seraient submergées par les attaques et plieraient sous les coups. Ce qui alourdirait encore la tâche des Français, qui demeuraient bien seuls à Sahel...

Le capitaine du 1ᵉʳ RPIMA regarda autour de lui. Ses hommes et les commandos marine de Julius étaient concentrés. Lorsqu'ils avaient un peu de répit, ils prenaient du repos, bien sûr, mais ils veillaient également à ne pas rouiller. Les caisses de munitions s'entassaient à l'ombre et les militaires piochaient dedans avec avidité pour vider quelques chargeurs et s'assurer que les armes étaient parfaitement réglées et les viseurs parfaitement alignés. Ils savaient qu'ils étaient privilégiés. Dans les unités traditionnelles, les entrainements à balles réelles étaient rationnés. Les forces spéciales disposaient de ressources quasi illimitées... au moins selon les standards français. Un peu plus loin, des opérateurs s'occupaient également des VPS et des VLRA (Véhicules Légers de Reconnaissance et d'Appui). Chaque véhicule avait été reconditionné et revu par les équipes. Les plateformes arrière modifiées et élargies à coup de chalumeau, afin d'accueillir plus de carburant notamment. Les armes étaient méticuleusement démontées, nettoyées, et remontées. *Ad nauseam*. La poussière revenait sans cesse. Mitrailleuses de 12,7mm, lance-grenades de 40mm, mitrailleuses latérales de 7,62mm. Et chaque stick ou patrouille commando disposait également d'un mortier de 81mm et de deux postes *Javelin* ou MMP[27]. Les tirs de missiles étaient rares, au Sahel, car les djihadistes n'y employaient pas les mêmes « *Technicals[28]* » au blindage artisanal que l'on trouvait au Levant et en Libye. Mais lorsque des terroristes se dissimulaient dans des flancs rocheux, très courants au Sahel, les *Javelin* pouvaient mettre les rieurs du bon côté. Les *Javelin* pouvaient toucher à plus de deux kilomètres, et les nouveaux MMP à près de quatre.

Bamako, Mali, 6 novembre

Il n'y avait pas qu'au Niger que l'on trouvait des opérateurs clandestins français. Les deux hommes qui se déplaçait dans les rues bondées de Bamako étaient également des militaires. Mais ils n'appartenaient pas aux forces spéciales – pour l'un d'entre eux, il n'y appartenait *plus*, en fait. Les deux hommes étaient des espions. Du Service Action de la DGSE, pour être plus précis.

La ville était étonnamment différente de l'image d'Épinal qu'on pouvait s'en faire. Très verte, elle se trouvait dans une plaine, dominée par une colline arborée et traversée par les eaux capricieuses du fleuve Niger. Quelques immeubles perçaient l'horizon des constructions, par ailleurs très bas. Parmi eux, il y avait essentiellement des hôtels fréquentés par les expatriés, comme le Sheraton et le Radisson Blu. Mais il fallait aussi compter avec les édifices religieux et culturels qui, à des époques différentes, avaient connu leur heure de gloire : la tour de l'archidiocèse et la tour d'Afrique, notamment. Et il y avait les mosquées, naturellement. L'homme que les deux espions avaient entrepris de suivre sortait de l'une d'elle, au sud de la ville. Cela ne s'inventait pas. Ailleurs, dans le monde, les terroristes islamistes évitaient les mosquées comme la peste. Pas parce qu'ils auraient renié leur religion, bien sûr. Mais parce que cela faisait des années que les services de renseignement et de contre-terrorisme les surveillaient avec attention. Il n'y avait rien de mieux pour se faire repérer que de se donner rendez-vous avec des complices à l'ombre d'un minaret. Au Sahel, d'une certaine façon, les djihadistes avaient toujours un train de retard. Et c'était heureux. Mais la nullité tactique de l'homme ne rendait pas la filature plus aisée. Et cela se comprenait aussi. Les deux agents de la DGSE avaient tenté tant bien que mal de dissimuler leurs traits. Mais au Mali, il leur restait une caractéristique qui les empêchait de se fondre totalement dans la foule : leur couleur de peau. Pour compenser, ils avaient décidé de piocher dans leur arsenal de techniques de dissimulation. Leur « *tradecraft* », comme disaient les Américains.

L'homme marchait d'un bon pas, visiblement peu intéressé par son environnement. C'était plutôt une bonne nouvelle pour les espions. Mais ils décidèrent de ne pas s'endormir sur leurs lauriers et de maintenir un haut niveau de vigilance. Le djihadiste était l'un des représentants du mouvement touareg et il n'était ni en ballade dans la capitale malienne, ni là par hasard. Malgré les dénégations du gouvernement, les Touaregs avaient engagé des négociations officieuses avec des représentants de Bamako. Et ces discussions intégraient certains groupes djihadistes actifs dans le nord du pays. Pour Paris, de telles négociations étaient inopportunes, pour ne pas dire tout simplement inacceptables, alors que des soldats français continuaient à subir des attaques au Mali – et parfois, comme tragiquement la veille encore, à mourir au combat. Le président malien avait promis qu'il n'était nullement question de discuter avec les terroristes... mais il avait naturellement poursuivi l'initiative, croyant naïvement berner Paris.

« Mamadou prend à gauche, vers la mosquée Sougou Fitini », lâcha Victor dans le micro qui était dissimulé sous sa chemise.

À une trentaine de mètres à l'ouest de sa position, Charles cliqua deux fois sur le commutateur pour indiquer à son binôme qu'il avait bien reçu le message. Les deux hommes voyageaient léger. Une radio, un peu de liquide – toujours utile dans une capitale africaine, et un Glock 17 dissimulé dans le creux des reins. La ville restait sûre pour les Occidentaux et jamais ils n'avaient eu, ni à sortir leur arme, ni à griller leur couverture. Mais aucun n'était naïf et, à la DGSE comme ailleurs, il valait souvent mieux prévenir que guérir.

« J'avance jusqu'au Lycée Lafia. Dis-moi s'il change de chemin. »

« Bien reçu. »

De loin en loin, des vendeurs ambulants haranguaient la foule, tentant de vendre quelques légumes, quelques fruits ou galettes sèches. Des attroupements se formaient autour. Il fallait bien nourrir une population de près de deux millions et demi d'habitants. Victor regarda Mamadou – qui était son véritable prénom d'ailleurs – slalomer entre les marchands. Où allait-il ? Mais le suspense ne dura pas longtemps. À une trentaine de mètres, l'agent de la DGSE vit le djihadiste tourner à droite et s'asseoir à la table d'un bar. Il cliqua sur sa radio.

« Mamadou s'arrête. Il est attablé à un bar. Seul pour le moment... Attends... Quelqu'un vient de le rejoindre. Je vais essayer de prendre quelques bons clichés. »

« Tu veux que je te rejoigne ? », lui demanda Charles.

« Affirmatif. Je t'attends. »

Une heure plus tard, Mamadou avait rejoint son hôtel et la paire d'espions leur *Safe House*. Ils n'avaient pas réellement eu besoin de suivre l'individu qui avait pris un verre avec

Mamadou. Ils le connaissaient bien. L'homme était l'un des agents du ministère de l'intérieur malien en charge des sales besognes, et des missions clandestines – enfin, des missions que le gouvernement de Bamako *croyait* clandestines. Victor avait pris quelques photos, discrètement, histoire de disposer d'un peu de levier concret, au cas où. Mais contrairement aux agents de la CIA, ils ne disposaient pas des gadgets à quelques dizaines de milliers de dollars qui permettaient d'écouter une conversation à distance, en balayant l'air grâce à des rayons lasers. La France faisait plus sobre, et plus modeste, dans ses opérations clandestines. Mais avaient-ils vraiment besoin de ça pour savoir ce que l'envoyé du gouvernement et Mamadou s'étaient dit. Bamako tentait visiblement de saisir la perche tendue par les djihadistes et de négocier un accord politique. C'était clair comme de l'eau de roche. Et pour le gouvernement malien d'autant plus important qu'il sentait que la situation sécuritaire était en train de lui échapper. Les attaques des katibas, au nord du pays, devenaient presque quotidiennes. Mais ce n'était pas tout. Plusieurs attaques de villages peuls par des individus masqués avaient été enregistrées. Et, comme souvent au Mali, les regards outrés s'étaient immédiatement tournés vers les Dogons et les gardiens de la brousse Kogleweogo. C'était presque comique. Lorsqu'un village dogon ou songhaï était massacré, les médias locaux n'en parlaient pas. Ils préféraient tourner les yeux ailleurs. Mais lorsqu'un village peul subissait tragiquement le même sort, l'émotion à Bamako était considérable. Ce n'était naturellement pas par empathie particulière envers les Peuls. Mais parce que certains relais médiatiques sortaient les tambours et trompettes. Et, souvent, curieusement, les mêmes en rajoutaient une couche au sentiment anti-Français qui, de temps en temps, ressortait par bouffée dans le sud du pays. Victor et Charles n'étaient dupes de rien, et ils savaient parfaitement que ce sentiment anti-Français n'était ni spontané, ni totalement justifié, lorsqu'on savait l'engagement et le sacrifice des forces de Barkhane pour assurer la protection du pays. Mais certains – locaux ou étrangers – avaient des intérêts clairs au Mali. Et ces intérêts ne rejoignaient que rarement celui du pays et de ses habitants, cela allait sans dire. Et pas ceux de Paris, bien évidemment.

« Tu sais quoi », lâcha Victor, après qu'il ait tapé et expédié son rapport à la « boîte », « j'ai hâte qu'on nous donne carte blanche pour nous occuper de Mamadou. Je connais un coin, au sud de la ville, quand tu suis le fleuve Niger, où personne ne passe jamais. C'est le genre d'endroit où tu peux avoir une bonne conversation avec quelqu'un. »
Charles esquissa un sourire. « Le genre de conversation que tu as avec quelqu'un qui ne veut pas nécessairement parler ? »
« Précisément », admit Victor. L'espion était un ancien du 13ème Régiment de Dragons Parachutistes. Il n'avait pas pris goût à la violence physique lors d'engagements militaires. Son unité était essentiellement une unité de renseignement, au sein des Forces Spéciales. Mais il saurait faire des exceptions. Charles aurait moins de scrupules encore. Il était né Boris, avec un passeport polonais, jusqu'à ce qu'il soit naturalisé pour prix du sang versé, après une quinzaine d'années à crapahuter sur tous les terrains les plus durs au sein du 2ème REP. Pour l'ancien légionnaire, un coin tranquille et une pince étaient tout ce dont il avait besoin pour délier les langues les plus récalcitrantes. Mais, connaissant un peu Mamadou, il se dit que la pince serait peut-être superflue.

Banlieue de Chicago, 6 novembre

« Comment ça va, George ? »
Le sexagénaire descendit la vitre de sa voiture et saisit la main que lui tendait le gardien, à l'entrée de l'usine.
« Parfait ! Quoi de neuf pour vous ? »
Le gardien haussa les épaules. « Le froid s'installe… et les *Bulls* ont perdu hier », lâcha-t-il, visiblement abattu. De sa petite guérite, George pouvait entendre le son haché d'une radio sportive où on refaisait et commentait les matchs de NBA.
George lui tapa sur la main. « Courage ! »

Puis il remit sa voiture en route, alors que la barrière se relevait. Cela faisait presque dix ans que George travaillait avec la direction de l'usine sur leur plan de prévention des sinistres. Avec le temps, il était devenu un intime et il connaissait tout le monde. La pluie s'était remise à tomber et les essuie-glaces capricieux de sa vieille Ford crissaient en évacuant l'eau qui s'agglutinait. George se gara et resta quelques instants, moteur éteint, à observer l'eau tomber. La pluie n'était pas une bonne chose. Mais il s'était assuré que l'averse cesserait en milieu de journée en regardant la météo, avant de partir. Ce genre de petit détail avait son importance et, lorsqu'on était un professionnel, on ne laissait rien de côté. Une bonne préparation était la principale recette d'une opération réussie. Y compris lorsque l'opération consistait à détruire, et à ôter des vies. Que ressentait-il, à cet instant, à voir la pluie dégouliner sur son pare-brise ? Il n'en savait rien lui-même. Il vivait en apesanteur, comme si une partie de son esprit s'était rendue autonome du reste, et de son corps. Les bras, les jambes, les mains, la bouche répondaient à des ordres. Vassili avait repris la place que George lui avait laissée.

183

Au bout d'une poignée de minutes, George se décida à attraper le sac qu'il avait posé sur le siège passager et il sortit. L'usine était immense et ne dormait jamais. Dans les immenses citernes, se trouvaient des millions de litres de chlore, d'ammoniac, de benzène et d'autres produits nécessaires à la fabrication de détergents, bien séparés les uns des autres. Au fil des années, il avait vu les changements. Toujours moins de personnel. Un dispositif toujours plus automatisé. Il avait vu les caméras de surveillance apparaître de loin en loin. L'usine avait été construite à l'après-guerre et, jusqu'au début des années 80, des milliers d'ouvriers et de techniciens y travaillaient. Ces ouvriers avaient largement disparu, remplacés par des machines et des ordinateurs. Désormais, tout se pilotait depuis un centre de contrôle que l'on aurait pu confondre avec une salle de la NASA. Des murs recouverts d'écrans où s'affichaient les données de production, pression, température, pH... tant et tant de paramètres que même les ingénieurs et spécialistes en attrapaient la migraine. Chacun de ces paramètres était calibré et ne pouvait évoluer, de façon nominale, que sur une plage ridiculement étroite. En dessous et au-delà, un signal d'alerte retentissait. Le plus souvent, l'opérateur pouvait réaliser quelques changements depuis la salle de contrôle. Parfois, une équipe volante de techniciens se rendait sur les lieux.

George avait ses habitudes. Il connaissait tous les recoins de l'usine. Il avait, au fil des ans, inspecté chaque tuyau, chaque réservoir, chaque transformateur. Pas par fétichisme mais parce que les assureurs qui couvraient les risques industriels lui avaient demandé de cartographier chaque point critique, et de négocier avec les exploitants les mesures appropriées de réduction du risque. Parfois, il suffisait d'une soudure renforcée. Dans d'autres cas, une enceinte de confinement, ou des extincteurs automatiques, des vannes de purge ou autre. Certains produits chimiques réagissaient très mal en contact avec l'eau, se consumaient dans l'air, ou se dissipaient immédiatement à l'air libre, tant ils étaient volatiles. Dans chaque cas, le traitement était différent. On n'éteignait pas un feu chimique ou un feu électrique avec un jet d'eau.

Dans sa tête, George avait fait dix fois le parcours qu'il entreprit à cet instant. Il avait revu dix fois les emplacements exacts des charges explosives. Contrairement aux idées fausses, il n'y avait pas besoin d'un arsenal pour réaliser des dégâts considérables à une telle installation. Il suffisait de bien la connaître et de placer les charges avec précision. Il mit une trentaine de minutes à poser tous les explosifs et à régler les détonateurs. Puis il retourna sur ses pas. Son emploi du temps était chargé. Il n'avait pas vraiment le temps de prendre racines.

Maison Blanche, Washington, 6 novembre

C'est un président maugréant qui arriva, d'un pas lent, dans la *Situation Room*. Son directeur de cabinet l'avait trouvé dans la petite salle qui jouxtait le Bureau Ovale, où il prenait souvent son déjeuner en regardant ses émissions télévisées favorites. Entre les deux, une petite cuisine étroite servait essentiellement à réchauffer les plats qui étaient servis par un steward du corps des Marines.

« Alors, qu'est-ce qu'on a encore ? », lâcha-t-il, visiblement d'humeur exécrable, en se laissant tomber dans le fauteuil en cuir à haut dossier qui dominait la table de réunion de la salle de crise.
Sur les écrans géants qui lui faisaient face, le directeur adjoint de la FEMA apparaissait depuis son bureau, sur C Street, qui se trouvait à moins d'un kilomètre à vol d'oiseau de la Maison Blanche.

« Monsieur le président, un accident industriel s'est produit il y a moins de quarante minutes dans la grande banlieue de Chicago. Un incendie d'envergure est actuellement en cours dans une usine chimique. »

Le président fronça les sourcils. « Une usine chimique ? Qui fabrique quoi ? Quel est le problème ? »

« Des produits ménagers et des réactifs industriels. Relativement toxiques. J'ai reçu des informations préoccupantes du personnel sur place. D'après des images que j'ai pu voir, une épaisse fumée noire s'échappe du site. Il y aurait plusieurs foyers. Et un bilan lourd à l'intérieur de l'usine. »

Le président haussa les épaules. « C'est malheureux. Qu'est-ce que nous pouvons faire ? Est-ce le gouverneur appelle à l'aide ? »

Le directeur adjoint de la FEMA[29] secoua la tête. « Pas à ma connaissance. Les services de secours et des renforts de pompiers en provenance de l'État se sont rendus sur place pour prêter main forte aux équipes de l'usine. Elle était enregistrée comme dangereuse et disposait donc de ressources attitrées. »

« Je répète ma question alors ? », soupira le président. « Que puis-je faire ? Si le gouverneur m'appelle et me demande mon aide, je verrai ce que je peux faire. Mais là, à part prier pour le prompt rétablissement des blessés, je ne vois pas. »

Autour de la table, quelques représentants du NSC avaient pris place. Les mieux informés connaissaient le mépris réciproque que le président et le gouverneur de l'Illinois se vouaient. L'Illinois était un Etat démocrate et l'un des rares qui lui avaient échappé lors des dernières élection présidentielles – par une marge de 17 points !

Le responsable de la FEMA paraissait ennuyé. Il était un fonctionnaire et avait été nommé deux ans plus tôt par le *Homeland Secretary*. Mais son poste était essentiellement technique, et jusqu'à présent, son emploi du temps essentiellement consacré à tenter de sauvegarder le budget de son organisation, que le président avait dans le nez depuis longtemps. La FEMA était l'agence fédérale en charge de coordonner les opérations lors des crises et situations d'urgence. Elle devait faire avec les gouverneurs des différents États, qui disposaient de l'autorité pour gérer les crises locales. Et fort heureusement, en général, les choses en restaient là. Mais lors des crises majeures – 11 septembre, ouragan Katrina – l'État fédéral était appelé à la rescousse et la FEMA devait coordonner les opérations. Pour cela, et avant les derniers coups de rabot qui étaient en discussion au Congrès, l'agence pouvait compter sur un budget de 18 milliards de dollars. Ce qui était bien sûr beaucoup trop pour le président.

« Les opérations semblent compliquées par les forts vents qui balaient la zone. Les fumées toxiques sont poussées vers le nord, c'est-à-dire vers la banlieue de Chicago. Les responsables locaux à qui j'ai pu parler semblaient particulièrement inquiets. »

« J'entends bien », répondit le président, de plus en plus agacé. « Mais je ne vais pas prendre *Air Force One* pour aller éteindre l'incendie moi-même. Je sais bien que c'est ce que les Démocrates aimeraient que je fasse. Le matin, ils me conspuent et veulent me mettre en accusation pour des motifs pathétiques ; et l'après-midi, sans vergogne, ils m'appellent à l'aide. Tout cela n'est pas très sérieux. »

Le directeur adjoint de la FEMA allait répondre lorsqu'il fut interrompu par l'un de ses collaborateurs. Les deux hommes parlèrent pendant quelques instants.

Depuis la *Situation Room*, le président ne pouvait plus cacher son exaspération. « N'hésitez pas à me dire si je dérange », grinça-t-il en direction de la webcam qui le filmait. Il allait d'ailleurs en remettre une couche lorsque le directeur adjoint de la FEMA reprit la ligne. Mais celui-ci, le visage livide, ne lui laissa pas le temps de décocher une nouvelle remarque acerbe.

« Monsieur le président, je suis désolé. Je viens d'apprendre qu'une deuxième usine chimique est en feu dans la région de Chicago. De multiples explosions ont été entendues. »

Autour de la table, les visages avaient immédiatement changé de couleur, et même le président venait de comprendre. Mais le directeur adjoint de la FEMA enfonça le clou, de façon presque inutile. « Je crains que nous n'ayons pas affaire à des accidents, monsieur le président. Mais à des attentats. »

Naval Air Station Oceana, Virginie, 6 novembre

L'air était doux. Un vent d'altitude soufflant de l'océan avait balayé la couverture nuageuse. Ne restaient que les bleus de la mer et du ciel, qui se mélangeaient désormais à l'horizon, dans un flou vaporeux. L'eau était fraiche mais quelques surfeurs amateurs en combinaison tentaient de prendre plus ou moins habilement les quelques rouleaux qui s'écrasaient sur la plage de sable fin. On trouvait mieux, comme spot de surf. On était loin des vagues gigantesques que l'on trouvait à Hawaï, ou sur la côte ouest. Mais personne ne se plaignait. Ni Tim Blair, ni Marylin Gin ne pratiquait le surf. Mais les deux amants s'arrêtèrent quelques instants sur un banc pour admirer la technique des plus aventureux, dans l'eau. Les chorégraphies valaient le déplacement, à elles-seules.

« Ça ne t'a jamais tenté ? », demanda Marylin en inclinant la tête vers les surfeurs, qui battaient des bras dans l'eau.

Tim haussa les épaules. « Tu sais mon cœur, je n'ai pas que des bons souvenirs dans l'eau par ici. Durant ma session BUD/S[30], j'ai cru que j'allais y rester. D'après les instructeurs, il n'avait pas fait aussi froid depuis des lustres. »

« Mon pauvre choux », rit la jeune femme. « Un gros dur comme toi, qui a peur de l'eau ! »

« Ne va pas si vite en besogne, mon cœur. Ne pas trouver de volupté à patauger dans l'eau glacée ne veut pas dire avoir *peur* de l'eau. »

Marylin lui tapa sur l'épaule. « Je te taquine. Tu deviens susceptible en vieillissant ! »

« Bein voyons ! Combien de fois devrais-je te dire que, comme tous les hommes, je ne vieillis pas. Je *mûris*. Vous, les femmes, vous vieillissez ! Il y a une différence majeure entre les deux concepts. »

Marylin éclata de rire, bonne joueuse. « Quel macho ! Et dire que je suis tombée amoureuse d'un goujat pareil », lâcha-t-elle, sans s'arrêter de rire.

Tim posa une bise sur sa joue, mais se redressa en fouillant dans la poche de son pantalon.

« Qu'est-ce qu'il y a ? », demanda Marylin.

« Mon téléphone, cœur », dit Tim et sortant l'appareil de sa poche. « Je suis d'alerte Trident et… on me demande de revenir en urgence à Dam Neck ! »

Tim sauta dans sa voiture, après avoir posé un ultime baiser sur les lèvres de sa compagne. Puis il prit le chemin de la base du DEVGRU, qui occupait un coin tranquille de la NAS Oceana. Une dizaine de minutes après avoir reçu l'alerte, Tim passait une tête au premier étage du bâtiment principal de l'unité que tout le monde continuait à appeler Navy Seals Team 6.

« Qu'est-ce qui se passe ? », demanda-t-il au Master Chief des *Indians*, surnom du squadron Red.

« Nous avons été mis en alerte renforcée », lui répondit le Master Chief. « Une équipe prend un avion pour l'Illinois. Il y a du grabuge autour de Chicago. Attentats dans des usines chimiques. »

« Usines chimiques ? », répéta Tim, sentant un frisson remonter le long de sa colonne vertébrale. « Quel est le bilan ? »

Le Master Chief secoua mollement la tête. « Les premiers retours ne sont pas bons. Plusieurs victimes dans les usines déjà. Les vents dominants poussent les fumées toxiques vers la banlieue sud de Chicago. Le gouverneur de l'Illinois s'apprête à déclarer l'état d'urgence et à évacuer certaines zones. »

« Qu'est ce qui nous dit que c'est un attentat ? », demanda naïvement Tim.

« Multiples explosions, dans deux usines différentes. Et d'après les premiers retours, les explosions se sont déroulées à des endroits critiques, sur des circuits primaires et des citernes de produits toxiques. On a même reçu une indication, non confirmée pour le moment, selon laquelle on aurait retrouvé une charge non détonée. L'équipe locale du HRT[31] s'est rendue sur place avec des artificiers. Nous en saurons plus très bientôt. »

« Si l'action se passe là-bas, pourquoi est-ce que nous ne partons pas tous ? Pourquoi faire uniquement partir une troop et pas tout le squadron ? »

Le Master Chief haussa les épaules. « Décision du boss. L'équipe alpha doit être dans un C-130 au moment où je te parle. Avec le reste des *Indians*, nous sommes maintenus en alerte à Dam Neck le temps qu'on en sache plus. »

« Les huiles craignent d'autres attentats ? Ailleurs ? »

Le Master Chief soupira. « Tu en sais autant que moi, Tim. Tout ce que je peux te dire, c'est que toutes les unités d'alerte sont sur le pont. Le squadron Aztec[32] de la Delta attend à Fort Bragg, tout comme nous. »

Plus loin, après la salle de repos du squadron, des opérateurs préparaient leur matériel dans leurs petits vestiaires. Chaque commando disposait d'une minuscule pièce grillagée, où il entreposait son équipement, trié dans plusieurs sacs. Chaque mission nécessitait un matériel particulier, suivant l'environnement dans lequel elle devrait s'accomplir : un sac contenait le matériel de parachutisme – y compris de chute sous oxygène, qui était l'une des spécialités de l'unité, un autre le matériel de plongée, et ainsi de suite. Les membres du DEVGRU étaient chanceux. Avec leur budget quasi-illimité, ils pouvaient mettre la main sur tout ce dont ils avaient besoin, dans la quantité qu'ils estimaient nécessaire. Et à l'armurerie de l'unité, chaque arme était préparée avec soin. Fusil d'assaut, armes de poing, armes de précision. Chaque opérateur pouvait faire personnaliser crosse, pression sur la détente, et bien sûr le type d'accessoire qu'il estimait utile de voir vissé sur le canon : réducteur de son, laser, optiques grossissantes, viseur holographique, lampe, poignée de maintien... Il y en avait pour tous les goûts. Et pour accomplir les missions les plus périlleuses, ces détails n'étaient pas des caprices. Mais parfois ce qui allait faire la différence entre une mission réussie, et un opérateur qui rejoindrait Dam Neck dans une boîte plombée.

Pentagone, Washington, 6 novembre

Le SecDef arriva dans le *Tank*, la salle des chefs d'état-majors. Autour de la table austère en chêne sombre, le général Dempsey était déjà en grande conversation avec le responsable de la garde nationale. La pièce sans fenêtre, installée au troisième étage du Pentagone, ressemblait à la salle du conseil d'administration d'une entreprise familiale peu prospère. Moquette jaune, fauteuils en cuir pourpre, tableaux médiocres accrochés aux murs, lumière artificielle assortie à la moquette. Seule concession à la modernité, deux écrans plats avaient été installés sur un support mobile et une webcam permettait de filmer les échanges. Ces écrans pouvaient sembler communs, au 21ème siècle. C'était pourtant une des premières fois que des dispositifs électroniques étaient autorisés dans la salle des chefs d'état-majors. La pièce était en général utilisée pour les échanges les plus solennels et secrets, et était qualifiée comme SCIF, dans le jargon du Pentagone : *Sensitive Compartmented Information Facility*. Ces installations – on disait *skiff* – étaient conçues selon un cahier des charges très précis, afin de réduire à néant la probabilité que des oreilles indiscrètes ou des dispositifs électroniques puissent briser les secrets les plus lourds. Dans la classification américaine, SCI était le niveau le plus élevé, au-delà du très solennel « Top Secret ». Seules certaines personnes, autorisées au cas par cas, pouvaient alors en connaître, et chaque information recevait un nom de code particulier.

À l'intérieur du *Tank*, en dehors du Secrétaire qui était chez lui au Pentagone, seuls pouvaient entrer des généraux et amiraux à trois ou quatre étoiles, parfois accompagnés, de façon exceptionnelle, par leurs aides de camp. Et pour la réunion du jour, deux gradés n'avaient pu faire le déplacement. Ils n'étaient pas membres titulaires du cercle des chefs d'état-majors. Juste des invités pour la réunion du jour. Le NORTHCOM, responsable de la défense du continent américain se trouvait dans ses bureaux, sur la base de Peterson, près de Colorado Springs. Et le général – 3 étoiles – commandant le *Joint Special Operations Command* était dans la salle de crise de Fort Bragg.

« Que savons-nous ? », demanda immédiatement le SecDef, après avoir pris place autour de la salle de conférence.

Le général Dempsey fut le premier à répondre. « Le caractère criminel ne fait plus de doutes, monsieur le secrétaire. Une équipe du FBI a pu approcher du brasier de l'une des usines, en utilisant un drone. Ils ont pu prendre des clichés qui montrent très distinctement la présence d'au moins une charge non explosée. Quelques centaines de grammes, explosif solide de type C4 ou Semtex vraisemblablement, avec crayon détonateur. Les photos ne sont pas suffisamment précises pour identifier avec précision l'un ou l'autre. J'ai toutefois pu m'entretenir avec des ingénieurs du génie, et leur premier constat est clair : celui qui a déposé les charges savait ce qu'il faisait. Les explosifs étaient positionnés à des points critiques des installations industrielles. »

« Attentat », répéta le secrétaire. « J'imagine que ces usines ont des services de sécurité. Il y a des caméras de surveillance. A-t-on une idée de l'identité du ou des terroristes ? Une piste ? »

Le général Dempsey secoua la tête. « Le FBI a naturellement immédiatement lancé des investigations. Par chance, les centres de contrôle des deux usines n'ont pas été touchés. Mais l'accès aux installations est rendu difficile par les épaisses fumées toxiques qui s'échappent des brasiers. On parle de dégagements de chlore et de dérivés benzéniques extrêmement dangereux. »

« Fichtre », lâcha le SecDef.

De l'autre côté de la table, le chef de la garde nationale affichait un visage fermé. Son rôle était particulier, et différent de celui des autres chefs d'état-majors. Il devait s'assurer que le demi-million de membres des gardes nationales soient prêts à protéger le continent américain, en cas de péril. La garde nationale était, aux États-Unis, l'organisation armée la plus ancienne – elle avait été fondée presque un siècle avant la déclaration d'indépendance ! Dans chaque État, le gouverneur en était le responsable direct.

« J'ai pu m'entretenir il y a moins de dix minutes avec le gouverneur de l'Illinois et le maire de Chicago. L'état d'urgence va être déclenché dans les prochaines heures et les unités de la garde nationale vont être mobilisées pour procéder à l'évacuation des zones habitées les plus menacées par le nuage toxique. »

« Quelle est la situation sur place ? », demanda le Secrétaire.

« Compliquée », répliqua le chef de la garde nationale, visiblement grave. « Des mouvements de panique ont été enregistrés dans certaines villes. Les routes sont encombrées. Et on a assisté à des scènes de pillages dans certains magasins d'alimentation, dans des stations-services ou des magasins d'armes. »

« Eh bien, ils n'ont pas perdu de temps ! », lâcha le SecDef. « Des mesures ont-elles été prises pour protéger d'autres sites sensibles ? Comme le dit l'adage, hélas, jamais deux sans trois. Il est possible que les terroristes aient prévu de frapper d'autres installations ? Où en sommes-nous dans la protection passive ? Quels sont les sites les plus sensibles de la région ? »

« Centrales nucléaires, installations chimiques, aéroport O'Hare, on n'a que l'embarras du choix », répondit le NORTHCOM en vidéoconférence. « Sans parler des grands magasins. Les terroristes pourraient changer de type de cible. En tout état de cause, les forces de police locales ont naturellement été déployées pour protéger les installations les plus critiques, mais il est impossible de mettre un policier derrière tous les habitants ou badauds dans la région de Chicago. »

« J'imagine », grinça le SecDef. « J'ai parlé au président avant de vous rejoindre. Il a autorisé les unités anti-terroristes du JSOC à conduire des opérations armées sur le sol américain, en soutien au FBI et sous le contrôle de l'Attorney General, avec qui je me suis brièvement entretenu également. Le *Posse Comitatus* a été levé. » Puis, se tournant vers l'écran où apparaissait le visage du général commandant le JSOC. « Scott, je crois comprendre que certaines de vos unités sont déjà en chemin ? Qu'en est-il ? »

« Absolument, monsieur le secrétaire », répondit le JSOC. « À cet instant, une première *troop* du *Team* 6 est en à bord d'un C-130. Il doit atterrir sur la base de Scott AFB d'ici une trentaine de minutes. De là, les opérateurs pourront intervenir en soutien des équipes du FBI. Le reste du squadron d'alerte du DEVGRU, ainsi que le squadron d'alerte de la Delta Force sont l'arme au pied, prêts à être transportés avec leur matériel au besoin. Des transporteurs lourds sont en alerte sur les bases d'Oceana et de Pope AFB. Mais j'ose espérer qu'il ne sera pas nécessaire de les mobiliser. »

Le SecDef acquiesça. « Oui, je suis d'accord avec vous. Et le président partage ce sentiment également. Cela reste pour le moment du ressort du FBI. Nos unités anti-terroristes resteront, jusqu'à nouvel ordre, en soutien du HRT et des enquêteurs. Mais je veux que nous restions vigilants. D'après ce que vous m'avez dit, le professionnalisme des terroristes, si j'ose dire, est très supérieur à ce que nous avons eu l'habitude de voir. Cela ne me plait pas. Nous devons simplement espérer que les forces de police pourront les neutraliser avant qu'ils n'aient pu frapper à nouveau. »

Puis, se tournant vers le général responsable de la garde nationale. « Joseph, les moyens du Pentagone sont à votre disposition. Génie, décontamination, hôpitaux de campagne. Si vous avez besoin de quoi que ce soit, venez me voir. »

Rupture d'équilibre

Nord du Burkina Faso, 6 novembre

Le village ressemblait à tant d'autres. Quelques maisons de formes improbables, montées en torchis et terre battu, des toits en paille et quelques bâtiments collectifs : une école, et un forum, où les anciens se réunissaient. Concession à la modernité, quelques panneaux solaires étaient visibles, posés à côté d'un puit. La pompe électrique avait remplacé l'huile de coude, pour remonter l'eau. Hélias se trouvait à l'avant du convoi, juste derrière une jeep de l'armée burkinabée. Derrière lui, une dizaine de véhicules légers se suivaient à distance raisonnable. La force *Altor* patrouillait avec son homologue local, toujours en première ligne.

Hélias vit la jeep s'arrêter à proximité d'un bâtiment ocre et demanda à son chauffeur de faire de même. Une fois garé, le capitaine attrapa son casque et son fusil d'assaut, dont il passa la sangle autour de sa tête. Une balle était dans le canon, mais la sécurité était mise. Et il rejoignit l'officier qui commandait le détachement burkinabé. Entre les militaires français et du Burkina, le contraste était saisissant. Les soldats burkinabés ressemblaient plus à une milice qu'à une armée en bonne et due forme. Les uniformes étaient dépareillés et souvent incomplets. Les armes malhabilement portées, souvent encrassées. Ils manquaient de discipline et on sentait, à suivre leurs déplacements maladroits, que leurs bases tactiques étaient, au mieux, très faibles. Hélias n'était dupe de rien, et l'obligation qu'il avait, en règle générale, de travailler avec les autorités locales ne lui interdisait pas de compenser leurs carences sécuritaires avec ses propres hommes. Il ordonna donc à son adjoint de disperser plusieurs équipes en couverture. Et bien sûr de garder un œil ouvert à l'intérieur du village. Car Hélias avait immédiatement senti l'hostilité lorsqu'il était arrivé, à toute une série de petits riens : des regards sombres. Des mines de dégoût. Des gestes équivoques – et parfois très éloquents. Son équipe n'était visiblement pas la bienvenue, ici. Et les premiers échanges le confirmèrent.

« Les Français ne sont pas nos amis », commença l'un des anciens, qui cracha presque ces mots au visage d'Hélias. « Les Français tuent notre peuple, et ne sont là que pour nous coloniser. Encore une fois ! »
Aux côtés du militaire français, l'officier burkinabé tenta de discuter. « Nous travaillons main dans la main avec l'armée française, qui n'est là que pour protéger le peuple du Burkina Faso contre les terroristes. Pourquoi dis-tu des phrases aussi dures ? »
L'ancien se renfrogna. Le militaire burkinabé se tourna vers Hélias. « Peut-être faudrait-il que je lui parle en tête à tête. »
Hélias acquiesça. Il salua aussi courtoisement qu'il le pouvait, puis sortit du bâtiment. À l'extérieur, il retrouva une paire de ses hommes, qui montaient la garde.
« Alors ? », demanda l'un des sous-officiers.
Hélias soupira. « Terrain difficile pour nous. Le vieux n'a rien voulu me dire. Juste quelques insultes. Je ne sais pas ce qu'on lui a fait, ou ce qu'il *croit* qu'on lui a fait, mais on part de loin dans ce village… Gardez l'œil ouvert. On ne sait jamais… »
« Affirmatif, mon capitaine », répondit le sous-officier.
Les légionnaires du 2ème REP s'étaient dispersés dans le village et aux alentours. Ils étaient tous aguerris et avaient rapidement rejoint les points hauts et identifié les meilleures

positions pour disposer d'une vision panoramique sur les environs. Le terrain était plat et caillouteux. Il ne serait pas simple à un groupe djihadiste de s'approcher sans soulever des montagnes de poussière. Mais le danger pouvait surgir de n'importe laquelle des huttes, également. Jusqu'à présent, les terroristes n'avaient pas succombé à la mode des attentats suicides, dans la région. Mais aucun militaire français n'était dupe. Ce n'était sans doute qu'une question de temps. Au moins pour certains parmi les djihadistes. Car l'immense majorité d'entre eux restaient des *businessmen*, avant tout. Le djihad, c'était surtout pour la frime et pour recruter. La bande sahélo-saharienne avait, depuis des lustres, été le décor de trafics en tout genre. Trafics d'esclaves, depuis l'époque romaine. Trafic de métaux précieux, découverts plus à l'ouest, en Afrique Centrale. Désormais, les djihadistes s'étaient diversifiés. Cigarettes, migrants, œuvres d'art… et surtout trafic de drogue. Près de 40% de la cocaïne destinée à l'Europe transitait par le Sahel. Elle traversait l'Atlantique depuis l'Amérique du Sud, arrivant dans les ports chaotiques de l'Afrique de l'Ouest, où les surveillances douanières et policières étaient tout simplement inexistantes. Ensuite, la cocaïne remontait tranquillement jusqu'en Algérie et au Maroc. Les circuits étaient parfaitement connus. Barkhane tentait, régulièrement, de couper ces lignes de contrebande. Mais les autorités françaises ne pouvaient que constater le manque d'enthousiasme des autorités locales – et c'était un euphémisme. La drogue rapportait énormément et, là comme ailleurs, l'argent sale ne servait pas qu'aux trafiquants pour s'offrir des voitures de luxe ou se faire creuser des piscines. Il servait avant tout à arroser à grandes eaux et à corrompre. Depuis le Nigéria jusqu'au Maroc, c'était presque tout un continent qui était gangrené. Les pots de vin faisaient vivre des villes entières, et dépassaient souvent – d'un facteur de magnitude – les misérables salaires que gagnaient les fonctionnaires.

Hélias marcha un peu, accompagné par l'un de ses hommes. Quelques nuages bourgeonnaient dans le ciel, mais l'air restait sec et chaud. Avec leur matériel, gilet pare-éclats, casque en kevlar, radio et munitions, les militaires français portaient plus de vingt kilos de fret, sans compter leur fusil d'assaut – quatre kilos en moyenne et une dizaine pour une Minimi, et leur arme de poing. Alors que le thermomètre tutoyait les trente-cinq degrés, les organismes, même jeunes et entraînés, fatiguaient. Les opérateurs d'*Altor* ne pouvaient pourtant pas se payer le luxe de baisser leur garde. Dans le village, tous les visages qu'ils croisaient leur renvoyaient la même haine, et le même dégoût. Mais dans les yeux de ces hommes, de ces femmes et de ces enfants, Hélias y voyait aussi la peur. Une peur diffuse. Mais palpable. De qui avaient-ils peur ? Craignaient-ils vraiment les militaires français ? Que leur avait-on dit ? Quels mensonges avaient-ils entendus ? Ou bien avaient-ils peur d'autres personnes ? De djihadistes, qui auraient menacé de railler le village de la carte et de massacrer ses habitants s'ils accueillaient les Français trop chaleureusement ? En ne sondant que les regards, Hélias n'avait aucun moyen de le savoir. Mais il comptait sur l'officier burkinabé pour tenter d'en apprendre plus.

« Capitaine, avez-vous remarqué les deux hommes, à trois heures ? », lui souffla, à un moment, le sous-officier qui l'accompagnait, l'air de rien.
Hélias se tourna vers lui. « Oui. Cela fait quelques minutes que je les ai repérés. Qu'est-ce que tu en penses ? »
Le sous-officier haussa les épaules. « Difficile à dire. Mais ils ont des regards différents des autres villageois. Je ne saurais comment l'expliquer, mais ils semblent différents. Ils nous observent avec un intérêt particulier. »

Hélias acquiesça. « Tout à fait d'accord. Et il y a quelque-chose dans leur pause qui ne m'inspire pas confiance. Tu as toujours ton appareil photo ? »

Le sous-officier du 2ème REP inclina la tête.

« Parfait », reprit Hélias. « Essaie de me les prendre en photo. Aussi discrètement que possible. Je ne veux pas qu'ils se rendent compte qu'on les a dans le collimateur. Et fais passer le message que nous avons peut-être des clients dans le village. Je veux que tout le monde garde les deux yeux ouverts. Un pour surveiller l'extérieur. Et un autre à l'intérieur. »

« Bien reçu », répondit le sous-officier.

Une trentaine de minutes plus tard, les deux individus suspects étaient couchés sur la pellicule numérique de l'appareil photo, et l'officier burkinabé était ressorti de son entretien avec l'ancien.

« Alors ? », demanda Hélias.

« Je n'ai pas pu en tirer grand-chose », soupira l'officier africain. « Mais des rumeurs ont couru dans la région, disant que des villageois ont été massacrés, plus au nord. Les Peuls accusent encore les Kogleweogo. Les villageois étaient convaincus que l'armée française protégeaient les gardiens de la brousse. L'ancien m'a même dit qu'on lui avait dit que certains Kogleweogo étaient arrivés dans des véhicules militaires français. »

« C'est absurde », lâcha immédiatement Hélias. « Qui a bien pu leur sortir de telles balivernes ? »

L'officier burkinabé haussa les épaules. « Les villageois ne m'ont rien dit de plus. Ils me considèrent comme un complice de l'armée française. »

Hélias esquissa un sourire crispé. L'officier burkinabé secoua la tête. « Ne les juge pas. Ils ont peur. Ils sont terrorisés. Ils ne savent pas ce qu'ils disent et ils ne savent plus quoi penser. On leur raconte des histoires terrifiantes, qu'ils ont tendance à croire. »

Hélias posa une main sur l'épaule du militaire africain. « Rassure-toi, je ne juge personne. Nous sommes là pour les protéger aussi. »

Banlieue sud de Chicago, 6 novembre

George jura, dans le silence de sa voiture. Il avait été trop lent et les Américains trop prompts à paniquer. Il aurait presque dû en être flatté, mais les bouchons monstres qui encombraient les voies d'accès à Chicago n'arrangeaient pas ses affaires. Les explosions avaient été parfaites et, à près de 45 kilomètres de la première usine, il pouvait voir, dans son rétroviseur, le nuage de fumée noire s'élever dans le ciel, menaçant. La colonne de fumée, comme il l'avait là aussi prévu, se déformait vers le nord. Les vents soufflaient du sud et poussaient les vapeurs toxiques vers les zones densément habitées. Tout aurait pu être parfait... si seulement la route sur laquelle il se trouvait n'avait pas été engorgée. Maudits Américains, grinça-t-il, derrière son volant.

Les deux voies avançaient en accordéon et il était à craindre que les ralentissements s'étendaient désormais jusqu'à l'entrée dans Chicago. George soupira. Il alluma la radio et la régla sur une chaine d'information continue. Il fuyait en général ces canaux comme la peste, tant leurs émissions étaient assommantes. Mais il y avait des exceptions à tout.
« ... *Le gouverneur de l'État d'Illinois a appelé les habitants de la région au sud de Chicago à rester chez eux, à calfeutrer portes et fenêtres et à attendre les nouvelles instructions. Les personnes habitant ou travaillant aux environs des usines où se sont déroulées les explosions ont été invitées à évacuer leurs domiciles et lieux de travail. La région de Peoria est notamment touchée. La garde*

nationale a été déployée, en soutien des forces de police locales, afin d'assurer au mieux ces évacuations... »

George esquissa un sourire. Au dernier recensement, l'Illinois comptait près de 13 millions d'âmes. Il était l'un des États les plus peuplés d'Amérique. L'un des berceaux historiques de son industrie, au cœur de la fameuse *Rust Belt*. L'un des États les plus sophistiqués et dans le premier tiers des États les plus riches. Et pourtant, quelle ironie y avait-il à voir ce qu'un seul homme, un sexagénaire, avait réussi à accomplir ? George / Vassili n'avait eu qu'à poser quelques dizaines de charges explosives, et une panique indescriptible s'était emparée de la population. Le GRU avait eu raison. Après toutes ces années, George / Vassili en était arrivé à douter. À douter de la pertinence du plan qu'il avait été chargé de mettre en musique. À douter de sa pertinence. À douter de la lucidité des dirigeants soviétiques, qui avaient, à l'époque, imaginé répandre ainsi le chaos dans un pays aussi sophistiqué que l'Amérique. Il ne doutait plus.

Les voitures avançaient désormais un peu mieux. Mais George vit que le sursis n'était que de courte durée. À une centaine de mètres devant lui, un barrage filtrant avait été installé. Des gyrophares luisaient et, sur le bas-côté, des individus en uniforme contrôlaient les véhicules qui passaient. Il ressentit un frisson remonter le long de sa colonne vertébrale. Ce n'était pas de la peur, mais une injection d'adrénaline. Il était un professionnel, formé à l'art de la dissimulation, au sabotage. Et, si besoin, au meurtre de sang-froid. Sous son siège, il avait habilement dissimulé un pistolet automatique. Cela faisait des années qu'il ne s'était pas entraîné. Mais il était sûr que les vieux réflexes reviendraient vite, le cas échéant. Il lui fallut une dizaine de minutes pour atteindre le barrage. Deux policiers étaient accompagnés de militaires en treillis de combat. Des membres de la Garde Nationale, selon toute vraisemblance. L'un d'eux fit signe à George de ralentir et de s'arrêter. Le cœur du Russe se mit à battre de plus belle. Il fit descendre la vitre de sa voiture.

« D'où venez-vous ? », lui demanda le militaire.

George toussota. « Springfield. Je suis parti dans la matinée. Je rentre chez moi à Chicago. Il y a un problème sur la route ? », demanda-t-il ?

Le militaire secoua la tête. « Non, pas au nord. La zone entre Bloomington et Peoria est en train d'être largement évacuée, mais avec les vents dominants, et tant que les usines brûlent, il n'est pas impossible que la zone sensible soit étendue. Nous devons canaliser les flux. »

« Chicago est sûre ? », demanda George, sur le ton le plus angoissé qu'il parvint à imiter.

Le sous-officier de la Garde Nationale haussa les épaules. « À ce que je sache. Mais la situation évolue vite. En tout cas, là où nous sommes, la meilleure direction reste le nord. Des gens ont décidé de quitter l'État pour monter au Wisconsin ou au Michigan. »

George inclina la tête. Le militaire lui fit signe de circuler. George remonta sa vitre et repartit, en lui faisant un petit signe de la main. Après le barrage, la circulation devint plus fluide. Il serait chez lui en moins de deux heures. Il n'aurait pas le temps de se reposer. Il se remettrait immédiatement en chasse. Il lui restait des explosifs. Et il avait encore des cibles. Bien différentes des précédentes, mais choisies, là encore, pour maximiser l'impact psychologique. George / Vassili était réaliste. Un seul homme ne pouvait pas, sans explosifs atomiques, réaliser des dommages matériels irréparables sur une région comme celle de Chicago. Et ce n'était pas sa mission. Sa mission était d'instiller la peur, de créer le chaos, et de semer la confusion. Pour cela, il n'y avait nul besoin de tonnes et de tonnes d'explosifs. Juste d'un peu d'imagination pour savoir où frapper.

Siège de la DGSE, Paris, 7 novembre

« Qu'en pensez-vous ? », demanda le responsable du département à Dorothée.

La jeune femme se cala contre son fauteuil et fronça les sourcils. « Nous soupçonnions le gouvernement malien de conduire des négociations clandestines avec Macina. Je pense que nous en avons la preuve, désormais. »

Sur l'écran, face à la table de conférence, s'affichaient les photos prises à Bamako par Victor et Charles. On y voyait Mamadou en grande discussion, apparemment très cordiale, avec le représentant du gouvernement malien.

« Ils n'ont rien fait pour se cacher », grinça le directeur. « C'est un véritable camouflet pour nous. Le gouvernement s'affiche presque officiellement avec les djihadistes qui attaquent nos forces. »

« Et qui attaquent aussi les forces armées maliennes, monsieur le directeur », lui rappela le responsable du département Afrique. « Les FAMA ont énormément souffert au cours des derniers mois. »

« Certes », soupira le directeur de la DGSE. « Mais j'imagine la tête du ministre, au Quai d'Orsay lorsque je vais lui faire passer le rapport. Il va être balistique et ça remontera sans nul doute au PR. »

Autour de la table, les espions échangèrent des regards entendus. Les négociations parallèles entre Bamako et certains dirigeants djihadistes n'étaient pas nouvelles. Elles étaient un secret de Polichinelle. La « boîte » avait déjà alerté le Quai et l'Élysée. Mais la diplomatie avait préféré fermer les yeux. Après sept ans de guerre au Mali, le pays restait sujet à de violentes congestions, à intervalles réguliers. Et, à chaque fois, les bouffées anti-françaises se faisaient plus violentes. Les activistes étaient peu nombreux, mais ils étaient organisés, et ils disposaient de puissants relais médiatiques… et de complices étrangers… pour ne pas dire d'inspirateurs particulièrement habiles. Les derniers arrivés étaient les Russes. Après la Syrie, la Libye et la République Centrafricaine, c'est au Mali que les miliciens de *Wagner* – une société militaire privée proche du Kremlin – tentaient désormais leur chance. Employant toujours les mêmes recettes, à base de pots de vin à certains dirigeants et d'intimidations lorsque l'argent ne suffisait pas. Contrairement aux précédents lieux de villégiatures de *Wagner*, il ne s'agissait pas, au Sahel, d'une affaire de gros sous. La région était l'une des plus pauvres au monde, et il n'y avait guère de ressources naturelles à piller. Un peu d'uranium au Niger, mais en modestes quantités. De l'or, aussi. Les estimations étaient incertaines, et si le Mali s'était hissé sur la troisième marche du podium des exportateurs d'or africains, les quantités n'avaient rien d'impressionnant. Non, pour la « boîte », l'intérêt de Moscou pour le Sahel était très opportuniste. Le président russe avait oublié d'être bête et, en bon ancien agent du KGB, il savait que les rapports de force, entre États, étaient la clé d'une bonne diplomatie. Et quel meilleur levier pour lui, dans ses discussions avec Paris, que de laisser certains de ses séides agiter le Sahel. Moscou savait que la région était clé pour la sécurité nationale française. Il aurait donc quelque-chose à négocier : un arrêt des troubles contre un assouplissement des sanctions en Europe ?

Mais les Russes n'étaient pas seuls à agiter le sentiment anti-français. Les Chinois et les Turcs n'étaient pas en reste, même s'ils agissaient plus discrètement. Et il fallait également compter sur l'Algérie, au nord, qui voyait toujours d'un mauvais œil la présence d'un contingent militaire de l'ancien colon à ses frontières. D'autant plus lorsqu'on savait que les djihadistes de la katiba Macina trouvaient refuge sur le territoire algérien, contre espèces sonnantes et trébuchantes.

« Peut-on jeter la pierre au gouvernement malien ? », tenta le responsable du département Afrique. « Nous sommes bien placés pour savoir que l'opération Barkhane est un cautère sur une jambe de bois. Nous pourrions rester cent ans dans la région sans que la situation ne s'améliore vraiment. Le cœur du problème, là-bas, est politique. La religion est un rideau de fumée. Une grosse partie des dirigeants de Macina sont aussi islamistes que moi. »

Le directeur de la DGSE haussa les épaules. « Je le sais bien, pardi. Mais vous savez aussi que l'on ne négocie pas sans billes, et sans être en position de force. L'opération Barkhane vise avant tout à affaiblir suffisamment les mouvements djihadistes pour qu'ils acceptent l'arrêt des hostilités, préalable à toute véritable négociation. Et notre opération permet aussi, petit à petit, de rapprocher les points de vue des pays du G5... Je vous rappelle que, là encore, nous partons de loin. Entre le Mali, le Burkina, la Mauritanie, le Tchad et le Niger, les dirigeants étaient à couteaux tirés il y a seulement quelques années en arrière. Nous faisons des progrès. Ils se parlent et travaillent désormais ensemble. Cela ne se voit peut-être pas nécessairement aux journaux télévisés, mais nous faisons des progrès. »

« Vous prêchez un converti, monsieur le directeur », dit le responsable du département Afrique, nuançant ses propos passés. « Mais comme vous le suggérez aussi, les journaux télévisés sont importants, quand même. Les perceptions comptent souvent plus que les réalités. Il suffit que quelques pseudo-experts viennent sur les plateaux des grandes chaines déblatérer des inepties, pour que la machine médiatique s'emballe. »

« Effectivement », grinça le directeur de la « boîte ». L'homme était lucide et suffisamment fin analyste de la chose politique pour réaliser que l'opération au Sahel, en France, ne tenait qu'à quelques fils. De nombreux parlementaires se répandaient dans les médias en s'étonnant qu'après sept ans de guerre, rien n'ait été réglé. Ils étaient de plus en plus nombreux à réclamer, de plus en plus fort, le retrait des forces françaises. Pour eux, la sécurité de la France ne se jouait pas à l'étranger, mais sur le sol national. Quelle naïveté, se dit le directeur. Et quelle mémoire courte ! La France avait été frappée en plein cœur par des attentats sanglants fomentés sur des sols étrangers. Comment pouvait-on penser que c'est en laissant le Sahel devenir un vaste bastion terroriste que le territoire national serait mieux protégé ? Jusqu'à un certain 11 septembre 2001, les Américains et la CIA avaient pensé la même chose de l'Afghanistan. Et ils avaient eu tort. Bien tort.

« Il y a peut-être quelque-chose à tirer de cette situation. »
Le directeur se tourna vers Dorothée qui venait de parler.
« Que voulez-vous dire ? », lui demanda-t-il.
La jeune femme sentit son visage prendre une teinte rosée lorsqu'elle vit que tous les regards s'étaient tournés dans sa direction, y compris celui du directeur de la « boîte ». Mais à quoi s'attendait-elle en intervenant ainsi dans une réunion des huiles de la DGSE ?
« Selon nos informations, Mamadou est un proche d'Amadou Koufa. D'après le djihadiste que nous avons interrogé à Ouagadougou, Koufa aurait refusé de prêter allégeance au nouvel émir de l'État Islamique au Sahel. Ce n'est pas une surprise, quand on le connait un peu. Koufa est avant tout fidèle à ses origines peules. Son combat, aussi abject soit-il, reste politique et identitaire. Son idéologie est en effet en totale opposition avec celle de l'EI. J'imagine sans mal son état d'esprit actuellement, à voir les désertions de certains de ses séides. Il a fondé Macina il y a 5 ans et l'a fait grossir. C'est son bébé, si j'ose dire. La scission au sein

de son organisation doit être comme une plaie purulente pour lui. »

Le directeur ne put s'empêcher d'esquisser un sourire. L'image de la jeune femme était crue, mais sans doute idoine.

« Et vous pensez que nous pourrions tenter un rapprochement tactique avec Koufa, pour lutter contre Abu Malek ? »

« Les ennemis de mes ennemis sont mes amis », tenta Dorothée.

Le directeur se gratta le menton, visiblement perplexe. « Koufa n'a jamais caché le mépris, et même la haine, qu'il voue à la France. Sa principale revendication demeure le départ de nos troupes de la région. Qu'est-ce qui vous fait dire qu'il accepterait de négocier avec nous ? »

Dorothée haussa les épaules. « Je n'ai aucune certitude, monsieur le directeur. Mais je pense que le schisme au sein de son organisation, et l'arrivée d'un nouvel émir de l'EI représentent un danger autrement plus vital pour lui que la présence de l'armée française au Mali. Comme on l'a vu en Syrie, *winner takes all* ! Les petits groupes djihadistes n'ont pas survécu aux succès de l'État Islamique et à l'instauration du Califat. Les combattants préfèrent toujours rejoindre les organisations qui ont le vent en poupe. Cela a été vrai au Levant. C'est vrai en Somalie. Ce sera vrai au Sahel. Et d'autant plus si l'EI parvient, grâce à ses nouvelles armes et à ses nouvelles tactiques, à remporter des succès visibles contre les forces armées du G5, ou contre Barkhane. »

« Je suis d'accord avec Dorothée », intervint le responsable du département Afrique de la « boîte ». « J'irai même plus loin. Pour Koufa et la frange de Macina qui lui est restée fidèle, l'EI représente un double danger : un danger idéologique, et un danger économique. Idéologique, car l'EI a, par construction, une visée panislamiste, et non ethnique. Abu Malek se fiche sans doute comme de sa dernière paire de chaussette des Peuls et de leur histoire. Ce qui l'intéresse au contraire, c'est d'unifier les mouvements djihadistes dans la région, indépendamment de leurs allégeances ethniques. Macina, au contraire, est très fortement ancrée dans la mémoire peule. Le nom même de la katiba s'inspire de l'empire peul du Macina, fondé au 19ème siècle. Et le danger est également *économique*, car l'EI aura vite fait d'intégrer les circuits de contrebande dans la région. Nous avons vu avec quelle rapidité l'organisation avait fait main basse sur l'économie souterraine au Levant. Abu Malek cherchera des moyens financiers et, au Sahel, il n'y en a pas 36 000. Les trafics d'esclave, de cigarettes et de cocaïne sont les plus lucratifs. Et ce sont pour le moment les gagne-pains de Macina et, surtout, ce qui permet à Koufa et à ses hommes de graisser la patte des autorités du sud de l'Algérie pour qu'elles ferment les yeux sur leurs activités et la présence de leurs bases arrière dans le pays. Sans les pots de vin, et les bases au sud de l'Algérie, Macina serait vulnérable. Koufa serait contraint de rester au Mali, où nos forces peuvent le frapper. »

Le directeur se cala contre le dossier de son fauteuil. Il resta quelques instants silencieux, à réfléchir. « Imaginons que nous vous suivions, Dorothée. Comment pourrions-nous procéder ? »
La jeune femme fit un geste vers l'écran. « Nous pourrions passer par Mamadou. Lui faire une proposition qu'il ne pourrait pas refuser. »

Nord du Niger, 7 novembre

L'oiseau flottait à 25 000 pieds au-dessus du désert rocailleux. Depuis son altitude de croisière, sa ligne de visée s'étendait, par beau temps, jusqu'à plus de 300 kilomètres. Mais malgré la performance exceptionnelle de ses optiques, ces dernières ne pouvaient pas voir à cette distance. Pour surveiller des zones aussi vastes, le *Gray Eagle* s'appuyait sur autre chose. Accrochées sous ses ailes, les deux nacelles profilées étaient les deux moitiés du dispositif *Gorgone Stare*. En temps réel, les 368 caméras numériques qu'elles contenaient filmaient le sol. Et, dans le cœur de silicium du pods, des logiciels de reconnaissance de mouvements, de formes et même de visages tournaient sans relâche, à la recherche de la moindre trace de vie. Et lorsqu'ils en repéraient une, ils cherchaient à en savoir plus. Le pods *Gorgone Stare* avait été imaginé par la DARPA dans un double but : pour passer de vastes zones au peigne fin, comme ici, au-dessus du Niger. Mais aussi pour percer une foule dense, à la recherche d'un visage particulier. Le dispositif s'était avéré extrêmement flexible et performant lors de ses premiers essais, en Afghanistan. Depuis, l'US Air Force, et plus récemment l'US Army l'avaient adopté.

Le drone avait décollé une douzaine d'heures plus tôt de la base secrète de Dirkou, au nord du pays. Il disposait encore d'une petite dizaine d'heures d'autonomie. Depuis un van climatisé, l'équipage suivait d'un œil distrait le retour des caméras du drone. Le vol suivait un circuit simple et piloter le *Gray Eagle* était, dans ces conditions, d'un ennui mortel. Mais les deux pilotes du 160th SOAR savaient que la routine était l'ennemi de l'efficacité. Et, pour rester aussi vigilants que possible, ils puisaient allègrement dans la cafetière électrique qui avait été installée dans le poste de pilotage. Le copilote se resservait d'ailleurs une énième tasse lorsqu'une petite sonnerie retentit et qu'un message s'afficha sur l'un des écrans de contrôle du drone.

« On dirait qu'on a une touche », lâcha-t-il. « Au 030, à une trentaine de kilomètres, d'après ARGUS. » ARGUS-IS était le nom de code de l'algorithme qui pilotait le traitement du signal du pods *Gorgone Stare*.

Immédiatement, le pilote poussa le manche à balai du drone pour lui faire prendre un cap dans la direction indiquée. Pendant ce temps, le copilote orienta la nacelle optronique vers le sol.

« Tiens, regarde ! », dit le copilote. « Trois SUV. Azimut au 180. »

Sur l'écran du retour de la caméra électro-optique du *Gray Eagle*, on pouvait en effet distinctement voir trois Toyota blanches se suivre à distance rapprochée. Elles se dirigeaient vers le sud.

« Je pense qu'on a une touche », souffla le pilote. « Envoie les coordonnées à *Foxhound*. »

Un peu plus loin, sur le tarmac de l'aéroport de Dirkou, des mécaniciens s'agitaient autour d'un CV-22 *Osprey*. Ils virent un groupe de militaires en treillis monter à bord de l'engin qu'ils venaient de finir de préparer et, dans un crissement mécanique, la rampe arrière de l'engin se releva. Puis, un sifflement strident se dégagea des deux nacelles géantes et, petit à petit, les deux hélices géantes de douze mètres de diamètre se mirent à tourner. Sous les turbines, qui étaient relevées à la verticale, un vent de poussière se leva. Au bout de quelques dizaines de secondes, l'engin de près de vingt tonnes s'éleva dans les airs. Le vacarme était presque insoutenable. Lorsqu'il arriva à une cinquantaine de mètres d'altitude, le CV-22 *Osprey* pencha son nez et bascula vers l'avant. Ses nacelles pivotèrent progressivement, jusqu'à se retrouver totalement à l'horizontal. L'engin se pilotait désormais comme un avion, et il accéléra jusqu'à la vitesse respectable de 200 nœuds.

À l'intérieur de l'*Osprey*, douze opérateurs de l'US Army avaient pris place, assis sur les sièges escamotables qui étaient alignés sur les parois. Les hommes avaient de la place. L'*Osprey* pouvait en transporter le double. Mais avec la chaleur qui dégradait la performance des deux turbopropulseurs Rolls-Royce de 6 000 chevaux, les pilotes avaient estimé qu'une configuration plus allégée était plus sûre. De toute façon, dix membres de la Delta Force et deux de la Task Force Orange étaient autant d'armes mortelles. Et il fallait également compter avec la mitrailleuse M240 de 7,62mm qui était accrochée à un affut mobile, à l'arrière de l'aéronef.

« Ici *Foxhound 3*, je suis à H-8 minutes. Est-ce que les X-Ray ont changé de trajectoire ? »

« *Chalk* 7 à *Foxhound 3*, aucun changement », répondit le copilote de *Gray Eagle*.

Sous le nez du CV-22, la nacelle FLIR fut la première à repérer les trois véhicules, bien avant qu'ils ne soient visibles à l'œil nu. Le retour de la caméra infrarouge s'affichait dans le cockpit « tout écran » de l'engin. Le pilote put cliquer sur le commutateur de l'interphone, qui le reliait à l'équipe du JSOC à l'arrière.

« Trois *bandits*. SUV Toyota. Visiblement pleins à craquer. Qu'est-ce qu'on fait ? »

L'équipe de la Delta Force était commandée par un lieutenant. Il répondit aux pilotes.

« Est-ce qu'on a un soutien aérien ? »

« Négatif. *Chalk* n'est pas armé et nous n'avons aucun actif disponible. Les Français n'ont rien de disponible non plus à Niamey. Nous sommes seuls les gars. »

« Bien compris », répondit l'officier de la Delta Force.
« Est-ce que vous pouvez vous positionner dans leurs deux heures, en libérant le champ de tir arrière ? »
« Affirmatif », lâcha le pilote.
« Les gars, on se prépare », hurla le lieutenant pour couvrir le vacarme des turbopropulseurs dans l'habitacle. Contrairement à un avion de ligne, l'*Osprey* – comme la quasi-totalité des aéronefs militaires – n'avait pas été insonorisé. Le confort acoustique des passagers n'avait pas réellement fait partie du cahier des charges à Boeing.

« Tim, tu te positionnes en tir longue distance », ordonna-t-il à l'un de ses deux snipers. Tim acquiesça et attrapa son fusil de précision HK417. Il ôta les caches de la lunette de grossissement Schmidt & Bender et vérifia qu'une balle était dans la chambre. Puis il détacha son harnais de sécurité et se rapprocha de la rampe arrière, qui était encore relevée. L'opérateur de cabine du 20th *Special Operations Squadrons* lui tendit une ligne de vie qu'il accrocha consciencieusement à son gilet tactique. Lorsqu'on volait à près de cent kilomètres par heure, rampe ouverte, à 450 pieds, on n'avait pas nécessairement envie de faire le grand plongeon si l'*Osprey* venait à effectuer une manœuvre un peu brusque. Et effectivement, quelques secondes plus tard, la rampe arrière de l'engin s'abaissa et un vent sec s'engouffra dans la carlingue. Immédiatement, l'opérateur se positionna derrière sa M240 et tira le levier d'armement. Tim, quant à lui, tenta tant bien que mal de se caler derrière le dernier siège et posa son HK417 dessus. Dans sa lunette, il vit le désert défiler et, tout à coup, le premier SUV apparut. L'*Osprey* s'était positionné sur une trajectoire parallèle à celle des Toyota et avait ralenti à la même vitesse. Puis il se rapprocha en crabe du convoi. *Foxhound* 7 savait qu'ils étaient désormais visibles. Et que les choses sérieuses allaient commencer.

Et elles commencèrent. Dès que les djihadistes repérèrent l'aéronef, ils firent la seule chose sensée : ils se séparèrent.

« Bordel », jura le lieutenant de la Delta. « C'était à prévoir. Tim, peux-tu stopper *bandit* numéro 1 ? »

« Affirmatif », répondit sobrement Tim. Son pouce glissa sur le sélecteur de tir et ôta la sécurité de son arme. Il avait ajusté la mire sur la roue avant gauche. Le pilote lui avait indiqué la vitesse et la direction du vent et Tim avait fait le calcul de la déviation de la balle dans sa tête, en fonction de la distance que lui indiquait son laser. 450 mètres. Ce n'était pas un tir facile. Et d'autant moins depuis la rampe d'un *Osprey* en plein vol. Car malgré le talent évident de l'équipage, la cellule vibrait et sautait dans les turbulences. L'air chaud montait et l'air froid descendait, ce qui créait des courants ascendants et il fallait toute la concentration du pilote pour maintenir une altitude et une vitesse aussi stable que possible. Lorsqu'il fut satisfait, Tim posa son doigt sur la détente, et la pressa sur l'expiration.

La balle gicla à près de 750 mètres par seconde du canon du HK417 et toucha une demi-seconde plus tard la roue, qui se désintégra. Sans surprise, la Toyota n'employait pas de pneus pleins. Son conducteur tenta de compenser mais il ne put accomplir de miracle et sa voiture s'immobilisa dans un creux du désert. Immédiatement, quatre djihadistes sautèrent à terre. Deux étaient armés de fusils d'assaut et tirèrent au jugé dans la direction du CV-22.

« Ici *Foxhound 7*, nous sommes pris à partie par des X-Ray », indiqua le pilote de façon presque inutile.

« Et vous n'avez rien vu », lâcha Tim dans l'interphone.

« X-Ray trois et quatre sont sur la plateforme arrière de la Toyota. Ils fouillent dans une caisse… Bordel, ils sortent un tube. RPG… Correction, SA-7… »

« Le tireur est la priorité », lui indiqua le lieutenant.

Mais Tim avait déjà anticipé et aligné sa lunette sur la poitrine du djihadiste qui tentait d'allumer le viseur du lance-missile. Tim pressa la détente à nouveau. La balle manqua sa cible. Le Delta jura, inspira profondément, ajusta à nouveau sa visée. La deuxième balle toucha au but et le Delta put voir le djihadiste tomber en arrière.

« X-Ray trois à terre », indiqua Tim dans son micro. « X-Ray quatre a sauté au sol et s'est mis à l'abri. »

« Bien reçu », indiqua le lieutenant. « Est-ce qu'on peut s'approcher ? », demanda-t-il au pilote.

« Ça dépend », fut la réponse simple. « De combien ? »

« Posé à trois cents mètres, derrière la petite butte à l'ouest. Je lâche une partie de mon équipe, et tu peux repartir chasser les autres Toyota. »

« Bien reçu », répondit le pilote. Et immédiatement, les opérateurs sentirent l'*Osprey* ralentir et descendre. Dans la carlingue, le vent qui s'engouffrait en tourbillonnant devint de plus en plus chaud.

« Cinquante mètres… Trente mètre… Cinq secondes… Roues au sol », lâcha le pilote sur l'interphone.

À l'arrière de son engin, huit opérateurs s'étaient détachés et, en moins de dix secondes, ils étaient au sol, faisant signe au chef de cabine de repartir. Et dans un sifflement strident, l'*Osprey* reprit l'air, soulevant autour de lui un nuage impressionnant de poussière sèche.

Le lieutenant était au sol avec ses hommes. Il n'attendit pas que la poussière levée par l'aéronef se soit dissipée, il était déjà parti en direction des djihadistes. Mais il ne put parcourir qu'une vingtaine de mètres avant qu'une rafale ne fasse gicler des morceaux de roche devant son équipe. Les opérateurs se jetèrent au sol. Deux d'entre eux lâchèrent quelques tirs à leur tour, histoire d'occuper les terroristes pendant que les tireurs de précision se positionnaient. Les balles de 5,56mm frappèrent la carrosserie de la Toyota et la diversion fut efficace. Le second djihadiste à mourir reçut une balle blindée tirée par le second sniper de l'équipe – Tim étant resté dans l'*Osprey*. Dans la lunette, l'opérateur put voir la tête de l'homme disparaître dans un nuage de vapeur rouge.

« X-Ray au sol », lâcha-t-il sobrement dans son micro.

Voir leur collègue mourir convainquit les deux terroristes encore en vie de tenter un dernier baroud d'honneur. L'un d'entre eux lança un objet en direction des opérateurs, mais la grenade tomba une cinquantaine de mètres trop court. Puis les deux djihadistes sortirent de leur cachette et se mirent à tirer sans parcimonie en direction des Américains. C'était courageux de leur part. Ou suicidaire, peut-être. Deux balles de 5,56mm sortirent quasi simultanément de deux HK416. Les tirs américains ne firent pas plus de bruit qu'un claquement sec, grâce aux réducteurs de son qui étaient vissés sur les armes. Les deux terroristes tombèrent à la renverse. Quelques autres tirs s'assurèrent qu'ils n'auraient pas l'idée saugrenue de se relever au mauvais moment. C'était ainsi. Seuls les morts ne présentaient plus de risque aux opérateurs. Moins de trois minutes après avoir été déposés par l'*Osprey*, les opérateurs du JOSC avaient neutralisé les djihadistes de la première Toyota. Mais il en restait toujours deux, qui étaient parties dans des directions opposées.

« *Foxhound 3* à *Chalk* 7, en poursuite de la seconde Toyota. Elle est partie vers l'est. Est-ce que vous pouvez conserver un visuel avec la troisième ? »

« Ici *Chalk* 7, je vais essayer »

Le pilote avait fait reprendre de l'altitude à son *Osprey* et il ne tarda pas à rattraper la seconde Toyota. Mais il dut rapidement réaliser que son conducteur était plus habile que le premier.

« Je ne vais pas y arriver », souffla Tim dans son micro, après avoir essuyé plusieurs échecs lors de tirs de neutralisation. Son arme était trop peu puissante pour détruire le moteur par un coup au but. Son unique espoir était de toucher une roue.

217

« Je vais m'en charger », indiqua le tireur derrière sa M240. Et bientôt, un bruit de fermeture éclair géante s'éleva de la mitrailleuse. L'arme tirait 700 coups par minute. La rafale dura un peu plus de cinq secondes et 80 balles giclèrent du canon. La plupart manquèrent leur but et firent exploser des roches aux alentours. Mais une dizaine frappèrent le SUV, qui dérapa mais poursuivit sa route.

Le tireur ajusta à nouveau sa visée. Puis il pressa la détente et cette fois, près de 200 balles furent tirées. La plupart touchèrent leur cible. À l'intérieur de la Toyota, les quatre djihadistes furent totalement hachés par les munitions incandescentes et, cette fois, le véhicule s'arrêta. L'*Osprey* effectua un grand cercle autour de l'épave, pour s'assurer que personne ne sorte en brandissant une arme. Puis, sous la couverture de la M240 et de Tim, qui balayait la Toyota dans sa lunette, le CV-22 se posa et trois opérateurs sautèrent au sol et s'approchèrent à pas lent de la voiture, le canon de leur fusil d'assaut levé dans la direction du danger, sécurité levée et doigt sur le pontet de la détente. Lorsqu'ils arrivèrent à moins de trente mètres de l'épave, les Delta lâchèrent quelques rafales. Là encore, ils préférèrent ne prendre aucun risque. Ils avaient combattu en Irak et en Syrie, et ils avaient déjà vu des djihadistes attendre que les militaires américains arrivent à proximité avant de déclencher leurs gilets explosifs. Par construction, il n'y avait que les morts qui ne pouvaient pas se suicider dans un feu d'artifice. Et le meilleur moyen de s'assurer qu'un X-Ray était mort demeurait de vaporiser son système nerveux central.
« *Foxhound* 3 à *Foxhound*, les quatre X-Ray sont neutralisés. »

Dans le cockpit de l'*Osprey*, le pilote appuya immédiatement sur le commutateur de sa radio.

« *Foxhound 3* à *Chalk* 7, avez-vous un visuel sur la troisième Toyota ? »

La radio grésilla pendant quelques instants, puis la réponse tomba. « *Chalk* 7, négatif. Aucune trace. »

« Elle n'a pas pu disparaître ! », jura le pilote.

« La zone à l'ouest est très accidentée. Elle peut être dans une déclivité. »

« Bordel », répéta le pilote. Sur l'écran gauche du cockpit, l'indicateur numérique de la jauge de carburant était descendu dangereusement. Son *Osprey* avait pris l'air avec un chargement réduit de carburant, ce qui avait réduit d'autant son autonomie.

« *Foxhound 3* à *Chalk* 7, J'ai 30 minutes de réserve et je dois récupérer les Delta aux deux points de largage. Si vous ne retrouvez pas rapidement les X-Ray, je vais devoir désengager. »

« Bien reçu, *Foxhound* 3 », fut la seule réponse. Mais le pilote du drone n'était pas magicien non plus. Sur l'écran du retour de la caméra électro-optique montée sous le nez du *Gray Eagle*, il n'y avait que le désert, à perte de vue. Et le pods *Gorgone Stare* ne voyait rien non plus, malgré ses 368 yeux perçants et son cerveau en silicium d'exception.

*   *   *

Deux nouvelles Toyota venaient de repartir vers le sud, quelques heures à peine après être arrivée de Libye. Là-bas, les approvisionnements se faisaient désormais en flux quasi tendus depuis la Turquie et les caisses de matériel et de munitions s'entassaient dans des entrepôts de Tripoli et de Misrata. La chaine logistique était parfaitement rodée et les relais fidèles au Califat profitaient du chaos qui s'était emparé de l'est de la Syrie pour poursuivre leurs activités. La mort du Calife n'avait fait que ressouder les rangs. Les

Américains avaient échoué. À nouveau. Ils avaient cru qu'il suffisait de couper une tête pour que le serpent disparaisse. Mais le serpent était tel l'hydre de Lerne, cet animal mythique dont les têtes repoussaient lorsqu'elles étaient coupées. Un nouveau Calife avait été désigné par la Choura. Un être insignifiant, qui ne tarderait pas à subir le même sort que le précédent. Pour Abubakar, personne ne pourrait remplacer l'homme qui lui avait tendu la main. Son ami.

Le soleil avait commencé à décliner à l'horizon, et les ombres des quelques arbres qui avaient réussi à braver la sécheresse s'allongeaient au sol. De loin en loin, des bâches avaient été tendues à flanc de rocher, sous lesquelles les véhicules de fret pouvaient s'arrêter et être chargées, à l'abri des engins de reconnaissance qui pouvaient passer dans le ciel. De là-haut, rien ne ressemblerait plus à une roche qu'une bâche grise recouverte de poussière. Abubakar avait appris ça dans les Spetsnaz. Les forces russes avaient dû apprendre à vivre avec la crainte des satellites américains depuis près de quarante ans. Puis étaient venus les drones. Ces avions sans pilotes qui avaient connu leur essor lors des premières heures de la guerre d'Afghanistan, en 2001. Les premiers *Predator* étaient nés dans l'imagination fertile de la CIA, qui les avaient imposés à une US Air Force bien réticente. Vingt ans plus tard, ils étaient devenus omniprésents. Le Califat y avait succombé aussi, militarisant des engins du commerce. Abubakar en avait commandé quelques dizaines, qui devraient lui être livrés bientôt. Ils étaient encore sur un navire qui croisait au large de la Libye, d'après ses sources. Pour lui, c'est toute la stratégie de l'insurrection armée au Sahel qu'il fallait reprendre. Attaquer les villages et les postes de police maliens de façon brouillonne ne menait à rien. Le Sahel ne tenait que parce que ces maudits Français étaient là, à suppléer aux gouvernements locaux, incapables de combattre par eux-mêmes. Les Français étaient des adversaires redoutables, et Abubakar aurait eu bien tort de les sous-estimer. Il les avait vu combattre au Levant. Ils n'avaient rien à envier aux Américains, qu'Abubakar avait appris à craindre autant qu'il les méprisait. Mais les Français n'étaient pas les Américains. Ils ne se battaient pas de la même manière. Ni avec les mêmes moyens pléthoriques et la même technologie. Pourtant, cette rusticité qui faisait leur force pouvait aussi être leur faiblesse. L'équilibre militaro-politique de la région du Sahel était comme un château de cartes. En frappant au hasard, rien ne se passait. Mais si l'on savait toucher les fondations branlantes, tout l'édifice pouvait s'effondrer. La faiblesse des Français tenait à leur chaine logistique et à leurs moyens ridicules. Cinq milles hommes, cela semblait impressionnant. Mais répartis sur un territoire vaste comme l'Europe, hostile et désertique, c'était toute autre chose.

Abubakar attendit que le soleil ait disparu à l'horizon, puis il rentra dans la grotte qui avait été aménagée. Il y retrouva sa garde rapprochée, qui était arrivée de Libye au cours des jours précédents.

« La chaine logistique se met petit à petit en place. Le matériel transite sans souci de Syrie jusqu'en Libye, et de Libye jusqu'ici. Mais la dernière étape est plus difficile. Plusieurs convois ont été interceptés par les mécréants plus au sud. Nous devons retravailler nos circuits. »

« Par le Tchad ? », tenta l'un de ses hommes.

Abubakar esquissa une grimace. « Les forces tchadiennes sont, dans la région, les moins pitoyables. Et elles disposent de militaires français à leur côté. Mais c'est une possibilité. Une autre serait de passer par l'Algérie. »

« L'Algérie ? », grinça un autre. « Les militaires là-bas ne nous portent pas dans leur cœur, dois-je te le rappeler ? »

Abubakar secoua la tête. « Non, j'en ai parfaitement conscience », répondit-il. « Mais c'est là où nos nouveaux amis de Macina pourraient se rendre utiles. Ceux qui nous ont rejoint doivent encore disposer de leurs réseaux au sud de l'Algérie. Ils y ont organisé leurs trafics depuis des années. Au lieu de faire transiter des cigarettes et de la drogue, ils n'ont qu'à faire passer des armes et du matériel tactique. Et l'Algérie a un autre avantage. C'est le seul pays de la région où ni les Français, ni les Américains, ne disposent d'un droit de poursuite. La frontière algérienne est impénétrable, pour eux. »

Abubakar vit ses hommes échanger entre eux. Il les connaissait tous. Ils lui étaient fidèles, et le resteraient jusqu'à la mort. Mais pour eux, Abubakar avait d'autres ambitions. Il savait qu'ils ne craignaient pas la mort. Mais il leur offrirait une vie d'aventures à la place. Une vie de conquête. Le monde avait tremblé en prononçant le nom d'Abu Bakr al-Baghdadi, Calife du Levant et des Croyants. Il apprendrait bientôt à connaître et à redouter celui d'Abu Malek al-Chichani.

Arlington, banlieue de Washington, 7 novembre

La plupart des chaines de télévision avaient interrompu leurs programmes pour organiser des émissions spéciales en direct de Chicago. Les caméras filmaient des volutes de fumées noires qui s'élevaient depuis l'horizon, avant de se répandre dans le ciel, comme de l'eau sur une table. Puis les caméras descendaient, et on voyait des milliers de voitures encombrer les routes, tentant de fuir les zones contaminées par les émissions toxiques. Comme souvent, la communication des autorités avait été un modèle d'ineptie et de maladresse. De vulgaires sous-fifres s'étaient répandus à la télévision pour dire que tout était sous contrôle, juste après les explosions. Et quelques heures plus tard, le gouverneur de l'État était apparu depuis ses bureaux de Springfield, accompagné d'un représentant de la FEMA et du responsable local du FBI. Le visage fermé, il avait ordonné aux riverains des usines d'évacuer leur maison et à la garde nationale de l'Illinois de se déployer. Ce qui n'était encore qu'un accident industriel devenait une crise environnementale et sanitaire. Avant d'être reconnu comme un attentat, après que la deuxième usine ait sauté. Heure après heure, les zones évacuées progressaient comme un incendie incontrôlé, à mesure que les vents repoussaient vers le nord les fumées toxiques. Et heure après heure, la panique s'emparait des esprits. Car il ne fallait plus craindre uniquement les vapeurs de chlore, de benzène et de toluène, mais aussi la prochaine attaque. Un réseau terroriste était actif sur le sol américain. Il avait été capable de dévaster deux usines chimiques. Quelles seraient ses prochaines cibles ? Qui étaient les terroristes ? Le parfum de la peur devenait plus prégnant, encore, que celui des produits chimiques brûlés qui empestaient l'atmosphère et obscurcissaient le ciel.

Dans les deux usines, les incendies faisaient toujours rage. Walter esquissa un sourire. Celui qui avait frappé connaissait son affaire. Beau joueur, il reconnaissait le talent, et le savoir-faire. Le sabotage était un art, autant qu'une science. C'est bien ce qu'on leur avait appris au GRU. Et l'attaque de Chicago portait cette marque. Walter avait toujours su qu'ils n'étaient pas les seuls agents dormants, avec Lucie, à avoir été infiltrés aux États-Unis. Combien, parmi ceux qu'il avait croisés en Sibérie, avaient, comme lui – comme eux, réussi à pénétrer le territoire impérialiste ? Il n'avait jamais pu parler à ses camarades, choisis comme lui pour subir l'entraînement et le conditionnement les plus durs. Ils n'étaient que des visages, des ombres, des silhouettes dans ses souvenirs. Combien parmi ses collègues, ses amis et ses étudiants les rejoindraient ? Combien, bientôt, seraient réduits au rang de souvenir ? Combien mourraient ? Walter se força à évacuer ces pensées stériles. Il avait une mission. Il *devait* accomplir sa mission. Il ne pouvait pas faire autrement. Ce n'était pas par patriotisme. Les médecins du GRU avaient veillé à lui ôter tout esprit critique, toute capacité à discuter les ordres. Ce conditionnement lui avait déchiré le crâne. Pendant des années, il avait souffert de migraines atroces. Les médecins lui avaient dit que cela faisait partie des effets secondaires possibles des drogues qu'ils lui avaient injectées. Et il y avait les flashs stroboscopiques qui avaient marqué sa mémoire visuelle, jusqu'au bord de l'épilepsie. Tant, parmi ses camarades sélectionnés pour ce programme, avaient disparu au cours de l'entraînement. Ils ne l'avaient pas supporté. Certains étaient morts. D'autres rendus fous. Mais lui, il avait survécu, et passé l'épreuve.

Autour de lui, les tubes et produits chimiques étaient parfaitement ordonnés. Walter s'était installé dans une petite pièce, derrière le garage. C'était son jardin secret, où ni Lucie, ni Karen n'entrait jamais. L'endroit où il venait parfois se ressourcer, réfléchir ou lire. Arlington était pourtant un quartier tranquille et ses voisins adorables. Mais il avait ressenti le besoin de s'isoler, parfois. Lucie avait compris. Karen n'avait pas posé de questions. Le temps n'était pourtant plus à l'introspection. Il était à l'action. Dans des fioles et des tubes à essai, il avait rassemblé tous les produits nécessaires. En tant que médecin, se les procurer avait été d'une simplicité biblique. De l'eau oxygénée, de l'acétone. Il avait également pris quelques bouteilles d'acide chlorhydrique à la pharmacie de l'hôpital. La synthèse n'était pas triviale. Et pouvait même devenir explosive, notamment lorsqu'on travaillait à chaud. Les produits qu'il utilisait étaient très volatiles, et le mélange gazeux, au contact d'une flamme, particulièrement détonnant. Mais avec un peu de méthode et de patience, on y arrivait. Walter avait déjà synthétisé un demi-kilo de peroxyde d'acétone, que le monde entier connaissait désormais sous son sigle anglais de TATP. Il aurait besoin de plus. Et il avait tout ce dont il avait besoin pour le fabriquer.

Dans un coin de la pièce, la télévision était toujours allumée. Walter avait juste coupé le son. De temps en temps, il levait un regard distrait sur l'écran. Verrait-il les mêmes scènes ici, à Washington ? Les mêmes visages crispés par l'angoisse ? Walter prit une profonde inspiration. Dans son esprit, lui revinrent les images des corps meurtris des survivants d'Hiroshima. De ceux qui souffraient de ce mal invisible, encore inconnu. Le mal des radiations. Walter était médecin et il savait quels dommages les rayonnements ionisants causaient sur les organismes. Mais il savait aussi que les blessures les plus importantes n'étaient pas celles dont souffriraient les corps. Mais elles seraient psychologiques. Le choc de la détonation d'une bombe sale au cœur même de la capitale américaine serait inimaginable. À côté, le 11 septembre ne serait vu que

225

comme une vulgaire péripétie. Les responsables du GRU l'avaient prévu. Ils l'avaient planifié, lors de la guerre froide. Le monde avait tourné depuis la chute du mur de Berlin et de l'Union Soviétique. Ou tout du moins, le croyait-on. Walter et quelques autres étaient les derniers stigmates d'une guerre silencieuse, souterraine, que les deux grandes puissances s'étaient livrées. Une guerre sans merci. Une guerre qui aurait pu, à chaque soubresaut, entraîner la fin du monde tel que nous le connaissions. Là encore, debout derrière ses éprouvettes et les cristaux de TATP qui séchaient sur un torchon, Walter aurait pu renoncer, réfléchir, reconnaître l'absurdité des ordres qu'il avait reçus, plus de trente ans après l'effondrement du Pacte de Varsovie. Mais Andrei Kowalski, agent du *Glavnoye Razvedyvatel'noye Upravleniye*, que le monde entier connaissait sous l'acronyme GRU, ne le pouvait pas. Il ne le pouvait plus.

Ouagadougou, Burkina Faso, 7 novembre

Le C-160 *Transall* se posa sur la piste de l'aéroport de Ouagadougou. L'avion roula jusqu'à un hangar, à l'écart du trafic civil qui continuait, malgré toutes ces années de guerre larvée dans la région. Dans un crissement métallique, la rampe arrière du gros porteur s'abaissa puis, avec un certain luxe de précaution, les opérateurs de piste guidèrent le VBL qui descendit sur le tarmac. Le véhicule était en panne et les unités Sabre avait profité du taxi pour l'expédier à Ouaga pour révision complète. Le *Transall* était, comparativement aux *Hercules* et autres *Atlas* ou *Globemaster* américains, un *petit* avion. Pour faire monter le VBL, il avait fallu retirer les antennes, ainsi que les armements utilisés par les commandos SAS. Et même comme ça, il ne restait qu'une petite soixantaine de centimètres de chaque côté. Pour le faire descendre, les mêmes précautions étaient naturellement nécessaires.

Delwasse fut parmi les derniers à descendre et, portant son énorme sac à dos et son paquetage, il se dirigea avec ses hommes vers les bâtiments de vie où la force Sabre s'était installée. C'est à contrecœur qu'il avait laissé Julius et les commandos marine de Sierra Niémen, mais l'état-major de Barkhane lui avait demandé de rejoindre ses quartiers. Très temporairement, bien sûr, car une nouvelle mission l'attendait.

« Mon colonel », lâcha Delwasse en pénétrant dans la salle de conférence.
Le Colonel M attrapa la main que lui tendait le capitaine, après un salut plus protocolaire.
« Philippe, vous avez fait du bon boulot ces derniers jours. »
« Merci. Dites-moi tout. Quelle est la suite ? »
Le Colonel M lui tendit une carte de la région des trois frontières. Plusieurs lieux étaient entourés.
« Des unités du 54ème transmission[33] et du 2ème hussard[34], avec le soutien de nos amis américains, ont enregistré des émissions radio extrêmement suspectes dans ces endroits », dit le colonel en écrasant les zones entourées du doigt.
« Suspectes comment ? », demanda Delwasse, qui anticipait déjà la réponse.
« Très suspectes », insista le colonel. « VHF, cryptées, évasion de fréquence. Pas ce que des bergers nomades utilisent généralement pour communiquer. »
« Je vois », grinça Delwasse. « Du nouveau matériel apporté par Abu Malek ? »
« Possible en effet », admit le colonel. « En tout cas, cela n'arrange pas nos affaires. Les gars du 2ème hussard m'ont dit qu'ils n'arrivaient plus à trianguler les positions des émissions. La topologie des lieux n'aide pas non plus. »
« Et vous voulez qu'on aille voir de plus près ? »

Le Colonel M acquiesça. « Oui c'est un peu ça. La présence de ce matériel est une nouvelle menace. Mis entre les mauvaises mains, il permettrait à des unités mobiles de coordonner des attaques. »

« Oui », soupira Delwasse. « Les djihadistes tentent de se professionnaliser. Ce n'est pas du tout une bonne nouvelle. Et ça veut dire que les réseaux logistiques du nouvel émir – car j'imagine en effet qu'il s'agit de lui – fonctionnent à plein. »

« Je le crains, en effet », admit le colonel. « Les Américains ont intercepté deux nouveaux 4x4 dans le nord du Niger. Un troisième leur a échappé. Il y avait trois missiles SA-7, une douzaine de fusils de précision et quelques dispositifs de vision nocturne dans les caisses, ainsi que des munitions et des radios tactiques plus rustiques que celles dont nous parlons toutefois. Les choses se précisent. »

« Et les djihadistes qui les conduisaient ? »

« Morts, naturellement », répondit le colonel. « Ils ne se sont pas laissé capturer vivants. Et les Delta ne prennent pas de risques, en général », ajouta-t-il. « Des arabes et caucasiens, tous. Aucun autochtone. »

« Des étrangers, donc. C'est cohérent avec l'hypothèse Abu Malek. »

« Exactement. »

Delwasse attrapa le plan que lui avait tendu le colonel et l'étudia plus attentivement. Il connaissait la zone en question, de l'Ansongo-Menaka. La région était montagneuse et accidentée. Particulièrement difficile d'accès par la route. Des gorges, creusées dans les roches par des torrents depuis longtemps asséchés, déchiraient la montagne en zigzaguant. Au sud, le Mali avait institué une réserve naturelle dans le temps, afin de protéger certaines espèces endémiques en danger, comme les girafes. Les girafes avaient disparu, malheureusement. Mais les djihadistes les avaient remplacées. Le nord de la réserve était constellé de grottes et de massifs rocheux. On était loin des Alpes et de la haute-montagne, bien sûr. Mais quelques reliefs, des gorges peu profondes et des grottes suffisaient largement à des miliciens clandestins pour trouver refuge et organiser des caches. La zone était immense et il était totalement illusoire d'espérer la ratisser de façon systématique. Il fallait faire autrement. Et s'appuyer sur les renseignements électromagnétiques, lorsque c'était possible. C'était la raison pour laquelle des équipes motorisées du 2ème régiment de hussards avaient été déployées dans la région, en soutien des unités de la Task Force *Centurion*. Delwasse avait déjà travaillé avec les Hussards et il avait un énorme respect pour leur professionnalisme et leur engagement. Il connaissait également certaines unités de Légionnaires rattachées à *Centurion*. Notamment le 2ème Régiment Étranger d'Infanterie, qui, avec ses 1 200 hommes, était le plus gros régiment d'infanterie de l'armée française.

« Quelle est l'organisation des forces ? », demanda Delwasse.
« Vous rejoindrez un groupe de *Centurion*, enrichi d'une section du 2ème hussard. Notamment des membres du 2ème REI et une équipe du Groupement de Commandos de Montagne du 2ème REG[35]. »
« Cela fait du beau monde », jugea Delwasse. Et du côté Sabre, qu'est-ce qu'on attend de nous ? »
« La percussion ciblée et l'esprit non conventionnel », sourit le colonel.
« Tout ce que nous savons faire, en effet », admit Delwasse.
« J'imagine que nous serons accompagnés d'unités des FAMA également ? »
Le colonel inclina la tête. « Oui, on ne peut guère faire autrement. Et il faudra bien les surveiller, ceux-là. Car ils ont tendance à avancer comme des éléphants dans un magasin de porcelaine. »

Delwasse acquiesça. Les membres des FAMA n'étaient pas de mauvais bougres, pris individuellement. Mais ils manquaient d'entraînement, de discipline et de matériel. Une grosse partie de l'activité des Task Force Sabre consistait à la formation de certaines unités maliennes, afin de les professionnaliser et de leur apprendre les bons réflexes.

« Quand est-ce que nous partons ? », finit par demander Delwasse, après quelques instants à analyser les cartes.

« Dès ce soir, si c'est bon pour vous. Une équipe du 13^{36} et quelques membres du commando Kieffer se joindront à vous. Ils emportent du matériel de reconnaissance pour vous soutenir. »

« Bien reçu, mon colonel », lâcha Delwasse. Puis il salua et sortit de la salle pour rejoindre ses hommes.

Un peu plus loin, l'équipage du C-160 qui les avait ramenés se préparait à repartir. Il serait manifestement leur taxi. L'appareil appartenait à l'escadron de transport 3/61 *Poitou*, l'une des deux unités de soutien aérien du Commandement des Opérations Spéciales. Delwasse les connaissait bien, également, et il connaissait leurs talents. Quitte à voler jusqu'aux portes de l'enfer, qui ne préférerait pas le faire dans l'un des oiseaux du 3/61 ?

Bamako, Mali, 7 novembre

« Mamadou n'a pas bougé. Il n'a reçu personne ce matin. »
Victor reposa les jumelles et s'essuya le front, où des gouttes de sueur perlaient. Il avait rejoint l'équipe de surveillance qui était parvenue à s'installer en face de la maison où le djihadiste avait posé ses valises, en plein Bamako.

« Des appels ? », demanda Victor.

L'espion secoua la tête. « Rien que nous ayons pu intercepter, tout du moins. »

Victor soupira. Les lignes filaires étaient bien rares, au Sahel. Mais les portables s'étaient répandus à vitesse grand V au cours des dernières années et tout le monde, ou presque, disposait d'un smartphone à Bamako. La DGSE avait naturellement piraté les principaux opérateurs, qui, contrairement à leurs homologues occidentaux, n'avaient pas insisté trop fortement sur les algorithmes de cryptage. Les dispositifs d'interception n'étaient toutefois pas infaillibles, notamment si plusieurs appels transitaient en même temps par la même antenne relai. C'était bien sûr mieux que rien. Et de toute façon, la DGSE connaissait parfaitement l'objet de la visite de Mamadou à Bamako. Les négociations allaient bon train.

« Qu'est-ce qu'on fait avec lui ? », demanda l'agent à Victor.

L'espion du Service Action haussa les épaules. « Tu m'en demandes trop. Paris est en train de réfléchir à un plan. »

« Une neutralisation ? », demanda l'espion.

Victor esquissa un sourire. L'homme appartenait à la direction du renseignement de la DGSE et, parfois, ces derniers se méprenaient sur les missions du Service Action. Les opérations « homo » existaient, bien sûr. Mais elles étaient rarissimes. Une équipe au sein de la SA – appelée « cellule alpha » - était chargée de les exécuter, dans le plus grand secret… au sein d'une maison pour laquelle le secret était déjà une seconde nature, et une règle de vie.

« Je ne pense pas », répondit Victor. « Mamadou est un proche de Koufa. Avec le schisme qui est en train de déchirer Macina, Paris pense possible de tenter un rapprochement avec la frange orthodoxe de la katiba. »

« De jouer les uns contre les autres », comprit l'espion. « Habile, en effet. Et comment pourrait-on se rapprocher de Mamadou ? On tenterait une approche directe ? Ou via le gouvernement malien. »

« Tu m'en demandes trop », soupira Victor. « Il y a des implications militaires, mais aussi diplomatiques. Je te rappelle que Paris s'est toujours opposé à ce que Bamako organise des discussions avec Macina, sans qu'au préalable les djihadistes acceptent un cessez-le-feu et d'arrêter leurs attaques. Demander au gouvernement malien d'organiser une rencontre pourrait être contreproductif. »

« Je vois », lâcha l'espion.

Victor attrapa à nouveau la paire de jumelles et refit un tour d'horizon. De là où ils se trouvaient, ils ne pouvaient pas voir l'intérieur de la maison où Mamadou s'était installé. Mais ils disposaient d'une vue plongeante sur l'unique porte. Dans un coin de la pièce où la DGSE avait pris ses quartiers, deux grosses valises étaient ouvertes et posées à même le sol. À l'intérieur, se trouvait du matériel électronique d'interception électromagnétique, ainsi que de grosses batteries. L'électricité dans la capitale malienne pouvait s'avérer capricieuse et il fallait mieux être prudent. Un peu plus loin, se trouvait un réchaud à gaz, sur lequel était posée une cafetière. Des toilettes crasseuses étaient dans la pièce d'à côté, ce qui était un luxe, même dans un quartier décent de la capitale. Quelques armes étaient également posées contre le mur. Deux AK-47 et un MP5 équipé d'un silencieux. Chaque agent portait également une arme de poing. La ville n'était pas spécialement dangereuse. Mais par construction, la DGSE se frottait aux bas-fonds, à ce maelstrom opaque où bandits, djihadistes et activistes étrangers fricotaient entre eux. Tout ce petit monde était à couteaux tirés, en général. Le business ne faisait pas toujours bon ménage avec l'idéologie, et encore moins avec les jeux diplomatiques à trois bandes de puissances étrangères. Mais les trois groupes partageaient toutefois un unique point commun : une haine de la France et des Français. Et la DGSE devait faire avec.

Banlieue de Chicago, 7 novembre

L'incendie faisait encore rage à quelques centaines de mètre à peine. Des flammes de plusieurs dizaines de mètres de haut s'élevaient dans les airs, projetant une fumée noire et acide qui montait en tourbillonnant à plusieurs milliers de mètres d'altitude, avant d'être portée par les vents dominants vers le nord. Vers l'agglomération de Chicago. Les terroristes avaient visé juste. Les charges avaient été peu nombreuses et de modeste puissance, mais elles avaient été positionnées avec une efficacité redoutable. Les points névralgiques d'alimentation en produits chimiques, de purge des citernes avaient été visés. Et ce n'était pas tout. Le terroriste avait détruit les centres nerveux des dispositifs de protection passive. Les extincteurs automatiques, les vannes de fermeture automatique des conduits : tout avait sauté, condamnant des millions de litres de produits toxiques, et hautement inflammables, à alimenter le brasier, inexorablement. Contre ces éléments déchainés, les pompiers de l'usine ne pouvaient pas faire de miracles. Et leur rôle était encore compliqué par les vents violents qui soufflaient du sud.

Murphy était ce qu'on appelait dans le jargon le *Special Agent in Charge*. C'est-à-dire le responsable local du FBI. C'est revêtu d'une combinaison Hazmat, tel un astronaute, qu'il avait pénétré dans la première usine, et rejoint son centre de contrôle. Il y avait retrouvé le personnel de l'entreprise, mais aussi le responsable de la police locale, qui avait, comme souvent, commencé par lui rappeler que l'enquête était du ressort de la police de l'Illinois. Les guerres de chapelle et de juridiction, aux États-Unis, n'étaient pas uniquement des contes. Il avait pourtant suffi d'un appel du gouverneur de l'État pour que le ton des échanges soit spectaculairement abaissé, et que chacun accepte de travailler avec l'autre. Et ensemble avec les équipes du JTTF[37], censées coordonner les opérations de toutes les agences fédérales sur les sujets de contre-terrorisme.

Car pour les officiers rassemblés dans la salle de contrôle de l'usine, il n'y avait plus guère de doute que les explosions successives et dévastatrices de deux usines chimiques dans l'État de l'Illinois n'étaient pas des accidents. Et lorsqu'une charge non détonnée avait été retrouvée sur place, de hautement probable la thèse de l'attentat était devenue certaine. Un drone à quatre roues, muni d'une pince et d'une caméra et piloté à distance avait pu se rapprocher au plus près du brasier, et récupérer la charge avant que la chaleur extrême ne puisse la faire détonner. Des artificiers du FBI avaient pu neutraliser le détonateur, et mettre l'explosif sous cloche, le temps qu'il soit analysé chimiquement. Mais d'après sa consistance et sa couleur, ils avaient certainement affaire à du Semtex. Ce qui prouvait que les terroristes n'étaient pas des amateurs. Le Semtex était, tout comme le *Composite* 4, un explosif de qualité militaire.

Mais l'agent Murphy avait d'autres chats à fouetter, plus urgents que d'attendre le résultat des analyses de spectrographie de masse des explosifs. Comme dans toutes les usines manipulant des produits dangereux, des centaines de caméras filmaient jour et nuit la plupart des installations et routes d'accès. Il ne fallut pas longtemps pour dresser la liste de toutes les personnes qui étaient entrées dans l'usine avant les explosions et qui avaient été vues aux alentours des tuyaux et citernes sabotées. Et moins de deux heures après l'arrivée de Murphy dans la salle de contrôle, le portrait de George était distribué aux agents de terrain et aux forces de police des États du Michigan, du Missouri et du Wisconsin.

*   *   *

« Groupe bleu en position », souffla l'agent fédéral dans son micro. Derrière lui, la première colonne d'opérateurs du HRT s'était positionnée et attendait les ordres. Le quartier était calme et résidentiel. Mais comme plus au sud, on sentait aux alentours une certaine tension étreindre la population. Le nuage toxique n'était pas encore remonté jusqu'à Chicago, mais les premières volutes suspectes se distinguaient à l'horizon, et le vent continuait à souffler inexorablement du sud. L'équipe d'intervention du FBI n'avait pas eu besoin de négocier. Là encore, le gouverneur avait tranché et autorisé les agents fédéraux à prendre la tête de l'intervention. La police de la ville de Chicago disposait d'une équipe SWAT d'une centaine de membres. Mais ces derniers avaient dû avaler leur chapeau et voir les « Fédéraux » mener la danse. Les opérateurs du *Hostage Rescue Team* n'étaient pas des amateurs. Sélectionnés selon des critères drastiques, ils se formaient au contact des meilleurs : Delta Force, DEVGRU. Le HRT disposait même d'un accès à Camp Peary – alias la « Ferme » - pour se familiariser avec certaines techniques de contre-espionnage de la CIA.

Le groupe bleu comprenait une douzaine d'opérateurs du FBI. Ils étaient en treillis de combat, gilet pare-éclats en céramique sur la poitrine et casque en kevlar sur la tête. De loin, on aurait pu les confondre avec des opérateurs d'unités *Tier 1* du JSOC, si des badges FBI n'avaient pas été visibles sur leur poitrine. Les opérateurs du HRT avaient même reçu les fameux dispositifs de vision nocturne GPNVG-18 à quatre tubes, immortalisés par l'opération *Neptune Spear*. Mais pour cette mission, les JVN étaient relevécs car l'interpellation devait se passer en plein jour. L'homme de pointe de la colonne bleue reçut l'ordre d'avancer. Il portait un bouclier lourd en métal et ses camarades s'étaient alignés derrière lui, arme levée. Les dix hommes progressèrent lentement. Ils arrivèrent devant la porte de la petite maison qui était leur cible. En face, les snipers s'étaient déjà positionnés et scrutaient les fenêtres, à la recherche de tout mouvement suspect.

« Groupe bleu, est-ce qu'il y a des mouvements au X ? »

« Ici Sierra 4, côté *white*, aucun mouvement », répondit l'un des snipers du FBI qui dominait l'entrée de la maison.

Un par un, les autres snipers répétèrent les mêmes mots. Aucun mouvement. Pour plus de sécurité, l'antenne relai la plus proche avait été éteinte et le quartier mis sous cloche. Cela permettait d'éviter que des complices n'avertissent la cible, ou que des terroristes ne fassent détonner des bombes télécommandées à distance.

« Très bien, nous préparons une charge de franchissement », indiqua le responsable de la colonne d'assaut. Et immédiatement, un de ses hommes attrapa une petite bande adhésive qu'il déroula délicatement et qu'il posa sur l'encadrement de la porte. Puis il brancha le détonateur et fit signe à ses collègues de reculer. Lui-même sauta se réfugier derrière le bouclier lourd, puis il attendit le signal.

« Groupe bleu en position, attendons les ordres. »
L'agent Murphy se trouvait dans une Chevrolet Suburban du *Bureau*, à une centaine de mètres de la cible. Il cliqua sur le commutateur de sa radio.
« Ici Murphy, vous pouvez y aller ! »
« *Fire in the hole* ! », résonna dans les casques des opérateurs et, dans la même seconde, une explosion déchira le silence et pulvérisa la porte d'entrée de la maison. Immédiatement, les premiers opérateurs du FBI jetèrent une grenade *flashbang* et, juste après l'explosion assourdissante, pénétrèrent dans la maison, lampe tactique allumée sur le canon de leur arme.
« Groupe bleu, nous sommes à l'intérieur. Entrée claire. Nous nous dirigeons vers le séjour… Séjour clair… Cuisine claire… Aucun contact. Nous montons à l'étage… »

L'inspection dura moins de trois minutes. Puis le signal « *all clear* » retentit dans les casques et les radios, et les agents en civil du FBI et d'autres agences fédérales purent se répandre dans les pièces de la maison comme un tsunami sur une plage. Les opérateurs du HRT avaient tout passé au peigne fin et vérifié que le terroriste n'avait pas laissé de « *booby trap* » derrière lui, histoire de gâcher la journée des agents fédéraux. Mais visiblement, l'homme était parti précipitamment.

Effectivement, en rentrant chez lui, quelques heures plus tôt, George / Vassili avait uniquement pris le temps de se changer, d'avaler un morceau, et de récupérer le reste des explosifs qu'il avait trouvés dans la cache d'armes du GRU. Et alors que les opérateurs du FBI faisaient sauter la porte de sa maison, George s'installait dans un motel anonyme, au nord de la ville. Il avait effectué plusieurs dizaines de reconnaissance dans le coin, et il avait constaté avec satisfaction qu'aucune caméra de vidéosurveillance n'avait été installée aux alentours. Avec sa voiture volée, une perruque et un peu de maquillage, il était de toute façon méconnaissable. Et le motel ne vérifiait pas les papiers d'identité. George alla s'installer dans sa chambre. Il ne portait qu'un seul sac, dans lequel il avait mis quelques vêtements de rechange et un peu de nourriture. Et la demi-douzaine de pains de Semtex qui lui restait encore, bien sûr. Il avait payé trois nuits d'avance, en liquide. C'était plus qu'il ne lui en faudrait. Sur le lit, il avait déployé une carte à grande échelle de la région, sur laquelle il avait dessiné ses routes d'exfiltration vers le Canada. Sa mission était une opération de sabotage et de guerre psychologique. Le GRU ne l'avait pas formé aux missions suicides.

Part 2

Prologue

Banlieue de Montclair, New Jersey, juin 2010

Elle s'appelait Cynthia et il s'appelait Richard. Avec leurs deux filles, Katie et Lisa, ils habitaient une maison coloniale beige, à un étage, située dans le New Jersey, à une quarantaine de minutes de Manhattan et du cœur battant de l'Amérique. Devant le garage et la pelouse manucurée, une vieille Honda Civic était garée. Cynthia partait vers son travail aux alentours de sept heures chaque matin. Elle travaillait dans une société d'audit à une trentaine de kilomètres de là. Richard restait à la maison pour s'occuper des deux filles. Katie et Lisa étaient déjà grandes, à 9 et 11 ans, et prenaient le bus seules pour l'école. Richard les accompagnait juste jusqu'à l'arrêt, qui se trouvait à une centaine de mètres. Puis il s'occupait de la maison. Ils étaient l'archétype de la famille américaine de la classe moyenne supérieure. Bon boulot. Barbecue le week-end avec les voisins. Une année sur deux, vacances dans le Colorado. Quelques week-end sur la côte, à déguster des homards pêchés un peu plus au nord.

Si le couple avait eu des garçons, il y aurait eu les matchs de baseball, de basket ou de football (américain bien sûr, à ne pas confondre avec le « soccer »). Mais les filles étaient plus paisibles, et ni Katie, ni Lisa n'avait eu ce goût pour les Pom Pom girls. Lors de soirées arrosées, Richard s'en était lamenté auprès de ses voisins. Il aurait tant aimé sentir son cœur battre au rythme des points qui défilaient sur les affichages. Au rythme des courses effrénées de guerriers chaussés de crampons. Ses voisins – souvent des cadres de

240

grandes banques ou de sociétés de High Tech – lui avaient posé des mains bienveillantes sur l'épaule, faisant trinquer leurs bouteilles de bière en guise de soutien. Pourtant, tout cela était faux. Tout. Ou presque. La seule once de vérité dans cet océan de mensonges était les filles. Car Katie et Lisa étaient bel et bien les filles de Cynthia et Richard. Elles étaient nées aux États-Unis. Assez ironiquement, elles s'appelaient effectivement Katie et Lisa. Et l'enquête montrerait qu'elles n'avaient jamais rien su des activités de leurs parents. Ou simplement de leur identité réelle. Cynthia était née Lydia Guryev et Richard s'appelait en réalité Vladimir. Lorsque les agents du FBI débarquèrent, au petit matin du 27 juin 2010, aucun des deux n'opposa de résistance. D'une certaine façon, Cynthia / Lydia fut même soulagée. C'est tout du moins ce qu'elle déclara aux Fédéraux. Le plus drôle fut qu'aucun des deux ne nia être un espion russe du SVR, successeur du KGB. Les agents du FBI furent presque surpris de voir autant de désinvolture. Leur dossier était solide comme un roc et le couple avait été mis sous surveillance presque un an plus tôt, en compagnie d'une dizaine d'autres espions russes installés dans la région, entre Manhattan, Yonkers, Boston et la Virginie. Mais ils n'eurent pas besoin de confondre les Russes avec ces preuves accablantes. Les espions venus du froid passèrent tout de suite à table.

La fin de la Guerre Froide n'avait pas sonné le glas des infiltrations clandestines. Après la chute de l'Union Soviétique et la décomposition du KGB, les Russes étaient vite retombés sur leurs pieds. Appelez cela la paranoïa, si vous voulez, ou simplement l'atavisme culturel, mais quelques mois seulement après l'inauguration du nouveau SVR sur les fonts baptismaux – pour ne pas dire les ruines – de l'ancien KGB – le SVR s'occupant de l'extérieur et le FSB de l'intérieur – un nouveau programme d'agents clandestins était déjà sur les rails. En fait, il n'avait pas fallu grande imagination aux nouveaux dirigeants de l'agence de renseignement russe. Ils n'avaient eu qu'à piocher dans les archives classifiées des sous-sols de la redoutable Loubianka, ce monument de style néobaroque qui avait accueilli le siège des services soviétiques à une époque où elle s'appelait encore la *Cheka*. Des milliers d'opposants politiques ou d'espions impérialistes, supposés ou réels, avaient effectué un voyage – trop souvent un aller simple – dans les sous-sols du bâtiment ocre, qui trônait, imperturbable, sur la place Dzerzhinsky, au cœur de Moscou.

Depuis des temps immémoriaux, les grandes puissances avaient espionné leurs voisins. Les Grecs y étaient déjà passés maîtres, au 5ème siècle avant Jésus-Christ. L'ennemi de l'époque s'appelait Xerxès 1er, et il était roi de Perse. Petit à petit, les techniques s'étaient professionnalisées, les recrutements diversifiés. Mais les finalités étaient restées les mêmes : savoir ce que l'ennemi faisait, préparait, et, idéalement, pensait. Pendant des siècles, l'espionnage fut un métier d'aristocrate. Qui mieux qu'un aristocrate pouvait en effet voyager et évoluer au sein des bonnes sociétés. C'était un métier risqué, certes. Mais prestigieux. Animer un réseau d'informateurs. Récolter des renseignements – plus souvent sur l'oreiller qu'à son tour. Et transmettre ces informations vers ses maîtres, idéalement sans se faire repérer. On sous-estime l'art que c'était, et la technique que cela nécessitait, à une époque où internet, le téléphone ou les liaisons satellites n'existaient pas. Les premières traces de cryptographies datent de l'antiquité. Sans doute du 16ème siècle avant notre ère ! Les premiers essais de stéganographie remontaient aux anciens Chinois, évidemment pour dissimuler les informations recueillies par des espions et envoyées vers le palais impérial.

Pour Cynthia et Richard, il n'y avait eu nul besoin de graver des runes sur des tablettes d'argile, ou de recouvrir des messages codés de couches de cire afin de les confondre avec un poème ou dessin superposé sans intérêt. Ils n'avaient eu qu'à lâcher quelques papiers dans des « boîtes aux lettres mortes » ou qu'à poster des messages sur des blogs. Leurs agents traitants du SVR avaient été formés à la meilleure école, et ils connaissaient toutes les astuces pour communiquer avec leurs espions. Des erreurs, Cynthia et Richard en avaient commises. Quelques-unes. Mais finalement ils étaient restés très professionnels. Le FBI avait pu installer des micros dans leur maison de Montclair et, à leur grande surprise, ils avaient pu constater que les deux Russes continuaient à parler en anglais, même dans l'intimité.

Quelques heures après l'interpellation des agents russes, le FBI tint une conférence de presse. Le porte-parole du Bureau, debout derrière un pupitre, à quelques pas du directeur, lut une déclaration. Une dizaine d'agents russes infiltrés sur le territoire américain venaient d'être arrêtés, après plusieurs années d'enquête. Officiellement, les Fédéraux avaient réussi à casser un code secret, utilisé par les espions russes pour communiquer avec Moscou. Le FBI n'avait eu qu'à suivre cette piste pour remonter jusqu'aux agents infiltrés, après un long et fastidieux travail d'enquête, mêlant analyses sur le web et travail de terrain. Officiellement. La réalité était toute autre, bien sûr. Les agents russes avaient effectivement utilisé un code secret pour échanger avec leurs officiers traitants. Mais le FBI n'avait pas réussi à le casser grâce à son habileté. Plutôt grâce à la trahison d'un ancien dirigeant du KGB, qui était parti à l'ouest avec ses dossiers sous les bras.

Alexandre Poteyev avait grimpé haut dans la structure de l'appareil d'espionnage soviétique, jusqu'à devenir numéro

2 du département des agents clandestins – que l'on connaissait sous la dénomination de « Direction S ». En 1999, lassé de voir son pays se décomposer sous ses yeux, et sans doute également lassé de voir son niveau de vie s'étioler, Poteyev avait pris contact avec la CIA, dans le plus grand secret. Malgré la chute du mur de Berlin et du KGB, les traîtres russes ne passaient que rarement par la case prison avant de finir entre quatre planches, et Poteyev était bien placé pour savoir qu'il ne ferait pas de vieux os s'il était démasqué. Ses échanges avec la CIA durèrent presque dix ans, durant lesquels il transmit des documents secrets, goutte à goutte. Contre espèces sonnantes et trébuchantes bien sûr. Par petites touches, il trahit le programme complet des « illégaux » russes, ces agents infiltrés en Occident sans couverture diplomatique. Pour le FBI, ce fut une mine d'or à ciel ouvert. Quelques jours avant le raid du Bureau sur la côte est, Poteyev fut exfiltré de Biélorussie, où il s'était opportunément rendu en déplacement professionnel. Il avait pris soin d'envoyer sa famille à l'étranger auparavant. De Minsk, la CIA le fit passer en Allemagne, d'où il prit un vol pour les États-Unis. Un aller simple vers un nouveau continent, une nouvelle identité et une nouvelle vie. Poteyev, comme il se doit, fut débriefé pendant des semaines par des officiers en costume sombre, au visage tout aussi obscur, et dont les cartes officielles indiquaient des initiales d'agences qui reprenaient toutes les permutations possibles de trois lettres : FBI, CIA, NSA, DIA, NRO et bien d'autres encore plus confidentielles. Certains n'avaient même pas de cartes. Ou leur agence n'avait même pas de nom.

Poteyev lâcha tout ce qu'il savait. Et il en savait beaucoup. Mais il y a une chose qu'il ignorait, néanmoins. Dans la galaxie sécuritaire russe, au fil des décennies, le KGB avait pris une place déterminante. Comme dans la plupart des pays totalitaires, un service unique s'occupait à la fois du renseignement intérieur et extérieur, ce qui était plus pratique pour appliquer les règles ancestrales de l'arbitraire et de la terreur. Après l'explosion de l'Union Soviétique, la Russie d'Eltsine décida de se normaliser, et de séparer les deux services. Le SVR prit la suite du KGB dans ses actions extérieures, en perdant par la même occasion une grosse partie de ses meilleurs éléments, qui rejoignirent le FSB – plus prestigieux, pour une raison indéterminée – ou le secteur privé, où des richesses insensées étaient à ramasser, pour qui savait y faire ou avait les bonnes connexions. La décomposition de la Loubianka fut sévère. Les pertes de savoir-faire irréparables. Mais, loin de la place Dzerzhinsky, une autre agence de renseignement résista mieux au choc. Le siège du GRU était sans doute moins célèbre que celui du KGB. Et l'agence elle-même n'était connue que des professionnels du renseignement. Peu de romans ou de films d'espionnage la mentionnaient, lui préférant les redoutables agents du KGB, à la torture facile, vêtus de leurs incontournables imperméables en cuir et de leurs chapeaux mous – qui appartiennent plus au mythe qu'à la réalité, d'ailleurs. Lorsque l'Union Soviétique s'effondra, le GRU résista au choc. Il n'était pas assez connu, pas assez puissant, pas assez lié aux caciques du Soviet Suprême. Aucun membre éminent du GRU n'avait siégé au Politburo. Aucun ancien n'avait fini Premier Secrétaire du Parti Communiste. Et peu avaient pris part au putsch qui tenta, à l'été 1991, d'écarter un Mikhaïl Gorbatchev finissant. Ce relatif anonymat fut ce qui sauva le GRU des affres qui dévastèrent le KGB. Et ce qui permit à certains de ses dirigeants de poursuivre un programme clandestin d'illégaux infiltrés aux États-Unis. Mais à la différence du programme du SVR, celui du GRU ne visait pas à recueillir des renseignements. Il ne visait pas à savoir ce que l'ennemi impérialiste pensait. Il visait à le frapper au cœur, en préambule à une guerre totale. Après tout, le GRU appartenait à l'armée rouge. Et le rôle de l'armée n'était pas le renseignement. Il était de préparer la guerre. Et d'apprendre à la gagner, idéalement.

Assez ironiquement, Poteyev s'était installé dans la banlieue ouest de Chicago. De ses fenêtres, il vit les volutes de fumées s'élever dans les airs, avant de se dissiper en nuages gris qui recouvraient le ciel tel un couvercle. Poteyev avait changé de nom et déménageait souvent. Il savait que Moscou ne pardonnait pas aux traîtres et que des tueurs étaient à ses trousses. Pour le Kremlin, un bon traître était un traître mort. Et en général, l'exécution se devait d'être spectaculaire, afin de dissuader les prochains candidats à la trahison. Sushis aromatisés au Polonium, neurotoxiques vaporisés sur les poignées de portes, crises cardiaques, accidents de voitures. Les exemples abondaient. À chaque fois, Moscou avait nié son implication, naturellement. De toute façon, s'attendait-on à ce que les dirigeants russes avouent des meurtres commis sur des sols étrangers ? Cela faisait dix ans qu'il avait lâché le métier du renseignement et pris sa retraite, mais Poteyev restait un professionnel. Un spécialiste de la désinformation et de l'action clandestine, formé aux meilleures écoles des forces spéciales soviétiques à l'époque afghane. Mais lui-même ignorait que celui qui avait déclenché le chaos à Chicago n'était autre qu'un de ses anciens compatriotes. Un homme formé, tout comme lui, à l'action clandestine. Dans un coin du salon, le poste de télévision était allumé et branché sur le canal des informations locales. Poteyev avait baissé le son. Mais il savait que les nouvelles ne parlaient que d'une chose : des attentats qui avaient frappé des usines chimiques du sud de la ville, brûlant des centaines de tonnes de produits toxiques et rejetant dans l'atmosphère des fumées aussi sombres qu'elles étaient mortelles.

Quelque part au Niger, 7 novembre, de nos jours

Assez ironiquement, Abubakar n'avait jamais entendu parler d'Alexandre Poteyev, ni bien sûr de Cynthia et Richard, alias Lydia et Vladimir. Lors de son passage au GRU, Abubakar avait naturellement croisé la route de ses homologues du KGB. Mais il ne s'était pas lié. Les deux services vivaient des vies assez autonomes, et le GRU avait mis un point d'honneur à ne pas – trop – piétiner les platebandes de son puissant rival. À l'époque soviétique, on avait connu des disgrâces pour moi que cela. Et si les purges s'étaient faites moins violentes après la mort de Staline, l'URSS était un pays où il valait mieux ne pas tenter le diable.

Derrière les fenêtres encrassées du bus branlant, Abubakar pouvait voir le spectacle désolé du désert nigérien défiler. Autour de lui, des enfants virevoltaient sur leurs sièges, des femmes tentaient de les calmer et des hommes luttaient contre la nausée, ou récitaient des prières. Le bus appartenait à une ligne régulière qui faisait, plusieurs fois par semaine, la jonction entre le Niger et le Mali voisin. Sur la carte, depuis l'espace, on aurait cru à un saut de puce sur la surface désolée du Sahel. Mais dans la réalité, on parlait de plusieurs *centaines* de kilomètres. Abubakar en était à son troisième changement de bus. Il voyageait léger, uniquement accompagné d'une paire de ses gardes du corps. Le visage dissimulé sous des foulards, tels les Touaregs qui peuplaient ce désert, leurs armes cachées dans des sacs, les trois hommes avaient pris la route avec ces dizaines de pauvres hères qui, au gré des saisons, tentaient leur chance dans les pays voisins. Avant, pour les plus riches d'entre eux – car le passage coûtait très cher – de remonter vers le nord. Vers la Libye. Et vers un hypothétique passage de la Méditerranée, à bord d'embarcations de fortune. Ici comme ailleurs en Afrique, le rêve de l'Eldorado européen était dans toutes les têtes. Abubakar soupira. Il était né sur le continent européen. À son extrême frontière est. Dans un pays qui avait cessé d'exister. Sur son premier passeport, avaient figuré la faucille et le marteau soviétiques. Derrière ses yeux, pourtant ouverts, fixant l'infini, il revit les paysages de son enfance. Il était né dans un petit village à proximité de Grozny. Et puis il avait voyagé, accompagnant son père dans ses aventures moscovites. Pourtant, lorsqu'il fermait les paupières, c'était toujours les mêmes paysages qui revenaient. Les mêmes plaines. Les mêmes montagnes. Et les mêmes bains de sang. Les mêmes atrocités. Les mêmes combats. Lorsqu'il était revenu en Tchétchénie, bien des années plus tard, c'était sur le toit d'un blindé BTR-80, revêtu de l'uniforme des Spetsnaz. Le bataillon *Vostok* où il opérait avait été chargé du sale boulot, avec son homologue du bataillon *Zapad*. L'état-major avait coupé le pays en deux. À l'est, ce serait le terrain de jeu de *Vostok*. À l'ouest, *Zapad*. Les deux unités étaient uniques au sein des Spetsnaz, car elles ne recrutaient que des opérateurs issus du Caucase. Dans le pays, leurs règles d'engagement seraient claires. Elles n'auraient aucune limite dans l'accomplissement de leur mission : l'extermination des terroristes tchétchènes et le retour à la paix civile de Moscou au Caucase. Notamment en Tchétchénie, au Daghestan et en Ingouchie.

Le bus sauta sur un trou de poule dans la route, et le choc ramena Abubakar à son périple, *hic et nunc*. À côté de lui, un de ses gardes du corps somnolait. Abubakar regarda sa montre. Il devait être en train d'approcher de la frontière malienne, à cette heure. Il s'étira tant bien que mal, les jambes ankylosées par le voyage et la promiscuité. Pendant un bref instant, alors que ses genoux s'écrasaient contre le siège devant lui, il regretta d'avoir abandonné ses puissants SUV japonais pour un moyen de locomotion bien moins confortable. Mais bien plus discret. De la douzaine de convois qu'il avait expédiés vers le sud, depuis sa planque au nord du Niger, à peine la moitié avaient atteint leur destination. Les Occidentaux avaient, petit à petit, resserré leur étau sur le pays et la frontière ouest devenait chaque jour plus étanche. Abubakar était beau joueur et il savait la gageure de surveiller des milliers de kilomètres de routes et de désert. Pour beaucoup, c'était mission impossible. Mais visiblement pas pour les Français et leurs alliés américains. Leurs drones étaient désormais partout, survolant le Sahel et balayant les immensités stériles grâce à leurs caméras surpuissantes. En Syrie, Abubakar avait déjà constaté la redoutable efficacité de ces engins. Depuis leur altitude de 30 000 pieds, invisibles, inaudibles, ils suivaient les hommes et les véhicules, cherchant des cibles à vaporiser grâce à leurs missiles, où orientant les raids aériens des chasseurs bombardiers et autres forces spéciales. Combien de fois sa vie n'avait-elle tenu qu'à un fil ? Un détail ? À quelques secondes d'avance ou de retard à un rendez-vous ? Mais il avait appris, avec le temps. Il avait appris à se fondre dans la foule, pour passer inaperçu. Il avait appris à voyager avec la plèbe. Il se savait invulnérable, entouré de civils. Abubakar esquissa un sourire crispé, perdu dans ses pensées. Les Américains, tout comme leurs vassaux européens, étaient impayables. Et si prévisibles. Ils ne tiraient que lorsque les dommages collatéraux étaient minimaux. Leur opinion publique, manipulée par des armées d'avocats et d'associations de défense des droits de l'homme, ne supportait plus la vue du sang, ou l'idée que des innocents puissent perdre la vie, sous les coups de ses soldats. Les Occidentaux ne connaissaient plus la guerre. Ils l'avaient oubliée. Malgré quelques attentats, ici où là, les Occidentaux étaient devenus pacifistes, convaincus qu'ils étaient que leur civilisation était à l'abri de ces affres. Et que la guerre, la vraie, n'était qu'un sujet pour journaux télévisés, entre la rubrique politique intérieure et celle sur les sorties de films au cinéma.

Ils avaient tort. Abubakar n'avait connu que la guerre, quant à lui. La guerre que sa patrie, qu'il avait servie, avait menée contre ses frères musulmans. Puis la guerre sainte, le djihad qu'il avait décidé de conduire contre ceux-là même qui lui avaient donné des ordres iniques. Posés sur ses genoux, ses poings se serrèrent. Les visages ensanglantés, déformés par la douleur, et parfois méconnaissables de ses frères lui revenaient par bouffées. Combien d'hommes, de femmes et d'enfants avait-il tué en Tchétchénie ? Il l'ignorait. Des dizaines ? Des centaines ? Chaque visage était différent. Mais ils ressemblaient désormais tous à un être virtuel, que son esprit avait reconstitué, tel le docteur Frankenstein, en prenant des pièces de chacun des corps qu'il avait vus. Ce visage était ce qui le faisait vivre, et continuer la lutte. Ceux qui lui avaient ordonné d'accomplir ces atrocités devaient payer. Ainsi que tous ceux qui poursuivaient des atrocités similaires. Les Américains en Syrie. Les Français au Sahel. Il était si simple de lâcher des bombes depuis les airs, ou de tirer des missiles de croisière depuis des navires, voguant plusieurs centaines de kilomètres plus loin. Attaquer de vrais guerriers au corps à corps était une autre paire de manche. Abubakar allait enseigner aux Français une leçon qu'ils ne seraient pas prêts d'oublier. Dans toute la galaxie occidentale, les Français étaient le maillon faible. Pas tant parce qu'ils étaient moins combattifs ou courageux que les impérialistes américains. Bien au contraire. Mais parce qu'ils disposaient de moyens dérisoires, disproportionnés par rapport à la mission dont ils s'étaient investis. Le Sahel faisait la taille de l'Europe. Dans ce désert immense, leur tâche était surhumaine. Rechercher quelques centaines de djihadistes, cachés dans des grottes, des villages, des plaines. Des djihadistes qui disposaient, le plus souvent, de la complicité d'une partie de la population. Au Sahel, le fait religieux n'était pas le plus important, pourtant. Les djihadistes les moins bêtes avaient appris à ne pas tout jouer sur l'Islam, mais au contraire à exploiter les failles ethniques, culturelles, sociales. Les liens familiaux comptaient plus que les paroles divines. Les conflits éternels entre bergers nomades et cultivateurs sédentaires marquaient plus les esprits que les sourates d'un livre que peu avaient lu – lorsqu'ils n'étaient pas simplement analphabètes. Abubakar disposait d'un terreau incroyablement fertile dans la région. Il n'apportait qu'une certaine expertise. Une nouvelle façon de travailler. L'art qu'il avait appris à l'école des Spetsnaz du GRU. L'art de la guerre asymétrique. Ses premières leçons avaient déjà commencé à porter leurs fruits et les forces impies de Barkhane et des pays du G5 Sahel étaient sous pression. Les embuscades se multipliaient. Les premiers tirs de missiles sol/air avaient visiblement changé la donne. Les hélicoptères volaient moins et les convois militaires français ne disposaient plus systématiquement d'un appui aérien. Les IED placés sur le bord des routes étaient plus dévastateurs, car ils étaient mieux conçus. Abubakar avait amené avec lui plusieurs artificiers, passés maîtres dans l'art de fabriquer des pièges explosifs improvisés. Chacun avait pu parfaire ses techniques en Irak et en Syrie, ralentissant la progression inexorable des forces irakiennes ou kurdes, soutenues par les forces spéciales occidentales et leurs bombardiers. Des centaines de militaires irakiens ou de Peshmergas avaient perdu la vie, fauchés par des mines dissimulées dans les ruines de Mossoul ou de Raqqa, ou sur le bord des routes qui longeaient l'Euphrate. Abubakar allait importer les meilleures pratiques à ce nouveau champ de bataille. Pour lui, le Levant n'était plus l'épicentre du djihad. Bachar avait repris le terrain perdu, aidé par les forces russes et iraniennes. Daesh avait dû replonger dans la clandestinité, perdant son Califat.

Mais il y aurait d'autres batailles. D'autres combats. Il y avait des lieux plus propices que la Syrie. Comme la Libye.

Et surtout la bande sahélienne. La Syrie et l'Irak intéressaient la communauté internationale. Dans l'imaginaire collectif, c'était le berceau de l'humanité. Mais l'humanité n'était pas prête à mourir pour protéger les ruines de Palmyre. Une partie d'entre-elle était néanmoins prête à mourir pour le pétrole ou pour promouvoir l'une des deux branches de l'Islam qui, par procuration, se livraient une guerre terrible au Moyen-Orient. La lutte contre l'État Islamique avait fait oublier tous les autres conflits qui s'étaient coagulés au même moment, au même endroit. Celui entre l'Iran et les grandes puissances sunnites. Celui, intestin aux Sunnites, entre les Frères Musulmans turcs et les autres. Le conflit entre la Russie et l'Occident, notamment dans l'accès aux mers chaudes et à la Méditerranée, essentiel pour Moscou. Celui entre l'Iran et le Hezbollah libanais d'un côté et Israël de l'autre, peu enclin à voir des bases ennemies s'installer en territoire syrien, à ses frontières mêmes. Celui entre les Turcs et les Kurdes, qui recherchaient l'indépendance de leur peuple au sein de la Rojava. Tout cela avait fait du Levant une véritable poudrière, qui ne pouvait qu'attirer inexorablement l'attention des grandes puissances.

Le Sahel était loin de cela. Il n'y avait rien là-bas, mis à part un peu de désert, et quelques gisements d'uranium au Niger – loin d'être indispensables tant les sources alternatives étaient nombreuses. Rien qui ne mobilise l'opinion publique internationale, ou qui la pousse à soutenir, dans la durée, des opérations militaires meurtrières. Les Occidentaux n'acceptaient plus de voir leurs enfants revenir de champs de batailles improbables dans des boîtes. Ni les Américains, ni les Français. Il fallait juste atteindre le point de bascule. En Somalie, il avait suffi d'abattre deux *Blackhawk* et de tuer 18 militaires américains pour que le Président Clinton ne décide de rapatrier piteusement le contingent américain. Les morts étaient pourtant tous des Delta ou des Rangers.

La crème de la crème. Des combattants aguerris, qui connaissaient les risques. Pour eux, la mort en opération n'était pas un mythe. Elle était souvent une réalité. Le risque du métier. Mais le spectacle des carcasses calcinées des hélicoptères abattus, ou des corps des pilotes ou opérateurs lynchés et exhibés en public avait traumatisé une opinion américaine largement incapable de positionner la Somalie sur une carte, et encore moins d'expliquer ce que ses soldats faisaient là-bas. Combien de morts faudrait-il pour que les dirigeants français ne prennent le même chemin ?

Abubakar connaissait bien ses ennemis. Il ne les sous-estimait pas. Mais il connaissait leurs limites. Et la principale n'était pas leur courage ou leur combativité. Elle était la démocratie. Les dirigeants occidentaux devaient rendre des comptes à leurs électeurs, qui doutaient de plus en plus qu'une partie de leur sécurité pouvait se jouer aussi loin de leurs frontières, sur un autre continent. Ces opinions avaient pourtant vu s'effondrer les tours jumelles du World Trade Center, un jour de septembre 2001. Elles avaient vu les images du Bataclan martyrisé, les draps blancs étendus sur la Promenade des Anglais à Nice. Elles avaient entendu les terroristes exulter après qu'ils eurent décimé la rédaction du journal satirique Charlie Hebdo. Elles avaient assisté en direct aux assauts contre l'Airbus à Marseille ou contre l'Hyper Casher, porte de Vincennes, à Paris. Tous ces attentats avaient été conçus et imaginés à l'étranger, sur ces terrains lointains qui n'intéressaient personne. Mais l'opinion n'avait aucune mémoire. Abubakar comptait bien là-dessus.

*   *   *

« Vous devriez avoir le bus en visuel, dans vos neuf heures, à environ deux klicks de votre position », lâcha le pilote du *Reaper*.

Le pilote et son copilote, confortablement installés dans un van climatisé perdu sur la base de *Creech*, dans le Nevada, pouvaient voir sur un écran couleur le retour de la caméra optique du drone MQ-9. Le bus semblait sauter à chaque trou de la route. Ses amortisseurs dansaient dangereusement. Mais ce n'était pas tant le respect de la sécurité routière que l'équipage du drone surveillait. Mais les passages clandestins entre le Niger et le Mali voisin.

« Bien reçu, nous avons le véhicule en visuel en effet », lui répondit une voix rauque, à peine déformée par la distance.

Volant au-dessus du désert du Niger, à 6 600 miles de *Creech* AFB, l'hélicoptère Bell 214 fit un passage bas au-dessus du bus. Accroché à une ligne de vie à l'arrière de l'oiseau, portes grandes ouvertes, un officier du 20th *Special Forces Group* scruta le véhicule à travers ses jumelles. Des dizaines de sacs s'entassaient sur le toit du bus, qui semblait passablement chargé. Il pouvait reconnaître des ballots de vêtements, qui seraient certainement vendus sur les marchés locaux, mais aussi des meubles. Il y avait même des cages avec des animaux ! L'officier appuya sur le commutateur de l'interphone qui le mettait en contact avec les pilotes du Bell et l'équipage du *Reaper* qui flottait à quelques milliers de pieds au-dessus de leurs têtes.

« Tout est clair pour moi, on peut continuer. »

« Bien reçu », lui répondit le pilote, qui inclina le manche à balai de son hélicoptère et reprit de l'altitude. Les pilotes n'étaient pas militaires. Ils appartenaient à une société privée, Erickson, qui opérait au Sahel en sous-traitance pour le *Special Operations Command* – AFRICA. Une demi-douzaine de tels hélicoptères volaient dans la région, pour transporter du matériel ou compléter les moyens logistiques du SOCOM et du JSOC dans la zone. Pour la Maison Blanche, l'Afrique n'était pas digne d'intérêt et le Pentagone devait se battre pied à pied pour tenter de sauver ses misérables effectifs déployés au Sahel, essentiellement chargés de former les forces locales. Dans la carlingue du Bell, on trouvait d'ailleurs des bérets verts d'une unité de la Garde Nationale, basée en temps normal dans l'Alabama, et pas des opérateurs d'une unité de première ligne. Sur la base d'Arlit, les Delta étaient trop peu nombreux, et trop précieux pour perdre leur temps à surveiller les milliers de kilomètres carrés d'un désert monotone, gris, rocailleux, et vide.

*   *   *

Abubakar vit l'hélicoptère s'éloigner. Pendant un bref instant, son souffle s'était interrompu. Il avait réveillé son voisin d'un geste discret. Leurs armes étaient cachées dans des sacs, installés au-dessus de leurs têtes. Des AK-47 à crosse repliable, des armes de poing et quelques grenades. Abubakar savait que cet équipement était dérisoire face à une attaque en règle par des commandos occidentaux. Mais il vendrait chèrement sa peau. Il avait des dizaines de boucliers humains autour de lui qui compliqueraient la tâche de ses assaillants. Mais il n'y aurait pas d'assaut. Pas aujourd'hui, au moins.

L'hélicoptère disparut bientôt à l'horizon et le bus poursuivit sa route, indifférent et inconscient du drame qui aurait pu se jouer là, à quelques dizaines de kilomètres seulement de la frontière malienne.

Alliés improbables

Liptako malien, 7 novembre

« Un gars vient de se barrer en direction du nord », grésilla
la radio. « Il est armé… Je répète, le *Pax* est armé. »

Quelques instants plus tard, une rafale d'obus de 30mm
gicla du canon de l'hélicoptère *Tigre* et explosèrent dans
une gerbe de flammes autour de la silhouette. Sur l'écran de
leur cockpit, les deux pilotes de la *Gazelle* virent le corps se
disloquer. La qualité de l'image infrarouge prise par le
capteur Viviane, positionné au-dessus de la verrière vitrée
de l'hélicoptère, du côté du chef de bord, était saisissante.
L'instrument n'était pourtant plus à la pointe de la
technologie. Mais pour le djihadiste qui avait cru se mettre à
l'abri, au cœur de la nuit malienne, les générations de
détecteurs infrarouges ou de désignateurs laser
n'importaient plus guère. Il était parti rejoindre ses ancêtres,
disloqué sous la pluie de métal qui s'était abattue sur lui.

Le pilote de la *Gazelle* fit pivoter sa monture et balaya la
petite forêt où les deux motos s'étaient engouffrées
quelques heures plus tôt, surveillées par un drone *Reaper*. Il
savait qu'un groupe de commandos parachutistes du 2ème
REP se trouvait à une poignée de kilomètres et était en

chemin. Mais chaque seconde comptait. Les deux premiers djihadistes avaient abandonné leur engin après les premiers coups de semonce et avaient fui dans des directions opposées. La seconde moto avait repris sa route à travers le désert, fonçant vers le nord. Le *Tigre* avait hésité à la poursuivre de suite. Mais la *Gazelle* n'était armée que d'un tireur d'élite, et ils ne savaient pas si d'autres terroristes se dissimulaient dans la forêt. Il y avait quatre terroristes identifiés en visuel. Mais des surprises étaient toujours possibles. Le pilote du *Tigre* décida donc d'appuyer ses collègues avant de se mettre en chasse. Dans le barillet de son canon, il n'y avait pas moins de 450 obus. Bien plus qu'il n'en fallait pour une seule moto.

« Je vous laisse », lâcha le pilote du *Tigre* sur le canal crypté de Barkhane après avoir vaporisé le premier djihadiste de la nuit. « En poursuite de la moto numéro 2. »
« Bien reçu », répondit Adrien, le chef de bord de la *Gazelle*. Puis, se tournant vers le tireur du Commando Parachutiste de l'Air numéro 10, qui était sanglé à l'arrière. « Max, tu as un visuel sur le terroriste numéro 2 ? Il a disparu. Je ne vois aucune tâche thermique sur l'écran. Soit il est à sang froid, soit il a une couverture de survie autour de lui et il cherche à se dissimuler. »
Le tireur fit balayer le canon de son fusil de précision HK417. Vissé sur l'arme, la lunette Schmidt & Bender disposait d'un système d'intensification de lumière. La nuit était claire, et le sous-bois ressortait presque comme en plein jour.
« Négatif. Pas de visuel. Je cherche. Est-ce que tu peux bouger vers l'est, d'une trentaine de mètres ? »
« Bien reçu », répondit Kevin, le pilote de l'oiseau. D'une main sûre, il tira légèrement la manette du collectif, puis joua sur le palonnier et la manette du cyclique. La *Gazelle* glissa en crabe sur quelques dizaines de mètres, puis se stabilisa à nouveau. Le bois ne se trouvait qu'à une grosse

centaine de mètres. L'hélicoptère évoluait toutes lumières éteintes – toutes lumières *visibles* éteintes, il s'entendait, car des spots infrarouges clignotaient afin d'informer les autres actifs aériens de sa présence – mais l'équipage n'était dupe de rien. Dans une nuit aussi claire, éclairée par une lune presque pleine, l'engin de plus de deux tonnes était aussi invisible qu'un phare au bord d'une falaise. L'œil humain était ainsi fait qu'il distinguait les contrastes et les mouvements avec une étonnante acuité, y compris de nuit. C'était certes insuffisant pour viser sérieusement. Mais avec une arme automatique et suffisamment de munitions, il n'y avait pas toujours besoin de toucher à un endroit précis pour faire des dégâts.

Max aperçut le second djihadiste au moment où celui-ci sortit de sa cachette. Il ajusta la visée de son fusil de précision, mais il n'eut pas le temps de presser la détente. Une longue rafale gicla dans leur direction. Sanglé à l'arrière de la *Gazelle*, pour Max, le plus impressionnant fut le bruit, qui parvint à couvrir le vacarme du réacteur. Un staccato d'impacts qui résonnèrent sur la carlingue de l'hélicoptère. C'était comme si l'engin avait été pris dans un orage de grêle. Mais là, les grêlons fusaient depuis le sol, à plus de 700 mètres par seconde, en calibre 7,62mm. Kevin eut les bons réflexes. Il poussa vers l'avant le cyclique et la *Gazelle* plongea. Mais plusieurs balles avaient atteint l'unique turbine à gaz qui propulsait l'engin et le moteur s'embrasa dans une boule de feu. Des dizaines de voyants se mirent à clignoter en rouge dans le cockpit, de façon totalement inutile. Kevin réagit à nouveau avec professionnalisme et efficacité. Il sentit la poussée du moteur s'effondrer avant même que les aiguilles des cadrans de puissance ne pivotent dangereusement. Ils volaient trop bas pour qu'ils puissent éviter l'atterrissage forcé. Le tout était de limiter la violence du choc. Dans sa tctc, le pilote fit passer à une vitesse vertigineuse la procédure d'impact. Il redressa le nez de son engin en voyant le sol se rapprocher bien trop vite à son goût dans ses lunettes de vision nocturne, se cala contre son siège et, dans sa vision périphérique, il vit Max rentrer ses jambes dans la carlingue, s'agripper au siège du chef de bord et se préparer au choc. Puis tout devint sombre.

Le *Tigre* n'avait eu le temps que de s'éloigner de quelques centaines de mètres à la poursuite de la seconde moto lorsque Paco, le chef de bord, vit une boule de feu là où il avait laissé la *Gazelle*. Il comprit immédiatement, avant même que le signal de détresse ne résonne dans les écouteurs de son casque.

« Bordel ! La *Gazelle* a été touchée ! La *Gazelle* s'est crashée ! Crash de la *Gazelle*. »

Le pilote tourna la tête et vit à son tour les flammes s'élever du sol malien, brillante dans le dispositif d'intensification de lumière de son casque.

« Putain ! », lâcha Nicolas à son tour. « Je tourne ! Je tourne ! Paco, il faut aller les aider ! »

Les mêmes pensées traversèrent les esprits de Paco et de Nicolas. Pour eux, les trois hommes d'équipage de la *Gazelle* y étaient restés. Un mélange d'incrédulité, de colère, de consternation et d'angoisse virevolta derrière leurs yeux, avant que, en se rapprochant, ils purent repérer des mouvements autour de l'épave.

« Ils sont vivants ! », hurla Paco. « Les pilotes sont vivants. Je les vois bouger ! »

« Les trois sont vivants », ajouta Nicolas, après avoir remarqué une nouvelle silhouette ramper à l'arrière de l'hélicoptère. « Les trois sont vivants ! »

« On ne peut pas les laisser ! Il y a encore des terroristes aux alentours », siffla Paco.

« Je suis d'accord », répondit Nicolas. « Où sont les commandos ? »

Paco échangea quelques mots avec le contrôle aérien à Gao. Puis il secoua la tête, sanglé à l'avant du cockpit en tandem du *Tigre*. « Vingt minutes. Au mieux. »

L'équipage de la *Gazelle* était certainement blessé. Les secours étaient encore loin. Ils n'avaient pas d'autre choix.
« On va les chercher », dit Paco.
À l'arrière, Nicolas n'attendait que cet ordre. Il inclina immédiatement le nez de son *Tigre* et, moins d'une minute plus tard, l'hélicoptère de combat était posé à moins de cent mètres de l'épave de la *Gazelle*.

Max fut le premier à reprendre connaissance. L'espace d'une seconde, il se demanda s'il était arrivé de l'autre côté du tunnel. La dernière chose qu'il avait vue avait été le sol malien qui se rapprochait à grande vitesse et sa dernière pensée avait alors été pour sa fiancée. Elle était enceinte et il ne connaîtrait jamais son enfant. Mais rapidement, une douleur diffuse lui confirma qu'il n'était pas mort. Juste grièvement blessé. Il lâcha un râle et se laissa tomber à l'extérieur de l'hélicoptère. À l'avant de la machine, Adrien était toujours sanglé à son siège. Max le vit bouger.
« Adrien, tu es blessé ? »
Le pilote répondit quelque-chose d'inintelligible.
« Je ne comprends pas », siffla Max.
« Kevin… Kevin ne bouge plus… Attends… »
« Je suis vivant », gémit Kevin, d'une voix à peine audible.
« Mais je ne sens plus mes jambes. »

Max tenta de se remettre debout, mais l'effort était surhumain. Il ne put étouffer un cri de douleur et de désespoir. La douleur était atroce. Tous ses membres le lançaient. Mais c'était paradoxalement bon signe. Car cela lui indiquait que sa colonne vertébrale n'était pas touchée. Il se palpa rapidement et ne trouva aucune plaie ouverte. Il se remit à genoux, puis, au prix d'un nouvel effort dont il ne se serait pas cru capable, il parvint à se relever, puis à mettre un pied devant l'autre. Une force presque surnaturelle semblait le tirer, le pousser, le faire avancer. Cette force, il la connaissait. Elle s'appelait l'instinct de survie. La *Gazelle* se consumait et les flammes continuaient à lécher la carcasse métallique de l'épave. Le réservoir du turbomoteur pouvait exploser d'un instant à l'autre. Et c'était sans compter les chargeurs de munition à l'arrière. Max serra les dents, puis il s'avança vers Kevin, qui semblait le plus atteint. Il se pencha vers le pilote et décrocha la sangle de son harnais. Dans la lueur des flammes, son visage apparaissait livide et déformé par la douleur. Ignorant la sienne, Max attrapa le pilote sous l'aisselle et le tira de son siège. Non loin de là, il vit la silhouette féline du *Tigre* se poser. Sa carcasse était blindée. Il décida de porter Kevin jusque-là et de le poser derrière le *Tigre*. Réunissant ses forces, trébuchant presque à chaque pas, Max parvint à tirer Kevin jusqu'à l'engin. Le rotor du *Tigre* continuait à tourner, balayant l'air toujours chaud de la nuit malienne. Sous le nez de l'hélicoptère, le canon de 30mm balayait l'horizon, à la recherche des djihadistes qui auraient décidé de s'approcher. L'arme était interfacée avec le casque du tireur. Il lui suffisait de tourner la tête pour que le canon le suive.

« Kevin est mal en point », lâcha Max à Nicolas, qui avait relevé la vitre de son cockpit.
« On ne peut pas faire de vieux os ici. Accroche-le au patin. »
Max regarda le visage de Nicolas qui apparaissait dans une lumière verte quasi-spectrale. Il baissa les yeux vers le train d'atterrissage du *Tigre* et comprit. En bandant ses muscles, il parvint à monter Kevin sur le petit patin positionné à côté du train. Avec une sangle accrochée à la combinaison de combat du pilote, il réalisa un nœud rapide pour lier Kevin à la machine. Puis il retourna chercher Adrien.

« *Reaper* à *Diablo*, vous avez de la visite. Trois cents mètres. Mouvement de deux roues. »

« Bordel », jura Paco. La deuxième moto avait dû assister au crash et était revenue participer à la curée.

« Nico, on n'a pas beaucoup de temps. Je n'ai pas de ligne de visée vers les *tangos*. Il faut qu'on redécolle. »

« On ne peut pas les laisser », lâcha Nicolas sur l'interphone, sur un ton d'évidence.

« Je suis d'accord », grinça Paco en se mordant la lèvre. Il tourna la tête et vit la silhouette de Max revenir en portant Adrien. Moins d'une minute plus tard, le second pilote de la *Gazelle* s'était accroché au deuxième train d'atterrissage du *Tigre*, et Max avait réussi à monter sur les moignons d'ailes qui accueillaient les armements. Mais ni Adrien, ni Max n'étaient réellement accrochés à la machine. Ils devraient se tenir à la force des bras. Sur le papier, le *Tigre* avait été conçu pour exfiltrer deux commandos, accrochés aux patins. Mais jamais l'opération n'avait été tentée, ni à l'entraînement, ni bien sûr sur le terrain, en situation de combat. Et encore moins avec des personnels blessés…

« On redécolle ! On redécolle ! », hurla Paco.

Derrière lui, Nicolas tira la manette du collectif. Une sonnerie stridente résonna dans ses oreilles. L'ordinateur de bord estimait que la machine était trop chargée. Nicolas l'ignora et poursuivit sa manœuvre, poussant les deux moteurs de 1 300 chevaux dans leurs derniers retranchements. Ses mains tremblaient. Il souffla pour tenter de ralentir son rythme cardiaque. Sa machine était blindée et résisterait à des impacts de munitions d'AK-47. Mais les trois militaires qui s'accrochaient à sa monture ne l'étaient pas, eux. Et pour deux d'entre eux, ils ne tenaient qu'en mobilisant leurs dernières forces. À tout instant, ils pouvaient perdre connaissance. À tout instant, Nicolas pouvait être contraint d'engager une manœuvre brusque, qui pourrait les précipiter dans le vide, vers une mort certaine. Ces pensées se bousculaient dans sa tête et le pilote dut lutter pour les évacuer. Il les savait stériles. Et même contreproductives. Le *Tigre* vola pendant une poignée de minutes, puis se posa aussi délicatement que possible à proximité du *Cougar* des commandos du 2ème REP qui, d'une mission d'élimination de djihadistes, avaient évolué vers une mission de sauvetage de l'équipage de la *Gazelle*. Max sauta à terre. Il était à bout de forces. Mais il parvint, clopin clopant, à rejoindre le *Cougar*, alors que les secouristes de l'équipe transportaient Kevin et Adrien vers l'hélicoptère qui les évacuerait vers Gao où le poste médical avait été mis en branle. Entre le crash de la *Gazelle* et le redécollage du *Cougar*, moins de huit minutes s'étaient écoulées. Pour Paco et Nicolas, ces minutes avaient semblé des heures. Les deux hommes étaient épuisés, nerveusement. Mais la carcasse de la *Gazelle* qui rougeoyait toujours à l'horizon leur rappela que, sans leur décision insensée, trois Français auraient sans doute été condamnés à une mort certaine.[38]

Chicago, États-Unis, 8 novembre

Certains commentateurs n'avaient toujours pas compris la notion de terrorisme. Pour eux, il s'agissait d'une forme romancée, presque chevaleresque, de combat, du faible au fort. Le mythe de « Robin des bois » réinventé, en quelque sorte. Ces mêmes commentaires perduraient, certes prononcés sur un ton plus alambiqué ou mal à l'aise lorsque des cibles « non militaires » étaient visées. Écoles, enfants, supermarchés. Implicitement, pour ces commentateurs d'ailleurs, les policiers ou chefs d'entreprise semblaient être des cibles « légitimes » ... Pourquoi s'attaquer à des enfants ? Finissaient-ils par demander. Parfois, ils ajoutaient que les enfants étaient juifs, et qu'ils étaient donc des victimes collatérales du conflit israélo-arabe, comme à Toulouse en 2012. Une telle stupidité, qui frisait l'indécence, restait la meilleure alliée des terroristes. Pourquoi donc les terroristes s'en prenaient-ils à de telles cibles, en réalité ? La réponse se trouvait dans la question : pour terroriser ! Et pour terroriser de la façon la plus spectaculaire possible, en s'assurant une couverture médiatique disproportionnée.

George / Vassili n'aurait pas pu être plus éloigné des terroristes islamistes pourtant. Il n'avait jamais eu la moindre sympathie pour cette idéologie nihiliste, ni pour la superstition qui animait jusqu'aux idéologues de ces mouvances. Pour lui, il était simplement un combattant légitime. Un guerrier, pris au cœur d'une guerre qui le dépassait, qu'il n'avait pas choisie. Une guerre destinée à protéger et faire prévaloir son propre pays. Ironiquement, le pays qu'il avait juré de défendre lorsqu'il avait rejoint le programme Prométhée n'existait plus. L'Union Soviétique s'était effondrée, et la guerre qu'il avait été chargé de mener était terminée depuis 1991. Cette guerre était restée « froide », mais l'Amérique l'avait remportée haut-la-main.

Cette subtilité n'avait pas échappé à George. Mais la beauté du programme Prométhée était que *Vassili* s'en foutait complètement.

Des progrès considérables avaient été réalisés au cours des trente dernières années dans la connaissance du cerveau humain, facilités notamment par le développement des outils d'imagerie médicale telles que la résonance magnétique. Mais tant restait encore à comprendre. Le cerveau était très au-delà d'une pièce d'orfèvrerie. Les meilleures montres étaient constituées de quelques centaines de pièces et d'engrenages microscopiques, assemblés à la main. Le cerveau humain était constitué de près de 90 *milliards* de neurones qui pouvaient s'associer entre eux, pour créer des *milliers* de milliards de ponts, appelés synapses, qui permettaient à ces cellules de « communiquer » entre elles. Le nombre de connexions simultanées était alors insensé, et c'est ce qui permettait à tous les sens de fonctionner en parallèle. Ou presque. Car en sus de l'activité neuronale / synaptique, il ne fallait pas oublier l'activité chimique du cerveau, qui sécrétait des neurotransmetteurs ou des hormones dont les plus connus étaient l'acétylcholine, la mélatonine ou encore l'adrénaline. L'association de ces échanges électriques et chimiques expliquait ce miracle de la vie consciente.

Mais les mystères du cerveau expliquaient également que le programme Prométhée ait pu se développer. Ils expliquaient que des êtres raisonnables, loin des figures pathologiques de pervers narcissiques ou de psychopathes puissent se transformer en tueurs. En *terroristes*. L'annihilation de la volonté, du « sur-moi » comme aurait dit Freud, était le succès éclatant du programme et des chercheurs soviétiques qui l'avaient mis en place. Et son succès militaire était certainement celui des dirigeants du GRU qui avaient transformé un concept scientifique en levier opérationnel.

Ces dirigeants étaient sains d'esprit, pourtant. Et jamais dans leur esprit le programme Prométhée n'avait été conçu pour cela. Pour les attentats qui venaient de se produire. Ils étaient des militaires et se voyaient, tout comme Vassili à une plus modeste échelle, comme des patriotes. Pour eux, la survie de la patrie était l'essentiel. Au début des années 80, le scénario qu'ils avaient en tête était bien loin du Sahel, bien loin du terrorisme islamique. L'objectif était alors de sécuriser les approvisionnements énergétiques d'une Union Soviétique en perdition.

Avec l'explosion de la centrale ukrainienne de Tchernobyl, c'est tout le régime soviétique qui s'était retrouvé ébranlé. Les communicants de Moscou expliquaient encore à qui voulait l'entendre que la production industrielle de l'URSS dépassait celle du bloc de l'ouest, et que les Soviets étaient la patrie des travailleurs. La réalité était naturellement toute différente. Le niveau de vie en URSS était misérable. Les passe-droits et privilèges étaient permanents, notamment pour les membres du Parti et les caciques. Le taux d'équipement en électroménager de base restait ridiculement bas. Et dans certaines régions, les coupures électriques étaient monnaie courante. L'énergie, c'était la clé, pour les dirigeants. Sans énergie, une société industrielle ne pouvait rien faire. Et avec le voile sombre qui s'était levé sur le programme électronucléaire russe, essentiellement justifié par les défauts de sécurité intrinsèques à la filière graphite / eau lourde dite RBMK, le problème s'était encore aggravé. L'URSS était pourtant un gros producteur – et petit exportateur alors – de pétrole. Mais sa consommation semblait inextinguible. Il lui en fallait toujours plus. Plus pour pouvoir lutter, industriellement et technologiquement avec l'ennemi de l'ouest. Et plus, il y en avait aux portes mêmes de l'Union. Notamment en Iran et au Moyen-Orient. D'une certaine façon, le Politburo aurait été à blâmer également, même s'il avait brutalement rejeté le programme Prométhée tel que présenté par le GRU, à l'époque. Car c'était bien le Politburo qui avait chargé l'armée et le KGB de préparer des plans visant à assurer l'indépendance énergétique du pays. Le GRU n'avait fait qu'obéir aux ordres, à sa façon. Prométhée avait aussi été conçu pour créer des diversions en Amérique et dans certains pays clés de l'OTAN en préambule à une opération d'occupation et de saisie des champs pétrolifères du Moyen-Orient. Les États-Unis auraient-ils pu se lancer dans une guerre frontale contre l'URSS pour protéger des pays du Golfe Persique, alors même que les banlieues industrielles américaines brûlaient ? Alors même que des « accidents » industriels se multipliaient sur le sol même de l'Amérique ? L'opinion publique n'aurait jamais accepté de risquer une guerre nucléaire pour quelques princes milliardaires, roulant en Rolls. Des princes qui, en 1973, n'avaient pas hésité à utiliser l'arme de l'embargo contre ceux-là même qui avaient juré, en 1945, sur le pont du croiseur *Quincy*, de les protéger. À New York ou Chicago, il était déjà difficile de comprendre ou d'accepter qu'on pût mourir pour Berlin ou Vienne. Mais personne ou presque n'était prêt à finir vaporiser pour Ryad ou Téhéran.

George, là encore, aurait certainement compris ces subtilités. Vassili ne le pouvait plus. Dans la tête du sexagénaire, il n'y avait qu'une seule idée. Qu'un seul objectif. Accomplir sa dernière mission, puis prendre la poudre d'escampette. La nuit ne s'était pas encore levée et, de son motel, il ne pouvait pas voir les foyers rougeoyants des usines qui continuaient à se consumer, malgré les efforts acharnés de milliers de pompiers. Vassili n'avait pas fermé l'œil de la nuit. Son esprit avait vagabondé. Non pas vers des contrées lointaines, ou vers sa famille. Mais vers ses objectifs opérationnels. Vassili avait dû choisir, au sein d'une liste qu'il avait apprise par cœur tant d'années plus tôt, la dernière cible qu'il frapperait, et la route d'exfiltration qu'il utiliserait pour quitter le pays et, idéalement, rejoindre un pays qui avait cessé d'exister depuis près de trente ans. George, là encore, savait qu'il ne restait plus rien de l'Union Soviétique. Vassili s'y accrochait toujours. Dans un coin de la pièce, la télévision s'agitait toujours. Elle était restée allumée toute la nuit. Vassili avait simplement coupé le son. Mais des images de dévastation se succédaient. Et il suffisait de lire les bandeaux qui défilaient en bas de l'écran pour disposer de toutes les informations les plus fraiches, sans nécessité de s'assommer avec les commentaires ineptes des journalistes, plus soucieux de meubler le temps d'antenne que d'apporter la moindre analyse de fond. Un raid avait été conduit dans la banlieue de Chicago. Vassili avait, sans surprise, reconnu son quartier. Le FBI et la police de l'Illinois n'étaient pas peuplés que d'incapables et ils avaient remonté sa piste avec efficacité et célérité. Il l'avait naturellement anticipé, ce qui expliquait le choix du motel miteux où il se trouvait à cet instant et du déguisement qu'il portait.

Sur le lit, le regard de Vassili glissa sur la carte de Chicago. Il avait choisi sa cible. Les pains de Semtex qui lui restaient ne suffiraient pas pour la désintégrer totalement, bien sûr. Mais ce n'était pas le but. La beauté du terrorisme, c'était qu'il n'y avait pas besoin de détruire pour être efficace. Il suffisait parfois de *frapper*, simplement. Suffisamment fort pour que le message soit audible. Le terrorisme faisait florès d'une économie de moyens, lorsqu'on savait s'y prendre. Un camion volé, un couteau, une simple arme de poing pouvaient faire plus de dégâts, psychologiquement parlant, qu'une escadrille de chasse, parfois.

Alors que les premiers rayons du soleil faisaient briller les minces rideaux élimés de la chambre, Vassili se laissa tomber en arrière sur le lit. Si son esprit avait toujours vingt ans – l'âge qu'il avait lorsqu'il avait rejoint le programme Prométhée – son corps accusait le poids du temps. Il ferma les yeux, pensant trouver derrière ses paupières closes un semblant de repos, de réconfort. Peut-être de paix. Mais les mêmes douleurs, les mêmes images, les mêmes sensations lui revinrent. La même migraine le reprit. Cette migraine localisée, puissante, insensible aux antidouleurs, qui ne l'avait jamais quitté depuis les laboratoires du GRU. Le programme d'endoctrinement avait simplement déstabilisé la chimie cérébrale, et les capteurs d'acétylcholine ne s'en étaient jamais vraiment remis. Vassili n'aurait pourtant pas pu être plus éloigné de ces considérations, à cet instant. Il n'était qu'à sa mission. Sur son lit, à côté de lui, se trouvaient la carte de Chicago, sa perruque et son arme de poing. Il n'aurait pas besoin de plus. Il soupira et, au prix d'un nouvel effort surhumain, malgré le sang qui battait la mesure contre ses tempes, il réussit à s'endormir.

Ansongo-Menaka, Mali, 7 novembre

Le vol se passa en silence. Le C-160 atterrit à Gao à la nuit tombée. Mais pour Delwasse et ses hommes, l'heure n'était pas au repos. Ils déchargèrent leur matériel et, presque immédiatement, prirent place dans deux hélicoptères *Caïman* qui décollèrent vers le sud. Le vol serait court. À peine une heure. Les portes latérales des TTH-90 restèrent ouvertes et le capitaine du 1er RPIMA put, à travers ses lunettes de vision nocturne dans le dégradé de vert familier aux militaires de tous les pays, voir défiler les rives du fleuve Niger qui serpentait dans la plaine, indifférent à l'activité des hommes, quelle que soit la couleur de leur peau ou leur religion. L'immense réserve naturelle d'Ansongo-Ménaka s'étendait à l'est mais, de nuit, il n'y avait rien à voir. Là encore, les distances semblaient trompeuses, sur une carte. La réserve naturelle recouvrait 1,75 millions d'hectares. Un chiffre qui ne parlait sans doute à personne, écrit ainsi. Mais comparé à des références plus tangibles, il donnait sa juste mesure. 1,75 millions d'hectares, c'était la moitié de la superficie de la Belgique, et près du double de celle du plus grand département de France métropolitaine, à savoir la Gironde. Dans cette immense région, ne vivaient que quelques dizaines de milliers de personnes, essentiellement rassemblées dans la commune d'Ansongo, 32 000 âmes. Et bien plus d'animaux. Les girafes avaient disparu depuis longtemps, hélas. Mais il restait des milliers de félins, de gazelles, d'hippopotames. Et ceux qui auraient eu la mauvaise idée de se rafraichir dans le fleuve rencontreraient les derniers habitants de la réserve : des crocodiles qui pouvaient atteindre trois mètres de long... bien loin heureusement du fossile de crocodile géant de douze mètres, retrouvé sur les bancs du même fleuve. Le bien nommé *Sarcosuchus imperator* avait disparu depuis 110 millions d'habitants, ce qui était sans doute un souci de moins pour Barkhane...

Delwasse sentit le *Caïman* perdre de l'altitude et, bientôt, ses roues touchèrent le sol dans les volutes de poussière sèche que les quatre pales de son rotor de 16 mètres de diamètre soulevèrent. Les opérateurs du 1er RPIMA sautèrent au sol, chacun lesté de près de 60 kilos de fret. Derrière eux, les opérateurs du 1er *Régiment d'Hélicoptères de Combat* les aidèrent à décharger le reste. Vivres, armes, munitions, matériels divers. Les commandos du COS ne voyageaient jamais à vide. Le camp de base était de petite dimension, mais il ne fallait pas s'y fier. Quelques tentes avaient été dressées à côté de bâtiments en dur, visiblement les stigmates d'un petit village abandonné depuis plusieurs années. Des véhicules étaient garés en étoile, non loin des tentes, notamment les quads *Polaris* utilisés par les Hussards. Des sacs de sable avaient été montés à la hâte, plus pour appuyer le matériel que pour apporter une protection quelconque, dans les faits. Car le camp était idéalement placé et Delwasse put rapidement constater, en en faisant le tour, qu'il disposait d'une vision panoramique sur plusieurs kilomètres. La moindre bête évoluant à deux ou quatre pattes, et plus certainement encore sur deux ou quatre roues serait repérée très en avance, identifiée, et, si besoin, engagée – terme pudique pour dire désintégrée.

Au sein du camp, plusieurs unités s'étaient installées. Il y avait d'un côté les Français et de l'autre les Forces Armées Maliennes. Les échanges étaient permanents mais, au repos, les deux forces prenaient bien soin de vivre séparées. Nul racisme là-dedans. Juste le fruit de l'habitude. Parmi les Français, les mélanges étaient plus francs. Chaque unité disposait d'écussons particuliers, de bérets de couleur différente et, plus subtilement, d'équipements différents. Les Hussards du 2ème Régiment avaient retrouvé le béret brun/marron, couleurs de ses origines. Les Légionnaires de *Centurion* restaient attachés au béret vert – qu'ils portaient du « bon côté », contrairement aux Commandos Marines. Quant aux quelques opérateurs des forces spéciales, on les reconnaissait tout de suite à leur armement atypique, à leur béret amarante – pour Delwasse et ses hommes, ainsi que pour les opérateurs du 13ème RDP, ou vert pour les marins. Delwasse fut rapidement présenté aux équipes du COS sur place. Elles étaient peu nombreuses. À peine une quinzaine d'opérateurs, en sus de ses propres hommes, à peu près équitablement répartis entre Dragons Parachutistes du 13 et membres des Commandos Kieffer et Penfentenyo. Delwasse en connaissait déjà certain. Il fit connaissance avec les autres. Et il se mit immédiatement au travail.

« Est-ce que vous en avez appris plus sur les émissions suspectes ? », demanda Delwasse, entrant dans le vif du sujet.
Un officier du 2ème Hussard répondit. « Toujours difficile de trianguler les positions. Émissions VHF essentiellement. Quelques émissions UHF également, mais bien plus rares. Les émetteurs sont cryptés et à évasion de fréquence. C'est du matériel de qualité militaire. Nous avons pu resserrer la surveillance autour de plusieurs points. »
Sur une carte de la région étendue sur une table pliable, il indiqua une demi-douzaine de points.
« Je vois », répondit Delwasse. « Cela coïncide avec des points d'eau ? »
Un opérateur du commando Kieffer esquissa un sourire.
« Effectivement. Dans la plupart des cas, il y a un point d'eau connu à proximité. »
Delwasse fronça les sourcils. Dans le métier des armes et la lutte anti-terrorisme, il y avait des fondamentaux. Les insurgés, aussi habiles qu'ils soient, ne vivaient jamais de sourates et d'air pur. Il leur fallait des vivres, et dans un environnement aussi aride et sec que le Sahel, de l'eau. L'eau était souvent la clé. Un être humain normalement constitué pouvait en boire entre 6 et 10 litres par jour, au

cœur de l'été. Les grandes chaleurs étaient passées, mais le thermomètre ne descendait que rarement en dessous des 35 degrés en pleine journée, et jamais sous les 20 degrés durant la nuit.

« Des contacts ou identifications visuelles ? »

L'opérateur de Kieffer acquiesça. « J'ai conduit quelques incursions dans ces zones-là », dit-il en posant ses doigts sur la carte. « Nos drones tactiques ont pu prendre quelques clichés. Des terroristes, sans doute possible. Armes longues. Tenues tactiques. Visage dissimulé sous des foulards. De là où nous étions, il était impossible de les identifier, ou simplement de savoir s'il s'agissait de Touaregs, d'Arabes ou de Caucasiens. Ils se déplacent par paire, ou plus. Visiblement aux aguets. »

« Des étrangers ? », demanda Delwasse.

L'opérateur de Kieffer haussa les épaules. « Aucune certitude. Mais c'est mon troisième détachement au Sahel et je n'ai pas eu l'habitude de croiser des terroristes aussi à l'aise tactiquement. On n'en est pas encore à des opérateurs dignes de ce nom, mais ce ne sont certainement pas des recrues de base de Macina en tout cas... »

« C'est ce que je pensais », répliqua Delwasse. Il n'ajouta pas que c'était également ce que pensait le Colonel M, ainsi que le GCOS.

Les militaires poursuivirent le briefing pendant quelques minutes. Il fallait expliquer aux nouveaux arrivés les lieux, la topographie, les points hauts, les zones de patrouille, celles où les rares bergers faisaient paître leurs troupeaux. Les points d'eau bien sûr. Les routes d'infiltration. Les routes d'exfiltration. Les lieux de rassemblement et de reproduction des animaux sauvages. Les militaires de Barkhane étaient suffisamment aguerris et bien armés pour neutraliser tout chacal ou toute hyène qui s'aventurerait trop près d'une patrouille. Mais la réserve était aussi protégée. Et abattre un animal sauvage, même en légitime défense, ne serait pas nécessairement bien accueilli par les populations locales. Y compris et surtout par celles qui ne voyaient pas d'un bon œil la présence des Français dans le pays. Delwasse n'était dupe de rien. Si l'immense majorité des Maliens leur étaient reconnaissant, une minorité, culturellement ou ethniquement liée aux terroristes ou à d'autres puissances étrangères, était très vocale et ne perdait pas une occasion de gloser sur Barkhane. Les chefs terroristes n'étaient pas des aigles, mais ils n'étaient pas non plus des abrutis finis. Ils avaient compris le poids des médias et la facilité déconcertante qu'il y avait à les manipuler, parfois. Surtout les médias occidentaux qui, pour une raison indéterminée, prenaient fait et cause systématiquement pour les ennemis de leur pays et de leur civilisation… Cette situation n'était sans doute pas prête de s'inverser avec l'arrivée d'Abu Malek al-Chichani. Si sa réputation n'était pas usurpée, il ne tarderait pas à associer des actions PSY-OPS à ses opérations militaires. Dans la guerre moderne, les combats se menaient tout autant sur le terrain, armes à la main, que dans les rédactions des journaux ou chaines d'information continue.

« On aura besoin de passer plus de temps sur le terrain pour s'imprégner des lieux », finit par lâcher Delwasse. Son rôle était d'apporter de la percussion. Cela nécessitait une connaissance fine du terrain, et aussi fine que possible de l'ennemi. Et l'ennemi avait évolué.
« Nous essayons de disposer d'un *Reaper* en l'air H24. C'est difficile mais jusqu'à présent, nous y sommes arrivés. Notamment grâce aux Américains qui ont apporté des tuilages opportuns », dit l'opérateur de Kieffer. « Mais si tu as suivi les derniers développements un peu plus à l'ouest, nos forces ont été prises à partie par des terroristes qui utilisaient des couvertures réfractaires. Cela leur a permis d'échapper aux caméras thermiques. Un équipage de *Gazelle* a failli y passer. »

Delwasse acquiesça. Il avait reçu le briefing lors de son vol. Jusqu'à présent, les Français avaient bénéficié d'un avantage matériel considérable face aux terroristes. Mais si ces derniers disposaient désormais d'armes de précisions, de missiles MANPADS, de dispositifs de communication moderne, et de moyens de dissimulation dignes de ce nom, les choses seraient bien plus équilibrées. Bien trop équilibrées au goût de militaires dont les règles d'engagement n'avaient rien à voir avec celles des terroristes. Les Français ne pouvaient tirer que sur des combattants armés, qui les menaçaient directement. Les terroristes ne s'encombraient pas de ce type de scrupules, et pour eux, une bombe artisanale laissée au bord d'une route valait bien une autre façon de tuer leur ennemi.

« Nous serons donc d'autant plus vigilants », conclut le capitaine de 1er *Régiment Parachutiste d'Infanterie de Marine*. Au combat, Delwasse savait que la technologie jouait beaucoup. Mais ce qui faisait un guerrier était bien différent. Cela s'appelait l'expérience, le cœur, l'engagement, l'entraînement. Et au sein des Forces Spéciales, on apprenait et pratiquait encore la guerre à l'ancienne. Celle des anciens chasseurs. Lui et ses hommes étaient des prédateurs. Et les terroristes, aussi bien équipés qu'ils soient, étaient et resteraient leurs proies.

Palais de l'Élysée, Paris, 8 novembre

Parmi tous les pays démocratiques, la France était – et de loin – celui dont le chef de l'État disposait des plus grands pouvoirs, notamment en matière militaire. C'était toute la subtilité de la Constitution de la 5ème République qu'avait voulue le Général de Gaulle. L'homme du 18 juin avait assisté, impuissant, à la débâcle au printemps 1940. Il avait assisté aux atermoiements, à la faiblesse des régimes parlementaires et à leurs conséquences funestes au nadir de la vie d'un pays. Lorsque les canons commençaient à tonner, il fallait un chef qui « cheffe », un dirigeant qui décide, et une chaine de commandement courte et efficace. En un temps où, entre le départ d'un missile balistique et la vitrification d'une capitale, ne pouvaient s'écouler qu'une quinzaine de minutes, il était indispensable que les responsables aient non seulement le cœur, mais également les moyens de réagir. On ne pouvait plus prendre le temps de réunir deux chambres d'un parlement pour décider de représailles, ou du déclenchement du fameux « ultime avertissement » cher aux forces de dissuasion françaises. Ces choses-là se gèrent sérieusement, mais à chaud.

Les temps étaient – vaguement – moins critiques, et l'existence même de la France n'était plus menacée, comme au printemps 1940, ou encore sous la Guerre Froide. Mais le dispositif politico-militaire français restait une « anomalie », dans le meilleur sens du terme, au sein des pays occidentaux. Et au sein de la chaine de commandement, un homme disposait d'un rôle aussi essentiel que discret : le chef d'état-major particulier du président de la République.

L'amiral était un homme rond, affable, presque effacé en apparence. En apparence seulement, car derrière un visage bonhomme et des manières exquises – noblesse maritime

276

oblige – il était à la fois un fin politique, et un « dur ». Il savait prendre des décisions qui engageaient la vie des hommes, et plus encore celle des ennemis du pays qu'il avait servi loyalement depuis ses débuts dans la Marine Nationale, 44 ans plus tôt. Certes, à son poste, il ne prenait plus de décision lui-même. Son rôle était de conseiller celui qui disposait, en France, du pouvoir militaire ultime. Le chef de l'État était également chef des armées. Le bureau du chef d'état-major ne se trouvait pas au palais de l'Élysée même, mais un peu à l'écart, dans l'hôtel de Persigny, situé au 14 rue de l'Élysée. Ce n'était pas le signe d'un dédain, et encore moins d'un éloignement du cœur battant du pouvoir français, car l'amiral était certainement l'un des collaborateurs qui passait le plus de temps avec le chef de l'État. Les deux hommes disposaient d'un créneau quotidien pour évoquer les affaires militaires du monde. Au moins téléphonique, mais presque toujours physique. Cela suscitait naturellement des jalousies parmi les autres collaborateurs du président, et plus encore au sein de l'institution militaire. Mais les mouvements d'humeur en restaient en général là. La défense faisait partie des domaines réservés de l'héritier du Général de Gaulle. Et parmi les gradés, on préférait ne pas trop afficher ses jalousies car le pouvoir du chef d'état-major particulier était immense. S'il ne commandait pas directement aux hommes, les nominations d'officiers généraux, soumis à la signature du président, passaient toutes entre ses mains… y compris celle du chef d'état-major des armées.

L'amiral arriva à son bureau à 7h30, comme chaque matin. Il monta les escaliers qui menaient jusqu'à son bureau, au premier étage du bâtiment. Comme chaque matin, son secrétaire était déjà là. L'amiral le salua et retrouva son fauteuil. Il fit sortir son ordinateur de sa léthargie et consulta ses emails – la plupart sécurisés. L'un d'entre eux attira plus particulièrement son attention. Il venait de la

DGSE. On l'appelait une note jaune[39], rédigée par la « Boîte » à l'intention du président. Bien sûr, les notes à l'intention du président était rarement remises directement en mains propres à ce dernier, mais devaient plus généralement passer entre celles de ses collaborateurs, qui décidaient en leur âme et conscience s'il était opportun de déranger le « boss » pour cela.

L'amiral prit le temps de la parcourir une première fois. La note était courte. L'équivalent d'une feuille de papier recto/verso. Elle avait été signée par le directeur de la DGSE, même s'il était peu probable qu'il l'ait rédigée en personne. Ce n'était pas tant par souci, pour le directeur, d'attirer la lumière à lui, l'amiral le savait. Mais plutôt de mettre du poids dans les propos qui suivaient. Et le panorama que la DGSE dressait de la situation au Mali était inquiétante. Pour ne pas dire, alarmiste. L'amiral soupira. Il consulta sa montre. Presque 8 heures. Le président était un homme qui dormait peu et, à cette heure, il était déjà au travail depuis longtemps. Il attrapa son téléphone et appuya sur une touche en accès rapide. À la deuxième sonnerie, une voix féminine lui répondit.
« Bureau du président de la République ? »
« Est-ce que je peux avoir un créneau avec le PR ? Le plus tôt sera le mieux », demanda l'amiral.
La secrétaire aurait éconduit la plupart des collaborateurs de l'Élysée, ou même des membres du gouvernement, pour une requête aussi audacieuse. Mais l'amiral appartenait à un cercle très étroit et sélect à qui on n'osait pas dire non.
« Dans dix minutes, c'est bon ? »
« Parfait », répondit simplement l'amiral.

L'Élysée était un monument historique, au sens propre du terme. Depuis sa construction au début du 18ème siècle, il avait accueilli de grands aristocrates, avant d'accueillir de grands personnages de l'État. Le premier d'entre eux, notamment. D'aucuns pensaient que certaines pièces du palais étaient hantées par les prestigieux esprits qui s'y étaient aventurés. La bibliothèque du rez de chaussée de l'aile Est était censée héberger l'âme du malheureux président Faure, qui y expira en 1899 – en galante compagnie, selon la légende. Le bureau d'angle du premier étage principal fut, de son côté, surnommé le « bureau qui rend fou ». Il y avait à boire et à manger dans cette assertion. On pouvait simplement noter que certains des plus proches collaborateurs des présidents précédents y avaient élu domicile. Leur égo surdimensionné et la proximité géographique avec le chef de l'État avaient peut-être altéré leur jugement...parfois... et ainsi entretenu le mythe selon lequel la pièce était maudite. Ainsi allait la légende. Mais tant pour le chef d'état-major que pour le président de la République, qui y avait installé son second bureau de travail, ce type de réputation n'importait guère. Le président appréciait les lieux, moins solennels que le salon doré qui, depuis le Général de Gaulle – et à l'unique exception de Valéry Giscard d'Estaing – avait accueilli le bureau présidentiel, où le chef de l'État recevait notamment ses invités les plus prestigieux. Pour la pièce « qui rend fou », le président avait choisi un mobilier sombre, plus moderne, au Mobilier National. Une table Knoll en marbre, un bureau en bois noir, des fauteuils design en cuir de la même couleur. C'est sur une paire de fauteuils qu'il accueillit son chef d'état-major qui lui tendit la note jaune de la DGSE.

Le président était un homme analytique. Il prit quelques instants pour la lire. Puis il releva les yeux vers l'amiral, qui était resté impavide en face de lui. Sur une petite table basse, deux tasses de café n'avaient cessé de fumer, sans que ni l'un, ni l'autre n'y trempe ses lèvres.
« Qu'en pensez-vous ? », demanda le président.

L'amiral haussa les épaules. « Le mouvement n'est pas nouveau. Depuis plusieurs années, la DGSE et les gouvernements locaux nous ont alertés sur les tentatives des djihadistes locaux d'unifier certains mouvements transfrontaliers. Entre Boko Haram, Macina, Al Qaida au Maghreb Islamique, l'EI et j'en passe, les contacts ont existé dans le passé. Mais chaque discussion de rapprochement s'est heurtée, en réalité, à l'égo des dirigeants de ces groupes, ainsi qu'à certaines contraintes plus territoriales. Macina, par exemple, se fiche comme d'une guigne de ce qui se passe au Nigéria. L'essentiel de ses effectifs vient certes du peuple peul, mais se concentre en sus sur une région très précise du Mali. Le panarabisme d'Al Qaida ou le Califat mondial ne les intéresse pas. Et il en est de même des fantasques dirigeants de Boko Haram. La vie des nomades peuls au Mali leur est totalement indifférent, malgré la présence d'une forte minorité peule dans le pays. »

« Donc vous doutez des conclusions de la note, si je comprends bien », lui demanda le président, le visage concentré.

L'amiral secoua la tête. « Pas nécessairement, hélas. Deux points soulevés dans la note m'interpellent aussi. Le premier est que, paradoxalement, les succès que nous avons enregistrés face aux djihadistes au Sahel pourraient les pousser dans leurs derniers retranchements. Un groupe acculé est plus susceptible de manger son chapeau, et d'accepter de prêter allégeance à une organisation supérieure, au moins pour bénéficier d'un soutien logistique, ou pour faire appel à des volontaires étrangers. Personne ne répondrait à un appel au djihad de Macina ou d'Ansar Dine. Ils s'y sont essayé, déjà. Notamment Ansar Dine. Sans grand succès, comme vous le savez. Par contre, les esprits faibles et les aventuriers ont répondu à l'appel du Calife de Mossoul, ou de Ben Laden... »

« Pas faux », admit le président.

« Le second point, c'est évidemment l'entrée en scène de cet Abu Malek al-Chichani, ou Abubakar – s'il s'agit bien du même homme. On ne prête qu'aux riches, et on aurait sans doute tendance à surévaluer les compétences ou l'entregent d'un nouvel entrant, notamment formé au Califat. Mais jusqu'à présent, Abu Malek a fait preuve d'une redoutable efficacité. Il a introduit de nouvelles armes, notamment des missiles, au Sahel. Il a introduit de nouvelles tactiques, qui ont déjà coûté des vies parmi nos soldats, et plus encore parmi les FAMA. Et selon la DGSE, plusieurs membres de Macina seraient tentés de le rejoindre. Appelons cela l'appât du gain, ou le pragmatisme, je ne sais pas. Mais la situation est, pour moi, très alarmante. Je partage donc le ton pessimiste de la note, monsieur le président. »

« Les armes viennent de Libye, c'est ça ? Les missiles et le reste ? »

L'amiral acquiesça. « C'est le plus vraisemblable. Tout du moins, elles *transitent* depuis la Libye et passent par le Niger mais viennent plus vraisemblablement de Syrie... ou de Turquie... »

Le président ne put réprimer une grimace lorsque son chef d'état-major fit référence de la Turquie. Ses rapports avec le gouvernement d'Ankara étaient glaciaux et chaque jour, le fossé entre les deux pays, ou plus largement entre la Turquie et le reste du monde occidental, se creusait. On était proche du point de non-retour, et plusieurs fois, des navires de la Marine Nationale avaient été engagés par leurs homologues turcs au sud de la Méditerranée... et au large de la Libye, justement. Le professionnalisme et le sang-froid des marins français avaient permis d'éviter le pire. Mais un jour arriverait sans doute où le pire se produirait.

« Et la DGSE pense que nous pourrions contrecarrer les plans d'Abu Malek en nous rapprochant de Macina ? Vous y croyez ? »

L'amiral se cala contre le dossier du fauteuil en cuir. « Il y a toujours une part d'incertitude, monsieur le président. Surtout lorsqu'on connait un peu Amadou Koufa… L'homme n'est pas nécessairement simple. »

« Pas simple », répéta le président, en étouffant un rire nerveux. Il avait déjà reçu d'innombrables briefings sur lui, et il n'en pensait pas moins. « Il n'est ni simple, ni à la tête d'effectifs dodus, si j'en crois la DGSE justement. Tout au plus, on parle de quelques centaines de djihadistes. Pas de quoi faire basculer une guerre. »

L'amiral secoua la tête. « Je suis en désaccord, monsieur le président. Le problème ne tient pas tant au nombre de combattants que Macina peut aligner – quelques centaines, peut-être quelques milliers, tout au plus en effet – mais plus à la capacité de mobilisation d'une partie non négligeable du Sahel derrière son étendard. Macina est le porte-drapeau de l'empire peul, ou se revendique comme tel. Or, les Peuls se retrouvent dans la plupart des pays d'Afrique de l'ouest. Par définition, ces derniers sont des nomades, qui sont allés là où leurs troupeaux pouvaient paître. On les retrouve partout. Au Nigéria, où ils représentent près de 10% de la population. En Guinée, Au Sénégal. Au Cameroun. Jusqu'au Ghana et en Éthiopie ! Ce sont des millions de personnes qui, à tort ou à raison, peuvent se sentir représentés par Macina, et concernés par ses choix. La plupart des bergers peuls ne partagent pas la cruauté ou l'extrémisme des djihadistes, mais on retrouve un *affectio societatis* parmi eux assez proche de celui des Pachtounes vis-à-vis des Talibans en Afghanistan et au Pakistan. Mettre la main sur Macina pourrait être, pour Abu Malek, un coup de maître. Les combattants ne sont que la pointe de la lance. Sous la surface de l'eau, il y a les solidarités, les connivences, les aides logistiques que certains villageois procurent. Disposer d'un tel réseau informel peut être une arme redoutable, entre les mains d'un spécialiste du combat asymétrique. À nouveau, l'exemple Taliban n'est pas là pour nous rassurer. »

Le président se leva et fit quelques pas dans son bureau. Son visage était pensif, concentré. Il n'était arrivé à l'Élysée que trois ans plus tôt, mais il avait déjà passé des centaines d'heures à évoquer le nid de vipère qu'était le Sahel. Il avait rencontré personnellement tous les dirigeants de la région, et avait pu mesurer que les soucis sécuritaires n'étaient que la partie émergée de l'iceberg. Dit autrement, les djihadistes ne prospéraient jamais sur des démocraties solides, mais toujours sur des États gangrénés par la corruption, faibles, impotents. Et tout ne s'expliquait pas par la pauvreté ou l'aridité des sols... Le président avait déjà rejoint le gouvernement lorsque les djihadistes avaient frappé Charlie Hebdo et assassiné des juifs à l'Hyper Casher, parce qu'ils étaient juifs, et des policiers, parce qu'ils étaient policiers. Il était toujours au gouvernement lorsque la Bataclan avait été sauvagement attaqué. Les sujets sécuritaires n'étaient pas de son ressort, à l'époque. Ils l'étaient devenus, désormais. Il en avait pris durement conscience, dès le premier jour de son mandat, lorsque son prédécesseur lui avait transmis les dossiers les plus chauds, dans l'anonymat et le secret de son bureau. Puis lorsqu'il avait reçu ses premiers briefings de la part des autorités militaires et des services de renseignement. L'Islam radical et le djihadisme tuaient. Et les djihadistes avaient choisi la France comme ennemi principal, au même rang que les États-Unis.

« Bon, je vois. Je suis d'accord. Voyez avec la DGSE. J'autorise leur opération. Mais je veux être tenu au courant en temps réel. Nous marchons sur des œufs dans cette affaire. »
L'amiral inclina respectueusement la tête. Puis il se leva et repartit rejoindre son bureau, à une centaine de mètres de là. Il transmettrait les ordres présidentiels à la « Boite », ainsi

qu'au Centre de Planification et de Conduite des Opérations, plus simplement connu sous son acronyme CPCO. Depuis les sous-sols du boulevard Saint-Germain, le CPCO dirigeait les opérations militaires françaises, en lien étroit avec les commandements locaux et fonctionnels, tels le COS. L'opération proposée par la DGSE était complexe et risquée. Pas tant pour les opérateurs et agents chargés de l'exécuter. Mais pour la réputation de la France et ses relations avec les pays de la région. *Marcher sur des œufs* étaient, à ce titre, un délicat euphémisme...

Bamako, Mali, 8 novembre

Chaine de décision courte voulait dire...chaine de décision *courte*. Moins d'une heure après l'accord présidentiel, l'ordre avait été transmis boulevard Mortier, boulevard Saint-Germain, mais également au centre de commandement du Commandement des Opérations Spéciales. Enfin, il atteignit Victor et Charles, qui le reçurent dans la *Safe House* qui se trouvait face à la planque de Mamadou.

Victor ne put s'empêcher d'esquisser un sourire énigmatique, que l'agent chargé de la surveillance ne sut comment interpréter. Mais le mystère se dissipa vite.
« On a le feu vert », souffla Victor à voix basse.
Charles fronça les sourcils. « Aussi vite ? C'est atypique... »
Le mot était faible. Les deux agents avaient pu mesurer l'inertie des centres de pouvoir, l'indécision qui, même à la DGSE, coupait les ailes des opérationnels, sur le terrain. Mais ils l'acceptaient. Le métier d'espion, y compris au service action, était bien loin des fictions hollywoodiennes. Les opérations de vive-force existaient, même si elles restaient plutôt du ressort des forces spéciales. Elles

existaient, mais elles étaient rares. Les membres du service action passaient plus de temps en planque, à recueillir du renseignement opérationnel, qu'à tirer à tout va. Pour Victor, la collecte du renseignement était devenue une seconde nature. Il avait passé une décennie au 13ème Régiment de Dragons Parachutistes à parfaire les techniques d'infiltration clandestine et de surveillance à l'arrière des lignes ennemies. Passer à un gradient de clandestinité supplémentaire n'avait pas été trop brutal. La seule différence majeure avec son temps au COS tenait plus aux tenues qu'il pouvait revêtir. Les opérateurs du 13 évoluaient en treillis de combat. Désormais, Victor portait plus souvent qu'à son tour une tenue traditionnelle africaine. Pour Charles, les choses étaient différentes. Au sein du 2ème REP, il avait participé à tous les conflits armés des vingt dernières années. Et si possible, aux premières loges. Depuis qu'il avait rejoint le service action, il n'avait paradoxalement plus vu beaucoup d'*action*, justement. Mais il se dit que c'était près de changer.

« Mamadou est toujours chez lui », dit Charles en consultant sa montre. « Mais il est réglé comme une horloge. Il ne va pas tarder à faire sa promenade. »
Victor acquiesça. « Tu penses ce que je pense ? »
Charles haussa les épaules. « Maintenant, demain, pour moi le plus tôt sera le mieux. »
Victor esquissa un rictus. « Bien dit. »
Entre eux, ils avaient déjà tout planifié, sans trop y croire, néanmoins. L'opération était particulièrement audacieuse, et à l'extrême limite de ce que la DGSE se permettait de faire, en général. Contrairement aux images d'Épinal, les agences de renseignement occidentales n'éliminaient que très rarement des opposants. Et les enlevaient encore moins souvent. Dans le cas de Mamadou, manifestement, la « Boîte » avait décidé de faire une entorse aux bonnes manières.

Une heure plus tard, comme prévu, Mamadou était sorti de sa maison. Chaque jour, ou presque, il s'accordait une promenade en fin d'après-midi. L'homme avait ses habitudes, et il alternait entre deux ou trois itinéraires qui le faisaient déambuler dans les quartiers les plus résidentiels de la capitale malienne. Au grand bonheur des deux espions français, Mamadou n'accordait pas une grande importance à sa sécurité passive. Malgré son segment d'activité, il n'avait pas cru utile de lire un livre sur les techniques de contre-filature. Et ce n'était pas pour déplaire aux agents du service action. Ils étaient eux-mêmes des professionnels, formés à l'une des meilleures écoles – même si beaucoup moins médiatique que Camp Perry, en Virginie. Espion était un métier. La filature une science, avant de gagner le statut d'art, chez certains. Ces techniques s'apprenaient. Ne disait-on pas que c'était en forgeant qu'on devenait forgeron ? Pour les espions clandestins et les représentants des vitrines « légales » des organisations terroristes, c'était la même chose.

Tout se passa très vite. Mamadou venait de déboucher dans une rue piétonne, quasi déserte, lorsqu'une vieille camionnette crasseuse accéléra dans la rue et pila à ses côtés. L'Africain fut trop surpris pour réagir, une preuve de plus de son amateurisme relatif. Charles ouvrit la porte coulissante et, sans un mot, il plaqua un pistolet automatique sur la tête du Malien, pendant que Victor le ceinturait. Moins de cinq secondes plus tard, Mamadou se retrouvait couché à l'arrière de la camionnette qui était repartie en trombe. Dans la pénombre, il ne put qu'observer les individus qui avaient entrepris de le saucissonner, après avoir posé un bâillon sur sa bouche et un sac opaque sur sa tête. Impuissant.

« Comment vas-tu ? Tu as soif ? »

Mamadou mit quelques longues secondes à réhabituer ses yeux à la lumière lorsque l'homme qui se trouvait face à lui ôta le sac opaque qui se trouvait sur son visage. Il regarda autour de lui. Ils se trouvaient dans une pièce mal éclairée pourtant. Sans doute un sous-sol, s'il en jugeait par la fraicheur du lieu. Derrière l'homme qui lui parlait, une unique porte en bois. Un sol en terre battu, comme on en trouvait tant à Bamako. Des murs en brique mal montés.

Mamadou acquiesça. L'homme attrapa une petite bouteille en plastique, dévissa le bouchon et lui fit boire quelques gorgées. Le Malien était toujours ligoté à une chaise. Il se laissa faire.

« Qui êtes-vous ? Que voulez-vous ? »

Victor haussa les épaules. « Tu n'as pas une petite idée ? »

Mamadou secoua la tête. « Je pense que vous avez commis une erreur. Je n'ai pas d'argent. »

Victor portait une cagoule qui masquait ses traits, mais il aurait été difficile de cacher sa couleur de peau.

« Ne perds pas ton temps. Nous savons tout de toi. Et avise-toi que je n'ai pas le temps de jouer au chat et à la souris. Je vais jouer franc jeu avec toi. »

Mamadou resta impavide. Il n'était pas un espion professionnel mais Victor dût lui reconnaitre un certain sang-froid. Beaucoup, à sa place, aurait moins joué les fiers en pareille circonstance, après avoir été enlevés en pleine rue par des inconnus armés, et trainés, ligotés, dans une cave quelconque.

« Je vous écoute », se contenta-t-il de répondre. Mamadou n'était pas particulièrement courageux, mais il était rationnel. Si les Français – qui d'autres ? – avaient voulu l'éliminer, ils n'auraient pas pris autant de peine. Ils lui auraient logé une balle dans la tête, ou il aurait été opportunément renversé par un chauffard à l'occasion de l'une de ses promenades. De la même manière, si les Français avaient choisi de l'arrêter officiellement, il serait

287

en cet instant dans une prison militaire quelconque. Le lieu était clandestin, tout comme l'était le scénario de son enlèvement. Ce qui ne pouvait signifier qu'une chose : les Français avaient besoin de lui.

Victor s'approcha, attrapa une autre chaise qu'il traina sur le sol à côté de celle sur laquelle Mamadou était assis. Puis il se mit à califourchon dessus.

« Nous avons un marché à te proposer », reprit l'espion. « Enfin, un marché à proposer à ton patron. »

Mamadou secoua la tête. « Je suis mon propre patron », tenta-t-il.

Mais Victor ignora cette remarque sans intérêt. « Comme je le disais, nous avons un marché à proposer à ton patron. Je vais te faire un résumé, et tu vas vite comprendre. Abu Malek al-Chichani a pour projet de mettre la main sur ton organisation et mon petit doigt me dit que certains des caciques de Macina seraient tentés de le rejoindre. L'aura de ton chef n'est manifestement plus ce qu'elle était, visiblement », rit Victor. « Quelques missiles, quelques radios, et peut-être des dollars américains, et les allégeances tournent comme les girouettes dans les vents contraires. Si cela peut te consoler, ce n'est pas la première fois que cela arrive. En Syrie, des djihadistes peuvent changer chaque *semaine* de groupe. C'est à qui paie le mieux. Et pour certains, à qui propose le plus de femmes. »

Mamadou allait répondre quelque-chose mais Victor ne le laissa pas en placer une. Il poursuivit. « Ne te fatigue pas à raconter n'importe quoi et laisse-moi finir. Je te disais donc qu'Abu Malek cherche à vous tailler des croupières, à toi et à ce pauvre Amadou. Nous savons que tu lui es resté fidèle, et nous connaissons tout de tes négociations avec les autorités du pays. J'espère que tu n'es pas trop déçu ? », ajouta-t-il en voyant, pour la première fois, le visage du Malien s'assombrir. « Entre nous, croyais-tu sérieusement que tes petits rendez-vous clandestins à Bamako pouvaient rester secrets ? »

« Le gouvernement malien est souverain au Mali ! », protesta Mamadou.

« Si tu le dis », répliqua Victor en haussant les épaules. « Je vais aller droit au but. Notre proposition est simple. Aide-nous à t'aider, et nous fermerons les yeux sur tes négociations avec Bamako. »

Mamadou resta muet quelques secondes. « Je ne suis pas sûr de comprendre. »

Victor rapprocha son visage de celui du Malien. « Mais si, tu as parfaitement compris. Aide-nous à nous occuper d'Abu Malek, et nous fermerons les yeux sur tes aventures dans la capitale. Tu pourras même poursuivre tes négociations. Je mentirais en disant qu'elles nous enchantent. Mais nous devons bien apporter quelque-chose dans la balance. »

« Je ne peux pas vous aider », finit-il pas répondre.

Victor ne se démonta pas. « Toi, non. Koufa, lui, il le peut. »

Mamadou réprima un frisson à la première référence claire à Amadou Koufa. « Je ne parle pas pour lui. »

« Je sais bien, mon ami », lâcha Victor en lui tapant sur l'épaule. « Nous n'attendons pas une réponse officielle de ta part. Nous attendons juste que tu transmettes notre proposition à Koufa. Je te la répète : vous nous aidez à neutraliser Abu Malek, et nous fermons les yeux sur vos négociations avec le gouvernement malien. C'est une proposition honnête, entre nous. Je dirais même plus, inespérée. »

« Inespérée ? », répéta Mamadou, visiblement perplexe.

Victor acquiesça. « Oui, inespérée. Je vais être clair avec toi. Avant qu'Abu Malek n'entre en scène, nos projets te concernant étaient moins amicaux. Tu t'approchais dangereusement d'une liste sur laquelle, en général, personne ne tient à apparaître. Une liste d'hommes à qui il arrive en général malheur. Ton boss Koufa s'y trouve déjà, si tu veux tout savoir. Mais voilà, Abu Malek est arrivé et, pour ne rien te cacher, cet homme nous pose un plus gros problème que toi et ton boss réunis. Nous te proposons donc d'effacer quelques noms de la liste en question, et pour le même prix de vous débarrasser d'Abu Malek, qui vous pose aussi un problème, à *vous*. Tu es doublement gagnant ! Je te l'ai dit, c'est un bon deal. »

Mamadou fronça les sourcils. « Et qu'est-ce qui me dit que vous ne cherchez pas à m'utiliser comme appât pour approcher Koufa ? »

« Rien », admit Victor. « Si ce n'est que si c'était réellement notre projet, nous aurions pu continuer à te suivre et, mauvais comme tu es, tu nous aurais inexorablement conduit jusqu'à lui, un jour ou l'autre. Ne le prends pas mal, mais tu n'es ni discret, ni prudent dans ce que tu fais. »

Mamadou soupesa cette dernière réflexion. Il devait avouer que la réponse du Français, sans lui faire plaisir, n'était pas absurde. Koufa avait réussi à échapper aux raids des forces françaises jusqu'à présent. Il était pourtant passé très près à Farimaké, deux ans plus tôt. Il bénéficiait d'un solide réseau de solidarité et d'amitiés, au Mali. Au sein de la communauté peule, l'homme avait acquis une renommée importante et ses prêches enflammés s'échangeaient sous le manteau, et parfois de façon beaucoup moins clandestine. L'homme haïssait la France, et avait posé comme condition à des négociations sérieuses avec Bamako le départ préalable de Barkhane. Mais Paris avait fait le pari que Koufa en était arrivé à haïr plus encore cet Abu Malek qui osait lui voler les allégeances de certains de ses hommes. Pour un homme aussi orgueilleux que lui, ces trahisons devaient être insupportables.

Mamadou soupira. « Je ne promets rien. Mais je peux transmettre votre proposition. Cela prendra un peu de temps. Et je ne garantis rien. »

« Nous n'attendons aucune garantie de ta part », répliqua Victor. « Transmets ce message à ton boss. Et tu pourras nous joindre, nuit et jour, sur ce numéro », ajouta-t-il en sortant une petite feuille de papier pliée en quatre de sa poche, qu'il glissa dans celle du costume de Mamadou. Puis Victor attrapa un couteau à cran d'arrêt. Il l'ouvrit d'un geste théâtral, puis trancha les liens qui entravaient le Malien. « Tu es libre. Je pense que tu retrouveras facilement ton chemin. »

Mamadou se leva et se massa les poings pour aider le sang à circuler à nouveau. Ses membres étaient ankylosés. Le Français ouvrit la porte et s'effaça. Mamadou le regarda, puis il partit. Le Français n'avait pas menti. La camionnette avait roulé pendant une vingtaine de minutes après son enlèvement, mais elle avait visiblement tourné en rond. La planque où ils l'avaient séquestré ne se trouvait qu'à quelques centaines de mètres de là où ils l'avaient kidnappé.

Victor le regarda partir sans un mot. Quelques instants plus tard, Charles le rejoint. Il tenait un AK-47 à crosse repliable à la main et avait surveillé les environs pendant tout ce temps.

« Tu penses qu'il va transmettre le message à Koufa ? Tu penses que ça va marcher ? »

Victor haussa les épaules. « Je n'en sais rien, mon ami. Je ne lui ai pas menti, nous lui avons proposé un bon deal. Un *très* bon deal. Presque inespéré. »

« C'est certain. Mais penses-tu que Koufa le verra de cet œil-là ? »

« C'est bien la question », reconnut Victor. Mais l'espion savait qu'il ne fallait jamais mettre tous ses œufs dans le même panier.

« Vous avez pu aspirer les données de son téléphone portable ? »

Charles acquiesça. « Oui, c'est tout bon, d'après l'équipe technique. »

« Parfait », sourit Victor.

Dans la pièce voisine, une équipe mobile de la DGSE avait déployé un appareil connu sous la dénomination barbare d'intercepteur IMSI[40]. La machine tenait dans une grosse valise et son fonctionnement était simple. En émettant des ondes ad hoc, l'IMSI *catcher* devait se faire passer pour une antenne relai, avec laquelle le téléphone portable visé allait tout naturellement échanger des métadonnées. Avec un peu d'électronique et un programme complexe, l'IMSI *catcher* pouvait alors expédier un Troyan qui servirait à ouvrir une brèche dans le dispositif de sécurité du téléphone. Gigabits par gigabits, l'antenne aspirerait alors les informations présentes sur le téléphone. SMS, contacts, liste d'appels. Les dernières générations de *catcher* pouvaient se jouer de la plupart des algorithmes de cryptage utilisés par les téléphones. Mamadou restait un homme modeste et son GSM n'était pas l'un des quelques modèles les plus lourdement cryptés en natif. Grâce à l'IMSI *catcher*, le téléphone de Mamadou avait été transformé en balise passive et les Français pouvaient désormais le suivre à la trace, où qu'il aille. Chacun de ses appels ou messages serait immédiatement enregistré.

« Advienne que pourra… », conclut Victor.

« *Alea jacta est* », confirma Charles. Ce dernier n'ajouta pas que, par déformation professionnelle, il en serait presque arrivé à espérer que Mamadou échoue dans sa mission. Dans ce cas, on pouvait espérer que la prochaine rencontre se finisse bien différemment.

Chicago, États-Unis, 8 novembre

Au dernier recensement, il y avait près de 25 000 policiers à Chicago. Et cela excluait naturellement les agents fédéraux. Mais pour Vassili, c'était comme si la totalité des effectifs avait été déployée dans les rues. Le bleu des uniformes était partout. Aux intersections, patrouillant dans des voitures, en garde statique devant les édifices les plus importants, les grands magasins et autres. Mais malgré ce déploiement de force, les agents et détectives ne pouvaient pas contrôler tout le monde. Il y avait 2,7 millions d'habitants dans la ville, qui devaient travailler, se restaurer, parfois – malgré les fumées qui étaient visibles au sud, à l'horizon – se distraire. Bref, 2,7 millions de personnes qui devaient *vivre*. Et vivre dans la patrie des libertés individuelles.

C'était tout le paradoxe, et toute la difficulté de la lutte anti-terroriste. Une action anti-terroriste efficace permettait de déjouer les attentats...*avant* qu'ils n'aient été commis. Traquer les criminels après était bel et bon, mais bien moins satisfaisant pour les victimes... Or, par définition, empêcher un attentat et arrêter un criminel avant qu'il n'ait frappé posait d'évidentes questions juridiques : dans un pays normal, on n'était pas condamné sur des intentions, mais sur des faits qualifiables. Après le 11 septembre aux États-Unis, et plus tôt en France, les lois évoluèrent, pour criminaliser l'intention, lorsqu'elle était évidente. Se promener en ville avec un gilet d'explosifs et le détonateur dans la main n'était pas chose naturelle, et pouvait autoriser l'usage disproportionné de la force, ou la condamnation à perpétuité si le terroriste était toujours en vie et entier à l'issue de sa rencontre avec les forces de l'ordre. Vassili savait tout cela et il savait également que ces pudeurs ne pouvaient que lui faciliter la tâche.

Au volant de sa petite citadine japonaise, il suivit l'itinéraire qu'il avait choisi. Rien n'était improvisé, désormais. Il connaissait bien la ville, et avait sélectionné avec soin la route qu'il allait suivre, ainsi que les itinéraires de délestage, au cas où des impondérables venaient à se produire – accident, barrage filtrant... Il avait une cible principale. Mais la prudence étant mère de sûreté, il avait également sélectionné plusieurs cibles secondaires, au cas où. Avant de partir, il avait préparé les pains de Semtex et installé le détonateur. Le tout se trouvait dans un sac de sport en toile, posé au pied du siège passager. Sous sa veste, Vassili tenait son pistolet automatique. Une balle était chambrée et il ne lui suffirait que d'un mouvement du pouce pour lever la sécurité de l'arme. Mais il n'en eut pas besoin. Pas plus qu'il n'eut besoin de se rabattre vers l'une de ses cibles secondaires.

L'accès à l'hôpital était curieusement simple et libre, mais Vassili préféra se garer à deux pâtés d'immeubles de là. Il attrapa le sac et se mit en marche. De l'autre côté de la rue, une patrouille de police passa toutes sirènes hurlantes, sans se préoccuper d'un vieil homme qui marchait avec un sac de sport, le dos courbé et la tête basse. Il ne fallut que cinq minutes au Russe pour rejoindre l'hôpital. Là encore, il n'avait pas choisi sa cible au hasard. Il en connaissait les accès principaux et les portes dérobées. En fait, George y avait passé tant de temps, quelques années en arrière. Son épouse y avait passé les derniers mois de sa vie, soignée pour un cancer qui l'avait finalement emportée. Le personnel médical avait été attentionné, professionnel. Mais pour Vassili, il n'y avait plus d'affect là-dedans. Juste un choix froid et calculé. La cible était symbolique. Frapper un hôpital était la meilleure façon de terroriser. Et il connaissait intimement cette cible. Notamment les portes latérales et discrètes qu'il emprunta.

Spencer dut réprimer un rictus de douleur alors qu'il se remettait debout. Son genou le lançait toujours et, après une nuit de travail à arpenter les couloirs de l'hôpital de long en large, il ressentait la fatigue, physiquement. L'homme n'était pas vieux, pourtant. Il venait de fêter ses 52 ans. Mais l'âge n'expliquait pas tout. Spencer avait passé plus de vingt ans à la police de Chicago, à traquer les criminels. D'abord en tenue, il avait été promu détective. Et, ironiquement, ce fut au cours de sa première mission en civil qu'il avait été blessé. Huit ans après, les éclats de balles étaient toujours là. Dans sa jambe et dans son dos. Les chirurgiens avaient pourtant fait des miracles, mais ils n'étaient pas magiciens non plus. En théorie, Spencer aurait pu s'arrêter de travailler. Entre sa retraite de policier et la rente qu'il allait toucher, il aurait pu vivre chichement. Mais il avait deux filles, qu'il avait élevées seul après la mort accidentelle de son épouse. Et aux États-Unis, l'éducation coûtait cher. Très cher. Spencer était afro-américain mais il avait choisi de ne pas cocher la case *ad hoc* sur les dossiers d'inscription aux universités. Il ne voulait pas que ses filles soient reçues sous prétexte qu'elles étaient noires, et qu'elles appartenaient à une minorité dont il fallait remplir le quota. Il ne les avait pas élevées ainsi. Il n'avait pas été élevé ainsi. Il s'était élevé à la force du poignet, en travaillant dur, en restant du bon côté de la loi, pour finir par l'appliquer et jurer de la protéger. Depuis quelques mois, il avait accepté de travailler de nuit. Cela payait beaucoup mieux et, de toute façon, il n'y avait plus personne à la maison pour l'attendre. Ses filles étaient loin. Au moins loin de ses yeux, car elles restaient là, dans son cœur. Sa tournée était officiellement terminée et il aurait pu – et peut-être dû – rejoindre directement le vestiaire. Mais il était consciencieux et, comme chaque jour ou presque, il s'accorda une dernière visite aux sous-sols, malgré la douleur vive qui électrisait sa jambe à chaque pas, et plus encore à chaque marche d'escalier.

*   *   *

L'endroit en valait bien un autre, se dit Vassili. Sa charge était loin d'être ridicule et dix pains de Semtex n'étaient pas un pétard mouillé. Mais l'espion savait parfaitement qu'elle serait très insuffisante pour infliger des dommages structurels au bâtiment. Il fallait donc choisir, là encore, un emplacement symbolique. Là où les dommages seraient magnifiés. Les hôpitaux avaient en fait plusieurs points faibles. Pour des raisons évidentes, ils disposaient le plus souvent de groupes électrogènes, destinés à pallier les pannes d'électricité. Ces groupes fonctionnaient en général sur diesel et nécessitaient des réserves substantielles de combustible. Mais pour des raisons tout aussi évidentes, les cuves étaient renforcées, et désormais recouvertes de polymères qui visaient à les sceller en cas de rupture, et ainsi prévenir les explosions. L'autre point faible était le circuit de fluides médicaux. Dans chaque chambre, ou presque, un robinet permettait de brancher un respirateur. Dans tout l'hôpital, des dizaines de kilomètres de tuyaux avaient donc été installés pour alimenter tout le bâtiment en fluides médicaux. L'azote en était un, mais il était inerte et totalement inutile pour Vassili. L'oxygène en était un autre, beaucoup plus intéressant. Et c'est là qu'il avait décidé de frapper, à l'un des nœuds d'approvisionnement en oxygène.

Le couloir était désert, au premier sous-sol de l'hôpital. Ironiquement, il n'avait eu qu'à suivre les indications et les flèches pour arriver jusque-là, sans que personne ne le voit ni ne lui demande ce qu'il faisait là. La porte du local était naturellement verrouillée mais il ne lui fallut que quelques instants pour crocheter la serrure. La technique était comme le vélo, cela ne s'oubliait pas. Puis il entra dans le local et posa son sac de sport au sol. Un rapide tour d'horizon et il put choisir l'emplacement où il laisserait sa charge. Selon ses calculs – après tout, il était ingénieur – la charge allait embraser les circuits d'oxygène dans toute l'aile ouest de l'hôpital. Des centaines de chambres seraient concernées, sans parler des salles d'opération qui se trouvaient un peu plus loin. Que ressentait-il à cet instant, au moment de décider, tel un Dieu de l'Antiquité, de la vie ou de la mort ? Il évacua ces pensées stériles et se concentra sur sa tâche et sur les charges.

*   *   *

« Qu'est-ce que c'est que çà ? », se dit Spencer en voyant la porte entrouverte. Il était passé là une heure plus tôt et la porte, à l'époque, était bien fermée. Peut-être un technicien ? En général, il était averti de ces inspections, mais avec tout ce qui se passait en ville et dans la région, on pouvait comprendre que certains puissent penser à autre chose. Spencer s'approcha et poussa la porte. La lumière était allumée dans la pièce.
« Il y a quelqu'un ? »
La pièce était petite, à peine une vingtaine de mètres carrés. Plusieurs racks d'équipements étaient placés au centre, et des dizaines de tuyaux recouvraient les murs. Dans un angle, plusieurs bonbonnes de gaz médicaux étaient installées, ultimes réserves si les approvisionnements des citernes placées plusieurs mètres sous terre venaient à s'épuiser. Spencer s'avança encore, et il aperçut une silhouette.

« Eh là, qu'est-ce que vous faites là ? »

Malgré ses réflexes d'ancien policier, Spencer fut surpris par la réaction de l'homme. La silhouette se tourna brutalement. L'homme tenait quelque-chose dans sa main. Une arme. Et il fit feu immédiatement. Spencer avait déjà été blessé par balle mais la douleur qu'il ressentit lui sembla encore plus vive. La balle le frappa en pleine poitrine et il tomba en arrière, se tapant la tête contre le mur. Mais il était une force de la nature et, malgré le choc, la douleur et le sang qui coulait, il attrapa son arme, à sa ceinture, et il ouvrir le feu à son tour. Sa vision s'était troublée. Il savait qu'il pouvait perdre connaissance à tout instant. Dans un dernier effort, il pressa le bouton du commutateur de sa radio, qui pendait sur sa poitrine. Et il appela au secours.

*   *   *

L'agent spécial Murphy s'écrasa contre la vitre de sa Chevrolet alors que le conducteur négociait un virage serré.

« Désolé », lui dit simplement l'agent qui se tenait derrière le volant.

Mais Murphy avait bien d'autre choses en tête. La radio de sa voiture continuait à crépiter, à mesure que les unités de la police de la ville et du FBI informaient leurs collègues de la poursuite.

« C'est confirmé, il se dirige vers New Eastside. »

Murphy attrapa le micro. « Il cherche à fuir par le lac ! Qu'est-ce qu'on a sur place ? »

Le haut-parleur grésilla sur un bruit de statique, puis la même voix rauque répondit.

« Des unités du SWAT sont à moins d'un klick et nous avons un hélicoptère du HRT en l'air avec des tireurs. »

« Envoyez-les ! », ordonna Murphy. L'agent n'eut pas besoin d'ordonner à son chauffeur de repartir vers l'Est et la marina de New Eastside. Sans un mot, il avait déjà écrasé la pédale de frein et pris un virage à 180 degrés, toutes sirènes hurlantes, pour rejoindre la côte au plus vite.

Moins de dix minutes plus tôt, une fusillade avait éclaté à l'hôpital COOC county. Par une chance inouïe, une équipe du Bureau se trouvait sur place. Lorsqu'ils arrivèrent au sous-sol, un gardien gisait dans une mare de sang. Un sac d'explosifs était là, également. Le détonateur n'avait pas pu être activé. Plusieurs autres tâches de sang contre le mur et au sol indiquaient que le gardien avait pu blesser le terroriste. Sans doute grièvement. Les agents du FBI eurent le bon réflexe. Ils ordonnèrent l'évacuation de l'hôpital et appelèrent les démineurs. Puis ils se ruèrent sur la salle de surveillance où le retour des caméras s'affichaient sur d'innombrables écrans. Ils ne mirent pas longtemps pour repérer un homme qui sortait de l'hôpital en se tenant le ventre, ni pour identifier la voiture dans laquelle il s'engouffra.

Contrairement à Spencer, Vassili n'avait jamais été blessé par balle, auparavant. Sur le coup, il ne ressentit rien. Son organisme était saturé d'adrénaline. Mais au bout de quelques secondes, alors qu'un liquide gluant s'était mis à couler à gros flot de son abdomen, ce fut comme si une paire de ciseau géante avait entrepris de lui découper le ventre. Il lui fallut un effort surhumain pour se remettre debout, et plus encore pour rejoindre sa voiture. D'après la couleur du sang, le foie ne semblait pas touché, et c'était bien la seule bonne nouvelle de la journée. Au volant, il réalisa enfin qu'il n'avait pas déclenché le détonateur. Il se mordit la lèvre. C'était trop tard pour cela. Il n'allait pas revenir en arrière. L'hôpital devait déjà grouiller de policiers. Mais il n'était pas encore trop tard pour s'enfuir. Sa principale route d'exfiltration passait par le lac. Un bateau l'attendait à la marina. *Son* bateau, qu'il avait acheté quelques années plus tôt et fait enregistrer sous un faux nom. C'était le seul risque qu'il avait pris depuis qu'il avait infiltré le territoire américain, tant d'années auparavant.

Malgré la douleur, sourde, il parvint à négocier les derniers virages. La marina était là. Il se gara et sortit de sa voiture. Au loin, des bruits de sirènes résonnaient, aigus ou graves. Plus près, celui, plus réconfortant, des mouettes et du port. L'odeur de l'eau emplit ses narines et, sur le coup, lui apporta un peu de réconfort. Avant de rejoindre Chicago, Vassili n'avait jamais vu la mer. Bien sûr, le lac Michigan n'était pas la mer. L'eau n'y était pas salée. Mais la vaste étendue bleue, à perte de vue, ou presque, valait bien tous les océans, pour lui. Avec son épouse, il avait passé d'innombrables heures à en arpenter les rives. Il n'avait pas choisi sa femme. Mais il avait appris à l'aimer, à sa façon. Il évacua ces pensées et ces images qu'il savait inutiles à cet instant. Son bateau se trouvait non loin de là. Il était prêt au départ. Le réservoir était plein. En quelques heures, il serait au Canada, où il disposait de plusieurs lieux de repli.

*   *   *

« Approche un peu plus », hurla le tireur dans le micro de son casque.
À l'avant de l'hélicoptère MD530, le pilote inclina la tête et manipula de façon experte ses commandes.
« Bien reçu ».
Relié à la cabine par une ligne de vie, le tireur du FBI tenta de compenser les vibrations de la machine pour stabiliser sa visée. Sur son arme, il fit pivoter de quelques crans la roue de réglage de la lunette Hensoldt. Son fusil HK MSG90 était chambré en 7,62mm, ce qui en faisait une redoutable

arme de précision jusqu'à des distances d'un kilomètre. Au-delà, il fallait utiliser des calibres plus puissants encore. Petit à petit, les utilisateurs du MSG90 passaient au HK417. Mais certains irréductibles s'accrochaient encore aux antiquités. Plus par habitude qu'autre chose.

« J'ai un visuel possible. Je répète, j'ai un visuel possible. »

« Ici Murphy, a-t-on des unités au sol ? »

La radio crépita quelques secondes, puis la réponse tomba.

« Négatif. Les premières unités du SWAT sont à trois minutes. Elles sont prises dans un embouteillage. »

« Bordel », lâcha Murphy sur le canal du FBI.

« L'X-Ray se trouve dans la marina. Il a un sac à la main. Il progresse visiblement avec difficulté. Il semble blessé. Quels sont les ordres ? »

« Y-a-t-il des civils aux alentours ? », demanda Murphy.

Le tireur du FBI soupira. « Positif. Plusieurs groupes de Yankees. S'il porte une bombe dans son sac, il y aura du dégât. »

Dans sa voiture, Murphy se mordit la lèvre.

« Avons-nous une identification certaine ? »

« Je ne sais pas si *certaine* est le mot. 85%... », répondit honnêtement le tireur. « La description coïncide et l'homme est sorti de la voiture qui a été repérée au COOC county... »

« Que fait-il ? »

« Il semble se diriger vers une jetée. Sans doute vers un bateau. »

« Très bien. Ne le perdez pas des yeux. Je vais voir avec les unités maritimes et les garde-côtes s'ils ont des unités prêtes à l'intercepter lorsqu'il sera en mer. »

« Compris », répondit sobrement le tireur.

*   *   *

Son bateau était là, au bout de la jetée. Vassili prit quelques secondes de repos, le visage crispé par la douleur.

« Vous vous sentez bien ? »

Vassili sursauta. Devant lui, à une dizaine de mètres, se trouvaient une famille dans un petit yacht. La mère l'avait vu s'appuyer sur un muret. À ses côtés, se trouvait un enfant d'une dizaine d'années.

« Tout se passe bien ? », lui demanda-t-elle à nouveau.

Vassili hocha la tête et tenta d'esquisser un sourire. C'est à cet instant qu'il l'entendit. L'hélicoptère se trouvait face au vent et le bruit de son rotor avait été largement couvert par celui des vagues. Le Russe leva les yeux vers l'engin, qui flottait en stationnaire à quelques centaines de mètres. Puis il plongea sa main vers son sac, où se trouvait son pistolet automatique.

*   *   *

Le tireur prit une décision. La seule qui lui sembla raisonnable à cet instant. L'X-Ray portait toujours son sac, qui pouvait contenir des explosifs. Il était armé et avait abattu un gardien au COOC county quelques minutes plus tôt à peine. Une famille se trouvait là, innocente, bien trop proche pour sortir indemne de l'explosion d'une charge, même de faible puissance. Avec son pouce, il releva la sécurité de son fusil de précision et, sur l'expiration, pressa la détente. Contrairement à la plupart des armes employées par le HRT ou par les unités du JSOC, son fusil n'était pas équipé d'un réducteur de son. La détonation se perdit pourtant dans les airs, couverte par le bruit du rotor. Mais la balle de 7,62mm ne se perdit pas. Elle mit presque une seconde pour atteindre sa cible et frappa Vassili et pleine poitrine. Le tireur du HRT vit l'homme s'effondrer au sol, inerte. Le tir avait été instinctif et d'une difficulté extrême.

À près de six cents mètres de la cible, à bord d'un hélicoptère, sur une cible mobile, seuls quelques individus triés sur le volet pouvaient le réussir. Le tireur du HRT en faisait visiblement partie. Et le tir fut mortel.

Murphy arriva dans la marina une poignée de minutes plus tard. Le véhicule du SWAT l'avait précédé de quelques instants et des policiers en tenue de Robocop avaient déjà dressé un cordon de sécurité autour du corps. Les démineurs étaient en chemin. Un peu plus loin, deux Chevrolet Suburban venaient également de se garer. À leur bord, plusieurs opérateurs de la Delta Force et du DEVGRU avaient répondu à l'appel du FBI. Ils n'étaient officiellement qu'en soutien des autorités civiles. Mais à quelques minutes près, une main militaire aurait pu presser la détente. Avec encore moins de remords que le tireur d'élite du HRT allait en ressentir. Et autant de précision mortelle.

Ménaka, Mali, 8 novembre

Le bus s'était arrêté à l'entrée de la ville. La plupart des passagers étaient descendus. Notamment Abubakar et ses hommes. Après autant d'heures confinés, ils prirent le temps de s'étirer et de respirer à pleins poumons l'air pur, mais pourtant torride. La ville avait été construite autour de la Route Nationale 20 et ressemblait à toutes les autres, au Sahel. De petites maisons en terre, ceintes, parfois, d'un petit mur qui protégeait un microscopique jardin où rien ne poussait tant les sols étaient arides. Quelques arbres apportaient ici ou là une ombre bienvenue. Abubakar en choisit un et se laissa tomber à son pied. Son visage toujours dissimulé sous un foulard touareg, il laissa son esprit divaguer. Autour de lui, ses hommes monteraient discrètement la garde.

Son esprit partit ailleurs. Vers des collines vertes et luxuriantes, d'abord. Des cours d'eau qui bruissaient et où des enfants s'ébrouaient, à la recherche d'une fraicheur douce. Il entendit des rires, des chants. Les paysages étaient pourtant totalement imaginaires. Ils n'étaient pas ceux de son enfance en Tchétchénie. Ils étaient de pures projections de son esprit, des amalgames, des créations visuelles. Mais, comme toutes les créations artificielles, comme tous les rêves, ces songes s'inspiraient de souvenirs réels. Abubakar en avait cure. Pour lui, ces images étaient réconfortantes. Elles étaient celles qu'il avait besoin de voir, à cet instant. Pourtant, petit à petit, elles devinrent plus sombres. Au début, ce fut comme si des nuages s'étaient levés pour cacher le soleil. Et puis l'obscurité se fit plus forte. La douce chaleur disparut et le ciel devint glacé. Dans un flou artistique, son esprit passa d'un paysage champêtre à la froideur d'une cave. Et le visage d'enfants insouciants se transforma en celui, tuméfié, d'un homme d'âge mur attaché à une chaise.

Un poing s'écrasa sur ce visage et la tête de l'homme partit en arrière.

« Où sont les forces russes ? »

L'homme tenta de répondre, mais une nouvelle gifle lui fit exploser la lèvre.

« Où sont les Spetsnaz ? »

Attachés aux accoudoirs de la chaise, les bras et les mains de l'officier russe étaient martyrisés. Chacun des ongles de ses deux mains avait été arraché, consciencieusement. L'extrémité des doigts était sans doute l'une des parties les plus innervées de l'organisme. Mais ce n'était pas tout. Un peu partout sur le corps, notamment au niveau des genoux, l'homme gardait les stigmates ensanglantés d'une perceuse électrique. Cela faisait quelques heures qu'il ne criait plus. Il n'en avait plus la force.

Debout devant lui, un homme continuait à lui poser des questions, auxquelles l'officier russe ne répondait qu'au moyen de borborygmes incohérents.

« Parle ! »

L'officier connaissait toutes les réponses. Il était colonel au sein du GRU et il commandait à plusieurs unités Spetsnaz. Sa capture lors d'une mission de reconnaissance avait été un coup de maître pour les djihadistes et, après l'avoir soigneusement torturé, ces derniers prévoyaient déjà une mise en scène spectaculaire pour son exécution.

« Parle ! »

Mais l'officier perdit connaissance, une nouvelle fois. Le djihadiste attrapa une bassine d'eau et lui jeta à la figure.

« Parle ! »

Mais que pouvait-il dire ? Il fallait reconnaître à cet officier un certain courage, et une résistance exemplaire à la torture. Le djihadiste pouvait l'apprécier en connaisseur. Mais il savait aussi que tout le monde finissait par parler. Le seuil de résistance physique et psychique pouvait être reculé, mais l'entraînement n'était pas magique non plus. Tout le monde parlait. Et le colonel finirait par parler. Et il parla. Il répondit à tout. Et même plus. L'homme n'était pas un colonel ordinaire. Et avant de s'occuper du sale boulot en Tchétchénie, il avait travaillé sur un tout autre projet. Un projet hautement classifié du GRU, dont seuls quelques dirigeants, au plus haut niveau, connaissaient l'existence. Un projet qui, officiellement, n'avait pourtant jamais existé. Et qui n'existait d'ailleurs plus. Un projet dont les archives avaient mystérieusement disparu, bien avant que le drapeau de l'Union Soviétique ne soit abaissé sur le Kremlin. Prométhée. Le djihadiste était cultivé et il apprécia en connaisseur le choix de ce terme. Ce titan grec qui avait défié les dieux en apportant le feu aux hommes. Zeus l'avait condamné à subir un supplice aussi atroce qu'éternel, en l'attachant à un rocher sur le mont Caucase – heureuse coïncidence – pour que son foie soit dévoré, chaque jour, par un aigle, avant de se régénérer. Ce choix avait-il été un pied de nez des responsables du GRU au Politburo ? Le djihadiste ne le saurait jamais. Mais ce n'était pas le plus important.

Abubakar se souvenait de tout, désormais. Des derniers mots du colonel, qui, juste avant que la lame ne lui tranche la gorge, pria son Créateur. Des mots qui avaient précédé, prononcés sans doute dans un demi-délire. Il se souvenait du bouquet de sentiments qu'il avait ressentis. La surprise, la colère, l'exaltation mystique, et peut-être une forme d'empathie envers un homme qu'il avait loyalement servi quelques mois plus tôt. Quelques mois avant sa propre trahison. Quelques mois avant qu'il ne quitte le bataillon *Vostok* pour rejoindre ses frères tchétchènes dans la lutte contre Moscou. Il avait été une recrue de choix. Il connaissait l'ennemi de l'intérieur. Mais jamais les dirigeants insurgés ne lui avaient fait totalement confiance. Pour eux, il restait un traître. Et un ennemi repenti. Est-ce pour cela qu'il ne leur avait jamais parlé de Prométhée, et de ce que le colonel lui avait dit avant de mourir ? Sans doute. De toute façon, qu'en auraient-ils fait ? Ils ne voyaient pas plus loin que le bout de leur nez. C'était d'ailleurs une constante parmi les responsables djihadistes. Les membres de la Choura de l'État Islamique lui avaient, dans l'ensemble, inspiré le même mépris. Tous. Tous, à l'exception de son ami. De son Calife. Mais même à cet ami, il n'avait rien dit. Il avait passé des années à remonter les pistes, à suivre les petits cailloux blancs que le colonel avait laissés. Et, petit à petit, il avait retrouvé trace des agents dormants et des protocoles. Avait-il réellement pensé que son plan fonctionnerait ? Après toutes ces années, quelle chance y avait-il que les agents dormants soient encore opérationnels, et que leur conditionnement n'ait pas disparu ? Et pourtant...

Lorsqu'ils étaient arrivés à Ménaka, Abubakar et ses hommes avaient marché un peu, et étaient tombés sur un écran de télévision où des nouvelles internationales défilaient. Des fumées sombres s'échappaient toujours des multiples brasiers qui se consumaient au sud de la ville américaine de Chicago. Chicago. Là où l'un des agents dormants du GRU s'était installé. Abubakar avait alors compris. Il avait compris que le GRU avait été à la hauteur de sa réputation. Le projet Prométhée n'était pas un énième délire de scientifique mégalomane. Il avait été un trait de génie. Et il serait peut-être l'instrument de sa réussite.

Abubakar se réveilla lorsque l'un de ses gardes du corps tapota sur son épaule. Combien de temps était-il resté assoupi ? Le soleil était toujours haut dans le ciel. Quelques dizaines de minutes, tout au plus, jugea-t-il.
« Que se passe-t-il ? », demanda-t-il.

« La voiture est là », répondit simplement son garde du corps.

Abubakar inclina la tête et se leva. Il était arrivé au bout du chemin. Il avait rejoint ses nouveaux avant-postes. De là, il pourrait piloter la lutte. Et venger son ami. Son Calife. Et tous les autres que Moscou, Washington ou Paris avaient fait tuer. Il se releva et attrapa son sac, qu'il avait utilisé comme oreiller pour sa sieste. Mais Abubakar savait que le sac était beaucoup plus précieux que cela. À l'intérieur, se trouvait tout ce qu'il avait pu arracher au colonel du GRU, et toutes les informations qui avait pu glaner, lorsqu'il avait remonté la piste de Prométhée. Il ne savait pas tout. Mais il en savait suffisamment. Dans un petit carnet, il avait consigné par écrit les noms, les adresses, les messages codés. Paradoxalement, rien de tout cela n'avait été caché. Toutes ces informations étaient restées accessibles. Pour la plupart des gens, les noms, les adresses, les mots ne signifiaient rien. Ils avaient été vaguement chiffrés, sur l'ordinateur portable que le colonel du GRU portait sur lui lorsqu'il avait été capturé. Était-ce une assurance vie, dans son esprit ? Le colonel était un être rationnel. Alors que la Russie était en plein chaos, ces informations pouvaient valoir cher. Certains oligarques auraient été heureux de payer des millions de dollars américains pour en disposer, et disposer ainsi d'un moyen de pression magistral sur le Kremlin, aussi ébranlé pouvait-il sembler. Oui, pour le colonel du GRU, ces informations représentaient certainement une assurance vie. L'ironie fut qu'elles ne lui sauvèrent pas la vie. Elles prolongèrent simplement la torture qu'il subit sous la main d'Abubakar, avant de finir égorgé.

Négociations

Delwasse et ses hommes ne s'étaient accordés que quelques heures de repos avant de se remettre en action. La patrouille tenait d'ailleurs lieu autant de décrassage physique après le long transit, que de première familiarisation avec le nouveau terrain de jeu sur lequel ils allaient opérer.

Sous leurs pieds, cinq cents pieds plus bas, les massifs montagneux de l'Ansongo-Ménaka défilaient à grande vitesse. Comme souvent, les militaires avaient laissé les portes latérales du *Caracal* grandes ouvertes. Ils étaient tous attachés à leur siège et reliés à une ligne de vie, donc il n'y avait que peu de risques de faire le grand saut. Le vol ne devait que lécher le sud de la réserve, loin, *a priori,* des zones où les insurgés opéraient. De toute façon, le *Caracal* disposait d'une suite complète de dispositifs anti-missiles. Répartis sur la carlingue, des détecteurs passifs développés par Thales pouvaient repérer les départs de missiles ou la présence de radars de conduite de tir. Le cerveau électronique de l'appareil pouvait alors choisir, en fonction de la menace, parmi toute une série de contremesures. Des brouilleurs actifs pouvaient saturer les autodirecteurs radars de projectiles. Des lasers pouvaient éblouir les dispositifs de guidage. Et, en dernier ressort, des cartouches de leurres infrarouge ou radar pouvaient être larguées. Aucun dispositif n'était infaillible, bien sûr. Mais face aux MANPADS utilisés par les terroristes, le *Caracal* n'était pas la pire machine dans laquelle voler.

Sur les côtés bâbords et tribords de l'engin, étaient également montées deux mitrailleuse MAG-58 de 7,62mm, qui pouvaient arroser des cibles avec une précision diabolique à plus de mille mètres, à raison de 650 coups par minute. Entre les mains expertes des opérateurs du 4ème *Régiment d'Hélicoptères des Forces Spéciales,* ces mitrailleuses plus que cinquantenaires valaient bien des armes plus récentes et sophistiquées.

Delwasse avait emporté une paire de jumelles et, de temps en temps, il jeta un coup d'œil au travers pour se faire une meilleure idée de la topographie. Le massif était en effet immense. La zone n'était pas particulièrement escarpée, mais ici où là, des blocs montagneux déchiraient le sol ocre. Un peu plus loin, on trouvait des zones humides où des animaux sauvages trouvaient eau et nourriture.

« Pas surprenant que les djihadistes soient venus là », souffla Delwasse dans le micro de son casque. « C'est à la frontière du Niger, proche du Burkina Faso. Et c'est surtout une zone où il y a de l'eau. Facile de s'y cacher. Facile d'accès. Et facile d'y rester et de s'approvisionner localement. »

Ses hommes autour de lui acquiescèrent en silence. Ils étaient arrivés aux mêmes conclusions. Chercher des djihadistes dans ces montagnes serait aussi aisé que de trouver une épingle dans un champ recouvert de bottes de foin.

Mais il restait une petite zone d'ombre dans l'esprit du capitaine du 1er RPMIA. L'Ansongo-Ménaka était une réserve naturelle. Un lieu largement inhabité. Les seules villes aux environs – et la notion d'*environs* était un délicat euphémisme lorsque les distances se mesuraient en centaines de kilomètres – étaient Ansongo et Ménaka, qui comptaient moins de 70 000 habitants à elles deux. La région était idéale pour se dissimuler, et peut-être se ressourcer. Mais il n'y avait ni cible, ni population à recruter. Rien d'autre. Rien qui puisse justifier d'y établir une base opérationnelle. Il devait y avoir autre chose. Autre chose qui échappait encore aux Français, se dit Delwasse.

*   *   *

En fait, retrouver les djihadistes dans la zone serait un petit peu plus simple que de chercher une épingle dans un champ de bottes de foin. C'est tout du moins ce qu'espérait l'officier qui commandait le détachement du 2ème Régiment de Hussards. L'unité était unique au sein de l'armée française. Héritier d'une histoire et d'une tradition bicentenaires, le régiment appartenait à la cavalerie. Naturellement, cela faisait quelques décennies que les unités de cavalerie n'utilisaient plus de chevaux, en France comme ailleurs. Elles les avaient troqués contre d'autres montures plus adaptées à la vie moderne, notamment des véhicules blindés légers (VB2L) et de petits quads. La patrouille qui avait pénétré dans le massif était d'ailleurs armée par une demi-douzaine de VB2L, partis en autonomie avec suffisamment de carburant et de vivres pour passer une dizaine de jours sur le terrain. Les VB2L étaient des véhicules blindés tout-terrain à quatre roues de près de quatre tonnes. Ils pouvaient transporter quatre personnes et une variété d'équipements de combat ou de guerre électronique. Et c'était bien là la spécificité du 2ème Hussard. L'unité dépendait du Commandement du renseignement, et était en général déployée en avance des unités combattantes pour réunir du renseignement et dresser un plan du champ de bataille aussi précis que possible, y compris de ce que l'on appelait l'EOB – l'*Electronic Order of Battle*.

Dans le monde moderne, les guerres ne se menaient plus simplement en trois dimensions. Alors que les combattants s'appuyaient de plus en plus sur les communications par satellite pour disposer des nouvelles les plus fraiches en temps réel, sur les données GPS pour se guider, sur les images des drones ou des avions de reconnaissance pour observer leurs ennemis, le spectre électromagnétique était devenu un champ de bataille à part entière. Connaître l'ennemi ne signifiait plus simplement l'observer physiquement. Cela voulait aussi dire intercepter ses communications, trianguler la position des émetteurs, et protéger les actifs alliés de contremesures électroniques. Les VB2L emportaient ainsi une panoplie complète de capteurs, fonctionnant dans le spectre optique, infrarouge, mais aussi dans les gammes UHF ou VHF. Et il fallait bien cela pour tenter d'en savoir plus sur les émissions cryptées qui avaient été interceptées dans la région.

« J'ai un contact », lâcha l'un des militaires, penché sur les instruments de mesure de ses capteurs.
L'officier fronça les sourcils. « Aussi près ? Tu peux m'en dire plus ? »
Derrière lui, le sous-officier se gratta la tête. « Difficile à dire. Je pense que c'est tout près. Moins de cinq kilomètres. Dans cette zone-là », dit-il en indiquant un cadran sur la carte tactique.
« Assez accidentée... Cela ne va pas être coton d'aller voir. »
L'officier attrapa sa radio par satellite et fit un compte-rendu. Le colonel qui commandait le détachement complet se trouvait à Gao et les ordres ne tardèrent pas.
« Ok, on va voir de plus près. Un soutien aérien est en route. ETA 45 minutes. »

L'officier fit un signe au conducteur de son VB2L assis à sa gauche et l'engin tourna sur la piste, bientôt suivi par les cinq autres véhicules du détachement.

*   *   *

« Goliath, une colonne du 2ème Hussard demande un soutien aérien. Vous êtes à 30 minutes. Un *Reaper* est déjà sur le coup. »

Le pilote du *Caracal* cliqua sur le commutateur de sa radio.

« Bien reçu, ici Goliath. Nous sommes en route. »

Le pilote passa sur le canal interne, qui le mettait en contact avec les opérateurs à l'arrière de la carlingue.

« Les gars, nous allons faire un détour pour soutenir une colonne un peu plus à l'est. Accrochez-vous, nous allons faire un virage ample. »

Assis sur leurs sièges dans la soute du *Caracal*, les membres de l'équipe du 1er RPIMA s'accrochèrent. Ils étaient harnachés mais aucun d'entre eux ne souhaitait vraiment tenter le diable et tester la solidité des lignes de vie.

L'hélicoptère de transport vira à tribord, immédiatement suivi par le *Tigre* qui l'accompagnait. Entre les deux engins, il y avait suffisamment de puissance de feu pour engager et neutraliser tout ennemi, ou presque.

*   *   *

« Le signal est intermittent, mais il vient clairement des environs », jugea le Hussard.

L'officier se caressa le menton. Une barbe de trois jours était apparue sous ses doigts. Ce qui était logique, dans la

313

mesure où ils étaient partis en opération depuis trois jours exactement. Sur le terrain, avec de telles chaleurs accablantes et des réserves en eau précieuses, il fallait parfois s'autoriser quelques écarts avec la discipline et l'obligation pour un militaire d'apparaître rasé de près.

« La zone est très accidentée », dit-il. « Il y a des centaines d'endroits où les djihadistes pourraient se cacher. Tiens, là par exemple... », ajouta-t-il en désignant d'une main un éperon rocheux à deux cents mètres de là. Mais il ne put finir sa phrase. Un impact fissura le parebrise blindé juste devant ses yeux. Pendant un bref instant, il crut qu'un rocher avait chuté sur son VB2L, mais il réalisa vite qu'il venait en fait d'essuyer un tir de sniper.

« Contact avant ! », hurla-t-il dans son micro. « On se déploie. »

Derrière lui, la colonne s'ébroua et se positionna en formation de combat. Un autre choc contre la carrosserie trahit un nouveau tir. Le véhicule disposait d'un blindage stanag de niveau 1, capable de résister à des munitions d'armes d'assaut ou de fusils de précision. « On recule... On recule... Là, derrière cette butte », ordonna-t-il. À ses côtés, le pilote enfonça la marche arrière et fit rouler le véhicule de quatre tonnes en poussant au maximum le moteur turbo diesel de l'engin. Quelques secondes plus tard, les tirs semblaient avoir cessé.

« Il y a au moins un tireur embusqué. Environ trois cents mètres, sur l'éperon au nord. Est-ce que l'un d'entre vous a un visuel ? »

« Négatif », fut la seule réponse.

« Bon sang, où est le *Reaper* ? Il devrait déjà être là depuis longtemps. On a besoin d'yeux dans le ciel. »

« H moins deux minutes. Il a eu un souci de puissance. Niamey prépare un nouvel oiseau en urgence au cas où celui-là doive rentrer plus tôt. »

L'officier jura en silence. Il devait aussi faire avec les pannes et les ennuis mécaniques. Les *Reaper* étaient des engins particulièrement robustes et fiables, mais ils n'étaient pas infaillibles non plus. Les drones MALE[41] étaient devenus indispensables sur les champs de bataille et les quelques unités déployées par les Français volaient presque en continu, ce qui fatiguait les cellules et les moteurs, qui devaient déjà s'accommoder des conditions climatiques extrêmes et de la poussière sèche qui s'infiltrait partout à Niamey.

« Bon, on ne va pas attendre. Est-ce qu'on peut faire un carton sur l'éperon ? Ça aura au moins le mérite de fixer les terroristes sur place, et de les décourager de venir nous titiller ? »

« Affirmatif », lui répondit l'un de ses sous-officiers.

Deux des véhicules du convoi disposaient d'un poste de tir MILAN monté sur le toit. L'un d'eux s'avança pour libérer la visée et, abrité derrière la carcasse blindée du VB2L, un Hussard se glissa derrière le tube en matériaux composites. Il le fit pivoter et, au moment de tirer, un ricochet passa à moins de dix centimètres de son visage. Le Hussard lâcha un juron, ajusta son tir et écrase le bouton placé sur la poignée de contrôle.

Une gerbe de flammes jaillit derrière le tube alors que le missile antichar fusait à plus de 80 mètres par seconde. Le MILAN était un missile sérieux, mais il accusait son âge. Les nouveaux MMP étaient en train d'être déployés, mais comme souvent, avant de recevoir les nouveautés, il fallait se débarrasser des antiquités. *A priori*, pour un djihadiste qui la recevrait en pleine face, entre la charge creuse d'un MILAN et celle d'un MMP, le choix était peu pertinent. Mais il n'y avait pas que la charge dans un missile. Il y avait aussi le système de guidage. Et celui du MILAN était aussi ancien, pour ne pas dire obsolète. Le missile frappa l'éperon moins de trois secondes plus tard, éclatant dans une gerbe de flammes.

« Est-ce que c'est un coup au but ? », demanda l'officier.

Mais ses hommes n'eurent pas le temps de dire quoi que ce soit. De nouveaux tirs venant de l'éperon dans sa direction lui apportèrent la réponse qu'il craignait.

*   *   *

« H moins six minutes. C'est chaud en bas. Nos forces sont engagées. Un groupe de snipers à trois cents mètres de leur position », lâcha le pilote du *Caracal*. « Le *Reaper* est arrivé sur site. La situation est confuse. Pas de visuel depuis les airs. Les tireurs sont embusqués dans une sorte de grotte, derrière une butte rocheuse qui les protège des tirs depuis le sol. »

« Eh bien on va les arroser depuis les airs », se dit Delwasse. Et à voir le visage de ses hommes, il réalisa que la même idée avait traversé leur esprit au même moment.

« Ici Goliath, j'ai un *Tigre* sous la main qui va pouvoir lâcher la sauce. Cinq minutes. »

Et effectivement, cinq minutes plus tard, alors que les rochers volaient dans les airs devant les VB2L à chaque tir ennemi, un nouveau grondement se fit entendre, suivi d'un crissement suraigu qui trahit le départ d'un missile *Hellfire*, tiré par le *Tigre* qui venait d'arriver en position. Le missile fusa dans les airs et s'abattit sur l'éperon rocheux à la vitesse du son, faisant détonner dans une gerbe d'étincelles sa charge explosive de 8 kilogrammes. Pendant quelques secondes, les Hussards crurent que cette fois, les djihadistes avaient été réduits au silence. Mais les tirs en provenance de l'éperon reprirent.

« Bon sang, mais ils sont pires que du chiendent ! », jura l'officier.

« Goliath, nous sommes toujours engagés. »

Après un nouveau tir infructueux d'AGM-114 *Hellfire*, le *Tigre* se rapprocha et se mit à lâcher de courtes rafales de son canon de 30mm. À chaque fois, c'était des coups proches du but et sous les impacts, la roche volait dans les airs. Mais rien ne semblait parvenir à percer la muraille derrière laquelle les djihadistes s'étaient dissimulés. Depuis le *Caracal* qui volait à distance raisonnable – c'est-à-dire hors de portée – Delwasse avait analysé le terrain. Il se tourna vers l'un de ses hommes.

« Jeff, est-ce que tu penses qu'on peut contourner l'éperon par l'est et les prendre à revers ? »

Le sous-officier était un vétéran du régiment, avec près de 20 ans dans les forces spéciales. Mais à voir l'expression de son visage, Delwasse comprit que la tâche ne serait pas facile.

« Négatif, boss. Nous serions à découvert sur les cent derniers mètres et du sol, nous aurions une ligne de visée trop oblique. Sauf à ce qu'ils commettent une erreur, nous ne les aurons pas du sol. »

« Bien compris, Jeff », répondit simplement Delwasse.

« Ici Goliath, nous sommes à court de munitions explosives. Je pense qu'il va falloir passer au calibre au-dessus », indiqua le pilote du *Caracal* – qui dirigeait tout le dispositif aérien – sur le canal de Gao. Sur l'écran de son FLIR, il n'arrivait pas non plus à percer la barrière rocheuse. Sous le nez du *Caracal*, dans la nacelle sphérique, une caméra électro-optique et infrarouge ainsi qu'un désignateur laser restaient fixés sur l'éperon rocheux. Mais sans rien apercevoir d'utile.

« Bien compris, Goliath », répondit le contrôle aérien de Gao. « Une paire de -2000 vient de décoller de Niamey en *alpha scramble*. ETA 15 minutes. »

*   *   *

Trois heures plus tard, le *Caracal* et l'équipe de Delwasse avaient retrouvé la base avancée au sud de la réserve de l'Ansongo-Ménaka.

Les Mirage 2000 étaient revenus à vide et il avait fallu pas moins de trois bombes GBU-16 à guidage laser d'une demi-tonne pour faire décrocher les djihadistes. Lorsque l'engagement fut fini, un seul corps fut retrouvé par les Hussards, alors qu'au moins trois combattants furent filmés par le *Reaper* en train de quitter la zone. Mais ni les hélicoptères, ni les Mirage 2000 ne disposaient plus d'autonomie ou de munitions pour aller les chercher. À contrecœur, il avait fallu les laisser courir. En termes de rapport coût efficacité, trois MILAN, deux AGM-114 *Hellfire* et trois bombes guidées par laser pour neutraliser un seul combattant ennemi n'était pas nécessairement un bon ratio. Et d'autant moins alors que les stocks de munitions étaient au plus bas, après tant d'années de commandes parcimonieuses. Mais il fallait reconnaître que les insurgés avaient parfaitement choisi leur emplacement et parfaitement joué avec les obstacles naturels.

La dépouille du djihadiste fut récupérée, et confiée aux FAMA afin qu'ils s'occupent des formalités administratives. Son visage était méconnaissable. Mais ses traits n'étaient pas ceux d'un Touareg. L'homme était blanc. Certainement originaire du Caucase.

Maison Blanche, Washington, 8 novembre

Les relations entre le président des États-Unis et le FBI étaient notoirement mauvaises. Le nouveau directeur, nommé trois ans plus tôt, avait tenté d'adoucir les angles. Mais passif il y avait, et passif il restait. Lorsque le directeur arriva dans le Bureau Ovale, il comprit tout de suite que l'entretien allait être difficile, à voir le visage déjà écarlate du président.

« Qu'est-ce que vous avez loupé, encore ? », siffla le locataire de la Maison Blanche. « Vous vous moquez du monde ! Comment diable un ingénieur de soixante ans peut-il perdre la raison et organiser de tels attentats ! Ce ne peut pas être lui ! Vos analyses sont encore erronées ! »
Le directeur du Bureau aspira une longue goulée d'air frais avant de répondre.
« Monsieur le président, les éléments circonstanciels sont hélas accablants. L'homme que nos tireurs ont abattu était bien le même qui a tenté de faire sauter le COOC county. Et il a été formellement identifié non seulement par les employés des usines qui ont été frappées, mais également par les caméras de vidéo-surveillance. Il s'agit bien du terroriste, même si, je vous l'accorde, nous ne disposons d'aucun élément quant à ses mobiles. »
« A-t-il des liens avec l'Islam radical ? », demanda le conseiller à la sécurité nationale, qui avait été invité.
Le directeur du FBI secoua la tête. « Nous n'avons rien trouvé à son domicile ou dans son entourage immédiat qui permette d'étayer cette piste. »
« Des relations avec certains milieux domestiques connus pour leur violence ? »
À nouveau, le directeur du FBI secoua la tête. Le terrorisme domestique avait existé aux États-Unis et les 168 victimes[42] du sordide attentat à la bombe contre le bâtiment fédéral

d'Oklahoma City en 1995 n'auraient sans doute pas dit le contraire.

« C'est tout de même extraordinaire ! », grinça le président, affalé sur l'un des canapés dorés de son bureau. « Un type sans histoire, sans antécédent, qui paie ses impôts, perd la raison du jour au lendemain et met le feu à des usines de produits chimiques, avant de tenter de détruire un hôpital ! Un hôpital ! Vous entendez, un hôpital ! Et nous n'aurions rien sur lui. »

« Pas exactement », le corrigea le directeur du FBI. « Un élément nous interpelle, si j'ose dire. L'homme cherchait visiblement à fuir par le lac Michigan lorsqu'il a été abattu. Nous avons rapidement enquêté et découvert que l'un des bateaux de plaisance aux environs avait été acheté il a près de vingt ans en arrière, et enregistré sous un faux nom. Nous devons naturellement poursuivre l'investigation, mais il n'est pas impossible que l'action ait été, d'une certaine façon, préméditée... »

« Depuis vingt ans ! », manqua de s'étouffer le président. « Non mais vous vous entendez ? C'est qui ce type, Hibernatus[43] ? Il a passé vingt ans dans un frigo et il s'est réveillé il y a trois jours. Comme si de rien n'était, il a pris son sac d'explosifs et il est parti en voiture. »

« Justement », l'interrompit le directeur, « l'explosif employé est un autre élément important... Critique, je dirais... »

« Vous m'en direz tant », siffla le chef de la Maison Blanche.

Le directeur ignora la remarque sarcastique et poursuivit. « L'homme a utilisé du Semtex, qui est un explosif très atypique... ou devrais-je dire, très rare de ce côté de l'Atlantique », corrigea-t-il immédiatement.

« Je vous écoute », répliqua le président en fronçant les sourcils.

« Plusieurs éléments : le Semtex est un explosif chimique de qualité militaire, fabriqué en Europe de l'Est durant la guerre froide. C'était d'une certaine façon une réponse ou un concurrent du Composite 4 que nos militaires utilisaient – et utilisent toujours. C'est un explosif de type plastic, modelable, relativement stable, et très puissant. Sans surprise, lorsqu'on connait les relations entre les services de l'Est et certains groupes terroristes à l'époque, il fut employé lors de plusieurs attentats. Notamment contre le Boeing 747 de la Pan Am qui a explosé au-dessus de l'Écosse en 1988. »

« La Libye, c'est ça ? »

Le directeur du FBI acquiesça. « Et l'Iran, sans doute. »

« Oui, je me souviens des rapports que j'ai lus », admit le président. « Continuez. »

Le directeur inclina la tête. « Jusqu'à aujourd'hui – ou hier, devrais-je dire – nous n'avions jamais retrouvé trace de Semtex sur le continent US. Il y a plusieurs raisons à cela. La première est que la production de cet explosif a été faible, et essentiellement destinée au marché domestique européen, si j'ose dire. La seconde est que, à partir du milieu des années 90, les producteurs furent contraints d'ajouter des additifs dans la formule, afin d'en faciliter la détection paradoxalement. »

« Et l'explosif utilisé avait cet additif ? »

Le directeur du FBI secoua la tête. « Non. Aucun. Plusieurs produits ont été utilisés depuis cette date, mais l'analyse spectrographique des pains de Semtex retrouvés au COOC county n'a pas permis d'en déceler le moindre. »

« Ce qui veut dire quoi ? »

Le directeur haussa les épaules. « Nous n'avons aucune certitude. Le Semtex a pu être produit dans une usine qui s'est assise sur l'obligation d'ajouter l'un de ces additifs. Ou il a pu être produit avant que cette obligation. »

« Il a plus de vingt ans, donc ? », rebondit le président.

« Au moins... Sans doute plus encore. Le laboratoire qui a procédé aux premières analyses pense qu'il date plus vraisemblablement des années 80... 90 max. »

« Et comment a-t-il pu se retrouver sur notre sol ? »

« C'est bien la question, monsieur le président. »

Le conseiller à la sécurité nationale fit une grimace équivoque. L'homme avait été nommé un an plus tôt, et sa longévité à son poste, sous cette administration, était désormais exceptionnelle. « Dites-moi, je reprendrais avec d'autres mots l'étonnement du président. Un terroriste sexagénaire, des explosifs produits il y a 30 ou 40 ans ? C'est quoi cette affaire, retour vers le futur ? »

Le directeur se pinça la lèvre. « Disons que c'est quelque-chose d'inédit », admit-il sobrement.

Le président était désormais prêt à exploser. « Inédit ? Non mais vous vous entendez ? Vous avez vu les images des fumées noires au-dessus de Chicago ? Et tant le gouverneur de l'État que le maire qui restent assis sur leurs mains ! Il a presque fallu que je les viole pour qu'ils acceptent l'assistance des unités fédérales pour traquer le terroriste ! Et grand bien m'en a pris car c'est le FBI qui a neutralisé cet animal ! »

Les autres convives de la réunion échangèrent des regards en coin. La même pensée avait traversé leur esprit à cet instant : le président était en train de répéter l'un de ses prochains tweets où il allait tirer à boulets rouges contre les autorités démocrates de l'Illinois ou de la ville de Chicago.

« À propos de FBI et d'unités fédérales », intervint le conseiller à la sécurité nationale, « quelles mesures pouvons-nous prendre à cet instant ? »

Le président se tourna vers lui, le visage perplexe. « Que voulez-vous dire, Bob ? »

Le conseiller resta impavide. « Si le FBI estime que le terroriste est un loup solitaire, est-il nécessaire de maintenir le même niveau d'alerte sur le territoire ? »

« Il est trop tôt pour confirmer que le terroriste a agi seul », objecta le directeur du FBI. « L'homme a certainement dû bénéficier d'un soutien logistique, au moins pour se procurer le Semtex. »

« Il y a trente ans de cela, si je vous ai bien entendu », grinça le président.

Le locataire de la Maison Blanche se caressa le menton. Pour lui, cette affaire avait plusieurs facettes. Il y avait la facette sécuritaire, naturellement. Empêcher les attentats ou traduire le plus vite possible en justice leurs auteurs était la priorité. Mais derrière, il y avait aussi la facette politique. Sa popularité était stable depuis son élection, mais il trainait dans les sondages pour l'élection présidentielle qui se déroulerait l'année suivante, presque jour pour jour. Tout ce qui pouvait être de nature à affaiblir ses opposants démocrates, en les faisant apparaître pour les mollusques qu'ils étaient, était bon à prendre.

« On va attendre un peu avant de baisser la garde », finit-il par lâcher. Puis, se tournant vers le directeur du FBI. « Je veux tout savoir de cette triste histoire. »

Le directeur inclina respectueusement la tête et se leva. Contrairement à la plupart de ses prédécesseurs, il n'était pas un pur produit du Bureau. En fait, l'homme était un avocat de formation qui, comme souvent, avait fait des allers et retours entre postes publics sous plusieurs administrations républicaines, et positions très lucratives dans le privé. Mais il avait appris à apprécier ses hommes et sa mission lui tenait à cœur. Le FBI était notamment chargé du contre-espionnage sur le sol américain, ainsi que de coordonner la lutte anti-terroriste dans sa dimension domestique. Chaque attentat non déjoué était ressenti, légitimement, comme un échec au Bureau. Et tous les agents spéciaux qui travaillaient sous ses ordres avaient à cœur d'aller au fond de cette sinistre affaire.

Arlington, Virginie, 8 novembre

La nuit était déjà tombée sur la côte est lorsque Walter sortit de sa voiture, garée à l'écart des parkings de l'hôpital. Il connaissait intimement les lieux, et notamment l'emplacement de toutes les caméras de surveillance. Les éviter avait donc été un jeu d'enfant. Ou un jeu d'*espion*. L'espion dormant qu'il n'avait jamais cessé d'être, malgré son long sommeil.

L'hôpital MedStar d'Arlington vivait aussi la nuit, mais l'activité y était forcément réduite. Walter prit plusieurs détours, parcourut des corridors, descendit des volées d'escaliers pour en remonter d'autres. Il lui fallut une poignée de minutes pour atteindre la porte du département de physique nucléaire. Sans surprise, le département était vide et la porte verrouillée. Walter attrapa son nécessaire de crochetage et, moins de dix secondes plus tard, il se retrouva à l'intérieur. Il connaissait les lieux et décida de ne pas allumer les lumières. Des spots indiquant les issues de secours sur les murs projetaient une lumière diaphane, faible mais suffisante pour se guider sans trop de casse. Le Russe traversa les bureaux déserts, et arriva au laboratoire où les produits étaient stockés. La seconde serrure lui donna plus de fil à retordre, mais, dans un coin de sa mémoire, il put retrouver les principales techniques de crochetage que les experts du GRU lui avaient apprises, quarante ans plus tôt.

Le laboratoire était une pièce toute en longueur. Plusieurs tables de travail avec aspiration contrôlée étaient alignées et servaient aux opérateurs à manipuler en toute sécurité les radio-isotopes, et notamment à les doser avant que les médecins puissent les employer pour leurs applications médicales. Pourtant, ce n'était pas ces tables qui intéressaient Walter. Mais les armoires fortes où les produits étaient stockés. Ces armoires étaient, là encore, protégées par des serrures et des alarmes. Walter posa le sac qu'il avait emporté et se retroussa les manches. Il allait entrer dans le dur. La partie la plus complexe de son opération.

*　　*　　*

Donald avait presque atteint l'aéroport lorsqu'il se rendit compte qu'il avait oublié la clé USB à son bureau. Le support informatique de son intervention au congrès américain de médecine nucléaire s'y trouvait. Il jura. Il regarda sa montre. À cette heure, il ne devait plus y avoir personne là-bas. Personne pour lui envoyer par email le Powerpoint. Il jura une nouvelle fois. Son vol partait pour Boston dans moins d'une heure, mais il savait qu'il y en avait un plus tard dans la soirée. Il freina et fit demi-tour. Puis il reprit la direction d'Arlington. Il devait intervenir parmi les premiers le lendemain matin et il ne pouvait donc pas prendre l'avion sans la clé.

L'art de conduire vite tout en respectant les limitations de vitesse lui était inconnu jusque-là, mais Donald put soupirer lorsqu'il arriva sur le parking de l'hôpital en un temps record. Il sortit de sa voiture et pressa le pas.

*　　*　　*

Walter essuya la transpiration qui perlait sur son front. Désactiver le système d'alarme avait été paradoxalement le plus simple. Mais le Russe dut avouer que la serrure de l'armoire forte valait son poids de dollars. Les clés utilisées pour l'ouvrir étaient bien sûr uniques, et archi-sécurisées. Mais Walter savait qu'aucune défense n'était inexpugnable. Au bout d'une demi-heure de travail, il avait pu ouvrir l'armoire. Les radio-isotopes étaient conservés dans des conteneurs plombés. La plupart disposaient d'une demi-vie assez faible : quelques jours à peine. Ce qui signifiait que la production ou l'approvisionnement de ces produits était continu. Les armoires étaient donc pleines et Walter savait exactement quels produits choisir. Il attrapa une boîte de son sac et, avec un luxe de précaution, entreprit de transvaser les éléments. La plupart étaient des émetteurs alpha ou bêta. Ils étaient donc sûrs à manipuler, du moment qu'ils restaient dans leur conteneur. Les gros noyaux d'hélium – particules alpha – ou les électrons – particules bêta – étaient trop grosses pour percer et traverser les parois. Il venait de mettre la dernière boîte dans son sac lorsqu'il entendit un bruit. Une voix. Une voix qu'il connaissait bien. Walter soupira et ferma les yeux.

« Walter, c'est toi ? Je ne t'avais pas reconnu dans l'obscurité ! Mais qu'est-ce que tu fais ici ? Tu es insomniaque ? »
Donald était entré dans le département de médecine nucléaire. Comme il connaissait par cœur les lieux, il n'avait pas eu besoin d'allumer non plus. Il était allé droit vers son bureau, avait retrouvé la clé USB là où il l'avait stupidement laissée. Puis allait revenir sur ses pas lorsqu'il avait entendu un bruit métallique, en provenance du laboratoire.

Walter / Andrei savait qu'il n'avait pas le choix. D'une certaine façon, ces minces scrupules étaient comiques. Sa mission impliquerait la mort de centaines, et peut-être de milliers de personnes. Pourtant, dans un coin de son esprit, celle de Donald lui était particulière. Walter aurait pu hésiter, Andrei Kowalski ne le pouvait pas. Il ne le pouvait *plus*. Plus depuis qu'il avait accepté d'aliéner son libre-arbitre en entrant dans le programme Prométhée. Donald fut surpris lorsqu'il lut l'expression sur le visage de Walter qui se retourna lentement. Une expression qu'il n'avait jamais vue. Froide. Déterminée. Même dans la semi-pénombre du laboratoire, ses traits apparaissaient transformés. En un mot, effrayants. Mais Donald n'eut pas le temps de dire ou de ressentir plus. Walter avait à la main un pistolet automatique, équipé d'un silencieux. Et il fit feu, à moins de trois mètres de distance. La balle frappa Donald en pleine poitrine et le chercheur s'effondra en arrière, sans un mot. Walter fit un pas en avant, leva une nouvelle fois le canon de son arme. Puis tira une seconde balle vers son ami. Cette fois, Donald la reçut en plein front et ce fut la fin.

Walter soupira à nouveau. Puis il se baissa et ramassa les deux douilles que son pistolet avait éjectées et les mit dans sa poche. Il revint sur ses pas, attrapa le sac où il avait mis les isotopes. Et il sortit.

Ce fut l'un des médecins juniors du laboratoire qui découvrit Donald, à six heures le matin suivant. Les gardiens en faction dans l'hôpital MedStar furent naturellement les premiers à arriver sur place, moins de deux minutes plus tard. Puis la police locale. Et enfin les agents fédéraux.

Bamako, Mali, 9 novembre

« Mamadou vient de raccrocher », indiqua le technicien de la DGSE.
Victor inclina la tête. Il avait rejoint sa *Safe House* avec Charles, et l'occupation qui plaisait le moins à son ami : l'attente. Espion était un travail de patience.

« On a les numéros qu'il a appelés ? »

« Affirmatif », répondit le technicien. « Ils ont tous borné autour de Tombouctou. »

« Sans surprise », admit l'agent du service action. La vieille ville de Tombouctou, classée par l'UNESCO, était depuis plusieurs années un repère de djihadistes. Koufa y avait été vu à plusieurs reprises, même si la Boîte estimait qu'il devait actuellement se terrer bien plus au nord, proche de la frontière algérienne.

« On a passé l'info à nos unités là-bas ? », demanda Charles.

Le technicien acquiesça. Victor et Charles ne connaissaient naturellement pas le détail du dispositif clandestin de la DGSE dans le pays. On appelait cela le compartimentage et cette confidentialité était essentielle afin que la compromission d'une partie du dispositif ne risque pas de contaminer l'ensemble. Mais il n'y avait pas besoin d'être grand clerc pour anticiper que la DGSE disposait d'opérationnels sur le terrain dans la région de Tombouctou. La reprise de la ville avait été l'un des premiers – et principaux – faits d'armes de l'opération Serval, en 2012. Et, comme souvent, ce furent les anciens camarades de Charles du 2ème REP à qui on confia le boulot. Plusieurs unités du COS, notamment des commandos parachutistes du CPA10, ainsi que des opérateurs du 1er RPMIA avaient balisé les lieux de parachutages et de posers de combat sur l'aéroport de la ville. Mais le 2ème REP apportait ce dont les forces spéciales ne disposaient pas : le nombre et la puissance de feu.

« D'après les échanges, Mamadou se prépare à partir pour le nord », rappela Charles.

Victor acquiesça en silence. « Grand bien lui fasse. Cela ne me surprend pas. Il va sans doute transmettre le message en personne à Koufa. »

« On devrait le suivre, bon sang », jura Charles. « On a l'occasion de marquer Koufa. La dernière fois, on l'a manqué de peu. C'est une occasion unique. »

Victor soupira et posa une main sur l'épaule de son ami. « Tu connais les ordres. Abu Malek d'abord, Koufa ensuite. On a besoin de lui à ce stade pour nous débarrasser d'Abu Malek. C'est tout du moins ce que pense la Boîte. »

« Et toi, tu en penses quoi ? », lui demanda Charles.

Victor haussa les épaules. « Pour être honnête avec toi, je n'en pense rien. Si ce n'est qu'Abu Malek semble effectivement être un gros poisson. Sera-t-il en mesure de réaliser ce qu'aucun autre chef de katiba au Sahel est parvenu à faire, à savoir unifier les mouvements dans la région, depuis l'Algérie jusqu'au Nigéria, je n'en sais fichtre rien. C'est ce que craint Paris. Et je comprends leur analyse. Dans le doute, mieux vaut nous occuper de lui avant qu'on ait l'occasion de voir. »

« Un bon djihadiste est un djihadiste mort », admit Charles. Mais il ajouta. « Cela vaut pour Koufa, également. Il a du sang français sur les mains. »

« Je sais, mon ami… Je sais. »

Deux heures plus tard, une voiture passa prendre Mamadou à son domicile de Bamako. Très professionnellement, les espions de la DGSE en planque en face prirent la voiture en photo sous tous les angles. C'était une précaution largement inutile, dans la mesure où le téléphone de Mamadou restait sous étroite surveillance. Le Malien était d'ailleurs d'une naïveté pathétique. Comme les Français ne lui avaient pas confisqué son téléphone durant son enlèvement, il avait conclu que ce dernier restait sûr. Les IMSI *catchers* existaient depuis plus d'une décennie, mais certains djihadistes ou complices semblaient vivre dans un monde parallèle. Les espions de la DGSE n'allaient pas s'en plaindre, mais comme deux précautions valaient mieux qu'une seule, des actifs n'allaient pas perdre la voiture de Mamadou d'une semelle. La décision de monter un raid aérien ou une opération « homo » contre Koufa n'était naturellement pas du ressort de Victor ni de Charles. Leur job était de fournir au commandement ultime et au chef de l'État toutes les options. Car la bombe guidée par laser lâchée sur un chef djihadiste n'était que la dernière étape d'un processus qui avait, le plus souvent, impliqué des dizaines de personnes qui, au péril de leur vie, avaient œuvré pour récolter les renseignements pertinents, sur le terrain. Les drones, satellites et autres dispositifs d'interception électromagnétique étaient fort utiles. Mais bien rares étaient les opérations qui ne s'appuyaient pas sur une bonne dose d'HUMINT. Il fallait encore des bottes dans le sable pour mener une guerre, fut-elle clandestine.

Environs de Ménaka, Mali, 9 novembre

Victor et Charles l'ignoraient, naturellement, mais s'il y avait bien un meeting auquel ils auraient aimé assister, ce fut celui qui se tint à une vingtaine de kilomètres de Ménaka. Abubakar s'était installé dans une ferme anonyme. Il avait choisi les lieux avec beaucoup de soin. La ferme était calme, sans être isolée. De là, il disposait d'un solide champ de vision panoramique. Un petit cours d'eau encaissé passait à proximité et, cerise sur le gâteau, la zone était un véritable gruyère de petites grottes et de ravins. En quelques minutes, il pouvait disparaître avec ses hommes dans un dédale de cavités où il souhaiterait bon courage aux militaires français pour le poursuivre.

Son invité était arrivé quelques minutes plus tôt. Un de ses gardes du corps lui avait proposé un rafraichissement, avant de rencontrer Abubakar. Proposition tout autant courtoise après une longue route que protocolaire. Il fallait montrer au

Nigérian qu'il était reçu en audience formelle. Il fallait dès le début placer les échanges au bon niveau. Abubakar était le nouveau maître, à qui il faudrait prêter allégeance. Cette allégeance ne serait pas facile à arracher auprès de certains. Et Boko Haram serait certainement l'un des plus gros morceaux. Du fait de ses effectifs pléthoriques, d'abord. L'organisation djihadiste regroupait près de 20 000 combattants. Tous n'étaient pas des guerriers redoutables, loin s'en fallait. L'organisation pratiquait l'enrôlement forcé et les recrues ne faisaient pas toutes preuve du plus grand zèle. Mais Abubakar savait qu'il devrait jouer avec l'égo des fantasques dirigeants de l'organisation. Depuis le décès du prédicateur Mohamed Yusuf, Boko Haram était tombé entre les mains d'énergumènes qui tenaient plus du cas pathologique que du stratège de génie. Shekau, qui avait pris la succession de Yusuf en 2009, était notoirement un abruti fini, totalement illuminé. Mais un illuminé dangereux, qui avait choisi de palier à son manque d'intelligence par un surcroit de cruauté. Sur le papier, Shekau avait prêté allégeance au Calife de Mossoul en 2016. Mais en réalité, les liens étaient restés épistolaires, et jamais Boko Haram n'avait levé le petit doigt pour apporter un soutien logistique ou humain à l'EI, lorsque le vent avait commencé à tourner au Levant. Abubakar savait que celui dont il partageait le prénom n'était pas fiable. Mais il savait aussi que certains membres de son entourage étaient moins abrutis. Plus malléables. L'homme qu'il s'apprêtait à recevoir, notamment.

Entre djihadistes issus de groupes différents, les échanges au sommet étaient largement codifiés. Le chef du protocole de n'importe quelle chancellerie y aurait été dans son élément. Il y avait les embrassades rituelles, aussi cordiales que lorsqu'on étreignait un serpent, naturellement. Puis les échanges d'offrandes, largement symboliques. Chaque chef djihadiste pouvait ainsi accumuler une collection impressionnante de poignards, offerts par ses coreligionnaires. Ensuite, on buvait du thé, parfois accompagné de plats plus roboratifs. Et on pouvait enfin entrer dans le vif du sujet, après quelques derniers poncifs sur « Dieu est grand ».

Abubakar était un homme subtil, mais direct. Et il décida de ne pas perdre de temps en circonlocutions inutiles.
« Je suis heureux que Shekau ait pu réduire les luttes intestines au sein de Boko Haram. La région a besoin d'organisations puissantes, et la division ne peut qu'affaiblir lc djihad. »
L'homme inclina respectueusement la tête. Il avait parfaitement compris le message subliminal. Abubakar voulait rappeler que Boko Haram était miné par les guerres intestines et les tentatives de putsch récurrentes des lieutenants les plus ambitieux.
« Dieu a éclairé la voie de notre leader. »
Abubakar acquiesça, comme à chaque fois qu'une référence à « Dieu » était faite. C'était là aussi un rituel, un peu lourd, mais auquel il valait mieux se plier. Dans le milieu djihadiste plus que partout ailleurs, les accusations d'apostasie faisaient florès, et étaient en général mal reçues par les recrues les plus primitives que les groupes concurrents cherchaient à débaucher en permanence. Un groupe terroriste ne valait que s'il pouvait attirer des recrues. Personne ne prenait au sérieux une organisation clandestine de dix personnes, fussent-elles des génies. Par contre, le monde tremblait devant des milliers d'abrutis en sandales, qui psalmodiaient des sourates qu'ils ne comprenaient que rarement, AK-47 en main et regard exalté.
« Et nous sommes tous Ses serviteurs », répondit Abubakar, de façon tout aussi rituelle.
Ce fut au tour de l'envoyé de Boko Haram d'incliner la tête.

« Ta proposition est intéressante », reprit-il néanmoins. « Mais elle nous laisse toutefois perplexe. »

Abubakar fronça les sourcils. « Perplexe ? Que veux-tu dire ? »

L'homme haussa les épaules. « Je crois tes lettres de créances. Mais avec la disparition du Calife, et dans l'incertitude quant à la désignation de son successeur, notre organisation est mal à l'aise avec ton initiative. »

« Mal à l'aise ? », répéta Abubakar.

« Oui, mal à l'aise. Nous avons prêté allégeance au Calife, mais celui-ci ayant été tué, notre organisation est tentée de reprendre son indépendance. »

« L'union fait la force », dit Abubakar, sans relever l'argument implicite de l'homme de Boko Haram, qui avait douté à mots couverts de sa légitimité au sein de l'organisation État Islamique. Les relations d'Abubakar avec la Choura de l'organisation étaient notoirement exécrables.

« Certes. Mais l'union n'a de sens que lorsque l'on partage des objectifs stratégiques. »

« N'est-ce pas le cas ? », l'interrogea Abubakar.

L'homme secoua la tête. « Les Français ne nous troublent pas tant que ça au Nigéria, si c'est ce que tu veux entendre. Et les Américains pas beaucoup plus. »

« Certes », admit Abubakar. Il savait que les formateurs de la CIA ou des bérets verts se comptaient sur les doigts d'une main au Nigéria. « Mais on a aussi le droit de regarder un peu au-delà du bout de son nez… Et c'est bien le problème des organisations djihadistes dans la région. Chacune a, jusqu'à présent, mené son petit combat, et préparé sa petite cuisine sur son petit feu. Pour quel résultat ? Dix ans, quinze ans, vingt ans d'insurrection qui n'ont mené nulle part, dans aucun des pays de la région. Tu me parlais d'objectifs stratégiques. Peux-tu me citer un seul objectif stratégique atteint par une organisation au Sahel, justement ? Les gouvernements corrompus sont toujours là.

Le nombre de recrues ne progresse pas, malgré les campagnes d'enrôlement forcé. Il n'y aucune dynamique. Juste un pourrissement. »

« Un pourrissement qui nous sert », objecta l'homme.

« Illusion », le contredit Abubakar. « Certes, je te concède que le pourrissement est mal vécu au sein des gouvernements locaux, et plus encore chez les Occidentaux, qui se demandent pourquoi leurs soldats meurent toujours aussi loin de leurs foyers, après tant d'années de lutte stérile. Mais ce pourrissement atteint de la même façon les populations locales. Les massacres gratuits, le racket, les enlèvements, crois-tu que cela aide ton organisation ? Ou Ansar Dine ? Ou Macina ? »

« La terreur est parfois bonne conseillère, parmi ces populations », tenta l'homme.

« Nouvelle illusion », répliqua Abubakar. « La terreur peut être une arme vis-à-vis de ses ennemis. Pas avec ses alliés. Et les populations locales ont vocation à se ranger derrière notre panache et notre étendard. Elles ont vocation à nous aider, pas à nous craindre. Comment veux-tu triompher sans la population, ou tout du moins une partie d'entre elle. »

L'homme se mordit la lèvre. Il savait qu'Abubakar avait raison. Mais la doctrine de Boko Haram était ce qu'elle était.

« Nous sommes en échec dans la région », poursuivit le Tchétchène. Le « *nous* » qu'il utilisait était bien plus un « *vous* » subliminal, bien sûr. « Et les mêmes stratégies mèneront aux mêmes échecs. Crois-moi, j'ai pu voir au Levant ce qui marchait, et ce qui ne marchait pas. J'ai pu apprendre, dans la douleur. »

« Et que proposes-tu ? », lui demanda le Nigérian.

« Sais-tu pourquoi les Américains ont réussi à inverser la tendance en Afghanistan et en Irak ? »

L'homme secoua la tête.

« Eh bien parce qu'ils ont appliqué une théorie géniale, tout droit sortie du cerveau d'un tacticien tout aussi génial : le *surge*. En quelques mois, les Américains ont fait venir des renforts massifs afin de noyer les insurgés sous le feu. Plus de bottes sur le terrain, la capacité de frapper partout simultanément. Cela a fait la différence. »

Le Nigérian ne voyait visiblement pas où Abubakar voulait en venir. « As-tu des réserves cachées que tu peux importer au Sahel et en Afrique de l'Ouest pour cela ? », demanda-t-il.

Abubakar esquissa un rictus. « Non. Pas à la hauteur des besoins. Mais ce n'est pas nécessairement ce dont nous avons besoin. De notre côté, nous pouvons nous permettre une plus grande économie de moyens. C'est l'avantage des mouvements insurgés. Nous choisissons où et quand nous frappons. Et le plan que j'ai en tête ne nécessite pas plus de bras. Juste qu'ils se coordonnent et qu'ils coordonnent leurs attaques. Il y a bien assez d'insurgés dans la région pour réussir, si tant est que ces derniers ne gaspillent pas leur énergie à brûler des villages ou à gesticuler sans but. Les gouvernements locaux sont faibles, corrompus. Ils sont comme des fruits pourris qui ne demandent qu'à tomber. Ils ne tiennent que dans la double illusion qu'ils peuvent assurer la sécurité de leur peuple, et maintenir l'indépendance de leur pays vis-à-vis des impérialistes occidentaux. Attaquer la population ne fait, trop souvent, que resserrer ses liens avec ces dirigeants. »

« Que proposes-tu, donc ? »

« Attaquer les dirigeants, pardi. Attaquer les troupes d'occupation. Montrer que nous pouvons frapper les plus forts. Montrer que personne n'est à l'abri, tout en sélectionnant ses cibles. Et, plus subtilement, jouer sur les antagonismes entre grandes puissances. Les Russes, que je connais bien, et les Chinois attendent au portillon. »

« Et en quoi seraient-ils plus avenants que les Français ou les Américains ? »

« Ce n'est pas la question », répliqua Abubakar. « Le but n'est pas de les accueillir en libérateurs. Le but est qu'ils poursuivent et amplifient leurs opérations visant à discréditer les Occidentaux au sein de la population. Nous pouvons les aider à le faire. Rappelle-toi le vieil adage : les ennemis de mes ennemis sont mes amis. »

« Les Russes et les Chinois sont tes amis ? », demanda le Nigérian.

Abubakar secoua la tête. « Ils peuvent être nos alliés, ponctuellement. Et lorsque l'objectif que nous nous sommes fixés sera atteint, nous couperons les ponts. »

« Cela parait simple, lorsque tu présentes les choses ainsi. »

« Cela le sera d'autant plus que nous sommes nombreux, et coordonnés », lâcha Abubakar. « L'union fait la force, je le répète. »

Mais le Tchétchène pouvait constater que les seules paroles ne suffiraient pas. Le Nigérian attendait des gestes concrets.

« J'ai deux choses qui peuvent très concrètement te servir, mon ami », reprit Abubakar à voix basse. « Des recrues que tu n'auras pas besoin de forcer. Et du matériel militaire de pointe. »

Une étincelle se mit à luire dans le regard du Nigérian, mais la perplexité ne s'était pas totalement évaporée.

« Quelles recrues ? Tu viens de m'avouer que tu ne disposais pas de renforts venant du Levant. »

« C'est exact », admit Abubakar. « Tout du moins, pas à la hauteur des enjeux. Mais il y a près de 17 millions de bergers peuls au Nigéria. Ils sont ton armée de réserve. »

« Comment les mobiliser ? » Le Nigérian n'ajouta pas que Boko Haram y avait déjà songé, dans le passé.

Abubakar fit un signe à l'un de ses gardes du corps, qui était resté immobile dans un coin de la pièce. Le garde du corps inclina la tête et disparut. Il revint quelques instants plus tard, accompagné par un homme. Un Touareg en tenue traditionnelle.

Abubakar se tourna vers le Nigérian. « Une partie de Macina est prête à nous rejoindre. Avec un peu de travail, et un peu plus de professionnalisme dans les opérations PSY-OPS, plus de Peuls répondront à l'appel. Ici, au Mali. Mais aussi au Niger, au Tchad, au Burkina Faso. Et bien sûr au Nigéria. Si simplement un pourcent d'entre eux répondent à l'appel, ce ne seront pas moins de 400 000 nouveaux combattants sur lesquels nous pourrons compter. Sans parler du soutien passif de la population. La clé de notre succès est là. Il est entre nous », dit Abubakar, en embrassant d'un geste les deux dirigeants de Macina et de Boko Haram.

Siège du FBI, Washington, 9 novembre

Le quartier général du FBI, baptisé en hommage à l'un de ses directeurs les plus célèbres – et controversés... – de l'histoire, J. Edgar Hoover, était totalement hideux. Il ressemblait à un bunker de huit étages – plus trois souterrains – dans lequel l'architecte aurait commis la facétie de creuser des fenêtres. Ce n'était pas tant que la capitale fédérale américaine soit un modèle d'architecture heureuse. Hélas, la plupart des bâtiments fédéraux y étaient totalement monstrueux. Mais, pour les amateurs, il y avait une liste des lieux les moins réussis et le siège du Bureau apparaissait bien placé.

En cet instant, les éléments architecturaux de son bureau étaient toutefois bien loin d'être prioritaires pour le directeur du FBI. Le quinquagénaire se trouvait encore chez lui, dans la banlieue chic de Georgetown, lorsque son téléphone avait sonné. La communication ne dura que trois minutes et, lorsqu'il raccrocha, le visage défait, son véhicule de fonction était déjà là, prêt à l'amener en quatrième vitesse jusqu'au bureau où son état-major l'attendait déjà.

« Que sait-on de plus ? », demanda-t-il, alors qu'il se laissait tomber dans le fauteuil en cuir à haut dossier qui trônait en tête de la grande table de réunion en bois clair de son bureau.

Trois ou quatre de ses collaborateurs parlèrent en même temps, dans un brouhaha indescriptible, et il dut faire quelques gestes secs pour ramener un peu d'ordre.

« Pas tous à la fois... Larry ? », dit-il en désignant le responsable du *Critical Incident Response Group* du Bureau. Comme son nom l'indiquait, le CIRG était en charge de toutes les opérations critiques sur le sol américain. Cela regroupait les unités techniques, de surveillance et anti-terroristes du FBI – et notamment la section tactique dont dépendaient les unités d'assaut comme les SWAT locaux et le HRT.

« Le vol a été constaté cette nuit. Nous n'avons pas encore l'inventaire exact de ce qui a été volé, mais cela ne saurait tarder. La première liste suffit déjà à donner froid dans le dos », dit-il en tendant un feuillet simple au directeur, à travers la table.

« D'après les équipes scientifiques, le voleur savait parfaitement ce qu'il faisait. Il a volé les produits les plus radioactifs, et ceux qui disposent de la demi-vie la plus longue. Iode 131, Phosphore 32 et Iridium 192. Tous des produits utilisés en médecine nucléaire, et notamment en radiothérapie. »

« Quelles quantités ? », demanda le directeur. L'homme était un avocat, et pour lui, la liste que lui avait tendue son collaborateur aurait pu être écrite en Sanskrit qu'il l'aurait tout aussi bien comprise.

« Suffisantes pour faire mal, monsieur le directeur. Au total, on parle en grammes. Cela semble peu, ainsi, mais libérés en aérosols dans un environnement clos, ou dispersés grâce à des explosifs, et cela peut contaminer la moitié de Washington, DC, suivant la force des vents. »

Le visage du directeur, en général impassible, se décomposa. Le risque de bombe sale avait été pris très au sérieux après le 11 septembre 2001. Les États-Unis étaient alors sous le choc du double attentat contre New York et Washington et les autorités voyaient partout la marque d'Al Qaida. Les scénarios les plus alambiqués et invraisemblables étaient envisagés, depuis la détonation d'une bombe atomique artisanale en plein *Time Square* jusqu'à la contamination des eaux de la capitale par des bacilles d'Anthrax. Et puis, petit à petit, le soufflé était retombé et la mémoire des attentats du 11 septembre s'estompant, les risques avaient paru plus faibles. C'était un biais cognitif bien connus des chercheurs en heuristiques : l'esprit humain surpondérait toujours la probabilité d'événements rares juste après qu'un tel événement se soit produit.

« Une piste sur l'auteur ? »

Le responsable des opérations pour la côte Est secoua la tête.

« Aucune, pour le moment », répondit-il. « Les caméras de vidéosurveillance du département de médecine nucléaire ont été sabotées, certainement par le voleur, et celles de l'hôpital n'ont encore rien donné. »

« Voleur et *meurtrier* », lâcha le directeur adjoint du Bureau. « Le responsable du département de médecine nucléaire a été abattu. Il était revenu à l'hôpital, vraisemblablement pour chercher un document qu'il avait oublié. Il devait parler à un congrès médical à Boston aujourd'hui même. Il aura sans doute surpris le voleur en plein travail, et ce dernier n'a pas hésité à l'abattre. Du travail de professionnel... Une balle dans le cœur et une dans la tête. Personne n'a entendu les détonations, donc il est probable que le tueur ait utilisé un silencieux. Aucune douille sur place. Le tueur les aura ramassées. »

Chaque couche de détails sordides semblait retirer un nouveau gradient de couleur au visage du directeur, qui était déjà livide.

« Y-a-t-il une chance que les substances soient repérées par les capteurs installés dans la capitale ? »

Le responsable du CIRG secoua la tête. « Peu probable, monsieur le directeur. À moins bien sûr que les produits soient à l'air libre. S'ils sont transportés dans des conteneurs plombés, les émissions radioactives seront bloquées et les capteurs ne capteront rien du tout, hélas. Le Phosphore 32 et l'Iridium 192 sont de purs émetteurs Bêta. Ces particules sont bloquées par quelques millimètres de métal. L'Iode 131 est un émetteur Bêta et résiduel gamma. Il ne serait, en théorie, pas impossible donc de capter les émissions gamma à plus longue distance, malgré l'emballage. Mais il faudrait pour cela que l'homme passe très près d'un capteur, car les émissions gamma sont faibles. »

Le gouvernement fédéral ne s'était jamais appesanti sur la question, pour des raisons assez évidentes, mais depuis une vingtaine d'années, des dizaines de détecteurs de radioactivité avaient été installés à des endroits sensibles de la capitale fédérale, et de quelques autres grandes villes américaines, dont New York. Et en complément, la DARPA avait développé de petits outils portatifs, appelés SIGMA, dont le FBI s'était équipé. Plusieurs tests grandeur nature avaient été effectués, y compris dans la capitale. Mais jusqu'à présent, le FBI et le département de la Sécurité Intérieure n'avaient jamais eu à déclencher le plan en réalité. Un plan qui, en théorie, nécessitait l'accord du président des États-Unis qui, dans le pays et dans sa capitale, avait plus qu'un mot à dire.

« Quel est le protocole en pareille situation ? », demanda le directeur.

« Déployer les capteurs portatifs au maximum. Notamment à proximité des nœuds de transport, des bâtiments fédéraux, des grands magasins. Prépositionner des unités d'intervention. Et, même si cela me coûte de le reconnaître, faire appel au soutien du Pentagone », lâcha le responsable du CIRG. « Des unités du JSOC avaient été déployées à Chicago et les autres unités anti-terroristes sont restées en alerte dans leurs bases respectives. »

Le directeur acquiesça. « Je vais parler au NSC. Toutes les énergies doivent être articulées et canalisées pour résoudre cette crise. Je ne veux aucune querelle de chapelle. Nous travaillerons avec tout le monde, en toute transparence. »

« Qui va piloter ? », demanda le directeur adjoint. Ces questions étaient loin d'être subalternes, en réalité…

Le directeur haussa les épaules. En théorie, le FBI disposait de cette prérogative sur le sol américain, sous le contrôle de l'*Attorney General*. Mais depuis près de vingt ans, des plans contingents avaient été préparés et, en cas d'utilisation ou de menace d'utilisation d'armes de destruction de masse sur le continent US, le Pentagone avait obtenu que les choses se passent bien différemment. Connaissant le président, et l'estime dans laquelle il tenait le Bureau, il n'était pas exclu qu'il soit en cet instant même en train de signer un décret officiel levant le *Posse Comitatus*, qui interdisait aux forces armées fédérales d'intervenir sur le sol même des États-Unis.

Andrews Air Force Base, Maryland, 9 novembre

La crainte du directeur était largement fondée, et lorsque Tim Blair et son équipe du DEVGRU débarquèrent de leur C-130 *Hercules* sur l'aéroport d'Andrews, l'ordre exécutif avait été signé et diffusé aux services concernés. Lorsque le ciel avait explosé à Chicago, Tim était resté avec le plus gros du squadron d'alerte *Trident* à Oceana, et seuls quelques éléments avaient fait le déplacement vers l'Illinois quelques jours plus tôt – où ils se trouvaient toujours, d'ailleurs.

Sur le tarmac de la base, en général plus tranquille, on sentait une certaine ébullition. Deux C-5 *Galaxy* s'étaient posés un peu plus tôt, vomissant à proximité des deux VC-25 connus sous les dénominations d'*Air Force One*[44] des voilures tournantes que des techniciens s'activaient à mettre en service. Tim les connaissait bien. Les MH-60M *Blackhawk* et MH-6 *Little Birds* n'étaient exploités que par une seule unité aérienne au monde, et à fortiori dans le pays : le 160th *Special Operations Aviation Regiment*. Le squadron d'alerte contre-terrorisme *Bullet* des « *Night Stalker* » venait de rejoindre la capitale fédérale et ses frères d'arme du JSOC.

Tim aida ses hommes à débarquer leur matériel de l'*Hercules* et entreposèrent le tout dans un hangar qui leur avait été réservé. Entre les caisses d'armement et les matériels de communication, les opérateurs du DEVGRU montèrent plusieurs tables. Des alimentations électriques leur permirent de brancher une dizaine d'ordinateurs et de tables tactiles où ils pouvaient faire défiler les cartes à très grande échelle de la région. Les plans détaillés de la plupart des bâtiments officiels de Washington étaient également en mémoire, au cas où il faudrait monter un assaut pour déloger un terroriste qui se serait réfugié dans l'un d'entre eux.

« Quelles sont les dernières nouvelles ? », demanda-t-il en arrivant au briefing. L'officier commandant le squadron red – *Indians* – était là, en compagnie de son homologue du 160th SOAR et d'un officier de liaison de la Delta Force. Une partie du squadron *Aztec* de la Delta venait d'être déployée à son tour sur la base d'Anacostia-Bolling, qui se trouvait à moins de cinq kilomètres à vol d'oiseau de la Maison Blanche.

« Nous avons un ou plusieurs X-Ray dans la nature. La situation est *chaude*. Je répète, la situation est *chaude*. » Dans le jargon du JSOC, « *chaude* » voulait dire que des armes de destruction massive étaient déployées et prêtes à l'emploi sur le sol américain.

L'officier du DEVGRU poursuivit, tendant à ses hommes une feuille photocopiée à la hâte. « Voilà la liste et les quantités estimées d'isotopes volés. Iode, Phosphore, Iridium. Des saletés, s'ils sont dispersés. La seule bonne nouvelle, si j'ose dire, c'est que ces produits ont une demi-vie s'étalant de 8 jours pour l'Iode 131 à un peu plus de deux mois pour l'Iridium 192. S'ils sont déployés, ces produits se consumeront vite, et nous n'aurons pas le spectre d'une capitale rendue inhabitable pendant des milliers d'années. Mais la mauvaise nouvelle, qui est son corollaire, c'est que les produits se dégradant vite, il est probable que le ou les terroristes décident de passer rapidement à l'action. »

Des murmures parcoururent l'assemblée.

« Ne vous trompez pas, messieurs. Nous y sommes. Cette fois, c'est la bonne. Le président a officiellement placé le JSOC en direction des opérations tactiques, en partenariat étroit avec le FBI qui continuera de diriger les opérations judiciaires et l'enquête. Des unités du HRT sont en train d'être prédéployées à DC. Nous aurons des agents de

343

liaison aux côtés de chacun des groupes d'assaut du FBI. La Delta Force s'occupera de sécuriser les principaux bâtiments officiels : Congrès, Maison Blanche, Cour Suprême. Le tout en liaison avec les Services Secrets et la police locale. Quant à nous, nous allons nous répartir en plusieurs équipes. Chaque *troop* sera autonome. Une restera à Andrews, avec les oiseaux des « *Night Stalker* ». Nous attendons également plusieurs MV-22 *Osprey* de l'USMC, qui nous apporteront un peu d'allonge. Les deux autres *troops* seront mobiles à DC. Y-a-t-il des questions ? »

Plusieurs mains se levèrent et la séance de questions / réponses dura une dizaine de minutes. Ensuite, chaque opérateur reçut son propre détecteur SIGMA. Les engins faisaient la taille d'un téléphone portable et disposaient d'une petite batterie qui leur conférait une autonomie de plusieurs semaines. Ils étaient encore des engins expérimentaux, que la DARPA avait développés au milieu de la décennie écoulée. Après plusieurs années de recherche et développement, et plusieurs tests effectués grandeur nature, notamment à Washington DC, déjà, le programme avait été jugé comme suffisamment robuste pour entrer en phase de production. Chaque unité était un bijou de technologie, capable, dans un rayon de plusieurs dizaines de mètres, de repérer le moindre émetteur radioactif. La gageure d'un tel appareil tenait en fait à la multiplicité des types d'émissions radioactives. Pour le profane, la radioactivité était un terme mystérieux, générique. Pour le scientifique, il y avait plusieurs types d'émissions radioactives. En se cassant plus ou moins spontanément, certains atomes instables – radioactifs – émettaient des particules ou ondes diverses : neutrons, électrons, noyaux d'hélium, photons plus ou moins énergétiques, dans les gammes X ou gamma. Le dispositif SIGMA était suffisamment versatile pour repérer chacun d'entre eux. Et suffisamment fiable pour ne pas réagir à la moindre montre qui passerait aux environs. Les aiguilles électroluminescentes des montres pouvaient en effet contenir d'infimes traces de tritium, et ainsi agiter les aiguilles d'un compteur Geiger un peu sensible.

Dix minutes plus tard, Tim avait retrouvé son équipe. Le responsable des *Indians* l'avait laissé en alerte à 5 minutes à Andrews. C'est avec une certaine amertume qu'il regarda ses camarades quitter la base pour rejoindre leurs postes avancés dans la capitale fédérale. Il fut rapidement rejoint par les équipages des hélicoptères des « *Night Stalker* », qui venaient de terminer leur préparation. Quatre MH-60M et autant de *Little Birds* étaient prêts à prendre l'air en un instant. Sur chacun, d'autres détecteurs de radioactivité, plus imposants et plus performants encore que les SIGMA, avaient été montés à la hâte. Deux engins venaient d'ailleurs de décoller pour survoler la capitale fédérale, équipés de tels détecteurs – et de snipers du DEVGRU, au cas où. Depuis les airs, les performances des capteurs étaient démultipliées.

« Les choses ne s'annoncent pas bien », grommela un de ses hommes. « Nous aurons une fenêtre ridiculement réduite pour intervenir lorsque les matériaux seront mis à l'air libre… Et je ne parle même pas du cas où le terroriste déciderait de se faire sauter lui-même… Il n'aurait qu'à sortir la bombe de sa boîte plombée au milieu d'une foule, et boum… Game over. »

Tim ne put qu'acquiescer. « C'est une course de vitesse en effet. »

« Est-ce que le président a été évacué ? », demanda un autre.

« Apparemment pas. Mais le vice-président a pris l'air pour Camp David. Et certains membres de l'exécutif et du Congrès ont été discrètement évacués vers les lieux habituels. »

Le sous-officier inclina la tête. Le DEVGRU répétait régulièrement des opérations de protection rapprochée et d'évacuation de dirigeants civils et militaires. Pour cette mission, l'unité opérait en back-up de la Delta Force, qui avait été sélectionnée pour les conduire en plein exercice. Mais les deux unités se devaient d'être largement interchangeables.

« Des fuites dans les médias ? »

C'était la hantise de tous les opérateurs. Travailler au-dessus de la capitale fédérale, ou de n'importe quelle ville américaine, était déjà complexe en soi. Mais si la population venait à avoir vent du danger qui rôdait aux alentours, cela n'allait pas leur faciliter la vie.

« Pour le moment, tout est sous contrôle. Le FBI a étouffé le vol des matériaux radioactifs à Arlington, et le Pentagone est en train de monter une couverture pour expliquer l'activité aérienne à Andrews et aux environs. Avec les attentats à Chicago, je pense qu'ils n'auront pas besoin de chercher bien loin. La prudence n'est pas illégitime. »

« Espérons que cela tienne et qu'on n'aura pas un journaliste zélé qui tiendra absolument à remporter le prix Pulitzer au plus mauvais moment... »

« En effet », grommela Tim.

À l'extérieur du hangar, de nouveaux oiseaux venaient d'arriver. Quatre MV-22 *Osprey* du VMM-162 « *Golden Eagle* » étaient partis un peu plus tôt de leur base de New River, en Caroline du Nord. Les engins hybrides étaient bien utiles et complémentaires des hélicoptères du 160th SOAR. Leur autonomie de combat était presque le double de celui des MH-60, et les *Osprey* étaient presque 50% plus rapides que les hélicoptères du JSOC, grâce à leurs deux hélices rotatives qui se mettaient en position horizontale – comme un avion – lors du vol de croisière. Mais ce n'était pas tout. Deux petits *Gulfstream* venaient également de se poser sur la piste ouest d'Andrews. À leur bord, deux équipes du NEST n'avaient eu que le temps de réunir leur matériel avant de prendre la route de la capitale. Le *Nuclear Emergency Search Team* dépendait du département de l'énergie, et comme son nom l'indiquait, avait pour mission d'intervenir en urgence à chaque fois qu'un risque nucléaire ou radiologique se matérialisait. Au sein du NEST, une équipe encore plus confidentielle avait été formée pour travailler en étroite collaboration avec les unités militaires du JSOC. La *Lincoln Gold Augmentation Team* était moins secrète que ses homologues du DEVGRU et du JSOC, mais restait d'une discrétion totale. Ses membres étaient rompus à toutes les techniques de désamorçage d'engins explosifs, y compris nucléaires. Ils étaient également entraînés à opérer dans des environnements très dégradés, et sur des champs de bataille particulièrement dangereux. Dans leurs *Gulfstream*, se trouvaient plusieurs caisses de matériel, notamment des conteneurs plombés portatifs qui permettraient de contenir la radioactivité, s'il fallait transporter en urgence les matériaux dangereux vers des zones non peuplées. Les visages étaient sombres. Concentrés.

Progrès et reculs

Arlington, Virginie, 9 novembre

Lucie dormait encore. Walter était rentré chez lui, après plusieurs détours. Il devait s'assurer qu'il n'avait pas été suivi. Était-ce un risque de rentrer chez lui ? Sans doute. Mais il n'était pas encore prêt. Opérationnellement, il avait besoin d'un peu de temps pour préparer ses charges. Les bombes sales semblaient si simples à réaliser, sur le papier. Quelques grammes d'isotopes, que l'on accrochait avec un peu de scotch à un pain de plastic et le tour était joué. En fait, c'était la meilleure recette pour un long-feu. Ou au moins pour minimiser le pouvoir destructeur de l'engin. La puissance de la charge, la position des éléments radioactifs, et surtout le lieu où on ferait détonner le tout, rien ne s'improvisait. Terroriste était un travail sérieux, lorsqu'on voulait bien le faire.

Walter s'était assis à la table de la cuisine. Devant lui, un verre de lait qu'il n'avait pas touché, mais qu'il fixait dans la pénombre. Il n'avait allumé aucune lumière, de peur de réveiller son épouse. Dans sa tête, la migraine était revenue, plus puissante que jamais. Les médecins l'avaient prévenu, à l'époque, des effets secondaires possibles du traitement chimique. Il l'avait accepté. Mais connaissait-il tous les tenants et aboutissants lorsqu'il avait signé ? Quel choix avait-il eu, finalement ? Walter se massa les tempes, geste qu'il savait dérisoire et inutile. Mais il savait aussi d'expérience qu'aucun antidouleur ne viendrait à bout de ces migraines. Les produits qu'on lui avait injectés en

Union Soviétique avaient, sans doute définitivement, perturbé la chimie de son cerveau. Walter était devenu médecin, depuis. Et il avait compris beaucoup de choses. Mais plus que tout, il comprenait qu'il venait d'assassiner Donald. Un homme qu'il connaissait depuis plus de vingt ans. Son collègue. Son *ami*. Mais était-il vraiment un ami ? Donald n'avait connu que Walter. Mais il était mort de la main d'Andrei Kowalski. Il était mort assassiné par un agent du GRU, né dans un pays qui n'existait plus. La Guerre Froide était terminée depuis trente ans déjà. Mais le mal qui avait prospéré entre les deux rives de l'Atlantique pendant plus de 45 ans, à l'après-guerre, était toujours là. Insidieux. Clandestin. Andrei sentit quelque-chose couler le long de sa joue. Il s'essuya. C'était salé. Une larme ? Pourquoi pleurait-il ? Qui pleurait ? Walter ? L'espion du GRU savait que sa doublure était faible. Il avait affecté ce rôle à dessein, pour l'aider à mieux pénétrer le monde impérialiste. Qui pouvait craindre un médecin antimilitariste canadien ? Le passeport d'Ottawa l'avait aussi bien aidé à justifier, au début, un accent encore incertain.

Andrei avait laissé les isotopes dans sa pièce, au fond du garage. Personne d'autre n'y mettait jamais les pieds, mais il avait néanmoins dissimulé les conteneurs plombés derrière une planche de bois amovible. Les traces de produits chimiques avaient également disparu. Seule une étrange odeur d'acétone ne s'était pas encore totalement dissipée. Dans un coin de la pièce, sous des linges, séchait le TATP qu'il avait synthétisé. Il en avait désormais assez. Bien plus qu'il ne lui en fallait, d'ailleurs. Était-il prêt pour la phase ultime de son plan ? De sa *mission* ? Andrei l'était. Depuis près de quarante ans. Walter luttait encore. Walter se raccrochait à chaque neurone encore sain, à chaque souvenir de cette vie aux États-Unis. Walter revoyait la naissance de sa fille Karen. Son premier bal. Il se revoyait, avec Lucie, la consoler après ses premiers chagrins amoureux. Il revivait les innombrables barbecues qu'il avait organisés avec ses voisins. Les rires. Les engueulades. Les patients qu'il avait soignés. Ses amis. Ses étudiants. Ses collègues. Donald. *Donald.* La douleur semblait de plus en plus forte. Depuis tout ce temps, Walter avait appris à vivre avec, et pratiquait l'autohypnose. Lorsque la migraine le frappait, il partait ailleurs. Plus loin. Mais cette fois, rien ne semblait marcher. Car où que son esprit vagabonde, il retrouvait des images, des sons, des visages qui le ramenaient à sa situation actuelle. Et à la douleur qui lui déchirait les tempes. Fallait-il qu'il accepte ? Qu'il accepte de souffrir ? Comment imaginait-il la suite ? Comme Vassili, Andrei Kowalski n'avait pas été formé à devenir un martyr. Ce n'était pas le genre de la maison GRU. Les agents infiltrés et les espions étaient précieux, et, sauf situation critique, ils devaient tout tenter pour s'échapper après avoir accompli leur mission. Tout comme son homologue à Chicago, Andrei avait travaillé pendant des mois sur des routes d'exfiltration. Via la mer. Vers l'ouest et les terres. Vers le Mexique. Le Canada. Pourrait-il fuir en avion ? Il n'avait rien laissé au hasard. Mais, pour la première fois en quarante ans, Andrei / Walter se dit qu'il ne réchapperait pas de cette mission. Car il ne le souhaitait pas. Il ne le souhaitait plus.

Nord du Burkina Faso, 9 novembre

« *Edelweiss* unité, vous êtes à quatre klicks du convoi, terminé. »

Le capitaine Hélias accusa réception et se tourna vers ses hommes.

« Bon, le convoi n'a pas modifié sa route et nous fonce droit dessus. On se met en position. »

Autour de lui, les sous-officiers et militaires du rang acquiescèrent en silence et partirent rejoindre leurs véhicules.

Dans le ciel, invisible et inaudible, le drone *Reaper* américain avait repéré cinq heures plus tôt un étrange ballet. Une moto, puis une autre, avaient parcouru une piste, s'arrêtant régulièrement, sans raison apparente. Depuis son altitude de 30 000 pieds, le drone avait focalisé ses optiques surpuissantes pour tenter d'en savoir plus. Au Burkina Faso, les motos étaient répandues. Bien plus répandues que les SUV bien sûr. Cela pouvait n'être rien. Mais le manège avait continué. Et le contrôle aérien américain, qui n'était pas tombé de la dernière pluie, avait conclu que les motos servaient d'éclaireurs à un convoi qui les suivaient plus au sud. Un convoi qui se dirigeait tout droit vers la frontière malienne. Mais c'était sans compter sur la présence opportune dans la zone d'une patrouille de la Task Force *Altor*.

Hélias reprit place sur le siège passager de son tout-terrain modifié, puis attrapa sa radio tactique. À une centaine de mètres à l'est, ses homologues des Forces militaires du Burkina Faso attendaient. Contrairement aux Français, les Burkinabés ne disposaient pas d'une liaison satellite directe avec *Creech* AFB. Ils avaient beau être chez eux, ils acceptaient, le plus souvent de bonne grâce, de se mettre en retrait. Malgré leur manque criant d'entraînement et leur équipement ridicule, ils étaient courageux.

« *Edelweiss* unité à tous, nous avons trois véhicules, je répète trois véhicules. Ils seront sur nous dans moins de dix minutes. Nombre de tangos inconnu. Au moins une *Technical*[45] parmi les trois, d'après le *Reaper*. L'arme est dissimulée sous une bâche mais il n'y a que peu de doutes. C'est la cible prioritaire. Je répète, la cible prioritaire est le *Technical.* »

Parmi ses hommes, Hélias disposait de deux postes de MMP, ainsi que de tireurs de précision, armés de fusils PGM Hécate II en calibre 12,7mm. Le fusil pesait près de vingt kilos, si l'on comptait l'optique et le chargeur de 7 cartouches.

Et ce furent ces armes qui entrèrent les premières en scène. Un des tireurs de la quatrième compagnie du régiment, qui réunissait les snipers et les unités spécialisées dans la démolition, pressa la détente sur l'expiration. La balle géante fusa du cache flamme profilé à plus de deux fois la vitesse du son. Immédiatement, le tireur tira le levier d'armement et chambra une nouvelle cartouche. Clic. Clac. Cela ne lui avait pris que deux secondes. Exactement le temps qui fallut à la balle pour atteindre le moteur du premier SUV.

Dans ses jumelles, Hélias put voir le capot du moteur du Toyota voler dans les airs. Le véhicule dérapa et s'immobilisa après quelques dizaines de mètres de godille sur la piste. C'était un joli tir. Précis. Et pas facile. La cible se trouvait à près de 1 200 mètres de là. Mais pour le capitaine de la Légion, le temps n'était pas encore de rédiger la lettre de félicitation au tireur. Il y avait des djihadistes à neutraliser.

Il faisait chaud, et le chauffeur du SUV était en train de s'assoupir lorsque l'avant de sa voiture sembla se disloquer. Le Toyota affichait près de 320 000 kilomètres au compteur, et l'indicateur de température d'eau fleuretait depuis quelques kilomètres déjà avec la zone rouge. L'homme jura et pila. Puis il descendit pour regarder le désastre. Quelle camelote ! Ils étaient encore loin de la frontière, au milieu de nulle part. Il serait complètement illusoire d'imaginer réparer sur place. Derrière lui, les deux autres SUV avaient freiné et s'étaient garés à proximité. Le djihadiste approcha du moteur. Et c'est là qu'il vit l'énorme trou à l'avant de la calandre. Curieusement, le métal était déformé vers l'intérieur. L'homme n'était pas particulièrement intelligent, mais il comprit une seconde avant que le moteur du deuxième tout-terrain explose, à une trentaine de mètres derrière lui. Et deux secondes plus tard, il entendit distinctement la détonation que le bruit de la route avait étouffée, la première fois. L'homme hurla des ordres désormais totalement inutiles, car tout le convoi venait de réaliser qu'il était tombé dans une embuscade.

* * *

« ISR à *Edelweiss*, nous avons bien affaire à un *Technical*. Deux SUV neutralisés. Le troisième recule. Les motos 1 et 2 sont respectivement à deux et trois klicks plus à l'est de votre position. »
« Bien reçu », répondit Hélias. Puis, passant sur le canal tactique de son équipe. « *Edelweiss* unité à *Edelweiss*, on se sépare. Équipes 1 et 2, avec moi sur les deux véhicules immobilisés. Équipes 3 et 4, vous êtes en poursuite du SUV

numéro 3. Vous êtes armes libres. Je répète, vous êtes armes libres. »

Hélias sentit le moteur de son propre véhicule rugir alors que le chauffeur légionnaire écrasa la pédale d'accélérateur. Sur la plateforme arrière, deux hommes se préparaient au combat, fusils d'assaut pointés vers le danger. La zone était recouverte de petits monticules rocheux qui cachaient l'horizon, et l'équipe d'*Altor* put s'approcher à moins de cinq cents mètres avant que les djihadistes ne les repèrent, surtout à la poussière que leurs roues soulevaient. Ils furent immédiatement accueillis par des rafales qui firent exploser les roches aux alentours. Les conducteurs pilèrent. Et ce fut aux tireurs d'entrer en action. Contrairement aux unités du COS, les HK416 et FAMAS des militaires du 2ème REP n'étaient pas, en général, équipés de réducteurs de son. Ce n'était pas par goût de faire du bruit, mais bien parce que les budgets militaires étaient dérisoires, et qu'il fallait trop souvent faire des choix mesquins. Là, l'honnêteté forçait à reconnaître qu'ils n'auraient rien apporté. En plein jour, les cache-flammes étaient moins utiles que de nuit. Et le vacarme des tirs des djihadistes était tel qu'il était peu probable qu'ils puissent se concentrer sur l'écho des détonations des tirs français.

Sur le deuxième SUV endommagé, la bâche avait dissimulé le canon d'une mitrailleuse DShKM. L'arme avait fait ses premiers pas lors de la Seconde Guerre Mondiale. Depuis, elle s'était répandue comme la fumée d'un incendie dans le vent. Toutes les forces armées africaines en avaient acheté après leur indépendance, le plus souvent fournies à prix d'ami par l'Union Soviétique ou l'un de ses pays satellites. Était-il surprenant, dès lors, que des centaines d'exemplaires aient fini entre les mains de groupes djihadistes. L'opérateur de la mitrailleuse tira le levier d'armement et focalisa le réticule circulaire dans la direction des assaillants. De rage, il écrasa le bouton de tir, placé devant les deux poignées en bois élimé. L'arme tirait plus de 600 coups par minute. La première bande de 50 munitions disparut donc en quelques instants. Un autre djihadiste avait déjà attrapé un nouveau chargeur qu'il plaça sur le dessus de la mitrailleuse. La chorégraphie avait visiblement été répétée à de multiples reprises, et le changement de bande ne prit que quelques secondes. Mais ce fut suffisant pour que l'un des tireurs d'Hélias ajuste son tir. Le visage de l'opérateur de la DShKM explosa dans un nuage de vapeur rouge. Là encore, les djihadistes réagirent promptement. Un autre sauta immédiatement derrière la mitrailleuse et vida à son tour le nouveau chargeur.

*   *   *

« Le *Technical* nous pose problème, boss », entendit Hélias dans son casque.

Effectivement, juste devant ses tout-terrain immobilisés, le sable et les roches volaient en éclat, hachés par les balles de 12,7mm. Les djihadistes tiraient presque en continu, remplaçant sans aucune parcimonie les bandes épuisées par de nouvelles. Il arriverait bien un moment où ils finiraient à court de munitions. Mais en attendant, certains coups touchaient au but. Le parebrise du tout-terrain immobilisé juste à côté de celui du capitaine explosa. Il avait beau être en polycarbonate renforcé, la balle géante de la DShKM l'avait simplement pulvérisé.

« Bon, on arrête de jouer. Je veux un tir MMP sur la *Technical*. » Dans la mesure du possible, les militaires de Barkhane tentaient d'interpeller les djihadistes vivants. Mais Hélias savait aussi ne pas tenter le diable. La vie de ses hommes valait infiniment plus que celle des terroristes. À une trentaine de mètres, il vit deux de ses Légionnaires s'éloigner en portant le tube du lanceur. Ils trouvèrent une zone vaguement dégagée, suffisamment loin de là où les

355

djihadistes concentraient leurs tirs. Puis, en quelques instants à peine, ils déployèrent les trois pieds du lanceur du MMP. Le Missile Moyenne Portée avait été conçu par MBDA pour remplacer les MILAN. Il était un bijou de technologie, capable de fondre à une vitesse presque supersonique vers une cible mobile. Sa charge en tandem était capable de percer la plupart des blindages existants, y compris certains blindages réactifs. Bien sûr, sur la mince carcasse du *Technical*, le missile n'eut pas besoin de forcer son talent. Hélias suivit l'éclair qui partit du poste de tir et fondit sur le SUV ennemi. Le vol dura quelques secondes à peine. Puis le tout-terrain djihadiste explosa dans une gerbe de flammes.

*   *   *

Le SUV fuyard réussit à parcourir près de six kilomètres vers le sud avant que l'une de ses roues n'explose. Le chauffeur tenta de contrôler, mais il ne put empêcher le véhicule de déraper et de se retourner. Trois minutes plus tard, les tout-terrain d'*Altor* arrivèrent à son niveau. Le djihadiste qui se trouvait sur la plateforme arrière avait été broyé lors du choc. Mais les deux autres, dans l'habitacle, semblaient encore en vie. Dans un luxe de précaution, armes levées, les Légionnaires vérifièrent qu'aucun des deux ne portait de gilet d'explosifs. Puis ils les tirèrent de l'habitacle écrasé. Et l'infirmier de l'équipe s'employa à leur pratiquer les premiers secours. Ce n'était pas tant parce que leur vie importait aux Légionnaires. Mais parce qu'au Burkina Faso comme ailleurs, les morts ne parlaient plus.

Siège de la DGSE, Paris, 9 novembre

En fait, il arrivait que les morts finissent par parler. Non pas en émettant des sons, ce qui aurait été digne de *Walking Dead*. Mais parce que leur ADN, leur visage, ou ce qu'il en restait, était fiché dans une des bases de données des services. Il fallut moins de dix minutes au logiciel de reconnaissance faciale pour identifier l'un des djihadistes qui avaient expiré au nord du Burkina Faso, et dont les portraits avaient été tirés par les Légionnaires du 2ème REP et expédiés par liaison satellite vers le siège de Barkhane à Ndjamena, puis vers les différents centres opérationnels en Métropole.

Dorothée connaissait l'homme dont le visage s'affichait sur son écran d'ordinateur. Il était l'un des dirigeants d'un groupe semi-dissident de Macina, qui se faisait appeler Ansarul Islam. Lors de sa création quatre ans plus tôt, le groupe n'avait rassemblé qu'une quarantaine de membres, issus de la katiba d'Amadou Koufa. Recrutant parmi les populations peules, Ansarul Islam avait bravé l'interdit de Koufa, qui estimait qu'une insurrection au Burkina était prématurée et qu'il était plus opportun de concentrer l'effort sur le Mali. Les djihadistes burkinabés ne l'avaient pas entendu de cette oreille. Et ils avaient organisé la lutte depuis la forêt de Foulsaré, à la frontière malienne.

« Cela faisait longtemps qu'on l'avait dans le collimateur, celui-là », lâcha le responsable de la zone Sahel à la DGSE. « Parfois le hasard fait bien les choses. »
« Le hasard ? », tenta Dorothée. « Barkhane les a interceptés non loin de la frontière est du Mali. C'est bien loin de leur zone d'opérations. Et encore plus loin de là où on pensait qu'ils se terraient. »
Le responsable fronça les sourcils. « Qu'avez-vous en tête ? »

Dorothée haussa les épaules. « Rien de précis à ce stade. Nous avons un prisonnier. Il parlera sans doute. Mais je suis surprise de voir le convoi d'un responsable de l'organisation dans cette zone. Il se dirigeait tout droit vers le sud-est du Mali. Or, Ansarul Islam, comme nous le savons, opère exclusivement au Burkina, beaucoup plus à l'ouest, au grand dam de Koufa. Qu'allaient-ils faire là-bas ? »

« Monter une opération ? Rencontrer quelqu'un ? », tenta le responsable.

« Il n'y a rien dans la zone frontalière. Tout du moins, aucune cible qui puisse être attrayante pour Ansarul Islam. Ils ont pris l'habitude de frapper à Ouaga, ou à défaut les lieux où les Mossis au pouvoir au Burkina sont majoritaires. Notamment dans la province du Soum. Je ne vois pas ce qu'ils auraient pu viser là où ils ont été interceptés. Cela nous laisse en effet la seconde hypothèse que vous avez soulevée, et qui aurait ma préférence. »

« Abu Malek ? », tenta le responsable.

« Trop tôt pour pouvoir répondre. Ils peuvent également avoir été conviés par Koufa pour enterrer la hache de guerre. Le responsable de Macina est de plus en plus isolé. Il aura peut-être tenté de retisser les liens avec ses anciens amis. » Dorothée resta silencieuse pendant quelques instants, puis elle ajouta ce que tout le monde pensait déjà tout bas. « Mais l'hypothèse Koufa semble peu crédible... Pour le coup, nous savons qu'il se cache à l'opposé de là où ils se dirigeaient... »

Ce fut au tour du responsable de la zone de rester muet durant quelques minutes. Autour de la table de réunion, les visages étaient concentrés. Il y avait là, réunie dans l'une des salles de conférence du Boulevard Mortier, toute la fine fleur des analystes de la région. Des centaines d'années d'expérience cumulée.

« Vous savez que je n'aime pas la politique-fiction, et que j'ai plutôt tendance à me rattacher aux faits stylisés », finit par reprendre le responsable. « Mais imaginons… je dis bien, *imaginons* qu'ils avaient pris la route pour rencontrer Abu Malek. Quelles en seraient les implications ? Et surtout, qu'est-ce que cela voudrait dire ? »

« Une seule chose, pour moi. Une chose que nous redoutions : qu'Abu Malek cherche par tous les moyens à fédérer les mouvements djihadistes du Sahel. Ce n'est de plus pas une surprise, pour moi, qu'il commence par Macina et Ansarul Islam. Ce sont les principaux mouvements peuls. Nous n'avons, jusqu'à présent, enregistré aucun mouvement du côté d'AQMI. Aucun contact avec les mouvements implantés au Maghreb. »

« Aucun que nous ayons pu intercepter », objecta le responsable de la zone.

Dorothée inclina la tête, bonne joueuse. « Oui, c'est vrai. Mais nous disposons de plusieurs sources. Ni en SIGINT, ni en HUMINT nous n'avons repéré une activité au nord des Ifoghas. Ce n'est pas un hasard. Je pense qu'Abu Malek, en toute conscience, cherche à internationaliser le conflit. Et quel meilleur moyen que de fédérer les mouvements peuls. Il s'agit de la principale diaspora du Sahel, et même de toute l'Afrique de l'Ouest. Ils sont simplement 20 fois plus nombreux que les Touaregs ! »

« Notamment au Nigéria », ajouta un autre espion, s'attirant un regard interrogatif de Dorothée.

« Effectivement, notamment au Nigéria », répéta-t-elle.

Son regard croisa alors celui du responsable de la zone, qui comprit à mot couvert.

« Dorothée, ce n'est qu'une hypothèse de travail pour le moment. »

Dorothée soupira. « Une hypothèse qui semble de plus en plus vraisemblable », répondit-elle.

Elle savait que le directeur de la « Boite » avait envoyé une note jaune au président de la République, faisant la synthèse du scénario apocalyptique que Dorothée et ses collègues craignaient. Depuis le déclenchement de l'opération Serval, en 2012, jamais les groupes terroristes au Sahel et en Afrique de l'Ouest n'avaient été près de s'unifier. Certaines tentatives, notamment entre AQMI et la population touarègue, avaient finalement échoué, malgré d'opportuns mariages entre dirigeants et filles d'autres dirigeants. Mais avec l'arrivée d'Abu Malek, les cartes pouvaient être rebattues. Depuis Boko Haram jusqu'aux mouvements peuls et de libération de l'Azawad, pourrait-il être le maillon manquant ? Le lien ? Le catalyseur ? De plus en plus d'éléments circonstanciels indiquaient que tout en prenait le chemin.

« Où en sommes-nous avec l'opération Mamadou ? », demanda le responsable de la zone. « Je crains qu'il ne devienne de plus en plus impérieux que ce brave Mamadou fasse ce qu'on attend de lui. »

« Effectivement », soupira à voix basse Dorothée.

À cet instant, les officiers de renseignement de la DGSE l'ignoraient, mais Mamadou venait de changer de voiture. Il avait quitté Bamako quelques heures plus tôt et se dirigeait par la route vers Tombouctou.

Ansongo-Ménaka, Mali, 9 novembre

Chaque opération des forces spéciales faisait l'objet de ce que l'on appelait un RETEX, ou Retour d'Expérience. Ce n'était pas simplement une formalité administrative, mais le moyen pour les opérateurs de comprendre ce qui avait bien marché, et ce qui devait être changé. Delwasse avait réuni ses hommes et, pour une fois, invité les militaires du 2ème Hussard à participer. Lors d'une séance de RETEX, on mettait l'ego de côté et chacun devait dire ce qu'il n'avait pas bien réalisé, ou avouer les erreurs qu'il avait commises. Dans certaines unités, une telle franchise, en insistant en sus sur les erreurs, aurait été vue comme le meilleur chemin pour dire au revoir à tout avancement. Mais pas au sein du COS[46].

« Nous sommes tombés dans le panneau », commença Delwasse. Il venait de reprendre les détails précis de l'embuscade. Et pour lui, soit les djihadistes avaient eu beaucoup de chance, soit ils avaient bien prémédité leur action. L'éperon rocheux sur lequel ils s'étaient dissimulés était quasi-inexpugnable. Plusieurs buttes en granit offraient autant de protection contre les tirs, y compris d'armes lourdes. Sur l'éperon même, les Hussards avaient retrouvé au moins cinq cachettes d'où un sniper pouvait tirer. Et ils avaient retrouvé des douilles aux cinq endroits, provenant de deux armes uniquement, d'après les premières données balistiques. Il y avait eu tout au plus trois ou quatre djihadistes terrés à cet endroit, et cela avait suffi pour immobiliser l'équivalent de deux sections d'infanterie, deux hélicoptères d'attaque, et nécessité l'emploi de deux Mirage 2000. Sans parler du drone qui était resté là tout du long. Les militaires avaient développé la notion de « multiplicateur de force ». Il semblait évident que les djihadistes avaient trouvé une solution pour multiplier leur puissance, avec une économie de moyens particulièrement spectaculaire.

« Comment ont-ils su que suivrions la trace des émissions VHF et que nous passerions par-là ? », demanda l'officier du 2ème Hussard.

Delwasse haussa les épaules. « Regarde sur la carte. L'emplacement était parfait. Il n'y avait que cette route…celle que vous avez empruntée, depuis le sud. Quant à répondre à ta question : se savaient-ils sous surveillance ? Savaient-ils que nous pouvions tracer et trianguler leurs émissions VHF cryptées ? Je n'en sais fichtre rien. Mais cela ressemble à du sondage, pour moi. C'est typique des tactiques que les djihadistes ont employées à Raqqa et à Mossoul. Face aux forces irakiennes, ils utilisaient des leurres, attirant les forces spéciales dans des goulots d'étranglement qui avaient été minés ou qui étaient entourées de snipers. Les cadres de l'EI avaient creusé des kilomètres de tunnel sous les deux villes, afin de se déplacer plus facilement et plus discrètement d'un point de tir à un autre. Ils ne sont pas arrivés à ces tactiques du premier coup. Ils ont testé, échoué, réessayé. Et ils ont surtout observé les forces irakiennes, et appris. »

« Et tu penses qu'ils ont appliqué les mêmes tactiques, ici ? », demanda l'officier du 2ème Hussard.

Delwasse acquiesça. « Il faut reconnaître que les terroristes ont évolué, au Sahel. Ils n'ont pas simplement reçu du matériel haut de gamme. Ils ont complètement modifié leur façon de faire. Ils montent des embuscades plus complexes, à double détente. Ils savent utiliser le terrain. Ils anticipent nos mouvements. Et ils ont trouvé comment nous attirer, comme du miel avec un ours. »

« Avec les émissions cryptées ? », demanda l'officier de cavalerie. « Ils savaient que nous tomberions dans le panneau, en tentant de trianguler leurs communications. »

« Exact. Entre nous, les terroristes ont réussi à se passer de moyens de communication modernes pendant des années. Y compris en Syrie. D'où vient cette nouvelle passion pour ces dispositifs ? Tu peux en comprendre l'utilisation pour coordonner plusieurs dizaines d'opérationnels, ainsi que des actifs aériens. Mais pourquoi quelques groupes, au sol, auraient-ils besoin de dispositifs de communication aussi performants pour opérer ? D'autant plus dans une zone aussi escarpée, avec autant de relief. La portée efficace des radios VHF se limite à quelques kilomètres, tout au plus. »

L'officier des Hussards acquiesça. Il savait que son homologue du 1er RPIMA avait raison. Lui-même utilisait uniquement ses radios VHF pour les échanges tactiques avec sa compagnie. Pour le reste, chacun de ses véhicules était équipé de communications par satellite, qui permettaient de se jouer des distances et du relief.

« Nous nous sommes fait avoir comme des bleus », finit-il par lâcher, visiblement en colère contre lui-même. Il avait mis la vie de ses hommes en danger en suivant les petits cailloux blancs sur la piste, cailloux que les terroristes avaient consciencieusement placés bien en évidence pour les attirer dans un piège.

« Les RETEX servent à cela », répondit simplement Delwasse. « Personne n'a la science infuse, et chacun fait des erreurs. Nous avons fait les mêmes au Levant. Et nous en avons fait d'autres. Le tout est d'apprendre de ses erreurs. Non seulement pour ne plus les commettre à nouveau, mais surtout pour comprendre le cadre dans lesquels on les a commises. Nous sommes tous enfermés dans des modes de pensées tactiques, en général que l'on a apprises à l'école. Après tant d'années de guerre, nos ennemis les ont apprises à leur tour, et ont appris à s'en jouer. Les djihadistes ont changé. Ils ont évolué. Notamment les plus sophistiqués d'entre eux. »

« Comment faire, alors ? », lui demanda l'officier du 2ème Hussard.

« C'est bête à dire, mais nous devons tenter de penser comme eux. Il y a une forme de réflexivité dans ce type d'engagement. Les terroristes tentent de penser comme nous, et nous devons penser comme eux. Mais à ce petit jeu, nous disposons de deux avantages. »

« Lesquels ? », demanda le cavalier.

« Les drones, pour une part. Les djihadistes ont déployé de minuscules drones tactiques, mais rien de commun avec les *Reaper*. Nous disposons d'une permanence aérienne et ils n'en ont aucune. Mais ce n'est pas tout. Au jeu du miroir, nous avons un autre avantage : nous disposons de l'initiative. Nous disposons du recul nécessaire, qui nous permet d'analyser les situations au travers non seulement de nos formations, mais aussi du retour d'expérience des multiples terrains sur lesquels nous avons combattu. Les terroristes ont un train de retard sur nous. Et ils sont également victimes de l'un des biais cognitifs les mieux documentés : on ne change pas une tactique qui a l'air de fonctionner. Je te fiche donc mon billet qu'ils vont remettre le couvert, et tenter d'autres embuscades sur le même modèle. Ils sont trop fiers, trop orgueilleux. Ils ont montré qu'ils ne savaient pas se renouveler aussi vite qu'il le faudrait. »

« Mais cette fois nous ne tomberons pas dans le piège », répondit l'officier du 2ème Hussard.

« C'est exact », sourit le capitaine Delwasse. « Maintenant que nous savons ce à quoi nous attendre… »

Maison Blanche, Washington, 9 novembre

À peine 24 heures s'étaient écoulées depuis sa dernière visite à la Maison Blanche, mais le directeur du FBI put noter que l'ambiance avait changé du tout au tout. Le siège de l'exécutif américain était en *lock-down*, et les agents des Services Secrets omniprésents. Des gardes en uniforme patrouillaient sur les pelouses, fusil d'assaut à la main. Les grilles sud de la Maison Blanche, devant lesquelles les touristes adoraient se faire prendre en photo, étaient désormais interdites. Sur les toits, des tireurs d'élite, jumelles devant les yeux, scrutaient les environs. Et puis il y avait tout ce qui ne se voyait pas. Et notamment les opérateurs de la Delta Force qui étaient arrivés en soutien des unités d'assaut des Services Secrets.

Les différences ne s'arrêtaient pas là. Si la précédente réunion s'était déroulée dans le Bureau Ovale, cette fois-ci le directeur du FBI fut accompagné vers une salle où il n'avait eu que très rarement l'occasion de se rendre : la

Situation Room. Lorsqu'il arriva dans la principale salle de crise, au rez de chaussée de l'aile ouest, la plupart des autres invités étaient déjà là, en grande conversation. Il salua son homologue de la CIA, le SecDef, le conseiller à la sécurité nationale ainsi que plusieurs généraux. Moins de deux minutes plus tard, la silhouette massive du président pénétra à son tour dans la salle, escorté par deux agents en costume, cordon couleur chair qui sortait du col de leur chemise pour aller se perdre dans leur oreille.

« Asseyez-vous », grommela le président en s'affalant à son tour dans le fauteuil à haut dossier ergonomique. Ce fauteuil était le seul de la pièce qui ait été conçu sur mesure, aux dimensions exactes du locataire de la Maison Blanche.
« Qu'est-ce qu'on sait ? », commença-t-il.
Tous les regards se tournèrent vers le directeur du Bureau.
« Mes agents sont en train d'éplucher les images des caméras de vidéo-surveillance de l'hôpital MedStar et… »
« A-t-on identifié le tueur ? », le coupa sèchement le président.
« Pas encore, je le crains », avoua le directeur. « Mais notre enquête progresse. Il est fort probable que l'auteur du vol soit un familier des lieux. Il connaissait visiblement l'emplacement des caméras, les horaires de ronde des vigiles. Et il connaissait les horaires des personnels du département de médecine nucléaire. »
« Certes, mais j'imagine que cela nous laisse encore quelques centaines de suspects ! J'ai cru comprendre que le temps pressait. Le ou les auteurs peuvent être en ce moment même devant la bibliothèque du Congrès avec leur bombe ! Vous imaginez ce qui se passerait s'ils parvenaient à faire sauter leur bombe sale là-bas ? Ou à Dulles[47] ? Ils ont également pu prendre la route pour aller faire leur feu d'artifice à *Time Squuare* ! »
Le directeur du FBI inspira une longue goulée d'air. « J'en ai parfaitement conscience, monsieur le président. Je peux

vous assurer que mes hommes travaillent d'arrache-pied. Ils ont tous conscience des enjeux. »

Le président ne semblait pas convaincu. « Je ne crois que ce que je vois », répliqua-t-il, cinglant. « J'ai connu le FBI plus zélé lorsqu'il s'agissait d'enquêter sur mes prétendues relations avec Moscou ! »

Le directeur du FBI allait répondre mais le SecDef le devança.

« Monsieur le président, nous avons en ce moment même près de 1 000 détecteurs de radioactivité déployés à Washington, DC. Plusieurs centaines d'autres sont en cours de déploiement à Manhattan et à Boston. J'ai au moins deux cents opérateurs du JSOC dans un rayon de quinze kilomètres, en soutien des unités SWAT de la police de DC et du FBI. Si les terroristes sortent, nous les repèrerons. »

Ce type de discours martial et semi-incantatoire était plus du goût du président, en général. Mais ce dernier demeurait perplexe. Et visiblement inquiet.

« Des scientifiques de mon conseil m'ont transmis une analyse d'impact. Si les terroristes parvenaient à faire détonner une charge explosive de moins de cinq cents grammes dans un lieu public, les isotopes se répandraient dans un rayon d'un kilomètre au moins, en extérieur. Peut-être plus si les vents s'en mêlaient. D'après ce qu'ils m'ont dit, le temps que la radioactivité ait substantiellement baissé et que les isotopes soient considérés comme inoffensifs, ils pourraient contaminer plusieurs milliers de personnes. Cela serait sans doute autant de cancers ou de maladies graves qui se déclencheraient, au fil des ans. Et je ne parle pas de l'impact psychologique ! Vous avez vu le désastre autour de Chicago ? Nous avons assisté à de véritables scènes de pillage dans certains quartiers. À croire que tous les criminels qui infestent ces trous à rat n'attendent que ça pour s'en donner à cœur joie. Ils vivent et prospèrent dans le chaos. Vous imaginez les mêmes scènes Washington ?

Nous aurions l'air fin. Nous serions la risée du monde entier », écuma le locataire de la Maison Blanche.

« Nous n'en sommes pas là », objecta le SecDef, s'attirant un regard noir de la part du président. Ce dernier n'eut pas le temps d'enfoncer le clou. Une voix féminine se fit entendre. La directrice de la CIA était la seule femme présente dans la pièce.

« Monsieur le président, vous savez que je ne crois pas vraiment aux coïncidences. Je comprends que nous ne disposons d'aucun élément reliant les deux événements, mais la concordance de temps et d'action entre les attaques à Chicago et le vol de matériaux radioactifs à Arlington peut sembler hautement suspecte. Parlant sous le contrôle du FBI, il n'y a eu, au cours des quarante dernières années, qu'une poignée d'incidents nucléaires de cette importance. Quelle chance y avait-il, si je puis m'exprimer ainsi, qu'un voleur choisisse cet instant précis pour mettre la main sur des isotopes médicaux ? L'opération n'a pas été improvisée, à l'évidence. Pas plus que celle à Chicago. Mais dans ce cas, nous savons qui était le coupable, n'est-ce-pas ? »

Le directeur du FBI acquiesça. « Oui. Nous avons progressé sur l'auteur des attentats de Chicago. L'homme était arrivé aux États-Unis depuis le Canada à la fin des années 80. Il était marié, sans enfant. Son épouse est décédée il y a quelques années de cela. Cancer. Elle était arrivée en même temps que lui, du Canada également. Ingénieur. Discret. Plutôt apprécié par ses clients et ses collègues. Aucun casier judiciaire. Nous avons également épluché ses communications. Rien. Son téléphone portable a bien borné dans toutes les usines qui ont été frappées. Puis dans un motel, au nord de la ville, où il a apparemment passé la nuit. Nous avons retrouvé sur place une carte de la région à moitié calcinée. Quelques traces y figuraient, notamment ce qui semble être des routes d'exfiltration. »

« Et le matériel employé ? Vous m'aviez parlé du Semtex ? Vous en savez plus ? La façon dont il a pu se le procurer ? »

Le directeur du Bureau secoua la tête. « Pas encore. Mais nous sommes en train d'étudier plusieurs déplacements qu'il a faits au cours des jours précédents l'attaque. Notamment autour de Grand Rapids. »

« Vous pensez à un réseau organisé ? », demanda le président.

« Nous n'en savons rien. Ce n'est pas à exclure », admit le directeur du FBI.

« Mais un réseau de quoi ? », explosa le président. « Un réseau de sexagénaires qui auraient décidé de pimenter leur retraite ? »

« Nous ne connaissons pas encore le mobile du terroriste, en effet. »

« Il y en a un », soupira la directrice de la CIA. « Ces opérations sont trop bien menées, trop professionnelles. Nous n'avons pas affaire à une amicale de terroristes en herbe. Comme vous le savez, j'en ai côtoyé quelques-uns, et nous avons là affaire à un niveau de sophistication très au-dessus de ce que l'on voit d'habitude. »

« Je suis d'accord », répondit le directeur du FBI. « Mais cela ne nous éclaire pas encore sur le mobile. »

« Certes », avoua la directrice de l'Agence. « Mais nous pourrions procéder autrement. À l'envers, si je puis me permettre. Nous ne savons pas encore ce que les terroristes veulent, si tant est – ce qui est probable mais pas encore sûr – que les actions soient liées. Mais nous pouvons procéder par *élimination*, et conclure sur ce dont il ne s'agit pas. »

Le président fronça les sourcils, intrigué par le raisonnement de la directrice de la CIA.

Celle-ci poursuivit. « En parlant sous le contrôle de Chris », dit-elle en plongeant son regard dans celui du directeur du FBI, « l'homme qui a été abattu à Chicago n'était ni un islamiste, ni un militant de l'extrême droite, ou de l'un des groupuscules survivalistes ou libertaires qui s'agitent parfois. »

« C'est exact », dit le directeur du Bureau.

« Il n'était pas Chinois, ni un agent de Pyongyang », ajouta-t-elle, faisant sursauter le président avec sa référence à la Corée du Nord.

« Il n'était pas Chinois ou Coréen, c'est sûr, mais rien ne dit qu'il n'ait pas pu agir sur ordre d'une puissance étrangère. Il a pu être recruté », objecta le directeur du FBI.

« Rien n'est impossible, en effet », répliqua la directrice de la CIA. « Mais je vois mal Pékin ou Pyongyang recruter un obscur sexagénaire. Et quel moyen auraient-ils employé pour cela ? A-t-il reçu de l'argent ? »

« Nous avons épluché ses comptes, rien de suspect. Mais cela ne prouve rien. Il a très bien pu ouvrir un compte offshore. »

« Des goûts de luxe ? Le jeu ? Les femmes ? La drogue ? »

« Rien, à ce stade. »

« Et les explosifs », reprit la directrice de la CIA. « En sait-on plus sur le Semtex utilisé ? »

Le patron du Bureau inclina la tête. « D'après les analyses chimiques, fabrication tchécoslovaque. Sans doute milieu ou fin des années 80. L'explosif a été conservé au frais. En milieu chaud, il sèche, devient dur et se désagrège progressivement. »

« Milieu des années 80 ? », s'étrangla le président. « Comment a-t-il pu arriver jusqu'aux États-Unis ? »

« Nous l'ignorons, monsieur le président. »

La directrice de la CIA fronça légèrement les sourcils. « Le Semtex est un explosif très particulier. Utilisé quasi-exclusivement parmi les satellites de l'URSS et par les groupes révolutionnaires qui étaient sponsorisés par le KGB. Puis il a diffusé, notamment vers l'Asie et surtout vers la Libye, qui en a reçu plusieurs dizaines de tonnes. »

« La Libye, c'est donc la clé ? Ce pays est devenu une foire d'empoigne… Encore un beau succès de mon prédécesseur. »

La directrice de la CIA secoua la tête. « Peu probable. Comme l'a indiqué Chris, les stocks libyens ont mal vieilli.

Mes agents ont pu constater que les réserves de Kadhafi étaient totalement inutilisables. Les agents plastifiants et liants se dégradent avec le temps et non seulement rendent le produit cassant, mais neutralisent largement le pouvoir détonnant. »

« Bon, donc on ne sait toujours rien », maugréa le président. « Et on s'égare. La priorité reste de retrouver le terroriste de Washington, et de le mettre hors d'état de nuire. »

Se tournant vers le SecDef. « Je veux que vos forces ne prennent aucun risque. La priorité est la sécurité des Américains. Pas d'interpeller le terroriste vivant. J'espère que nous nous comprenons bien. »

Le Secrétaire à la Défense acquiesça. À ses côtés, le chef d'état-major interarmes était resté muet. L'homme était un militaire à l'ancienne. Pour lui, les forces armées étaient là pour intervenir à l'étranger, pas sur le sol américain. Il y avait pour cela la garde nationale et les agences fédérales. Mais il comprenait les enjeux. Et il savait que, parmi ses forces, certaines unités avaient été créées dans ce but précis : lutter contre les actes terroristes les plus violents. La Delta Force et le Navy Seal team 6, qui avait été renommé DEVGRU, faisaient partie des meilleures unités antiterroristes au monde. Avec le temps, leur rôle s'était élargi. Mais il était temps qu'elles reviennent aux fondamentaux. Et à leur mission originelle.

Ndjamena, Tchad, 9 novembre

« Avez-vous lu le RETEX des unités Sabre dans l'Ansongo-Ménaka ? », demanda l'officier de liaison du COS au général commandant l'opération Barkhane. L'officier général était un homme massif et droit, y compris physiquement. Il avait passé l'essentiel de sa carrière opérationnelle au sein de ce que certains continuaient à appeler la « coloniale », c'est-à-dire les troupes de marine. Cinquante ans en arrière, les forces françaises terrestres se séparaient en deux catégories. Certaines unités étaient destinées à protéger la patrie et l'Europe, notamment depuis les bases allemandes. C'était l'infanterie, la cavalerie. Les opérations extérieures à l'Europe étaient, quant à elles, du ressort des troupes de marine – et de la Légion. Cette distinction était tombée après la guerre du Golfe, lorsque l'état-major réalisa deux choses : qu'il était impossible d'expédier des unités opérationnelles sans conscrits, à l'époque. Et que la démographie des troupes « coloniales » était bien insuffisante pour couvrir tous les besoins. En sus, la chute de l'Union Soviétique rendit caduque la menace à l'est de l'Europe.

Le général – deux étoiles – inclina gravement la tête. « Effectivement. Ça se tient. »
« Je partage les conclusions. Le regroupement de forces terroristes combattantes à cet endroit est hautement troublant. L'Ansongo-Ménaka n'est pas réellement une cible stratégique. Il n'y a rien là-bas, mis à part des antilopes et des crocodiles. Par contre, le terrain y est, objectivement, très propice à des embuscades et à un enlisement. C'est un peu le pendant des Ifoghas, mais en beaucoup moins inhospitalier et beaucoup plus grand. Survivre sur la durée dans les Ifoghas était mission impossible pour les djihadistes, y compris pour les Touaregs pourtant habitués à une certaine frugalité. Survivre dans la

371

réserve naturelle n'est pas un souci. Il y a de l'eau, des vivres, et des milliers de grottes où se dissimuler des surveillances aériennes. »

« Alors nous sommes tombés dans le panneau, c'est ce que vous me dites ? Expédier des unités là-bas a fait le jeu des terroristes ? »

L'officier du COS haussa les épaules. « Je n'irai pas jusque-là, mon général. « Il est indubitable que des concentrations djihadistes se sont regroupées dans la région. La zone est donc fertile et riche en cibles. Mais il y a certainement une question d'approche. Et de finalité. »

« Je vous écoute », dit le général, l'invitant à poursuivre.

« J'ai lu le compte-rendu des dernières embuscades contre nos forces. Il faut être lucide : les djihadistes impliqués ont fait preuve d'un haut niveau d'inspiration tactique. On est loin des énergumènes en sandales que nous avons combattus aux débuts de Serval, et encore plus loin de l'essentiel des recrues locales de Macina ou des groupes de Touaregs. Nous avons affaire à des combattants aguerris, sans doute formés sur des terrains extérieurs. »

« Au Levant ? »

L'officier du COS acquiesça. « Sans doute. Nous n'avions jamais croisé de terroristes issus du Caucase avant l'arrivée de cet Abu Malek al-Chichani. Il n'est visiblement pas venu les mains vides. Malgré nos coups au Niger, avec l'aide des Américains, il a manifestement réussi à infiltrer hommes et matériel en quantité au Sahel. »

« Oui, et cela me préoccupe énormément. Notamment les missiles. Nos moyens aéroportés étaient déjà notoirement insuffisants, comme je me tue à le dire à Paris, mais avec cette menace supplémentaire, je rechigne à faire voler les plus anciennes machines. Les vieux *Cougar*, les *Gazelle*, les *Puma* n'ont pas de dispositif antimissile. Dans le ciel, ils sont comme des canards indolents à l'ouverture de la chasse. »

L'officier du COS esquissa une grimace particulièrement éloquente. Comme le général, il était un ancien opérationnel. Et pour lui, les infiltrations en hélicoptère à basse altitude n'étaient pas seulement des scènes de jeux vidéo ou de films d'action. Mais un vécu. Et l'officier avait pu mesurer tout autant le rôle essentiel des voilures tournantes dans le combat antiterroriste moderne que l'extrême vulnérabilité de ces engins à des tirs depuis le sol. La plupart des machines françaises, au-delà de leur âge canonique, étaient non blindées. Il n'y avait pas besoin d'un MANPADS pour leur faire du mal. Une bonne AK-47 et un peu de réussite et on pouvait aboutir à des drames. L'équipage de la *Gazelle* qui avait bu le bouillon n'allait pas dire le contraire. Le bilan était resté – fort heureusement – matériel. Mais qu'en serait-il la prochaine fois ? Que serait-il arrivé si, au lieu d'une *Gazelle* et de son équipage de trois militaires, les djihadistes avaient mis au tapis un *Cougar* transportant quinze commandos ?

« Je suis d'accord avec vous, mon général. Mais justement, interrompre nos couvertures aériennes est l'objectif des terroristes. Nous ne pouvons pas leur faire ce plaisir. »

Le général soupira. Il savait que l'officier du COS avait raison. Militaire était un métier dangereux. Et, contrairement aux Américains qui avaient théorisé la doctrine du « zéro mort », la France restait un pays de guerriers. Aucun général n'envoyait à dessein ses troupes à une mort certaine. Mais la mort, ou la blessure les armes à la main, faisait partie du job. Le général savait surtout que c'était ce sens de l'engagement et cette combativité exceptionnelle qui rendaient ses hommes aussi redoutables. Les terroristes islamistes n'étaient pas des enfants de cœur. Beaucoup aimaient la mort comme les Occidentaux aimaient la vie, comme ils aimaient à le dire. Mais même eux devaient avouer, parfois, que les soldats français les terrorisaient. Les troupes de Barkhane, forces conventionnelles ou spéciales indistinctement, allaient au contact. Elles savaient se battre au corps à corps. Elles n'attendaient pas tout d'un hypothétique, et souvent illusoire, soutien aérien, comme leurs homologues américaines. L'esprit combattif de l'armée française était au plus haut. Et le général en était fier. Il était fier de ses troupes et fier de les commander. Mais il savait aussi que la fierté ne faisait pas gagner une guerre. Ni simplement la combattivité. Pour cela, l'esprit tactique jouait un rôle essentiel.

« Partons de l'hypothèse que les djihadistes tentent bien d'attirer nos forces sur un terrain qui ne leur soit pas propice, où ils pourront multiplier les embuscades. Que faire, de notre côté ? Partir et leur laisser le champ libre ? »
« Certainement pas, mon général », répliqua l'officier du COS. « Mais nous avons d'autres cordes à notre arc. »
Il déploya sur la table de travail du général une grande carte de la réserve naturelle. « Comme vous le voyez, les zones où les djihadistes sont regroupés, d'après nos renseignements, sont très encaissées et difficiles d'accès. Les routes y sont étroites et peu nombreuses. Ce qui facilite le travail de nos ennemis qui pourront sans doute concentrer leur déploiement d'IED sur ces goulots d'étranglement. De plus, la région est un véritable gruyère, avec une multitude de grottes d'où des tireurs un peu aguerris peuvent tendre des embuscades. Nous avons pu constater que des snipers de bon niveau étaient arrivés dans la zone, avec arme et matériel. »
« Je vois. Et il y a les missiles », répéta le général.
« Absolument. Nous ignorons le nombre de MANPADS qu'Abu Malek a pu introduire au Sahel. Mais je doute, très honnêtement, qu'il en dispose encore de suffisamment pour lui assurer une couverture véritablement efficace. Les derniers convois que les Américains ont interceptés au Niger transportaient quelques lanceurs à peine. »

« Quelques lanceurs », répéta le général sur un ton presque désabusé. « Il en suffit d'un pour envoyer un transport au tapis, pardi ! »

« C'est juste », admit l'officier du COS. « Mais là encore, nous pouvons prendre les terroristes à leur propre piège. »

Le général fronça les sourcils. « Où voulez-vous en venir ? »

L'officier du COS se redressa. « Mettons-nous dans la peau des terroristes. Ils disposent de peu de missiles. Autant qu'ils soient utiles, alors. Le Sahel étant une zone immense, la probabilité pour un tireur placé à un endroit pris au hasard de tomber sur un hélicoptère français est ridiculement faible. Il faut donc forcer le destin. Ou se positionner là où cette probabilité sera maximale. »

Le général esquissa un petit rictus. Il venait de voir là où l'officier voulait en venir.

« Vous pensez qu'ils pourraient tenter d'attirer des renforts aériens dans un piège ? »

« C'est ce que je ferais à leur place, en tout cas », admit l'officier du COS. « Et je pense que c'est bien cela que nous devons faire. Tenter de nous mettre à leur place, et voir comment, avec leurs moyens, nous procéderions pour infliger le maximum de dégâts à notre ennemi. »

Le général se pencha à nouveau sur la carte de la réserve naturelle. Plusieurs zones avaient été entourées. Là où les services de renseignement et les unités de reconnaissance de Barkhane estimaient que des terroristes pouvaient se dissimuler. Au cours de sa carrière militaire, le général avait combattu des adversaires redoutables. Notamment lors de l'opération Daguet, en 1991. Mais il avait combattu essentiellement des forces constituées. Des armées régulières. Le combat asymétrique, le contreterrorisme, la lutte clandestine, tout cela était un monde nouveau pour lui. Beaucoup plus complexe. Bien plus redoutable. On pouvait détruire un pays et gagner une guerre contre un État. Il suffisait d'annihiler son potentiel militaire et industriel. Le pouvait-on vraiment face à un groupe terroriste ?

« Si je vous comprends bien, il va falloir faire croire aux djihadistes que nous sommes prêts à tomber dans le panneau. »

« Oui, mon général. Tomber dans leur piège. Ou tout du moins leur laisser croire. Les laisser sortir du bois. »

« Et risquer des vies et des machines », objecta le général.

« Prendre des risques mesurés. Soyons clairs. Les deux éléments les plus dangereux pour nos forces sont les IED, qui font peser une menace importante sur les unités motorisées, et les MANPADS sur les unités aéroportées. Les snipers, on sait faire. »

« Et comment comptez-vous vous y prendre pour neutraliser les IED ? »

L'officier du COS plongea son regard dans celui du général.

« Pour cela, je pense que nous aurons besoin de nos amis américains. Je sais de bonne source qu'ils disposent à Agadez de ce qui nous serait utile. »

« Dites m'en plus », l'invita le général.

*   *   *

L'engin ressemblait à un parallélépipède à peine profilé. Il était naturellement de couleur grise et, sur sa carcasse en fibre de verre, des inscriptions cabalistiques suggéraient aux opérateurs de piste les meilleures précautions d'emploi. Le pods était un outil de guerre électronique, et à ce titre, il pouvait émettre des bursts d'ondes de forte puissance. On ne connaissait pas en détail les interactions entre ces bursts et le corps humain. Mais dans le doute, il était fortement conseillé aux techniciens de rester bien à l'écart lorsque le pods était en fonctionnement.

Le pods NERO – *Networked Electronic Warfare Remotely Operated* – était encore en phase de test, en théorie. Mais dans les faits, il avait déjà été déployé sur plusieurs champs de bataille. En Afghanistan. Au Levant. En Somalie, plus récemment. Et il venait de faire son arrivée au Sahel. Les Américains étaient ainsi. Lorsqu'ils décidaient de déployer des forces combattantes, ils les accompagnaient d'une armée logistique à peine croyable. Pour un seul opérateur des *Special Forces* ou du JSOC, ce n'était pas moins de trente ou quarante personnes qui assuraient l'intendance, le renseignement, ou les Medivac. Indubitablement, les Français étaient plus rustiques. Cela avait ses avantages. Mais la débauche de moyens n'était pas sans intérêt non plus. Notamment de moyens technologiques.

Le téléphone du ministre de la défense française[48] n'était pas plutôt raccroché que le SecDef américain contactait, via le chef des opérations de l'état-major interarmes, le général commandant l'AFRICOM. Depuis sa base de Stuttgart, le général quatre étoiles commandait aux forces armées américaines présentes sur l'essentiel de l'Afrique de l'Ouest. Il écouta la proposition. Puis il attrapa lui-même son téléphone et, quelques heures plus tard, le pods NERO déployé à Agadez était monté sur l'un des MQ-1C *Gray Eagle* de l'US Army. Les Français faisaient le sale boulot au Sahel. Un petit coup de main ne mangeait pas pain. Le général en charge de l'AFRICOM n'était pas nécessairement un spécialiste de la guerre électronique et du fonctionnement du pods. Mais il savait qu'il avait été développé par Raytheon pour lutter contre les IED, en brouillant leurs dispositifs de déclenchement à distance – le plus souvent des émetteurs haute fréquence ou des téléphones portables. Comme pour chaque pods de guerre électronique, l'adaptation à son vecteur volant avait pris autant de temps que le développement proprement dit de ses compétences techniques. Avec General Atomics, constructeur de la famille de drones *Predator*, Raytheon dut travailler pendant près de deux ans pour s'assurer que les bursts d'ondes électromagnétiques du pods NERO ne risquaient pas de griller l'électronique des drones, ou d'interférer avec les communications par satellite qui permettaient de piloter ces engins. Le pods était désormais opérationnel, techniquement parlant. L'AFRICOM comprenait parfaitement que les forces de Barkhane puissent en avoir un besoin impérieux. Et en faire un usage utile.

Quelque part au Niger, 9 novembre

Mais tout ne se réduisait pas à quelques grammes de silicium et quelques milliers de watts de puissance électrique. La guerre nécessitait des guerriers. Des êtres faits de chair et de sang, qui, les pieds dans le sable, devraient presser la détente pour neutraliser leur ennemi. Julius se trouvait toujours déployé au sud Niger lorsqu'il reçut l'appel de Ouagadougou. Le responsable des unités Sabre au Sahel lui expliqua en quelques phrases ses nouveaux ordres. Un transport devrait venir le chercher, avec l'essentiel de ses hommes, à 2100 le soir même.

Après avoir raccroché le combiné par satellite, Julius retrouva ses hommes.
« Les gars, on plie bagage. Marco et Stéphane, vous restez là avec vos hommes. Tous les autres, on se prépare. Des hélicos viennent nous emmener à Niamey, et de là, on part à Gao. »
« Gao ? », répéta l'un de ses hommes, opérateur d'Hubert.
Julius acquiesça. « Oui, nous serons en alerte là-bas. Apparemment, une opération d'envergure se prépare dans l'Ansongo-Ménaka. Le général mobilise les unités Sabre disponibles. Ça s'annonce chaud. »

« Boss, on fait du bon boulot dans la région. Il n'y a pas un jour qui passe où on n'intercepte pas un convoi d'armes depuis la Libye. »

Julius acquiesça. « Je sais. D'après Ouaga, des bérets verts américains vont se déployer plus au sud, dans notre zone, et renforcer les équipes de Marco et de Stéphane. »

Les deux commandos inclinèrent la tête. Ils dirigeaient une vingtaine d'opérateurs, à eux deux. Ils connaissaient bien le terrain, et ils avaient l'habitude de travailler avec leurs homologues américains. Les bérets verts étaient des combattants sérieux, entraînés.

Julius leva la réunion et, avec ses hommes, il partit réunir son matériel. Il était déployé depuis plusieurs jours. Avec un peu de chance, il aurait l'occasion de prendre une douche et de déguster un vrai repas chaud, et cuisiné, à Gao.

Avec une précision d'horloger suisse, les deux hélicoptères *Caïman* se posèrent à l'heure dite. 2100, heure Lima/locale. Julius fit signe à ses commandos marine de monter à bord. Il compta ses hommes, puis sauta à son tour dans l'une des machines. Il s'accrocha à la ligne de vie et connecta son casque à l'interphone du bord. Puis il fit signe au chef de soute. Dans un sifflement strident, le pilote remit les gaz et les deux turbomoteurs Rolls-Royce de plus de 2 500 chevaux arrachèrent l'oiseau de dix tonnes au sol poussiéreux. Malgré l'heure tardive, l'air était encore chaud, et chargés comme ils l'étaient, les deux *Caïman* voyaient leur autonomie réduite. C'était physique. L'air chaud portait moins que l'air froid, et l'hélicoptère avait besoin de plus tirer sur ses moteurs pour rester en l'air, ce qui réduisait son allonge. Mais Niamey était à moins de deux cents kilomètres à vol d'oiseau. À peine une heure de vol.

Sur le tarmac de l'aéroport, les commandos marine eurent à peine le temps de transvaser leur matériel vers le C-130J que celui-ci fit rugir à son tour ses turbopropulseurs, également sortis des usines de Rolls-Royce. L'*Hercules* s'aligna sur la piste et prit de la vitesse. En une petite heure tout au plus, ils seraient à Gao.

Arlington, Virginie, 9 novembre

« Tu es sûr que tout va bien, papa ? », demanda Karen.
Walter esquissa un sourire là. « Oui. Fatigué. Et encore sous le choc. »
Si le FBI était parvenu à étouffer le vol des isotopes, il avait été difficile de taire l'assassinat de Donald. Karen sortait de garde dans son hôpital lorsqu'elle avait appris l'abominable nouvelle. Elle avait immédiatement pris la route pour Arlington. Elle savait que Donald était un ami de son père. Elle voulait être auprès de lui.

« Qui a bien pu commettre un acte aussi ignoble ? », lâcha la jeune femme. « Donald n'aurait pas fait de mal à une mouche. »
« Il était un ami et un homme bon », souffla Walter, les yeux embués de larmes. Assez curieusement, il n'avait même pas eu besoin de se forcer. Walter était atteint mais l'esprit d'Andrei Kowalski était déjà ailleurs. Il était à la suite de son opération. Et la visite inopinée de sa fille n'était pas faite pour lui simplifier la tâche. Cela faisait partie des distractions dont il se serait bien passé, à cet instant. Il avait à peine eu le temps de vérifier que le TATP était bien sec lorsqu'il avait entendu le moteur de la voiture. Il était sorti du garage, dissimulant son pistolet automatique sous son pullover. Mais nul policier ou agent fédéral à l'horizon. Juste sa fille.

Lucie posa une main sur l'épaule de Walter. « J'imagine que la police voudra te parler. Comme à tous les médecins de l'hôpital. Qui a pu le tuer ? », se demanda à son tour son épouse.

« Il a été assassiné à l'hôpital, d'après ce que j'ai entendu aux informations », dit Karen. « Peut-être un drogué, qu'il aura surpris en train de chercher des stupéfiants. »

« C'est déjà arrivé », admit Walter. « Il y a deux ans, un couple de junkies avait été arrêté alors qu'ils étaient en train de fracturer la porte de la pharmacie centrale. Ils cherchaient du Fentanyl. »

Karen secoua la tête. Le Fentanyl était l'un des opioïdes les plus recherchés par les délinquants. Le produit était un analgésique surpuissant, qui avait remplacé l'héroïne chez certains drogués. Car contrairement à la poudre blanche, le Fentanyl était disponible en pharmacie, et même prescrit par certains médecins pour lutter contre les douleurs chroniques. La consommation d'opioïdes était devenue un véritable fléau, avec plus de 30 000 décès par overdose chaque année aux États-Unis. Les pharmacies des hôpitaux étaient devenues des cibles. Et les produits suffisamment chers à la revente sous le manteau pour que certains puissent tuer pour se les procurer.

« Sait-on quand auront lieu les obsèques ? », demanda Karen.

Lucie secoua la tête. « Non. C'est trop tôt. J'imagine que le coroner ne libérera le corps qu'après une autopsie. »

Walter sentit un frisson remonter le long de sa colonne vertébrale. Il avait assisté à des autopsies, dans le temps. Il n'arrivait pas à imaginer son ami Donald étendu sur une table métallique.

« Cela aurait pu être n'importe qui », balbutia-t-il. « Cela aurait pu être moi. La semaine dernière, j'étais sorti tard. J'aurais pu croiser celui qui a assassiné Donald. »

Karen s'approcha de son père. « Peut-être l'as-tu croisé. Peut-être as-tu vu quelque-chose ? Quelqu'un de suspect ? »

Walter secoua la tête. « Tu sais, on croise énormément de monde à l'hôpital. Les étudiants. Les patients. Les familles.

Je n'ai rien vu de particulier. J'étais à mille lieux de penser à ça, ces derniers temps. »

Une demi-heure plus tard, Walter dit à sa fille et à son épouse qu'il avait besoin d'être seul, et il partit s'isoler dans son garage. Karen et Lucie comprirent et le laissèrent aller. Dès qu'il arriva dans sa pièce, le visage de Walter changea du tout au tout. Son regard vide et humide devint sombre et concentré. Andrei Kowalski n'avait aucune raison d'être triste. Juste contrarié d'avoir perdu des minutes précieuses. Il fit jouer la planche de bois qui dissimulait les conteneurs, vérifia que tout était toujours en place. Rassuré, il revint à sa table. Au sol, il retrouva la bassine. Il l'attrapa, souleva le linge et put constater avec satisfaction que le TATP était parfaitement prêt. Il n'y avait plus qu'à préparer les charges. Cristallisé et sec, le TATP se présentait sous la forme d'une poudre blanche, dégageant une odeur d'ammoniac. Walter / Andrei attrapa les tubes en plastique et commença, à l'aide d'un entonnoir, à verser la poudre. Le produit était sec, mais il fallait être prudent. Le peroxyde d'acétone restait un composé chimique instable. De nombreux terroristes en herbe avaient été mutilés en tentant de jouer à l'apprenti chimiste. Un choc un peu violent. Une chaleur excessive. Une flamme. Une étincelle. Et cela pouvait être le feu d'artifice. Et un feu d'artifice de première grandeur. Malgré son caractère particulièrement artisanal, le TATP était presque aussi puissant que le TNT. Un dé à coudre suffisait pour faire voler une casserole dans les airs. Alors les cinq cents grammes que Walter était parvenu à synthétiser seraient plus que suffisants pour ce qu'il avait en tête. Mais la quantité ne faisait pas tout. Le TATP était un explosif mixte. Suivant ses conditions d'emploi, il pouvait exploser ou se consumer. On parlait alternativement d'explosif brisant ou soufflant. Pour sa mission, la combustion n'était pas nécessairement utile. Au contraire, afin de disperser au mieux les isotopes, il faudrait confiner l'explosif. C'était tout le rôle des tubes en plastique qu'il remplissait. Et toute la difficulté de l'amorçage.

Lors de sa formation au GRU, Andrei Kowalski s'était entraîné à la manipulation de la plupart des explosifs de type plastic. Il était devenu expert en démolition. Mais à Arlington, il était un peu plus difficile de se procurer du matériel de qualité militaire. Il fallait faire autrement. Pour les explosifs comme pour les détonateurs. Walter avait, plusieurs mois plus tôt, acheté des téléphones portables sans abonnement. Il en achetait régulièrement. Ils étaient discrets. Ils n'étaient enregistrés nulle part. Et tant qu'ils n'étaient pas allumés, ils étaient en sus intraçables. Dans un petit placard de son garage, il en sortit deux, qu'il inspecta. Toujours sans les allumer, il mit leur batterie en charge, dans un coin de la pièce aussi éloigné que possible du TATP. Prudence était mère de sûreté. Il n'avait pas besoin que la charge soit complète. Juste qu'il y ait suffisamment de jus pour provoquer une étincelle et déclencher l'explosion.

Dans la maison, Karen était restée avec sa mère, les deux femmes assises côte à côte sur le canapé du salon. Sur la petite table basse, leurs tasses de thé avaient refroidi.
« Papa est très affecté. Ça se voit », dit Karen.
Lucie acquiesça. « Il appréciait énormément Donald. Tu peux le comprendre. »
Karen soupira. Elle n'aimait pas savoir son père seul, à cet instant. Mais elle respectait son désir de s'isoler. Walter avait toujours ressenti ce besoin. Il pouvait être un homme cordial. Mais il avait également son jardin secret. Karen s'était toujours demandé ce qu'il fabriquait, seul, dans son garage. Elle avait imaginé qu'il écrivait et qu'un jour, il lui tendrait un manuscrit, pour sa relecture. Ou qu'il lisait. Elle

n'avait jamais su. Et sa mère n'avait jamais rien dit. Sans doute n'en savait-elle rien non plus. Lucie aussi savait, parfois, être mutique. Aussi longtemps qu'elle se souvienne, Karen avait mis cela sur le compte des migraines dont tant sa mère que son père souffraient régulièrement. Les épisodes pouvaient être terribles. Cela expliquait sans doute leurs sautes d'humeur. Ses parents étaient presque cyclothymiques. Instables, émotionnellement. Elle les avait toujours connus ainsi et n'avait pas cherché plus loin. De toute façon, qu'aurait-elle pu trouver ? Ni Lucie, ni Walter n'avait laissé de traces de leur passé. Ils parlaient anglais, y compris dans l'intimité. Ils *pensaient* en anglais depuis si longtemps. Paradoxalement, ils auraient dû chercher leurs mots, en russe. Peut-être fait des fautes de grammaire. Trente ans sans parler la langue de Tchekhov et de Dostoïevski. Trente ans sans reparler leur langue maternelle. Pour Karen, ses parents étaient nés au Canada. Mais ils n'y avaient plus aucune famille, ni l'un, ni l'autre. La jeune femme avait posé des questions, comme tous les enfants. Ses parents lui avaient répondu. Ils connaissaient leur légende sur le bout des doigts. Chaque détail de leur généalogie avait été travaillé par le GRU. Rien n'avait été laissé au hasard. Walter avait même promis à sa fille de retourner au Canada, avec elle, sur la trace de ses ancêtres. Mais il n'avait jamais eu le temps. Et Karen n'avait pas insisté.

Environs de Tombouctou, Mali, 10 novembre

Mamadou avait beau être proche de Koufa, le chauffeur lui demanda pourtant de laisser son téléphone portable à son hôtel, et il lui banda les yeux. Le trajet ne fut pas long. Finalement, il se retrouva dans une pièce aux volets clos, agréablement fraiche, face à son chef. Face à l'homme qu'il servait, et qui l'avait chargé des négociations avec le pouvoir de Bamako.

Mamadou se leva pour embrasser le dirigeant de Macina. Puis les deux hommes s'assirent à même le sol, à la mode malienne, sur des tapis élimés. Sur une petite table en bois, se trouvaient des victuailles et des rafraichissements.

« Je te remercie de m'avoir reçu aussi vite », commença Mamadou.

Le chef djihadiste inclina la tête. « Tu m'as dit que c'était urgent. Je t'écoute. »

Mamadou passa une quinzaine de minutes à raconter son enlèvement, et l'échange avec l'agent français. Sans surprise, il put voir le visage de son chef se rembrunir. Koufa détestait la France. Mais Mamadou réalisa que les Français avaient vu juste. Il détestait la France, mais il détestait visiblement beaucoup plus les traitres qui, dans son entourage proche, avaient choisi de suivre Abu Malek.

« Es-tu sûr de ne pas avoir été suivi ? », demanda Koufa.

Mamadou inclina la tête. « Bien sûr. J'ai été prudent. Et ton garde du corps m'a bandé les yeux. »

Mamadou n'avait pas besoin d'ajouter qu'il savait quel sort Koufa réservait aux traîtres. Quelques mois plus tôt, un bombardement aérien l'avait manqué de peu. Le chef de Macina avait été sérieusement blessé, au point que tant Bamako que Paris s'étaient empressés d'annoncer son décès. Le djihadiste s'en était remis. Mais on ne pouvait pas en dire autant du traître qui avait été identifié. Les Français n'avaient pas frappé au hasard. Une taupe leur avait fourni les renseignements. Elle avait été sommairement exécutée, après avoir été confondue.

« Qu'en penses-tu ? Les crois-tu ? », demanda le chef de Macina. « Les Français sont vils, et hypocrites. Ils promettent mais ne tiennent jamais leurs promesses. » Mamadou haussa les épaules. « Je n'ai pas de raison de les croire, ou de ne pas les croire. Mais reconnaissons qu'ils auraient pu m'arrêter. Ils ne l'ont pas fait. »
« Peut-être pour remonter jusqu'à moi ? », tenta le chef de Macina.
« Illusoire. »
« Sans doute », souffla le chef djihadiste. L'homme avait près de soixante ans, dont une vingtaine à combattre et à vivre dans une forme de clandestinité. Il savait que l'espérance de vie au Mali atteignait à peine 58 ans. Et même moins dans le nord du pays, là où les bergers peuls étaient majoritaires. Il croyait en son Créateur et il était prêt à le rejoindre. Il ne craignait pas la mort. Juste d'avoir mal vécu. Et d'avoir laissé son peuple aux mains des traîtres et de ses ennemis. Avec le temps, il avait fini par se croire réellement l'héritier de l'ancien empire peul du Macina. Cet empire, fondé par le prédicateur Sékou Amadou au début du 19ème siècle, ne vécut qu'une cinquantaine d'années. Mais dans l'imaginaire du peuple peul, il restait un événement fort.

« Que penses-tu d'Abu Malek ? », demanda Mamadou.
Avant même que Koufa ait pu répondre en mots, il avait déjà compris, rien qu'à voir le visage décomposé de son chef.
« L'homme est une vipère. Il est l'envoyé de Satan », cracha le chef de Macina. « Il est arrivé au Sahel en terrain conquis, avec ses troupes tchétchènes. Des hommes sans foi, ni loi. Des hommes sans scrupules. Pour eux, le Mali et notre peuple ne sont que des péripéties. Ils ne pensent qu'à

leur pouvoir. Leur combat n'est pas le mien », siffla-t-il. « Il n'est pas le *nôtre* ! »

Mamadou inclina respectueusement la tête. « Visiblement, les Français souhaitent ardemment l'éliminer. »

« Qu'ils le fassent », répondit Koufa, accompagnant sa phrase d'un geste de la main. « Je ne vais certainement pas les en empêcher », ricana-t-il.

« Les Français souhaitent que nous les aidions pour cela », lui rappela Mamadou. La nuance était de taille. Malgré ses relents d'animisme africain, l'islam de Macina faisait d'Abu Malek leur frère. Un autre représentant de l'Oumma, cette communauté des croyants. Assassiner un coreligionnaire était un crime aux yeux de Dieu. Du Dieu unique. Mais trahir ses frères était-il mieux ? Le chef de Macina se laissa aller en arrière. Plusieurs de ses lieutenants l'avaient quitté au cours des dernières semaines. Et le mouvement semblait s'accélérer. La vague de trahisons se transformait en un tsunami. Le chef de Macina cracha au sol de dégoût. Certains parmi ses fidèles avaient préféré succomber aux chants des sirènes de cet Abu Malek al-Chichani. Quel plat de lentilles leur avait-il promis ? Des armes ? Des radios ? De l'argent. La réputation d'Abu Malek l'avait précédé. L'homme était réputé impitoyable, redoutable guerrier. La rumeur voulait qu'il ait été officier au sein de l'armée russe. C'était tout du moins ce que certains membres de la Choura de l'État Islamique avaient laissé dire. Et manifestement, Abu Malek était peu apprécié au sein de l'appareil clandestin de l'EI. Sa proximité avec le Calife de Mossoul l'avait certainement aidé. Mais Baghdadi mort, la situation d'Abu Malek au Levant était devenue plus précaire. Était-ce pour cela qu'il était venu au Sahel ? Pour se protéger des vengeances de ses anciens amis ? Toujours est-il qu'il s'était imaginé un destin dans la région. Il se voyait l'homme qui parviendrait à unifier tous les mouvements djihadistes de l'Afrique de l'Ouest. Orgueil ! Démesure ! Mais le chef de Macina devait néanmoins réaliser qu'Abu

Malek était habile. Et les trahisons de ses lieutenants étaient également là pour lui rappeler que tous n'étaient pas insensibles à ces propositions.

« Sais-tu où se trouve Abu Malek ? », demanda Mamadou, arrachant le chef de Macina à ses rêveries.
Koufa releva les yeux vers son ami. « Possible. »
« Les Français peuvent le liquider », lui rappela Mamadou.
« Ils peuvent nous ôter cette épine du pied. Il sera toujours temps de reprendre la lutte contre les Impérialistes lorsqu'Abu Malek aura disparu. »
Koufa transperça son négociateur du regard. Cherchait-il à sonder son âme ? S'autorisait-il ce « don » ? Il avait été trahi par tant de monde, au fil des ans. Mamadou était-il un autre traître ? Mais finalement, avait-il tort ? Assassiner un frère était un péché mortel. Mais en était-il de même d'aider un ennemi à le faire disparaître ? Le chef de Macina s'était illustré par ses prédications. Son peuple le voyait comme une référence religieuse. Il était celui vers qui on se tournait pour arbitrer des questions de la vie quotidienne. L'interprète de la justice divine. Il était donc le mieux placé pour juger ce qui était légitime ou pas. Et pour lui, l'élimination d'Abu Malek al-Chichani était non seulement légitime... mais elle devenait indispensable.

« Tu vas transmettre ce message aux Français. Sois très attentif. »

*   *   *

Le chauffeur de Koufa avait été prudent. Mais malgré son habileté, il n'avait pas pu repérer le drone qui flottait à près de 35 000 pieds au-dessus de sa tête, dans le ciel de Tombouctou. Pendant tout le trajet vers la ville, la DGSE avait pu suivre Mamadou à la trace, grâce aux émissions de son téléphone portable. Sans surprise, le Malien avait laissé ce téléphone à son hôtel, mais il n'était plus indispensable aux Français. Un drone *Reaper* venait de prendre le relai et, après la surveillance électronique, on revenait aux bonnes vieilles caméras. La voiture du courrier de Koufa fut suivie depuis les airs jusqu'à une maison d'un quartier résidentiel à l'est de la ville sainte. Depuis l'écran de leur poste de pilotage, l'équipage du drone put voir Mamadou entrer dans la maison. Des hommes à l'extérieur montaient la garde. Très professionnellement, les pilotes de l'escadrille 1/33 *Belfort* transmirent immédiatement les informations à l'état-major de Barkhane, à Ndjamena, ainsi qu'à la DGSE. De là, ce ne fut qu'une question de minutes avant que le chef d'état-major particulier du président de la République ne reçoive cette question simple : un raid aérien devait-il être monté sur la maison ? Le chef de Macina était l'un des terroristes les plus recherchés par Paris. Mais l'amiral savait que l'opportunité, aussi séduisante qu'elle pouvait sembler, ne devait pas être saisie. Pas cette fois. Pas alors qu'un plus gros poisson nageait dans le pays. Il y aurait d'autres occasions. La priorité restait Abu Malek.

Les pilotes du *Reaper* avaient déjà préparé un tir, au cas où. Le désignateur laser de leur oiseau était chaud, et la paire de bombes GBU-12 de 250 kg à guidage laser qui étaient accrochées sous les ailes du drone ne demandaient qu'à entrer en action. Chacune aurait été largement suffisante pour pulvériser la modeste maison. Mais ce serait pour une autre fois. Légèrement déçus, les pilotes du 1/33 désactivèrent le désignateur laser. Et ils se concentrèrent sur l'autre partie de leur mission : la collecte de renseignements.

Ciel de Washington, DC, 10 novembre

De nuit, vue du ciel, la capitale fédérale était immédiatement reconnaissable. Au-delà des dizaines de milliers de points lumineux, qui étaient autant de lumières artificielles éclairant un bureau, un appartement, un restaurant ou un coin de rue, certains monuments apparaissaient dans toute leur majesté, presque spectraux. La Maison Blanche, le Capitole, le Lincoln Memorial, l'obélisque du Washington Monument, le dôme du Smithsonian. Tim avait déjà eu l'occasion, une fois, de survoler Washington en hélicoptère. Une dizaine d'années en arrière, jeune recrue du Seal team 6, il avait été mobilisé avec quelques-uns de ses camarades de l'unité pour prêter main forte à la Delta Force lors de l'une de ses missions désormais rituelles. À l'occasion de l'inauguration présidentielle, le Pentagone déclenchait l'un de ses plans les plus secrets, surnommé « *Power Geyser* ».

L'opération était simple : alors que des centaines de milliers de personnes se rassemblaient en foule dans la capitale, les unités du JSOC étaient chargées d'assurer la protection rapprochée de l'exécutif américain, en soutien des membres des Services Secrets. Chaque rassemblement était potentiellement une cible pour les terroristes, quelle que soit leur obédience ou l'absurdité de leur « cause ». Mais les inaugurations présidentielles n'étaient pas n'importe quel rassemblement. Elles étaient un instant clé de la vie démocratique des États-Unis.

De l'arrière du MH-60M des « *Night Stalker* », Tim Blair pouvait admirer la beauté du panorama. Washington était une ville beaucoup plus belle de nuit que de jour, il fallait l'avouer. La porte latérale tribord du *Blackhawk* était demeurée ouverte et un vent glacial s'engouffrait en tourbillonnant dans la carlingue. Tim remonta le col de son treillis de combat et souffla dans le tissu de sa cagoule. Il avait abaissé ses lunettes de vision nocturne à quatre tubes GPNGV-18 et le monde avait pris ce dégradé de vert auquel il avait fini par s'habituer.

Derrière lui, à côté des six autres opérateurs du DEVGRU de son équipe – dont deux snipers – s'étaient installé deux autres personnes. Ils appartenaient à *Lincoln Gold* et ils n'étaient pas venus pour faire du tourisme ou profiter de la vue. Depuis qu'ils avaient décollé d'Andrews AFB, ils n'avaient pas quitté des yeux les écrans de leurs appareils de mesure. De puissants capteurs scrutaient le ciel, et reniflaient chaque atome de l'air dans lequel le *Blackhawk* du 160th SOAR semblait flotter. Ils y recherchaient des particules ou des ondes électromagnétiques hyper-énergétiques qui auraient trahi la présence d'une source radioactive. Dans la poche de son gilet de combat, Tim disposait aussi de son capteur SIGMA. Mais ce dernier était largement inutile, aussi haut dans le ciel.

« Il doit être là, quelque-part », murmura Tim. Le terroriste était en effet là. En ville, dans sa banlieue, ailleurs. Il n'avait pas volé des isotopes médicaux pour sa consommation personnelle. Il s'apprêtait à frapper. Sans doute un lieu symbolique. Une foule. Comme l'avait dit le Commandeur du squadron red du DEVGRU, l'iode, le phosphore et l'iridium radioactifs étaient des saletés. Mais, dans l'échelle de l'horreur radioactive, des saletés moins toxiques que le césium ou l'uranium. Une bombe sale au césium 137 ou à l'uranium 233 ou 235 pourrait contaminer une ville pour des dizaines ou des centaines d'années, la rendant inhabitable à échelle de plusieurs vies humaines. L'iode 131 aurait sans doute complètement disparu en quelques semaines ou quelques mois. Mais durant ces quelques semaines ou ces quelques mois, combien d'innocents seraient contaminés ? Combien d'entre d'eux déclencheraient des cancers ? Comme tous les autres membres du DEVGRU à Andrews, Tim avait reçu une pastille d'iode quelques heures plus tôt. Il l'avait avalée avec un grand verre d'eau. Cet iode ne devait pas servir à combler une carence alimentaire. Mais plutôt à saturer sa thyroïde et ainsi empêcher que d'autres formes d'iode, par exemple radioactives, puissent s'y loger. Les riverains des centrales électronucléaires connaissaient bien ces comprimés. Sans parler des millions de personnes qui se trouvèrent sur le chemin du nuage radioactif de Tchernobyl, en 1986.

L'hélicoptère s'engagea dans un virage ample et prit le chemin du retour. Le vol avait duré 90 minutes, tout au plus. Le Pentagone avait décidé d'assurer une permanence aérienne au-dessus de la capitale fédérale, avec une équipe d'intervention prête à passer à l'action à tout instant, en complément des unités déployées au sol. Depuis la carlingue du *Blackhawk*, les snipers du DEVGRU pouvaient effectuer des tirs de précision mortels. Et au besoin, les opérateurs d'assaut pourraient être déposés au sol, éventuellement par corde lisse, pour mener une action de vive force au plus près des terroristes ou du danger. Posé sur ses genoux, le HK416 de Tim était au repos. Mais l'opérateur savait qu'une balle était chambrée. Il ne lui suffirait que d'un geste pour lever la sécurité, remonter la lunette grossissante x3 qui était abaissée derrière le viseur holographique EOTech, et abattre d'une balle de 5,56mm n'importe quel terroriste qui menacerait de faire sauter une bombe sale. Jusqu'à 200 mètres, même à bord d'un hélicoptère en vol, Tim savait qu'il ne manquerait pas sa cible. Au-delà, ses camarades équipés de plus gros calibres entreraient en scène.

Le *Blackhawk* se cabra et Tim sentit les roues toucher le sol. Le pilote du 160th SOAR enfonça le collectif, puis débraya le rotor et fit s'éteindre les moteurs. Les opérateurs du DEVGRU avaient déjà sauté au sol et, lunettes de vision nocturne relevées, ils avaient repris le chemin du hangar où ils s'étaient établis. Un autre MH-60M était déjà parti et devait à cet instant survoler Washington. Il serait suivi par l'un des *Osprey* de l'USMC. Ce ballet se reproduirait jusqu'à ce que le terroriste ait été neutralisé. Ou jusqu'à ce qu'il ait réussi à disperser ses isotopes.

Sur la petite banquette pliable où il pouvait se reposer, Tim déposa son fusil d'assaut, et décrocha les sangles de ses protections balistiques. Il avait l'habitude de ces plaques en métal et céramique de vingt kilos, mais il vivait aussi très bien sans. À sa ceinture, il gardait de tout façon son pistolet automatique, arme qu'il savait inutile et dérisoire sur la base. Il attrapa une bouteille d'eau qu'il vida d'un trait. Puis il considéra le téléphone portable qui se trouvait sur la banquette. Il était d'alerte et soumis au secret le plus strict. Mais il soupira et attrapa le combiné. À la seconde sonnerie, une voix féminine lui répondit.
« Eh bien militaire, j'avais eu peur que tu m'ais déjà oubliée… »
Tim pouffa en entendant Marylin le chambrer. « Si seulement, ma belle. Si seulement. Qu'est-ce que tu fais ? »
« Je suis avec mon amant. Tu veux lui parler ? », répondit la jeune femme.
Tim éclata de rire. « Non, ça va. Tu le salueras de ma part. »
Mais le Navy Seal connaissait bien sa compagne. Et il reconnut la pointe d'appréhension dans sa voix. Elle avait passé plusieurs années au DEVGRU elle-même, avant de devoir quitter l'unité et de décider de rejoindre la CIA. Elle en connaissait donc intimement les risques. Et même sans connaître le détail du vol des radio-isotopes à Arlington, elle se doutait que la situation devait être particulièrement sérieuse pour que le Pentagone ait décidé de déployer sur le

393

sol même des États-Unis les opérateurs d'alerte contre-terrorisme du team 6. Pour les crises moins existentielles, la police locale et le HRT du FBI faisaient largement l'affaire.

« Je voulais juste te faire un petit coucou », lâcha Tim, désormais assis sur le petit lit pliable, les yeux perdus dans le vague.

« C'est gentil », répondit Marylin.

Les deux restèrent quelques instants ainsi, à écouter la respiration de l'autre dans le téléphone, sans dire un mot de plus. Puis Marylin rompit le silence. « Fais attention à toi, militaire. Je suis à la maison. Ne me fais pas trop attendre. » Tim soupira. « Je ferai de mon mieux, jeune fille. Prends soin de toi. »

Et la ligne devint muette.

Tel est pris qui croyait prendre

Ansongo-Ménaka, 10 novembre

Le VB2L dérapa sur la piste. Nul goudron au sol, et simplement des roches éparpillées sur lesquelles les roues pouvaient glisser. Mais le véhicule était bien fait, et le différentiel de ses quatre roues motrices compensa. À l'intérieur, le capitaine du 2ème régiment de Hussards restait concentré. Derrière lui, un militaire du rang scrutait les écrans des capteurs électromagnétiques. Le véhicule du capitaine était configuré en poste de commandement. Il disposait d'un châssis un peu plus long, ce qui offrait de la place dans l'habitacle pour accueillir les dispositifs de communication, notamment deux postes VHF, un poste Haute Fréquence à bande latérale unique, ainsi qu'une liaison satellite. Les VB2L employés par le régiment d'Haguenau avaient été modifiés par le constructeur, Panhard, pour tenir compte des spécificités de l'unité. Les batteries électriques avaient été renforcées, afin de pouvoir alimenter les capteurs et dispositifs électromagnétiques ; des plaques de blindage additionnelles avaient été vissées. Le capitaine savait que ces dernières ne seraient pas de trop, mais qu'il ne fallait rien en attendre de magique non plus. Les couches de métal et de kevlar absorberaient les projectiles d'armes d'assaut ou de fusils de précision. Mais elles ne pourraient pas faire grand-chose contre des RPG ou des explosions de charges au sol. Les IED étaient la menace principale. Le capitaine se surprit à prier pour que le dernier joujou américain soit à la hauteur des attentes de Ndjamena. Le colonel responsable des opérations de Barkhane lui avait certifié que le pods parviendrait à neutraliser les IED. Le capitaine était discipliné et il n'était pas nécessairement en mesure de commenter un ordre venu d'aussi haut. Mais il savait néanmoins que, à la guerre comme ailleurs, les conseilleurs n'étaient pas toujours les payeurs. Entre un gradé assis dans un bureau climatisé à Ndjamena et un capitaine bringuebalé dans une coquille de noix vaguement blindée dans l'Ansongo-Ménaka, il savait lequel des deux aurait le plus de souci à se faire si d'aventure le plan échafaudé ne se déroulait pas comme prévu.

*   *   *

Dans les airs, totalement invisible depuis les reliefs de la réserve naturelle, le drone *Gray Eagle* venait d'arriver en position. Le MQ-1C était la dernière déclinaison du célèbre *Predator*, qui avait mené ses premières missions aux tout débuts de la guerre d'Afghanistan, sous les manettes de la CIA. À l'époque, personne au Pentagone n'aurait parié un centime sur un planeur volant. Vingt ans plus tard, les drones MALE étaient devenus incontournables. Le MQ-1C avait naturellement été peint en gris clair, afin de se fondre dans le ciel. Son unique moteur *Centurion* était totalement silencieux. Depuis le sol, le drone était inaudible. Il ne restait même pas ce petit ronronnement distant qui, parfois, trahissait les premières générations de *Predator*. Sous son aile droite, les opérateurs de la compagnie Echo des « *Night Stalker* » avaient monté le pods NERO. Dans son cœur en silicium, des microprocesseurs se mirent à mouliner, effectuant des millions d'opérations élémentaires par seconde. Mais la prouesse du drone ne tenait pas à ces calculateurs. Dissimulés derrière la mince couche de fibres de verre et de carbone qui lui servait de carapace, des émetteurs électromagnétiques se mirent à décharger des bursts d'ondes, sur des gammes de fréquences allant des HF jusqu'aux spectre GSM. Kilowatts après kilowatts d'énergie pure se dispersèrent dans l'air froid, à 28 000 pieds. Mais les ondes ne se dissipaient pas au hasard. Elles se mirent à bombarder le sol, dans la zone où le convoi du 2ème régiment de Hussard patrouillait.

* * *

« Les compteurs s'affolent », lâcha le militaire.
Sur les écrans des dispositifs de guerre électronique, les bursts d'énergie apparaissaient comme autant de crêtes lumineuses.
« C'est pour la bonne cause », maugréa le capitaine. Tout du moins l'espérait-il… « Est-ce qu'on a toujours un retour des émissions VHF ennemies ? »
« Affirmatif. On triangule à l'est de notre position. Cinq klicks. Aucun changement. Émissions cryptées, à évasion de fréquence. Les appels sont irréguliers mais suffisamment longs à chaque fois pour qu'on puisse maintenir une localisation. Aucun mouvement. »
Le capitaine soupira. Les djihadistes n'avaient pas perdu de temps. Ne disait-on pas qu'on ne changeait pas une équipe qui gagnait ? Dans leur esprit, cela devait en être de même avec les pièges. Cela avait marché la première fois, pourquoi ne pas recommencer ?

À une dizaine de kilomètres de là, c'était exactement la question que se posait Delwasse. Les deux *Caracal* les avaient déposés à l'aube, suffisamment loin des festivités pour ne pas être entendus. Les trente opérateurs du COS s'étaient alors mis en route, en trois groupes. Delwasse était le responsable opérationnel de l'équipe, et dans son casque, il entendait le retour du drone MQ-9 *Reaper* qui avait décollé de Niamey une paire d'heures plus tôt. Les Américains s'étaient également branchés sur le même canal, et les pilotes du *Gray Eagle* n'hésitaient pas non plus à scruter les reliefs de la réserve naturelle à l'aide de leurs puissantes caméras électro-optiques. Le pods NERO était autonome et ne mobilisait pas un seul de leurs neurones. Ils avaient donc tout le temps pour aider leurs alliés, au sol.

« Sierra Niémen à ISR, nous approchons du point Charlie. Toujours aucune trace de Tangos ? »

La radio par satellite grésilla pendant quelques secondes, avant que la voix du pilote du *Reaper* ne résonne. « Négatif. Mouvement au X, mais rien entre vous et l'objectif. »

« Bien reçu », répondit Delwasse.

L'opérateur du 1er RPIMA attrapa le tube plastifié qui courait sur sa poitrine et avala une gorgée d'eau. L'air était déjà suffocant, à cette heure. Et il leur restait une marche de six kilomètres à accomplir avant d'atteindre leur objectif. Dans une des poches de son treillis, Delwasse avait rangé la carte tactique plastifiée où toutes les informations de la mission avaient été reportées. Il avait travaillé d'arrache-pied avec ses hommes et les autres commandos du COS. En quelques heures à peine, ils avaient pu identifier sur les cartes et photos aériennes les principaux goulots d'étranglement, les pistes, les voies d'accès, les endroits où un djihadiste un peu évolué choisirait de se dissimuler pour disposer de la meilleure ligne de visée. La mission était particulièrement périlleuse. Très rarement, les opérateurs partaient en mission de façon aussi précipitée. Et encore plus rarement, fondaient-ils leur tactique sur l'hypothèse que les terroristes étaient des personnes évoluées, qui agiraient comme un militaire entrainé le ferait.

*   *   *

« Deux klicks », lâcha le capitaine des Hussards sur le canal tactique. « On ouvre l'œil », dit-il.

Sur les véhicules, les militaires désertèrent les tourelles rotatives et vinrent se réfugier dans les habitacles blindés. Ce n'était pas par lâcheté mais par pragmatisme. Lorsque les choses sérieuses se déclencheraient, entre les balles de snipers et les shrapnells, il ne ferait pas beau temps se trouver à l'air libre. Le blindage des VB2L n'avait rien à voir avec celui d'un char lourd *Leclerc*. Mais il résisterait haut-la-main aux munitions de 7,62mm. Et sans doute aux calibres plus lourds, tirés à distance.

Le premier choc ne fut pourtant pas celui d'une balle de fusil Dragunov contre la carrosserie de l'un de VB2L des Hussards. Mais l'explosion d'une charge à une centaine de mètres à peine du premier véhicule du convoi. L'IED avait pourtant été bien construit. Un obus de 100mm avait été dissimulé sur le bas-côté de l'unique route carrossable, recouvert de quelques pierres et d'un peu de poussière. L'artificier d'Abu Malek – un Tchétchène lui-aussi – avait alors relié le détonateur de la munition à un émetteur à hautes fréquences durci. D'une portée maximum de deux kilomètres, le dispositif était redoutable, et avait fait ses preuves à Mossoul, quelques années plus tôt. Derrière ses jumelles, le djihadiste avait parfaitement reconnu les véhicules français. Sourire aux lèvres, il avait fait signe à ses camarades de se préparer. L'orgie allait débuter. Quelques mètres plus loin, le premier sniper, dissimulé derrière une couverture réfractaire recouverte de poussière, avait déjà aligné la visée de sa lunette PSO-1, de fabrication russe. L'optique était presque à la pointe de la technologie. À gauche, le tireur pouvait voir la distance à la cible, et au centre du réticule, un petit indicateur mesurait la force du vent. Le tout fonctionnait grâce à une petite batterie rechargeable. Une balle de 7,62mm était chambrée dans le fusil de précision, et le doigt du tireur caressait avec légèreté la détente. Il n'avait pour le moment aucune cible à se mettre sous la dent. Mais cela allait vite changer.

L'explosion fut assourdissante, même pour le capitaine des Hussards qui se trouvait à l'intérieur du VB2L de commandement. Un geyser de roches et de poussière s'éleva dans le ciel, à quelques dizaines de mètres à peine de sa position. Les roches retombèrent mollement au sol et, pendant quelques longues secondes, la situation sembla comme figée. Puis le ciel éclata, alors que les explosions s'enchainèrent.

Le djihadiste mit quelques secondes à comprendre. La première explosion le prit par surprise. Et pour cause, il avait les émetteurs devant lui et ne les avaient pas touchés. Un long-feu était toujours possible, et avec les appareils de détection électromagnétique montés dans les véhicules, il n'était pas à exclure qu'une interférence ait brouillé le détonateur de l'IED. Il jura. Mais il n'eut pas le temps de faire plus. Une à une, toutes les charges qu'il avait disposées avec ses hommes le long de la route se mirent à détonner dans le vide. Les IED avaient été positionnés avec soin, afin de bloquer le convoi ennemi. Mais là, rien ne s'était passé comme prévu.
« Malédiction », jura-t-il en russe. Puis, se tournant vers les autres. « Allumez-moi ces infidèles ! »

« Contact avant ! », lâcha le capitaine des Hussards dans sa radio. Ce n'était pas tant pour informer ses propres hommes, qui venaient d'assister tout comme lui au feu d'artifice. Mais bien pour signifier aux huiles et au contrôle aérien que les festivités venaient de débuter. Bien sûr, les deux drones qui flottaient presque dix kilomètres au-dessus de leurs têtes avaient également tout suivi. Et ce fut le drone *Reaper* qui repéra le premier djihadiste à sortir de sa cachette.

« Tango à l'est de votre position. Six cents mètres de la tête de colonne. RPG ! Il a un RPG ! »

Le copilote du drone avait reconnu le long tube que le djihadiste portait sur son épaule. Un éclair jaillit de l'arrière du tube et la grenade propulsée gicla dans la direction des VB2L. Mais le terroriste avait surestimé la portée de son arme. La grenade tomba à une cinquantaine de mètres du premier tout-terrain et détonna dans le vide. Les RPG-7 étaient des armes redoutables. Mais ils n'étaient efficaces qu'à quelques centaines de mètres à peine. Entre trois et cinq cents mètres. Et encore, pour atteindre une cible à cette distance, il fallait faire preuve d'une certaine habileté. Ce qui n'était pas nécessairement le cas de la tourelle de 12,7mm télé-opérée qui pivota sur le toit de l'un des VB2L. Depuis l'habitacle climatisé du tout-terrain, le militaire put suivre le manège du djihadiste sur l'écran de contrôle de son arme. Lorsqu'il fut satisfait de la visée. Il pressa la détente et une vingtaine de balles géantes giclèrent du canon. La plupart manquèrent leur cible. Mais une poignée trouvèrent le terroriste et le hachèrent littéralement. Sur l'écran, un nuage de vapeur rouge et de matières organiques diverses s'envola là où un homme s'était tenu quelques fractions de seconde plus tôt, lance-grenade à la main.

« C'est un coup au but ! Tango neutralisé », lâcha de façon totalement inutile le pilote du drone. Mais il n'était pas encore temps de célébrer la mise à mort. Sur l'écran de la caméra, d'autres silhouettes se mirent à apparaître. Et d'autres éclairs à trahir les tirs des djihadistes.

Depuis le VB2L, on aurait pu croire à un chaos stylisé. Régulièrement, des impacts résonnaient sur la carcasse blindée du véhicule. Leur répondaient les bruits de fermetures éclairs géantes des tourelles télé-opérées. Les explosions de grenades, à distance, précédaient les pluies d'éclats qui tombaient sur les parebrises en polycarbonate. Les djihadistes avaient certainement bien préparé leur coup, dut reconnaître le capitaine de cavalerie. Ils étaient positionnés en hauteur, dissimulés derrière des tas de roches. Ils disposaient d'une puissance de feu considérable, entre les fusils de précision et les RPG-7. Mais ils avaient rencontré un problème fâcheux... L'altercation s'était simplement produite deux ou trois cents mètres trop tôt. Deux ou trois cents mètres trop loin. Hors de portée de leurs armes lourdes.

*   *   *

« Sierra Niémen, Diablo 1 et 2 sont en approche. Trois minutes. Pouvez-vous reconfirmer que vous êtes en position ? »
Delwasse cliqua sur le commutateur de sa radio tactique.
« Affirmatif. En position. Terminé. »
Le capitaine du 1er RPIMA avait dispersé ses hommes. Une demi-douzaine de snipers de Bayonne ou de Lorient s'étaient installés et couvraient les positions supposées d'où les terroristes pourraient tirer leurs armes. Là encore, il avait fallu faire des choix et, avec aussi peu de temps pour préparer la mission, les opérateurs du COS n'étaient pas rassurés. Combien d'autres grottes avaient-ils manqué ? Tirer un missile MANPADS n'était pas chose aussi aisée que cela pouvait sembler. Il ne suffisait pas de lever le tube et de presser la détente. Les détecteurs infrarouges de ces missiles disposaient d'une sensibilité et d'une portée déterminées. Tirer dans le vide permettait uniquement de gaspiller une munition précieuse. Afin de disposer de la

meilleure ligne de visée, et de maximiser la portée, il fallait donc choisir un emplacement relativement dégagé. C'était ces positions-là que les tireurs de précision du COS couvraient au travers de leurs optiques.

L'écho du son des rotors ne tarda pas à se faire entendre. Et petit à petit, il devint plus sourd, et finit par couvrir le vacarme des tirs et des explosions qui déchiraient la réserve naturelle au sud de leur position. Diablo 1 et 2 étaient les indicatifs d'un *Tigre* et d'un *Caracal*. La mission était extrêmement périlleuse et l'état-major de Barkhane avait tout naturellement fait appel aux pilotes du 4ème *Régiment d'Hélicoptères des Forces Spéciales*. Ce n'était certainement pas par défiance envers les autres pilotes de l'ALAT. Mais simplement parce que le 4ème RHFS était rompu aux missions non-conventionnelles, et parce que ses pilotes avaient l'habitude de travailler – en symbiose – avec les autres opérateurs du COS. La mission des hélicoptères n'était pas d'assurer un appui aérien. Tout du moins, ce n'était pas la mission *principale*. Leur priorité était d'attirer les missiles MANPADS. Et donc de servir de leurre volant. À l'arrière du *Caracal*, il n'y avait aucun passager. Juste les deux opérateurs de mitrailleuses latérales qui s'étaient bien accrochés. Et qui se surprirent à espérer, comme le reste de l'équipage, que les dispositifs de protection antimissile de l'oiseau ne dysfonctionnent pas, le cas échéant.

Ils n'eurent pas trop à attendre. Depuis sa position, Delwasse ne put pas voir les djihadistes sortir de leurs cachettes. Mais il entendit la voix de ses snipers résonner dans son casque.
« Sierra six à unité, j'ai un Tango. MANPADS. Cent mètres au sud-est du point Whisky. »
« Armes libres », répondit Delwasse. Le premier sniper avait déjà posé son doigt sur la détente de son fusil HK417

et stabilisé sa respiration. Sur l'expiration, il tira. La munition de calibre 7,62mm OTAN fusa du canon – sur lequel était vissé un réducteur de son – à près de deux fois la vitesse du son. La cible se trouvait à deux cents mètres. Le djihadiste ne comprit jamais ce qui lui arriva. La dernière chose que son cerveau enregistra, avant de cesser définitivement de fonctionner, fut le son intermittent de l'autodirecteur infrarouge de son SA-7.

« Tango neutralisé », lâcha le tireur.

À une centaine de mètres du premier tireur, un autre sniper du COS eut légèrement moins de réussite. La balle qu'il tira fut tout aussi mortelle pour le djihadiste. Mais elle frappa une seconde trop tard.

À bord du *Caracal*, le pilote n'eut que le temps de plonger le nez de son appareil. Une sonnerie stridente s'était mise à retentir dans l'habitacle, alors que l'un des détecteurs de départ missile enregistrait le flash du tir du SA-7. Le missile de fabrication russe s'éleva dans les airs, laissant derrière lui un sillage blanchâtre. Dans le nez du missile, l'autodirecteur infrarouge s'était verrouillé sur les gaz d'échappement de l'hélicoptère de transport français, à deux kilomètres de là. Le *Strela* était une arme à guidage infrarouge. Comme toutes ces armes, il disposait d'une certaine gamme d'efficacité, à la fois en termes de longueur d'onde – autour de 2,8 micromètres dans son cas, et de vitesse. Même au maximum de ses capacités, le *Caracal* ne pouvait pas engager des virages suffisamment brusques pour tromper le missile. Mais l'hélicoptère avait d'autres cordes à son arc. La suite des événements fut d'ailleurs largement automatique. Alors que le pilote poussait sa machine aux limites de ses capacités aérodynamiques, le cerveau en silicium du système d'autodéfense envoya un influx électrique vers la queue de l'engin. Derrière les portes latérales – fermées – se trouvaient de petites boîtes, qui contenaient des leurres thermiques et radar. Des dizaines de cartouches furent éjectées et elles explosèrent dans des gerbes d'étincelles dans le sillage du *Caracal*. L'autodirecteur du *Strela* n'était pas doué de conscience. Pour lui, la mission était claire : il fallait se rapprocher de la source d'émissions infrarouges, jusqu'à ce que les fusées de proximité prennent le relai et ne fassent détonner la petite charge explosive d'un kilo et demi. Mais entre plusieurs sources infrarouges, le choix devenait difficile. La tête du missile hésita pendant une fraction de seconde, puis se mit à suivre l'un des leurres qui descendait doucement vers le sol. Le missile explosa à environ trois cents mètres à l'arrière du *Caracal*, bien trop loin pour que les shrapnells puissent causer quelque dommage que ce soit.

Pendant une poignée de secondes qui lui semblèrent interminables, Delwasse sentit son sang se figer dans ses veines. Comme ses hommes, il avait vu le missile MANPADS s'élever dans les airs. De sa position, il ne put pas assister aux manœuvres du *Caracal*, ni à la pluie d'étoiles filantes qui trompa le missile. Ce ne fut que lorsque le pilote de l'hélicoptère confirma qu'il avait bien échappé à son destin que le commando put souffler. Et se concentrer à nouveau sur sa mission : la neutralisation des terroristes qui pensaient avoir préparé l'embuscade parfaite. Aucun opérateur des forces spéciales ne comptait sur la chance pour l'aider lors d'une opération. Mais en cette matinée, les astres étaient visiblement cléments et favorables aux Français.

Ndjamena, Tchad, 10 novembre

Le général commandant l'opération Barkhane se trouvait dans la salle d'opérations de Ndjamena. Contrairement aux images d'Épinal véhiculées par les films d'action hollywoodiens, il n'avait pas face à lui des dizaines d'écrans géants d'où il pouvait suivre en détail et en temps réel chaque manœuvre sur le champ de bataille. Des écrans, il en avait un seul, où le retour – en léger décalé – de la caméra du drone français MQ-9 *Reaper* était retransmis. Mais pour lui, comme pour la plupart des officiers et sous-officiers réunis dans la salle, les images étaient difficiles à comprendre et à interpréter. Tout se passait trop vite. Des explosions étaient parfois visibles. D'autres éclairs trahissaient des tirs d'armes automatiques non équipées de cache-flamme. Mais bien malin qui pouvait savoir qui tirait sur qui, et avec quoi.

Pour cela, il y avait toutefois les retours des communications audio. Chaque unité disposait d'un indicatif particulier. Ainsi, avec un peu de méthode, on pouvait comprendre ce que faisaient les cavaliers du 2ème Hussard, les opérateurs du COS et les différents actifs aériens. L'engagement dura près de deux heures, au total. Après les hélicoptères, les Mirage 2000 entrèrent en scène. Comme lors des escarmouches passées, les djihadistes s'étaient terrés derrière des mètres de roches, largement suffisants pour les protéger des tirs d'armes légères. Mais les bombes guidées par laser étaient une autre paire de manche. Certains terroristes finirent là, ensevelis sous des tonnes et des tonnes de roches. D'autres décidèrent de décrocher lorsqu'ils comprirent que l'opération prenait un tour désagréable. Ils avaient bien fait les choses, et préparé avec soin leurs routes d'exfiltration. Mais quelques centaines de mètres plus loin, ils firent des rencontres aussi inattendues que violentes. Et fatales, cela allait sans dire.

Pour Delwasse et ses hommes, ce ne fut presque pas sport. Au total, ils mirent hors d'état de nuire une dizaine de terroristes. Aucun commando ne fut blessé. À l'exception d'une entorse de la cheville d'un opérateur du commando Jaubert qui glissa sur l'un de ses appuis.

Le général de brigade pouvait souffler. Il attrapa la main que lui tendit l'officier de liaison du COS.
« Bien joué. C'était du bon boulot ! », lâcha-t-il.
« Nous avons gagné une bataille. Il reste encore une guerre à mener », répliqua l'officier du COS, réaliste. L'opération avait été extrêmement risquée. Elle avait dû être montée à l'arrache, sans préparation préalable sérieuse. Mais il avait eu raison de faire confiance à ses hommes. L'officier attrapa son téléphone. Il devait transmettre les félicitations du général à l'état-major des unités Sabre à Ouagadougou. Mais il savait aussi qu'il devait une fière chandelle aux Américains, et à leur joujou volant. Le pods NERO avait sauvé des vies. Peut-être ne serait-il pas inutile que l'armée française dispose d'un tel engin, se dit-il…

Bamako, Mali, 10 novembre

« Il ne mordra pas à l'hameçon », lâcha Charles. « On aurait dû profiter de l'occasion pour les expédier *ad patres*. »

« Il appellera », répondit Victor. Entre les deux, Victor était l'optimiste et Charles le pessimiste. Victor le cérébral et Charles le muscle. Depuis leur *Safe House*, les deux hommes avaient été tenus au courant en temps réel des mouvements de Mamadou, et de son rendez-vous dans la maison de Tombouctou. Pour eux, il n'y avait que peu de doutes : le chef de Macina était là-bas. Ou plutôt, *avait* été là-bas… Cela faisait plusieurs heures que Mamadou avait retrouvé son hôtel. Et un ballet de véhicules s'était animé autour de la maison, chacun partant dans une direction opposée. Avec un seul drone *Reaper* en surveillance, il avait fallu faire des choix. Pour la DGSE, malheureusement, la probabilité que le tout-terrain qui avait pu être suivi transporte Koufa était proche de zéro.

Tuer le temps, lorsqu'on était espion, n'était pas trivial. Cela nécessitait une certaine discipline mentale. Dans la *Safe House* de Bamako, il n'y avait nulle bibliothèque, et nuls journaux. Simplement de quoi se restaurer, rester vaguement propre, et communiquer de façon sécurisée. Et des armes, aussi, naturellement. Pour la troisième fois en moins de vingt-quatre heures, Charles était d'ailleurs en train de remonter son AK-47 à crosse repliable qu'il avait nettoyé avec application lorsqu'une sonnerie retentit dans la pièce. Victor laissa le téléphone sonner quelques instants. Puis il décrocha.

« Est-ce que je parle au Français avec lequel j'ai discuté il y a deux jours », demanda Mamadou.

« Lui-même », répondit Victor. « Nous n'attendions plus ton appel », reprit-il.

« J'ai fait aussi vite que possible », dit Mamadou sur un ton agacé, mais où une pointe d'angoisse n'échappa pas à l'espion de la DGSE.

« Je t'écoute », lâcha Victor.

« J'ai pu transmettre votre proposition… », commença-t-il.

« Va droit au but », l'interrompit Victor. « Est-ce que vous avez décidé de nous aider ? »

« Nous voulons des garanties… »

« Et vous n'en aurez aucune », répliqua Victor. « La meilleure preuve que nous sommes de bonne foi est que tu es encore en vie, mon ami. Et je dois t'avouer que cela n'est pas pour plaire à certains de mes collègues. Notamment aux camarades des soldats qui sont tombés sous les balles de Macina. »

Sans surprise, Mamadou sortit le refrain habituel, alternant reproches envers la France néocolonialiste, accusant les soldats de Barkhane d'assassiner les enfants maliens, de piller le sous-sol du pays et autres élucubrations. Victor le laissa aligner les poncifs, puis il décida de faire monter les enchères.

« Je pense que tu n'as pas réellement compris les enjeux. Mais je vais te donner un tuyau. Au moment où nous nous parlons, un drone survole ton hôtel à Tombouctou, et une équipe t'attend à l'extérieur. Nous savons même dans quelle chambre tu es, à cet instant. Je n'ai qu'un seul mot à dire et tu n'auras plus de souci à te faire. Tu retrouveras tes ancêtres. »

Victor ne disposait que du son – de mauvaise qualité, d'ailleurs – mais il imagina parfaitement le visage de Mamadou se décomposer et une boule glacée se former au creux de son estomac. Après tout, le Malien était un négociateur, pas un combattant. Ses effets de manche ne trompaient personne. En tout cas, certainement pas un espion du service action de la DGSE, formé au sein des forces spéciales. Mamadou resta silencieux pendant quelques longues secondes. Seule sa respiration résonnait dans le combiné. Rapide. Superficielle. Signe de la tension qu'il ressentait.

« Nous sommes prêts à vous aider », finit-il par dire. « Mais nous avons une condition. »

« Tu n'es pas en position de poser des conditions », lui rappela sèchement Victor. Mais l'espion savait aussi jouer sur la corde psychologique. Alterner les baffes et les sucreries. Cela s'apprenait.

« Mais parle toujours, et je vais voir ce que je peux faire pour toi. »

Mamadou soupira. « Nous ne voulons pas qu'il se sache que l'information vient de nous. »

Victor considéra la requête. Y souscrire n'était naturellement pas de son ressort. Mais elle ne semblait pas stupide. Ni surprenante. Les trahisons et règlements de comptes entre djihadistes étaient loin d'être rares. Mais cela ferait effectivement jaser dans le landerneau terroriste si la nouvelle se répandait que Macina avait décidé de vendre l'un des dirigeants de l'État Islamique aux infidèles français. Chez les terroristes, le linge sale se lavait en famille. Ou derrière des portes bien rembourrées, au travers desquelles on n'entendait ni les cris, ni les coups de feu.

« C'est d'accord. Tu peux compter sur moi », répondit Victor. Les promesses n'engageaient que ceux qui y croyaient…

Mamadou resta à nouveau silencieux, comme s'il mesurait la portée de ce qu'il s'apprêtait à dire. Il n'avait jamais tiré un seul coup de feu de sa vie. Il était un intellectuel, dans le pays. Un professeur de droit à l'université de Bamako. C'est bien pour l'étendue de son carnet d'adresses que Koufa l'avait chargé de conduire les négociations avec les représentants du gouvernement malien. Pas pour ses prouesses sur le champ de bataille.

« Nous pensons savoir où se trouve Abu Malek à cet instant », finit-il par dire.

Gao, Mali, 10 novembre

Une douche et un repas chaud, c'est tout ce que Julius et ses hommes eurent effectivement le temps de prendre avant de recevoir les nouvelles instructions en provenance de Ouagadougou. Le lieutenant de vaisseau du commando Hubert retrouva le centre opérationnel de la base de Gao, qui, avec le temps, s'était considérablement étendue. Elle accueillait désormais plus de mille soldats, et ce que l'on appelait un Groupe Tactique Interarmes. Commandée par un colonel, et comme son nom le suggérait, un GTIA rassemblait plusieurs unités en provenance des différentes armes, le plus souvent dans le cadre d'une mission ou d'une opération spécifique. Ces dernières travaillaient alors en parfaite osmose, bien loin des querelles de chapelles qui pouvaient animer certains aux états-majors parisiens.

Le central opérationnel de Gao avait été installé dans une salle de l'aéroport de la ville. Une quinzaine d'opérateurs des trois armes s'animaient H24 autour de plusieurs ordinateurs et postes de communication. Sur les murs, quelques écrans géants avaient été accrochés. Julius salua le colonel en charge du GTIA lorsqu'il arriva.
« Mon colonel », lâcha-t-il.
« Un message en provenance de Ouagadougou », dit-il sobrement en tendant une feuille de papier au commando.
Julius attrapa la feuille et la parcourut rapidement.
« A-t-on un actif aérien au-dessus de la zone ? », demanda-t-il.
Le colonel haussa les épaules. « Rien de chez nous. Nos *Reaper* sont tous immobilisés ou en opération, déjà. Mais j'ai cru comprendre que nos amis américains avaient accepté de déployer l'un de leurs engins. »
« Je vois. Des ressources tactiques de leur part, également ? »

411

Le colonel secoua la tête. « Pas de bottes au sol, si c'est votre question. L'Oncle Sam se contente d'une aide logistique. »

Julius inclina la tête. C'était mieux que rien. Mais plus on était de fous, et plus on riait. Et il n'aurait pas été contre recevoir le renfort de quelques opérateurs de la Delta Force. Il savait qu'une vingtaine d'entre eux étaient déployés à Agadez. À vol d'oiseau, on parlait quand même de près de 1 000 kilomètres. Un saut de puce pour un drone *Reaper*. Mais une petite trotte pour un transport de troupes.

Une heure plus tard, les premières images en provenance du MQ-9 américain arrivèrent sur les écrans du centre opérationnel de Gao, via liaison satellite. Les plans larges de Ménaka laissèrent progressivement la place à des zooms de plus en plus précis de certains quartiers de la ville. Le drone américain flottait à 31 000 pieds au-dessus de la surface du sol. D'un coup de caméra, il pouvait embrasser la région entière, ou se concentrer sur des détails extrêmement précis. C'était bien toute la beauté, et toute l'utilité des drones MALE. Depuis leur altitude de croisière, ils étaient inexpugnables, hors de portée des armes utilisées par les djihadistes. Et grâce à leur électronique de pointe, notamment à leurs optiques dans les spectres visibles et infrarouges, ils pouvaient voir des détails de la taille d'une pièce de monnaie, au sol. Mais ce n'était pas les éventuels francs CFA perdus sur la route nationale 20 qui intéressaient les Français. Mais la localisation d'une personne. Abu Malek se trouvait, d'après les renseignements, autour de Ménaka. Sans être une mégalopole, Ménaka était une ville de 20 000 habitants. Et il fallait compter quelques milliers de plus à ses alentours immédiats. Autant dire que reconnaître un visage parmi ces foules semblait mission impossible.

* * *

S'il n'avait pas eu la tête ailleurs, c'est exactement ce qu'Abubakar se serait dit. Pour un terroriste, la foule était souvent le meilleur allié. Parce que les infidèles ne frappaient pas, lorsque les dommages collatéraux étaient vus comme inacceptables. Mais également parce que les foules étaient anonymes. Perdu au milieu des masses qui faisaient leur marché autour des étales en plein air, Abubakar venait de sortir de l'internet café où il avait passé une bonne heure à éplucher les nouvelles du monde. Il avait pris soin de ne se connecter sur aucun site sensible, ni aucune messagerie électronique qui aurait pu être sous surveillance. Il avait juste surfé sur les sites d'informations. Depuis sa ferme, il ne disposait d'aucune liaison internet. Il avait son Smartphone, naturellement. Mais il n'était pas branché. Trop de ses camarades avaient été transformés en lumière et chaleur parce qu'ils avaient trop fait joujou avec leur téléphone portable. Les Occidentaux, tout comme les Russes d'ailleurs, avaient discrètement pénétré les grandes sociétés de télécommunication. Grâce à leurs programmes informatiques, ils pouvaient espionner ce qui se disait, s'écrivait, ou se transmettait par internet. Abubakar avait été formé, au GRU, à l'utilisation de certains de ces matériels. Mais il savait que les Américains étaient allés beaucoup plus loin. Leur réseau *Echelon* n'était plus sous le coup des projecteurs, mais il était toujours opérationnel. Les journalistes en mal de scoop étaient passés à autre chose depuis longtemps déjà. *Echelon* était du réchauffé pour la presse redresseuse de torts.

Abubakar s'approcha d'un étale de fruit. Il attrapa quelques mangues. Il tendit un billet au marchand et repartit, accompagné de ses gardes du corps. Leurs armes étaient dissimulées mais, derrière le foulard qui dissimulait une partie de leur visage, les hommes d'Abubakar ne perdaient rien des environs. Ils étaient des combattants aguerris, les fidèles parmi les fidèles de celui qui se faisait appeler Abu Malek al-Chichani au Sahel. Autour d'eux, des centaines de Maliens faisaient leurs courses quotidiennes. Dans un pays où personne ou presque ne disposait de frigo, la subsistance était un travail quotidien. Discrètement, les gardes du corps d'Abubakar sondaient les visages, suivaient les mouvements. Sur la route nationale voisine, les camions, les bus et les mobylettes pétaradaient, slalomant entre les animaux qui s'aventuraient sur l'asphalte.

*   *   *

Les gardes du corps d'Abubakar avaient de bons yeux, mais avec la meilleure volonté du monde, ils n'auraient pas pu apercevoir le drone MQ-9 qui évoluait haut dans le ciel. L'inverse n'était pas vrai. La caméra électro-optique du dispositif AN/DAS-1 *Multi-Spectral Targeting System* aurait pu figer sur papier chacun des visages de la foule qui se massait au marché. Mais cela aurait été une perte de temps et d'énergie. Il y avait mieux à faire. Notamment utiliser un matériel plus approprié pour chercher une épingle dans une botte de foin. Accrochés sous les ailes du *Reaper*, les deux pods du dispositif *Gorgone Stare* étaient entrés en action sitôt que le drone était arrivé sur site. Chaque seconde, les caméras sphériques du premier pods prenaient des milliers de clichés numériques, chacun d'une extrême précision. C'était déjà un exploit technique, sachant que le drone se trouvait dix kilomètres au-dessus de la surface de la terre. Mais ce n'était qu'une la partie émergée de l'iceberg. Car l'intérêt du dispositif *Gorgone Stare* n'était pas de prendre des clichés. Il était de les analyser en temps réel, et de sonder les foules pour y reconnaître un visage. Des gigabytes de données furent analysés chaque minute. Des milliers de visages capturés numériquement comparés avec les photos d'archive. La tâche était colossale. À cause du volume d'informations, bien sûr. Mais également car les clichés étaient pris de façon oblique, du haut vers le bas. Des logiciels exceptionnellement complexes devaient alors mouliner, afin de redresser les portraits, de les compléter numériquement, puis de les comparer avec les bases de données. Et notamment avec les clichés connus d'un homme.

* * *

« Bon sang ! On a une touche ! »
L'image prise par le *Reaper* s'était comme figée sur un coin du marché de Ménaka. Puis le zoom agrandit le champ et bientôt, un groupe de quelques individus apparut en grand sur l'écran.
« Où sont-ils ? », demanda Julius.
Un militaire attrapa une carte de Ménaka et écrasa son doigt sur un quartier, au sud-est de la ville.
« C'est l'un des marchés de la ville. »
L'image qui dansait sur l'écran était extraordinairement précise, mais pour le commando marine, comme pour les autres militaires rassemblés au central opérationnel de Gao, il était impossible d'identifier qui que ce soit. Les trois hommes qui se déplaçaient avaient leur visage à demi-dissimulé derrière des foulards qui descendaient sur leur bouche.
« Comment peut-on être sûr qu'il s'agit bien d'Abubakar ? », demanda un officier, visiblement perplexe.
« Qu'a-t-on sur place ? », demanda Julius plus pragmatiquement.

415

« Une équipe du 13 est un peu plus au sud. Les Américains ont également un autre actif aérien dans les environs. Un coucou équipé de matériel d'ELINT et de SIGINT. »

*   *   *

Le coucou en question était un Pilatus PC-6 *Porter*. Extrêmement léger, il pouvait en théorie transporter une dizaine de passagers sur des distances de près de 1 000 kilomètres. Son prix dérisoire de moins de deux millions de dollars en avait naturellement fait un taxi de brousse reconnu et particulièrement répandu en Afrique de l'Ouest. Celui qui croisait à quelques kilomètres de Ménaka n'effectuait pourtant aucune liaison régulière dans la région. À son bord, les deux pilotes étaient des civils, payés par la CIA. Mais les deux uniques passagers étaient des militaires. Ils appartenaient à l'une des unités les plus clandestines du JSOC, que l'on continuait à appeler ISA, *Task Force Orange*, ou plus simplement *Orange*. Sous les ailes du Pilatus, de mystérieux pods longilignes avaient été installés. De loin, on aurait pu croire à des réservoirs de carburant additionnels. Mais il n'y avait aucun liquide à l'intérieur. Simplement des caméras optiques et infrarouges, ainsi que des antennes électroniques.

Les deux opérateurs d'*Orange* se mirent au travail. Grâce à une liaison satellite sécurisée, ils recevaient en temps réel les retours des optiques du *Reaper*, ainsi que ceux, plus complexes, du pods *Gorgone Stare*. Ils purent donc suivre les trois hommes et les voir quitter le marché, se diriger vers un tout-terrain cabossé, monter à bord et partir vers l'ouest. Le trajet ne fut pas long. Une poignée de minutes plus tard, le tout-terrain disparaissait sous une bâche, montée à côté d'une ferme isolée, un peu à l'écart de la RN20.

416

Arlington, Virginie, 10 novembre

« Tu n'as presque rien mangé, papa », dit Karen sur un ton qui suintait le reproche. Reproche affectueux, certes. Mais reproche quand même.

Walter esquissa un sourire las. Cette lassitude était tout à la fois le fruit de son épuisement psychique à jouer la comédie, face à sa fille adorée, que celle qu'Andrei Kowalski ressentait, alors qu'il approchait de l'acmé de sa mission.

Walter se força à avaler un peu de viande et quelques légumes. Ni Karen, ni Lucie n'était un cordon bleu. Mais Walter, et plus encore Andrei savait qu'il aurait besoin de forces, plus tard. Derrière les rideaux de la salle à manger, le crépuscule était tombé depuis longtemps déjà. Les jours raccourcissaient. Les nuits s'allongeaient. Sur la table, Karen avait ouvert une bouteille de vin que personne n'avait réellement touchée, jusqu'alors. Walter s'en versa un fond de verre, qu'il vida d'une traite. Il buvait peu d'alcool, mais il sentit la chaleur remonter le long de son gosier. C'était une bonne bouteille. Un Chardonnay de Californie. Jusqu'à ce qu'il arrive aux États-Unis, Walter n'avait pas réellement eu l'occasion de goûter aux différents cépages. Le centre d'entraînement et de formation du GRU avait bien mis la main sur plusieurs bouteilles, mais pour les formateurs russes, il était plus simple de capter les radios américaine ou britannique que d'importer clandestinement des grands crus français. Au moins parce que, pour les grands crus, ils devaient se débrouiller avec une concurrence relativement sérieuse, en la personne des membres de la Nomenklatura. Tout GRU qu'il était, le service ne pouvait pas vraiment expliquer aux membres du Politburo ou à leurs proches que les meilleures bouteilles seraient confisquées pour les besoins d'opérations clandestines. Le centre de formation fonctionnait très au-delà des convenances soviétiques. C'était pour les besoins de la mission que les recrues devaient lire Freud, ou pouvaient visionner des films érotiques, comme *Emmanuelle*. Personne d'autre en URSS ne se serait aventuré sur de tels chemins minés. Ces œuvres étaient naturellement interdites. Pour d'autres raisons que les grands crus français, néanmoins.

En dessert, Karen avait fait une tarte aux pommes. Elle découpa trois parts qu'elle déposa dans autant d'assiettes à gâteau. Mais là encore, à sa grande tristesse, son père passa plus de temps à regarder la tarte qu'à la toucher.
« Je suis désolé, petit cœur », finit-il par lâcher. « Tu t'es donnée du mal. Je ne suis pas un convive très souriant, ni très festif, ce soir. »
Karen se leva et alla embrasser son père. « Ne t'inquiète pas. Va te reposer. Je vais débarrasser la table avec maman. »
Walter acquiesça. Il se leva à son tour, monta les escaliers et retrouva sa chambre. La tentation d'aller se réfugier dans sa pièce, au fond du garage, était presque irrépressible. Pourtant, le Russe se fit violence. De toute façon, qu'aurait-il pu faire, dans son local. Tout était prêt. Il lui suffirait de sortir les conteneurs de leur cachette, de les mettre dans un sac, et de partir. Il finirait le montage de sa bombe au dernier moment, comme on lui avait appris. Depuis les travaux de Becquerel, suivis par ceux de Pierre et Marie Curie, la science de l'atome avait changé la face du monde. Casser les atomes n'était plus un hobby de chercheur, mais une science industrielle. L'électricité qui permettait à l'ampoule de sa chambre de briller provenait d'une centrale électronucléaire, peut-être. Mais les physiciens nucléaires ne s'étaient pas arrêtés là. L'homme étant ce qu'il était, la première application de cette nouvelle science devait être militaire. La bombe avait sans doute évité une guerre

chaude entre l'Union Soviétique et l'Amérique. Walter le savait. Elle avait rendu une guerre directe impensable. Elle avait rendu une guerre directe *ingagnable*. Pourtant, il y avait bien d'autres façons de conduire une guerre. Sans chars, sans avions, sans missiles. Le KGB s'était concentré sur les actions d'influence, notamment dans les pays du Tier Monde. Suivant les pays ou les époques, on avait appelé cela PSY-OPS, affaires civiles, actions subversives. Le GRU avait suivi d'autres chemins. Tout aussi clandestins, mais plus « cinétiques », comme on disait désormais en métalangage militaire. Le programme Prométhée, dont Walter était à la fois le fruit et le stigmate, avait été conçu en ce sens. Infiltrer des agents dormants au cœur des villes américaines avec une seule mission : conduire, le cas échéant, des actions clandestines sur le sol américain, en visant des cibles symboliques, en sabotant des infrastructures critiques, en assassinant des personnalités de premier plan. L'économie de moyen devait se traduire par ce que les anglo-saxons appelaient « *shock and awe* ». Le choc et l'horreur. Les Américains étaient un peuple faible. Ils n'avaient pas connu de guerre sur leur propre sol depuis le conflit intestin entre les États du Sud et du Nord, au milieu du 19ème siècle ! Leurs pertes pendant la Seconde Guerre Mondiale avaient été infimes, en comparaison du sacrifice terrible que la Russie avait enduré. Même les 50 000 morts de la guerre du Vietnam ne se remarquaient pas sur les pyramides des âges. Les Américains ne connaissaient pas la guerre. Ils avaient oublié depuis plusieurs générations le goût du sang. Et leur sophistication était paradoxalement leur principale faiblesse. Ils passaient leur vie, les yeux rivés sur les cours de la bourse où ils investissaient leurs maigres économies en prévision des vieux jours. Ils se gavaient aux chaînes d'information continue. Et les plus jeunes ne pouvaient plus se séparer de leur téléphone portable et des applications abrutissantes que des sociétés sans scrupules de la Silicon Valley développaient, rendant chaque jour cette jeunesse plus esclave de leurs produits.

Walter se massa à nouveau les tempes, couché sur son lit. La migraine n'était jamais réellement partie. Il ferma les yeux, mais le sommeil ne le prit pas. Trop de pensées agitaient son esprit. Trop de souvenirs. Au rez-de-chaussée, Karen et Lucie avaient débarrassé la table et mis les assiettes dans le lave-vaisselle. Elles se retrouvèrent toutes les deux sur le canapé du salon. Silencieuses. Perdues à leur tour dans leurs pensées. Lucie avait compris. Elle avait compris que son mari avait été réveillé. Qu'Andrei Kowalski était sorti de sa longue léthargie. Pourquoi maintenant ? Elle se doutait que la question n'aurait sans doute jamais de réponse. À ses côtés, Karen serrait la tasse de thé qu'elle s'était fait chauffer. Lucie la regarda en coin. Comprendrait-elle un jour que ses parents ne furent pas ceux qu'elle croyait ? Leur pardonnerait-elle un jour leurs mensonges ? Et pardonnerait-elle à son père les actes terribles qu'il s'apprêtait sans doute à commettre ?

Environs de Ménaka, 11 novembre

« Véhicule en mouvement. Deux *pax* », souffla l'un des militaires dans le micro de sa radio tactique. À environ trois cents mètres de la ferme, la paire d'opérateurs du 13ème *Régiment de Dragons Parachutistes* s'étaient littéralement enterrés. À la faveur de la nuit, quatre groupes de deux commandos avaient progressé en silence, jusqu'à trouver des positions d'où ils pourraient observer ce qui se passait dans la ferme. Les paires avaient creusé le sol meuble, puis avaient recouvert leurs cachettes avec des couvertures réfractaires couleur sable. Depuis ces emplacements, ils avaient pu déployer leur matériel d'observation à longue distance.

30 000 pieds au-dessus de leurs têtes, un drone *Reaper* français avait pris la suite de son homologue américain. Sous ses ailes, nul pods *Gorgone Stare*. Juste un réservoir supplémentaire et une unique bombe GBU-12. Le drone pourrait apporter un complément bien utile aux opérateurs du COS présents au sol, ainsi que servir de relai pour les communications de ces derniers. Les photos digitalisées des individus qui avaient pris place dans le tout-terrain qui venait de partir mirent quelques millièmes de seconde à atteindre, via liaison UHF, le drone *Reaper*, et autant pour transiter, depuis un satellite de communication *Syracuse*, vers les quartiers généraux de la force Barkhane et du Commandement des Opérations Spéciales.

Même prises au crépuscule, les photographies des deux djihadistes étaient particulièrement claires. On devait cela au matériel de pointe que les opérateurs du 13 utilisaient, mais également à leur talent. L'un des hommes était visiblement Tchétchène. Mais il n'était pas Abu Malek. Et l'autre était noir de peau. Le logiciel de reconnaissance faciale moulina pendant quelques minutes. Le Tchétchène était inconnu. L'autre ne l'était pas. Il apparaissait dans un dossier du MI6 et, d'après ce que les services britanniques avaient dit, l'homme était Nigérian et membre de l'état-major de Boko Haram. Il était donc une *High Value Target*, comme on disait. Et une cible tout à fait légitime que plusieurs services occidentaux auraient apprécié voir liquidé, sans parler du gouvernement d'Abuja[49] en guerre ouverte contre l'organisation terroriste. Mais il était une cible secondaire. La cible principale restait Abu Malek al-Chichani. Et pour les opérateurs du 13 comme pour le général commandant l'opération Barkhane, neutraliser l'envoyé de Boko Haram aurait certainement eu pour conséquence d'alerter Abu Malek. Se sachant repéré et surveillé, il pouvait disparaître dans le vent. Les Français ne pouvaient pas prendre ce risque.

« Est-ce qu'ils vont bombarder la ferme ? », demanda l'un des militaires du 13 à son binôme, qui se trouvait dans le même trou d'homme, face à la ferme.

« Ça m'étonnerait », souffla-t-il. « Je te fiche mon billet que personne ne prendra le risque d'une bavure, même pour Abu Malek. Ils vont lancer un assaut aéroporté et il va falloir aller chercher les terroristes au corps à corps. »

Le commando soupira. Il savait que son binôme avait raison. Les deux hommes disposaient d'un désignateur laser, et ils pouvaient en quelques secondes marquer la cible. Une bombe tirée par le drone *Reaper* qui flottait loin au-dessus de leurs têtes, ou lâchée par un chasseur qui décollerait de Niamey finirait le travail. Mais personne ne savait exactement qui se trouvait dans la ferme. Abu Malek y était sûrement, à moins qu'il ait creusé un tunnel dans le roc. Mais qui se trouvait avec lui ? Ses fidèles ? Une famille de fermiers pris en otage ? Des civils complices de ses atrocités ? Dans le doute, le président de la République n'approuverait pas un bombardement. La nuit allait être longue. Mais il y avait toutes les chances que, pour Abu Malek, ce soit la dernière.

Base aérienne 107, Vélizy-Villacoublay, 11 novembre

À l'instant même où les commandos du 13ème RDP échangeaient à côté de Ménaka, un tout autre type de débat se tenait à plus de 3 000 kilomètres de là. Le Commandement des Opérations Spéciales ne dormait jamais. Sur la base aérienne 107, des dizaines d'officiers et de sous-officiers des trois armes assuraient une permanence opérationnelle. 24 heures sur 24 ; 365 jours par an. Mais cette nuit-là, l'activité était encore plus soutenue et intense. Bamako était au même fuseau horaire que Paris, et la nuit était tombée à peu près au même moment sur la base que dans le désert Malien.

Dans le centre opération, le général commandant le COS pouvait suivre sur les différents écrans l'état de préparation de ses troupes. Le dispositif aérien était déjà en place et les hélicoptères des commandos étaient prêts à partir, à Gao. Deux Mirage 2000D, accompagnés d'un *Rafale* et d'une multitude d'appareils de reconnaissance ou de ravitaillement en vol étaient armés et alignés sur la piste de Niamey. Il ne manquait plus qu'une chose. L'ordre final. À quelques kilomètres de là et de cette effervescence, dans le bureau d'angle – le « bureau qui rend fou » – du premier étage du palais de l'Élysée, le chef d'état-major du président de la République était en conférence avec le chef des Armées. Sur le bureau présidentiel, l'amiral avait étalé les différentes photos aériennes prises par les drones français et américains. Les clichés du visage d'Abu Malek, capturés par le dispositif *Gorgone Stare* étaient également là. Le chef de l'État écouta en silence le briefing de son chef d'état-major particulier. Penché sur les cartes, un autre homme avait fait le déplacement, mais n'avait rien dit. Il s'agissait du chef d'état-major des armées, responsable ultime de l'emploi opérationnel des forces. La réunion ne dura pas plus de dix minutes. De toute façon, la décision avait été prise bien avant. Abu Malek devait être liquidé. Et sans surprise, le président de la République ordonna aux militaires de déclencher le raid aéroporté.

Les deux officiers généraux se retirèrent vers le bureau des aides de camps pour transmettre immédiatement l'ordre présidentiel. Ils n'avaient pas plutôt raccroché le combiné du téléphone que les deux hélicoptères *Caïman* décollaient de Gao. À leur bord, les trente commandos marine de Julius se préparaient psychologiquement à l'assaut qu'ils allaient devoir conduire.

Environs de Ménaka, Mali, 11 novembre

Abubakar avait pris le temps de saluer cordialement l'envoyé de Boko Haram. Sa voiture était partie depuis une heure déjà, mais le Tchétchène était resté là, à l'extérieur, à fixer le vide. Il s'était assis sur un petit banc en bois, installé sous une toile. C'était un réflexe conditionné. Un geste qu'il avait appris en Syrie, afin de déjouer les surveillances aériennes. Mais était-ce réellement utile, au Sahel ? Au dernier pointage, la France disposait de 5 drones opérationnels. Les autres puissances infidèles pouvaient lui prêter main forte, c'est sûr. Mais dans une région de trois *millions* de kilomètres carrés, ces moyens, aussi redoutables pouvaient-ils sembler, restaient dérisoires. Le Sahel n'était pas la Syrie. Il n'était pas l'Irak. Il n'était pas non plus la Tchétchénie.

Abubakar ferma les yeux et inspira profondément. L'air était chaud et sec. Comment pouvait-on vivre dans une telle fournaise ? se demanda-t-il. Mais il évacua ses pensées. Il était venu à dessein. Le Sahel était son nouveau lieu de djihad. Il était loin des cours d'eau et des forêts de son enfance. Loin de ses frères tchétchènes. Imperceptiblement,

Abubakar sentit son poing se serrer. Il cracha à terre. L'envoyé de Boko Haram n'avait pas réussi à dissimuler totalement le mépris qu'il lui vouait. Ces djihadistes à la petite semaine restaient des bandits de brousse, pour Abubakar. Ils ne s'intéressaient qu'à leur nombril, et pas à la cause de l'Oumma. Pour eux, Abubakar était une bête curieuse. Une bête curieuse, mais *féroce*, qui leur inspirait finalement plus de crainte que de curiosité. Cette réputation collait à la peau des Tchétchènes. À la différence d'Abubakar, le Nigérian était un inculte. Un être médiocre. Abubakar était lettré. Il avait fréquenté les meilleures écoles de Moscou. Il avait lu Pouchkine et Lermontov. Les grands auteurs russes s'étaient retrouvés pour faire du Tchétchène un être sanguinaire, presque mystique. Abubakar avait dévoré *le Prisonnier* et *Lullaby*. Il avait souffert en lisant ces lignes. Souffert car il ne s'était naturellement pas reconnu, adolescent, dans ces portraits terrifiants. Mais des années plus tard, il avait compris. Et il avait appris à jouer de cette réputation. Les membres de la Choura de l'État Islamique l'avaient détesté. Mais ils n'avaient jamais rien tenté de définitif contre lui. Par respect pour leur Calife, certainement. Mais aussi par peur. Par peur que sa réputation ne soit pas usurpée, et que le Tchétchène sanguinaire ne vienne leur rendre visite une nuit, dans leur sommeil.

Au loin, Abubakar put voir la lune se lever. Une lune magnifique, aux trois-quarts pleine. Elle était entourée de milliers de petits points lumineux. Autant d'étoiles que l'ancien Spetsnaz avait appris à reconnaître. Il avait gagné ses galons au moment où le GPS prenait son envol. Mais comme tous les militaires qui se respectaient, Abubakar avait appris à se guider en regardant le ciel. En suivant les constellations. Qui d'autre apprenait le nom des étoiles, aujourd'hui ? Les jeunes recrues étaient perdues, sans leur GPS, sans leur téléphone portable. Tout comme ces chiens d'infidèles, qui vivaient les yeux collés sur leurs écrans d'ordinateur.

*   *   *

Abubakar n'aurait pas pu plus se tromper. C'est tout du moins ce que lui aurait répondu Alain de Montjoie, alias Julius, si les deux hommes avaient pu échanger courtoisement. Entre professionnels. Mais la mission du commando marine n'était pas diplomatique. Et pour lui, comme pour ses hommes, Abubakar, qu'ils connaissaient sous le kunya d'Abu Malek, n'était pas un confrère des opérations spéciales, né dans un pays compétiteur, à défaut d'être totalement ennemi. Il était le mal, l'ignominie réincarnée qu'il fallait éliminer. Les deux hélicoptères *Caïman* fendaient l'air à moyenne altitude, afin d'économiser le carburant. Les portes latérales étaient restées fermées, mais au travers des grandes vitres rectangulaires en polycarbonate, Julius ne pouvait pas manquer la lune. Et contrairement à Abubakar, il n'était pas dans un mode contemplatif. La luminosité de la nuit était de 2/5. Et ce n'était pas une bonne nouvelle. La nuit, tous les chats n'étaient pas gris. Certains apparaissaient dans un subtil dégradé de vert au travers des lunettes de vision nocturne. Mais l'avantage que conféraient ces dispositifs s'évanouissait lorsque la lune était trop lumineuse. Julius jura en silence. Il n'avait pas choisi le moment de sa mission. Il n'avait pas choisi le lieu. En fait, il n'avait rien choisi du tout. Mais il était un professionnel.

L'une des missions du Commando Hubert était la libération d'otages. On ne choisissait jamais où et quand des terroristes prendraient des innocents en otage. La mission des opérateurs d'Hubert était néanmoins d'intervenir au péril de leur vie pour les libérer sains et saufs. La technologie aidait, certainement. Mais derrière chaque commando, il y avait plus. Il y avait des années de sélection, d'entraînement, de douleur, de cris, de larmes. Des années de sacrifices, avant de décrocher le mythique béret vert et, dans le cas de Julius, le quasi-inaccessible insigne des nageurs de combat : les ailes, entrelacées avec une ancre et deux hippocampes. Ce badge symbolisait la spécificité du métier de nageur de combat : au sein des forces armées françaises, les nageurs étaient les seuls à pouvoir opérer dans, et à partir de tous les éléments. Parachutistes confirmés, ils pouvaient venir du ciel. Commandos marines, ils maîtrisaient l'infiltration par la mer. Mais nageurs de combat, il savait se jouer des abysses, et surgir des fonds des océans. *Sortis du ventre de la nuit, ils étaient porteurs des foudres de Neptune.* Et cette foudre allait s'abattre sur le Sahel.

« Cinq minutes avant poser », entendit Julius dans son casque. Autour de lui, ses hommes commencèrent à s'étirer. Dans la pénombre de la soute du *Caïman*, les visages se firent plus durs, les regards plus concentrés. Sur les casques, les lunettes de vision nocturne étaient encore relevées. La plupart des commandos disposaient encore des modèles à deux tubes, mais Julius et une poignée de ses opérateurs avaient – enfin – reçu à l'essai quelques modèles à quatre tubes. Sans surprise, les premières utilisations étaient plus que positives. En fait, après avoir goûté aux GPNVG-18, il était littéralement impossible de revenir à la génération antérieure. Le confort visuel, la qualité de l'image, l'angle de vue, tout était deux crans au-dessus des meilleurs dispositifs dont ils disposaient jusque-là.

Julius sentit les roues du *Caïman* s'enfoncer dans le sol. Immédiatement, l'opérateur de soute du 4ème RHFS ouvrit la porte latérale et un vent brûlant, chargé de poussière et de

427

sable pénétra dans la cabine en tourbillonnant. Les commandos l'ignorèrent et sautèrent au sol. En moins de deux minutes, les trente militaires – et deux chiens – étaient descendus et les deux hélicoptères avaient repris la voie des airs. Julius leva les yeux au ciel. Pour y admirer ce large croissant de lune, sans doute. Mais également, sans trop y croire, pour y chercher le drone *Reaper* qui flottait là, invisible, inaudible. Mais pourtant essentiel.

*   *   *

Les assauts aéroportés faisaient partie des figures mythiques des films d'action, depuis *Apocalypse Now*. Et même sans la musique martiale de Wagner, les hélicoptères restaient en effet un outil précieux, flexible, manœuvrant. Mais ils étaient loin d'être la panacée. Une raison à cela : ils étaient bruyants. *Très* bruyants. Notamment de nuit. Julius et les planificateurs du COS en avaient parfaitement conscience. C'est pourquoi les commandos avaient accepté de marcher, de nuit, sur près de sept kilomètres. Le terrain était largement plat et sec. Ils avaient tous connu pire. Mais les sept kilomètres ne furent pas une promenade de santé. Car au bout de la route, il n'y aurait pas un apéritif convivial mais du sang et des larmes.

Un observateur extérieur, lorsqu'il assistait aux tests de sélection des commandos marine, des Navy Seals, ou du GIGN, pouvait se demander pourquoi les instructeurs poussaient les recrues jusqu'au bout de leurs capacités physiques. Ils ne cherchaient pourtant pas à en faire des surhommes. Et encore moins à ne sélectionner que des surhommes. Au sein du COS, des armoires à glace, il y en avait quelques-unes, bien sûr. Mais elles étaient paradoxalement plutôt rares. Non, épuiser les recrues, tester

428

leurs frontières physiques, et surtout psychiques, ne visait pas simplement à remplir un cahier des charges. Laisser les recrues des semaines durant sans dormir plus de quelques heures par nuit n'était pas de la perversité. La raison en était plus pragmatique. Doublement pragmatique. D'une part, il ne fallait pas que les recrues oublient que, le plus souvent – comme cette nuit-là – il leur faudrait en opérations réelles s'infiltrer sur plusieurs kilomètres jusqu'à l'ennemi. L'infiltration n'était donc pas une fin en soi, où l'on pouvait consumer son énergie : elle n'était que l'entrée d'un long repas. Connaître ses forces et ses limites permettait de doser son effort, et idéalement ne pas arriver épuisé au cœur de l'action proprement dite. Mais il y avait autre chose. Le corps humain était une machine remarquable. Complexe. Confrontés à des situations de stress intense, les organismes réagissaient de façon pavlovienne : en libérant des neurotransmetteurs en quantité. C'était sans doute le souvenir reptilien des combats ancestraux, lorsque l'homme affrontait l'animal et devait lutter à chaque instant pour sa survie. Chimiquement, ces neurotransmetteurs devaient servir à affuter les réflexes. Mais il se trouvait que, lorsque les doses devenaient excessives – quand le stress était intense – les organismes réagissaient différemment. Parfois par la tétanie. On pouvait apprendre à lutter contre cette tétanie. Apprendre à contrôler les réactions physiologiques de son corps. Et une façon de faire, à défaut de jeter les recrues dans un bassin rempli de crocodiles en leur suggérant de nager jusqu'à la rive, était de les épuiser. L'épuisement physique simulait presque parfaitement les effets physiologiques du stress. Apprendre à rester lucide, à concentrer ses efforts, son esprit, ses forces en pareille situation n'était pas un luxe. Il était la condition *sine qua non* d'une opération commando réussie.

Julius leva le poing et indiqua à ses hommes qu'il était l'heure de faire une petite pause. Il attrapa sa gourde et en but quelques gorgées. L'air était sec et sa gorge commençait à le brûler. Il regarda sa montre. Le jour se lèverait d'ici deux heures. D'après ses calculs, il leur restait une bonne heure de marche. Le temps était désormais compté. Julius ignorait si les djihadistes qu'il affronterait dans la ferme disposaient de lunettes de vision nocturne. C'était loin d'être impossible, vu la quantité de matériel de pointe qu'ils avaient déployé récemment dans la région. Mais deux ou trois dispositifs ne feraient pas le poids face à trente guerriers. Par contre, de jour, les choses seraient beaucoup plus équilibrées. Le contreterrorisme n'était pas un jeu *fairplay*. Le but n'était pas de se battre à la régulière. Il était d'exterminer son ennemi. Le lieutenant de vaisseau du Commando Hubert laissa ses hommes se reposer pendant trois minutes. Puis il leur ordonna de se remettre en marche.

Haut dans le ciel, le drone *Reaper* était évidemment invisible pour les commandos français. La réciproque n'était pas vraie. Dans les optiques infrarouges de l'oiseau, les commandos marine brillaient comme autant de lucioles. Sur leurs casques de combat, de petites lampes stroboscopiques infrarouge clignotaient, alimentées par les mêmes batteries à haute capacité qui donnaient vie aux lunettes de vision nocturne. Pour les actifs aériens, ces stroboscopes étaient essentiels. Car ils permettaient de reconnaître qui était qui.

*   *   *

Abubakar avait fini par rentrer dans la ferme. Il n'avait pas sommeil. Son esprit était toujours encombré de tant de pensées qu'il savait qu'il serait illusoire de chercher à dormir. Il dit un mot aux deux hommes qui monteraient la garde, à l'extérieur, puis retrouva l'intérieur de la ferme – vaguement plus frais. Dans une pièce qui faisait office de cuisine, sur un petit réchaud à gaz, une théière chantait doucement. Il l'attrapa et se versa une tasse de liquide fumant. Sur la petite table, il trouva également les stigmates du dernier repas qu'il avait offert à l'envoyé de Boko Haram. Des aliments simples. De la viande de chèvre. Des pains sans levain. Un peu de fromage et quelques légumes bouillis. Pour le Sahel, ces mets étaient, chez beaucoup de villageois, presque luxueux. Les salaires ne dépassaient que rarement les 30 euros par mois, ou leur équivalent en Francs CFA. Une misère... Mais une misère à laquelle la population avait fini par s'habituer. Cette misère, pour Abubakar, était le meilleur argument de recrutement pour le djihad. Mais qu'en était-il vraiment ? Combien pouvait-il simplement compter de combattants au Mali, un pays de près de 20 millions d'habitants ? Quelques centaines ? Quelques milliers ? Le vivier était immense, mais le robinet du recrutement ne coulait que goutte à goutte. Abubakar jura en silence. Cet échec était celui de ces abrutis de Macina, qui avaient préféré concentrer leur action sur la seule communauté peule. Des frustrations, il y en avait pourtant ailleurs. Mais l'ethnicisation de la lutte avait été une erreur. Elle l'était toujours. Abubakar le savait. Mais il savait aussi que l'ethnie et la communauté étaient les éléments de base, en Afrique comme au Moyen-Orient. Et même plus loin. Ne s'était-il pas entouré quasi-exclusivement de combattants du Caucase, lui-même ? Il avait créé sa propre katiba de Tchétchènes et d'Ingouches, en Syrie. C'était là-bas qu'il avait choisi son kunya. Son nom de guerre. Abu Malek al-Chichani. Il n'avait pas choisi Abu Malek at-Islam. Mais bien *al-Chichani*. Pouvait-il alors complètement blâmer Macina ? Ou Boko Haram ?

431

Les deux gardes avaient trouvé une pierre plate, à une trentaine de mètres de la ferme, où ils s'étaient assis. Ils avaient commencé par discuter, afin de tuer le temps. Et puis l'ennui les avait submergés, comme chaque nuit qu'ils passaient dehors. Les gardes statiques étaient un pensum. Ils étaient au milieu de nulle part. Qui aurait bien pu les retrouver, ici ?

Cette question n'effleurait même pas le commando qui se trouvait désormais à moins de cent mètres de la paire de djihadistes. Sans un bruit, il avait allumé le laser infrarouge monté sur le canon de son HK416, et « marqué » les deux hommes, comme on disait. Le rayon apparut très distinctement en vert dans le halo des dispositifs de vision nocturne de ses camarades. La ferme ne se trouvait qu'à quelques dizaines de mètres. Mais il faudrait neutraliser ces deux abrutis avant de l'atteindre.

« Une arme ? », demanda Julius à voix basse dans son micro.

« Aucune de visible », répondit le commando le plus en pointe.

Julius jura. Les renseignements qui l'avaient amené ici étaient sérieux, mais sans être sûr qu'il avait effectivement affaire à des terroristes, il ne pouvait pas donner l'ordre d'un assaut sanglant.

« Cobra unité à cobra trois, est-ce que vous pouvez contourner les deux Tangos ? »

« On peut essayer », répondit le sous-officier en charge de la troisième colonne d'assaut.

« Allez-y », ordonna Julius. « Cobra unité à cobra deux, vous ne perdez pas les Tangos des yeux. »

« Affirmatif », souffla le responsable du deuxième groupe. À ses côtés, ses deux snipers déplièrent les bipieds qui étaient installés sous le canon de leurs fusils de précision et ôtèrent les protections de leurs optiques.

Julius savait que la nuit n'était pas propice à un assaut. La clarté était trop importante. La lune bien trop lumineuse. Il ne se trompa pas. Cobra trois avait presque atteint la ferme lorsque l'un des deux guetteurs, à l'extérieur, aperçut un mouvement. Était-ce un animal ? Une ombre ? Il se leva. Un nouveau mouvement. Puis un autre. L'homme mit une paire de secondes de plus à réagir. Son esprit était embrumé par la nuit sans sommeil et l'ennui. Mais la brume se dissipa rapidement. Et il attrapa son AK-47, à ses pieds.

« Une arme », murmura le sniper du Commando Jaubert avant de presser la détente. La balle fusa de son HK417 et frappa le terroriste en pleine poitrine. Mais ce dernier avait eu le temps, à son tour, d'effleurer la détente de son arme. Le réducteur de son du HK417 permit d'étouffer sérieusement la détonation sourde de l'arme, en sus de dissimuler la flamme du tir. Mais il n'était pas magique non plus, et une oreille attentive ne pouvait pas manquer le claquement sec. Toutefois, ce claquement fut totalement couvert par le staccato de la Kalachnikov du terroriste. Les balles partirent n'importe où, car il n'y avait plus de conscience vivante pour les orienter dans la direction du danger. Le deuxième terroriste de garde ne vécut pas beaucoup plus longtemps. Son cerveau eut à peine le temps de voir son camarade se lever qu'il cessa de fonctionner, transformé en viande hachée par une autre balle de 7,62mm ajustée à la perfection.

« Bordel ! », lâcha Julius. L'effet de surprise s'était évaporé. Et ce n'était pas une bonne nouvelle. Les terroristes connaissaient intimement les lieux, les recoins, les cachettes. Ils avaient l'avantage du terrain. La devise informelle des forces spéciales, et notamment des unités d'assaut, tenait en trois mots : « surprise, vitesse, agression ». Un bon opérateur savait équilibrer les trois. Mais lorsque l'un des éléments était pris en défaut, il fallait réagir immédiatement. Et compenser avec les autres. Julius ne pouvait plus compter sur la surprise. Lui et ses hommes seraient alors plus rapide. Et plus violents encore.

*   *   *

Abubakar entendit le claquement sourd des tirs, à l'extérieur. Pendant un bref instant, il crut que l'un de ses hommes avait mal manipulé son arme. Mais lorsque d'autres échos, apparemment plus distants et étouffés résonnèrent à l'extérieur, il comprit. Il sauta sur son arme, et tira le levier d'armement. Puis il hurla des ordres à ses hommes. La ferme était prise d'assaut. Ces derniers savaient ce qu'ils avaient à faire.

« Contact ! », entendit Julius dans son casque. Il se trouvait lui-même à une cinquantaine de mètres à l'est de la ferme, mais les tirs avaient éclaté autour de la position de cobra trois. Les Kalachnikov émettaient un son très caractéristique. Sec. Presque rauque. À l'inverse, les armes françaises leur répondaient avec des claquements plus métalliques. Les réducteurs de son vissés sur le canon des HK416 étaient de très bonne qualité, conçus pour absorber au maximum les décibels, mais aussi pour ne pas chauffer trop vite, afin de ne pas dégrader la précision des tirs.
« Tango neutralisé, côté ouest », lâcha un sniper.
« Nous pénétrons dans la ferme », dit sur le canal tactique le sous-officier qui commandait cobra 2. Une seconde plus tard, les explosions presque simultanées de deux grenades *flashbang* résonnèrent dans la ferme, et firent voler en éclat

certaines vitres. Elles furent suivies de nouveaux tirs de Kalachnikov. Puis de nouvelles explosions.

« Grenade », entendit Julius dans son casque.

« Cobra trois, un homme au sol, je répète, un homme au sol ! »

Julius écrasa le bouton de sa radio. « Quelle est la gravité ? »

« Blessure par balle. Medivac nécessaire », lui répondit le commando.

« Bien reçu. Je transmets. »

Les deux *Caïmans* se trouvaient à une quinzaine de kilomètres de là. Immédiatement, ils prirent le chemin de la ferme. Dans leur sillage, l'hélicoptère *Tigre* apporterait de la percussion, si nécessaire.

« Cobra trois à cobra unité, des terroristes sont barricadés à l'étage. »

« Des civils avec eux ? », demanda Julius.

« Impossible à dire. Ils nous lâchent la sauce. »

Avec déjà un blessé, Julius aurait été tenté de faire tirer l'artillerie lourde. Ses hommes disposaient déjà d'une puissance de feu substantielle, mais il savait que, d'ici quelques minutes, les mitrailleuses de 7,62mm des *Caïman* et surtout le canon de 30mm à tir rapide du *Tigre* pourraient réduire l'étage de la ferme en toutes petites miettes. Mais ce n'était pas ainsi que l'armée française se battait, en tirant à tout va.

« Des grenades pour les déloger ? », tenta Julius.

« Déjà fait… Aucun résultat. L'escalier qui mène à l'étage est un véritable stand de tir. »

« Est-ce que vous pouvez envoyer un chien ? », demanda Julius.

La réponse lui arriva trois secondes plus tard. « Possible », admit le sous-officier. Julius sentit combien cette réponse avait coûté au militaire. Les chiens de combat qui accompagnaient les commandos dans pratiquement toutes leurs missions devenaient presque des membres à part entière de l'équipe. Mais Julius était réaliste. Le chien était un animal. Sacrifier un animal était une chose terrible. Mais il ne pouvait pas sacrifier ses opérateurs pour tenter de déloger des terroristes. Et les chiens avaient un autre avantage : ils inspiraient une peur panique aux djihadistes.

« Vas-y », ordonna-t-il.

Mais à cet instant, une silhouette sortit de la ferme. Une silhouette armée qui ne portait visiblement pas de stroboscope sur son casque. Ni de casque, d'ailleurs. Julius tomba à genoux et mit l'homme en joue. Le terroriste tourna son arme dans sa direction. Ce fut suffisant pour le lieutenant de vaisseau pour l'expédier *ad patres*. Il pressa la détente de son fusil d'assaut à deux reprises. *Plop. Plop.* Un nuage de vapeur verte se dégagea autour du terroriste, qui tomba en arrière.

Julius allait rendre compte à l'équipe complète de l'engagement lorsque la voix de l'un des opérateurs du 13ème RDP positionnés un peu plus loin résonna dans son casque.

« Minos 3 à cobra, un groupe de Tangos se déplace vers le sud. Trois tangos. Ils se dirigent vers le cours d'eau. »

Julius comprit immédiatement. Lors de la préparation de la mission, ils avaient parfaitement repéré le cours d'eau, qui se situait à moins de cinq cents mètres de la ferme. Il serpentait dans le relief, et d'après les photos aériennes, il était très accidenté. Ce serait un véritable cauchemar de suivre un terroriste expérimenté dans ses gorges.

Julius cliqua sur le commutateur de sa radio. « Cobra à ISR, est-ce que vous pouvez éclairer les fuyards au sud ? »

« Affirmatif », répondit le pilote. Et quelques secondes plus tard, comme par magie, un immense trait lumineux tomba du ciel et frappa le sol. Le drone avait allumé son laser infrarouge et marquait ainsi, depuis les nuages, la position exacte des cibles. Julius fit signe à ses hommes de le suivre, et ils se mirent en poursuite.

*   *   *

Abubakar avait attrapé le sac qui contenait toute sa vie et, entouré de ses deux plus fidèles gardes du corps, il s'était mis à courir vers les gorges. Des combats faisaient rage tout autour, mais l'ancien Spetsnaz n'y prêta pas attention. Les Français avaient réussi à remonter jusqu'à lui. Qui avait pu le trahir ? Il cracha au sol. Était-ce l'ectoplasme de Boko Haram ? L'un des dissidents de Macina ? Il serait toujours temps d'identifier les traitres, plus tard. La priorité était de fuir. De fuir, à nouveau. Abubakar connaissait le terrain. Et dans la clarté de la lune, il fondit vers le cours d'eau. Il savait qu'il serait à l'abri, là-bas. Invisible du ciel. Il y avait des dizaines de grottes et de tunnels où il pourrait se dissimuler, et progresser à couvert.

Abubakar vit le premier de ses gardes du corps tomber en avant. Avait-il trébuché ? Il s'arrêta et tendit la main vers lui. Mais son garde du corps ne réagit pas. Et le Tchétchène comprit. Il se retourna, arme à la main, sembla hésiter un instant, puis se mit à tirer en arc de cercle, à hauteur d'homme. Par rafales courtes. Le cours d'eau était pourtant là, à moins de trente mètres.

Julius vit le premier djihadiste tomber. Puis le second. Ses hommes avaient à peine pris le temps d'ajuster leurs tirs. Mais leur entrainement était hors du commun. Les opérateurs du Commando Hubert vidaient des centaines et des centaines de chargeurs chaque année. Ils tiraient des dizaines de milliers de cartouches à l'entraînement. Le tir devait devenir un réflexe. À l'est, les premiers rayons du soleil semblaient lécher l'horizon. Le dernier djihadiste était là, à moins de cinquante mètres. Julius le vit se retourner. Ils se jeta à terre, juste à temps pour sentir les balles siffler au-dessus de lui. Les tirs étaient imprécis. Le lieutenant de vaisseau tira sur ses abdominaux et se releva à moitié. Le canon de son fusil d'assaut remonta et, lorsque la masse corporelle du terroriste apparut dans son viseur holographique, Julius pressa la détente. Pourtant, cette mise à mort ne fut pas la sienne. À une quinzaine de mètres de sa position, un de ses hommes l'avait devancé d'une fraction de seconde à peine. Abubakar, alias Abu Malek al-Chichani, était déjà mort lorsque les balles de Julius le frappèrent en pleine poitrine. Dans le feu de l'action, le lieutenant de vaisseau Alain de Montjoie n'avait pensé qu'à sa mission, ainsi qu'à la sécurité de ses hommes. Mais quelques heures plus tard, il pourrait méditer cette phrase d'Euripide, que le général Patton avait reprise : « *le dieu de la guerre, Ares, haït ceux qui hésitent.* » Ni Julius, ni aucun de ses hommes n'avait hésité.

Base aérienne 107, Vélizy-Villacoublay, 11 novembre

« *All clear* ! »
Les mots retentirent dans les haut-parleurs du centre opérationnel du COS, à peine déformés par la distance et les multiples rebonds que le signal avait subi entre Ménaka et la banlieue parisienne.
« Avons-nous des nouvelles des médics ? », demanda à nouveau le général.
Un officier secoua la tête. « Toujours rien. »

Dans la confusion, le GCOS avait perdu le fil et n'avait pas compté les djihadistes neutralisés. Douze ? Quinze ? Vingt ? Mais à cet instant, ce n'était pas le plus important. Un opérateur du Commando Hubert avait été grièvement blessé lors de l'assaut. Et il restait la question clé : Abu Malek al-Chichani avait-il été abattu ? Les commandos marine avaient risqué leur vie pour l'atteindre. Il était l'objectif.

Les secondes qui s'écoulèrent parurent des minutes, et les minutes des heures. Sur le mur de la salle, plusieurs horloges indiquaient l'heure exacte, sous plusieurs fuseaux horaires. Entre la France et le Mali – Lima opération – c'était simple. C'était la même. Le GCOS se leva et fit les cent pas, alors que ses hommes – et quelques femmes – s'agitaient, téléphone ou casque sur les oreilles. La gestion d'une opération militaire était complexe. Et le traitement de l'information tout autant. Sur place, il y avait désormais une petite armée. En sus des trente opérateurs des commandos marine, qui communiquaient sur un canal tactique, il y avait le drone *Reaper* de l'escadrille 1/33 *Belfort*. Il y avait également les actifs aériens : trois hélicoptères étaient sur zone, et deux Mirage 2000 survolaient le sud du Mali. Il fallait enfin compter avec les opérateurs du 13, qui avaient pu sortir de leurs cachettes et rejoindre leurs camarades du COS dans la ferme. Tout ce petit monde communiquait, rendait compte, posait des questions. Parfois en même temps.

Finalement, les informations critiques arrivèrent coup sur coup. Le commando marine était médicalisé et stabilisé. L'un des *Caïman* l'avait embarqué et un bloc opératoire était prêt à le recevoir à Gao. Un des deux chiens avait été tué par les djihadistes. Mais son maître avait pu le venger. Les deux terroristes barricadés à l'étage avaient rencontré la justice des hommes, en calibre 5,56mm, avant certainement de rencontrer celle de Dieu. Et le corps sans vie d'Abu Malek al-Chichani avait été identifié par les opérateurs. Des photos digitalisées ne tardèrent pas à s'afficher sur les écrans de la salle de contrôle. Pour les officiers et sous-officiers du COS réunis là, il ne s'agissait que d'un autre visage anonyme. Mais d'après les logiciels de reconnaissance faciale de la DGSE, les conclusions étaient claires : il y avait 93% de chance qu'il s'agisse d'Abu Malek. Le corps serait embarqué dans les hélicoptères et des analyses ADN conduites sur lui. Mais il était temps de souffler. Et de célébrer.

Langley, Virginie, 11 novembre

Il était minuit passé sur la côte est des États-Unis. Mary Loomquist venait d'éteindre son ordinateur et d'attraper son manteau lorsque son téléphone sonna. Elle hésita à le laisser s'épuiser ainsi. Et puis sa conscience professionnelle reprit le dessus, malgré la fatigue. Elle attrapa le combiné.

« Mary Loomquist… »

« Mary, les Français ont mené un raid au Mali. Dans la région de Ménaka. Ils visaient Abubakar et cette fois, je crois qu'ils l'ont eu ! »

Phil paraissait excité au téléphone. Et Mary pouvait le comprendre. Abubakar avait échappé aux forces américaines tant de fois que les espions de la CIA avaient fini par le croire invincible et immortel. L'homme, dans tous ses mystères, figurait dans le top 10 des terroristes les plus recherchés par le Pentagone. Terroristes que le président et le SecDef préféraient voir morts que vifs, il allait sans dire.

« Ils ont le corps ? »

« Affirmatif. On attend des photos d'un instant à l'autre. Les échantillons ADN suivront. »

Mary soupira. Elle reposa son manteau, réanima son ordinateur, et retrouva son fauteuil ergonomique.

Vingt minutes plus tard, comme promis, les premiers clichés apparurent sur son écran. Mary le reconnut tout de suite, mais elle attendit professionnellement que les logiciels d'analyse photographique lui confirment ce qu'elle savait déjà. Abubakar, qui se faisait appeler au Sahel par son nom de guerre Abu Malek al-Chichani, avait été neutralisé. Mary avait appris à ne pas se réjouir de la mort d'un homme. Une vie restait une vie. Et chaque vie était sacrée. C'était tout du moins ce que les bonnes sœurs lui avaient appris lors de ses années d'école. Mais ces bonnes sœurs avaient-elles vu les images des corps meurtris des jeunes filles yézidies, violées et assassinées par les bourreaux de l'EI ? Avaient-elles assisté à des exécutions de militaires syriens, ou de Chrétiens coptes, en Égypte ? Avaient-elles entendu les cris atroces des hommes brûlés vifs dans des cages, à Raqqa ? Des femmes adultères lapidées ? Des homosexuels poussés du haut des immeubles de la ville ? La vie était sacrée. Mais certaines l'étaient plus que d'autres. Pour Mary, les bourreaux et les victimes ne se valaient pas. Elle inspira une longue goulée d'air. Autour d'elle, l'open space était presque désert. Comme souvent, elle fermait les lumières du département. Et il n'était pas rare que ce soit elle qui les allume la première, le lendemain. Ce n'était pas parce qu'elle voulait faire du zèle. C'était simplement parce qu'elle n'avait pas de vie personnelle. Pas de mari, pas d'enfants. Pas même d'amis. Tout du moins sur la côte est. Elle n'avait que son travail. Et ses fantômes.

La jeune femme essuya ses paupières. À force de scruter un écran, ses yeux avaient fini par lui rappeler certaines vérités physiologiques. Elle se leva, attrapa une nouvelle fois son manteau… Et le téléphone sonna à nouveau. Était-ce que l'on appelait la loi de l'emmerdement maximal ? Mais cette fois, l'appel ne venait pas du département contre-terrorisme de l'Agence. Il venait de l'officier de liaison de l'Agence au Pentagone. Elle décrocha. Écouta ce que l'homme lui dit. Certains documents digitalisés étaient en route vers sa boîte sécurisée du réseau *Intelink*, fournis gracieusement par les Français. Ils avaient été trouvés dans le sac d'Abubakar. Et ils nécessitaient visiblement un traitement immédiat. Mary fronça les sourcils. Avec les militaires, tout était urgent. Souvent, cette urgence était totalement superflue. Mais Mary savait aussi que les renseignements recueillis lors des opérations clandestines disposaient d'une durée de péremption assez courte. Lorsqu'ils apprenaient la mort de l'un de leurs collègues, les terroristes prenaient souvent la poudre d'escampette, sans demander leur reste et sans attendre que des militaires viennent leur rendre visite à leur tour. Pour les opérateurs sur le terrain, il fallait exploiter au plus vite les informations glanées sur les corps ou dans les sacs. Faire parler les ordinateurs ou téléphones portables. Pour organiser de nouveaux assauts. Et tuer de nouveaux terroristes.

Mais les terroristes qui étaient mentionnés dans les documents qu'elle reçut, page après page, heure après heure, ne se trouvaient pas au Sahel. Ils n'étaient même pas islamistes. Mary sentit un frisson glacé remonter le long de sa colonne vertébrale lorsqu'elle comprit. Puis elle écrasa le bouton d'appel rapide du responsable de garde de l'Agence. Lui seul pouvait réveiller la directrice, ou l'un de ses adjoints, en plein milieu de la nuit.

Arlington, Virginie, 11 novembre

Le jour ne s'était pas encore levé sur la côte est. Sur les routes, des flaques luisaient dans les lumières des lampadaires, stigmates des pluies de la soirée et de la nuit. Les feuilles avaient commencé à tomber. L'air était presque triste.

La première colonne d'assaut s'était déjà mise en position. Elle attendait l'ordre de mise en action. Cette fois, contrairement à Chicago, ce ne fut pas un agent spécial du FBI qui le donna, mais un lieutenant-colonel de la Delta Force. Au sein des colonnes d'assaut, ses hommes n'étaient pourtant pas en majorité. L'essentiel provenaient des unités SWAT et du HRT du FBI. Mais la Maison Blanche et le Pentagone avaient été clairs. La direction des opérations tactiques relevait du JSOC.

La porte de la maison explosa dans une gerbe de flammes, pulvérisée par la charge qu'un commando avait préparée et posée avec application sur l'encadrement. La porte était solidement bâtie, en bois dur. Mais elle n'était pas blindée et il n'y avait pas eu besoin de forcer sur le C4. Moins de trois secondes plus tard, alors qu'une seconde charge faisait voler en éclats les vitres du salon, des opérateurs habillés en noir et armés jusqu'aux dents pénétrèrent dans la maison. Ce fut comme si un tsunami s'était engouffré dans les ouvertures. Il fallut moins de deux minutes aux commandos et agents fédéraux pour investir et fouiller toutes les pièces. Et ce fut avec le canon d'un fusil d'assaut pointé sur la nuque, les mains entravées par des menottes en plastique zip, que Lucie et Karen se réveillèrent.

« *All clear,* deux X-Rays au premier étage. Sexe féminin toutes les deux. Pas d'armes. »
Le lieutenant-colonel de la Delta Force se trouvait à deux pâtés de maisons de là, dans une Chevrolet Suburban sombre.
« Des traces des isotopes ? »
La radio grésilla pendant quelques instants.
« Négatif. Rien pour l'instant. Rien aux détecteurs. Et aucune trace du troisième X-Ray. »

« Bordel ! », jura l'officier. Ils étaient arrivés trop tard. Walter était déjà parti. Et il devait avoir emporté les matières radioactives avec lui.

Washington, DC, 11 novembre

« Monsieur le président, il faut rejoindre le PEOC ! », lâcha l'un des agents des Services Secrets, sans autre forme de politesse.

Le président était assis devant le bureau *Resolute*, penché sur l'un de ses téléphones portables à pianoter sur l'écran tactile. Il leva un regard interrogatif vers la paire d'agents en costume sombre qui venaient de pénétrer dans le saint des saints, le Bureau Ovale.

« Monsieur le président, s'il vous plait, veuillez nous suivre ! »

Le locataire de la Maison Blanche haussa les épaules et décida sagement d'obtempérer. Il savait qu'il n'avait pas le choix, de toute façon. Les Services Secrets disposaient de l'autorité pour contraindre, physiquement, le président des États-Unis, le cas échéant. Cela pouvait paraître surréaliste mais c'était ainsi.

« Votre épouse et votre fils sont déjà en route », lâcha l'un des agents, en réponse à une question imaginaire que personne n'avait posée.

« Pas par la roseraie », indiqua l'un des agents alors que le président s'approchait de la porte vitrée du Bureau Ovale. Le portique extérieur était le chemin le plus court pour rejoindre la résidence.

Le groupe prit alors la direction du cœur de l'aile ouest.

« *Mogul* est en route », souffla l'un des agents dans sa manche. « *Muse* vient d'arriver au PEOC », s'entendit-il répondre dans son oreillette couleur chair. *Mogul* était le nom de code de POTUS[50] pour les Services Secrets. Et *Muse* celui de FLOTUS[51].

Le convoi présidentiel mit moins de trois minutes pour traverser la Maison Blanche de part en part, depuis l'aile ouest jusqu'à l'aile est, à l'exact opposé, via un tunnel creusé au milieu des années 80 sous l'administration

Reagan. Comme dans un film de James Bond, l'accès au tunnel se faisait via un escalier secret, dissimulé par un panneau amovible installé à la sortie du Bureau Ovale. Choisir de traverser toute la Maison Blanche d'est en ouest n'était pas pour faire de l'exercice.

À la fin des années 40, le Président Truman avait réalisé que la Maison Blanche ne tenait plus, alors, que par la peinture. L'installation historique n'avait jamais été réellement revue depuis sa construction à la fin du 18ème siècle. Il entreprit donc des travaux pharaoniques. Seuls les murs de la Résidence furent conservés, et tenus par des étais. Les planchers, plafonds, cloisons intérieures disparurent et une nouvelle Maison Blanche fut construite à l'intérieur de l'ancienne, faite cette fois en acier et béton. Plus moderne, plus solide et plus fonctionnelle. Mais Truman ne s'arrêta pas là. Sous la pelouse nord, il fit creuser une série de salles renforcées. Un bunker souterrain, en résumé. Le PEOC – *Presidential Emergency Operations Center* – se trouvait cinq étages sous la surface du sol. À une époque où la précision des bombardiers et des missiles se comptait en kilomètres, et la puissance des bombes en kilotonnes, un tel bunker offrait une protection totale. Soixante ans plus tard, la réalité avait légèrement changé et personne n'espérait plus de miracle d'un PEOC, même massivement rénové sous la précédente administration, en cas de guerre nucléaire totale. Certaines ogives disposaient de pénétrateurs, et un coup au but au-dessus de la pelouse nord n'épargnerait pas le bunker souterrain.

Le président arriva dans la grande salle de conférence du PEOC. La pièce faisait une cinquantaine de mètres carrés. En son centre trônait une table en chêne clair, autour de laquelle une vingtaine de personnes pouvaient prendre place. Sur deux des murs, d'immenses écrans plats permettaient de suivre les chaines nationales, ou d'entrer en vidéoconférence avec les autorités civiles et militaires du pays. Lorsque le président arriva dans la salle, seuls son conseiller à la sécurité nationale et FLOTUS s'y trouvaient déjà. Le président posa une bise sur la joue de son épouse, et se dirigea directement vers son conseiller, qui était en grande conversation.

« Bob, pourrais-je savoir ce qui se passe ? »

Sur l'un des écrans de télévision, les visages du SecDef et du directeur du FBI apparaissaient en incrustation. Ce fut le patron du Bureau qui répondit.

« Monsieur le président, nous avons reçu des informations inespérées de la part des Français. Lors d'un raid visant le responsable de la nouvelle wilaya de l'État Islamique au Sahel, les militaires français ont pu mettre la main sur des informations critiques. L'identité de plusieurs taupes infiltrées sur le sol américain. »

« Des taupes de l'État Islamique aux États-Unis ? », rugit le président. « Bravo ! C'est exactement ce que j'avais dit à l'époque et la presse libérale s'était déchaînée. »

Le directeur du Bureau ignora la saillie présidentielle et poursuivit. « Nous avons rapidement pu remonter jusqu'à deux de ces taupes. La première est l'homme que nous avons neutralisé à Chicago. Et la seconde un médecin à l'hôpital MedStar... »

« Bon sang ! C'est lui qui a volé les isotopes ? »

« C'est hautement probable, monsieur le président », admit le directeur du FBI. « Il y a moins d'une heure, un raid a été conduit sur la maison de cet homme. Sa femme et sa fille ont été arrêtées. Mais l'homme avait disparu. Sa voiture a été retrouvée il y a moins d'un quart d'heure à Bellevue[52]. Vide, naturellement. »

« Avez-vous retrouvé les isotopes ? », demanda naïvement le président. Mais il connaissait déjà la réponse. Si cela avait été le cas, le directeur du Bureau l'aurait immédiatement dit en plastronnant.

« Pas encore, monsieur le président », répondit sans surprise le chef du FBI. « Mais d'après les unités qui sont intervenues sur place, de maigres traces de radioactivité ont été repérées dans le garage de cet homme à Arlington, ainsi que dans le coffre de sa voiture. Les isotopes sont à Washington, DC. »

« C'est la raison pour laquelle les Services Secrets vous ont demandé de rejoindre le PEOC », l'interrompit le SecDef. « Le bunker dispose d'un système de filtration et de recyclage d'air. Vous y serez à l'abri jusqu'à nouvel ordre. »

Le président soupira. « Moi, oui. Mais les habitants de Washington ? Ils sont à l'abri en ce moment ? »

Le directeur du FBI répondit. « Une caméra de surveillance a pu filmer le changement de véhicule du terroriste. Il est recherché par toutes les polices et tous les agents fédéraux déployés dans la ville, à cet instant même. »

« Il peut faire détonner sa bombe sale à tout instant », lâcha le président, cinglant.

« Je sais… », fut la seule réponse du directeur du FBI.

*   *   *

Tim avait à peine eu le temps de reposer sa brosse à dent, de cracher l'écume qui lui encombrait encore la bouche, et d'attraper ses protections balistiques et ses armes. À l'extérieur du hangar, les rotors des hélicoptères des « *Night Stalker* » tournaient déjà à pleine vitesse. Tim sauta à bord de l'un des *Little Bird*, accrocha la ligne de vie à son gilet tactique, puis fit signe aux pilotes qu'il était prêt. Le MH-6 prit son envol le premier, suivi par deux autres engins similaires, et par les trois *Blackhawk* d'alerte. Deux hélicoptères du 160th SOAR survolaient déjà Washington, DC. Les engins prirent de l'altitude, inclinèrent leur nez, et

448

accélérèrent jusqu'à leur vitesse de croisière. Ils mettraient moins de six minutes pour rejoindre le cœur de la capitale américaine depuis les pistes d'Andrews AFB.

*   *   *

Walter aurait déjà dû atteindre sa cible. Mais c'était sans compter les embouteillages qui encombraient la route 295. Derrière le volant de sa voiture de location, le Russe jura. Pourquoi avait-il choisi cette route ? Cela avait été une erreur tactique. Mais sur le papier, la 295 était encore la voie la plus rapide pour rejoindre le cœur de Washington, depuis le sud. Walter avait dépassé deux kilomètres en arrière la base d'Anacostia-Bolling. Sans surprise, il y avait vu une intense activité aérienne. Des hélicoptères de tout type décollaient et atterrissaient du tarmac. Était-ce surprenant ? La base d'Anacostia accueillait non seulement un centre des Services Secrets, mais également les hélicoptères de l'USMC chargés de transporter le président, en cas d'urgence. Le vol des matières radioactives avait été découvert, et Walter / Andrei ne pouvait qu'imaginer l'ambiance qui devait régner au sein des états-majors américains. À la radio, rien n'en avait toutefois été dit. Très habilement, les autorités avaient choisi de mentir. Pour ne pas affoler la population ? Pour ne pas créer la même panique qui avait semé le chaos au sud de Chicago ? Cela le servait plutôt. Sa cible était symbolique, certes. Mais elle était surtout l'une des plus fortes concentrations de population à Washington. Le Smithsonian se trouvait à portée de la main. Depuis la route 295, il aurait presque pu le voir. Et presque pu le toucher.

*   *   *

449

« Bordel ! Nous avons une touche ! Je répète, nous avons une touche ! »

Tim cliqua sur le commutateur de sa radio tactique.

« Dites m'en plus ? »

Assis sur l'un des appendices qui étaient vissés sur les flancs du *Little Bird*, Tim disposait d'une vision panoramique sur le centre de la capitale fédérale. Un vent induit le frappait et lui gelait le visage, mais il avait l'habitude. Sur ses yeux, des lunettes tactiques profilées, fabriquées par la célèbre marque Oakley, protégeaient son sens les plus utile à cet instant : la vision.

« Une voiture correspondant au signalement a été repérée à proximité d'Anacostia ! Elle semble bloquée sur la South Capitol Street au niveau d'Anacostia Park. »

Tim sentit son *Little Bird* prendre un virage serré. Sous ses pieds, il reconnut le Washington Monument. Malgré l'heure matinale et le froid d'automne, une foule était visible sur les pelouses. Washington continuait à vivre, malgré la menace terroriste.

« Qu'avons-nous sur place ? », demanda Tim.

« Deux équipes de la Delta Force sont en voiture. 500 mètres. Ils sont pris dans les embouteillages eux-aussi. »

Tim sentit sa main se crisper sur la crosse de son HK416. Les autres hélicoptères du JSOC se trouvaient plus loin. Le FBI était également en chemin. Il allait vraisemblablement arriver le premier sur place. En un geste, le Navy Seal releva la lunette grossissante de son arme et alluma le viseur holographique EOTech. Par réflexe, son pouce toucha la sécurité de son arme et constata qu'elle était encore en place. Une balle était chambrée. Ils arriveraient au niveau d'Anacostia Park dans moins de trente secondes.

*   *   *

Walter / Andrei n'avait aucun moyen de le savoir, mais les embouteillages qui encombraient à cet instant la plupart des voies d'accès au cœur de Washington n'étaient pas fortuits. De mystérieux accidents s'étaient produits simultanément sur la plupart des grands axes, provoquant des ralentissements monstres. La technique n'était pas tellement orthodoxe. Mais c'était tout ce que le FBI avait trouvé pour tenter de gagner quelques précieuses minutes et donner une chance aux unités d'intervention de retrouver et de neutraliser le terroriste. Sur le siège passager, Andrei Kowalski avait posé son sac de sport. Les isotopes étaient toujours dans leur conteneur, à côté des charges de TATP. Il lui suffirait de quelques secondes pour finaliser sa bombe. Dans la poche de sa veste, se trouvait son téléphone, dans lequel il avait enregistré le numéro de celui qui servirait de détonateur. Le dispositif était artisanal, mais solide. Walter repensa à sa fille et à Lucie. Il les avait quittées au petit matin, alors que les premières lueurs du jour n'avaient pas encore pointé. Lorsqu'elles se réveilleraient, elles constateraient son absence, imagineraient qu'il était parti tôt pour l'hôpital. Mais elles comprendraient vite. Walter allait disparaître. Il ne se faisait aucune illusion. Sa vie américaine était terminée. Le FBI et la police remonteraient immédiatement jusqu'à lui. Jusqu'à sa légende. Mais Andrei Kowalski serait loin, déjà. En route vers le Canada. De là, il disparaitrait à nouveau. Comment serait-il accueilli, en Russie ? Il avait quitté son pays près de quarante ans plus tôt. Il avait quitté l'Union Soviétique. Il retrouverait la Russie. Kowalski secoua la tête. La migraine était revenue. Ses mains se crispèrent sur le volant.

* * *

« Cible en vue », souffla Tim dans son micro. La voiture se trouvait à moins de deux cents mètres, perdue au milieu d'autres voitures, immobilisées comme elle sur la route.

« Je n'ai pas de visuel de l'intérieur », jura-t-il. Pas d'angle de tir. Puis, se tournant vers les pilotes. « Où sont les Delta ? »

« Trois cents mètres. »

Tim fit le calcul dans sa tête. Les opérateurs de la Delta Force étaient de solides sportifs, mais ils mettraient une cinquantaine de secondes pour couvrir la distance. Il serait sur place bien avant.

« Tu nous poses à côté du terrain de tennis ! », lâcha-t-il aux pilotes des « *Night Stalkers* ».

Le *Little Bird* plongea immédiatement vers le sol. N'importe qui observant la scène aurait pu craindre que l'hélicoptère allât s'enfoncer dans la pelouse, mais au dernier moment, le pilote releva le nez de son oiseau et, alors que les patins se trouvaient à moins de cinquantaine centimètres au-dessus de la pelouse, Tim et son binôme avaient détaché leur ligne de vie, et sauté au sol.

*   *   *

Andrei Kowalski n'était plus tout jeune. Mais ses réflexes d'agent clandestin du GRU n'avaient pas totalement disparu. Incrédule, il vit le petit hélicoptère plonger vers le sol à gauche. L'engin était apparu comme par enchantement dans un ciel passablement couvert. À moins de cinquante mètres de sa voiture, deux hommes sautèrent au sol, alors que l'hélicoptère repartait vers le ciel. Andrei se jeta sur le sac de sport. En moins de cinq secondes, il avait sorti les isotopes de leur conteneur, et les avait disposés à côté de la charge explosive. Il ouvrit alors la porte de la voiture, et

452

sortit, pistolet dans sa main droite et son téléphone dans sa main gauche.

Tim avait relevé le canon de son arme. La cible se trouvait à moins de cinquante mètres, mais il n'avait pas de ligne de visée propre. Une autre voiture était immobilisée devant celle du terroriste. Tim se mit alors à courir en arc de cercle. C'est là qu'il vit la porte du véhicule s'ouvrir, et un homme aux cheveux gris en sortir. Un éclair sembla jaillir de sa main droite. Tim sentit l'impact sur son gilet tactique. Mais il tint bon sur ses appuis et ignora la douleur qui se diffusaient dans sa poitrine. Il avait libéré un angle de tir. La cible se trouvait à quarante mètres tout au plus. Son doigt pressa la détente. *Plop. Plop.* Les deux balles partirent coup sur coup. En *double tap*, on appelait ça. Sur une échelle de 1 à 10, 10 étant un tir parfait, Tim aurait mérité un 4. Les deux balles frappèrent Andrei Kowalski dans la masse corporelle. Aucune des deux n'était mortelle. Et, malgré le choc, malgré la douleur, Andrei eut le temps d'écraser le bouton d'appel sur son téléphone portable avant qu'un autre tir mieux ajusté par le binôme de Tim ne lui fasse exploser la boîte crânienne. La dernière pensée du Russe ne fut pas pour sa femme, ni pour sa fille. Elle fut pour sa mission. Immobilisés sur la route, des dizaines et des dizaines d'automobilistes seraient contaminés. Cela ne valait pas la foule de visiteurs du Smithsonian. Mais c'était mieux que rien.

Et pourtant, rien ne se passa et il n'y eut aucune explosion. Sur l'écran du téléphone portable d'Andrei, serré dans sa main désormais inerte, un message s'était affiché : « *pas de réseau ; veuillez réessayer ultérieurement.* » Dans un rayon de près de deux kilomètres, des dizaines de milliers d'Américains ragèrent en lisant les mêmes messages sur leurs téléphones. À l'exception des témoins immédiat de la fusillade, ils en ignoraient tous à cet instant la cause. Et pour beaucoup, ils n'en sauraient jamais rien. Dans plusieurs vans banalisés, de puissants brouilleurs venaient d'entrer en action. Sur plusieurs centaines de mètres à la ronde, les antennes relais des opérateurs téléphoniques furent submergées par des ondes parasites qui bloquèrent tout signal. Plus aucun appel ne pouvait plus entrer ni sortir.

Dans le ciel, des hélicoptères sombres vinrent lâcher d'autres silhouettes habillées en treillis de combat, devant les yeux incrédules des automobilistes coincés là. Et rapidement, autour de la petite voiture de location et du corps sans vie d'Andrei Kowalski, des dizaines de militaires, d'agents fédéraux puis de policiers organisèrent un cordon sanitaire que rien ni personne ne pourrait franchir.

Épilogue

Washington, DC, 12 novembre

« Pourquoi faut-il toujours que tu te mettes dans de sales draps ? », demanda Marylin.

Tim tenta de répondre, mais la douleur lui arracha un rictus.

« Quand es-tu arrivée ? », parvint-il par articuler, la bouche cotonneuse.

« Il y a moins d'une heure », répondit la jeune femme.

Tim regarda autour de lui. Il était allongé sur un lit d'hôpital. Une énorme seringue était plongée dans son bras. Il ferma les yeux et tout lui revint. Anacostia Park. Son saut acrobatique du *Little Bird*. La voiture. L'homme aux cheveux gris. La douleur. Ses tirs. Les cris. Puis le *black-out*.

« Ne me dis pas que j'ai encore reçu une balle ? », murmura l'opérateur du DEVGRU, alors que son esprit se libérait peu à peu des drogues qu'on lui avait injectées.

« Bein si, abruti », répliqua Marylin. « Tu sembles attirer les balles. Je ne sais pas comment tu fais. La plupart de tes semblables ont plutôt pour philosophe de les éviter. Et j'en sais quelque-chose. Il faudrait que tu penses à changer de job. »

« Aucune chance », grimaça Tim.

« Alors va te faire exorciser, imbécile », lâcha la jeune femme, en écrasant presque la main de Tim qu'elle avait prises entre les siennes. « La balle est passée un centimètre sous tes protections balistiques. Un éclat a frôlé le foie. Quelques millimètres plus loin et il touchait l'artère hépatique. Je ne te fais pas de dessin. »

Tim secoua la tête. « Est-ce qu'on a retrouvé les isotopes ? »

Marylin haussa les épaules. « Que crois-tu, on ne m'a rien dit. Juste que tu étais un héros, ou quelque-chose comme ça. J'en ai déduit que ta mission était un succès. Cela répond à ta question, j'imagine. »

Tim inclina la tête et soupira. « Je crois que tu as raison. J'ai besoin de vacances. De longues vacances... » Il ferma les yeux et se laissa aller. Il n'avait plus mal. Et sa main restait solidement tenue par la femme qu'il aimait.

*　　*　　*

Karen inclina la tête. L'homme allongé sur la table métallique était bien son père. L'agent fit un signe discret au médecin légiste, qui remonta le drap blanc sur le visage de Walter. Le quart supérieur de son crâne avait été emporté par le tir de l'opérateur du DEVGRU, juste au-dessus de son œil droit. Mais son visage restait identifiable. Tout du moins ce qu'il en restait.

La jeune femme sortit de la salle, accompagnée des deux agents fédéraux. Autour d'elle, tout était blanc. Les murs, le plafond. De puissants néons éclairaient violemment le couloir. Elle se sentit défaillir et il fallut qu'un agent du FBI la retienne. Il la guida dans une salle d'attente où son acolyte versa un verre d'eau à une fontaine, qu'il tendit à la jeune femme. Karen le vida d'un trait. Elle avait passé presque trente heures au siège du FBI. Jusqu'à ce qu'on lui demande de venir identifier son père. C'était la procédure et elle seule pouvait s'en charger. Sa mère ne pouvait pas quitter sa cellule. Elle, si. Un agent tenta de lui expliquer, mais elle ne comprit rien aux mots qu'il prononçait. C'était comme si son cerveau avait cessé de fonctionner rationnellement. Elle avait décidé qu'il ne pouvait s'agir que d'un cauchemar, dont elle s'éveillerait bien à un moment ou à un autre. Quel intérêt y avait-il, alors, à écouter ce que ces hommes lui disaient ? Ils n'étaient que des projections de son esprit. Des figurants de son rêve.

Les deux agents du FBI appartenaient au département de contre-espionnage. Ils n'étaient qu'aux débuts de leur enquête, mais ils avaient du mal à voir Karen en espionne. Ses parents avaient été des agents dormants, infiltrés en plein cœur de la capitale américaine depuis près de trente ans. Ils avaient l'âge de leurs propres parents. Trente ans. Sur le carnet d'Abubakar, figuraient d'autres noms. Des hommes et des femmes qui n'avaient pas encore été réveillés. Des personnes bien sous tous rapports. Parfois à la retraite. Insoupçonnables.

Gao, Mali, 12 novembre

Julius regarda l'avion décoller de la piste de l'aéroport de Gao. À son bord, son camarade était toujours médicalisé. Les infirmiers de l'équipe, puis les médecins militaires de Gao lui avaient sans doute sauvé la vie. Mais son état restait sérieux et l'état-major avait préféré le rapatrier vers la France.

Le Commando Hubert était une petite unité. Elle comptait moins de soixante opérateurs. Tous se connaissaient, et lorsque l'un d'entre eux était blessé ou tué, c'était toute l'unité qui serrait les coudes. Quand la silhouette de l'Airbus disparut à l'horizon, Julius reprit le chemin de la base. Il retrouva son unité dans la salle qui leur avait été réservée. La plupart tuaient le temps comme ils le pouvaient. L'opération de la veille était encore dans tous les esprits. Pour l'état-major, cette mission avait été un succès

457

éclatant. Mais pour eux, le ressenti était bien différent. Un des leurs avait été grièvement blessé. Un de leurs bergers malinois avait été abattu. Et qu'avaient-ils réussi ? À tuer d'autres hommes ? Aucun opérateur du Commando Hubert, ou des Commandos Jaubert et Trepel n'était d'humeur à plaindre les terroristes, ou à faire preuve de sentimentalisme. Ils avaient un job. On leur avait confié une mission. Et ils l'avaient accomplie. Mais pour eux, la vie continuait. Des opérations, des assauts, des combats, il y en aurait d'autres. Le cancer djihadiste semblait irrépressible et inarrêtable. Ils avaient éliminé une vingtaine de terroristes, mais combien attendaient déjà pour les remplacer ? Julius attrapa la bouteille de bière que lui tendit l'un de ses hommes. Il la fit tinter contre celle de l'opérateur. Et il en avala une gorgée.

Alain de Montjoie était marié et ses pensées, à cet instant précis, vagabondèrent loin du Sahel. Loin de Gao et de Ménaka. Dans leur petit appartement des environs de Toulon, sa femme et ses deux fils l'attendaient. Il leur avait promis, comme à chacun de ses déploiements, qu'il rentrerait en un seul morceau. Et il comptait bien honorer cette promesse.

Notes de l'auteur

Parler d'unités que l'on a connues est paradoxalement plus complexe que ça en a l'air. Et d'autant plus lorsque les souvenirs remontent à quelques décennies ! J'ai connu les Forces Spéciales avant la guerre contre le terrorisme, avant le 11 septembre, avant Serval et Barkhane et avant l'État Islamique. Elles ne chômaient pourtant pas, à l'époque. Mais les temps étaient différents. Depuis, j'ai continué à échanger avec des opérateurs, anciens ou d'active, et j'ai pu mesurer que le caractère de ces derniers n'avait pas changé. Simples, bien loin des clichés hollywoodiens, ces hommes – souvent des hommes – font, comme leurs camarades des unités conventionnelles, honneur à notre pays.

Les lecteurs peuvent réaliser qu'aucun de mes romans n'est « conventionnel » ou « classique » (au sens de la rédaction et du style). Les histoires n'y sont pas linéaires, ni concentrées autour de quelques protagonistes auxquels on finit par s'attacher. Je ne dis pas qu'il est inutile de s'attacher à Tim Blair, Marylin Gin, Robert Black, Mary Loomquist, Philippe Delwasse, Alain de Montjoie / Julius ou encore à Sarah Bullit ou à Michael Bryan. Ces romans passent du micro au macro. S'attachent à un réalisme parfois aride – que certains parmi mes aimables lecteurs me reprochent parfois. Ils parlent d'armes, de munitions, de dispositifs électroniques avec des détails qui peuvent paraitre inutiles ou excessifs à d'autres. Détails qui, pour l'essentiel, sont authentiques.

Ces romans visent à distraire. Mais ils visent aussi à informer. J'ai essayé de ne pas succomber au manichéisme ambiant, et à présenter les faits et les perspectives. Derrière la fiction, il y a des pays dévastés par des guerres, des groupes terroristes, des États, des gouvernements, des services de renseignement, des militaires. Chacun joue une partition spécifique. Chacun se place à un certain niveau.

Il ne faut pas être dupe des intentions réelles des différents protagonistes. Ni sombrer dans les théories du complot. Les Français ne sont pas au Sahel à cause de son sous-sol. Il n'y a rien d'intéressant dans la région, à l'exception d'un peu d'uranium au Niger. Mais nos approvisionnements en uranium sont suffisamment abondants et diversifiés pour comprendre qu'utiliser ces mines comme justification de l'opération Barkhane est une imposture grotesque. Certaines personnes par ailleurs fines et estimables succombent à ce mythe et c'est bien triste. Les gouvernements gouvernent, et il n'est pas illégitime qu'ils fassent (pré)valoir leurs intérêts nationaux. Mais sur le terrain, les militaires agissent. Parfois – souvent – dans des conditions matérielles indignes. Sous des chaleurs écrasantes, sur des engins blindés obsolètes, sans soutien aérien, nos militaires luttent contre un ennemi invisible, qui prospère sur les failles d'États largement corrompus ou sur des idéologies moyenâgeuses. Ils luttent contre des terroristes *islamistes* qui, au Sahel comme ailleurs, ne sont pas des représentants de sectes. Ou alors, de sectes ayant pignon sur rue, jusque dans nos pays occidentaux. L'Islamisme n'est pas une déviance psychiatrique. Il est une approche radicale, anachronique et

461

littérale d'une religion. Cette religion est pratiquée, fort heureusement, par une majorité de gens normaux, qui n'aspirent qu'à la paix et à la prospérité de leur famille. Mais croire que l'islamisme ne procède que de pervers pathologiques isolés d'un corpus doctrinal plus *mainstream* est une erreur.

Je m'arrêterai là sur ces considérations. Une littérature abondante existe (notamment les excellents livres de Gilles Kepel, dans un tout autre style que le mien, ou ceux de Steve Coll, qui a fait un travail journalistique exceptionnel et terrifiant en contant la genèse d'Al Qaida et les sordides complicités dont l'organisation et son chef ont bénéficié pendant longtemps… très longtemps…). Chacun pourra se faire sa propre opinion. La mienne est déjà faite, sur les causes de ces conflits comme sur les militaires et agents des services que l'on envoie pour les « résoudre ». Comme il est désormais rituel, je leur dédie ce roman. Et leur rends hommage.

Ils s'appelaient Cédric et Alain. Ils avaient respectivement vingt-cinq et trente-trois ans lorsqu'ils sont tombés, les armes à la main, lors d'une mission de libération d'otages au Burkina Faso. Cédric et Alain étaient opérateurs au Commando Hubert. Militaire n'était pas un travail, pour eux. C'était un engagement. Un engagement au service de leur pays, de leurs frères d'armes, et des innocents. Lorsqu'ils ont pénétré les tentes du groupe armé terroriste qui avait enlevé deux de nos compatriotes et lâchement assassiné leur chauffeur béninois, ils n'ont pas tiré, pour ne pas risquer de blesser les otages. Imaginez la maîtrise de soi indispensable pour agir de la sorte. Imaginez la force de caractère. Et la force d'âme.

J'aurais pu citer les autres. Opérateurs des forces spéciales ou militaires d'unités conventionnelles, morts pour la

France dans un désert si loin de leurs foyers. Aucun d'entre eux, ni aucun de leurs camarades actifs sur zone ne s'est battu, ni ne se bat pour l'argent. Pour les risques qu'ils prennent en notre nom, ils sont payés à coup de lance-pierre (comme les policiers et gendarmes, d'ailleurs…). Aucun ne se bat pour recevoir une médaille, même si tous sont sensibles à la reconnaissance de la nation. Réfléchissons un instant. Cette reconnaissance, elle est légitime et justifiée pour ceux qui tombent. Mais faut-il réellement attendre de voir un cercueil traverser le pont Alexandre III en direction de l'esplanade des Invalides pour la manifester ? Ces hommes − et ces femmes − méritent notre respect. Ils méritent du matériel décent. Ils méritent que ceux qui les envoient au combat fassent tout pour qu'ils puissent non seulement accomplir leur mission, mais également revenir entiers. Ils méritent d'être accompagnés, lorsqu'ils quittent l'armée et cherchent à trouver un travail dans le civil. Ils méritent notre affection. Ils ont déjà la mienne.

Ce livre est aussi dédié à ma famille. Ils sont mes anges gardiens du quotidien, qui font avec mes lubies et mes étranges hobbies. Ils protègent mon âme autant que d'autres, anonymes, lointains, protègent ma vie, celle de nos concitoyens, notre pays, notre démocratie, et, le mot n'est pas excessif, notre civilisation.

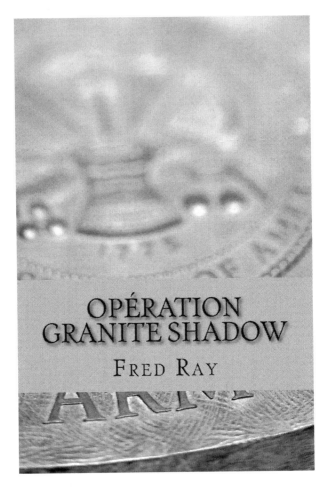

En 2005, un journaliste indépendant publiait dans le New York Times un article qui, pour la première fois, mentionnait l'existence d'un plan ultrasecret, connu uniquement des principaux dirigeants civils et militaires américains, au haut niveau. Le nom de code, non classifié, de ce plan était *Granite Shadow*. Il prévoyait qu'en cas de menace terroriste existentielle sur les Etats-Unis d'Amérique, les unités des forces spéciales du *Special Operations Command* - SOCOM - ainsi que celles du très secret *Joint Special Operations Command* - JSOC - prendraient la direction des opérations civiles et militaires. Ces forces, au premier rang desquelles la Delta Force et le Navy Seals team 6 agiraient en soutien, pour certains, et à la place, pour d'autres, des forces de police et de la justice. Ce plan n'a jamais été déclenché... jusqu'à aujourd'hui...

Entre le Moyen-Orient, l'Europe et les Etats-Unis, une nouvelle pièce se joue. Tout partira de l'enlèvement de jeunes humanitaires en Syrie. Les efforts des autorités pour les libérer mettront à jour un plan machiavélique, sans précédent. Jamais les enjeux n'auront été aussi élevés. Pour un camp comme pour l'autre, la lutte n'aura qu'une seule issue : la victoire finale ou l'anéantissement.

D'un réalisme saisissant, *Opération Granite Shadow* plonge le lecteur dans la lutte anti-terroriste, la géopolitique du Moyen-Orient, dans le fonctionnement des services de renseignements, des forces spéciales. Tout comme dans Titanium Alpha - Who Dares Wins, Fred Ray décrit la réalité, telle qu'elle est et non telle que les fictions la présentent en général. Glaçant, prémonitoire. Tout pourrait se passer ainsi. Tout se passera peut-être ainsi, un jour...

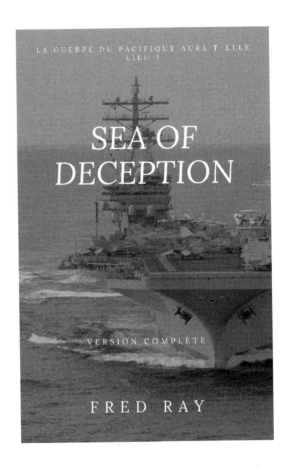

Des explosions déchirent la capitale de l'île de Taïwan. Une altercation navale oppose la marine chinoise et la marine vietnamienne dans l'archipel des Spratly. *A priori*, ces drames n'ont rien en commun.

Alors que le président des États-Unis pense avoir réglé la crise nord-coréenne, un nouveau front s'ouvre en mer de Chine. Pékin choisit ce moment pour avancer ses pions et revendiquer la totalité de l'archipel des Spratly, soulevant la colère et l'incrédulité de ses voisins. Entre Pékin et Washington, une crise qui couvait depuis des années éclate au grand jour. Les sanctions commerciales ne suffisent plus. Les forces navales se font face et la moindre erreur peut entraîner une conflagration. Mais que cherche réellement Pékin dans cette mer qui porte son nom ?

L'USS *Jimmy Carter*, dernière unité de la classe *Seawolf*, prendra la mer pour hanter les eaux de la mer de Chine et découvrir ce que la marine chinoise cache. Sur l'île de Taïwan, des opérateurs du Seal Team 6 mèneront l'enquête sur les attentats, en coopération avec la CIA. Chacun de leur côté, ils mettront à jour une part de la terrible réalité, à même de bouleverser l'équilibre géostratégique en Asie... et d'attirer le Pacifique jusqu'au bord de l'abysse.

Fire and Forget

Une voiture explose au cœur de Téhéran, tuant son conducteur sur le coup. Le jour même, un mystérieux raid aérien frappe plusieurs bases iraniennes en Syrie, décapitant l'état-major de la redoutable force al-Qods dans le pays.

Le Golfe Persique et le Moyen-Orient sont à nouveau sur le point de s'embraser. De part et d'autre, les ennemis fourbissent leurs armes. D'un côté, un régime iranien contesté, miné par les sanctions économiques, qui n'a plus rien à perdre. De l'autre, une administration américaine qui cherche à se désengager d'une région éruptive. Au milieu, Israël. Mais dans ce jeu mortel, l'État hébreu dispose d'un atout maître. Un espion. Infiltré au plus haut niveau de l'appareil militaire iranien.

Que ce soit à bord d'un avion furtif, d'un chasseur bombardier embarqué sur l'un des porte-avions géants de l'US Navy, dans la *Situation Room* de la Maison Blanche ou au sol, avec des forces spéciales, au cœur du territoire ennemi, Fred Ray nous fera voyager dans l'une des crises les plus dangereuses du 21ème siècle. Ce roman est une fiction. Mais une fiction qui, à tout instant, peut devenir réalité. Au rythme d'un suspense haletant, et avec une précision à couper le souffle, « *Fire and Forget* » nous montre ce que pourrait être l'avenir proche.

Dans le Pacifique Nord, un sous-marin d'attaque américain suit un sous-marin russe alors qu'il prépare l'essai d'un missile révolutionnaire. Une explosion retentit, coulant le navire russe et déclenchant une bataille navale sans précédent depuis la Guerre Froide. Quelques heures plus tard, des échanges de tirs entre forces spéciales américaines et russes en Syrie mènent les deux pays au bord d'un conflit chaud.

De part et d'autre de l'Atlantique, les positions se durcissent. Chaque camp accuse l'autre d'être responsable de ces drames. Pour la CIA, le timing de ces escarmouches est troublant, car au même instant, l'OTAN s'apprête à lancer un vaste exercice, prévu de longue date dans les pays baltes. Mais face à l'Alliance, et pour la première fois depuis l'effondrement de l'Union Soviétique, les forces russes décident d'organiser un contre-exercice massif. Intimidation pour préparation de guerre ?

De la Syrie jusqu'en Centrafrique, de la côte libyenne jusqu'à l'Argentine, une équipe conjointe de la CIA et du Joint Special Operations Command américain poursuivra son enquête. Mais arrivera-t-elle à découvrir la vérité et ce qui se cache et relie ces événements tragiques, avant que les tensions entre Russes et Américains ne dégénèrent en conflit ouvert ?

Dans « Silver Arrow », nous retrouverons des personnages désormais familiers de la série Titanium Alpha : Robert Black, opérateur de la Delta Force ; Mary Loomquist, analyste à la CIA ; Marylin Gin, ancienne opératrice du Black Squadron du Navy Seal Team 6. Et comme toujours, « Silver Arrow » tiendra le lecteur en haleine, au long d'un suspense à couper au couteau… et d'un réalisme sans pareil. Le roman s'appuie sur une connaissance intime des mécanismes et unités militaires, ainsi que sur une analyse glaçante des situations géopolitiques. Les romans de Fred Ray demeurent des fictions. Mais tout pourrait se passer ainsi, dans la réalité. Tout se passera peut-être ainsi, un jour…

[1] Killed In Action.

[2] Réseau classifié interne aux agences de renseignement aux États-Unis. La CIA utilise principalement Intelink-P.

[3] Région de la République Démocratique du Congo.

[4] DGSE.

[5] 2ème Régiment Étranger Parachutiste : autre unité mythique de l'armée française, célèbre pour avoir sauté en parachute sur Kolwezi, au Zaïre, lors de l'Opération Bonite. Les bérets verts avaient sauté en parachute, sans renfort, sans couverture aérienne.

[6] Groupement Tactique du Désert (GTD) *Altor*, pour être précis.

[7] Milli Istihbarat Teskilati : organisation nationale du renseignement. Il s'agit du principal service de renseignement turc.

[8] Stick Action Spéciale.

[9] Groupe de Soutien à l'Islam et aux musulmans ; principal groupe djihadiste dans la région Sahel, issue de la fusion d'Ansar Dine et d'autres groupes plus confidentiels.

[10] Les Français appellent les terroristes des « tangos », les Américains et les Britanniques des « X-Ray ».

[11] Mission Unidimensionnelle intégrée des Nations Unies pour la Stabilisation au Mali.

[12] Président de la République.

[13] Opération lancée par les États-Unis pour tracer – et éliminer – les cadres de l'État Islamique au Levant. Cette opération a été conduite par les unités du JSOC (notamment la Delta Force et *Orange*), mais s'est faite en étroite collaboration avec plusieurs autres pays, qui disposaient ainsi d'informations de premier plan sur leurs nationaux qui avaient rejoint l'organisation terroriste. Voir pour plus d'information « *Opération Granite Shadow* », du même auteur.

[14] Division administrative dans plusieurs pays musulmans. L'Etat Islamique a repris cette organisation pour ses « provinces ».

[15] Véridique. Cette embuscade s'est produite le 4 octobre 2017 au Niger.

[16] Mot qui veut dire « sabre » en tamashek.

[17] Kilomètres.

[18] Formule latine qui signifie « diviser pour mieux régner ».

[19] Milliard de bytes.

[20] Milliard de gigabytes.

[21] Publication médicale britannique.

[22] Je recommande la lecture de « *The Bomb : Presidents, Generals, and the Secret History of Nuclear War* », par Fred Kaplan. Vous apprendrez que, jusqu'à la fin des années 80 (...), les seuls plans de guerre nucléaire qui existaient vraiment étaient des plans de guerre totale. Ainsi, la détonation d'un SS-20, ou même d'un obus subkilotonnique en Europe aurait entraîné un échange de milliers de mégatonnes entre l'Est et l'Ouest. La peur de la guerre thermonucléaire, et les fantasmes que l'Est avait sur l'Ouest, ou l'Ouest avait sur l'Est, ont largement expliqué les initiatives diplomatiques durant toute la guerre froide.

[23] *Surface to Air Missile.*

[24] Navigateur Officier du Système d'Armes (WISO en anglais).

[25] Passagers.

[26] Autre nom de la bombe à guidage laser GBU-12

[27] Missile Moyenne Portée, fabriqué par MBDA.

[28] Nom générique des SUV équipés de mitrailleuses lourdes utilisés par les terroristes.

[29] *Federal Emergency Management Agency.*

[30] *Basic Underwater Demolition / Seal* : test de sélection des Navy Seals.

[31] Hostage Rescue Team : unité d'intervention du FBI.

[32] Surnom du squadron en alerte anti-terroriste de la Delta Force. En permanence, l'un des squadrons de la Delta Force, tout comme du DEVGRU (alerte Trident) et du 160th SOAR (alerte Bullet) sont en alerte renforcée pour pouvoir intervenir partout dans le monde, mais surtout sur le territoire américain.

[33] 54ème régiment de transmissions.

[34] 2ème régiment de hussard, unité de cavalerie de l'armée française.

[35] Régiment Étranger du Génie.

[36] 13ème Régiment de Dragons Parachutistes.

[37] *Joint Terrorism Task Force.*

[38] Le 14 juin 2019, une *Gazelle* du 3ème RHC s'est écrasée au cours d'une mission contre un groupe armé terroriste. Cette histoire est, à quelques détails près, celle de ces hommes : Nicolas, Paco, Adrien, Kevin et Max. Tous les cinq ont fait preuve d'un sang-froid exceptionnel, d'un courage physique hors du commun. Ils vont bien, tous les cinq. Cette mission était le baptême du feu de Nicolas...

[39] Afin de ne pas les confondre et pour poursuivre dans les couleurs de l'arc en ciel, les notes de la DGSI au président sont appelées notes

bleues. Sans surprise, ces couleurs étaient celles des papiers sur lesquels les notes étaient rédigées, à l'époque. La dématérialisation des documents, y compris classifiés, a dû tout faire migrer vers du papier blanc… Je ne peux que l'imaginer car, sans trahir de secrets, je n'ai jamais vu de telles notes de mes propres yeux (n'étant pas président).

[40] *International Mobile Subscriber Identity* : numéro unique qui permet à un réseau de téléphonie mobile d'identifier un usager. Le numéro est contenu dans la carte SIM et est différent de celui de l'usager.

[41] *Medium Altitude Long Endurance.*

[42] 180 morts et près de 700 blessés…

[43] Dans un souci de réalisme, je dois reconnaître que la référence au film *Hibernatus* dans la bouche du président des États-Unis est incertaine… Les lecteurs qui me suivent savent que je cherche à rester le plus réaliste possible, quitte à ce que la lecture puisse être aride parfois. Là, je me permets un clin d'œil à notre culture populaire française (populaire est un joli mot en rien péjoratif sous ma plume).

[44] En fait, les VC-25 prennent l'indicatif *Air Force One* lorsque le président des États-Unis est à leur bord. Par déformation, on surnomme ces avions *Air Force One* mais, en théorie, un deltaplane pourrait être *Air Force One* s'il transportait le président.

[45] Surnom d'un véhicule civil sur lequel une arme de gros calibre a été montée de façon artisanale, typiquement une mitrailleuse lourde ou un canon sans recul.

[46] Ni des forces d'intervention comme le GIGN, qui travaille de la même façon. Je recommande aux lecteurs intéressés par des témoignages celui de Philippe B, opérateur au Groupe, « GIGN : confessions d'un OPS : en tête d'une colonne d'assaut », publié aux éditions Nimrod.

[47] Aéroport de Washington, DC.

[48] Ministère des Armées, depuis 2017, si on veut être précis. Mais je m'excuse de m'attacher aux vieilles dénominations.

[49] Capitale du Nigéria.

[50] President of the United States.

[51] First Lady of the United States.

[52] Quartier au sud de Washington DC.

Printed in Great Britain
by Amazon